JACQUES MAZEAU

La Druzina

BALLAND

LA DRUZINA

Jacques Mazeau est né le 19 décembre 1949 à Paris. Après des études littéraires, il devient journaliste. Il a écrit de nombreux ouvrages, notamment sur le cinéma. Il est également l'auteur de trois autres romans : La Ferme d'en bas, La Dénonciation, *et* La Rumeur du soir.

Août 1914. La première guerre mondiale commence. En Bohême, Ian, l'intellectuel, lutte pour la naissance de la future Tchécoslovaquie. D'autres ne s'en préoccupent pas. Comme Viktor, l'ouvrier, ou Ratislav, l'étudiant raté. Ian rejoint des militants tchèques à Paris. Viktor et Ratislav partent au front. Le premier y découvre son courage, l'autre sa lâcheté. Viktor monte en grade. Ratislav, fait prisonnier, prend l'identité d'un médecin tué et « exerce » dans un camp monténégrin... il s'en échappe.
D'Italie en Grèce, il participe à une mutinerie communiste, fuit la police turque à Istanbul, traverse la mer Noire et se retrouve prisonnier à Kiev avec des milliers de Tchèques déserteurs. Il y rencontre Viktor devenu militant de la cause tchécoslovaque qui le convainc que l'engagement des prisonniers tchèques dans la guerre s'impose. Ensemble ils iront négocier leur mobilisation auprès des autorités tsaristes à Petrograd. Là, Viktor connaîtra le premier amour de sa vie avec Alexandra, la fille du ministre des Affaires étrangères, tandis que Ratislav se débattra entre Fedorova, la militante révolutionnaire, passionnée, entière, et le souvenir de Jilhava, l'amante abandonnée à Prague.
Bientôt ces déserteurs se rassemblent en une légion puissante, la Druzina. Viktor en prend le commandement pour la ramener à Prague. Mais la première révolution russe, puis la seconde, éclatent. La Druzina devient un enjeu entre Russes blancs et Bolcheviks.
Fin 1917, Viktor et Ratislav, à la tête de 50000 hommes, doivent fuir vers l'Est pour échapper aux Austro-Allemands et aux révolutionnaires. Une seule issue : le Transsibérien. 8000 kilomètres jusqu'au Pacifique, dans le froid, la neige et au milieu de la guerre civile qui fait rage. Sur l'ordre de Masaryk, la Druzina se bat contre les communistes et s'empare du trésor du Tsar... Celui-ci constituera les premiers fonds de la Banque de Tchécoslovaquie dont les légionnaires seront actionnaires.
Ratislav déserte à la tête de 2500 volontaires pour soutenir les Russes blancs et leur chef, Koltchak. De défaite en défaite, il sera contraint de rejoindre la Druzina qui reviendra triophalement à Prague quelques mois plus tard.

DU MÊME AUTEUR

ROMANS

LA FERME D'EN BAS, Balland.
LA DÉNONCIATION, Balland.

DOCUMENTS

LES DESTINS TRAGIQUES DU CINÉMA, PAC.
LE GUIDE PRATIQUE DES RADIOS LIBRES, Éd. Radio.
LE MÉTIER D'ATTACHÉ DE PRESSE, Éd. Chotard Associés.
LES ACTEURS CHANTEURS,
PAC, en collaboration avec Didier Thouart.
LES ACTEURS CONTEMPORAINS FRANÇAIS, Que sais-je ?
LES ACTEURS CONTEMPORAINS ÉTRANGERS, Que sais-je ?
HUMPHREY BOGART, PAC,
en collaboration avec Didier Thouart.
LES GRANDS SECONDS RÔLES DU CINÉMA,
PAC, en collaboration avec Didier Thouart.
CINÉ-JEUX, Balland,
en collaboration avec Bernard Oudin et Didier Thouart.

Paru dans Le Livre de Poche :

LA FERME D'EN BAS.

à Marianne
et Marie

PREMIÈRE PARTIE

CHAPITRE PREMIER

PRAGUE était déserte malgré l'heure peu avancée de la soirée. Un air brûlant balayait les rues et soulevait des tourbillons de poussière. Ian descendit vers les quais de la Moldau pour y trouver un peu de fraîcheur. Il s'arrêta sous le pont Saint-Charles et contempla le fleuve éclairé par les réverbères.

Son cours majestueux lui paraissait aussi inexorable que l'enchaînement des événements de ce mois de juillet. Nul doute que depuis l'assassinat de l'archiduc François-Ferdinand à Sarajevo on courait au conflit généralisé. Surtout si l'Autriche déclarait la guerre à la Serbie... Nicolas II avait bien prévenu la veille au soir : jamais la Russie ne laisserait ce petit pays se faire écraser!

« La guerre! La guerre!... », répéta Ian, angoissé. Il reprit sa marche. Masaryk et ses autres amis de la Maffia[1] l'attendaient un peu plus loin dans un bateau désaffecté.

Il longea la coque du navire. Il demeura quelques instants à l'écoute et fouilla l'obscurité du regard. Peut-être l'avait-on suivi? Son expérience de la clandestinité lui avait appris à ne pas sous-estimer la police de l'Empereur.

Le clapotis de l'eau contre le quai lui rappela le

1. Organisation secrète des nationalistes tchèques.

port de San Francisco où il avait enseigné deux ans auparavant. Il tira sur un cordage qui pendait d'un hublot, puis attendit. On lui lança une échelle de corde. Il grimpa jusqu'au pont.

« Salut Durich! dit-il à l'homme qui l'aidait à enjamber le bastingage.

– Tu en as mis un temps! répondit l'autre. Dépêche-toi, on a commencé... » Ils entamèrent la descente d'un escalier de ferraille. Quelques marches plus bas, Durich alluma une torche. La carlingue rouillée prit une couleur de braise. Ian imagina qu'on le menait aux enfers...

Quand ils entrèrent dans la cabine, aucun des hommes assis autour de la table ne se retourna. Ils écoutaient Masaryk :

« ... La guerre est imminente, il faut s'y préparer et se servir des événements pour aboutir à notre indépendance... »

Ian ne faisait pas attention. Il regardait Samal, Sychrava, Durich et Masaryk, aux côtés desquels il militait depuis des années. Il éprouvait de la gratitude à leur égard. Sans eux il ne se serait probablement jamais préoccupé de la Tchécoslovaquie. Il avait été trop gâté par la vie et privilégié par le régime autrichien pour s'intéresser au sentiment national que pouvaient éprouver certains Tchèques ou Slovaques. Il revoyait Myjava en Slovaquie, le village où il était né en 1880, dans une famille de petite noblesse aisée. Cadet de trois enfants, il gardait le souvenir d'avoir été particulièrement choyé par ses parents. Sa mère ne cessait de lui répéter : « Tu iras loin, mon petit Ian! » Elle n'avait pas eu complètement tort. Il avait été parmi les plus jeunes à passer l'examen d'entrée à l'Université de Prague, où il s'était spécialisé dans l'astronomie. Aussi loin qu'il se souvînt, les étoiles l'avaient toujours fasciné.

« Eh bien, tu rêves? » lui demanda Masaryk.

Ian sursauta.

« Oui!... Non...! Quoi?

– Es-tu disposé à me précéder à Paris comme je te l'ai demandé lors de notre dernière rencontre? »

Il acquiesça.

« Dans ce cas, reprit Masaryk, il faut fuir dès demain par la frontière italienne. Les autorités autrichiennes vont mobiliser dans les heures qui viennent et il est préférable que tu sois déjà en pays neutre à ce moment-là! Bien! Nous allons clore cette réunion, probablement la dernière que nous tenons ici. Chacun à notre place, nous devrons agir pour qu'enfin notre peuple soit reconnu. Désormais il ne s'agit plus de savoir s'il faut arrêter la guerre mais au contraire comment la gagner. C'est à ce prix qu'un jour nous serons libres. Pour certains d'entre nous, cela signifiera peut-être la mort. Nous devons l'accepter. »

Lorsque Masaryk eut terminé, les autres gardèrent le silence. Maintenant que la stratégie générale avait été arrêtée, il n'était plus question de confronter des idées. De militants, ils étaient devenus des soldats.

Les hommes quittaient le bateau à cinq minutes d'intervalle. Masaryk retint Ian :

« Que Dieu te garde, mon garçon! Il est clair pour moi qu'aujourd'hui nous ne pouvons rester passifs. Puisqu'il nous est impossible de nous dresser contre l'Autriche à l'intérieur, c'est à l'étranger que nous devons le faire. Notre tâche principale consistera à gagner des sympathies à notre peuple et à son programme national, entrer en contact avec des hommes politiques et des gouvernements alliés, organiser l'unité de tactique de nos colonies d'exilés et surtout mettre sur pied une armée avec les prisonniers originaires de chez nous. »

Il sortit une enveloppe de sa poche et la tendit à Ian.

« Apprends-en le contenu et détruis-la. Ce sont les instructions pour gagner la France! Je te rejoindrai dans quelques semaines. Allez, mon garçon! Rendez-vous à Paris et vive la liberté! »

Ian sortit.

Lorsqu'il se retrouva sur le quai, il courut se dissimuler dans l'obscurité, sous l'arche du pont. Il réfléchit au chemin qu'il allait prendre pour rentrer chez lui. Son itinéraire arrêté, il reprit sa marche. Il longeait les murs, attentif au moindre bruit de pas et prêt à se dissimuler sous une porte cochère. Il pensa à Simone qui l'attendait Frederik Strasse, guettant son pas dans l'escalier. Peut-être feraient-ils l'amour? Il irait aussi embrasser leur fils Milan dont ils venaient de fêter le troisième anniversaire.

Il se détendit. Dieu qu'elle était belle, sa petite aurore boréale, comme il l'appelait! Elle lui était apparue un matin de janvier 1908, dans un amphithéâtre de la Sorbonne à Paris, où il donnait un cours d'astronomie. Bien qu'elle fût en retard, elle avait descendu les gradins sans hésitation et était venue s'asseoir au premier rang. Il avait été saisi par sa beauté nerveuse, son regard effronté et le sourire qui ne cessait de flotter sur ses lèvres. Il en avait même bafouillé un court instant.

Dès la fin de l'exposé, il l'avait abordée.

« C'est drôle, avait-il dit, j'imagine mal que vous vous intéressiez aux étoiles!

– C'est vrai, mais j'avais une heure à tuer entre deux cours de philosophie et je suis entrée dans l'amphi le plus proche! »

En se remémorant leur rencontre, il se sentit envahi par une sensation violente de bien-être, presque insupportable.

*

Une heure du matin sonna au clocher surplombant la chapelle de l'hôpital François-Joseph. Dans le couloir de l'aile sud, Ratislav se dissimula derrière un tas de linge. Comme des médecins et des infirmières venaient en poussant un brancard roulant, il prit son inspiration et s'enfonça dans l'amas de draps et de serviettes sales. « Bon dieu! Que ça pue là-dedans! »

Quand le bruit de pas se fut estompé, il risqua un œil. La voie était libre. Il gravit l'escalier du fond. Parvenu devant la chambre, son cœur se mit à battre. Chaque fois la même crainte le reprenait : et si au dernier moment, le tour de garde avait changé et que ce fût une autre infirmière! Il respira profondément pour se calmer, tourna la poignée et entra.

Il reconnut son corps dénudé dans la lumière lunaire que laissait passer le vasistas. Elle avait repoussé les couvertures et l'attendait, allongée sur le ventre.

Jilhava aimait se sentir totalement soumise. Il pouvait exiger d'elle toutes les fantaisies, elle le satisferait. Bientôt elle ressentit les prémices du plaisir au creux de son ventre. Il lui procurait la sensation d'être pleine de vie, enfin accomplie, heureuse. Ils demeurèrent longtemps soudés l'un à l'autre, à reprendre leur souffle. Parfois, un courant d'air frais venant du vantail entrouvert les faisait frissonner.

Jilhava se releva sur un coude.

« Tu es bien ponctuel aujourd'hui, Rasti! dit-elle en lui caressant le visage.

– Bah! Pour la dernière fois qu'on se voit, je voulais être à l'heure!

– Quoi? s'étonna-t-elle, qu'est-ce que tu racontes? La guerre n'est pas encore déclarée! Tu ne seras peut-être pas appelé! »

Ratislav alluma une cigarette. La flamme de l'allumette éclaira le visage de Jilhava. Des larmes coulaient le long de ses joues. Il lui prit la main.

« Il ne faut pas se faire d'illusions, Jilha! Tu le

sais, d'ailleurs! On doit bien en parler, ici, à l'hôpital! »

Elle s'assit sur le bord du lit. Il n'y avait rien à répondre. Bien sûr qu'on évoquait la guerre depuis plusieurs semaines. Bien sûr, elle s'attendait qu'un jour ou l'autre Ratislav lui annonçât son départ. Et alors? Fallait-il pour autant l'accepter! Ratislav enserra doucement sa taille et l'attira à lui.

« Ne t'en fais pas, Jilha, je passerai entre les balles et je reviendrai. Peut-être bien qu'alors je t'épouserai.

– Je me fous de savoir que tu reviendras. Ce que je vois, c'est que tu fous le camp! Si au moins c'était pour une bonne raison. Mais non! C'est parce qu'un empereur veut faire la guerre à un autre empereur, avec lequel d'ailleurs il doit être cousin! Mais... »

Il lui apposa sa main sur la bouche.

« Tais-toi, Jilha! C'est plus important que cela! C'est l'occasion unique pour qu'enfin la Tchécoslovaquie voie le jour. »

Elle se dégagea.

« Allons donc! Tu te fous de la Tchécoslovaquie autant que de moi. Je te connais, Rasti. Tu n'as jamais eu une seule idée politique en tête. Non! Tu acceptes la guerre parce que c'est l'occasion pour le vrai Ratislav de se révéler... »

Elle se tut un instant et reprit :

« Mais c'est gentil de vouloir me rassurer. Ça faisait longtemps que tu ne t'étais pas montré aussi délicat! »

Il gardait le silence. Pour la première fois depuis les trois années qu'il la connaissait, il se surprenait à l'aimer. Pas pour la raison qu'elle évoquait. Il l'aimait parce qu'elle le connaissait mieux que quiconque et qu'elle venait de le lui prouver une fois encore. Bien sûr qu'il se fichait de la Tchécoslovaquie. Jamais il n'avait cru qu'elle pût exister. Non! Ce qu'il voulait, c'était réussir enfin quelque chose.

Devenir officier! Un rêve qu'il gardait enfoui au fond de lui-même depuis l'enfance. Pour y parvenir il se sentait capable de se battre avec ou contre les Autrichiens, les Serbes ou les Russes. Peu importait! Il ne supportait plus d'être un exécrable étudiant en pharmacie et un détestable compagnon. Jilhava le secoua par l'épaule.

« Eh bien, Rasti? A quoi penses-tu?

– A rien. Je suis triste!

– Dis-moi pourquoi! » reprit-elle en se blottissant contre lui.

Il secoua la tête.

« Non! Ne me demande plus rien! Je vais y aller! »

Jilhava n'insista pas. Elle savait qu'il était trop tard. Elle ne le sentirait plus dans sa chair, elle ne l'attendrait plus. Il mourait là, devant ses yeux, en se rhabillant. Elle se mit à prier en son for intérieur, puis haussa les épaules. « Pauvre gourde, pensa-t-elle, tu ferais mieux de t'habiller aussi, c'est l'heure de ton service. »

Ratislav boutonna sa redingote et s'approcha.

« Peut-être serai-je là après demain et la guerre ne sera plus qu'un mauvais cauchemar! La Serbie peut très bien obtempérer à l'ultimatum de l'Autriche et... »

Jilhava venait de coller ses lèvres contre les siennes. Il sentit les larmes de la jeune femme couler sur ses joues. Leur baiser prit un goût salé. Il se détacha doucement. Il valait mieux partir plutôt que de prolonger ces adieux.

Il recula jusqu'à la porte et se glissa dans le couloir. Avant de refermer, il l'aperçut, debout, toute nue dans la lumière blafarde de l'aube qui commençait à éclairer la pièce. Elle lui parut belle. « Comme Ophélie », songea-t-il. La seule héroïne qui l'eût ému un jour.

Il marcha en sifflotant des airs militaires jusqu'à la chambre qu'il louait dans la vieille ville.

*

Zebora secoua son fils Viktor, qui dormait dans la cuisine. Il était cinq heures du matin et il allait encore être en retard à la scierie! Si ça continuait, son patron, M. Siroky le renverrait!

« Debout, Viktor chéri! C'est l'heure! » dit-elle avec douceur.

Il se leva et l'embrassa furtivement. Sa mère enfila un manteau élimé et fila chez les Klofasch, la plus riche famille du village, qui l'employait comme servante. Viktor secoua la tête de tristesse. Combien de temps cela durerait-il? Devrait-il donc un jour voir sa mère mourir d'épuisement? Pour gagner quelques couronnes qui suffisaient à peine à payer le loyer du deux-pièces où il vivait avec elle et ses deux sœurs? Il se surprit à haïr à la fois ces riches et son père, mort à la scierie trois années auparavant, des suites d'une hémorragie.

Il sortit sous l'auvent ramasser des chutes de bois qu'il ramenait chaque soir en cachette. Il alluma le poêle, mit de l'eau à chauffer et demeura accroupi devant l'ouverture, à regarder la flamme.

Sa rancœur ne le quittait pas. Il allait avoir vingt-quatre ans et cela en faisait déjà cinq qu'il travaillait à la scierie. Tous les matins à six heures, sauf le dimanche, il prenait le même chemin et revenait le soir quand ce salaud de Siroky voulait bien le lâcher. Cinq ans aussi qu'il couchait dans cette cuisine triste! Il connaissait les ébréchures des murs, les lézardes du plafond et le parcours des cafards qui sortaient de leurs cachettes, à la tombée de la nuit. Allongé sur sa paillasse, il les regardait courir à la lueur de la bougie qu'il conservait allumée le plus tard possible pour échapper à son cauchemar habituel. Comme son père, il voyait son bras happé par la courroie et coupé net par la grande scie circulaire.

Il recula. La chaleur devenait insupportable. Il aurait déjà dû se relever, réveiller Teresa et Karolina, ses sœurs et partir. Mais il ne le voulait pas. Pas tout de suite! Il préférait imaginer ce qu'il ferait le prochain dimanche avec son ami Jaroslav, le meneur communiste de l'atelier de découpe. Iraient-ils se promener dans la forêt aux abords du château, ou bien feraient-ils une balade sur le fleuve dans la barque du garde-chasse? Il aimait Jaroslav. Il le trouvait tellement intelligent lorsqu'il parlait aux ouvriers de l'usine, et si beau... Viktor se sentit rougir. L'idée qu'il commettait un péché lui traversa l'esprit. Aussitôt, il se redressa pour s'habiller. Après avoir secoué ses sœurs, il sortit avec l'espoir que Jaroslav l'attendrait au calvaire.

Celui-ci se tenait assis au pied de la croix.

« Hé, Viktor! cria-t-il de loin, tu as donc peur d'aller te battre, pour t'amener si lentement?

– Qu'est-ce que tu racontes? »

Jaroslav lui prit le bras et l'entraîna.

« Tu seras toujours le dernier prévenu, toi! Nous sommes mobilisés, mon vieux! C'est la guerre, aujourd'hui ou demain. François-Joseph va la déclarer à la Serbie. Ce sera alors au tour de Nicolas II d'entrer dans la danse et nous, nous crèverons pour rien! »

Il s'arrêta et secoua Viktor en le regardant droit dans les yeux.

« Tu comprends maintenant pourquoi nous devons faire la révolution! Pourquoi il faut qu'elle disparaisse, cette racaille de roitelets qui nous envoie à la boucherie sans sourciller! C'est à nous, les prolétaires, de prendre le pouvoir! »

Viktor acquiesçait en silence. Il se sentait assommé. Ainsi, il allait devenir soldat, tirer sur d'autres hommes! Il allait quitter sa mère, ses sœurs. « Pourvu que Jaros et moi soyons affectés dans le même régiment, pensa-t-il, au moins nous... »

« Ne fais pas une telle tête, s'exclama son ami, c'est formidable! Les conditions sont réunies pour que la révolution éclate! Zagreb, le chef de la cellule, l'a répété hier soir. Les comités révolutionnaires de... »

Viktor n'écoutait plus. Il voulait que ce fût un cauchemar, que Jaroslav fût en train de lui faire une mauvaise plaisanterie.

Ils reprirent leur marche.

Sur la place du village, la file des futurs conscrits s'étirait jusqu'à la mairie. Ils se fondirent dans la foule et attendirent leur tour.

*

A Prague, le soleil s'élevait au-dessus des toits. Les rayons venaient se réfléchir sur l'eau calme de la Moldau qui semblait s'enflammer. Soudain, à l'unisson, les quelques centaines de cloches de la ville se mirent à sonner à toute volée.

Des groupes de cavaliers de l'armée impériale sortirent des casernes. Ils escortaient des attelages remplis de fantassins en tenue de campagne. Leurs conducteurs arrêtaient les chevaux à chaque carrefour. Des soldats sautaient à terre et collaient de grandes affiches sur les murs. Leur besogne accomplie, ils grimpaient à nouveau dans leur carriole qui stoppait au croisement suivant.

Les premiers passants s'avançaient d'un pas hésitant. Ils lisaient en silence puis se retiraient, le visage grave. Ian s'approcha. Le haut commandement de l'armée impériale appelait chaque homme valide de vingt à quarante-cinq ans à se présenter au casernement le plus proche de son domicile pour y recevoir son ordre de mobilisation et sa feuille de route.

Il rejoignit la calèche où Simone l'attendait avec Milan dans les bras.

Elle l'interrogea du regard.

« Cette fois-ci, ça y est! » dit-il.

Avec une violence inhabituelle, il fouetta le cheval qui se mit au trot. Il engagea la voiture sur la route du Sud et se remémora le contenu de la lettre de Masaryk : un faux laissez-passer valable sur tout le territoire de l'Empire et une feuille d'instruction qu'il avait détruite. Il devait se rendre, selon un chemin précis, à l'auberge du village de Hohenthurn, à la frontière austro-italienne. Là, Wilfrid, l'hôtelier, l'y attendrait. Au mot de passe « Tchécoslovaquie » il répondrait « Liberté ». Plus tard, son interlocuteur le ferait passer en Italie et l'accompagnerait à Tarvisio. Il devait y demeurer quelques jours avant de remonter à Paris préparer l'arrivée de Masaryk. Bien sûr, nulle part il n'était stipulé l'existence de sa femme et de son fils!

Il se tourna vers eux. Simone somnolait, Milan contre elle. Jamais il n'aurait pu les laisser seuls à Prague, à la merci de la police impériale qui ne manquerait pas de le rechercher. D'ailleurs, Simone avait voulu le suivre.

« Désormais tu es un déserteur, avait-elle dit, tu sais très bien qu'ils te fusilleront s'ils te reprennent. Je veux lier mon sort au tien. Qui sait? Cela sera peut-être utile et éveillera moins les soupçons, que je sois avec toi. »

Il avait alors objecté que Milan n'était pas en âge de courir de tels risques.

« On ne choisit pas les parents qu'on a... », avait-elle répondu.

Il n'avait pas insisté. Dans le fond, il était heureux de les avoir à ses côtés.

Simone entrouvrit les yeux.

« Ça va? » lui demanda-t-il.

Elle hocha la tête et se rendormit.

Onze heures sonnaient au clocher quand ils entrèrent à Milevsko. Ian était satisfait. Ils avaient croisé d'innombrables colonnes d'hommes et de véhicules militaires qui rejoignaient la capitale, sans qu'on leur eût jamais rien demandé. Sur la place, l'effervescence était à son comble. Des hommes munis de lourds bardas s'y rassemblaient et embrassaient leur famille avant de prendre la route. Bientôt, il fut impossible de circuler. Ian jura. Il ne pouvait attendre. Le lendemain soir, il devait être au rendez-vous fixé. Il bifurqua dans une ruelle et entreprit de faire le tour du village par les hauteurs.

Les pavés inégaux de la chaussée rendaient l'ascension difficile. Le cheval fatiguait. Ian, impatient, faisait claquer son fouet. Milan, excité par le bruit, criait en agitant les bras. Simone s'énerva.

« Mais Ian, calme-toi! Ça ne sert à rien de pousser ce pauvre animal! Il n'ira pas plus vite pour autant!

– Tu veux les rênes? » répliquait-il en colère.

L'attelage parvint au sommet. Un gendarme à cheval déboucha de l'autre versant de la colline et s'approcha.

« Où allez-vous donc? Vous êtes en âge d'être mobilisé, vous!

– Justement, expliqua Ian en tendant son laissez-passer, j'accompagne ma femme et mon fils chez une tante, à Ceské Budejovice. Je reviendrai à Prague me faire enrôler. »

Simone approuvait silencieusement. Le gendarme lut le document. Sous l'effet de l'angoisse, Ian transpirait abondamment. « Pourvu que ce porc n'ait pas de soupçons! »

L'autre empocha le papier.

« Suivez-moi! dit-il. Je vais télégraphier à Prague pour vérifier tout ça! »

*

« Mais bon dieu! qu'ont donc les curés à nous sonner les cloches à une heure pareille! grommela Ratislav en se retournant dans son lit. C'est pourtant pas les Pâques! »

Il regarda sa montre. Onze heures! Il se leva et se pencha à la fenêtre. Dans la rue, des passants couraient dans tous les sens; d'autres, attroupés, lisaient une affiche au carrefour. Intrigué, il enfila ses vêtements à la hâte et dégringola les escaliers.

Il croisa Mme Dubcek, la concierge.

« Ce n'est pas la peine de courir comme ça, monsieur Ratislav! cria-t-elle. Vous avez bien le temps de vous faire tuer, va! »

Emporté par son élan, il la salua sans s'arrêter. La vieille qui avait peur qu'il tombât dans « son escalier » lui répétait toujours la même chose. Il ne lui en voulait pas.

En lisant l'avis de mobilisation, il poussa une exclamation de joie. La guerre était pour ainsi dire déclarée! Les badauds le regardèrent, ahuris. Il leur sourit et remonta à sa chambre. Il rencontra à nouveau la concierge.

« Alors, mon garçon! Vous avez compris? Et maintenant, qu'allez-vous faire?

– Madame Dubcek, je vais aller me battre! répondit Ratislav en l'embrassant. Je m'arrangerai pour éviter les balles et je reviendrai général! »

Elle sourit d'un air attendri.

« Ah, vous, monsieur Ratislav! Vous ne changerez donc jamais! Et général de quelle armée? Certainement pas de l'impériale. Pour ça, il faut avoir une autre origine que la vôtre!

– Vous avez raison, mais cela n'a pas d'importance! Ce que je veux, c'est ne plus tourner en rond dans cette ville. J'y étouffe!

– Mon Dieu! s'exclama la vieille femme, à vous agiter comme vous le faites, on le croirait pas! »

Une heure plus tard, il prenait son tour dans la file qui menait au bureau des enrôlements. L'attente n'en finissait pas.

« Ils ne sont pas pressés de nous envoyer à la boucherie, dirait-on! » s'écria l'un des appelés.

Les jeunes gens, qui l'entouraient avec respect, s'esclaffèrent.

Ratislav s'approcha.

Le garçon lui paraissait détonner dans l'attroupement des conscrits, pauvres pour la plupart. Il parlait avec distinction et ses gestes mesurés ajoutaient encore à son élégance.

Ratislav se sentit jaloux de son aisance, de sa supériorité intellectuelle évidente. Il éprouva le désir intense de le provoquer.

« Bah, comment veux-tu qu'on ait envie d'envoyer des gars comme toi à la boucherie! C'est pas leur place! Tu serais mieux au bal... »

Son voisin voulut le gifler. Ratislav esquiva l'attaque et lui envoya un coup de poing au visage. Immédiatement, quelques types firent cercle.

« Allez! Vas-y! Tue-le! »

Ratislav se mit en garde. L'autre, accroupi, tentait désespérément d'enrayer son saignement de nez. Le dandy s'approcha.

« Sacré direct, mon vieux! dit-il à Ratislav. Le pauvre aurait mieux fait de se retenir! Je m'appelle Tchetchek. » Il lui tendit la main.

Ratislav hésita, puis la lui serra en se présentant à son tour. Aussitôt le silence se fit dans les rangs. Quand les surveillants s'approchèrent pour s'inquiéter des causes de l'agitation, ils se heurtèrent à des visages fermés et ironiques.

« Qu'est-ce que tu fais là? s'enquit Ratislav. Tu fais autant soldat que moi je fais curé!

– Tu as raison, dit Tchetchek, mais c'est ainsi! Je me suis sauvé de chez moi pour me battre!

– Et contre qui donc?

– Pas contre! Pour! Pour la restauration d'un royaume! »

Ratislav le dévisagea d'un air ahuri. Il n'eut pas le loisir d'en savoir plus. C'était son tour. L'officier enrôleur, assis derrière une table, le questionna pour établir son état civil. Oui, il était sujet de Sa Majesté l'Empereur! Oui, il avait fait ses classes! Et surtout, il suivait des cours de pharmacie à la Faculté.

« Dans ce cas, conclut le gradé, tu seras infirmier au 10ᵉ d'infanterie! »

Il tamponna divers papiers et les tendit à Ratislav qui sortit.

Il s'arrêta un peu plus loin pour attendre Tchetchek. Celui-ci arriva, le sourire aux lèvres.

« Me voilà soldat du 10ᵉ d'infanterie! Mon père peut toujours s'agiter! Il ne me récupérera plus! »

Ratislav se retint de l'interroger. Il aurait bien le temps plus tard, puisqu'ils faisaient partie du même régiment. Ils convinrent de se retrouver à la caserne, à l'est de Prague, où l'autorité militaire leur assignait rendez-vous.

Ratislav s'y présenta à quatre heures de l'après-midi. On lui fit passer un uniforme et il fut introduit auprès du médecin-commandant. Celui-ci, vêtu d'une blouse blanche, regardait par la fenêtre. Il ne se retourna pas.

« Alors, jeune homme? grommela-t-il, vous êtes candidat pour sauver les blessés ou bien pour les achever et les détrousser? »

Ratislav, gêné, dansait d'un pied sur l'autre.

« Eh bien? reprit le médecin, faut-il que je repose la question?

– Non, mon commandant! Je suis là pour les sauver!

– Imbécile! » murmura l'autre en se retournant.

Il invita Ratislav à s'asseoir et fit de même.

« Vous savez ce qui va arriver, blanc-bec? Quand vous serez sur le champ de bataille, les mains crispées sur les poignées de votre brancard, à courir dans tous les sens pour éviter les balles et les boulets? Vous chierez de trouille, mon vieux! Vous vous allongerez au sol et vous tremblerez au moins autant que celui que vous transporterez. Vous prierez même. Et si le blessé se met à gueuler, vous le ferez taire par n'importe quel moyen! Y compris les plus décisifs! »

« Bon dieu, songea Ratislav, je suis tombé sur un dingue! »

Le docteur souriait.

« Vous croyez que je déraille? Eh bien vous n'allez pas tarder à en juger par vous-même! Parce que cette putain de guerre, on l'a déjà dans nos tripes. Allez, rompez! Je vous ferai appeler quand ce sera nécessaire! »

Sur le perron, Ratislav alluma une cigarette. Il tira une longue bouffée et se mit à arpenter la cour de la caserne où se pressaient de plus en plus de conscrits. Il se sentait heureux. Ce médecin pouvait toujours brosser un tableau repoussant de la guerre, lui voulait entendre siffler les obus et les balles à ses oreilles. Il souhaitait connaître de grands espaces, vivre des batailles, prendre du galon.

On l'appela. Il se retourna. Tchetchek se frayait un chemin jusqu'à lui.

« Ça alors! s'exclama Ratislav, avec ton uniforme, je ne t'aurais pas reconnu!

– Tu vois que l'habit fait le moine! »

Ils allèrent s'asseoir sur le banc de pierre qui courait le long du mur de la caserne. Tchetchek accepta la cigarette que lui proposait Ratislav.

« Merci! Dis donc, cela ne te fait pas drôle de penser que la plupart vont crever sans savoir pourquoi? » dit-il en désignant la foule des appelés.

Ratislav haussa les épaules.

« Qu'est-ce que cela peut te foutre! Tu ne vas pas me faire croire qu'un nanti comme toi se préoccupe du sort de la piétaille!

– Tu te trompes! D'accord, ma famille est riche! Mais cet argent sert un idéal : construire le Royaume de Bohême! »

Ratislav ricana.

« Arrête! A Brno ou à Prague, je vous ai vus à l'œuvre, vous, les riches! Tchèques, Slovaques ou non! J'ai vu comment vous vous comportiez avec les pauvres et votre entente avec la noblesse autrichienne! Remarque, moi, je m'en fous! Chacun pense et fait ce qu'il veut de sa vie. Mais épargne-moi tes discours! »

Il se leva et s'étira. Tchetchek se tourna vers lui.

« Je ne fais pas de discours! Je crois que nous pouvons profiter de la guerre pour nous libérer du joug autrichien. Les Russes nous aideront. Et alors, nous serons en mesure d'instaurer un royaume avec à sa tête un Romanov qui... »

Ratislav l'interrompit :

« C'est ça! C'est ça! On passera d'un maître à l'autre, quoi! Allez! Cesse tes sornettes! Tu ferais mieux d'imaginer comment tu vas faire pour ne pas être foutu en première ligne quand ça pètera! »

A dix-huit heures, une trompette sonna le rassemblement. A l'aide d'un porte-voix, le commandant de la caserne s'adressa au contingent rassemblé dans la cour.

« Jeunes gens! Vous venez d'être affectés au 10e régiment d'infanterie. Ce n'est pas encore la guerre, mais c'est votre première bataille. Celle qu'il vous faut livrer contre vous-mêmes pour abandonner vos familles, votre travail et les troquer contre un ordre de marche qui vous mènera peut-être à la mort. Mais c'est pour une juste cause. La Serbie, sanctuaire des terroristes anarchistes qui ont tué l'archiduc Ferdinand, ne veut pas autoriser notre police à mener l'enquête sur son territoire. C'est tout à fait inacceptable! L'Empire ne peut être impunément menacé ainsi à sa frontière. C'est pour cela que vous allez vous battre... »

Un murmure désapprobateur se propagea dans l'assemblée. Le commandant, interloqué, se tourna vers son état-major. Ses hommes paraissaient aussi décontenancés que lui.

« Bien! Bien! reprit-il, la voix rageuse. Allez rejoindre vos baraquements. Après la soupe, vous vous coucherez immédiatement! Demain matin, départ à cinq heures. Vive l'Empereur! Rompez! »

Ratislav et Tchetchek s'installèrent côte à côte.

« Tu as vu comme cela a réagi dans les rangs, murmura Tchetchek, ces salauds d'Autrichiens vont en baver...

– Je crois surtout que c'est nous qui allons trinquer! » bougonna Ratislav.

L'ordre fut donné de se taire. Des plaisanteries fusèrent encore ici et là, puis ce fut le silence. Ratislav se recroquevilla sur sa paillasse. Le souvenir de Jilhava lui traversa l'esprit. Il ressentit une crispation douloureuse au ventre.

*

Viktor ne parvenait pas à dormir. La pluie, poussée par les rafales de vent, s'abattait par paquets sur la tente. Parfois, la toile se gonflait sous l'effet du courant d'air. Les montants en bois et les cordages qui l'arrimaient au sol craquaient sous l'effet de la tension. Viktor s'imaginait dans un navire ballotté par la tempête. La lampe à pétrole accrochée juste au-dessus de sa couche se balançait en émettant un grincement sinistre et régulier.

Il sursauta. L'eau, infiltrée par le sol, venait de mouiller sa couverture et s'écoulait dans son dos.

« Bon dieu de merde! grommela-t-il. A ce train-là, je vais finir par me noyer. »

Il était furieux. Depuis la veille, les tuiles se succédaient avec une régularité irritante. Son engagement signé, on lui avait balancé son barda en lui ordonnant de rejoindre son unité.

« Mais je voudrais aller embrasser mes sœurs et ma mère! » avait-il protesté.

L'officier enrôleur avait manqué s'étrangler de rire.

« Eh, gamin! s'était-il exclamé. Les femmes, ça peut toujours attendre! Pas la guerre! »

Il en tremblait encore de rage et de chagrin. Il l'aurait tué. Jaroslav l'avait entraîné un peu plus loin pour le calmer. Cela avait été l'occasion d'une autre déception. Son ami serait bien dans le même régiment que lui, mais dans une autre unité.

Il se retourna sur sa couche. La guerre lui apparaissait dans toute sa cruauté. Elle volait aux hommes ce qu'ils possédaient de plus cher. Dehors, le vacarme des attelages qui passaient et repassaient, les martèlement des sabots des chevaux et les cris des conducteurs se mêlaient au clapotis de la pluie.

Il prit peur. Il se sentit à nouveau piégé. Comme ce matin, alors qu'ils marchaient en rangs serrés vers Pisek où le 28e régiment d'infanterie devait se former. Entouré d'hommes qui chantaient ou plaisantaient, il avait éprouvé la sensation insupportable d'être emprisonné.

Il s'assit et craqua une allumette pour lire l'heure sur son oignon. Trois heures. Il distingua le visage de son voisin qui dormait à poings fermés. « Ah, si seulement Jaroslav pouvait être là, à la place de ce type », songea-t-il.

Il écrasa le bout incandescent de l'allumette dans la flaque d'eau qui s'était formée à côté de lui, puis s'allongea de nouveau. Vraiment, il ne supporterait pas cette guerre s'il devait la vivre en solitaire. Il fallait qu'il trouvât le moyen de se faire muter dans la même unité que Jaroslav. A cette idée, il se sentit plus courageux et se détendit. Il chercha une position plus confortable pour dormir. Quand il l'eut trouvée, le clairon se mit à sonner le rassemblement.

*

Il engageait le coupé dans la petite ruelle, derrière le gendarme autrichien. Ils se dirigeaient vers le centre de Milevsko où se situait le relais télégraphique. Le policier avait redit, avec un méchant sourire, qu'il allait vérifier s'il n'était pas un déserteur. Il lui fallait absolument agir s'il voulait parvenir à la frontière italienne avec Simone et Milan. Il n'y avait aucun passant dans la rue. Il saisissait son pistolet et tirait dans le dos du gendarme...

Ian s'éveilla en sursaut, inondé de sueur. Il faisait très chaud dans cette grange où s'entassait de la paille pour l'hiver. Simone dormait à côté de lui avec Milan dans les bras. Derrière la palissade de planches disjointes, le cheval s'agitait. Ian ne bougea pas. Il ressentait le besoin de revivre les événements de la veille. Comment avait-il pu tuer cet homme? Les raisons ne manquaient pas. Le désir de protéger Simone et Milan, la peur d'être pris, la volonté de réussir sa mission. Mais ces justifications étaient-elles suffisamment valables pour assassiner un pauvre bougre qui faisait son travail? Il se leva sans bruit et sortit. Il fut surpris par le froid glacial. Le soleil levant, qui n'apparaissait pas encore derrière le pic de Dachstein, illuminait déjà une partie de la crête. Il se frictionna vigoureusement le corps. Pourquoi éprouvait-il une angoisse si forte? Il fit quelques pas dans l'herbe mouillée par la rosée et commença d'atteler le cheval. Tandis qu'il le faisait reculer entre les brancards, il lui caressa le museau.

« Eh bien, mon vieux! Heureusement qu'on t'avait hier soir! Sinon on aurait été vite repris... »

Il se rappela la course effrénée qu'il avait imposée à l'animal. Behyné... Hluboka... Ceské... Kaplice... Linz... Bad Ischl et enfin Abtenau. Ils ne s'étaient pas arrêtés une seule fois avant de trouver cette étable, dissimulée dans une forêt de conifères à l'écart du chemin. Ian se sentit plus rassuré. La police ne pourrait pas faire le lien avec eux puisqu'il n'y avait eu aucun témoin. Le souvenir de Simone, se retournant quelquefois pour repérer d'éventuels poursuivants, lui revint à l'esprit. Après le crime, il lui avait demandé son avis. Selon elle, il avait agi conformément à leurs intérêts et c'était bien ainsi.

Il contempla le paysage. La forêt de sapins recouvrait le flanc de la colline jusqu'à la vallée où se nichait un petit village. Les maisons étaient construites les unes à la suite des autres, au bord d'un lac sur lequel glissaient quelques barques. « Probablement des pêcheurs... » songea-t-il. Un aigle s'envola, un peu en contrebas, et se dirigea vers le plan d'eau. Soudain, il y eut une détonation qui se répéta sous l'effet de l'écho. Le rapace battit des ailes plus rapidement puis, brusquement, tomba en tournoyant. Ian courut réveiller Simone et Milan.

Ils arrivèrent à l'auberge de Hohenthurn vers deux heures de l'après-midi. L'endroit était désert. Un homme d'une soixantaine d'années lisait le journal derrière le bar. Ian entra seul par prudence.

« Bonjour! Une bière... »

L'autre le servit.

« Tchécoslovaquie... murmura Ian.

– Liberté », répondit le vieux sur un ton indifférent.

Ils se serrèrent la main.

« Je vais chercher ma femme et mon fils qui m'attendent dehors! » dit Ian.

L'aubergiste, étonné, grommela quelques mots incompréhensibles.

Ian, Simone et Milan s'attablèrent à côté de la cheminée. L'hôtelier les rejoignit avec du café. Il commença de remplir les tasses.

« Je m'appelle Wilfrid. On ne m'avait pas prévenu que vous seriez trois, dont un gosse. Enfin, puisque vous êtes là! »

Il avala une gorgée de café et continua :

« Nous passerons la frontière demain à la première heure. Normalement, cela ne devrait pas poser de problèmes, mais il faut quand même se méfier. Les patrouilles ont été renforcées d'un côté comme de l'autre...

– Merci! répondit Ian. Vous savez, nous... »

Wilfrid l'interrompit.

« Ne me remerciez pas! Je fais cela pour l'argent. Les révolutions ne me concernent pas. »

Ian, décontenancé, se tut.

« Voilà une attitude franche! dit Simone. Etes-vous au moins assez payé? »

Wilfrid esquissa une grimace désabusée.

« En tout cas, assez pour ce que je peux en faire dans ce trou à rats! Bon! Je crois qu'il est préférable que vous vous couchiez très tôt. L'escalade jusqu'au col sera difficile, surtout avec un gamin. Je vais vous donner à manger un morceau avant de monter. »

Milan sauta de sa chaise et se mit à poursuivre un chat qui venait d'entrer dans la salle.

« Viens ici! s'écria Ian, tu...

– Bah! Laissez-le! intervint Wilfrid. Il ne lui fera pas de mal! »

Il regarda l'enfant jouer.

« Il est bien beau, votre fils... », murmura-t-il.

Puis il se rendit à la cuisine.

*

Ratislav s'installa à l'arrière de la voiture-infirmerie, les jambes pendant dans le vide. Il aurait pu marcher à côté tellement le cheval peinait à tirer le véhicule. Mais il préférait demeurer assis à considérer les longues files de camions et de militaires en armes qui s'étiraient jusqu'à Celakovice, un peu plus bas dans la vallée. Les soldats, courbés sous le faix de leurs bardas, lui paraissaient être à l'image de l'Empereur qui les envoyait à la boucherie : vieux et fatigués.

De jeunes conscrits, déjà ivres de bière, doublèrent la voiture en se lançant des plaisanteries :

« Alors, comment tu baiseras quand les Russes te les auront coupées avec les dents? demandait l'un d'eux.

– Je ferai ça avec la langue! » répondait un autre.

Ils disparurent à la vue de Ratislav. Soudain, il reçut une bourrade dans le dos.

« Alors, mon vieux? On rêvasse? »

Rodolphe, le médecin-chef, s'assit à ses côtés.

« Tu commences à avoir les foies, dit-il, ça se voit dans tes yeux! Ceux-là, ils ne mentent jamais, je te le jure!

– Mais non! De quoi veux-tu que j'aie peur?

– Tu ne l'avoueras pas aujourd'hui parce qu'il n'y a pas encore le bruit des canons et de la ferraille. Les cris des hommes et ceux des animaux qui crèvent. Mais quand ça viendra. Tu verras! »

Ratislav se tourna vers lui.

« Tu n'auras pas besoin d'un autre infirmier?

– Si! Quand tu seras en bouillie sur un champ de bataille!

– Arrête tes conneries! J'aimerais faire venir un copain, affecté dans une unité d'artillerie.

– Tu sais, répondit Rodolphe, je n'ai pas beaucoup de pouvoir. Mais enfin, j'en parlerai au Général.

– Merci! » murmura Ratislav.

La voiture cahotait sur le chemin de terre desséchée. Le soleil, violent en ce milieu d'après-midi, assommait les hommes et les bêtes. Le cheval ne réagissait même plus aux coups de fouet de Sknouril, le conducteur.

Ratislav s'allongea sur le plancher de la voiture et simula une forte envie de dormir pour échapper au bavardage de Rodolphe qui évoquait sa campagne d'Afrique du Nord. Il avait bien le temps d'avoir les tripes nouées comme le lui promettait le médecin, puisqu'ils n'atteindraient la frontière austro-serbe que dans plusieurs jours. Ce soir, ils allaient bivouaquer à Kolin. Le lendemain, ils prendraient le train jusqu'à Budapest avant de rejoindre Baja à pied. Il s'imaginait plutôt plein de courage, bravant l'ennemi pour aller secourir ses camarades blessés, à moitié enfouis dans des cratères de bombes. Un officier le remarquait. Il était détaché à l'état-major. La guerre gagnée, l'Empereur en personne le nommait commandant et lui offrait une pharmacie avec concession impériale pour... Il s'assoupit.

A Kolin, Rodolphe le secoua.

« Remue ta viande, mon vieux! On campe ici. Dans quelques minutes, il faudra être au garde-à-vous. L'état-major va nous passer en revue... »

Ratislav ajusta sa blouse d'infirmier. Il plongea la tête dans le seau d'eau glacée que Rodolphe venait de puiser dans le fleuve Labé, sur les rives duquel l'armée campait. Après avoir disposé leurs fusils en faisceau, les soldats montèrent les tentes, puis entassèrent des branchages de bois mort. Tout à coup, comme si une mèche invisible venait de s'enflammer, plusieurs brasiers s'allumèrent le long du cours d'eau.

« On dirait que la Terre se révolte contre le Ciel! » remarqua Ratislav.

Rodolphe le regarda d'un air surpris.

« Quoi? Qu'est-ce que tu dis?

– Tu trouves pas ça... Comment dire? Emouvant... De voir toutes ces lumières s'allumer presque dans le même temps pour chasser l'obscurité? »

Rodolphe tapota sa tempe.

« Si tu es déjà dans cet état avant d'arriver en Serbie, sûr que tu ne feras pas de vieux os! Ce ne sont pas des poètes dont j'ai besoin, mais des brancardiers! »

Il prit Ratislav par les épaules et l'entraîna vers le feu où les militaires s'alignaient sous les injonctions des adjudants.

L'état-major au grand complet arriva un peu plus tard. Un général autrichien, suivi d'une cohorte d'officiers, commença de passer le détachement en revue. Les uniformes chamarrés brillaient à la lueur des flammes. Dans l'ombre de la nuit, les visages enfouis sous les casques demeuraient invisibles. Soudain, la mine scandalisée, le général s'arrêta à la hauteur d'un jeune conscrit accoudé d'un air nonchalant sur son fusil.

« Qu'est-ce qui vous prend? cria-t-il.

– Vive l'indépendance de la Bohême! » répliqua l'adolescent en se redressant.

On entendait le crépitement des branches de bois mort en train de se consumer. Des flammèches rougeoyantes, poussées par le vent, venaient mourir aux pieds des soldats figés en un garde-à-vous apeuré. Le général dévisagea le protestataire, puis lui fit signe d'avancer.

« Sachez, monsieur, dit-il d'un ton sec, que si la guerre avait été déclarée, je vous aurais fait fusiller sur-le-champ. Mais soyez certain que si les hostilités sont ouvertes un jour, je vous ferai placer à l'avant des premières vagues d'assaut. »

Il claqua des doigts. Deux ordonnances s'approchèrent.

« Vous êtes muté dans un bataillon disciplinaire! Rompez! »

Le jeune homme se plaça sans hésitation entre les militaires qui l'emmenèrent. Le général reprit son inspection.

Après qu'il eût disparu dans la nuit, un lieutenant ordonna aux recrues de rompre les rangs. Ratislav s'avança vers Rodolphe, debout près du feu.

« Dis donc! Ça arrive souvent?

– Chaque fois que des exaltés ne pensent pas plus loin que le bout de leur nez! répondit le médecin. C'était encore un de ces nationalistes républicains, intoxiqués par la propagande, qui veulent tout foutre en l'air pour créer un Etat tchèque. Des cons! Je te le dis! Des cons! Pas vrai?

– Je me fous de tout ça! Au fait, c'est lui, le général à qui tu vas demander pour mon copain? »

Rodolphe alluma un cigare à l'aide d'un tison.

« Toi au moins, tu as de la suite dans les idées! Oui, c'est à lui que je vais m'adresser. J'espère au moins que ton ami n'est pas nationaliste?

– Oh non, se récria Ratislav, pas du tout! Tu parles! Ce ne sont pas des gens que je fréquente. »

*

Allongé sur des sacs postaux bourrés de courrier, Viktor tentait de se réchauffer en se recroquevillant sur lui-même. Il ne cessait de râler. Quatre heures qu'ils attendaient dans cette putain de gare de Tabor qu'un train vînt les prendre pour les emmener à la frontière russe! C'était incroyable! Pourquoi les avait-on forcés à marcher si vite depuis Bechyné?

« Ta gueule! lui lança son voisin. Tu seras toujours assez tôt là-bas, à courir devant les moujiks! »

Viktor se tut. L'autre avait raison. C'était bien la peur qui le faisait parler comme ça. Cette putain ne le quittait pas depuis leur départ de Pisek.

Il s'enfonça encore plus dans les sacs pour y trouver de la chaleur. Cela l'amusa d'imaginer qu'il se vautrait sur un paquet de lettres, surprises, comme lui, par la guerre.

« Elles n'arriveront jamais à destination... », songea-t-il.

Il supposa ce qu'elles devaient contenir : des déclarations d'amour, des recommandations attentives de mères à leurs enfants, des récits d'événements quotidiens sans importance. Son regard fut attiré par la fermeture de l'un des sacs. Sa ficelle distendue laissait apparaître des enveloppes. Viktor plongea la main et sortit discrètement un paquet de lettres qu'il glissa sous sa gabardine. Il ressentit un vague sentiment de culpabilité.

« Bah! se rassura-t-il, cela me fera de la lecture quand je m'ennuierai. »

Tout à coup, un murmure de satisfaction se propagea parmi les soldats, avachis sur le sol.

« Voilà le train! Voilà le train! »

Les plus impatients se levèrent et scrutèrent la nuit qui commençait au bout du quai. Les fanaux de la locomotive surgirent de l'obscurité. Parfois, des volutes de fumée venaient troubler la lumière qu'ils dispensaient. L'avant de la machine apparut.

Viktor se sentit soulevé et emporté vers le wagon qui venait de s'arrêter à quelques mètres de là.

Chaque compartiment communiquant avec l'autre, les cris, les jurons et le trépignement des soldats se confondaient en un brouhaha indescriptible. Malgré la bousculade, il parvint à trouver une place proche d'une fenêtre. Il jeta son barda dans le porte-bagages en bois qui surplombait le siège, puis se recroquevilla dans son coin.

Il jeta un œil sur ses compagnons. La plupart,

ivres de vin et de fatigue, rotaient et riaient pour des bêtises. Il ferma les yeux. Combien aurait-il donné pour que Jaroslav fût à ses côtés! Ils auraient pu évoquer Svikov, la scierie, leurs copains et leur famille. Lui, aurait parlé de sa mère et de ses sœurs. Son voisin lui donna un coup de coude.

« Hé, mon pote! Un coup de gnôle? »

Viktor serra les poings mais ne bougea pas. Un autre soldat venait d'interpeller le premier.

« Laisse-le! Il y viendra un jour. »

Le train s'ébranla. Viktor regarda les lampadaires du quai défiler de plus en plus vite, puis ce fut l'obscurité totale. Il se laissa alors bercer par le tangage du wagon. Les éclats de voix se confondirent bientôt avec les craquements de la carlingue, le choc des roues contre les rails et le sifflement de l'air. Les quelques soiffards du compartiment s'assoupirent. Les autres continuèrent leurs conversations à voix basse. Viktor tenta de discerner les visages dans la lumière tamisée que dispensaient les lampes accrochées au plafond. Il y renonça très vite et entra dans un sommeil agité.

Il sursauta. Il faisait encore nuit : un soldat debout en face de lui vociférait contre un autre.

« Pauvre con! Tu ne peux pas faire gaffe quand tu dégueules! Regarde mon uniforme! »

Le fautif, confus, essuyait le vomi à l'aide d'un mouchoir.

« Excuse, répétait-il, j'ai pas pu m'en empêcher. »

Ceux qui s'éveillaient se moquaient du malade.

« Hé! Quand on tient pas la bière, on boit pas! »

Celui-ci continuait de frotter l'uniforme.

« Je t'assure, disait-il, j'ai pas pu me retenir! J'ai pas pu... »

L'autre ricana. Encouragé par l'assemblée, il saisit le pochard par le col et lui écrasa son poing sur la figure.

Le type roula au sol, se releva avec difficulté et se mit en garde. Les conscrits, excités, montaient sur les sièges pour dégager la place et les encourageaient en criant. L'ivrogne, amolli par sa cuite, prenait des coups à répétition, sans pouvoir en rendre aucun. Sa lèvre inférieure éclata. Il cria grâce. L'autre, insensible à ses gémissements, continuait à cogner. Lorsqu'il se trouvait déséquilibré par un déplacement trop violent du wagon, les soldats l'aidaient à se remettre d'aplomb et le poussaient sur la victime allongée par terre.

Soudain, Viktor jaillit de sa place et tira le vainqueur de côté.

« Laisse-le! Tu vas finir par le tuer! »

Celui-ci, stupéfait, se dégagea violemment.

« Ah, tu en veux aussi pour ton compte? » s'écria-t-il en lui envoyant son poing dans le ventre.

Viktor sentit une violente douleur lui déchirer l'abdomen. Furieux, il répliqua aussitôt en frappant surtout le visage de son assaillant.

« C'est ma seule chance! C'est ma seule chance! »

L'autre, bousculé, encaissait en grognant. Heureux de voir le combat continuer, les conscrits hurlaient encore plus fort et soutenaient plutôt Viktor, qui avait pris le dessus. Tout à coup, deux adjudants autrichiens, alertés par le remue-ménage, firent irruption dans le compartiment en distribuant des coups de cravache au hasard. Ils se saisirent des adversaires.

« Suivez-nous! » ordonnèrent-ils.

Viktor protesta mais il fut violemment poussé par l'un des sous-officiers.

« Avance! Tu t'expliqueras avec le lieutenant! »

Au passage, Viktor dévisagea l'ivrogne qui tamponnait son visage tuméfié à l'aide de sa manche.

« Merci, grommela ce dernier, tu... »
Viktor n'entendit pas la suite. Le soldat autrichien le bousculait à nouveau. Le lieutenant qui lisait, allongé sur une couchette, n'écouta pas le compte rendu des gardes jusqu'au bout.
« Foutez-les-moi dans le wagon aux bestiaux! dit-il. On s'occupera d'eux à Brno! »
Les deux garçons s'assirent côte à côte dans la paille.
« Vous n'avez qu'à vous battre ici, leur lança l'adjudant. Ça ne dérangera que les bêtes! »
Viktor craqua une allumette. Les chevaux, surpris par la lumière, s'agitèrent. Il dévisagea son vis-à-vis. Tous les deux éclatèrent de rire.
« Bon dieu, quelle connerie! s'exclama-t-il. Comment t'appelles-tu? Moi, c'est Viktor...
– Jean! répondit l'autre. Tu veux une cigarette? »
Ils allumèrent chacun la leur. Chaque fois qu'ils tiraient une bouffée, les bouts incandescents éclairaient faiblement l'endroit.
« Dis donc! s'écria Jean. Ce n'est pas le château de Schönbrunn, ici!
– C'est quoi ça? demanda Viktor.
– L'une des résidences de l'Empereur... »
Viktor garda le silence. Jean se leva.
« Ce n'est pas le tout, dit-il en déboutonnant sa braguette, il va bien falloir que je la vide, cette bière!
– Tu ne vas pas pisser ici! s'étonna Viktor.
– Et pourquoi non? Tu crois que les chevaux attendent d'arriver en gare pour le faire? »
Quand il eut fini, il revint s'asseoir.
« Tu vas te battre contre les Russes, toi? demanda-t-il à Viktor
– Evidemment! répliqua ce dernier.
– Dans ce cas-là, je crois bien que tu seras le seul du régiment!

– Pourquoi? s'inquiéta Viktor.

– Je n'ai pas rencontré ici un seul soldat qui se sente autrichien ou hongrois! La plupart, comme nous, sont tchèques! Alors pourquoi irions-nous nous faire tuer pour des Autrichiens en nous battant contre des Russes qui, eux au moins, ont toujours encouragé la création d'un royaume de Bohême? »

Jean se tourna vers Viktor.

« Eh bien quoi? Tu ne dis rien? »

Celui-ci secoua la tête. Evidemment qu'il se taisait! Il n'y connaissait rien, à toutes ces histoires. Jaroslav lui rebattait les oreilles avec ses soviets et maintenant Jean lui parlait d'un royaume de Bohême!

« Non, finit-il par répondre, c'est trop compliqué pour moi, tout ça! Je... »

Le convoi passait par une succession d'aiguillages dans un vacarme de ferraille épouvantable.

« En tout cas, reprit Jean quand le bruit se fut atténué, je te conseille de déserter, et vite, si un jour tu te trouves face aux cosaques. Il vaut mieux se mettre à leur service, crois-moi! S'ils déclarent la guerre à l'Autriche, ils la gagneront. Le Tsar ne plaisante pas. »

Il se tut. Peu après, il s'endormait, la tête sur l'épaule de Viktor. Ce dernier frissonna. Ces fichus courants d'air qui passaient entre les lattes de la cloison lui glaçaient le sang! Il ramena ses jambes contre lui et les recouvrit de sa gabardine humide.

*

Ian sentit qu'on le secouait. Il se colla contre Simone qui dormait en chien de fusil.

« Il faut vous lever! dit Wilfrid. On ne va pas tarder à y aller. Je vous laisse la lampe! »

Ian se retourna.

« Oui, oui, on arrive! »

L'aubergiste disparut. Ian écouta son pas lourd décroître dans l'escalier. Simone, blottie sur son épaule, ne semblait pas vouloir s'éveiller. Il l'embrassa.

« Hé! Ma petite étoile... Il faut ouvrir les yeux. On file vers l'Italie!

– J'aime quand tu m'appelles ainsi... », répondit-elle en le serrant dans ses bras.

Doucement, elle lui caressa le torse et fit glisser ses doigts sur son ventre jusqu'à ce qu'elle sentît le contact chaud de son sexe dressé. Elle rampa au-dessus de lui. Elle s'excita en frôlant sa peau du bout de ses mamelons durcis. Puis elle emprisonna son sexe entre ses cuisses et l'effleura avec le sien. Quand elle sentit venir le plaisir, elle recula, toujours avec lenteur. Peu après, Ian agrippa ses fesses avec force et imprima à son corps un rythme régulier de va-et-vient. Elle se laissa guider de plus en plus vite. Ses gémissements de jouissance se confondirent bientôt avec les cris de Milan qui s'éveillait. Comme les appels du petit redoublaient, Simone le rejoignit.

Ils s'habillèrent rapidement et descendirent. Wilfrid servait du lait pour Milan. Celui-si s'avança vers la table d'un pas mal assuré. Wilfrid s'accroupit et lui tendit les bras. L'enfant, amusé, s'y précipita.

Ils se mirent en route à cinq heures précises. Wilfrid avait donné à Ian un vieux sac à dos, au fond duquel on avait découpé deux trous.

« C'est pour laisser passer les jambes du petit », avait-il expliqué en aidant Ian à le charger.

Le jour se levait, très loin, à l'horizon. La brume d'été obscurcissait encore la vallée. Ian caressa le cheval attaché à l'un des anneaux de la façade de l'auberge.

« A bientôt, mon vieux! » murmura-t-il.

Wilfrid se retourna.

« Je le soignerai bien et je vous le ramènerai à Tarvisio dans quelques jours. »

Sans attendre, il entraîna le petit groupe.

« Il va falloir marcher à une allure régulière, recommanda-t-il. C'est la meilleure manière de ne pas se fatiguer. Et si je vous donne un ordre, obéissez immédiatement. Si vous n'en voyez pas la raison, moi, je sais pourquoi ! »

Ils entamèrent l'ascension du col qui dominait Hohenthurn. Le chemin serpentait dans la forêt de sapins. Ils avançaient en file indienne, silencieux. Ian fermait la marche. Il aimait entendre craquer le tapis d'épines sous ses chaussures. Il évitait les mouvements brusques pour ne pas réveiller Milan qui dormait, la tête contre son épaule.

Wilfrid grimpait d'un bon pas, les sens en alerte. A cette heure-ci, ils pouvaient très bien se retrouver nez à nez avec une patrouille de gendarmes alpins autrichiens.

Vers sept heures, il proposa à Ian et à Simone de s'arrêter. Ceux-ci s'affalèrent, à bout de souffle. Il leur passa une gourde d'eau fraîche.

« Buvez le moins possible. Rafraîchissez-vous la bouche, c'est tout.

– Comment faites-vous pour aller aussi vite, à votre âge ? demanda Ian, toujours hors d'haleine.

– Il y a vingt ans de cela, répondit le vieil homme, j'étais guide de montagne dans le Tyrol, à quelques vallées d'ici. J'emmenais des riches sur les sommets jeter un regard dominateur sur le monde...

– Et pourquoi avez-vous arrêté ? » s'enquit Simone.

Wilfrid, debout, observait l'horizon montagneux qui se détachait nettement sur le ciel.

« J'avais une femme et un fils de l'âge du vôtre, dit-il d'une voix sourde. Un dimanche, elle a voulu escalader ce maudit Grössgluckner, avec l'enfant sur le dos. On l'avait mis dans le sac que je vous ai donné. Je ne voulais pas y aller! " Ne t'inquiète pas, m'avait-elle répondu, tu sais que je connais la montagne aussi partaitement que toi. Il n'y a pas de danger! " C'était vrai! Alors nous sommes partis. Et puis... Ils n'ont jamais atteint le sommet. Elle a dévissé. Pas de bien haut, mais suffisamment pour les tuer. Et dire que je ne les avais pas encordés! »

Ian et Simone, émus, demeuraient silencieux.

« Chacun son fardeau... conclut-il. Allons! Continuons! »

Ils progressèrent durant deux heures avant d'atteindre le sommet. Ils se dissimulèrent derrière l'un des grands rochers qui parsemaient la passe. Wilfrid sortit une longue-vue télescopique de sa besace.

« La frontière est en bas, dit-il en désignant la vallée du doigt, à peu près à la hauteur de l'orée du bois de sapins. Plus loin, le village que vous apercevez, c'est Tarvisio, où je dois vous amener. »

Il détailla le paysage.

« Le danger, continua-t-il, est de les voir surgir au dernier moment de la forêt! Ils vous tirent alors comme des lapins! Que ce soit les Autrichiens ou les Italiens. Je crois que pour cela, ils s'entendent. Ça les amuse! »

Maintenant, le soleil illuminait complètement l'endroit. Appuyés contre la roche, Ian et Simone ruisselaient de sueur. Milan, que la situation semblait amuser, demeurait sage. Wilfrid se dissimula.

« Tiens! Les voilà qui font leur ronde, ces salauds! »

Il ajusta sa lunette.

« Les Autrichiens... »

Il se tourna vers Ian et Simone.

« On va attendre qu'ils repartent. En général, les Italiens passent plus tard de leur côté. Parlez! Ils se foutent de la contrebande. Ils ont besoin de marchandises, eux! Bon! Ecoutez-moi bien! On va dévaler la pente en zigzaguant, pour qu'ils aient du mal à ajuster leur tir, au cas où... On se donne rendez-vous au sapin qui domine les autres, là-bas! »

Ian et Simone se penchèrent pour voir et acquiescèrent.

« Allez, bonne chance! murmura-t-il, nous partirons à mon signal! »

Ian et Simone s'embrassèrent.

« N'aie pas peur, mon chéri, dit-elle à Milan, on va jouer à cheval avec papa! »

Elle lui caressa le visage.

« Bien! reprit Wilfrid, je pense qu'ils sont partis de l'autre côté, vers la Plöcken Pass. De là, normalement, ils ne peuvent pas nous voir! Allons-y! »

Ils se mirent à courir. Inquiet, Ian suivait du regard la descente de Simone. Celle-ci se retournait parfois vers lui. Milan criait de joie dans le sac, en agitant les bras. Wilfrid, plus rapide, atteignait déjà le chemin frontalier. Soudain, des ordres en allemand retentirent dans leur dos.

« Stop hier! Stop hier! Verboten...! »

Wilfrid cria à son tour.

« Ne vous arrêtez pas! Ne vous arrêtez pas! »

Ian, affolé, accéléra sa course. Simone, plus maladroite, perdait de la vitesse. Les gardes se mirent à tirer. Ian encourageait Simone qui paraissait s'essouffler.

« Tiens bon! cria-t-il. Tiens bon! On y est! »

Milan, qui percevait maintenant le danger, se démenait en pleurant. Ils atteignaient la lisière de la forêt, quand Simone hurla de douleur et tomba. Wilfrid se précipita et la tira à couvert.

« Où avez-vous mal? demanda-t-il.

– A la jambe gauche! » répondit-elle en serrant les dents.

Ian l'enlaça.

« C'est rien, ma chérie! C'est rien! »

Wilfrid le bouscula.

« Bon dieu, ce n'est pas le moment des effusions!

Descendez tout droit jusqu'au ruisseau. Maintenant on ne risque plus rien. Les Autrichiens ne viendront pas jusqu'ici de peur de tomber sur les Italiens. Je m'occupe d'elle. »

Ian hésita. Simone lui fit signe d'y aller.

« Dépêche-toi! Prends garde à Milan! »

Wilfrid déchira le pantalon de la jeune femme jusqu'à la cuisse où la tache de sang s'élargissait. Simone, en sueur, se raidissait de douleur.

« Je pense que ce n'est pas trop grave! dit-il. La balle a dû pénétrer dans la jambe, vers le genou! »

Il défit sa ceinture et confectionna un garrot.

« Ça vous aidera à tenir jusqu'au village. Ce n'est pas trop loin! Appuyez-vous sur moi! Allez, en route! »

Il la prit par la taille et ils entamèrent la descente.

Simone n'en pouvait plus lorsqu'ils parvinrent à l'auberge de Tarvisio. L'hôtelier, qui connaissait Wilfrid, ne demanda rien. Il leur montra la chambre et redescendit.

Alors qu'ils l'allongeaient sur le lit, Simone saisit la main de Ian et éclata en sanglots.

« Je n'en peux plus! confia-t-elle entre deux hoquets. Je n'en peux plus tellement j'ai mal! »

Il lui épongea le visage.

« Ne t'inquiète pas, petite étoile! Wilfrid est allé chercher du secours. »

Le docteur ne fut pas long à venir. Il nettoya la plaie, puis s'activa en silence. Ian se sentait rassuré. Le type était jeune et agissait avec des gestes précis. Simone mordait l'oreiller de souffrance.

« Donnez-moi une cuvette d'eau chaude! » demanda le médecin.

Wilfrid la lui apporta.

« Il faut extraire la balle puis désinfecter, continua-t-il, mais je ne veux pas vous raconter d'histoires. L'articulation semble en bien mauvais état! »

Il mena l'opération promptement, puis confectionna un pansement.

Simone, épuisée, s'assoupit. Le docteur se lava les mains.

« Je reviendrai tout à l'heure lui mettre une compresse avec des attelles. Elle en a pour plusieurs semaines à récupérer. Et je ne suis pas sûr qu'elle remarchera normalement un jour... En tout cas, si vous voyez le moindre signe de fièvre, prévenez-moi immédiatement! »

Il prit congé.

Ian, épuisé, s'assit sur le bord du lit. Il chercha Milan des yeux. Celui-ci dormait sur le tapis. Wilfrid, debout près de la fenêtre, tirait sur sa bouffarde. Il regardait mourir le soleil au loin, du côté des Dolomites.

*

Le lendemain matin au château de Schönbrunn, l'empereur François-Joseph Ier, entouré de son ministère et de son état-major au grand complet, décidait de déclarer officiellement la guerre à la Serbie.

*

Ratislav l'apprenait à la gare de Brno, où le train dans lequel il se trouvait avec son régiment s'arrêtait pour se ravitailler en charbon.

Viktor et Jean en étaient informés par les geôliers qui les gardaient dans le wagon à bestiaux.

Enfin, Ian lisait la nouvelle dans le journal que l'hôtelier lui avait remis.

CHAPITRE II

Ratislav emprunta un crayon et une feuille de papier à Sknouril, puis alla s'asseoir contre un arbre de la clairière. Il s'adossa confortablement et commença d'écrire :

« *Baja, le 17 août 1914.*

Chère Jilha,

Déjà trois semaines que nous avons quitté Prague et nous venons seulement d'atteindre la frontière serbe. Je n'ai encore entendu aucun coup de canon, ni vu un seul soldat ennemi. Décidément, " cette guerre qui embrase l'Europe ", comme le dit Rodolphe, le médecin-chef, me semble bien lointaine... »

Il haussa les épaules et chiffonna la lettre.

« Que je suis con! Je ne vais pas me mettre à lui écrire, non! »

Il ferma les yeux. Il se rappela le corps de Jilha, les lignes harmonieuses de ses reins, la rondeur de ses fesses... Pour oublier, il s'intéressa aux bruits de la forêt, mêlés à ceux de la troupe qui s'y trouvait disséminée. On entendait des chocs de mousquetons, des cris de conducteurs de voitures et des rires de militaires assemblés autour des feux de camp. Parfois, un léger souffle de vent venait rafraîchir son visage. Il se laissait glisser dans un rêve, quand Rodolphe se mit à gueuler sur le seuil de la voiture-infirmerie :

« Où il est, ce brancardier de mes deux? »

Ratislav se leva avec précipitation.

« Je suis là! Je suis là!

– Eh bien, mon vieux! Tu en fais, une tête! Tu m'as l'air bien chiffonné! Tu connaîtrais pas le mal du pays, par hasard? »

Ratislav éluda la question.

« Que veux-tu? »

Le médecin lui tendit un verre de schnaps.

« Tiens! Bois! Ça te remettra la tête et le reste d'aplomb! En fait, tu as besoin de te vider les burnes, mon vieux. Eh bien, ça tombe au poil. Ce soir, au quartier général, on donne un bal. Les huiles veulent fêter à l'avance la raclée qu'on va mettre aux Serbes. Il y aura des femmes, ça c'est sûr! Toutes les cantinières! Si tu es un peu malin, tu arriveras bien à... »

Ratislav l'interrompit.

« Arrête donc! Je ne suis pas invité, moi!

– Ne t'inquiète pas, répliqua Rodolphe, si tu t'amènes avec moi, on te laissera passer! »

Vers neuf heures, ils quittèrent la voiture qu'ils confièrent à Sknouril. Ratislav avait passé une veste d'uniforme du docteur qui lui allait à peu près. Il avait seulement dû en rentrer les manches, un peu longues. Lorsqu'il avait voulu découdre les barrettes de commandant, Rodolphe l'en avait dissuadé.

« Dans l'obscurité, personne n'y verra rien et puis auprès des femelles, ça te donnera du poids. Elles savent reconnaître les grades, les garces! »

Dans le lieu réservé au bal, un orchestre juché sur une estrade jouait une valse de Strauss. Sur la piste trop petite, les couples se bousculaient. Ratislav trouva les femmes aussi désirables les unes que les autres.

« D'où sortent-elles? demanda-t-il à Rodolphe.

– Des putes déguisées! » répondit celui-ci.

Ils se rendirent au buffet. Sur les tables, éclairées par des lampes-tempête, s'entassaient des victuailles de toutes sortes et d'innombrables chopes de vin et de bière.

« De quoi nourrir le régiment! s'exclama Rodolphe.

– Ça va nous changer! répliqua Ratislav en pensant à la soupe infâme qu'on leur servait d'ordinaire.

– Allez, je te laisse! reprit Rodolphe. Va t'envoyer une petite! Et fais-le avant d'avoir trop bu, sinon on ne bande pas! »

Il disparut dans la foule.

Ratislav se fraya un chemin jusqu'à une table.

Tandis qu'il s'empiffrait de cochonnailles arrosées de bière, des militaires tentaient d'engager la conversation avec lui. Il répondait par onomatopées pour les décourager. Quand il se sentit repu, il s'approcha de la piste. Qu'elles lui semblaient belles, ces catins! Mais où se cachaient-elles donc! Cela ne passait tout de même pas inaperçu, des femmes pareilles! Un instant, l'une des danseuses lui évoqua Jilhava. Il aurait bien aimé qu'elle fût là. Il s'avança près de l'orchestre et surveilla la fille. Quand le blanc-bec qui la tenait dans ses bras l'aurait lâchée, il irait l'inviter! Si c'était une grue, comme le prétendait Rodolphe, ce ne serait pas difficile d'aller plus loin.

L'orchestre acheva le morceau. Les danseurs s'inclinèrent devant leurs cavalières qui firent une révérence. Ratislav n'en revenait pas. Le « blanc-bec » n'était autre que Tchetchek! Ils tombèrent dans les bras l'un de l'autre.

« Incroyable! répétait Tchetchek. Je pensais ne jamais te revoir! J'ai essayé de convaincre mon imbécile de lieutenant de me laisser te rendre visite. Il a toujours refusé. »

Ratislav demeurait silencieux. Revoir son ami lui procurait une joie profonde.

« Mais qu'est-ce que tu fous là? s'étonna-t-il enfin.

– Les relations, mon vieux! répondit Tchetchek. Et toi?

– Les relations! »

Tchetchek se tourna vers sa cavalière.

« Je te présente Marie, trente ans bien sonnés, mais encore la plus belle du régiment! Et consentante au-delà de toutes limites! Il suffit de suggérer avec distinction. »

Ratislav s'inclina avec exagération puis porta la main de Marie à ses lèvres.

« Mes hommages, madame! dit-il avec une emphase amusée. Voulez-vous m'accorder cette valse?

– Mais avec plaisir, répondit-elle sur le même ton.

– Je te la laisse juste pour une danse! » avertit Tchetchek en lui donnant une bourrade amicale dans le dos.

Ratislav entraîna Marie à contretemps.

« Eh bien, commandant? s'étonna-t-elle en pouffant de rire. Arrêtez de me reluquer avec ces yeux-là! Regardez plutôt où vous mettez les pieds! »

Le couple tournait de plus en plus vite. Brusquement, Ratislav éprouva une violente nausée. Il avait trop bu et trop mangé pour évoluer ainsi! Si ça continuait, il allait vomir... Il se laissa conduire par Marie. Sa vue se brouilla. Il s'affala de tout son long et rendit d'un seul coup ce qu'il avait ingurgité.

Les danseurs s'écartèrent. Les ricanements des femmes se mêlaient aux rires gras des soldats. Des quolibets fusaient ici et là.

Rodolphe s'approcha.

« Alors, commandant de mes deux! On tient pas l'alcool? »

Ratislav s'appuya sur son bras.

« C'est rien! J'ai eu...

– Tu n'as pas besoin de t'excuser, mon vieux! Ça nous est tous arrivé! »

Il lui tendit sa fiasque d'alcool.

« Tiens! Si tu veux continuer d'embrasser les filles, tu as intérêt à te rincer le gosier! »

A cet instant, Marie empoigna Ratislav.

« Viens! » dit-elle en l'entraînant fermement en dehors de la piste.

Ils retrouvèrent Tchetchek qui revenait du buffet, une bouteille de schnaps à la main.

« Tu en fais, une tête! s'étonna-t-il. Marie t'aurait-elle déjà...

– Tais-toi donc! l'interrompit celle-ci. Il a besoin de se reposer. Aide-le à retourner à son cantonnement. Je vous laisse. Tu n'auras qu'à venir me rejoindre... »

Ratislav qui recouvrait ses esprits la saisit par la main.

« Venez avec nous, je vous invite à l'infirmerie! A défaut de médicaments, il y a de quoi boire... »

Marie accepta. Ces deux gamins l'émouvaient. Elle se plaça entre eux et ils s'enfoncèrent dans l'obscurité du sous-bois.

Parfois, lorsqu'ils passaient devant des feux de camp, les soldats qui veillaient les apostrophaient :

« Venez donc avec nous! Quand il y en a pour deux, il y en a pour tous! »

Mais le trio continuait son chemin. La bouteille d'alcool circulait de main en main. Parfois celles des garçons s'attardaient sur les rondeurs de Marie. Elle se faisait alors plus lourde à leurs bras et s'offrait à leurs attouchements. En retour, elle osait sur l'un ou sur l'autre une caresse obscène qui les faisait taire. Ils arrivèrent au bivouac, complètement éméchés. Ils marchaient d'un pas emmêlé et criaient à tue-tête qu'il fallait en profiter pendant qu'il en était encore temps. Ils s'affalèrent sur un tas de foin destiné à nourrir les chevaux. Un peu plus loin, le halo d'un feu de camp moribond n'éclairait plus que les branches d'arbres les plus basses. Ratislav et Tchetchek firent l'amour avec Marie. Ils s'endormirent recroquevillés les uns contre les autres.

Dans son sommeil, Ratislav entendit un sifflement qui lui sembla interminable. Il ouvrit les yeux. L'obus explosa à quelques mètres de là. Aussitôt des cris jaillirent de tous les côtés. Les soldats, à moitié endormis, couraient à l'aveuglette en gueulant à pleins poumons que l'ennemi attaquait. Ratislav, Marie et Tchetchek hésitèrent, puis ce dernier les entraîna.

« Vite, dans le trou du premier obus! »

Les sifflements et les explosions se répétaient sans cesse. Le cheval de la voiture-infirmerie, attaché aux brancards, hennissait en lançant de furieuses ruades. Lorsqu'ils eurent plongé dans le cratère, Marie se nicha entre les deux garçons.

« Pourquoi tu nous planques là? cria Ratislav.

Parce qu'il y a peu de risques qu'un obus tombe au même endroit! » répondit Tchetchek.

Le sol tremblait si violemment qu'ils devaient se cramponner les uns aux autres pour ne pas être projetés plus loin. Ils dissimulaient leur visage afin de n'être pas atteints par les gerbes de terre qui retombaient sur eux. Ratislav ne parvenait pas à maîtriser le claquement répété de ses mâchoires. Il croyait avoir froid, chaud, être sourd, aveugle, il ne savait plus. Il n'ouvrait même plus les yeux.

« Les salauds! Les salauds! » répétait Tchetchek.

Ratislav se pressa plus fortement contre Marie. Sa chaleur lui fit du bien. Il se mit à pleurer. La peur!

Cette putain de peur dont lui avait parlé Rodolphe! Elle le tenait là, au creux du ventre! Le goût salé de ses larmes se mélangeait à celui de la terre qui lui emplissait la bouche.

Bientôt, les coups de canon s'espacèrent. Puis ce fut le silence. Marie et les deux amis restèrent prostrés. Ratislav se mit à pisser sur lui. Il en éprouvait à la fois du dégoût et de la joie. La trouille l'abandonnait doucement. Ils relevèrent la tête. Ici et là, on apercevait des soldats allongés sur le sol. Certains étaient morts, d'autres râlaient en se mouvant avec lenteur. Ratislav et Tchetchek se regardèrent et éclatèrent de rire. Marie les imita. C'était si bon de se sentir encore en vie!

Rodolphe, aidé de Sknouril, prodiguait les premiers soins aux blessés.

Il aperçut le trio hilare et se mit en colère.

« Enfoirés! Au lieu de vous marrer, vous feriez mieux de nous donner un coup de main! Ratislav et toi, dit-il en désignant Tchetchek, prenez un brancard et amenez-moi les blessés vers l'infirmerie. Vous, la fille, venez avec moi, vous me servirez d'infirmière! »

Les jeunes gens s'exécutèrent.

Ratislav et Tchetchek se précipitaient d'un blessé à un autre. Ils ramenaient en priorité les plus épargnés. Ceux qu'ils délaissaient les appelaient faiblement lorsqu'ils passaient près d'eux. Parfois, Ratislav reconnaissait l'un des camarades de son unité. Tchetchek courait derrière lui en silence, les mâchoires serrées. A l'occasion de l'un de leurs retours, Rodolphe leur servit un verre d'alcool.

« Eh! Les fillettes! Ne vous laissez pas impressionner par le sang! s'exclama-t-il. Ils peuvent en perdre des litres! On en a toujours trop... »

A midi, les deux garçons partaient encore, tels des automates, à la recherche d'un soldat toujours vivant qui aurait échappé à leur vigilance. Mais désormais, ceux qu'ils trouvaient étaient bel et bien morts. Certains, les yeux ouverts, semblaient rêvasser. D'autres, méconnaissables, n'étaient plus qu'amas de chair sanguinolente. Lorsqu'ils chargeaient les cadavres sur les brancards, ils en chassaient les mouches d'un geste rageur, puis les recouvraient d'une toile de tente.

« On ne va quand même pas les laisser se faire bouffer! répétait Tchetchek, les vers y suffiront bien. »

Toutes les victimes furent disposées les unes auprès des autres, à quelques mètres de la voiture-infirmerie. Ratislav et Tchetchek, debout côte à côte, demeurèrent immobiles, à les regarder. Rodolphe les appela.

« Ce n'est pas la peine de les reluquer comme ça! Ça les ressuscitera pas! Venez plutôt aider Marie à rapiécer ces salauds de vivants qui n'arrêtent pas de gueuler! »

Plus tard, Ratislav et Tchetchek, fatigués, découpaient les uniformes, nettoyaient les plaies en maintenant les hommes qu'il fallait amputer, avec la même indifférence que le médecin. En début de soirée, le commandant du régiment s'arrêta dans la clairière.

« Du beau travail, dit-il à Rodolphe en considérant les blessés, vraiment du beau travail! »

Puis il continua son chemin. Un peu plus loin, des recrues creusaient une fosse pour y enterrer les morts. Certains plaisantaient mais le cœur n'y était pas. D'autres, figés au bord du trou, semblaient absorbés dans une longue prière. Ratislav et Tchetchek, assis sur l'une des marches de la voiture, fumaient une cigarette.

« Ils n'auront pas eu le temps de dire ouf, ceux-là! murmura Ratislav.

– Oui! répondit Tchetchek. Et tout cela pour

quoi? Ils en avaient rien à foutre, des Serbes! Tu m'entends! Rien à foutre! »

Ratislav gardait le silence. Tchetchek avait peut-être raison? Il n'en savait rien. Mais ressasser sa rancœur à un tel moment lui paraissait extravagant. La guerre était là, il fallait faire avec! Quand Marie vint s'asseoir auprès d'eux, il l'embrassa sur la joue. Le sourire qu'elle lui renvoya ressemblait plutôt à une grimace. Elle prit la cigarette de Tchetchek et aspira plusieurs bouffées en regardant au loin.

Le souvenir de Jilhava traversa l'esprit de Ratislav. Il haussa les épaules, puis se leva pour allumer un feu. Un officier, qui surveillait un détachement en train de creuser une tranchée, l'en dissuada.

« Vous êtes fou, non! Vous voulez que ce soir ils nous tirent comme des lapins! »

Ratislav demeura immobile, un fagot dans les bras, à considérer le militaire d'un air stupide. Il lâcha le bois et revint à l'infirmerie prêter main-forte aux autres.

La nuit tomba plus rapidement que d'habitude. « C'est la fin de l'été », songea Ratislav, tandis qu'il recouvrait les blessés avec des couvertures dégotées dans la voiture. Le vent glacial qui s'était levé en fin d'après-midi se faisait plus mordant.

« Vent du Tser, vent d'hiver », chuchota un jeune qu'on avait amputé d'un bras.

Ratislav acquiesça silencieusement.

« Je suis d'ici, continua l'autre. Tu vois ce pic là-bas? C'est lui, le mont Tser. Ça va être dur de le prendre aux Serbes. Il faut grimper et c'est raide, crois-moi! Je l'ai escaladé à plusieurs reprises quand j'étais gamin. On y construisait des cabanes dans des coins secrets et on jouait à la guerre... »

Il contempla la montagne, durant un long moment.

« Si j'avais su! reprit-il, je me serais caché dans la

mienne et je n'en aurais jamais bougé. On ne m'aurait pas retrouvé et... »

Une violente douleur le fit taire. La sueur ruisselait sur son visage. Il saisit le bras de Ratislav.

« Tu veux bien me donner de l'eau... »

Celui-ci revint peu après avec une gourde.

« Ça ne t'ennuie pas que je te parle? » demanda le blessé.

Ratislav secoua la tête.

« Tu sais, j'ai plein de souvenirs! Des petits événements et des gens que je croyais avoir oubliés. Tiens, je me rappelle le vieil Hanse qui faisait un peu de contrebande. Il connaissait par cœur tous les coins de la forêt. Bien sûr, il savait où se trouvaient nos cabanes. Il venait nous voir de temps en temps et nous faisait fumer son tabac noir. Ça m'arrachait la gorge... »

Il commença de rire. Cela réveilla sa brûlure. Il grimaça.

« Je ne crois pas que je vais passer la nuit, murmura-t-il en s'agrippant de sa main valide à la veste de Ratislav, j'ai froid aux pieds. »

Ce dernier le recouvrit.

« Mais non, va! dit-il d'une voix mal assurée. C'est normal! Il fait un temps de chien! »

Le moribond lui serra le poignet.

« Allez! Ne raconte pas d'histoires! Si ça doit t'arriver un jour, tu verras, on le sait! Je vais même te dire comment! Quand tu te souviendras de cette première fois où tu jouais à mourir, tout seul dans ton coin. Ça nous est tous arrivé. On faisait semblant. Eh bien, c'était une répétition. Quand ça nous revient en mémoire, c'est le moment de partir pour de bon. »

Ratislav tenta de se remémorer quand il avait pu simuler sa mort. Il ne s'en souvint pas. Rodolphe l'appela. Il passa une cigarette allumée au jeune soldat et s'en alla.

« Qu'est-ce que je vais foutre de toute cette viande qui pourrit là! grommela le médecin en désignant les blessés. On n'a rien pour les soigner, rien pour les transporter!

– Ce n'est pas grave, répondit Ratislav. Avec Tchetchek on va aller faire le tour du régiment. On trouvera bien des voitures. On les mettra dedans, puis on les ramènera à l'arrière! »

Rodolphe approuva.

« Tu as peut-être raison, petit! Va donc avec ton copain! »

Les deux garçons passèrent entre les rangées d'estropiés. Ratislav jeta un œil vers celui qui lui avait parlé. Sa tête était inclinée sur le côté. La cigarette se consumait lentement sur le sol.

« Merde, merde et merde! » s'écria-t-il.

Tchetchek le tira par le bras. Ils s'engagèrent dans le sous-bois en direction des feux de camps qui scintillaient un peu plus loin. Ils marchaient en silence, engoncés dans leur pèlerine pour se protéger du vent. Ratislav ne parvenait pas à se débarrasser de l'image du conscrit qui venait de mourir.

« Vent du Tser, vent d'hiver... murmura-t-il.

– Quoi? s'inquiéta Tchetchek.

– Rien! Rien! »

Ils accélérèrent le pas. Gênés par l'obscurité, ils se heurtaient parfois l'un à l'autre et juraient en riant. Soudain, alors qu'ils approchaient d'un cantonnement, plusieurs gardes en armes surgirent autour d'eux.

« Halte! répétèrent-ils. Halte!

– Arrêtez vos conneries! s'écrièrent les deux amis. On est du même régiment!

– Ne les écoute pas! conseilla l'un des hommes. Ce sont des espions serbes!

– Avancez! » ordonna un autre.

Ratislav et Tchetchek ne bougèrent pas.

« Mais enfin, reprit Ratislav, on est de l'infirmerie, on vient voir si vous n'avez pas des voitures pour les blessés! »

Des soldats, derrière eux, les poussèrent à coups de crosses de fusils.

« Allez! Ça suffit! Avancez! dit l'un d'eux. Vous vous expliquerez avec le lieutenant! »

Le petit groupe déboucha dans un champ, à la lisière de la forêt. Le camp était installé un peu plus loin, à découvert. Les deux prisonniers furent amenés à l'officier qui se réchauffait devant un feu.

« Lieutenant, commença l'un des militaires, on les a trouvés qui rôdaient dans le coin. Ils disent qu'ils sont du régiment mais ils peuvent aussi bien être des espions serbes qui viennent repérer nos lignes!

– Mais... commença Ratislav.

– La ferme! répliqua le lieutenant. Vous parlerez quand je vous en donnerai l'ordre! C'est vrai! Qu'est-ce qui prouve que vous n'êtes pas des espions? Hein? Bien sûr, vous avez des uniformes autrichiens et vous parlez la même langue que moi. Mais j'ai déjà vu mieux1 Bien mieux! D'ailleurs, un espion, ça fait toujours plus vrai que nature! Ça a été inventé pour ça! »

Il se frotta les mains avec vigueur en fixant la flamme.

« Vous savez quels sont les ordres! continua-t-il. Tout individu surpris à errer autour d'un campement et incapable de fournir le mot de passe du jour devra être considéré comme espion et fusillé sur-le-champ. »

Il dévisagea les deux garçons.

« Alors, vous l'avez, ce mot de passe? »

Ratislav et Tchetchek, que la peur commençait à gagner, demeurèrent silencieux.

Les soldats se firent plus menaçants. Enfin, ils en tenaient deux, de ces salauds d'espions serbes dont on leur rebattait les oreilles depuis plusieurs jours!

« C'cst ridicule, protesta Tchetchek, nous travaillons avec le médecin-chef Rodolphe. Nous soignons ceux qui furent blessés par les bombardements! Je vous assure! Venez vérifier avec nous!

– Vous avez peur, hein? dit l'officier. Je le vois dans vos yeux. Eh bien moi aussi! J'ai même très peur que ça recommence dans quelques minutes ou quelques heures! Peur de mourir ou de voir à nouveau le carnage. »

Ratislav et Tchetchek, désemparés, se regardaient à la dérobée.

« Eh bien! s'écria le lieutenant à l'adresse des sentinelles. Vous n'allez pas rester plantés là à m'écouter! Retournez à vos postes et laissez ces bougres en paix! Vous voyez bien qu'ils ressemblent autant à des espions que vous à des héros! »

Il offrit une cigarette aux garçons.

« Vous m'avez cru, hein? L'histoire du mot de passe et le reste! Je vous ai foutu une belle trouille, hein? »

Ratislav et Tchetchek se détendirent.

« C'est vrai, convint le premier, j'ai bien cru que vous étiez sérieux... »

L'officier leur sourit.

« J'espère que vous m'avez cru aussi quand je vous disais que j'avais peur. Ils vont nous retomber dessus, ces ordures! Je vous le dis! Et ils sont plus forts que nous! Ils connaissent le terrain. On va tous y passer. Vous m'entendez! »

Ratislav et Tchetchek acquiesçaient mollement.

« Ils vont nous achever! Et vous savez pourquoi? Parce qu'ils ont une bonne raison de faire la guerre, eux! Nous, on se bat pour rien! Pour rien!

– Mais vous êtes autrichien, non? répliqua Tchetchek. Vous vous battez pour votre pays! »

D'un geste rageur, le lieutenant jeta sa cigarette dans le feu puis agita la main pour leur signifier de s'éloigner.

« Foutez-moi le camp! Retournez soigner vos blessés! Demain, ils seront morts! »

Les deux amis reprirent le chemin de l'infirmerie.

« Putain! s'exclama Tchetchek. Tu parles d'une armée! D'un côté des Tchèques qui ne veulent pas se battre et de l'autre des Autrichiens qui ont les foies! Il y a peu de chances que le vieux François-Joseph gagne la guerre!

– Tu oublies ceux qui s'en fichent, comme moi! remarqua Ratislav. Ils détaleront encore plus vite que les autres!

– Ça, mon vieux, je n'en suis pas sûr! Ce sont justement les jean-foutre comme toi qui font les meilleurs soldats! »

Le lendemain, à l'aube, Ratislav s'éveilla transi de froid. Il avait dormi sur le sol, enroulé dans sa pèlerine, à quelques mètres du tas de foin où se trouvaient Tchetchek et Marie. La veille au soir, cette dernière avait préféré les bras de son ami et il ne s'était pas imposé. Tchetchek et lui mettaient un point d'honneur à respecter les désirs de la jeune femme.

Il se recroquevilla pour trouver un peu de chaleur. Le vent n'était toujours pas tombé et mordait la chair. Seul, le bruissement des feuilles troublait le silence. Il aimait ce moment de la journée où la vie semble hésiter à se manifester à nouveau. A Brno, dans la propriété de ses parents, il lui arrivait aussi de se lever très tôt le matin. Il descendait dans le parc qui entourait la demeure et restait assis, ici ou là, à écouter la nature. Cela lui donnait l'envie de courir, d'attraper des insectes ou de troubler la vie de la fourmilière qu'il avait découverte au pied d'une souche. Lors de ces instants de joie, il craignait par-dessus tout de se faire rappeler à l'ordre par Martina, la gouvernante, qu'il haïssait farouchement...

Il se releva sur un coude et regarda ce qui se

passait alentour. Rodolphe commençait sa visite aux blessés. Parfois, il recouvrait un visage et faisait emporter le corps. Dans la tranchée, les hommes s'éveillaient et s'ébrouaient pour se débarrasser de l'engourdissement causé par l'humidité. Un peu plus loin, vers les lignes ennemies, des recrues rampaient le long des rouleaux de fils barbelés pour s'assurer qu'ils étaient solidement arrimés. Ratislav aperçut Rodolphe qui buvait un café brûlant, debout devant la voiture. Cela lui fit envie et il décida de se lever.

Il venait de saluer le médecin quand il perçut le même sifflement paralysant que la veille. Lui et les autres demeurèrent interdits, à scruter stupidement le ciel. Il fallut qu'un lieutenant gueulât de rejoindre son poste pour que les hommes se missent à courir dans tous les sens. La plupart se calaient contre les parois de la tranchée, espérant qu'un obus ne tomberait pas à cet endroit. D'autres, plus courageux, surveillaient la forêt, d'où pouvaient surgir les Serbes. Rodolphe ordonna à des soldats de descendre les infirmes dans des casemates souterraines. Tchetchek, Marie et Ratislav les aidèrent. Les explosions se succédaient sans arrêt dans le périmètre de la tranchée et les obligeaient à courir avec les blessés.

Rodolphe, debout près de la voiture-infirmerie, dirigeait les brancardiers quand ils revenaient charger les victimes.

Ratislav l'admirait. Il semblait habité par une telle force qu'on l'imaginait invulnérable.

« Allez, dépêchez-vous! répétait-il, plus vite vous aurez fini, plus vite vous pourrez mettre vos carcasses à l'abri! »

Soudain, il y eut une formidable explosion. Ratislav et Tchetchek lâchèrent le blessé qu'ils transportaient et se jetèrent face contre le sol. Ratislav releva prudemment la tête. La voiture-infirmerie avait été pulvérisée. Des morceaux de bois retombaient encore autour d'eux. Le cheval, éventré, se débattait faiblement entre les deux brancards encore attachés à lui. Rodolphe, couvert de terre, mais toujours debout, riait à gorge déployée.

« Ah, les salauds! les salauds! clamait-il. C'est qu'on ne le tue pas comme ça, le père Rodolphe! »

Ratislav considérait le carnage sans bouger. Tout à coup, il pensa à Sknouril. Il se leva et courut jusqu'aux décombres du véhicule.

« Sknouril! Sknouril! »

Rodolphe l'attrapa par l'épaule et le serra contre lui. Autour, les bombes continuaient de tomber.

« Ça ne sert à rien de gueuler, petit! dit-il. Là où il est, il ne t'entend plus! »

Ratislav rejoignit Tchetchek en titubant. Il se sentait vide, comme absent au monde. Bien qu'il eût très peu connu le voiturier, sa mort le bouleversait. Elle venait de lui enlever encore un peu d'espoir.

Quand le transport des blessés fut terminé, Ratislav arpenta la tranchée. Il tirait de longues bouffées sur sa cigarette jusqu'à ce que la brûlure de la fumée dans ses poumons fût insupportable. Le bombardement s'était calmé. Le regard figé par la peur, les recrues souhaitaient que ce fût terminé pour la journée. Soudain, des coups de fusil claquèrent. Une vigie poussa un cri désespéré :

« Les Serbes attaquent! Ils attaquent, nom de dieu! »

Les soldats se juchèrent sur des caillebotis en bois et tirèrent dans la masse hurlante qui montait à l'assaut. Certains assaillants, touchés de plein fouet dans leur élan, s'emmêlaient dans les fils barbelés et y demeuraient accrochés, telles des marionnettes. Peu après, voyant qu'ils ne parviendraient pas à prendre la position, les Serbes refluèrent vers la forêt.

A cet instant, un jeune fantassin autrichien, baïonnette au canon, escalada la tranchée en criant :

« A l'attaque! »

Ses camarades, pris au dépourvu, n'avaient pu le retenir.

« Reviens, Dubcke! Reviens! répétaient-ils. Tu vas te faire descendre! »

L'autre semblait ne plus rien entendre et continuait d'avancer. Les Serbes se remirent à tirer. Ratislav grimpa à découvert, rejoignit le conscrit et se jeta sur lui.

« Ferme ta gueule! gronda-t-il en lui écrasant le visage contre la terre. Tu vois bien que tu vas te faire tuer! »

L'adolescent se débattait en pleurant.

« Je veux mourir! J'ai trop peur! Je veux mourir! »

Les balles sifflaient à leurs oreilles.

« Si on reste là, reprit Ratislav, c'est ce qui va arriver! »

L'autre gigotait toujours. Ratislav l'assomma d'un coup de poing puis, par reptations successives, le ramena à la tranchée. Tchetchek l'aida à descendre le corps amolli.

« Bon dieu! s'exclama-t-il. Tu es complètement dingue ou quoi! »

Rodolphe s'approcha à son tour, hilare.

« Eh bien mon vieux! Tu as pas encore vécu que tu veux déjà mourir! Et en héros, s'il vous plaît! »

Ratislav se fichait bien d'être un héros! Il avait agi spontanément, voilà tout! Probablement en avait-il assez de voir mourir sans arrêt des jeunes de son âge. Les soldats l'entouraient, silencieux, une lueur admirative dans les yeux.

« Nom d'un chien, dit l'un d'eux en lui tendant une cigarette, il faut avoir des couilles pour faire ce que tu as fait! »

Ratislav le repoussa et s'éloigna vers l'infirmerie souterraine.

Les jours passèrent. Les bombardements, autrichiens ou serbes, se succédaient sans arrêt. Chacun s'était accoutumé à vivre dans le vacarme permanent et avec son angoisse. Il y avait de quoi avoir peur! Les victimes qu'on amenait à l'infirmerie se trouvaient toujours dans un piteux état. Généralement, les blessures étaient plutôt dues à des imprudences qu'à des actes d'héroïsme. Lors des accalmies, les soldats, inexpérimentés pour beaucoup, oubliaient qu'ils faisaient la guerre et se découvraient à la vue de l'ennemi. D'autres, trop confiants dans leur étoile, dédaignaient les abris.

Rodolphe, aidé de Ratislav, Tchetchek et Marie, tentait « d'en réparer quelques-uns », comme il disait. C'était souvent peine perdue. Les plaies s'infectaient et la gangrène les emportait.

Au fil des jours, le petit groupe s'organisa. Les hommes soignaient les blessés par équipes de deux et par roulement. Grâce à ses entrées au QG, Marie se procurait de la nourriture plus décente que l'ordinaire du contingent. Ils la partageaient, tard le soir, dans le petit réduit attenant à l'infirmerie. Elle se couchait indifféremment avec Ratislav ou Tchetchek, parfois avec les deux. La plupart du temps, ils étaient tellement fatigués qu'ils s'endormaient sans penser à faire l'amour.

Le front se stabilisa vers la fin du mois d'août. Les tirs d'artillerie et les offensives s'espacèrent. Les deux armées s'observaient. Les soldats jouaient aux cartes en attendant l'ordre d'attaquer.

A cette époque, le souvenir de Jilhava recommença de hanter Ratislav. Quoi qu'il fît, il pensait à elle. Un jour, il parla à Rodolphe de son désir de prendre une semaine pour aller la rejoindre. Le médecin accepta de l'aider mais il eut beau insister, il n'obtint jamais l'autorisation d'absence. Toutes les permissions étaient suspendues. L'ennemi pouvait attaquer d'un jour à l'autre... Ratislav décida alors de lui écrire. Il noircit plusieurs pages... Il y racontait dans les moindres détails les événements qu'il avait vécus jusque-là. Mais les feuilles ne quittèrent jamais sa poche.

*

« Garde-à-vous! » ordonna l'adjudant.

Les hommes du bataillon disciplinaire se figèrent en un alignement impeccable. Le commandant s'avança.

« Soldats! dit-il. Votre guerre va vraiment commencer! Les Russes se trouvent de l'autre côté du fleuve San et se préparent à attaquer! Aujourd'hui ou demain vous aurez l'honneur d'être parmi les premiers à les affronter et à les arrêter, pour préserver la liberté de notre Empire! Je compte sur vous! Votre héroïsme, j'en suis certain, rachètera vos bêtises passées...

– L'héroïsme mon cul! grommela Jean. Surtout pour ce con d'empereur qui ne sait même plus comment il s'appelle! »

A ses côtés, Viktor pouffa de rire.

Le commandant les aperçut.

« Vous, là! cria-t-il en les désignant. Sortez des rangs! »

Les deux garçons firent un pas en avant.

« Ça vous amuse? continua l'officier. Allez donc rire au bord du fleuve en faisant le guet! Lorsque vous verrez les moujiks approcher, prévenez-nous! Si vous en avez le temps... »

Pour gagner leur poste d'observation, ils longèrent le premier rang de soldats. En guise d'encouragement, ceux qu'ils dépassaient murmuraient des insultes à l'adresse du commandant.

Au sortir du camp, ils s'engagèrent l'un à la suite de l'autre sur le chemin de halage. La surface du fleuve était tellement lisse qu'il semblait immobile. Des hirondelles frôlaient l'eau pour y attraper des moustiques et remontaient vers le ciel, d'un vol heurté et rapide. On entendait seulement le bourdonnement intense d'insectes invisibles que les deux amis dérangeaient en foulant l'herbe.

« Il va y avoir de l'orage, dit Jean, les mouches sont teigneuses aujourd'hui!

– Ça se pourrait bien, répondit Viktor. Ça se couvre! »

Ils marchèrent en silence, puis Jean s'arrêta.

« Dis donc, tu crois qu'ils sont vraiment de l'autre côté, les Cosaques? »

Viktor haussa les épaules.

« Ce que j'en sais, moi! En tout cas, je ne suis pas pressé de les voir! Avance donc! Plus vite on sera arrivés, plus vite on sera peinards! »

Parvenus au guet, ils jetèrent leurs bardas à terre et s'approchèrent de la rive qui disparaissait en pente douce dans le fleuve. L'eau claire venait mourir à leurs pieds en un léger clapotis.

« Et si on se baignait? proposa Jean. Il n'y a pas de danger! »

Viktor hésitait. Il n'aimait pas l'idée de s'exposer aux tirs d'éventuels ennemis, peut-être cachés sur l'autre berge, derrière les hautes herbes.

« Non! Vas-y! J'ouvre l'œil! Au cas où l'adjudant aurait l'idée de s'amener. »

Jean commença de se déshabiller.

« Tu parles! Trouillard comme il est, on ne risque rien! C'est bien trop loin du camp! »

Quand il fut dénudé, il courut dans l'eau et y plongea.

« Tu devrais venir, cria-t-il. L'eau est chaude! »

Viktor, allongé dans l'herbe, le regardait se relever puis replonger en riant.

Il se sentait troublé par ce corps élancé et musclé qui dérangeait le cours tranquille du fleuve. Il prenait du plaisir à le voir disparaître et réapparaître, enveloppé de gerbes d'eau. Il s'imagina nager à son tour.

Jean remonta tranquillement vers le rivage.

Soudain, plusieurs détonations claquèrent et se répercutèrent en s'amplifiant dans la campagne environnante. Il fit un bond en avant comme s'il venait d'être poussé. Il rechercha son équilibre et porta une main à sa poitrine. Il fit encore un pas et s'affala sur la berge. Viktor, debout, demeura immobile un court instant, à considérer la scène sans comprendre, puis se précipita vers lui. La fusillade reprit. Viktor tira son ami en rampant et le dissimula un peu plus loin, dans les herbes.

Jean claquait des dents. Il tenait sa main contractée sur son ventre. Sa blessure saignait abondamment. Viktor le recouvrit avec sa gabardine.

« Tu vois, marmonna Jean, ils étaient bien là, ces salauds de Coaques. »

Viktor, la vue brouillée par les larmes, acquiesça en silence. Jean lui saisit le bras.

« Dire que je vais crever sans même avoir tiré un coup de feu.

– Mais non! protesta faiblement Viktor. Je vais aller chercher... »

Jean secoua la tête.

« Arrête tes conneries! Tu vois bien que je me vide. Ecoute-moi plutôt! Je t'ai souvent parlé de l'indépendance de la Bohême. Et de mon désir de me battre pour qu'elle existe. Manque de pot, pour moi c'est fini. A chaque fois, tu semblais ne rien vouloir entendre, mais au fond, je suis sûr que tu comprenais très bien... »

Son regard commençait de se voiler. Il se remit à parler d'une manière saccadée et rapide.

« Il faut se dépêcher. Promets-moi de te battre aussi pour l'indépendance comme j'aurais aimé le faire. Promets-le-moi! Ce sera un peu de moi qui survivra.

– Je te le jure », murmura Viktor.

Jean esquissa un sourire.

« Pense à moi quelquefois. »

Viktor fixa la berge lointaine embrasée par le soleil. Quand il se pencha à nouveau vers Jean, celui-ci était mort.

Il demeura assis. Tout lui semblait absurde. Cet homme mort, allongé à ses côtés, qui chantait la vie quelques minutes auparavant. Ce serment qu'il avait prononcé sans conviction. Ces brins d'herbe continuant de s'agiter sous la bise crépusculaire. Et ces satanés coups de fusils qui résonnaient dans son crâne comme autant de provocations! Il dissimula le visage de Jean sous le manteau.

« L'indépendance? » dit-il.

Il rampa jusqu'à son barda. Il saisit son arme et, dans un brusque accès de colère, épaula et tira plusieurs balles en direction des Russes.

Lorsqu'il redressa la tête, le soleil disparaissait à l'horizon. Dans l'obscurité soudaine, la nature se transformait en un jeu d'ombres inquiétantes. Les arbres figuraient des cavaliers juchés sur des chevaux bondissants, les hautes herbes au loin prenaient l'allure d'une armée en mouvement. Viktor frissonna d'appréhension et de froid mêlés. D'un pas lourd, il se dirigea vers le camp.

Tandis qu'il traversait celui-ci, des conscrits s'étonnaient de le voir revenir seul et l'apostrophaient d'un ton moqueur. Viktor passait sans répondre. Il se mit au garde-à-vous devant l'adjudant.

« Repos, le rigolo! ordonna-t-il. Où est votre partenaire? »

Viktor, qui contenait mal son émotion, garda le silence.

« Eh bien? » questionna de nouveau le sous-officier.

Quelques soldats s'approchèrent.

« Il est mort... », répondit Viktor dans un souffle.

Le silence gagna les rangs. L'adjudant le dévisagea, l'air incrédule. « Qu'est-ce que vous me chantez là?

– Il est mort, répéta Viktor. Plusieurs balles russes, tirées de l'autre côté de la rivière... »

Le sous-officier, désemparé, lui offrit une cigarette.

Les recrues, qui se pressaient autour des deux hommes, juraient après les Cosaques. On allait leur foutre une trempe! On la leur couperait et on la leur ferait bouffer!

« C'est bon! reprit l'adjudant. Allez le chercher avec deux de vos camarades et... »

Viktor lui coupa la parole.

« J'ai recueilli ses dernières volontés. Il souhaitait être enterré là où il mourrait...

– Soit! admit l'autre, étonné d'une telle idée. Faites ce que vous voulez! »

Viktor salua. Le groupe de conscrits s'ouvrit devant lui. Il saisit la pelle et la lampe à pétrole que l'un d'eux lui tendait, puis s'engagea sur le chemin du guet.

Il voyait encore suffisamment pour marcher sans lumière. Des reflets argentés se formaient à la surface du fleuve, s'étiraient puis disparaissaient. Dès qu'il fut sur les lieux, il entreprit de creuser. Il se sentait absent de cet endroit, étranger à Jean, indifférent à leur passé commun, à sa mort. Il repensa aux semaines qu'ils avaient passées côte à côte après avoir été jugés pour la bagarre dans le train. Ils avaient enduré les mêmes brimades, les mêmes marches forcées, partagé le même ordinaire. Ils s'étaient raconté leurs existences. Ils avaient échafaudé des projets communs pour reprendre leur vie civile après la guerre.

Quand le trou fut assez profond, il y poussa le corps. Puis il combla la cavité. A la fin, il s'étonna de ne pas savoir si Jean était croyant et s'il fallait marquer l'endroit d'une croix. Il préféra ne rien faire. La nature reprendrait rapidement ses droits et effacerait le souvenir de cette mort.

Soudain, il se retourna. Il venait de percevoir un bruissement à quelques pas de là. Une buse s'envolait. Il la reconnaissait à son vol lent et majestueux. Elle s'éleva vers le ciel et disparut dans l'obscurité. Il s'en voulut d'avoir eu peur. Il ramassa son équipement, le fusil de Jean, puis prit le chemin du retour.

Plus il se rapprochait, plus les chants des conscrits rassemblés autour des feux devenaient distincts. Il aimait ces mélodies que son père lui avait souvent fredonnées. Des souvenirs de veillées en compagnie de ses parents et de ses sœurs lui revinrent en mémoire. Il s'approcha et dévisagea les soldats. Etait-ce de la nostalgie, de la peur qu'il lisait dans leurs regards fixes, éclairés par les flammes? Il attrapa la bouteille de schnaps qu'on lui tendait et but à pleine gorge. L'alcool lui brûla l'estomac. Il ne broncha pas et continua d'avaler. Il voulait s'étourdir et atténuer cette froideur inconnue qui s'était installée en lui depuis la mort de Jean. L'ivresse le gagna très vite. Il se mit à fredonner avec les autres, puis son chant se mua en complainte, jusqu'à devenir un cri. Ses proches voisins, gênés, l'empoignèrent avec rudesse et le menèrent à sa couche, sans se soucier de ses injures. Peu après, il s'endormit comme une masse.

Le lendemain, le bataillon se mit en marche au lever du jour. Les hommes, à moitié éveillés, avançaient en file indienne le long du fleuve. Les nappes de brouillard s'étiraient au-dessus de l'eau et dissimulaient l'autre rive. D'après les informations qui circulaient dans les rangs, les Russes avaient décroché pendant la nuit et se dirigeaient vers Lubaczow. Certainement, les combats auraient lieu dans cette région.

Viktor s'en fichait. Il avait trop mal à la tête. Il lui

semblait que l'alcool ingurgité la veille circulait encore dans ses veines et qu'il ne parviendrait jamais à s'en débarrasser. Parfois, comme ses camarades, il se poussait pour laisser passer de longs convois de camions et de véhicules à chevaux, qui les précédaient sur le champ de bataille. Le vacarme des moteurs mêlé aux cris des conducteurs et des animaux, et le tremblement de la terre dissuadaient les soldats de parler. Ils avançaient tête baissée et tentaient d'échapper à cet enfer en se réfugiant au plus profond d'eux-mêmes.

Vers midi, ils arrivèrent dans les faubourgs de Lubaczow. Les canons tonnaient au loin. L'ordre courut de s'arrêter là et de se rassembler par unités. Dans peu de temps, on allait bouffer du moujik! Un lieutenant expliqua qu'ils allaient entrer dans la ville parmi les premiers et nettoyer la place afin d'ouvrir la voie au gros de la troupe. Viktor se sentait presque heureux. Enfin, il allait se bagarrer et ne plus seulement marcher encore et toujours, à la poursuite d'un ennemi fantôme! A se battre, il en oublierait peut-être cette migraine qui le harcelait constamment! L'ordre d'attaquer fut donné. Les hommes se mirent en marche. Il fallait tenir coûte que coûte les positions acquises, quitte à se faire tuer sur place. De nombreux conscrits tchèques ou slovaques grommelaient qu'ils n'iraient certainement pas se faire massacrer pour ça! Ils se laisseraient capturer par les Russes et se mettraient à leur service.

Viktor ne disait rien. L'idée de déserter lui paraissait incongrue. Il ne se sentait pas concerné. Il haïssait les Russes au moins autant que les Autrichiens! Si un jour il choisissait d'échapper à l'armée, ce serait pour rejoindre son village, reprendre son travail à la scierie et partager ses soirées avec sa mère et ses sœurs.

Ils pénétrèrent dans la ville. On découvrait les premières habitations et, dans la perspective, la rue principale bordée de ravissantes demeures. La consigne passa qu'il fallait longer les murs et garder l'œil ouvert. Ça puait le cosaque! Brusquement la canonnade s'amplifia. Les obus russes s'écrasèrent sur les maisons ou sur la chaussée. La poussière soulevée par les explosions se répandait dans les airs par nuages opaques. Les soldats toussotaient et avançaient à l'aveuglette. Bientôt, un déluge de feu s'abattit sur eux. Viktor s'égara avec quelques autres. Le groupe hésita. Certains pleuraient d'effroi. D'autres criaient qu'il fallait fuir et se protéger. Viktor se sentit pris d'une soudaine colère.

« Bande de cons! hurla-t-il. Et où allez-vous vous cacher! Vous préférez donc crever enfouis sous les gravats? Avançons plutôt! Allez! En avant! »

Surpris par son assurance, ils finirent par le suivre. Ils couraient au jugé à la recherche d'un lieu sûr. Parfois, ils croisaient d'autres soldats perdus, eux aussi, dans le dédale des rues jonchées de ruines fumantes. Ils retrouvèrent le gros du bataillon un peu plus tard. Celui-ci était engagé contre les Russes qui tentaient à leur tour d'investir Lubaczow.

Dissimulés derrière des pans de murs qui avaient résisté aux bombardements, les hommes rechargeaient leurs fusils et tiraient en direction de l'ennemi. Parfois l'un d'eux, fauché par une balle, battait l'air de ses bras impuissants et s'affaissait sur le sol. Les artilleurs autrichiens rapprochèrent leurs canons et ripostèrent. Viktor, grisé par le vacarme, l'odeur de la poudre et une curieuse sensation de sentir la mort rôder autour de lui, visait consciencieusement chaque Russe qui se découvrait.

En face, l'ordre fut donné d'attaquer, baïonnette au canon. Les Autrichiens comprenaient à peine la situation que plusieurs centaines de Russes surgissaient de leurs cachettes et fondaient sur eux. Des jeunes soldats, qui n'avaient jamais été préparés, demeurèrent immobiles, à les regarder venir. Beaucoup trouvèrent immédiatement la mort. D'autres s'enfuirent à la recherche d'une cache éloignée, malgré les officiers qui leur criaient de rester et les menaçaient de la fusillade. Des Tchèques, confiants dans l'aménité des Russes, coururent au-devant d'eux, fusil retourné, en criant qu'ils désiraient combattre à leurs côtés. Ils furent aussitôt décimés par le feu croisé des deux armées.

Viktor se retrouva au milieu de la mêlée, coude à coude avec son lieutenant et d'autres recrues. Quand les fusils se trouvaient déchargés, on se battait à la baïonnette, au couteau, voire à main nue. Enivré par la violence de l'affrontement, les cris des combattants, les râles des victimes, Viktor tuait sans aucune pitié. A chaque coup qu'il portait, il criait le nom de Jean, tel un exorcisme. Ses camarades, subjugués par son courage, se rapprochaient et l'accompagnaient dans la percée qu'il opérait au travers des rangs ennemis. Le reste de la troupe, sentant fléchir les Russes, devint à son tour plus offensive et la victoire fut acquise. Les Autrichiens se regroupèrent en retrait de la ligne de combat et l'ordre fut donné de consolider les positions.

Viktor, allongé sur le sol, avait l'avant-bras gauche abîmé. La douleur s'amplifiait et irradiait chaque partie de son corps meurtri. Le lieutenant, après l'avoir félicité pour sa bravoure, lui proposa de le faire rapatrier à l'arrière. Il refusa. Sa blessure n'était pas très grave! Il suffisait de lui pratiquer un garrot et de cautériser! L'officier le confia à l'un des secouristes du bataillon.

« Nom d'un chien! s'exclama celui-ci. Peu de chance que vous puissiez continuer la guerre avec une entaille pareille dans la viande. J'ai fait ce que j'ai pu mais ça ne suffira pas! Faudrait d'autres soins! »

Viktor le rassura :

« Ça ira comme ça! J'avais l'habitude de me couper en sciant le bois... »

L'autre n'insista pas.

Viktor ferma les yeux. L'excitation du combat cédait la place à une fatigue paralysante. Il aurait aimé dormir et oublier la guerre durant un moment. En même temps, il savait que c'était impossible.

Désormais, sa pensée et ses sensations dépendaient entièrement d'elle et du cours qu'elle prendrait. Il lui appartenait comme l'esclave appartient au maître. Après quelques heures de bataille, elle venait de le révéler à lui-même. Il pouvait tuer sans éprouver un quelconque sentiment de remords. Il y prenait du plaisir. Cette idée l'effraya. Il préféra se lever et marcher un peu.

Un blessé, aveugle, lui saisit la jambe au passage en demandant de l'eau. Viktor se dégagea brutalement et continua son chemin. Le bras en écharpe, il évoluait entre les hommes, les animaux de trait et les véhicules qui se croisaient dans les artères encore patricables. Partout, des groupes de soldats s'organisaient pour passer la nuit. Certains dressaient des abris de fortune avec des planches et des pieux qui jonchaient le sol. D'autres se réchauffaient à des braseros. Personne ne se préoccupait des fossoyeurs qui jetaient les cadavres dans des charrettes à foin. Quand celles-ci étaient pleines, ils les menaient vers une fosse commune creusée à la sortie de la ville.

Viktor s'engagea dans la rue principale. Au milieu des ruines, une demeure tenait encore debout comme par miracle. Assis sur le perron, des hommes et des femmes âgés observaient en silence les mouvements de la troupe. Parfois, l'un d'eux secouait la tête d'un air réprobateur et triste. Viktor s'approcha et les salua.

« Pourquoi restez-vous là? dit-il. C'est dangereux, vous savez... »

Une vieille femme au port altier l'interrompit :

« Jeune homme, c'est très gentil de vous préoccuper de notre sort ! Mais il fallait le faire avant de tout détruire. »

Elle désigna les alentours. Les fumées qui s'échappaient des ruines et des feux de camps, obscurcissaient encore un peu plus la lumière grise de la fin de journée.

« Savez-vous, jeune homme, pourquoi nous demeurons ici à regarder ces tas de pierres ? »

Viktor garda le silence.

« Eh bien, continua-t-elle, parce qu'avant elles étaient les murs de nos maisons ! Pour beaucoup d'entre nous, le dernier refuge rassurant avant de mourir. On y lisait notre vie au travers des bibelots que nous conservions. Des portraits nous rappelaient ceux que nous avions aimés. Aujourd'hui, nous n'avons même plus ça pour mourir tranquillement. Vous saisissez, mon garçon, pourquoi nous restons ? »

Viktor se taisait. Tandis que la vieille parlait, il repensait à la maison de Svikov, à l'odeur de bois et de fumée qui y régnait et aux pierres des murs déjà patinées par le temps.

« Je comprends, finit-il par répondre, mais je pense que vous devriez aller à l'arrière trouver des abris plus sûrs, comme d'autres l'ont déjà fait...

– Ceux qui sont partis, répliqua la vieille femme, l'ont fait parce qu'ils avaient encore quelque chose à sauver. Ce n'est plus notre cas ! »

Viktor saluait la petite communauté, quand un vieillard lui tapota les jambes du bout de sa canne.

« Approchez-vous donc, soldat, que je vous dise votre avenir ! »

Le vieux le dévisageait si fixement qu'il paraissait fou. Pourtant Viktor s'avança. L'homme lui prit la main gauche avec une vigueur inattendue, puis commença de suivre du doigt le tracé des lignes de la paume. Les plus éloignés se levaient pour mieux voir et entendre l'oracle. Celui-ci marmonnait en s'attardant à certains endroits. Enfin, il fixa de nouveau Viktor.

« Jeune homme, vous n'êtes pas encore au bout de vos peines! Vous allez entreprendre un long, un très long voyage pour une naissance! Mais vous n'irez pas à son terme! »

Viktor fit une moue d'incrédulité.

« Vous ne me croyez pas, n'est-ce pas? s'inquiéta le vieillard. Tant pis! »

Il relâcha la main. Viktor s'éloignait, quand il entendit crier :

« Méfie-toi de la terre qui dort, jeune homme! Méfie-toi! »

Il se sentit soudain mal à l'aise. Il accéléra le pas pour rejoindre son unité.

CHAPITRE III

IAN embrassa Simone qui lui souhaitait bonne nuit.

« Tu vas déjà te coucher? s'étonna-t-il.

– Oui! Il faut que je m'allonge! Ce maudit genou me fatigue trop! »

Il la regarda rejoindre la chambre. Chaque fois que sa jambe blessée aurait dû la porter, elle s'appuyait sur une canne. Il ne se leva pas pour l'aider. Quelques jours auparavant, il avait voulu le faire et elle l'en avait dissuadé.

« Laisse-moi! avait-elle dit. Il faut que je parvienne à remarcher par mes seuls moyens! Tu as autre chose à faire que de servir de tuteur à une boiteuse! »

Il regarda le calendrier : 12 septembre 1914. Il se cala dans le fauteuil et repensa aux deux mois qui venaient de s'écouler, depuis leur passage mouvementé en Italie. Des souvenirs surgissaient en désordre dans sa mémoire. Des bribes de conversation avec des personnalités qu'il avait contactées...

« Je vais tout oublier! » marmonna-t-il.

Cela l'ennuyait. Lorsqu'il arriverait à Paris, Masaryk lui demanderait un rapport complet sur son action. Il se rappela la suggestion que Simone lui avait faite, alors qu'ils évoquaient la fuite du temps.

« Tu devrais consigner par écrit ce que tu fais

pour ton pays. Cela constituera plus tard un témoignage important. Et puis Milan sera tellement heureux de lire ces lignes lorsqu'il sera grand... »

Ils n'en avaient plus reparlé, mais l'idée avait fait son chemin. A son tour, il trouvait cela indispensable. Sans doute raconterait-il ce qu'il avait vécu plutôt qu'il ne le rapporterait. Mais cela avait-il une importance? Il pallierait les défauts de sa mémoire grâce à quelques notes qu'il avait griffonnées ici ou là. Il mêlerait Simone et Milan à son récit. Ils étaient l'âme de son courage et de sa détermination.

Dix heures du soir sonnaient à l'église Saint-Etienne-du-Mont. Il se mit au travail. Il choisit de commencer par le lendemain de leur fuite en Italie.

« 28 juillet 1914.

Simone souffre toujours autant. Lorenzo, le médecin, revient et confirme son diagnostic de la veille : la rotule est atteinte. Simone doit se tenir tranquille pendant au moins un mois, sinon elle risque de perdre à jamais l'usage normal de sa jambe. Milan a compris que sa mère souffre. Il ne cesse de pleurer. Je reste auprès d'elle le plus souvent possible. Pour lui changer les idées, je lui lis les journaux de l'Empire que Wilfrid me fait passer avec quelques jours de retard. Justement, celui-ci nous manque. Hier, il est resté avec nous et nous a donné de plus amples détails sur sa vie passée... »

Ian relut ce qu'il venait d'écrire. Ce n'était qu'un pâle reflet de la réalité. Ces heures dramatiques l'avaient beaucoup plus marqué que cela! « Tant pis, songea-t-il, peut-être serai-je plus précis au fur et à mesure que j'écrirai... » Il se remit à l'ouvrage.

« ... Il ne vit plus que dans le souvenir de Waltraüt, sa femme, et de son fils, Wolfgang. Il a répété à plusieurs reprises : “ J'ai l'impression d'avoir trente ans de moins! ” Waltraüt et lui avaient vécu en montagne et pour la montagne. Ils s'étaient connus “ très haut dans le ciel ” et n'avaient jamais voulu redescendre. Tandis que Wilfrid parlait, je regardais Simone. Je la sentais au bord des larmes. »

« 30 juillet 1914.

Voici trois jours que nous logeons à l'auberge de Tarvisio et nous avons l'impression d'y être depuis toujours. Nous nous sommes accoutumés à notre nouvelle vie sans effort. Milan nous réveille en montant sur le lit. Comme la première fois il a heurté le genou de Simone qui a hurlé, il fait attention et grimpe de mon côté. Aussitôt, je descends dans la salle de restaurant chercher le petit déjeuner. Enzo, l'hôtelier, me met les journaux sur le plateau et me donne souvent des sucreries pour le petit. Ce matin-là, il me dit que ça va de mal en pis.

C'est vrai. La guerre semble partie pour durer longtemps. Je lis tous les articles de bout en bout. Apparemment, il n'est fait mention nulle part d'un quelconque refus de combattre de la part des soldats tchèques ou slovaques. J'ai du mal à m'y résoudre. Je suis sûr qu'ils sont nombreux à vouloir s'opposer au régime! Simone se moque de moi.

“ Tu ne comptes tout de même pas sur des journalistes inféodés à l'Empire pour parler de l'opposition! ”

Je trouve un seul entrefilet qui me rassure : le 27 juillet, d'après le journal, des Tchèques apatrides de Paris ont arraché le drapeau de l'ambassade d'Autriche, tandis qu'à Chicago, d'autres ont défilé aux cris de " A bas les Habsbourg ".

L'après-midi, je profite d'une visite de Lorenzo pour m'éclipser avec Milan. Nous allons nous promener auprès du ruisseau qui passe en contrebas de l'auberge. Il adore l'eau et veut s'y tremper.

Je n'ose pas le reconnaître, mais l'inaction me pèse. Je voudrais déjà être à Paris et m'occuper de mettre en place le Comité de liaison tchèque. Masaryk compte sur moi. Peut-être dois-je en parler à Simone. J'hésite. Ce serait lui faire de la peine. Elle aurait l'impression que mon insatisfaction est sa faute. »

« 5 août 1914.

Ça y est! Cette fois-ci, la guerre est totale! La France, l'Angleterre, l'Autriche, l'Allemagne et la Russie s'affrontent. Dieu merci, l'Italie a proclamé sa neutralité! Simone, Milan et moi ne risquons plus rien. Pourtant, hier nous avons eu peur. Deux gendarmes de Tarvisio nous ont demandé nos passeports. Sur le moment, j'ai cru qu'ils allaient nous livrer aux Autrichiens. En fait, ils expliquèrent simplement que nous étions les seuls étrangers du village et qu'ils avaient envie de voir à quoi nous ressemblions. Tout s'est terminé au bar, avec Enzo qui me traduisait leur dialecte étrange, fait d'un mélange d'allemand et d'italien, où je reconnaissais quelques mots. Ils disaient ne pas vouloir la guerre. Ils avaient assez à faire avec l'unité de leur pays qui ne finissait pas de se construire depuis Garibaldi!

Aujourd'hui, la lecture des journaux m'a fait rudement plaisir. Le grand-duc Nicolas, commandant en chef des armées tsaristes, aurait publié (je parle toujours au conditionnel. Sait-on la part de vérité et celle de la propagande?) un manifeste invitant les populations slaves d'Autriche-Hongrie à se soulever contre leurs oppresseurs! (Ça me rappelle un souvenir d'école : notre instituteur, qui vouait une haine particulière à l'encontre de Napoléon, nous rappelait sans cesse qu'en mars 1813, Kutuzov avait exhorté les populations germaniques à secouer le joug de l'empereur français et menacé les princes de perdre leur domaine s'ils ne se joignaient pas à l'insurrection. L'Histoire se répéterait-elle donc?) Le journaliste, perfide, ajoute que l'appel n'a été suivi d'effet nulle part. Il insiste, évidemment, sur le fait qu'en Bohême les masses sont demeurées loyales. Ça ne m'étonne pas. Les activistes de l'opposition n'ont ni armes ni moyens financiers et leurs chefs, s'ils existent, ne sont pas reconnus.

Et puis, nous autres les nationalistes, sommes tellement divisés! Nous souhaitons tous que la guerre modifie la situation, mais nos opinions diffèrent quant aux moyens d'y parvenir. Certains, comme Kramarc, Klofatsch ou Stransky, estiment qu'il faut profiter des difficultés que les hostilités créeront à l'Empire, pour l'obliger à reconnaître les droits historiques de la Bohême, et lui arracher le statut d'Etat autonome, sans briser pour autant le cadre de la monarchie. Cette compromission me paraît stupide! Elle ne mènera à rien. C'est pourquoi j'adhère sans réserve à l'idée de Masaryk : l'Autriche-Hongrie n'est qu'un édifice vermoulu dont la guerre favorisera la décadence. Faisons le nécessaire pour en accélérer la chute! J'ai encore en tête les mots qu'il a employés lors de notre dernière réunion : “ Il faut que l'opposition à l'Autriche devienne une opposition effective, une opposition pour tout de bon, une opposition à mort! ”

Je m'interroge sur ce que pensent les Tchèques exilés en France, en Grande-Bretagne ou en Amérique. Ce n'est pas au fond d'un trou perdu au nord de l'Italie que je vais le savoir. J'ai vraiment hâte d'agir... Mais pour cela, il faudrait partir. Je n'ose toujours pas en parler à Simone. Non! Je préfère attendre qu'elle aille mieux avant d'évoquer la question. (A l'heure où j'écris ces lignes, je me demande si c'était la vraie raison. N'était-ce pas simplement parce que je n'en avais pas le courage? Je n'imaginais pas me séparer d'elle et de Milan, ce qu'elle m'aurait probablement proposé? Quoi qu'il en soit, cela met en évidence le côté factice d'un journal écrit a posteriori.)

Lorenzo passe chaque jour. Simone pourra peut-être s'en tirer sans trop de dommages si elle accepte de ne pas bouger pendant plusieurs semaines. Milan a l'air de bien se plaire ici. Il est devenu la coqueluche de l'hôtel. Enzo, Claudia sa femme et Maria la servante ne cessent de s'ocuper de lui. »

« 8 août 1914.

Cette nuit, j'ai envie de faire l'amour avec Simone. Je la réveille, on essaie mais c'est impossible. Sa jambe lui fait trop mal! Nous étouffons nos rires sous les couvertures pour ne pas éveiller le petit. Quand nous nous sommes calmés, elle se blottit dans mes bras. (J'ai envie d'aller la rejoindre. Deux heures du matin viennent de sonner à l'église Saint-Etienne-du-Mont et je me sens fatigué.) »

Ian posa sa plume et considéra la pièce dans laquelle il se trouvait. Elle ne ressemblait à rien. On y mangeait, on y recevait, on y travaillait! Tout cela au milieu d'un bric-à-brac de vieux meubles et d'objets hétéroclites du monde entier. Il tenta d'identifier la nationalité de chaque bibelot. N'y parvenant pas, il se remit à écrire.

« 13 août 1914.

Les journaux de l'Empire exultent! Liège est tombée et, selon eux, Paris subira le même sort dans quelques jours! Je préfère croire qu'il s'agit de propagande.

Dans un article vengeur, un journaliste fustige des Tchèques londoniens qui ont tenu un meeting à Hyde Park en demandant le démembrement de l'Autriche-Hongrie. D'après lui, cela justifie amplement qu'on fasse la guerre à la Grande-Bretagne. A sa place, je serais moins inquiet. En effet, les groupes tchèques étrangers ont des conceptions très différentes quant au devenir de leur future nation. Les colonies françaises et américaines veulent une république démocratique et parlementaire. Ceux de Londres souhaitent une monarchie constitutionnelle dont le chef serait un des princes des pays de l'Entente. Enfin, la colonie russe aspire à la restauration du royaume de Bohême sous l'égide d'un Romanov. J'imagine d'ici ce que seront les séances de la future assemblée de nos députés!

A Tarvisio, il fait une chaleur étouffante. Simone souffre davantage. Nous sommes assaillis par les mouches. Peut-être un orage se prépare-t-il? Nous le souhaitons. Vers la fin de l'après-midi, Simone se met à lire. Elle m'encourage à aller me promener avec Milan près du ruisseau. (Je sais aujourd'hui qu'elle en a profité pour écrire à ses parents et leur demander de nous trouver un appartement à Paris. A l'époque elle n'avait pas voulu m'en parler pour ne pas m'obliger à exprimer mon anxiété de demeurer cloué à Tarvisio).

Enzo devient de plus en plus prévenant avec nous. Pour la fête du village, dans quelques jours, il descendra Simone dans la salle pour qu'elle profite de l'ambiance.

“ Vous verrez, dit-il, on vous mettra à l’abri des chocs! ”

Simone accepte avec joie. »

« 15 août 1914.

La fête commence à 11 heures avec une procession à la sortie de la messe. Les cloches de l’église sonnent à toute volée, pendant près d’une heure. Au début, on croit pouvoir résister, mais le combat devient vite inégal. Il faut alors laisser aller sa pensée au rythme du carillonnement. Cela me met de mauvaise humeur. Je n’aime pas être contraint! Milan, l’esprit provocateur, prend le relais des cloches et se met à taper avec une cuiller sur le rebord en fer de son lit. Complice, Simone éclate de rire! Je descends voir Enzo qui me passe les journaux.

J’apprends avec stupeur que Klofatsch, le chef du parti socialiste, a été arrêté, de même que Scheiner, le chef des Sokols, Rasin et Kramarc. Je suis abasourdi. Scheiner est l’un des défenseurs les plus ardents de la tendance russophile. Masaryk nous avait parlé d’eux, avant la déclaration de la guerre : “ Ils ont un programme slave maximum, mais peu clair; après la victoire dont ils ne doutent pas, ils prévoient qu’il se formera un grand empire slave. Les petites nations slaves se rattacheront à la Russie. Ainsi, la majorité des russophiles se contenterait d’une tentante analogie avec le système solaire : autour du Soleil – la Russie – devraient tourner les planètes – les nations slaves. Une partie des russophiles désireraient une espèce d’autonomie dans une fédération russe. Un grand-duc quelconque serait gouverneur général à Prague... ”

Evidemment, tout cela est bien loin de ce pour pour quoi je lutte, mais ils sont opposants au régime comme nous et je me sens solidaire d’eux.

Je poursuis ma lecture des journaux. Chaque ligne me réserve une nouvelle surprise. La police procède à des arrestations massives. Les dispositions de la loi martiale sont renforcées et les journaux d'opposition sont interdits : *La Parole tchèque, L'Indépendant*, mais aussi les nôtres, *Notre Temps* et *L'Epoque*...

J'en parle à Simone. Elle accueille mes propos avec indifférence. Quand je m'en étonne, elle me répond qu'il faut garder son calme quand on se bat contre les tyrans. Ils disposent d'une palette impressionnante de moyens qui visent justement à démoraliser les opposants. Je suis désarmé par cette totale absence d'émotion qui domine chez elle lorsqu'elle parle politique!

Durant la journée je reste de mauvaise humeur malgré les cotillons, la musique et les pâtes à toutes les sauces dont s'empiffrent les convives. Simone s'amuse. Bien qu'elle ne parle pas l'italien, elle parvient à se faire comprendre à force de gestes et de patience. Milan trône sur le bar et passe de main en main. Au point que je me demande si ce n'est pas sa fête que ces gens célèbrent. Heureusement, le soir je retrouve une certaine gaieté au bout de quelques verres de chianti! »

« 21 août 1914.

Cette fois-ci, c'est décidé! Je vais parler à Simone de ma décision de rejoindre Paris pour travailler. Je ne peux demeurer inactif sans dommage pour notre cause. Je suis sûr qu'elle comprendra! »

« 22 août 1914.

Je ne lui ai encore rien dit. Parler de ce désir de partir me paraît impossible : j'ai l'impression de lui annoncer que je veux me séparer d'elle. (Je trouve cela excessif, mais c'est ainsi! Je me promets d'élucider un jour cette incapacité à me détacher d'elle, ne serait-ce qu'une journée. Je suis tenté de penser que c'est l'amour qui veut cela, mais est-ce si sûr?)

En fin de journée, Wilfrid nous ramène la voiture et le cheval. Il dit que la guerre n'est pas encore parvenue au pays! Son auberge est toujours vide. Il s'ennuie de nous. Je lui promets que nous irons y passer de longues vacances lorsque le conflit sera terminé. Il a un sourire désabusé.

" Mon garçon, dit-il, quand il sera fini, je le serai aussi! "

Je me moque de son pessimisme. »

« 23 août 1914.

Je me sens ridicule. En fin d'après-midi, Simone me dit qu'on peut faire les valises. Elle vient de recevoir une lettre de ses parents qu'Enzo lui a montée en cachette, selon ses instructions. Effrayés par la tournure des événements, ils s'éloignent de la capitale pour s'installer à Orléans où ils possèdent une maison et nous laissent leur appartement de la place du Panthéon. Il est spacieux et remarquablement situé. J'ai à la fois envie de me mettre en colère pour tant de dissimulation de la part de Simone et de pleurer de joie tellement je me sens heureux de partir. Cela finit en embrassades. Notre départ aura lieu le 25. »

« 25 août 1914.

Ce matin très tôt, nous grimpons dans la voiture. Le soleil n'apparaît pas encore au-dessus des crêtes. Milan dort dans les bras de Simone, assise à mes côtés. Lorenzo lui a donné une béquille et confectionné des attelles très solides pour que la jambe soit bien maintenue. Devant l'hôtel, Enzo, Claudia et Maria nous souhaitent bon voyage. Enzo, qui a la larme à l'œil, nous offre un panier plein de victuailles. Il refuse l'argent que je lui tends en me faisant promettre de le mettre dans la tirelire de Milan. Je le cache, mais je suis excité comme un enfant qui partirait découvrir le monde! Traverser Milan, Genève, et retrouver Paris me procure une joie particulière. Seuls les voyageurs peuvent saisir ce dont je parle : cette sensation agréable d'être bientôt plus riche d'idées et d'images. »

Ian s'interrompit. Allait-il raconter leur périple? Rien de ce qu'ils avaient vécu durant ce long trajet ne lui semblait présenter suffisamment d'intérêt. Si l'Europe n'avait été en guerre, ils auraient pu se croire en villégiature. Il décida d'évoquer directement leur arrivée à Paris et leur installation place du Panthéon.

« 31 août 1914.

Nous entrons dans Paris à cinq heures du matin. Le jour se lève à peine, mais déjà la ville s'anime. Simone et moi gardons le silence. Nous sommes aussi émus l'un que l'autre de retrouver l'endroit où nous nous sommes rencontrés. Sur le parcours qui mène au Panthéon, nous apercevons les lieux qui furent ceux de notre amour. Des cafés où nous nous sommes réfugiés certains soirs de pluie, le jardin du Palais du Luxembourg, la Sorbonne... Milan, qui éprouve des difficultés à comprendre cette succession ininterrompue de paysages depuis quelques jours, regarde autour de lui, les yeux ronds d'étonnement.
Devant l'immeuble, la concierge nettoie le sol de

l'entrée. J'ai encore dans l'oreille sa question pleine de gouaille :

“ C'est pour quoi, mes enfants? ”

Elle reconnaît Simone. Elle ne se souvient pas très bien de moi, mais je sens de la sympathie dans son regard.

“ Bien vrai! dit-elle. Ça en fait un temps que vous êtes partie! Vos parents m'ont prévenue. Je perds deux vieillards et je récolte trois jeunesses! Sûr que je suis contente! ”

Elle aide Simone à descendre.

“ Ah, vous êtes bien la fille de monsieur votre père, s'exclame-t-elle. Vous avez les mêmes yeux! ”

Simone l'embrasse et s'avance dans le hall, appuyée sur mon bras. Elle se met à sangloter. Quand elle voit ma surprise, elle me tapote l'avant-bras.

“ Ne fais pas cette tête-là, l'immeuble me rappelle tellement de choses! ”

L'appartement est un véritable palais! Cinq grandes pièces en enfilade donnent sur l'église Saint-Etienne-du-Mont. La cuisine et la salle de bain sont du côté cour.

Nous demeurons assis dans le salon sans rien dire pour nous accoutumer à cette nouvelle atmosphère.

La gardienne de l'immeuble, Mme Fayolle, entre et nous propose de faire nos courses, le temps que Simone retrouve l'usage de sa jambe.

Je m'occuperai de Milan.

Le soir même, je me rends chez Pavel, le chef de la colonie tchèque de Paris. Il est absent. Je décide alors de marcher dans les rues des quartiers de Saint-Germain et de Saint-Michel. J'y retrouve intacts les souvenirs que je garde du temps de mon professorat. C'est curieux, mais il ne me semble pas que la France est en guerre. Des groupes de jeunes rient en sortant des cafés. Des restaurants attirent les clients. D'innombrables voitures à chevaux ou à moteur encombrent la chaussée malgré l'heure tardive. J'ai l'impression que tous les planqués se retrouvent dans ces quartiers. J'en ressens un profond dégoût et rentre très vite. »

« 2 septembre 1914.

Le matin, je rencontre Pavel. Il me raconte ce que je dois savoir sur la colonie tchèque de Paris. Mais il me parle surtout de la retraite du gouvernement français à Bordeaux qui a confié la défense de Paris à Gallieni. Il est inquiet. Les Allemands lui semblent vraiment les plus forts. Les armées franco-anglaises reculent partout. De Castelnau, chef de la deuxième armée, a été battu à Morhange le 20 août dernier. Lanzerac et French ont cédé à Charleroi, enfin les batailles de la Meuse et de Guise ont mal tourné ! Toutefois, d'après certains membres de l'état-major qu'il connaît, on espère beaucoup dans les généraux Joffre et Foch qui pourraient reprendre la situation en main.

Sur le front oriental, la situation n'est pas meilleure. A Tannenberg, les deux armées russes, commandées par les généraux Sansonnoff et Rennenkampf, ont été écrasés par Hindenburg qui a fait 90 000 prisonniers !

“ Heureusement qu'il y a les Serbes ! ” ajoute Pavel.

En effet, le 20 août dernier, ceux-ci ont infligé une sacrée défaite aux Autrichiens au mont Tser. Je pense aux soldats tchèques qui ont dû se battre, et parfois mourir, pour une cause qui ne les concernait pas.

Nous évoquons les problèmes que pose la création d'un Comité national tchèque. Il n'est pas très favorable à son existence. D'après lui, si nous nous singularisons trop, les autorités françaises risquent d'en prendre ombrage. Quand je lui suggère que nos compatriotes pourraient lutter auprès des alliés dans un régiment spécial, il trouve l'idée excellente mais ne s'y attarde pas. Il me donne quelques informations sur la situation au sein de l'Empire.

Je raconte tout à Simone en rentrant. Elle est contente de me voir aussi prolixe et renseigné sur ce qui se passe et surtout plein de projets. Elle désire que je l'aide à marcher dans l'appartement. Elle semble aller beaucoup mieux.

Je repars après déjeuner pour rencontrer d'autres exilés. Simone me demande d'être à l'heure au dîner pour accueillir ses parents...

Cela fait deux ans que nous nous sommes vus à Prague. Ils n'ont guère changé. Je retrouve chez eux la même curiosité pour ce que nous vivons avec Simone et pour le combat que je mène. Nous discutons jusqu'à trois heures du matin, tellement nous avons de choses à échanger.

Durant la soirée, j'observe Simone. Elle sourit sans arrêt et parle deux fois plus vite, comme pour pouvoir dire tout ce qu'elle souhaite.

A la manière dont elle le regarde ou lui parle, je crois qu'elle préfère son père à sa mère. Il existe entre eux une complicité évidente qui se manifeste par de petits détails : ils emploient les mêmes expressions, jonglent avec plusieurs idées pour mieux en préciser une seule, évoquent des souvenirs communs et soulignent leurs propos avec des gestes similaires. Je repense à mes propres parents. Je regrette de n'avoir pas eu avec eux, de leur vivant, une telle qualité de rapports. Je souhaite qu'elle existe entre Milan et moi. »

« 7 septembre 1914.

Ce matin, Pavel m'informe que Masaryk arrivera à Paris au début d'octobre. On lui a transmis mon adresse. Je ne devrais pas tarder à recevoir de ses nouvelles.

Celles du front sont à la fois bonnes et mauvaises. A Paris, tout le monde ne parle plus que de la bataille de la Marne, engagée par le général Joffre. On crie au génie tacticien et on lui promet un bel avenir politique en cas de victoire. Gallieni et Maunoury ont attaqué l'aile droite de l'armée allemande sur les bords de l'Ourcq, tandis que Foch a lancé ses divisions au Marais de Saint-Gand et à la Fère-Champenoise.

En début d'après-midi, Pavel, Jiri, Miroslav et Josef, les représentants des différents courants, viennent à la maison. Nous essayons d'élaborer les bases du Comité national qui regrouperait l'ensemble des tendances et permettrait d'entamer des discussions sereines avec les autorités françaises. Cette première réunion est un échec. Beaucoup d'arguments contradictoires sont échangés mais aucune décision n'est prise. Comme le soutient Pavel, il faut tenir compte de tous les avis!

Quand ils partent, je m'écroule dans un fauteuil avec l'impression d'être vidé. Simone, qui a assisté à une partie des entretiens me réconforte.

“ Recense les opinions et analyse les contradictions qu'elles recèlent! Avec Masaryk, vous verrez alors comment en profiter! ”

Ce soir-là nous discutons ensemble plus longtemps que de coutume. Milan dort chez la concierge qui a absolument voulu le garder. Simone s'est remise à lire des ouvrages de philosophie. Elle me parle de sa passion pour Descartes. »

« 8 septembre 1914.

N'ayant personne à rencontrer ce matin, j'emmène Milan au parc du Luxembourg pour profiter des belles couleurs de la fin de l'été. En marchant, je lui raconte des histoires à partir des feuilles qu'il ramasse, des pigeons qu'il tente d'attraper ou des gens qu'il me désigne du doigt. Il m'écoute quelques instants et repart en criant, attiré par je ne sais quel autre spectacle. Je ne peux m'empêcher de réfléchir sur mon attitude paternelle. Est-ce la bonne? Milan est-il heureux? Ne suis-je pas trop sérieux? Et puis cette question ridicule et pourtant si essentielle : comment me jugera-t-il au travers de ce que j'aurai fait dans ma vie? Je suis convaincu que si le jugement des enfants est bon, cela aide les parents à mieux vieillir.

L'après-midi, je m'enferme dans le bureau pour commencer à rédiger les statuts du Comité national que je soumettrai à Masaryk. Evidemment, je patauge et décide de me remettre à la tâche dès le lendemain avec Pavel. Cependant, je me méfie. Je le sais assez fin politique pour proposer un texte qui contente tout le monde sans engager personne. Le contraire de ce que Masaryk désire. »

« 11 septembre 1914.

Simone fait vraiment des progrès étonnants. Elle évolue désormais sans l'aide de quiconque! Elle s'appuie moins sur sa canne et se tient plus droite qu'auparavant. Tous les prétextes lui sont bons pour traverser l'appartement. Si je le lui fais remarquer, elle me rétorque que c'est la meilleure rééducation qui soit. Avant-hier, elle s'est rendue à la consultation du professeur Bernard, spécialisé en ostéologie. Il s'est montré plutôt encourageant.

Toujours autant de difficultés à rédiger ces fameux statuts. Je m'aperçois de l'importance de la rédaction des articles. Un mot employé à mauvais escient peut enflammer les esprits et jeter la zizanie entre les différents courants. Parfois, je regrette “ mes étoiles ”.

Les journaux donnent de meilleures nouvelles du front que les jours précédents. L'offensive allemande semble marquer le pas, encore qu'aux lacs de Mazurie Hindenburg ait écrasé les Russes et fait près de 45 000 prisonniers. Peut-être le grand-duc Nicolas, dont l'armée est engagée contre les Autrichiens, remportera-t-il une victoire importante? Cela pourrait renverser le cours de la guerre. Je suis très inquiet de ne pas avoir de nouvelles de Masaryk. J'espère qu'il n'a pas été arrêté comme les autres. Pavel me dit qu'il ne sait rien à ce sujet. »

« 12 septembre 1914.

Il est près de quatre heures du matin et je tombe de sommeil. J'ai hâte d'aller retrouver Simone. Avant, j'irai embrasser Milan qui dort dans la pièce à côté et n'a cessé de grogner durant toute la nuit.

Avec le recul, cette journée me paraît excellente. D'abord, j'ai terminé la rédaction des statuts du Comité national. J'ai fait un saut chez Pavel. Il les a lus et m'a paru satisfait. Il a souhaité les garder pour les étudier. Il en parlera aux représentants des divers courants pour recueillir leurs avis et les corrections qu'ils voudraient voir apporter au texte. Cela facilitera la discussion générale qui doit avoir lieu lorsque Masaryk sera là.

Deuxième raison d'être content : les nouvelles de la guerre sont plutôt bonnes. On dit que le grand-duc Nicolas a écrasé les Autrichiens à Lemberg hier ou avant-hier.

Enfin, la troisième raison : j'ai commencé à rédiger le journal et j'ai rattrapé mon retard. Dorénavant, je ne me coucherai pas sans avoir consigné ce qui m'aura paru important durant la journée. J'ai hâte de voir la réaction de Simone lorsque je lui lirai ces pages. J'ai les paupières qui se ferment toutes seules. Je vais dormir. »

*

Viktor tenta de se souvenir depuis combien de jours il se trouvait là, face aux Russes, dans ce trou de Lemberg. Il ne se rappelait plus. Il demanda à son voisin qui assurait la garde avec lui, dans la tranchée la plus avancée des lignes autrichiennes. L'autre, qui l'ignorait, se remit à tousser. La pluie ne cessait de tomber depuis près d'une semaine. Des rigoles d'eau couraient sur le sol, s'infiltraient dans les casemates creusées sous terre et minaient les fondations. Des soldats de corvée tentaient d'enrayer l'inondation à l'aide de seaux de fortune. Viktor trouvait cela bien inutile.

« Parle-moi! Je t'en supplie! lui demanda soudain son compagnon entre deux quintes de toux. J'ai l'impression de foutre le camp! »

D'un revers de sa manche trempée, Viktor essuya l'eau qui ruisselait devant ses yeux.

« Que veux-tu que je te raconte, sinon qu'on va crever mouillés! »

L'autre se rapprocha.

« Dis-moi ce que tu veux! Je m'en fous! Je souhaiterais tellement partir sans m'en rendre compte. »

Viktor garda le silence et releva la tête pour voir ce que faisaient les Russes. Ils ne bougeaient pas. Probablement devaient-ils comme eux essayer de se protéger de cette putain de flotte? Il frissonna de froid. Depuis longtemps elle était passé à travers son manteau, son uniforme et de minces filets couraient sur sa peau.

« Ils sont vraiment tout près, ces salauds! » grommela-t-il.

Son équipier toussait, les bras repliés sur la poitrine. Viktor croisa son regard. Il y discerna comme un éclair de tonnerre, un appel au secours. Il se détourna. Cela lui était égal. Dans l'enfer qu'il vivait depuis plusieurs semaines, il en avait tellement vus mourir! Ce qui importait surtout, c'était que lui vive encore. Et le plus longtemps possible.

Il pensa allumer une cigarette puis y renonça. Cela faisait belle lurette que le papier et le tabac détrempés formaient un mélange poisseux au fond de sa poche. Tout de même, peut-être en restait-il au tuberculeux? D'ailleurs, comment se faisait-il qu'il ne toussât plus? Viktor se retourna. Le garçon gisait à ses côtés, les yeux ouverts. La pluie coulait le long des orbites grises et glissait dans la bouche béante. Dans un accès de colère, Viktor cracha au sol. Il fouilla les poches du mort et garda son paquet de cigarettes intact. Il appela les infirmiers qui faisaient office de croque-morts.

« Un macchabée! Enterrez-le profond, il arrêtait pas de tousser! »

Indifférents, ils jetèrent le cadavre sur un brancard et disparurent.

« Quand va-t-on se battre, nom d'un chien! » songea Viktor, lorsqu'un soldat lui tapa sur l'épaule. :

« C'est à mon tour! » dit-il simplement.

Viktor grogna et se dirigea vers sa casemate. Avec de la chance, peut-être parviendrait-il à allumer une cigarette puis à s'endormir dans un coin moins trempé que les autres. Ses vêtements gonflés d'eau lui parurent très lourds. Il se mit à courir. Parfois, il bousculait un conscrit qui poussait des jurons obscènes. Viktor s'en fichait. Il désirait ne plus entendre ce bruit répété des gouttes sur son casque, avoir l'impression d'être protégé, se réchauffer au souvenir du poêle qu'il allumait tous les matins à Svikov. Il arriva hors d'haleine à l'abri et s'affala au fond sur une couche faite de vieux uniformes récupérés sur les

Comme je me sens redevenir enfant, crédule! Et c'est vous, mon Franz, qui m'avez recréée ainsi! Merci! Merci! J'ai besoin de vous. Vous le sentez, besoin de vos lettres si gaiement stoïques, si calmes, si franches, si nettes. J'ai besoin de votre cœur accueillant et tendre. Soyez mon ami très chéri, en qui je crois et que j'aime.

Elisabeth. »

P.S. « Je désire tant rester avec vous en pensée que j'ajoute ces quelques mots : je vous joins l'une de vos premières lettres que j'ai relue hier et qui m'a fait pleurer. Probablement les images qu'elle évoque me sont-elles chères? »

Viktor arrêta sa lecture. Des bouffées de chaleur lui montaient au visage. Il avait honte. Comment pouvait-il violer aussi impunément l'intimité de ces deux amoureux? Dans le même temps il retournait l'autre lettre dans ses mains avec une furieuse envie de la lire. Il serait Franz. Il écrirait. A qui? Aussi loin qu'il se souvenait, aucune fille n'avait éveillé chez lui le désir... Il sursauta. L'un des joueurs de cartes l'interpellait.

« Tu reçois du courrier, toi?

– Non, répondit-il, embarrassé, c'est la dernière lettre de ma fiancée. Je n'avais jamais osé la lire. »

Son interlocuteur, surpris, le considéra avec une sorte de pitié chaleureuse puis abattit ses cartes sur la table.

« Je vais prendre l'air », dit-il à ses camarades en sortant.

Ces derniers, désemparés, arrêtèrent à leur tour de jouer et se réfugièrent dans leur coin. Viktor tendit l'oreille. Dehors, c'était toujours la même pluie, le même clapotis. Il entama la lecture de la seconde lettre.

« Ma petite chérie,

C'est du haut de la grande terrasse que je vous écris. Déjà, les buissons bas, l'herbe rousse, sont remplis de grillons. Le ciel est d'une pâle teinte de citron rose, au-dessus des prés qui s'étendent très loin, plus verts dans le soir. La calme rivière coule insensiblement, claire comme un long miroir, entre les herbes fines et les grands roseaux. Les chiens aboient dans les fermes cachées que révèle une légère fumée bleue au-dessus des arbres.

Et je suis seul. Triste de n'avoir pas eu de vos nouvelles depuis votre venue, amie méchante et qui m'est si chère. Oui, je le sais, vous ne voulez pas que je vous le dise, mais je vous le dirai quand même! Que ne puis-je prendre vos douces petites mains et les réunir sous mes lèvres pour m'empêcher de vous répéter ce que vous ne voulez pas entendre!

Je voudrais tant vous avoir auprès de moi, dans ce pays que vous m'avez dit aimer, embaumé et chaud, avec ses maisons blanches enguirlandées de vignes aux portes ouvertes le soir sur la route poudreuse que gravissent les troupeaux. Le long de la rivière, dans la vallée, c'est la calme fraîcheur des bois, l'odeur douce de l'eau. Ce matin, j'ai cueilli la première fleur de grenade et tout le jour, je l'ai pressée sur mes lèvres. Elle avait la pourpre vive de votre petite bouche.

Ah! Je suis bien sûr que vous ne pensez guère à moi dans votre Bohême, ce pays que vous aimez tant! Je vous suis partout. Je vous vois entourée de ces paysages que je ne connais pas encore mais que je me représente, tant vous les avez bien décrits. Alors, égoïstement, je songe à moi, seul, désemparé, le cœur inquiet.

Il est triste, votre Franz, ma bien chérie! Ecrivez-moi un mot, rien qu'un mot pour me dire que vous ne m'avez pas tout à fait oublié et que je suis toujours votre Franz qui vous aime.

Franz. »

Fébrilement, Viktor retourna l'enveloppe. Où avait-elle été postée? Il avait besoin de savoir, pour mieux s'approprier ces mots, ce qu'ils évoquaient, et dont il se sentait déjà un peu propriétaire. Illisible... Il imagina alors les flancs escarpés du pic sur lequel était construit son village de Svikov, le seul paysage qu'il eût connu de sa vie. Cette lettre aurait très bien pu y être écrite. Il replia les feuilles avec précaution, les remit dans l'enveloppe qu'il glissa sous sa veste d'uniforme. Il se promit de les garder toujours. Il les apprendrait par cœur et se les réciterait lorsque cela irait mal. Elles seraient son oxygène, son rêve. Il se retourna pour trouver le sommeil.

A six heures du matin, un de ses camarades l'éveilla.

« C'est ton tour de tenir les Cosaques à l'œil! J'ai eu l'impression qu'ils se remuaient à... »

Il ne put terminer. Le sol trembla. Le plafond de la casemate se fissura. D'énormes pans de terre se détachèrent des murs.

« Ils attaquent! » entendait-on de partout.

Viktor attrapa son fusil et se rua dehors. Des soldats, affolés, couraient comme des rats pris au piège. D'autres, assis dans des recoins, récitaient des prières. L'arme au poing, les officiers autrichiens les obligeaient à se lever et à faire face, sous peine d'être immédiatement exécutés. Viktor se fraya un chemin dans la pagaille et se joignit à des fantassins qui tiraient sur l'ennemi.

« On n'arrivera pas à les arrêter! lança l'un d'eux. Plus on en tue, plus il y en a! »

Les Russes, galvanisés par leurs chefs, cisaillaient les barbelés. Leurs canons, qui avaient été avancés durant la nuit, lançaient leurs obus sans relâche. Les Autrichiens ripostaient.

Abasourdis par ce vacarme de ferraille, les hommes, pataugeant dans la boue, hurlaient pour se donner du courage. Plus le danger grandissait, plus Viktor se sentait devenir glacé, étranger à ceux qui l'entouraient, comme à Lubaczow. Ces Russes vociférants qui s'approchaient par vagues successives ne l'effrayaient plus. Il retrouvait cette excitation forte et enivrante, comme chaque fois qu'il devait défendre sa peau. Il en crèverait le plus possible! Déjà, il choisissait ses cibles et ne tirait qu'avec la certitude de tuer. Il serra les mâchoires avec force. Dans quelques minutes seulement il devrait libérer son envie de bousiller ces sauvages! Un instant, il éprouva la sensation d'avoir Jean à ses côtés. Il se tourna vers le conscrit calé contre lui. Celui-ci tirait à tout bout de champ en sanglotant. « En voilà un qui est déjà mort! songea-t-il.

– N'aie pas peur! dit-il en lui donnant une bourrade dans le dos. Ils sont pleins de vodka et... »

Ils arrivaient.

Acculé au mur d'enceinte avec une poignée d'autres soldats, Viktor, la baïonnette au canon, résistait à la horde hurlante. Dans les corps à corps furieux qu'il livrait, l'haleine puante de ses adversaires mêlée à l'odeur du sang exacerbait sa fureur. Il transperçait les corps à l'aide de sa lame en jurant à pleine gorge. Auprès de lui, ses camarades luttaient avec la même énergie. Quand l'un d'eux tombait, le groupe se resserrait pour mieux faire front. Mais ils reculaient! Rien ne pouvait arrêter cette multitude qui semblait jaillir de la terre. Bientôt, les clairons sonnèrent la retraite. Ce fut le sauve-qui-peut du côté autrichien.

Les soldats, mêlés aux bêtes et aux véhicules, fuyaient dans la plaine sous le feu nourri des Russes. Viktor se hâtait, lui aussi, pour échapper aux balles qui miaulaient aux oreilles. Il écoutait le sifflement des obus pour deviner leur point d'impact. Le soleil levant illuminait les champs de ses rayons obliques. Les fuyards couraient après leurs ombres. La bataille de Lemberg était perdue.

Le repli dura plusieurs heures. Pour sauver sa peau, gueulaient les officiers, il fallait atteindre Przemysl à tout prix!

Les hommes, qui ne connaissaient pas cette ville, s'en fichaient. Brisés par la fatigue et leur fardeau, ils marchaient droit devant eux auprès des attelages. Certains s'appuyaient aux voitures tirées par des chevaux aussi épuisés qu'eux. La plupart ne se poussaient même plus quand ils entendaient tomber les obus russes. Ils priaient, simplement. Viktor, pris dans la cohue, se laissait entraîner comme la barque par le courant. Il marchait, tête baissée, et suivait des yeux le fil des ornières creusées dans la fange. Bien que ses chaussures fussent déjà détrempées, il tentait d'éviter les flaques d'eau. Il avait ainsi l'impression de vivre encore.

« Przemysl! Przemysl! » répétait-il.

Peut-être était-ce là-bas, à l'horizon, ces ombres qui se détachaient sur le ciel de nuit? Il se retrouva par hasard aux côtés du lieutenant qui commandait son unité.

« Je ne vous oublierai pas! lui dit celui-ci d'un ton las. Je vous ai vu vous battre contre ces chiens! Vous méritez d'être sergent! »

Viktor le remercia d'un signe de tête. L'autre s'éloigna.

Quand la nuit fut tombée, les lampes à pétrole fixées aux attelages s'allumèrent les unes après les autres. Chaque soldat suivait la lueur de celle qui se trouvait la plus proche de lui. Un voisin de Viktor se mit à ricaner.

« On est vernis! dit-il. On a chacun notre étoile du berger!

– Tu parles d'un pot, répondit un autre, quand on sait où elle nous mène! »

Viktor trouvait étrange d'entendre ces hommes, invisibles dans l'obscurité. Ils eussent pu être des fantômes. Il repensa à la légende que sa mère lui racontait lorsqu'il était petit. Les princes qui avaient habité le château de Svikov depuis des siècles revenaient une fois par an et offrait une fortune à l'un des pauvres de la commune. Personne n'avait jamais touché une seule couronne mais tout le monde y croyait!

Quand l'aube apparut, il s'étonna de pouvoir encore marcher. Il ne sentait plus ses saloperies de jambes et pourtant il avançait comme les autres. Rien devant eux ne laissait supposer qu'ils approchaient du but. C'était toujours aussi plat et vide! Il regarda autour de lui avec une joie qu'il n'aurait pas soupçonnée. Voir à nouveau les hommes et les bêtes lui redonnait espoir. Ils arriveraient bien un jour. Un officier à cheval, venant de l'arrière, passa à vive allure.

« Plus vite! Plus vite! gueulait-il. Les Russes se rapprochent! »

Les soldats, trop fatigués, se foutaient bien que les moujiks fussent proches. De toute manière, ils étaient déjà morts! Parfois, l'un d'eux renonçait à avancer. Il s'asseyait dans la boue et ne bougeait plus. Les autres l'évitaient sans même tourner la tête. Viktor affichait la même indifférence. C'était des déserteurs. Une fois, il avait voulu en aider un, mais celui-ci l'en avait dissuadé.

« T'inquiète pas, mon vieux. Je suis tchèque et je préfère les Russes aux Autrichiens! »

En fin de matinée, le relief devint beaucoup plus accidenté. D'après les dernières nouvelles, il n'existait plus de danger d'être attaqué par les Russes. Viktor trouva cela étrange mais n'y pensa bientôt plus. Il avait trop faim. Heureusement, certaines estafettes annonçaient qu'on approchait de Przemysl. Là, ils trouveraient de quoi manger et se réchauffer!

Les remparts de la ville apparurent au détour d'une colline. Une immense clameur de joie parcourut les rangs. Les plus éclopés retrouvaient un peu de vigueur, les plus tristes souriaient. Enfin! Ils allaient vivre à nouveau et sortir de cet enfer! Qu'importait la dernière côte à gravir! Les conducteurs fouettaient les animaux avec vigueur, les soldats couraient. Viktor hâtait le pas, lui aussi. Il s'allongerait dès qu'il serait arrivé. Sur le sol s'il le fallait.

Au fur et à mesure que la troupe dépassait les portes de la ville, la joie s'éteignait sur les visages. Les hommes tournaient la tête dans tous les sens. La petite ville n'offrait plus que des rues vides, des magasins sans marchandises, des maisons désertées.

« Mais pourquoi? se demandaient-ils, angoissés. Nous sommes chez nous! Les Russes sont loin! Les nôtres auraient pu rester ici! Nous les aurions protégés! »

Ils n'eurent pas le loisir de s'interroger très longtemps. Les sous-officiers, montés sur des voitures, indiquaient l'endroit où devait se regrouper telle ou telle unité. Les militaires se dirigeaient alors dans une rue ou une autre. Certains, qui n'avaient pas entendu, interrogeaient sans succès ceux qui passaient.

Viktor se frayait un chemin vers l'église, juchée sur les hauteurs de la ville, où devaient s'établir les bataillons disciplinaires. Sa masse grisâtre se distinguait à peine du ciel plombé. Sur l'esplanade, plusieurs centaines d'hommes, assis ou allongés contre leurs bardas, attendaient en silence. Beaucoup fumaient en regardant au loin. D'autres dormaient sans même avoir désanglé leur sac. Viktor s'affala à son tour sur le sol. Il s'assoupit aussitôt.

Un peu plus tard, un soldat lui donna des coups de pied dans les côtes pour qu'il se levât. Un officier supérieur allait s'adresser à eux. Celui-ci grimpa sur le mur d'enceinte de la petite église. En appui sur la pointe des pieds, il se mit à haranguer le bataillon.

« Vous êtes les vainqueurs de la bataille de Lemberg! Vaillamment vous avez arrêté les Russes alors qu'ils tentaient de pénétrer le territoire de notre Empire! Par votre courage, vous leur avez montré l'unité et la détermination de notre peuple! L'Empereur, fier de vous, vous adresse ses félicitations les plus chaleureuses! »

Viktor n'en croyait pas ses oreilles.

« Mais que chante-t-il là, ce braillard! grommela-t-il. Où voit-il une victoire? »

Son voisin, appuyé sur la crosse de son fusil, haussa les épaules.

« Faut pas te biler, mon vieux, dit-il. Ces salauds d'Autrichiens ont toujours pris des vessies pour des lanternes! »

Il se tut un instant, puis continua :

« Tu es d'où, toi? On dirait bien que tu as l'accent tchèque!

– Svikov! répondit Viktor.

– Tope là, mon vieux! reprit l'autre visiblement content. On est de la même contrée. Je suis d'Orlik. Et les Autrichiens, on les emmerde! »

Viktor hocha la tête. Il voulait entendre l'officier jusqu'au bout.

« ... Vous êtes maintenant à l'abri! Jusqu'à l'arrivée des troupes qui viendront prendre la relève et achèveront ce que vous avez si bien commencé : la défaite des Russes! L'Empereur et tout le pays comptent sur vous! Vive l'Empire! »

Les militaires rompirent les rangs. Les plaisanteries fusaient ici et là. Ce salaud de commandant avait raison. Pour être protégés, ils l'étaient! Mais par les Russes, qui assiégeaient la ville.

*

Pelotonné dans sa gabardine humide et l'estomac tenaillé par la faim, Viktor se récita à nouveau les lettres volées qu'il avait conservées sous sa chemise et dont il connaissait désormais le contenu par cœur. C'était tout ce qui lui restait pour croire encore qu'il existait un autre monde où les hommes mangeaient à leur faim, avaient chaud l'hiver et se lavaient. Se laver! Il ne pensait plus qu'à cela. Il n'en pouvait plus de cette crasse noire qui le recouvrait de la tête aux pieds.

« Déjà les buissons bas, l'herbe rousse, sont remplis de grillons. Le ciel est d'une pâle teinte de citron rose au-dessus des prés qui s'étendent très loin, plus verts dans le soir... »

Il ne voulait plus de cette promiscuité écœurante aux relents de peur et de mort.

« La calme rivière coule insensiblement, claire comme un long miroir entre les herbes fines et les grands roseaux... »

Il serrait les dents pour ne pas pleurer. Il pensait à sa mère et à ses sœurs, dont il commençait à oublier les visages.

« J'aurais tant souhaité vous avoir auprès de moi dans ce pays que vous m'avez dit aimer... »

Un sentiment de révolte l'envahissait. Deux mois maintenant qu'ils se trouvaient enfermés dans cette ville! Deux mois qu'ils se faisaient bombarder sans arrêt par les Russes et qu'ils erraient à la recherche d'une pitance ou d'un abri pour se réchauffer! A ce train-là, leur mort viendrait certainement plus vite que les renforts autrichiens! Il jura. Comment ces putains d'officiers avaient-ils pu se laisser manœuvrer ainsi et encercler avec plusieurs dizaines de milliers d'hommes dans une ville perdue au milieu de la Galicie? Mais cette question n'avait plus d'importance. Il allait plutôt se lever, comme tous les matins, et partir à la recherche de bois et d'un peu de nourriture.

Il enjamba des soldats, assoupis ou morts, puis gravit l'escalier qui menait dehors. Il neigeait à gros flocons. Les ruines calcinées, encore fumantes des récents bombardements, formaient des îlots noirâtres sur la neige. A ces endroits, de nombreux militaires s'activaient déjà. A l'aide de couteaux, ils arrachaient de longs copeaux de bois sur les poutres des maisons effondrées. Viktor se mit au travail avec ardeur. Quelques morceaux suffiraient à réchauffer la cave et à passer la journée sans trop claquer de froid.

« Alors, sergent! entendit-il dans son dos. Te voilà bûcheron, maintenant! »

Viktor sursauta et lâcha les copeaux qu'il tenait à la main. C'était Jaroslav!

Les deux garçons s'étreignirent. Viktor n'avait plus froid. Des souvenirs de Svikov, des odeurs de sa maison lui revinrent à l'esprit. Il en étouffait presque. Ils se considérèrent de la tête aux pieds.

« Eh bien, mon vieux! s'exclama Viktor. Tu n'as plus que la peau et les os!

– Au moins, si je crève, répondit Jaroslav, les autres n'auront pas envie de me bouffer! »

Les soldats, qui s'échinaient sur les poutres, levèrent un instant la tête puis se remirent à l'ouvrage. Ils se foutaient bien de ses retrouvailles joyeuses! De toute façon ces deux-là y resteraient comme tout le monde!

« Allez, amène-toi! dit Viktor. On a une planque sous terre qui résiste même aux obus des Cosaques! »

Il se retourna pour ramasser son tas de bois. Un autre s'en était déjà emparé.

« Rends-moi ça! gueula Viktor.

– Viens le chercher, si tu veux! » répliqua le voleur en dégainant un couteau effilé.

Les hommes se redressèrent et, silencieux, observèrent les deux adversaires.

« Laisse tomber! » conseilla Jaroslav en saisissant le bras de Viktor.

Ce dernier se dégagea avec rudesse. Les flocons de neige le faisaient cligner des yeux et redoublaient sa colère.

« Rends-moi ça! » gronda-t-il en brandissant à son tour son long morceau de bois en forme de gourdin, arraché à la poutre.

Il saisit à deux mains le bout le plus fin et se rapprocha avec précaution de son rival qui ricanait. Sans prévenir, il fit tournoyer le bâton et lui frappa la tête. L'autre vacilla, le regard médusé, puis s'écroula dans la neige, mort. Aucun soldat ne bougea. Viktor s'avança au milieu du groupe, attrapa son fagot et, sans un regard pour la victime, repartit vers la cave. Jaroslav le suivit, muet d'horreur. Viktor se tourna vers lui.

« Tu as vu comment je l'ai corrigé, ce merdeux!

– Mais enfin, tu l'as tué! s'indigna Jaroslav. Il n'avait... »

Il s'interrompit. Viktor riait. En même temps, ses yeux exprimaient une froide détermination, étrangère à la pitié. Celle du loup que les chasseurs de Svikov évoquaient à la veillée en racontant leur face-à-face avec lui à la fin de la traque. Viktor se calma.

« Arrête de me regarder comme ça! lança-t-il. Viens plutôt te réchauffer au " château "! »

A la cave, les hommes, engoncés dans leur pelisse, grommelèrent un vague salut. Ils se réjouissaient de voir Viktor revenir les bras chargés de bois.

« Hé, sergent! Qui c'est, celui-là? demanda l'un d'eux d'un ton agressif en désignant Jaroslav.

– Un ami! » répliqua sèchement Viktor.

L'autre n'insista pas.

Ils allumèrent le feu sur le tas de braises et de

cendres qui se trouvait au milieu de la pièce. Il y eut un crépitement puis la flamme apparut et s'éleva. Chacun s'absorba dans la contemplation du foyer. Jaroslav et Viktor, serrés l'un contre l'autre, ne disaient rien. Comme leurs compagnons, ils attendaient de ressentir les premiers bienfaits de la chaleur. Un peu plus tard, Jaroslav toussa.

« Allonge-toi, lui dit Viktor. Il vaut mieux demeurer en dessous de cette putain de fumée. C'est toujours pareil! Elle stagne dans la cave. Mais ne t'inquiète pas, elle finit par s'échapper par la porte. »

Ils s'étendirent face à face dans l'obscurité. Viktor sentait le souffle chaud de Jaroslav sur son visage. Il ferma les yeux. Le soleil de Svikov l'éblouissait. Jaroslav plongeait dans l'eau transparente.

« A quoi penses-tu? » demanda ce dernier à voix basse.

Viktor ne répondit pas. C'était si grotesque! Là, sous les obus ennemis, sans espoir d'être un jour secourus, il désirait étreindre son ami! Jaroslav, surpris de son silence, réitéra sa question, mais cette fois-ci il n'attendit pas la réponse. Il enchaîna discrètement :

« Tu sais, à Lemberg, quand vraiment c'était dur, j'ai souvent pensé à nos dimanches... »

Viktor l'interrompit :

« Tais-toi! C'est la guerre désormais! Moi, je ne pense plus à Svikov... » Viktor ne put continuer. Il mentait. Bien sûr qu'il eût aimé se faire consoler par sa mère, plaisanter avec ses sœurs et... Jaroslav se laissa faire quand Viktor le prit dans ses bras.

En fin de journée, la neige tomba avec violence. Poussés par le vent du nord, les flocons s'engouffraient dans l'escalier et venaient mourir sur le tas de braises. Viktor secoua Jaroslav.

« Viens! On va rechercher du bois. »

Avant de sortir, il se tourna vers ses hommes.

« Soyez sur vos gardes! Il y a des salauds qui pourraient profiter de la nuit pour prendre la cave.

– Ne vous inquiétez pas, sergent! assura l'un d'eux. On a l'œil! »

Sur le seuil, Jaroslav saisit Viktor par le bras.

« Dis donc! Comment as-tu fait pour être sergent?

– Je me suis battu comme un héros, paraît-il...!

– Tu n'as plus peur de tuer, hein? reprit Jaroslav.

– Non! »

Ils se dirigèrent vers l'amoncellement de poutres sur lesquelles s'acharnaient encore de nombreux soldats.

*

Quelques semaines plus tard, certains affirmèrent que c'était Noël! Ils avaient coché les jours sur les murs de leurs refuges. Des soldats y crurent, d'autres pas. Toutefois, la discussion ne dura pas. On allait fêter ça! Même clopin-clopant! Même affamés! Même vaincus! On allumerait de grands feux et on chanterait. Une belle manière de dire merde à ces salauds de Cosaques.

Pendant la journée, des amas de bois furent dressés sur l'esplanade de l'église. Chaque homme en état de marcher participait au travail. Les clans autrichiens et tchèques se réconciliaient. Les plus forts ne délestaient plus les faibles de leurs fagots. Tous voulaient être unis pour faire ce gigantesque bras d'honneur à ces ordures de Tartares.

Viktor et Jaroslav s'activaient avec une même détermination. Leur travail terminé, ils redescendirent vers leur abri pour y attendre la tombée de la nuit.

« Ce soir, je fous le camp chez les Russes! annonça Jaroslav. Tu viens avec nous?

– Tu es complètement dingue! répliqua Viktor en colère. Tu imagines qu'ils vont t'accueillir à bras ouverts? Qu'ils vont croire que tu les rejoins par idéal et non pour sauver ta peau?

– N'insiste pas! Ma décision est prise. Les réseaux sont constitués. Nous serons plusieurs dizaines à ficher le camp durant la flambée. »

Viktor, excédé, reprit sa marche. Jaroslav ne parvint pas à lui tirer un seul mot jusqu'à la nuit.

Un peu avant onze heures, un homme fit irruption dans la cave et annonça que les feux allaient être allumés. Il fallait se rassembler sur la place de l'église. Les soldats sortirent en se bousculant. Les flammes allaient monter tellement haut dans le ciel qu'on verrait les faces de rat de ces sales moujiks! Il n'y aurait plus qu'à tirer dessus! Viktor et Jaroslav se retrouvèrent seuls dans la pièce. En prévision de sa fuite, le second s'emmitouflait dans des hardes usées qu'il faisait sécher depuis plusieurs jours. Soudain, Viktor se jeta sur lui. Il le fit chuter au sol, lui enserra la gorge d'un bras et l'empêcha de bouger.

« Tu es fou! s'écria Jaroslav, effrayé.

– Tu ne bougeras pas d'ici, dit Viktor. Tu m'entends?

– Mais lâche-moi! » hurla Jaroslav en se débattant.

Viktor, qui le maintenait fermement, continuait :

« Sinon, je te crève moi-même maintenant! Tu n'iras pas te faire embrocher par les Russes, tu m'entends? Tu n'iras pas! »

Pour montrer qu'il ne plaisantait pas, il appuya la lame de son couteau contre la gorge de son ami. Celui-ci, terrorisé, se calma. Viktor relâcha légèrement son emprise.

« Je ne veux pas que tu te fasses tuer! J'en ai marre d'en voir mourir pour rien! Je ne veux pas! Or, c'est ce qui vous attend aujourd'hui. C'est le plus mauvais moment. Pour les Russes, vous ne valez pas un clou. On déserte vainqueur, pas vaincu.

– C'est bon! Lâche-moi! » dit Jaroslav.

Viktor le libéra et alla s'asseoir sur la première marche de l'escalier. Dans la lueur du feu moribond Jaroslav croisa son regard. A nouveau, il y lut une froide résolution.

Ils s'installèrent dans la perspective de la sortie pour mieux voir le brasier quand celui-ci serait allumé. Ils entendirent les huées de joie avant de voir s'élever la flamme jaune et dansante. Elle grandissait sans cesse. Chaque fois qu'on la croyait parvenue à son apogée, elle dévorait encore quelques morceaux de bois et prenait une ampleur nouvelle. Dans la lumière, les murs de l'église devenaient des monstres noirs et grimaçants. Les soldats, excités, gesticulaient autour du foyer.

« On dirait l'Enfer avec ses diablotins! » murmura Jaroslav.

La lueur déclina. Doucement, chaque chose, chaque forme se fondait dans l'obscurité. Viktor et Jaroslav demeuraient assis à regarder. Quand ce fut terminé, Viktor se leva pour activer le feu.

« Voilà un Noël qui sera passé très vite! » dit-il d'un ton amer.

Jaroslav pensait à ses camarades qui couraient probablement vers les lignes russes. Peut-être Viktor se trompait-il? Peut-être seraient-ils accueillis à bras ouverts et pourraient-ils ainsi préparer la Révolution? Il se tourna vers son ami. Il semblait absorbé dans une profonde réflexion. Jaroslav se retint de lui parler.

Les soldats qui logeaient dans la cave revinrent un peu plus tard. Ils étaient satisfaits. D'accord, pour un Noël, c'était raté! Mais enfin, ils venaient de gagner en quelque sorte une bataille contre les Russes! Les bavardages ne durèrent pas longtemps. On se protégeait mieux du froid en se taisant.

Quand l'aube se leva, Viktor n'avait pas fermé l'œil. Pendant la nuit, il avait joué avec les braises rougeoyantes, les repoussant vers le centre du foyer chaque fois qu'elles prenaient une teinte grisâtre. Déjà le matin! Il n'avait pensé à rien d'important. En tout cas, il ne s'en souvenait pas.

Il sortit. La neige tombait toujours. Des militaires emmitouflés erraient à la recherche d'une pitance inexistante. Viktor passa ses doigts dans sa barbe déjà longue. « Bon dieu! songea-t-il, la première chose que je ferai si je m'en sors, ce sera de me faire raser! »

Il prit la direction des remparts. Quand il fut en haut, il contempla la plaine blanche. Elle s'étendait si loin, qu'à l'horizon elle semblait se confondre avec le ciel. Il distinguait parfaitement, à une portée de canon, le ballet des troupes et véhicules russes et les fumées noires qui s'élevaient des braseros. Une bouffée de haine lui monta au visage.

« Un jour, je vous en ferai baver! marmonna-t-il. C'est juré! »

Son regard fut attiré par des corps qui semblaient vouloir s'enfoncer dans la neige, à quelques centaines de mètres en contrebas. Les déserteurs.

« Pauvres cons! » murmura-t-il.

Il regarda à nouveau vers le camp russe. Au même moment, un oiseau s'envola d'un bois de sapins qui s'étendait vers le nord. Il crut y reconnaître un rapace. Peut-être une buse qui s'était envolée après qu'il eût enterré Jean? C'était stupide! Il dévala les escaliers et rejoignit la cave.

Il éveilla Jaroslav et l'entraîna dehors.

« Tu n'aurais pas fait cent mètres si tu étais parti avec eux! » affirma-t-il.

Après un silence, il ajouta :

« On désertera quand je le déciderai. »

Jaroslav ne répondit pas. Il n'y avait rien à dire. C'était en quelque sorte un ordre.

CHAPITRE IV

RATISLAV, épuisé, s'assit et alluma une cigarette. Il en avait par-dessus la tête de ces corps estropiés, de ces râles d'agonie et de cette odeur de sang qui emplissait la grotte. Depuis deux jours que les Autrichiens et les Serbes se disputaient le mont Rudnick, la ronde des brancardiers ne cessait plus. Les uns amenaient des blessés qu'on opérait, d'autres emmenaient ceux qui n'avaient pas résisté. Le sol tremblait sans cesse à cause des bombardements. Il leva les yeux. Souvent, il lui arrivait de regarder ainsi les parois de la grotte de peur de les voir s'effondrer. Puis il oubliait.

Marie l'appela. Elle avait besoin de lui pour maintenir un soldat que Rodolphe amputait. Il secoua la tête en montrant sa cigarette. C'était sa pause. Cette grotte, ils l'avaient découverte par hasard au flanc de la montagne trois jours auparavant, alors que l'armée autrichienne prenait position. Elle lui parut bien l'antichambre de l'Enfer, comme le disait Tchetchek. Ce dernier les avait quittés l'avant-veille pour rejoindre une unité combattante. Il avait agi sur un coup de tête après s'être disputé avec Marie. Ratislav avait tenté de le retenir, sans succès.

Marie s'activait auprès des victimes, à quelques pas de là. Il la trouva désirable. Malgré le vacarme, les effluves acides du mazout et la présence des moribonds, il l'aurait bien prise tout de suite, à même le sol. Il aurait peut-être oublié ainsi son dégoût et la peur qui s'était logée dans ses tripes et y demeurait accrochée. Pas la peur de mourir, non! Plutôt celle de ne pas connaître à nouveau des heures d'insouciance, voire de bonheur. Ces réflexions lui parurent ridicules. Il écrasa son mégot et rejoignit Marie.

Celle-ci tentait de maintenir alité un blessé qu'ils avaient amputé d'une jambe la veille. Il voulait à toutes forces repartir chez lui. Ratislav sentit la colère l'envahir. Il s'empara d'une béquille qui traînait au sol et en assena un violent coup sur le moignon du blessé.

Ce dernier hurla de douleur.

« Alors! gueula-t-il. Tu le vois, maintenant, que tu n'as plus tes deux jambes? Tu le vois? »

L'autre criait toujours :

« Je veux marcher! Je veux marcher! »

Ratislav l'attrapa par le revers de sa veste d'uniforme et voulut le mettre debout sur sa jambe valide. Marie, effrayée, appela Rodolphe.

Celui-ci arriva en courant et ceintura Ratislav. Il l'obligea à lâcher prise et l'envoya au sol.

« Tu es devenu complètement fou! dit-il. Complètement fou! Tu trouves que les obus ne font pas assez de dégâts comme ça? J'ai besoin d'infirmiers, pas de bouchers? Tu crois que... »

Ratislav n'écoutait plus. Allongé sur cette terre froide, dans la pénombre, dissimulé aux regards des estropiés, il revivait. Il revenait à Prague... Epousait Jilha... Lui faisait des enfants... Ils avaient une belle maison au bord de la Moldau... Ils... Il éclata en sanglots. Marie l'aida à se relever. Rodolphe lui lança une bourrade affectueuse dans le dos.

« C'est rien, mon vieux! Ça nous arrive à tous! Dans ces cas-là, il vaut mieux ne plus penser. Il faut filer doux! Allez! Viens me rejoindre dehors! On en grillera une et je te raconterai comment j'ai fait la guerre en Afrique du Nord... »

Il s'en alla. Ratislav demeura assis auprès de Marie.

« Il a raison, grommela-t-il, c'est préférable que je prenne l'air! A rester dans ce trou, on finit par oublier que le jour existe! »

Marie, les yeux embués, retourna à son travail.

Ratislav s'étonna de ne pas apercevoir Rodolphe. Il regarda autour de lui. Par intermittence, on entendait le vacarme lointain de la canonnade, sans pouvoir discerner d'où cela venait.

« Il sera allé pisser... » pensa-t-il en sortant de sa poche son tabac et son papier. Il se roula une cigarette en avançant.

Soudain, il l'aperçut, allongé sur le sol, sa blouse blanche tachée de sang. Il lâcha son paquet de tabac et se précipita vers le corps retenu par une souche. Il le prit dans ses bras.

« Rodolphe! Rodolphe! »

Celui-ci entrouvrit les yeux.

« Je ne suis pas encore mort, mon vieux! murmura-t-il.

– Que s'est-il passé? » s'enquit Ratislav.

Rodolphe lui fit signe de se rapprocher.

« Une balle perdue! Tu vois, cette salope de guerre a pensé que je ne l'aimais plus! »

La vue brouillée par les larmes, Ratislav secoua la tête.

« Ne t'inquiète pas, on va te tirer de là! »

Rodolphe le retint par le poignet.

« Bouge pas de là! Je vais avoir besoin de toi pour crever! »

A nouveau, il attira Ratislav pour lui parler dans l'oreille.

« Je t'aimais bien! J'aurais même voulu rester auprès de toi un peu plus longtemps et t'apprendre comment on la dresse, cette chienne. J'aurais aimé... »

Sa tête s'affaissa sur le côté.

Ratislav, accroupi auprès de lui, répétait :

« Moi aussi, je t'aimais bien... »

Alors qu'il cherchait où la balle avait atteint le médecin, il remarqua son portefeuille en cuir. Il s'en saisit et en fit l'inventaire : une vieille photo de Rodolphe, le torse bombé, un kéfir sur la tête, au bras d'une jeune femme que Ratislav supposa être arabe. Des billets de banque. Une vieille lettre devenue indéchiffrable. Et ses papiers d'identité militaire le désignant comme commandant et docteur. Ratislav empocha le tout.

Il se relevait pour aller quérir une aide, quand les Serbes déferlèrent, baïonnette au canon, en hurlant :

« A mort, l'Autrichien! »

Ratislav leva les bras. Les militaires l'entourèrent.

« On va te crever, salaud! On va te crever! » menaçaient-ils.

Soudain, un lieutenant leur donna l'ordre de le relâcher.

« Vous êtes médecin? demanda-t-il.

– Oui », répondit Ratislav.

L'officier s'approcha.

« Où est votre infirmerie? »

Ratislav indiqua l'entrée de la grotte. Les soldats s'y engouffrèrent.

Il y pénétra à son tour. Marie se précipita dans ses bras.

« Ne t'en fais pas! dit-il. On va s'en sortir. »

Les Serbes firent le tour de l'endroit. Déçus de n'y trouver aucun combattant valide, ils ressortirent. Au passage, ils crachaient sur les estropiés ou les injuriaient.

« Vous deux! ordonna l'officier serbe en désignant

Ratislav et Marie. Amenez-vous! Considérez-vous comme prisonniers. Nous avons gagné la bataille du mont Rudnick. Les vôtres ont fui. »

Il ricana et reprit :

« Mais cela tombe bien! Nous avons besoin de chirurgiens et d'infirmières! »

Ils se mirent en route.

« Et ceux-là? protesta Ratislav en désignant les blessés autrichiens. On ne va pas les laisser là! »

Le lieutenant haussa les épaules.

« Ils n'avaient qu'à rester chez eux au lieu de venir nous envahir!

– Mais enfin... » reprit Ratislav.

Un soldat lui envoya un coup de crosse dans les reins.

« Avance! On ne te demande pas ton avis! »

Marie aperçut le corps du médecin-chef.

« Mais c'est Rodolphe! » cria-t-elle en voulant le rejoindre.

Ratislav la retint par le bras.

« Il est mort. Ça ne servirait à rien. Je te raconterai. »

Ils empruntèrent un sentier qui descendait en pente abrupte vers la vallée. Ils progressaient en file indienne, Marie derrière Ratislav. Parfois, elle s'appuyait sur ses épaules, quand un caillou roulait sous ses pieds. Au début, elle s'était plainte de devoir marcher vite, mais elle avait cessé. Cela excitait trop l'ironie du Serbe qui la suivait :

« C'est vrai, ça! T'abîme pas, ma belle! disait-il. Moi, j'aime consommer quand c'est en bon état! »

Marie aurait pu lui répondre. Elle avait l'habitude de tenir la dragée haute aux militaires. Mais elle préférait se retenir. Il fallait qu'ils la prissent vraiment pour une infirmière. Pour rien au monde, elle ne voulait redevenir la paillasse d'un état-major quelconque. Elle songea à Rodolphe. Grâce à lui, elle avait retrouvé sa dignité. Elle le remercia silencieusement en regardant le ciel.

Au crépuscule, ils pénétrèrent dans un hameau accroché au flanc de la montagne.

« C'est là qu'on a foutu nos blessés! expliqua l'officier. On vous donnera de quoi manger et vous vous mettrez au travail! Vous, le docteur! Sauvez ce qui peut l'être! »

Ratislav frissonna. Il imaginait ce qui l'attendait, mais voyait mal de quelle manière il s'en sortirait. Maintenir fermement un type qu'on allait amputer était une chose, l'amputer soi-même en était une autre! Marie ne comprenait toujours pas par quel miracle il était devenu médecin et le fixait d'un air étonné. Il lui fit un clin d'œil de connivence. Elle se tut.

Lorsqu'ils furent attablés dans un coin à partager la pitance de la troupe, il lui raconta tout à voix basse. L'officier l'avait pris pour un docteur. Comme il possédait les papiers de Rodolphe qui l'attestaient, il n'avait pas protesté.

« Les seuls qui sont à plaindre, dit-elle, ce sont ceux que tu soigneras... »

Ils éclatèrent de rire.

« Moi qui croyais avoir tout vu, ajouta-t-elle, je me trompais! »

On leur donna un verre d'alcool, puis ils furent conduits vers une autre maison.

Ils n'y voyaient pas grand-chose, malgré la lampe-tempête qu'un soldat tenait à bout de bras. Un brouillard épais venu en même temps que la nuit noyait chaque point de repère. Les Serbes hésitaient sur le chemin à prendre. Transie de froid, Marie se blottit dans les bras de Ratislav. Après plusieurs détours, ils trouvèrent la grange. A la lueur vacillante des lampes à pétrole, Ratislav et Marie distinguèrent une dizaine de militaires blessés. Ça gémissait dans tous les coins, ça appelait, ça priait. Ratislav fit le tour de l'endroit en enjambant les corps allongés dans la paille. Il hésitait. Comment allait-il faire? Marie lui donna un coup de coude.

« Allez! Lance-toi! Il n'est plus temps de s'interroger, maintenant! »

Ratislav se pencha sur un soldat qui se trouvait à ses pieds. Les traits du visage creusés par la souffrance, il le suppliait du regard. Il avait perdu l'avant-bras droit. Le pansement ne retenait pas l'écoulement du sang. Ratislav se releva.

« Mais bon dieu! s'exclama-t-il. Comment veux-tu que je m'en sorte là-dedans! »

Il alla voir les officiers qui jouaient aux cartes dans une pièce voisine.

« Si vous voulez que je fasse quelque chose, il me faudrait au moins de la lumière, de l'eau, des chiffons et des outils pour opérer!

– Débrouillez-vous! répondit l'un d'eux. Nous n'avons rien de ce que vous demandez et nous sommes au moins à deux heures de nos postes les plus avancés! Faites au mieux! De toute façon, nous ne vous en voudrons pas, nous savons dans quel état ils sont! »

Puis il abattit une nouvelle carte sur la table, bientôt suivi par les autres. Furieux, Ratislav retourna dans la grange.

Durant toute la nuit, Marie et lui se démenèrent pour apporter un réconfort aux blessés et soulager leurs souffrances quand c'était possible. Le lendemain matin, deux d'entre eux étaient morts. Marie les recouvrit. Les survivants retrouvaient un peu d'espoir. De vagues sourires illuminaient leur visage fatigué. Ils se remettaient à parler et inventaient toutes les raisons de s'en tirer.

A sept heures, un lieutenant vint prévenir Ratislav et Marie qu'ils allaient être dirigés vers le Monténégro et internés au camp de Cetinje, où l'on gardait les prisonniers autrichiens. Ils s'en réjouirent. Ils n'en pouvaient plus de combattre la mort jour après jour sans espoir. Ils allaient enfin se fondre dans une foule anonyme de détenus et être tranquilles. Comme le dit joyeusement Ratislav en quittant le hameau :

« Nous aurons droit au repos du guerrier... vaincu! »

*

La barrière s'ouvrit. Le camion pénétra dans l'enceinte du camp. Debout sur la plate-forme arrière avec d'autres prisonniers, Ratislav et Marie se dressèrent sur la pointe des pieds pour mieux voir. De tous côtés, une multitude d'hommes erraient entre les baraquements ou se pressaient contre les enceintes de barbelés.

A leur descente, Ratislav et Marie furent isolés du groupe et conduits vers le baraquement en bois de l'infirmerie. Celui-ci était entouré de grillages derrière lesquels des soldats monténégrins faisaient les cent pas. Ratislav montra à Marie la vague croix rouge qu'on avait peinte sur la façade.

Marie esquissa un sourire triste. Elle se sentait lasse. Cela faisait trop longtemps maintenant qu'elle roulait sa bosse de régiment en régiment, qu'elle passait de mains en mains sans en avoir envie! Elle se mit à rêver d'un grand amour qui la transporterait, la métamorphoserait. Elle voulait redevenir l'adolescente amoureuse et heureuse qu'elle avait été à Salzburg quelques années auparavant, avec Ludwig. Elle se rappelait encore son visage, son sourire. Et l'émotion qu'elle ressentait à l'accueillir la nuit à l'insu de ses parents. Mais pourquoi, nom d'un chien, avait-elle refusé de l'épouser? Pourquoi s'étaitelle enfuie et enrôlée dans cette saloperie d'armée?

Elle fut tirée de ses pensées par la voix claquante du médecin militaire monténégrin qui faisait irruption dans la pièce où ils se trouvaient.

« Ah! Voilà enfin du renfort! Dommage qu'il soit autrichien! Mais peut-être qu'avec vous vos compatriotes gueuleront un peu moins fort! Il paraît que je tue ceux qui en ont réchappé au front! »

Il se présenta :

« Draga! C'est mon nom! »

Il considéra Ratislav de la tête aux pieds.

« Comment vous appelez-vous?

– Rodolphe! répondit Ratislav.

– Dites donc, chez vous, on les forme au berceau, les docteurs! »

Ratislav sourit.

« Vous savez, j'ai fait des études exceptionnellement brillantes! »

Draga hocha la tête d'un air entendu et se tourna vers Marie. Elle se nomma à son tour.

« Ça fera pas de mal d'avoir une bonne femme ici, dit-il. Ça pue trop le mâle dans cet hôpital! »

Il leur fit signe de le suivre. Marie et Ratislav échangèrent un regard d'étonnement, en lui emboîtant le pas. Cela promettait! Avec son grand tablier maculé de sang, ce gaillard faisait davantage penser à un boucher qu'à un médecin!

Ils pénétrèrent dans une immense salle. Les blessés étaient allongés les uns à côté des autres sur des paillasses de son, de chaque côté de l'allée centrale. Il y flottait une odeur mêlée de sang, d'alcool et de sueur à soulever le cœur. Ratislav se pencha vers Marie.

« Heureusement qu'il y a des courants d'air, murmura-t-il en montrant les planches disjointes des murs. Sinon... »

Draga leur désigna les éclopés.

« En général, ils meurent des blessures qu'ils ont attrapées sur le front. Ça s'infecte et c'est la gangrène! De temps en temps on coupe, mais ça ne sert à rien. Quant aux autres, ils crèvent des suites d'une bagarre. Coups de couteau ou autres... Il faudra vous y habituer! Ici on se bat beaucoup. Parfois pour un quignon de pain ou une cigarette. Souvent pour rien. Enfin, vous découvrirez ça tout seuls! »

Il reprit sa marche. Quelquefois, l'un des infirmes tendait la main pour demander de l'aide. Draga ne s'arrêtait jamais. Au bout de l'allée, il ouvrit une porte et leur désigna une enfilade de trois pièces.

« La salle de garde, l'infirmerie et ma chambre. Rodolphe, vous vous installerez dans la première. Vous, Marie, dans la seconde. Evidemment, ça ne vaut pas les hôtels de Karlovy Vary...

– Vous y êtes déjà allé? demanda Ratislav.

– Oui », répondit Draga.

Il garda le silence un instant et continua :

« Vous vous apercevrez vite qu'ici, c'est tout de même le paradis! Vous aurez l'ordinaire pitance des soldats, comme moi! C'est ni bon, ni mauvais! Il ne faudra pas vous plaindre, les autres n'ont rien ou quasiment... Voilà! Installez-vous et reposez-vous! Ça ne sauvera personne de vous mettre à l'ouvrage maintenant. »

Il planta son regard dans celui de Ratislav.

« A demain, confrère! On comparera notre science. »

Celui-ci s'éclaircit la gorge pour répondre. Aucun son ne sortit. Draga retourna dans la grande salle.

Marie s'esclaffa :

« Tu en fais une tête! dit-elle à Ratislav. On dirait que tu t'es vidé de ton sang, tellement tu es pâle! Ça ne te réussit pas, de changer de nom!

– Non mais tu vois dans quels draps je me suis fichu! Je n'ai jamais donné un coup de bistouri de ma vie! Je ne me suis jamais servi d'une scie! »

Marie l'interrompit :

« Ne me raconte pas ta vie! Je le sais!

– Oui, mais que dois-je faire, bon dieu?

– Va couper du bois dehors, ça t'entraînera! »

Le lendemain, Draga les éveilla aux aurores.

« C'est l'heure! Ça commence à gueuler. Comme tous les matins! »

Dans la salle, l'effervescence était à son comble. Des types hurlaient pour qu'on enlevât les corps de leurs voisins, morts durant la nuit. D'autres, qui se trouvaient dans un état comateux, gémissaient qu'on vînt les sauver. Une dizaine d'hommes, moins atteints, étaient rassemblés dans un coin et jouaient bruyamment aux cartes les cigarettes qu'ils possédaient.

« Les planqués! dit Draga. Je les tolère! C'est eux qui assurent la discipline ici. Sinon ils s'entretueraient tous! » Marie se mit à l'ouvrage sans hésiter. Elle connaissait par cœur les gestes qu'il fallait accomplir et les mots qu'il fallait prononcer pour soulager la souffrance. Elle souhaita bon courage à Ratislav.

Draga proposa à ce dernier que chacun d'eux s'occupât d'une rangée de malades. Si cela s'avérait nécessaire, il viendrait lui prêter main-forte. Ratislav épongea d'un revers de manche la sueur qui perlait à son front.

« Je préférerais cent fois être sous les obus... », marmonna-t-il en rejoignant l'autre bout de la pièce.

Bien qu'ils fussent pour la plupart dans un piteux état, les blessés lui affirmaient aller très bien. Ils le suppliaient de ne pas s'occuper d'eux et surtout de ne pas les livrer au « boucher de Cetinje », comme ils appelaient Draga. Il n'avait qu'à dire qu'ils se portaient comme des charmes. Ils préféraient encore mourir de la gangrène. Entre Autrichiens on pouvait bien se rendre service. Ratislav acceptait, trop content d'échapper au supplice du diagnostic. De toute façon, il aurait pu dire n'importe quoi, ces gars-là avaient toutes les maladies. Quand il découvrait un cadavre, il le faisait enlever par les soldats de garde.

Il rejoignit Marie, déjà retenue par des éclopés qui lui racontaient leur vie. Elle les écoutait avec attention. A voir leurs visages épanouis, on aurait pu croire qu'elle venait de leur administrer un remède miracle. Soudain, Draga appela Ratislav d'une voix tonitruante.

« Venez ici! On ne sera pas trop de deux pour le découper, celui-là! »

Le silence se fit dans la salle. Ratislav rejoignit le médecin. Au passage, il surprit le commentaire désabusé d'un blessé.

« Pauvre bougre! J'espère pour lui qu'il sera mort avant d'arriver sur le billard. »

Le moribond, allongé sur la table de l'infirmerie et fermement maintenu par des aides, se débattait faiblement. Quand il croisait son regard, Ratislav détournait la tête. Il s'y exprimait à la fois trop de souffrance et d'espoir pour que ce fût supportable.

« A vous l'honneur, confrère! lui lança Draga. J'imagine que vous n'en êtes pas à votre première opération. Ne vous inquiétez pas! Je l'ai assommé à la morphine, il ne sentira rien... »

Ratislav chercha un réconfort dans les yeux de Marie puis saisit le bistouri d'une main ferme.

« Eh bien! s'exclama Draga après que l'amputé eût été évacué. Pour un premier coup de bistouri, vous ne vous en êtes pas mal tiré! » Ratislav avala deux verres d'alcool coup sur coup et commença de protester. Draga l'interrompit :

« Va! Taisez-vous, Rodolphe! Je ne vous demande rien. Profitez d'être ici pour vous faire la main. Ça pourra vous servir un jour. Qu'ils crèvent de ça ou autre chose, de toute façon leur compte est bon! »

Il lui décocha un coup d'œil complice. Marie, secouée par le rire, fut bientôt imitée par les deux hommes.

Trois semaines passèrent. Ratislav s'accoutumait avec plaisir à son nouveau rôle de médecin. Il avait écouté avec attention les conseils de Draga sur la manière de soigner au mieux les infections les plus fréquentes. Désormais il possédait suffisamment de science pour y faire face. Quand il lui arrivait de commettre une erreur, Draga le rassurait :

« Ne t'en fais pas! disait-il en désignant le macchabée. Pour lui, la mort était un service à lui rendre. »

Souvent Ratislav pensait à Rodolphe et à la tête qu'il ferait s'il le voyait là. Non seulement il lui avait chipé son nom, mais en plus il singeait son art.

Un soir, il en parla à Marie alors qu'ils fumaient une cigarette sur le perron.

« C'est drôle, remarqua-t-elle. Ce n'est pas toujours ceux qu'on croit qui vous manquent le plus! Ceux-là passent dans nos vies comme des météores et l'on se raccroche sans cesse à leur souvenir. C'est ce qui t'arrive avec Rodolphe et c'est bien. »

Ratislav la prit par les épaules.

« Tu en parles avec une telle émotion qu'on dirait que tu l'as aimé!

– Non! Non! Je ne crois pas. Ce n'est pas lui que j'aimais, mais la manière dont il nous aimait. Pour la première fois depuis longtemps, je me suis redécouverte femme et fière de l'être. Et il m'a révélé ma vocation! J'aime soigner les hommes qui souffrent. »

Ils marchèrent autour du bâtiment, serrés l'un contre l'autre. Parfois ils saluaient l'un des gardes monténégrins qu'ils avaient fini par connaître. Ratislav ne disait rien. Il n'en avait pas envie. Les paroles de Marie venaient de réveiller le souvenir de Jilha. Il ferma les yeux et imagina que c'était elle qu'il tenait dans ses bras. Ils marchaient au bord de la Moldau et faisaient des projets.

« A quoi penses-tu? demanda Marie.
– A rien! répondit-il vivement. Je me rappelais...
– Tais-toi! Laisse le passé où il est! Surtout qu'il a probablement le visage et le corps de cette femme... »

Il acquiesça.

« Eh bien oublie-la! Vis au présent!
– Je l'aimais! Je l'aime encore. »

Elle lui enserra la taille.

« Ce n'est plus elle que tu aimes, mais son souvenir. C'est aussi une comète, comme Rodolphe. »

Au retour, il proposa à Marie de passer la nuit à ses côtés. Elle refusa.

« C'est fini. Moi aussi j'essaie de vivre au présent... »

Elle referma doucement la porte. Il demeura sur le seuil à ne pas comprendre. Il ressentait une furieuse envie de passer au travers des barbelés, de courir jusqu'à la mer et d'y nager jusqu'à épuisement.

Lorsqu'il se coucha, il pleura. Cela ne dura pas. Toute la nuit, il retourna dans sa tête les diverses possibilités de s'évader. Au matin, sa conviction était faite. La seule chance de réussir consistait à sortir du camp dissimulé parmi les cadavres qu'on enlevait régulièrement pour les enterrer dans des cimetières voisins.

Deux semaines s'écoulèrent. Chaque matin, Draga appelait Ratislav pour qu'il débutât la consultation des prisonniers qui patientaient devant l'infirmerie avec l'espoir d'y être admis.

Pour lui, c'était un véritable calvaire. Draga avait été formel.

« Tu n'acceptes ici que ceux qui ont une chance sérieuse de mourir dans un délai de quelques heures! »

Il devait à la fois débusquer les astuces qu'inventaient certains pour paraître plus malades qu'ils n'étaient, et refuser les cadeaux que d'autres lui proposaient pour le convaincre de les inscrire. Les soldats ne reculaient devant aucun sacrifice. Ils étaient prêts à se débarrasser des montres, des bijoux et de l'argent qu'ils avaient conservés sur eux. Parfois, ils voulaient même signer des promesses de cession de maisons, terrains ou autres propriétés qu'ils disaient détenir. Pour se distraire, Ratislav les laissait énumérer leurs richesses puis les renvoyait. La plupart ne possédaient pas le premier arpent de ce qu'ils promettaient.

Aussi fut-il surpris ce matin-là quand le prisonnier qui venait d'entrer le dévisagea en silence. N'avait-il donc rien à offrir, celui-ci?

« Eh bien? s'inquiéta Ratislav. Vous avez donc perdu votre langue? »

Le soldat ne réagit pas. Il continuait de fixer Ratislav avec la même insistance. Ce dernier éprouva un soudain malaise. Ce regard immobile lui paraissait presque menaçant.

« Alors? » questionna-t-il à nouveau.

Devant le mutisme persistant de l'autre, il se leva et ouvrit la porte.

« Allez! Foutez-moi le camp! Je n'ai pas que ça à foutre!

– Refermez cette porte! dit l'homme d'une voix douce et pourtant autoritaire. Et venez vous asseoir! »

Ratislav hésita à appeler les gardes puis, poussé par la curiosité, obtempéra.

« Je vous écoute! »

L'inconnu avança sa chaise et s'accouda sur la table.

« Voilà! Vous allez m'hospitaliser, bien que mon état ne le justifie pas, me procurer la même nourriture que vous et des cigarettes! »

Ratislav éclata de rire. C'était vraiment comique! Cet individu qui n'était plus qu'un fantôme de lui-même venait lui donner un ordre.

« Et pourquoi ferais-je cela? demanda-t-il.
– Parce que je vous offre mon silence, Ratislav. Infirmier au 10e régiment d'infanterie..., répondit le type, toujours impassible.
– Et alors? répliqua crânement Ratislav. Qu'est-ce que cela peut foutre que vous le sachiez? »
L'autre sourit.
« Si je vous dénonce à nos officiers retenus prisonniers ici, vous devenez un traître, passible de la peine de mort. Peut-être vous tueront-ils immédiatement? Par contre, si je raconte cela au commandant du camp, vous serez assimilé à un espion et très probablement fusillé. »
Ratislav alluma une cigarette. Ce salaud avait raison! Jouer au plus fin ne servirait à rien. Il valait mieux se montrer conciliant.
« Soit! dit-il en se levant. Je vais faire le nécessaire pour que vous soyez admis demain! »
Avant d'ouvrir la porte, il se retourna vers le prisonnier.
« Mais au fait, comment avez-vous appris cela?
– Je faisais aussi partie du 10e régiment et je me suis battu pas très loin de vous au mont Tser. »
Ratislav ne se rappelait pas son visage.
« Et pourquoi agissez-vous ainsi?
– J'ai froid et j'ai faim, voilà tout! »
L'homme s'éloigna après avoir confirmé qu'il serait là le lendemain matin.
Ratislav s'enferma et s'assit. Il ne manquait plus que cela! Il se sentait pris au piège. Comme Draga refuserait son admission à l'infirmerie, le gars n'hésiterait pas à le balancer! Que faire? Le supprimer? Il n'en était pas capable et probablement celui-ci avait-il pris ses précautions? Jouer le jeu avec lui? C'était impossible. Il ne disposait d'aucun moyen pour satisfaire ses exigences. Non! Décidément, il revenait encore à cette solution qu'il ressassait depuis plusieurs jours : s'évader! Cette idée réveilla en lui une

excitation qu'il connaissait bien. Toujours la même, chaque fois qu'il avait l'impression de se conformer à son destin. Il ne tergiversa pas. Ce serait pour ce soir.

Il pensa à Marie. Il n'allait pas l'abandonner ici. Il courut la rejoindre dans la salle.

« Viens! Il faut que je te parle! » dit-il en l'arrachant au malade qu'elle soignait.

Dehors, il l'entraîna le plus loin possible du poste de garde.

« Mais enfin, que t'arrive-t-il? demanda-t-elle. Tu veux donc m'enlever?

– Exactement! répondit-il en baissant la voix. Nous nous évadons ce soir!

– Non! Non, Ratislav! Moi, je reste ici. »

Il s'énerva.

« Ne fais donc pas l'imbécile! C'est sérieux! On se tire... »

Il lui raconta les menaces du prisonnier. Quand il eut fini, elle garda le silence.

« Eh bien? s'enquit-il d'un ton impatient.

– Pars tout seul! dit-elle. Je n'ai aucune raison de fuir d'ici, bien au contraire... »

Ratislav ne comprenait pas. Marie lui prit le bras et l'invita à marcher autour du bâtiment.

« Je voulais t'en parler plus tard, commença-t-elle, mais en fait cela n'a pas d'importance. Je crois que j'ai rencontré l'homme que je cherchais. Et je suis heureuse.

– Draga?

– Oui! Ça s'est fait simplement, naturellement même, comme si c'était une évidence pour lui comme pour moi. Quelques jours après notre arrivée, il est venu me voir un soir et s'est assis auprès de mon lit. Nous avons parlé toute la nuit... C'est un homme bien. Nous nous aimons. Dès que son service sera fini ici, il m'emmènera dans son village et nous élèverons ensemble l'enfant que je porte en moi... »

Ratislav se détacha d'elle avec brusquerie.
« Qu'est-ce qu'il t'arrive? demanda-t-elle.
– Rien! Rien! Tu me racontes une histoire que j'aurais aimé vivre avec Jilha... »
Marie s'approcha et l'embrassa.
« Ne désespère pas... Les choses se réalisent en leur temps. Si elles le doivent! Si cette femme t'aime, elle t'attend. Elle t'entend et te voit. Tu vis en elle comme elle vit en toi... »
Ratislav regardait au-delà des barbelés. Il imaginait le ciel se confondant avec la mer.
« Tu as raison... », dit-il.
Il entraîna Marie vers le perron.
« Ce soir, lorsque les croque-morts passeront, ajouta-t-il, fais ce que tu peux pour détourner l'attention de Draga et des gardes. Je me mêlerai aux cadavres. »
Elle accepta.
« Bonne chance! » murmura-t-elle.
Ratislav lui fit un clin d'œil complice et retourna à l'infirmerie. Durant la journée, il s'occupa des malades avec la même attention que d'ordinaire. Il souhaitait seulement qu'il y en eût un qui trépassât avant le passage du camion mortuaire. La chance fut avec lui. En fin d'après-midi, deux grabataires atteints du typhus moururent à quelques minutes d'intervalle. Ratislav les fit évacuer à l'infirmerie et avertit Draga qu'il s'occuperait de « livrer les colis » comme ils disaient entre eux. Bien qu'une telle tâche fût interdite aux prisonniers, le médecin le lui permit. Pour une fois, lui-même échapperait à la corvée.
« Fais gaffe de ne pas les laisser tomber! recommanda-t-il. Ils sont rapidement aussi durs que du bois et tu risquerais de les casser. »
La nuit tombée, Ratislav rassembla à la hâte des vêtements civils chipés ici et là et les roula. Il s'assura qu'il détenait les papiers d'identité de Rodolphe. Il n'avait pas d'argent mais cela n'avait aucune impor-

tance! Il arriverait toujours à se débrouiller. Il guettait par la fenêtre l'arrivée du véhicule, quand Marie fit irruption dans la pièce et se précipita dans ses bras.

« Ratislav! dit-elle à voix basse. Je voulais te... »

Il la serra contre lui. Les yeux embués, elle défit la fine chaîne en or accrochée à son cou.

« Tiens, prends-la! Je voudrais qu'elle la porte un jour. Quand tu la regarderas, tu te rappelleras que plusieurs fois tu m'as appelée par son nom... »

Elle se dégagea. Il ne chercha pas à la retenir. Le camion mortuaire venait de pénétrer dans l'enceinte.

Il glissa son balluchon sous sa blouse et se précipita dehors à la rencontre des deux croque-morts.

« Combien y'en a aujourd'hui? lança le premier en descendant.

– Deux! répondit Ratislav.

– Eh bien ça fera deux verres de gnôle chacun! » enchaîna son compagnon.

Ratislav leur demanda de reculer le véhicule de telle manière que l'arrière fût le plus près possible du perron.

« Ce sera plus facile pour y foutre les cadavres », expliqua-t-il.

En fait, il voulait surtout se dissimuler des sentinelles. Tandis que le conducteur effectuait la manœuvre, l'autre l'accompagna chercher le premier corps.

« Putain! s'exclama le gars en le saisissant. A quelle heure il a donc passé, celui-là, pour être aussi raide! »

Ratislav empoigna le fardeau sans répondre. Il tentait de se défaire de l'angoisse qui l'envahissait à l'idée de fuir.

D'un même élan, ils balancèrent le macchabée au-dessus de ceux qui s'y trouvaient déjà.

« Allez! plaisanta le croque-mort. Va donc causer avec tes copains de régiment! »

A cet instant, Ratislav simula une forte envie de pisser.

« Cela ne vous ennuie pas d'aller chercher l'autre ensemble? demanda-t-il.

– Penses-tu? affirma le chauffeur. Va donc te vider! Ça te rappellera que tu es toujours vivant! »

Les deux hommes disparurent dans le bâtiment.

Ratislav jeta un regard aux alentours. Il faisait nuit noire et la lueur des lampes à pétrole du perron était trop faible pour qu'on pût le distinguer à l'intérieur du camion. Il sauta dedans et se réfugia au fond, derrière l'amoncellement des corps. Les croque-morts revinrent et jetèrent le second cadavre. Ratislav s'enfonça plus profondément pour qu'ils ne le vissent pas.

« Où il est passé? s'inquiéta l'un d'eux.

– Ne t'en fais donc pas! répondit l'autre en relevant le hayon. Pisser lui aura donné l'idée de faire autre chose! Il nous signera la décharge demain! »

Ils montèrent dans la cabine et démarrèrent.

Ratislav ne bougeait pas. L'odeur putride des corps en décomposition lui soulevait le cœur. Il se cramponnait à ce qu'il pensait être une jambe. Il allait vomir. A chaque soubresaut, les cadavres bougeaient et venaient l'emprisonner encore un peu plus. Le véhicule s'arrêta à la sortie du camp.

Ratislav entendait les rires des croque-morts qui plaisantaient avec les plantons. La peur le reprit. Il respirait à l'économie pour ne pas défaillir. Il se voyait enlacé par les cadavres. Il ne parvenait plus à se défaire de leur emprise. Il mourait. Le camion redémarra. Ratislav se hissa au-dessus des corps et rampa jusqu'à l'arrière. Il se pencha au-dessus du hayon et aspira l'air avec avidité. Au loin, les lumières du camp déclinaient. Il se retint de crier pour manifester sa joie. Enfin il allait se retrouver libre! Il s'évadait! Ce mot lui parut magique. Un souvenir de son enfance lui traversa l'esprit. On le ramenait après une fugue. La gouvernante qu'il haïssait tant ne cessait de lui répéter :

« Mais Ratislav, pourquoi vous êtes-vous évadé? On dirait que vous êtes malheureux ici! »

Le véhicule se mit à cahoter brutalement. Ratislav s'agrippa aux montants. Il lui sembla reconnaître l'odeur iodée de la mer. D'après ce que lui avait raconté Draga, elle était proche. Cela redoubla son envie de partir le plus loin possible. Il irait à Raguse, et prendrait un bateau vers les contrées qu'il ne connaissait pas. Il se rappela Tchetchek et son obsession de rejoindre la Russie et les déserteurs tchèques qui s'y réfugiaient. Eh bien, lui aussi irait en Russie! Probablement auraient-ils besoin d'un médecin! Il profita d'un ralentissement pour sauter à terre.

Sa réception au sol fut brutale. Il jura et demeura allongé à attendre que la douleur s'atténuât. Quand il se sentit mieux, il décida de marcher vers la mer. Ses yeux s'accoutumaient progressivement à la nuit claire. Il oubliait Cetinje, son camp et ses morts. Sa seule préoccupation se résumait à garder ce qu'il croyait être le bon cap vers la côte.

Une seule fois, il était allé à la mer avec ses parents. A Trieste. Lors des fêtes de Noël, une dizaine d'années auparavant. Durant tout le séjour, son père et sa mère n'avaient cessé de lui répéter :

« Tu te rends compte, la chance que tu as, à ton âge, de voir la mer! Tu te rends compte que la plupart de tes camarades de classe ne l'ont jamais vue! »

En fait, il s'en fichait! A côté de Brno, il existait un plan d'eau sur la Suratka. Avec un peu d'imagination on n'apercevait pas l'autre rive et cela valait largement l'Adriatique! Toutefois, en reprenant l'école, il avait raconté aux autres élèves qu'il l'avait vue! Aussitôt il avait joui d'un grand prestige. Certains lui donnaient même leurs billes pour qu'il leur décrivît encore une fois l'entrée des bateaux dans le port.

Des chiens se mirent à aboyer. Ratislav tressaillit. Il ne parvenait pas à apprécier la distance à laquelle ils se trouvaient et surtout, il s'imaginait mal en train de les affronter dans l'obscurité. Il s'arrêta. Dans la direction des aboiements, il distingua des masses sombres qui devaient être des habitations. Il se dirigea prudemment vers elles.

Plus il avançait, plus il se sentait rassuré. Les molosses devaient être attachés, sinon il aurait déjà été dévoré!

En passant devant le portail de la première bâtisse, il perçut les raclements de sabots de chevaux sur le sol.

« L'écurie! » marmonna-t-il pour se donner du courage.

Pas très loin de là, les chiens grondaient, aboyaient en tirant sur leurs chaînes qu'on entendait cliqueter. Il entra. Malgré la porte ouverte, il ne voyait rien. Il progressait à tâtons le long des murs. Tout proches, les animaux s'agitaient. Soudain ses mains hésitantes rencontrèrent une échelle. Dieu seul savait où cela menait! Mais de toute façon, avec les cabots, il valait mieux être en hauteur! Il commença de la gravir maladroitement.

A l'étage, il reconnut l'odeur du foin. Il s'y recroquevilla en enfonçant ses pieds dedans pour trouver plus de chaleur et s'endormit sans se soucier de la meute qui clabaudait.

Il s'éveilla brusquement. Les premières lueurs du jour éclairaient l'écurie. Et les chiens gueulaient toujours! Mais ils semblaient plus proches. Il se releva sur un coude. Des éclats de voix se mêlaient aux aboiements. Ça discutait ferme! Il rampa jusqu'au bord du surplomb et avança sa tête ébouriffée. En bas, trois paysannes, la fourche à la main, retenaient avec difficulté des bergers furieux, dressés sur leurs pattes de derrière. Curieusement, Ratislav n'éprouvait aucune crainte. Il lui semblait distinguer dans leurs regards comme une lueur d'étonnement amusé. Il agita la main.

« Ne vous énervez pas! les rassura-t-il en allemand. J'étais fatigué! J'ai voulu dormir un peu! »

Il s'interrompit. A voir leurs mines surprises, elles ne comprenaient pas un traître mot de ce qu'il racontait. Probablement devaient-elles s'exprimer dans un dialecte monténégrin? Il voulut se lever. D'un même élan, elles crièrent en dressant leurs fourches vers lui. Il n'insista pas.

« Mais dans quel merdier je me suis encore mis! » bougonna-t-il.

L'une d'elles sortit. Il ne bougea pas et dévisagea les deux autres qui gardaient les yeux levés vers lui. L'attente ne fut pas longue. La femme revint accompagnée d'un vieil homme qui marchait difficilement en s'appuyant sur un bâton noueux.

« Que foutez-vous là? » demanda-t-il en allemand d'un ton rogue.

Ratislav, heureux d'être enfin compris, s'expliqua à nouveau en ajoutant qu'il voulait se rendre à Raguse. Le vieillard ordonna à l'une des paysannes d'emmener les chiens.

« Vous êtes autrichien, dit-il, et vous venez de vous échapper de Cetinje, hein? »

Ratislav acquiesça.

« C'est bon, reprit le vieil homme. Vous pouvez descendre de là! Foi de Monténégrin, on sera moins idiot que vous! Je vais vous aider à y aller! »

Ratislav esquissa un sourire. Mais l'autre avait déjà tourné le dos pour sortir. Il donna des ordres aux femmes qui disparurent à leur tour.

Ratislav demeura debout sur le pas de la porte à regarder les bâtiments de la ferme. Les chiens, à nouveau attachés, semblaient calmés. Dans la cour, des poules picoraient autour d'un monceau de purin. Il rejoignit la maison d'habitation. Le vieillard l'invita à s'asseoir.

« Tenez! proposa-t-il sèchement. Avalez ce bol de lait et ce morceau de pain! Ils n'ont pas dû vous gaver là-bas! Quand vous aurez fini, on ira à Raguse. Mes filles préparent la carriole! »

Ratislav engloutissait les tartines en silence. Cela faisait si longtemps qu'il n'avait pas mâché un si bon pain! Son hôte, confortablement calé dans sa chaise, le dévisageait avec insistance.

« Par le bon Dieu! s'exclama-t-il soudain. A voir comme vous vous goinfrez, vous auriez été mieux inspiré de faire pousser du blé chez vous plutôt que de venir détruire le nôtre! »

Ratislav haussa les épaules.

« Vous savez, répondit-il, certains décident la guerre. En général, ce ne sont pas ceux qui la font!

– Peut-être bien. Bon! Allons-y! Il y a du chemin jusqu'à Raguse! Au fait! Il faudrait passer d'autres vêtements! »

Ratislav montra son balluchon.

« C'est bon, dit le vieux. Habillez-vous et venez me rejoindre! »

Lorsque l'attelage passa devant les femmes, Ratislav les salua. Aucune ne répondit. Le vieillard haussa les épaules.

« Elles ne sont pas bien méchantes. Seulement elles vous en veulent! Peut-être qu'à l'heure qu'il est, le mari de l'une ou l'autre est mort au front à cause des vôtres! »

A la sortie de la ferme, le cheval se mit au trot. Le paysan laissa flotter les harnais et parut oublier Ratislav. Ce dernier regardait de tous côtés. Là-bas, derrière les barbelés, jamais il n'avait pensé qu'ils étaient entourés d'un paysage aussi gai. Bien que ce fût encore l'hiver, il subsistait, grâce à l'air marin, des traces verdoyantes de l'été précédent.

L'attelage s'engagea sur un chemin qui longeait la côte. Parfois, ils croisaient d'autres voitures. Les conducteurs se saluaient et aussitôt le vieux replongeait dans ses pensées. Ratislav finit par s'assoupir. Ils arrivèrent à proximité de Raguse vers midi. Ratislav s'étonna qu'ils n'eussent pas traversé de frontière. Le vieil homme s'esclaffa.

« Elle existe bien, mais il n'y a pas assez de soldats pour la garder! Et puis ici on fait du commerce, pas la guerre! »

La foule grouillait sur le port. Des dockers et des voyageurs se mêlaient aux voitures à chevaux ou à moteur. Chacun criait pour se faire entendre. Le vieillard arrêta le cheval.

« Vous voilà rendu! Bonne chance! » dit-il simplement.

Il serra la main que lui tendait Ratislav. Ce dernier n'arrivait pas à partir. Il désirait comprendre l'attitude de son bienfaiteur.

« Pourquoi m'avez-vous aidé?

– Si le bon Dieu est juste, en vous sauvant j'ai peut-être sauvé mes trois gendres! »

Ratislav hocha la tête en silence, puis descendit. Il suivit l'attelage du regard. Celui-ci disparut dans la foule sans que le conducteur se fût retourné une seule fois.

CHAPITRE V

SIMONE arpentait l'appartement d'un pas encore mal assuré, un peu comme si elle refusait d'oublier sa blessure. Cela l'agaça. Peut-être continuait-elle à boiter pour mieux se faire plaindre ou admirer? Aussitôt, elle se contraignit à marcher normalement. Elle s'arrêta à la fenêtre qui dominait la place du Panthéon. Ce matin elle était d'une humeur massacrante. Elle n'avait pas fermé l'œil. Milan avait pleuré sans arrêt à cause d'une rage de dents. Elle aurait aimé faire l'amour avec Ian, mais celui-ci était parti très vite rejoindre Pavel. Enfin, le ciel gris d'hiver obscurcissait l'appartement comme si la nuit tombait. Bref, tout allait de travers! Elle fut tentée de se recoucher. Non! Elle choisit plutôt de faire une longue toilette. Peut-être retrouverait-elle ainsi le sourire?

Après son bain, elle demeura longuement devant la psyché. Elle apprécia le galbe de ses cuisses, la fermeté de ses seins. Etait-elle encore jolie? Ian la voyait-il encore sincèrement comme une petite étoile? Sincèrement? Qu'est-ce que cela pouvait bien signifier? L'amour était trop le terrain privilégié du mensonge, même innocent, pour qu'il fût très intéressant de se poser la question.

Elle crut entendre Milan. Elle s'habilla et alla s'en

assurer. Elle avait rêvé. Il dormait à poings fermés. Elle l'embrassa et referma la porte doucement.

Quand elle le surprenait ainsi, tellement vulnérable, elle se sentait envahie par un sentiment de tendresse presque douloureux. Cela la frappa de constater combien l'amour maternel échappait aux interrogations qu'elle s'était posées tout à l'heure. Il était total, unique, vrai et définitif. Toujours elle aimerait Milan.

Elle fit chauffer du café et se demanda comment elle occuperait sa matinée. Elle pouvait aussi bien ranger la cuisine que travailler sa thèse sur Descartes. Cela l'amusa d'envisager l'une ou l'autre de ces activités avec le même sérieux. Les deux l'ennuyaient tout autant. Elle avala le café brûlant d'un trait et alla s'asseoir au bureau. Peut-être l'inspiration viendrait-elle?

Ian et elle se partageaient ce lieu magique. Quand l'un le quittait, l'autre s'y installait. Les documents sur Descartes et la future Tchécoslovaquie occupaient tour à tour l'espace de la table. Simone attrapa le calendrier et chercha la date du jour : 3 février 1915. Six mois exactement que la guerre était commencée! Six mois de batailles pour en être toujours au même point! Des hommes dans des tranchées s'observaient, se tiraient dessus et mouraient par la faute d'empereurs décatis qui ne comprenaient plus rien au monde dans lequel ils vivaient...

Son regard fut attiré par des feuillets noircis de l'écriture fine et régulière de Ian. Son fameux journal! Jusqu'ici, elle avait refusé de le lire. Evidemment Ian ne comprenait pas, mais il ne lui en avait jamais reparlé. Etait-ce vraiment par pudeur, comme elle le lui disait, qu'elle ne voulait pas? Probablement non. En fait, elle craignait plutôt d'y découvrir des passages la concernant qui l'auraient perturbée. Elle se trouva soudain bien peu confiante à l'égard de son mari. Cela l'irrita. Elle saisit un crayon et se mit à lire, décidée à griffonner en marge les remarques qui lui viendraient à l'esprit.

« 14 septembre 1914.

J'apprends par Pavel que Millerand, le ministre français de la Guerre, a accepté qu'une section de volontaires tchèques soit formée au sein de la Légion étrangère. C'est trop timide et inopérant. Ils devraient être intégrés à l'armée régulière. Les Russes ont eu la même idée. A la fin du mois dernier, ils ont créé la Druzina. Ce régiment regroupe des Tchèques habitant sur leur territoire depuis longtemps et qui se sont enrôlés pour lutter contre les Austro-Hongrois. La preuve est faite qu'il existe un vaste mouvement de refus de la monarchie autrichienne de la part des Tchèques. Cela me conforte dans l'idée que les Français doivent faire la même chose que les Russes. Je suis impatient d'être mis en rapport avec un membre de l'état-major pour pouvoir évoquer cette question avec lui. Pavel m'a parlé du général Janin, qui serait pressenti pour s'occuper des relations avec les Russes et les mouvements de résistance nationalistes au sein de l'Empire austro-hongrois. Je suis d'ores et déjà convaincu qu'il sera enthousiasmé. En effet, comment refuser une telle offre alors que la situation sur le front est désastreuse malgré la récente bataille de la Marne.

Quoi qu'il en soit, je n'arrive pas à me concentrer totalement sur ces problèmes. Je suis encore furieux que Simone ait refusé de lire les premières pages de mon journal. C'est parfaitement contradictoire avec les encouragements qu'elle m'avait prodigués pour l'écrire. Je ne crois pas beaucoup à son explication selon laquelle ce serait par pudeur. L'amour ne s'embarrasse pas de pudeur. Ce sentiment convient à des amoureux du dimanche. Tant pis pour toi, Simone! J'ai brûlé ces premières pages. Tant pis pour moi aussi! Elles me manquent. Elles étaient ma photographie de notre aventure italienne. Désormais, je suis incapable de reconstituer ces événements. En tout cas, je suis bien décidé à ne pas en rester là. Un jour je provoquerai une discussion avec toi pour que tu m'éclaires sur ton attitude. Je me sens comme floué. »

Simone relut ces dernières lignes à plusieurs reprises. Ian avait raison, elle devait s'expliquer...

« Ian chéri. Tu n'as ni à être en colère, ni à te sentir floué. Tu te trouves confronté à l'une de mes nombreuses contradictions, au même titre que moi d'ailleurs, qui n'y vois pas beaucoup plus clair. Tes lignes m'émeuvent trop pour que je les laisse sans réponse. C'est vrai que je t'ai encouragé à écrire un journal. Je t'ai même énuméré une série d'arguments dans ce sens : la précision du souvenir lorsque tu feras ton rapport à Masaryk, l'intérêt pour Milan qui y découvrira un jour son père et sa mère, l'excitation pour moi dans la mesure où tu racontes aussi notre vie. Mais cela ne signifiait pas pour autant que j'aurais envie de lire ce que tu écrirais. Plusieurs raisons me viennent à l'esprit, qui pourraient expliquer mon refus. Ce n'est pas ce que tu écris qui m'intéresse, mais toi en train d'écrire. Cela correspond plus à mon désir. Mon mari fait l'Histoire et la raconte! Je m'intéresse plus à l'acteur qu'aux événements. Autre raison : j'ai peut-être peur de ce que tu écris sur nous. Ce que tu dis ne correspond pas à ce que je vis. Je prends alors conscience d'un malentendu, entre nous. Je suis malheureuse. J'essaie de changer. C'est l'échec, etc.

Paradoxalement, tout ceci me décide aujourd'hui à te lire. En effet, accepter de telles justifications impliquerait que je ne te fais pas confiance et que je ne t'aime pas. Il n'empêche qu'il te faut comprendre ma pudeur. Elle est réelle.

Par crayons interposés et avec un nécessaire recul, je me sens bien, heureuse même. Tu vois, ce matin j'étais énervée. Eh bien c'est fini. Je t'aime en t'écrivant. »

« 18 septembre 1914.

Ce soir je me sens épuisé. Toute la journée j'ai dû négocier avec Pavel pour ces fameux statuts du Conseil National Tchèque. C'est un pinailleur de la pire espèce. Chaque mot lui paraît susceptible de créer des empoignades entre courants. Il faut changer celui-ci par celui-là, etc. Je l'appelle monsieur Synonyme! Cela le fait rire mais le conforte dans l'idée qu'il a raison. Au cours du déjeuner, il m'a communiqué des nouvelles très intéressantes de Russie. Il y a trois jours, M. Sazonov, le ministre russe des Affaires étrangères, a reçu MM. Buchanan et Paléologue, respectivement ambassadeurs de Grande-Bretagne et de France auprès du Tsar. Il leur aurait déclaré qu'après la guerre, qui sera victorieuse pour la Russie, l'Autriche-Hongrie devra constituer une triple monarchie composée de l'Empire autrichien, du Royaume de Hongrie et du Royaume de Bohême. Le même jour, il aurait répété à une députation de Tchèques et de Slovaques que la création de ce dernier royaume répond aux désirs du gouvernement russe. Je n'en doute absolument pas. Les Russes veulent même mettre un membre de la famille impériale à sa tête et assurer ainsi leur suprématie sur une région stratégique de l'Europe. Ce qui me navre le plus, c'est de voir la majorité des membres de la colonie tchèque de Petrograd adhérer à une telle proposition, sans se rendre compte qu'à terme, c'est un asservissement aussi astreignant que celui des Autrichiens! Si ce projet se réalise, cela nous promet des luttes difficiles après la guerre. »

« 19 septembre 1914.

Le Tsar semble moins hypocrite que son ministre des Affaires étrangères. Alors qu'il recevait la délégation tchèque de Petrograd qui est russophile, il leur a promis la restauration du Royaume de Bohême sous l'égide d'un membre de la famille Romanov. Voilà qui est clair! Il oublie simplement que les russophiles ne sont pas majoritaires parmi les Tchèques et que son projet ne saura se réaliser aussi facilement.

J'en ai parlé avec Simone mais celle-ci ne semble pas s'intéresser à mes préoccupations. Il demeure comme un malaise entre nous après l'épisode du journal. J'aimerais bien crever l'abcès mais je n'y parviens pas. Fatigue? Non. Plutôt l'impression qu'une telle discussion nous mènerait trop loin.

Milan semble souffrir de notre différend. Je ne l'ai jamais vu tenter avec autant d'acharnement de nous rapprocher physiquement. Quand Simone et moi nous tenons à distance dans le salon, il court de l'un à l'autre et nous requiert pour jouer avec lui.

Je m'aperçois au fil des jours que je suis de plus en plus tendu. Les événements n'avancent pas assez vite à mon goût. Pavel me semble vouloir prendre le contrôle du Conseil parisien. Mais pour cela, il lui faudra défaire Masaryk. Ce dernier ferait bien d'arriver rapidement. Je me demande ce qu'il fait. Aucune lettre ne vient m'éclairer sur ses desseins. Ces jours-ci, je ressens vraiment le besoin d'être soutenu dans mon action et de bénéficier d'un appui face à Pavel.

Milan et Simone dorment. J'ai envie de la rejoindre. Peut-être la réveillerai-je doucement... »

Simone prenait du plaisir à lire ces lignes. Il lui semblait repartir à la découverte de Ian. Peut-être allait-elle comprendre les ressorts de son idéalisme impénitent, sa sensibilité, et deviner les motivations de l'amour qu'il lui portait. Cette question l'obsédait. Pourquoi, comment un homme aime-t-il une femme? Elle alla se verser une nouvelle tasse de café et commença d'écrire.

« Le souvenir de cette nuit-là est resté très présent à ma mémoire. Couchée, je ne parvenais pas à fermer l'œil et je t'ai vu t'allonger. Peut-être, comme tu l'as écrit, attendais-je d'être réveillée tendrement et enlacée? Ce soir-là, j'avais vraiment besoin, envie de toi et tu ne l'as pas deviné... Serait-ce l'une de ces petites fêlures qu'on dit inévitables dans un amour et qui le font mourir doucement? Ou bien la conséquence de ta fatigue, de ton énervement et de ta volonté de réussir l'œuvre qui t'habite? Quel que soit le moment où tu liras ces lignes, viens me rejoindre. »

« 27 septembre.

Ce matin j'ai bondi de joie. Enfin, Masaryk m'a écrit. Il me demande pardon d'avoir tant tardé, mais la situation à Prague ne lui a laissé aucun répit. Les autorités ne lui accordent plus aucune liberté de mouvement. Il est constamment surveillé et ne peut plus rencontrer nos amis qu'avec d'infinies précautions. Toutefois, il souhaite demeurer là-bas. " Je ne veux pas, dit-il, que les compatriotes qui nous font confiance aient l'impression que je déserte. Je resterai le plus longtemps possible. Jusqu'à la veille d'une arrestation ou d'un exil qui me seraient imposés malgré mon statut de député. "

Il me donne des conseils sur la manière de " diriger " nos amis de Paris qui sont, paraît-il, les plus indisciplinés de toutes nos communautés étrangères. Il finit par cette exhortation : " Battons-nous jusqu'au bout! Notre lutte est au moins aussi importante que celle des combattants de Dieu. Le combat des patriotes est le même que celui des guerriers hussites de Ian Zicka. " L'évocation de ces héros, Ian Huss, Ian Zicka, m'émeut profondément. J'ai l'impression que leurs actions anciennes n'ont pas été inutiles et qu'elles nous permettront, à nous les héritiers, d'arriver à construire notre pays.

J'étais si heureux de ce courrier que j'ai couru le lire à Simone qui prenait un bain avec Milan. Elle s'est enflammée à son tour :

" Tu vois, Masaryk ne t'a pas abandonné! "

Je lui ai proposé de les accompagner au jardin du Luxembourg. Milan a parfaitement compris. Il a manifesté son enthousiasme en frappant l'eau du plat de ses mains. »

« Ian. Je suis surprise que tu n'aies pas raconté notre promenade au parc. Pourtant nous nous sommes tellement amusés. Souviens-toi, tu me tenais par le bras, Milan gambadait devant et effrayait les pigeons de ses cris. Face à chacune des statues de nos reines, tu racontais leur vie, inventée sur l'instant. Tu enchaînais sur l'histoire de ta " reine boiteuse ", comme tu disais. Et le grand amour de sa vie : un étudiant slave rencontré à Paris au XVIe siècle. Sa soutenance de thèse sur *Le Roman de la rose*. Leur rencontre avec Erasme et leur fuite mouvementée en Italie avec lui. Là, avec Roméo et Juliette, ils évoquaient leurs amours respectifs. Et nous riions. J'aime ta folie. J'aime quand tu oublies un instant ta mission et ton pays pour venir me rejoindre. Vivement ce soir que tu rentres. »

« 12 octobre 1914.

Si je croyais en Dieu, je traverserais la rue et irais mettre un cierge en l'église Saint-Etienne-du-Mont pour que les alliés gagnent la guerre. Peut-être serait-ce plus efficace que nos canons! Les Allemands viennent de prendre Anvers. Heureusement, la vaillante résistance de la ville a permis aux Belges de se replier sur l'Yser. Mais enfin, ces salauds ne vont tout de même pas être vainqueurs? Je repense avec amertume à certains écrits dans les journaux français lorsque la guerre fut déclarée. Elle allait être gagnée et vite! On partait la fleur au fusil. On reviendrait dans quelques jours! Quelles bêtises! Aujourd'hui, chaque armée est stoppée par l'autre et incapable d'emporter la décision. Plus les semaines passent et plus je suis convaincu que ce conflit va s'éterniser. J'en ai discuté avec Pavel qui m'a rassuré. " Les Russes vont facilement enfoncer les Autrichiens. Il faudra alors que les Allemands enlèvent des divisions du front français. Et la victoire est acquise! " J'ai trouvé cela stupide mais j'ai préféré garder le silence.

En rentrant, Simone m'a mis Milan dans les bras. En jouant avec lui, j'ai oublié ma colère. J'écoutais ses babillages sans penser à rien d'autre. Je suis heureux que Simone me comprenne et ne m'accable pas de questions dès mon arrivée. Au contraire, elle se tait. Des témoins pourraient croire à ces moments-là que nous sommes fâchés. En fait, nous nous préparons à mieux nous dire ce qui nous préoccupe, à mieux nous écouter aussi. Au dîner, elle m'a rappelé que nous devions bientôt faire notre pèlerinage à l'amphi où nous nous sommes rencontrés six ans auparavant. J'ai envie de dire déjà et pourtant je mesure ce que nous avons fait ensemble. Il fallait bien toutes ces années pour y parvenir. »

« 17 octobre 1914.

Journée très importante pour notre cause. J'ai rencontré le professeur Ernest Denis, que Masaryk m'avait recommandé. Celui-ci va nous aider à mieux faire connaître notre lutte dans les milieux français. Cela complète la toile d'araignée que nous tissons à travers l'Europe : Seton Watson et Wickham Steed, rédacteurs politiques du *Times* font déjà un excellent travail à Londres. Le professeur ne s'est pas montré très optimiste quant à l'accueil que les autorités françaises sont prêtes à nous réserver. Quand je l'ai questionné sur les raisons de cette analyse, il a voulu me rassurer en me précisant qu'il s'agissait d'impressions et qu'il pouvait se tromper. Depuis, j'ai réfléchi et je suis convaincu qu'il nous cache quelque chose. Pavel est de mon avis mais nous n'avons rien trouvé qui soit réellement convaincant. Le général Janin que je dois bientôt rencontrer nous en dira peut-être plus sur les dispositions de l'état-major français à notre égard. Si nous nous concilions les bonnes grâces de l'armée, les politiques suivront. Pavel m'a confirmé que toutes les tendances réunies sont d'accord sur les statuts du futur Conseil National Tchèque. Nous nous réunirons dans une dizaine de jours pour définir notre action en France. Je regrette que Masaryk ne soit pas là. Ces rencontres n'auraient pas été nécessaires. En deux ou trois phrases, il aurait accordé tous les protagonistes. Je mesure ce qu'on appelle " le génie politique " et je conçois quelque amertume de n'en avoir pas été pourvu. Ce soir, les parents de Simone sont venus dîner. Son père m'a confirmé qu'il me serait facile d'obtenir la nationalité française puisque je suis marié à une Française. " Mais attention, a-t-il ajouté, soyez certain de ne pas être envoyé sur le front. Le seul intérêt pour vous d'être officiellement français, c'est de pouvoir mieux travailler pour votre pays. ” J'étais très ému de le voir aussi enthousiaste pour notre cause. »

« Mon Ian chéri, peut-être n'as-tu pas de “ génie politique ”, mais tu n'as pas non plus le “ génie amoureux ”. Pas un seul mot sur ta femme! Je me souviens de ce repas, mais surtout de ce qui a suivi. Tu m'as portée dans notre chambre et plus tard tu as juré de m'avoir fait un deuxième enfant. Je te laisse apprécier le résultat!

Et je suis sûre que ton texte n'a pas été écrit le 17 octobre au soir, mais le 18 au matin, parce que tu as passé le reste de la nuit avec moi! Tu comprends maintenant pourquoi je ne voulais pas lire ce journal. C'est une suite de mensonges. D'ailleurs, c'est le genre littéraire le plus faux! On y raconte ce qu'on veut, on y arrange la réalité à sa guise pour mieux se présenter devant le lecteur, alors qu'on vise soi-disant à restituer la sacro-sainte vérité. Bref! Je me fiche bien de cela! Je suis heureuse de te lire après t'avoir vécu. C'est ce rabiot de vie qu'on appelle peut-être bonheur! Ton étoile. »

« 30 octobre 1914.

Hier, la Turquie est entrée en guerre auprès des Centraux. Je suis anéanti et n'ai aucune envie d'écrire quoi que ce soit. »

« 1er novembre 1914.

La Toussaint. D'ordinaire les passants ont la mine triste à cause de la guerre, mais ce matin c'était pire que tout. Ils allaient fêter leurs morts! En rejoignant Pavel, je me suis mis aussi à penser à ceux dont la disparition m'avait affecté ces dernières années. Wladimir, mon grand-père, par exemple, qui m'avait appris à lire et donné le goût des étoiles.

Quand je passais mes vacances chez lui, à Pilsen, nous allions nous asseoir sur le perron dès la nuit tombée. Il m'apprenait à reconnaître la grande ourse, le lion, le chariot et me racontait à leur propos des histoires merveilleuses. Parfois, j'ai voulu me souvenir de celles-ci pour les redire à Milan. Je n'y suis jamais parvenu. Et puis Ruzena, ma grand-mère, venait nous arracher à notre contemplation d'une voix à la fois douce et ferme. Ces souvenirs me donnent le vertige.

Je n'étais pas très gai en arrivant chez Pavel. Je l'ai trouvé également assez déprimé. Il m'a rapporté les derniers échos qu'il a recueillis auprès de l'état-major. Sur les bords de l'Yser, la bataille fait rage. L'armée française, aidée des bataillons anglais et belges, barre la route à l'armée allemande. Mais les responsables militaires vivent dans la hantise que celle-ci parvienne quand même à enfoncer le front. Il commence à s'inquiéter de l'incapacité des Russes à remporter une victoire à l'est. Une seule nouvelle encourageante : les Tchèques et Slovaques sont de plus en plus nombreux à déserter l'armée austro-hongroise et à rejoindre la Russie. Je lui ai suggéré que nous organisions des réseaux dès maintenant pour accueillir ceux qui choisiraient la France ou l'Angleterre. Il a trouvé l'idée excellente. L'après-midi a été consacré à la préparation de la réunion plénière qui devrait se tenir le 15 novembre prochain. Tous les courants y seront représentés. Je ne suis guère rassuré. On risque d'assister à des empoignades qui ne serviront pas notre cause.

Quand je suis rentré, Simone était absente. Elle avait laissé un mot pour me dire qu'elle était allée avec Milan et ses parents se recueillir sur la tombe familiale au cimetière de Montparnasse. J'ai attendu leur retour en lisant des passages de la déclaration liminaire que je compte faire lors de la réunion du 15. J'y exalte le sentiment unitaire de nos peuples, j'en appelle à la sagesse, à l'efficacité et aussi au dévouement, voire au sacrifice. J'ai beaucoup corrigé.

Alors que nous étions couchés, j'ai lu mes notes à Simone. Elle m'a fait des remarques de bon sens. En particulier celle-ci : " Exprime-toi tel le porte-parole de Masaryk, c'est-à-dire avec autorité et détermination. Peu importe si tu bouscules des esprits chagrins. "

C'est vrai que j'ai tendance à être trop compréhensif et respectueux des idées " confortables " d'autrui ! Je mesure à ces moments-là combien la présence de Simone, sa lucidité aussi, me réconfortent. Je lui ai redit qu'elle devrait s'impliquer beaucoup plus dans notre lutte. Elle a haussé les épaules en souriant et m'a enlacé. »

« Ian, je refuserai jusqu'au bout de prendre une part active à ton combat. Je suis ta femme, pas une militante de la cause tchèque. Mon action, je la situe dans notre intimité. En t'offrant mon temps et mon écoute. Je milite pour la Tchécoslovaquie en t'aimant. Mais mon attitude n'est peut-être pas désintéressée? La Tchécoslovaquie, je la vois aussi comme une rivale. Il m'arrive d'être jalouse de l'attirance qu'elle exerce sur toi, de la connaissance que tu as de ses " moindres douleurs ". Parfois je te regarde avec une pointe d'amertume quand tu vas la " retrouver " dans ton bureau... »

« 7 novembre 1914.

Grande joie ce matin. J'ai reçu une lettre de Stepina, le leader du Comité tchéco-slave de Chicago. Je ne le connais qu'au travers de ce que

Masaryk m'a dit à son propos. Le ton de sa missive est très amical et j'en suis touché. Il me prodigue ses encouragements pour notre action en France et m'assure des efforts de la communauté américaine pour accréditer l'idée d'un Etat tchécoslovaque libre et démocratique. Ne serait-ce, écrit-il que pour prévenir à long terme l'expansionnisme russe. (Je me suis interrompu quelques instants. Milan est venu m'embrasser avant d'aller se coucher. Il a mélangé les papiers qui traînaient sur le bureau avec force commentaires et émerveillements. Je l'ai laissé faire, en lui racontant que j'écrivais une histoire.) J'ai emporté la lettre que j'ai fait lire à Pavel. Il se méfie de ce qui vient d'Amérique. Il a bougonné que les Russes n'étaient pas expansionnistes du tout. Songerait-il, lui aussi, sans le dire à un Etat tchèque d'obédience russe? Cela me fascine de voir combien certains de nos compagnons sont sensibles aux sirènes tsaristes et ne se rendent pas compte que l'histoire de ce pays est celle d'un impérialisme continuel. J'ai redemandé à Pavel de me mettre en contact avec le général Janin. Il m'a assuré qu'il s'en préoccupait. Nous avons récapitulé les questions que nous devons aborder lors de la réunion du 15. L'une d'elles me paraît vraiment importante : que faire des réfugiés tchèques qui commencent à arriver en France? »

« 15 novembre 1914.

Il est deux heures du matin. Je n'en peux plus mais pourtant je veux tout jeter sur le papier avant d'aller dormir. La rencontre s'est tenue chez Pavel comme prévu. A nous entendre nous invectiver, hurler, jurer dans un nuage de fumée, j'avais l'impression d'être dans un tripot à discuter politique, et non pas de participer à la réunion des responsables de la future Tchécoslovaquie. Je n'ai plus de voix d'avoir crié après Jiri, Miroslav, Josef et les autres pour leur imposer le silence ou répondre à leurs objections.

Deux principaux problèmes nous ont occupés : quelle Tchécoslovaquie devons-nous créer, ce qui implique le choix de nos alliés. Quelle politique à l'égard de ceux qui nous soutiennent?

La majorité a opté pour une république démocratique à l'image de la France ou de la Grande-Bretagne. Toutefois, il subsiste un fort courant (Miroslav entre autres) favorable à un royaume de Bohême. Leur principal argument consiste à dire que les Tchèques et les Slovaques resteraient très attachés à la monarchie. La preuve, soutiennent-ils, il n'a jamais existé de forte opposition à l'Empire. Je leur ai rappelé que l'histoire de notre pays, durant les cinquante dernières années, ne fut au contraire qu'une suite de démêlés sérieux avec l'Empereur : lors de l'échec de la politique libérale de Deak en 1868, la non-application des ordonnances de Badeni en 1896, etc.

La question des alliés crée une ligne de brisure. On assiste à de curieuses alliances, parfois stupides, uniquement parce que l'un ou l'autre réagit, non pas en fonction d'une analyse, mais plutôt d'a priori quasiment sentimentaux. Certains, parmi les plus farouches défenseurs de la monarchie, ne jurent que par les Français (?), alors que des républicains convaincus prétendent que notre projet aboutira grâce aux Russes (j'aimerais savoir comment?). Bref, une courte majorité s'en remet aux alliés occidentaux et m'a désigné officiellement pour conduire les négociations auprès de leur état-major. J'ai remarqué le visage défait de Pavel qui avait cru pouvoir m'écarter. Il n'avait oublié qu'une chose : je suis la voix de Masaryk, et à ce titre écouté et respecté. Quoi qu'il en soit, le travail sérieux va commencer. J'ai demandé aux représentants de chaque courant de me soumettre leurs propositions pour régler le problème de l'immigration de nos compatriotes et celui des négociations avec les gouvernements français et anglais. Le professeur Denis, qui assistait à la réunion, m'a racompagné. Il s'est gentiment moqué de moi : " Je vous ai découvert une main de fer sous un gant de velours ". Peut-être a-t-il raison? Au fur et à mesure que je menais ce débat, il me semblait effectivement prendre de plus en plus d'assurance et exercer une plus grande autorité. Cela me rassure un peu. Je crois cependant que je n'en aurai jamais trop pour " gouverner " des hommes si différents. Milan a toussé. Je m'aperçois que je suis demeuré sans les voir, lui et Simone, depuis plus d'une journée. Allez, j'arrête là! »

« 18 novembre 1914.

Enfin le général Janin m'a reçu au Ministère de la Guerre. Le personnage est affable et distingué, mais j'ai le sentiment désagréable qu'il est particulièrement inefficace. C'est tout juste s'il connaissait notre existence. Je lui ai décrit la situation des mouvements nationalistes tchèques et slovaques dans le monde. J'ai évoqué l'existence des réfugiés qui arrivent en France et qu'il serait peut-être sage d'incorporer à l'armée française, dans des bataillons spéciaux. Enfin, je lui ai demandé son aide en soulignant que nous manquions cruellement d'intercesseurs auprès des autorités.

Il a levé les bras au ciel en signe d'impuissance. " Monsieur, votre cause a la sympathie du gouvernement, a-t-il dit, mais ce serait prématuré de nous aliéner les bonnes dispositions de l'empire austro-hongrois qui s'est laissé entraîner dans le conflit plus qu'il ne l'a choisi. Si nous vous aidons, ce sera dans le strict respect des institutions de votre pays. Au plus pourrons-nous encourager une certaine autonomie de vos régions. ”

Le reste ne fut que bavardage pour éluder les questions essentielles. Je suis ressorti du ministère, amer et effondré. J'ai retrouvé Pavel dans un café de Saint-Germain dont je ne me rappelle plus le nom tellement j'étais bouleversé. Ainsi, nous sommes seuls. La France n'est pas intéressée à la dislocation de l'empire austro-hongrois. A Paris, on impute la responsabilité de la guerre à l'Allemagne et j'ai cru comprendre qu'on ne renonce pas à l'hypothèse d'une paix séparée avec François-Joseph! Je partage l'opinion de Pavel : les Français voient l'Autriche sous un jour favorable, dans la mesure où ils n'ont pas à se battre contre elle. J'espère que les alliés ne suivront pas une telle politique, désastreuse à long terme pour l'Europe.

Quand je suis revenu à la maison, Simone a compris à ma mine défaite que l'entretien s'était mal déroulé. Elle m'a écouté le lui raconter. Milan jouait sous la table. Quand j'ai eu terminé, nous avons discuté de la situation. Ce ne fut pas inutile. Elle a insisté sur le fait d'évidence que les militaires sont rarement de grands politiques et qu'il serait plus efficace que j'approche un membre influent du cabinet de Viviani, le président du Conseil. Peut-être y rencontrerais-je une plus grande compréhension? Elle m'a suggéré d'en parler à son père et au professeur Denis, qui doivent avoir l'un et l'autre des entrées dans ce milieu. »

« Ian chéri. Je viens de lever Milan. Il joue à côté de moi. Je l'emmènerai tout à l'heure au parc. J'allais lire la suite du journal et je me suis aperçue que tu es passé directement au 12 décembre. Tu n'as donc rien écrit depuis le 18 novembre? J'ai réfléchi à cette période. Je me rappelle la fatigue qui creusait ton visage, ton regard plus terne que d'habitude et quelques autres détails encore. Ceux qui indiquent qu'on change. Par exemple le sourire que tu affichais discrètement depuis que je te connais a disparu. Tu deviens sérieux! Trop, peut-être, alors que l'essentiel se réduit à peu de chose : prendre désormais plus de hauteur par rapport au quotidien pour réfléchir aux institutions futures de la Tchécoslovaquie, inspirer l'action de Masaryk et réunifier ce qui a naturellement tendance à se séparer. Passer du temps avec Milan qui te regarde de plus en plus avec des yeux étonnés. Son père commence à grandir dans son esprit. Et demeurer aussi auprès de moi... Milan et moi sommes ton autre pays, dans lequel tu peux voyager sans crainte d'être harcelé, attaqué ou trahi. Tandis que j'écris, j'ai envie de m'abandonner, d'être à toi. »

« 12 décembre 1914.

Le cours de la guerre serait-il en train de s'inverser? Les nouvelles de tous les fronts sont plutôt bonnes. Le 8, quatre croiseurs allemands ont été coulés aux Falklands et avant-hier les Serbes ont défait les Autrichiens au mont Rudnik. Combien de Tchèques y sont morts? Combien ont déserté? Etait-ce possible? Où sont-ils aujourd'hui? J'éprouve un sentiment de honte à penser à ces destins individuels jetés dans des batailles sanglantes, contraints de faire des choix, confrontés à la mort, tandis que je suis tranquillement à Paris auprès de ceux que j'aime. Ces états d'âme feraient probablement rire Masaryk. “ Il faut des hommes à tous les postes et si possible là où ils sont efficaces, dirait-il. (Le suis-je vraiment? Je ne parviens pas à en éprouver la certitude comme Pavel ou d'autres.) L'important est qu'ils accomplissent leurs tâches avec détermination et sérieux! ” En tout cas, je mesure ma métamorphose. Désormais, les réunions que j'organise sont plus calmes. Chacun accepte que je tranche les questions demeurées en suspens. Celle qui concerne l'accueil des immigrés est quasiment réglée. Les réseaux fonctionnent bien. Ils sont intégrés à des familles tchèques ou slovaques déjà installées ici, ou bien dirigés vers notre centre d'accueil. Là, on les confie à des familles françaises, surtout à la campagne, où ils remplacent les hommes partis au front.

Il y a une dizaine de jours, grâce au professeur Denis, j'ai réussi à rencontrer M. Amiot, qui est conseiller auprès du président du Conseil. Il m'a promis qu'il lui soumettrait mon idée de constituer un régiment tchèque spécial avec nos ressortissants pour combattre auprès des alliés. Il a trouvé cette suggestion intéressante.

Pavel change de jour en jour. Désormais, il ne jure plus que par moi et se met toujours à mon service avec empressement. Ce zèle me paraît d'ailleurs suspect. Dans ce contexte politique difficile, je commence à douter de tout le monde. Je ne suis pas assez naïf pour croire que l'action des uns et des autres (la mienne également) est désintéressée. Se profile au lointain le spectre du pouvoir. Qui le détiendra? Dans quelles conditions? Et avec qui? Autant de questions que je me pose, avec celle-ci : que ferai-je dans le meilleur des cas si Masaryk est président de la République?

Heureusement, ces interrogations n'ont plus guère d'importance dès que je rentre place du Panthéon. Aller me pencher sur le lit de Milan qui dort " avec appétit " tellement son visage exprime la gourmandise, me rappelle à des sentiments plus justes. Lutter pour la conquête du pouvoir me paraît dérisoire comparé à l'amour d'un homme pour une femme ou d'un père pour son enfant. En même temps, je n'en suis pas sûr. Tout a son importance. C'est peut-être l'équilibre entre chaque " espace d'existence " qui mérite d'être trouvé et respecté. Je ne sais plus. Je suis trop fatigué pour m'interroger plus longuement. J'en parlerai avec Simone un jour prochain. »

« ... Et tu ne l'as jamais fait. Justement parce que ces derniers temps tu n'as pas pu donner autant d'importance à chacun des " espaces d'existence " que tu évoques. La préoccupation d'une guerre plus celle de bâtir un pays pèsent lourd. Il y a peu, j'en aurais peut-être conçu quelque amertume. Aujourd'hui, au contraire, je t'aime différent. Je vis ton changement chaque fois que je t'écoute, j'adhère à ton combat, j'épouse ton ambition. L'émergence d'un nouveau pan de ta personnalité me fascine et me trouble. J'aimais un homme, j'en aime un autre et c'est toujours le même. Vis jusqu'à son terme cette formidable naissance de toi-même qui est celle d'un pays. Milan et moi sommes à tes côtés. »

Simone s'interrompit. Milan la harcelait pour qu'elle jouât avec lui. Elle se surprit à le rudoyer. Elle voulait d'abord terminer de lire, dérober un peu de Ian au fil des phrases. Le petit n'insista pas. Il disparut dans l'autre pièce en babillant. La pendule sonna. Midi déjà! Elle préparerait le déjeuner tout à l'heure. Elle se replongea dans sa lecture.

« 19 décembre 1914.

Enfin une autre lettre de Masaryk qui m'explique ses intentions. A l'heure qu'il est, il a quitté Prague et se trouverait à Rome, où il doit rencontrer des personnalités politiques italiennes. Il a laissé la direction de la " Maffia " à Benes et va rejoindre Paris dans les prochains jours. Vraiment je suis heureux! Je commence à ne plus pouvoir contenir les objections, voire les oppositions, qui surgissent ici. Et surtout je ne jouis pas de son prestige auprès des autorités françaises pour les convaincre de nous aider.

M. Amiot, le membre du cabinet Viviani que j'avais contacté, m'a convoqué. Sa réponse est nette. L'idée de disposer de troupes supplémentaires intéresse le Président. Mais il a jugé qu'il n'était pas opportun d'approfondir la question. Selon lui, la France ne doit pas s'aliéner les bonnes grâces de l'Empire au cas où une paix séparée serait envisagée. L'argument qui prévaut dans les milieux politiques français est que l'empire austro-hongrois offre une double garantie contre l'expansionnisme allemand et la balkanisation de l'Europe centrale. Comment est-il possible que des hommes responsables puissent croire en de telles fadaises? Cela prouve une méconnaissance profonde des rapports de forces entre l'Allemagne et l'Autriche et du problème des nationalités au sein de l'Empire. Lors de l'entretien j'ai plaidé dans ce sens, mais ce fut inutile.

Je suis rentré plus tôt que d'habitude à la maison. J'y ai trouvé Simone, assise devant le feu, en train de travailler à sa thèse, avec Milan dans les jambes. Cela m'a évoqué immédiatement un tableau intimiste. " Madame et son enfant attendant le retour du soldat ", ai-je plaisanté en venant les embrasser. Elle avait la mine triste. Je lui en ai fait la remarque. " A l'image du ciel gris et du froid ", a-t-elle répondu. Je me suis assis à côté d'elle sur le canapé avec Milan sur les genoux. Nous sommes demeurés à contempler la flamme qui dansait dans l'âtre. La nuit est tombée rapidement. Le petit s'est endormi dans mes bras. Nous ne parlions pas. Cela faisait si longtemps que je ne m'étais senti si proche d'eux. En même temps, en pensant à la guerre, je trouvais cette quiétude incongrue. Nous avons envisagé la soirée de Noël. Nous ferons un cadeau à Milan. Sinon, nous passerons cette fête sous silence. Simone a fait une suggestion. Nous laisserions ses parents avec le petit et nous filerions dans un hôpital voisin, le Val-de-Grâce, réconforter des blessés. J'ai approuvé sans réserve. Elle m'a dit son dégoût des " planqués ". Il paraîtrait, d'après son père, que sur le front les soldats se sentent abandonnés par l'arrière. C'est le lot de chaque guerre. C'est aussi la raison de mon interrogation quotidienne. Je souhaite un supplément d'action et d'engagement dans ma vie. J'en suis parfois à vouloir refuser mon bonheur familial et ma tranquillité de " dirigeant politique ". C'est trop beau. En cet instant où des millions d'hommes endurent le froid, la peur ou la faim pour arrêter l'expansionnisme germanique. Je me supporte de plus en plus mal. Je demanderai à Masaryk de me confier des missions sur le terrain, là où nos compatriotes combattent. »

« 26 décembre 1914.

Il est six heures du matin. Il fallait que je me lève. Je n'arrivais plus à dormir et j'entendais s'égrener les heures au clocher de Saint-Etienne. Comment fermer l'œil après le spectacle désespérant d'hier soir? Comme nous nous l'étions promis, nous sommes allés au Val-de-Grâce après avoir confié Milan aux grands-parents. Ces derniers ont-ils compris le sens de notre démarche? J'en doute. Ils nous ont regardés partir avec une lueur étonnée dans les yeux.

Nous avons marché rapidement jusqu'à l'entrée de l'hôpital. Là, des plantons en armes nous ont arrêtés. Quand nous leur avons expliqué qu'on voulait passer la soirée avec des blessés, ils ont paru décontenancés. " On n'a pas reçu d'ordres ", a dit l'un d'eux. L'autre avait l'air encore plus égaré. " Je vais voir le chef ", a-t-il proposé en se rendant à la guérite, quelques mètres plus loin. Il est revenu accompagné d'un jeune lieutenant. " Merci, a dit simplement ce dernier en nous saluant, je suis sûr qu'ils apprécieront. Suivez-moi. »

Au premier étage où sont alités les moins atteints, l'officier nous a présentés à l'infirmière-chef. " On souhaiterait parler avec les plus seuls d'entre eux ", lui dit-on. Elle acquiesça. " Ils le sont tous, vous savez... " Elle nous fit pénétrer dans la grande salle. Il y régnait un brouhaha indescriptible. Des soldats, qui pouvaient encore se déplacer, passaient de lit en lit et plaisantaient avec les plus handicapés. Ils croisaient les infirmières, répondaient aux appels des uns et des autres. Ça chahutait, ça riait! On reconnaissait de forts accents régionaux. Toute la France meurtrie était représentée là. Simone m'étreignit le bras un peu plus fortement. L'infirmière nous sourit et nous entraîna. " Suivez-moi au fond de la salle! Les plus touchés sont derrière ces tentures! Ce sont eux qui ont le plus besoin de réconfort... " Lorsque nous évoluions entre les lits, les éclats de voix s'atténuaient. Les regards nous poursuivaient. Dans les yeux on lisait la même interrogation : " Quel est le veinard qui reçoit de la visite? "

Quand nous eûmes dépassé le rideau, l'atmosphère changea brutalement. Les bruits d'à côté nous parvenaient étouffés. Dans la faible lueur des lampes à gaz, nous discernions mal les blessés. L'infirmière se rapprocha de nous. " Ceux-ci sont irrécupérables, dit-elle à voix basse. Pour la plupart, il aurait mieux valu qu'ils aient trouvé la mort au champ d'honneur! " Simone et moi inclinions la tête en silence. Maintenant que nos yeux s'étaient accoutumés à la pénombre, nous découvrions les corps inertes, enveloppés de pansements. Simone m'a entraîné vers le premier d'entre eux, un jeune garçon paraplégique, la tête enrubannée. Ses yeux se déplaçaient avec une extraordinaire rapidité vers chacun de nous. Simone prit sa main inerte posée le long de son corps et lui demanda son nom. Il grogna en agitant les paupières. L'émotion m'étreignait tellement que je ne parvenais pas, moi non plus, à prononcer le moindre mot. Simone continua ses questions, de telle façon qu'il pût répondre oui ou non à l'aide de ses yeux. Il arrivait de l'Yser... Il avait été atteint par un éclat d'obus... Il avait vingt-deux ans... Le dialogue a duré ainsi très longtemps. Je n'osais interrompre Simone. Il existait quelque chose de pathétique dans cet échange. Le jeune blessé dépendait des seules questions de Simone. Peut-être qu'au même moment se bousculaient dans sa mémoire une multitude de souvenirs qu'il aurait aimé conter. Simone finit par se lever. “ Nous reviendrons ”, affirma-t-elle doucement. Nous avons traversé la salle au pas de course. A la sortie elle a éclaté en sanglots dans mes bras. Nous sommes revenus en silence, enlacés pour mieux nous protéger du froid mais aussi pour partager notre émotion. Ce matin, une foule d'interrogations m'assaillent l'esprit et forment comme un appel que je ne peux plus éluder. Je dois rejoindre les lieux d'un combat où l'enjeu soit la vie ou la mort, dans un engagement total de soi-même... La générosité ne me suffit pas. N'est-elle pas en l'occurrence le paravent contre la lâcheté? Une pitié dissimulée derrière de bons sentiments?

Les premières lueurs de l'aube éclairent les toits du lycée Henri IV. Les pierres blanches du Panthéon illuminent la grisaille environnante. Il règne sur la place ce silence de guerre que je reconnaîtrais désormais entre tous. Partir ou rester? J'espère y voir plus clair lorsque Masaryk sera là. Lui saura me dire que faire. »

« Ian, mon chéri. Au fil de tes lignes, je redécouvre les instants de souffrance et de joie de cette veillée de Noël. Cela réveille aussi cette douleur que j'ai éprouvée lorsque j'ai appris, il y a quelques jours, que Pierre, le jeune soldat, était mort. Bien sûr, aller le voir quotidiennement n'était peut-être que de la générosité ou même de la pitié. Et alors? Cela signifie-t-il que nous ne devions pas le faire? Les quelques joies que cela lui a procurées sont-elles de trop quand on songe à ce que fut sa courte vie?

La réflexion que tu conduis t'amène à reconsidérer le bien-fondé de ton action. Mais je suis étonnée de voir où cela te mène. Ainsi, un moribond déchiqueté à coups d'obus te donne l'envie de devenir un héros? Ne serait-ce pas à ton sujet que tu ferais du bon sentiment? Je crois que tu t'égares. Tu n'as pas besoin de partir pour servir ton idéal. Le hasard a voulu que ce soit Paris où tu doives agir. Accepte-le! Et ne t'invente pas de faux dilemmes qui peuvent te " désarmer " dans ta lutte! Les héros ne sont pas seulement ceux qui appuient sur la gâchette! Il en existe d'autres. Ceux qui, comme toi, agissent ou tentent d'agir dans le sens de l'Histoire. Et cela ne nécessite pas moins de courage et de volonté. Souviens-toi que tu as été capable de fuir ton pays et d'unifier en grande partie les courants nationalistes de votre mouvement. Tout cela en gardant auprès de toi femme et enfant. N'est-ce pas déjà beaucoup? Crois-tu avoir moins fait que le soldat Antal ou Tomas, en Galicie ou ailleurs? Ne te trompe pas de réflexion et ne pense pas que Masaryk ou un autre te donneront la réponse. Celle-ci existe déjà. C'est ton action quotidienne. »

« 31 décembre-1er janvier 1915.

Pavel, Jiri et Josef sont venus boire un verre à la maison. D'un commun accord, nous n'avons pas fêté la nouvelle année. Par contre, nous avons trinqué à l'aboutissement de notre combat. J'ai formulé le désir que la guerre dure le plus longtemps possible. C'est nécessaire si nous voulons avoir le temps de convaincre les responsables français de reconnaître nos thèses. Jiri a dit que Masaryk y parviendrait facilement. Il a pour lui d'être professeur, mais aussi député. Il paraît que cela impressionne beaucoup en France.

La soirée s'est terminée fort tard. L'alcool aidant, nous étions plus gais qu'au début. Assis autour du feu, nous nous sommes mis à chanter de vieilles chansons slovènes. Milan avait refusé de se coucher et dormait sur le tapis. J'éprouvais le sentiment d'une grande paix et d'une forte fraternité entre nous et cela malgré nos divergences. Simone disait ne pas vouloir boire mais vidait sans cesse mon propre verre. A un moment où je la taquinais à ce propos, elle me répondit au creux de l'oreille : " Ainsi je connaîtrai tes pensées et je veux les connaître toutes... " Tu sais, Simone, je crois bien ne t'en cacher aucune. Je t'ai épousée, je vis avec toi, je ne veux pas que ce soit à moitié. »

« 5 janvier 1915.

Masaryk est arrivé! Ce matin j'allais partir, quand on sonna à la porte. C'était lui. Immédiatement, je me suis senti un autre homme. Il se dégage de lui une telle aura qu'il nous semble pouvoir y puiser notre propre force. Il n'a pas voulu parler politique tout de suite. Très simplement, il est allé s'asseoir dans la cuisine, boire le café que venait de préparer Simone, puis l'a interrogée sur sa thèse. Ainsi, il s'en souvenait! Je n'en revenais pas. Simone non plus d'ailleurs, qui bafouilla avant de répondre. Il a voulu embrasser Milan qui s'éveillait. Il l'a pris dans ses bras et lui a parlé en tchèque. " J'espère, mon garçon, que tu seras un jour citoyen de notre République. " Le petit, légèrement effrayé, tendait les bras vers Simone en pleurant.

Enfin, il accepta de s'enfermer avec moi dans le bureau. Durant plus de trois heures, je lui ai rapporté ce que nous avons fait à Paris et les succès que nous avons obtenus. Entre autres, les Tchèques, Slovaques et Slaves en général ne sont plus officiellement considérés comme autrichiens et peuvent bénéficier des avantages accordés aux citoyens des pays alliés. Quelques volontaires enrôlés dans la légion étrangère et engagés sur le front. Et l'organisation d'un formidable réseau qui se développe sans cesse en Europe et en Amérique. Je lui ai également décrit la situation au sein de la colonie française et les difficultés à réunir tout le monde au sein d'un Conseil National. Masaryk m'a écouté très attentivement jusqu'à la fin, puis m'a exposé dans le détail quelle devra être notre action dans les prochains mois. En préalable, il m'a confirmé qu'il lui paraissait effectivement nécessaire que la guerre durât suffisamment pour que nous ayons le temps de créer les structures du futur Etat tchèque, et surtout de convaincre les puissances étrangères de la nécessité de son existence. Il m'a dressé le programme qu'il s'agissait de suivre avec notre aide. “ Premièrement, il faut faire aboutir la création du Conseil National Tchèque. Ce sera l'organe représentatif à Paris, mais je compte bien qu'il devienne le gouvernement provisoire de la Tchécoslovaquie et qu'à moyen terme il soit reconnu comme tel par tous les courants. ”

Il a souhaité que nous développions nos relations avec les personnalités influentes de Paris et de Londres, où il me dit vouloir s'installer parce qu'il considère l'Angleterre comme la cheville ouvrière de la coalition alliée. Il me reviendra au premier chef de lui faciliter la tâche en étant chargé des questions militaires au sein du Comité. J'aurai prioritairement à convaincre l'état-major français du bien-fondé de nos positions. Il me faudra revoir Janin, mais d'autres aussi placés au-dessus de lui. Il a terminé en évoquant la situation confuse de la colonie tchèque de Russie. Il espère qu'à son congrès, le 7 mars prochain, les différents leaders se mettront d'accord sur une position nationaliste dure, à savoir la création d'une République autonome et qu'ils ne se laisseront pas déborder par les russophiles qui désirent un royaume de Bohême. Il m'a répété son inquiétude et le manque de confiance qu'il fait aux cadres de là-bas, à son avis incompétents. Lorsqu'il m'a dit qu'il serait susceptible de m'y envoyer en mission, j'ai littéralement bondi de joie. Il m'a interrogé sur les raisons de cet enthousiasme. " Enfin, lui ai-je répondu, je vais pouvoir rejoindre nos compatriotes sur le front et... " Il m'a interrompu fermement. " Ian! Votre guerre ne sera jamais celle d'un soldat. Il faut vous en convaincre dès maintenant. Je pense que vous vous laissez aller à des états d'âme que je connais parfaitement pour les avoir entendus dans la bouche d'autres que vous. Tous les Tchèques et Slovaques ont à mener le même combat, mais chacun à sa place! La vôtre est politique et votre action a autant d'importance que celle des militaires qui se battent le fusil à la main. Votre héroïsme, car c'est bien là le ressort de votre inquiétude, mon garçon, sera plus intellectuel que physique. " Il m'a demandé de le conduire chez Pavel pour fixer avec lui une rencontre rapide avec les responsables de la colonie. »

« Ian. Moi aussi je bondis de joie à la lecture de ces lignes. Masaryk a eu la même réaction que moi. Sera-ce suffisant pour te convaincre que ton combat se fait et se fera ici?

Je suis heureuse que Masaryk soit là. Depuis son arrivée, je te vois moins inquiet. Je comprends ton attachement à cet homme. Il émane de lui une force d'attraction extraordinaire. Quand je l'ai revu, j'ai éprouvé cette envie confuse qu'il soit à la fois mon père, mon frère et mon mari. Je vois ta tête en lisant cela. Tu sais, il s'agit d'un désir de plénitude qui m'envahit parfois. Il m'arrive de vivre la vie comme un puzzle éclaté. Femme par ici... Mère par là... fille... épouse... etc. J'aime alors sentir chez un autre, homme ou femme, cette unité dont je me crois dépourvue. Cela me donne le ressort pour m'accorder à l'idée d'absolu que je porte en moi. Je veux être une et indivisible comme cette république pour laquelle tu luttes. Une avec toi. »

« 15 janvier 1915.

Je n'arrive plus à tenir ce journal depuis la venue de Masaryk. Il est vrai que mes journées sont bien remplies. Aussi, lorsque je rentre, souvent très tard, j'ai envie de dormir et rien d'autre.

Les choses avancent. Masaryk a réussi à calmer les tensions au sein de notre groupe et à créer une réflexion unitaire autour des thèmes politiques qu'il m'avait développés.

Les rencontres avec les personnalités politiques françaises deviennent plus faciles. Masaryk, par sa qualité de député, est effectivement reconnu comme un interlocuteur valable. Deschanel, président de la Chambre, l'a reçu, ainsi que M. Leygues, le président de la Commission des Affaires étrangères. Ils sont sensibles à l'idée de l'indépendance tchèque et nous aideront. Par ailleurs, il a réussi grâce au professeur Denis à prendre des contacts avec les rédacteurs des journaux parisiens. Ils lui ont promis qu'il pourrait y développer ses opinions dans des articles ou interviews. Pour Masaryk c'est le plus important. " En effet, dit-il, c'est en lisant la presse que les hommes politiques trouvent des idées à défendre ".

Nous n'avons pas de nouvelles de Benes mais des réfugiés de Prague disent qu'il passe son temps à échapper à la police impériale. A ce train-là, il ne pourra certainement pas diriger la Maffia très longtemps. Masaryk m'a confié qu'il pensait lui demander de venir et de prendre une responsabilité importante au sein du Comité National, quand celui-ci sera officiellement constitué. Ce n'est pas demain la veille! Les querelles s'avivent et les statuts que j'avais difficilement élaborés sont à refaire.

Sinon, les nouvelles de l'étranger sont bonnes. Le 4 janvier dernier, une " Union Centrale des Associations Tchèques " s'est constituée à Berne et l'" Association Nationale Tchèque d'Amérique " a tenu son premier congrès le 13. Nous attendons les rapports pour nous faire une opinion sur l'évolution politique de ces groupes.

Il ne me reste presque plus de temps à consacrer à Simone et à Milan. J'en souffre, mais l'enjeu de mon action est trop important pour que je faiblisse aujourd'hui. Cela est l'affaire de quelques jours encore. Quand Masaryk aura définitivement aplani les divergences au sein de notre équipe, les rencontres seront plus détendues et je disposerai de plus de loisir. »

« Oui, Ian, tu as raison de penser qu'une part de la vie que nous menons, Milan et moi, t'échappe. Et cela malgré la volonté que j'ai de t'attendre et de tout te raconter. Mais tu ne dois pas te sentir coupable de « désertion ». (Petit soldat!) Tu es sur le front face à l'adversité et tu luttes farouchement... Tel un héros! N'était-ce pas ce que tu souhaitais? Quand Milan te demande durant la journée, je lui dis ce que tu fais avec des mots simples. Il comprend très bien et attend patiemment que sur l'horloge du salon la petite aiguille soit sur le huit et la grande sur le douze pour commencer à s'inquiéter de ton retour. Le plus dur pour lui est d'aller se coucher sans t'avoir revu. Je lui conte alors une autre histoire :

“ Papa est retardé. Il pleut. Il neige ou il vente... Ou papa a rencontré le vieux monsieur de l'autre jour et parle avec lui. ” Je sollicite mon imagination. Cela me fait du bien. Parler de toi, c'est t'aimer... »

« 22 janvier 1915.

Hier soir Masaryk m'a pris à l'écart. “ Ian, m'a-t-il dit d'un ton amical mais autoritaire, je ne veux pas vous voir ici demain. Je souhaite que vous passiez la journée auprès de votre femme et de votre fils. A voir votre tête de papier mâché, je suis sûr qu'ils vous manquent. ” J'allais faire quelque objection mais il m'a poussé vers la porte. “ C'est un ordre, mon garçon! ” m'a-t-il glissé à l'oreille avant de refermer.

J'étais heureux de venir vous retrouver, mais je décidai auparavant de faire une longue marche. Je voulais évacuer l'amertume qui m'assombrissait depuis le début de l'après-midi. En effet, à la reprise de nos travaux, Josef nous avait rapporté les dernières nouvelles du front français. De Champagne particulièrement, où les offensives s'avèrent très meurtrières et pourtant inutiles. Depuis un mois, la 4e armée attaque les positions allemandes. C'est une véritable tuerie. On dit que le fortin de Beauséjour a été pris et repris trois fois de suite. Quant à la seconde ligne allemande, elle résiste toujours malgré les centaines de milliers d'obus que lance l'artillerie française. Les morts se comptent par milliers, eux aussi. Josef lisait son rapport. Nous demeurions silencieux, presque recueillis, autour de la table. Je croyais trouver la joie en entrant. Lorsque Simone m'a ouvert, j'ai compris qu'il y avait une mauvaise nouvelle. Pierre, le soldat que nous avions visité le soir de Noël au Val-de-Grâce et qu'elle revoyait régulièrement, est mort ce matin d'une infection généralisée. “ Un de plus... ”, ai-je lâché. J’ai eu honte de cette oraison funèbre si banale, mais je n’en pouvais plus de tristesse et de fatigue. Simone, au bord des larmes, se retenait pour ne pas effrayer Milan qui m’entraînait vers la salle de séjour me montrer l’un de ses gribouillis... Je l’ai abandonné assez rapidement pour rejoindre Simone qui préparait le dîner dans la cuisine. Elle pleurait doucement, sans bruit. Je l’ai prise dans mes bras. Elle s’y est blottie et n’a plus bougé. Je lui ai dit que j’étais triste aussi. Je venais d’apprendre la mort de milliers de Pierre et l’enlisement de la guerre. Mais nous n’allions pas nous laisser faire! Nous devions réagir et opposer à cette réalité dérisoire quelque chose de plus fort, de plus beau. Demain nous fêterions le sixième anniversaire de notre rencontre. Nous irions à l’amphithéâtre de la Sorbonne et nous y retrouverions nos émotions. Simone m’a étreint plus fortement. Puis elle a repris son travail en me décochant un sourire maussade. “ Va t’occuper du petit, m’a-t-elle demandé, je vous appellerai. ”

Toute la nuit nous avons parlé. Autant d’idées et de désirs exprimés de manière décousue qu’il m’est impossible de retracer ici. Cela fait partie de cette intimité unique du couple, inaccessible aux autres. Par contre, je me souviens que nous étions réveillés lorsque le jour s’est levé. Simone a souhaité que nous profitions de ce moment de tranquillité que j’avais pour le passer ensemble. Elle a proposé de laisser Milan à la concierge. J’ai trouvé l’idée excellente.

Nous n’avons pas fait grand-chose et pourtant ce soir, je suis sûr que je me souviendrai de cette journée toute ma vie. Comme si j’avais la prémonition que nous avions vécu un événement exceptionnel et que je ne savais le déchiffrer. Un bâtiment, des couloirs, un amphi déserté. Trois marches vers le bureau qui n’a pas changé de place. Je m’y installe tandis que Simone s’assoit à la même table. Je commence à redire ces quelques phrases sur la composition gazeuse des comètes. Et elle, qui sourit. Comme si nous avions aboli le temps, l'espace. Comme si tout pouvait être refait. Heureuse impression qu'ensemble nous pouvons parfois transgresser les lois, dites intangibles, de la vie et de la mort. »

« Ian, moi aussi j'ai cherché à élucider l'instant dont tu parles, à le comprendre de l'intérieur. Je voulais m'approprier chacune des secondes qui passaient. Et je n'y suis pas parvenue. Serait-ce l'une de ces limites au-delà desquelles l'absolu est atteint? Frontière infranchissable, si ce n'est pour mourir? »

« 3 février 1915.

En relisant mes dernières lignes datées du 22 janvier : “ lois dites intangibles de la vie et de la mort... ”, je les trouve dérisoires. Celles de la guerre et de la politique ont repris leurs droits. Comme d'habitude, Josef nous rapporte les nouvelles et l'on commence à découvrir l'horreur de ce conflit, fait de petites offensives répétées sur un front de plusieurs centaines de kilomètres. La bataille de l'Yser a coûté 13 469 hommes et 287 officiers à l'armée française. Celle de la cote 132, près de Soissons, 12 000 hommes. Celle des Eparges plusieurs autres milliers. Et ce n'est pas fini. Pour quelques mètres gagnés sur l'ennemi! On se bat à la baïonnette, au couteau, à coups de pelle. Tout est bon, dit-on, dans cette guerre de tranchées.

Sur le front oriental qui nous préoccupe également, la situation n'est guère meilleure. Les Russes n'ont pas réussi à vraiment inquiéter les Austro-Hongrois, même s'ils ont forcé ceux-ci à abandonner le col d'Uzok et en ont encerclé un grand nombre à Przemysl.

A ce moment de l'exposé, Masaryk a pris la parole. “ A n'en pas douter, les Austro-Allemands feront tout pour libérer cette ville. En effet, c'est pour les Russes la porte ouverte vers la Hongrie et peut-être l'effondrement de l'Empire. Je vais vous paraître cynique mais il ne faut pas que Przemysl tombe. Sinon les Carpates sont conquises et c'en est fini des Autrichiens et de nous avec. ”

Autour de la table tout le monde gardait un silence éloquent. Alors j'ai vu Masaryk s'énerver pour la première fois. “ Eh bien quoi! s'est-il récrié. Pourquoi faites-vous ces têtes? Ne savez-vous donc pas que les intérêts de certains peuvent parfois correspondre à ceux de leurs pires ennemis? C'est cela, la politique, Messieurs! Allons, passons à la suite de l'ordre du jour! ” En l'entendant, j'ai eu l'intuition qu'il dirigerait bientôt la Tchécoslovaquie. »

« Mon Ian chéri. Bien sûr, que Masaryk gouvernera la Tchécoslovaquie. Cela se voit, cela se comprend! Il porte cette évidence sur lui. Son regard, ses gestes, sa démarche, tout dit qu'il est “ fait ” pour le pouvoir. Le contraire de toi! Mais il a justement besoin de ta fragilité, de ta douceur, de ta prudence et aussi de ta naïveté pour être complet. Tu es sa richesse comme il est la tienne. C'est cela que tu dois comprendre et vivre passionnément. Je t'y aiderai.

Deux heures sonnent à Saint-Etienne-du-Mont. Milan me tarabuste pour que nous allions nous promener. Nous irons au parc puis nous passerons en bas de l'immeuble où vous vous réunissez. Avec un peu de chance tu auras fini et nous reviendrons tous les trois ensemble. »

CHAPITRE VI

RATISLAV s'assit sur une bitte d'amarrage. Trois heures qu'il arpentait les quais sans succès, avec l'espoir qu'on l'engagerait pour le déchargement d'un navire. Il commençait à désespérer. La faim le tenaillait et il n'avait pas une seule couronne en poche.

Il pensa vendre la chaîne d'or que Marie lui avait donnée. Il y renonça. Il préférait la conserver à son cou et la donner à Jilia lors de son retour à Prague.

Un homme poussa un cri strident à quelques mètres de là. Intrigué, Ratislav se fraya un passage parmi les curieux. Un marin avait reçu un ballot de laine sur la jambe. Plusieurs de ses camarades s'arc-boutèrent pour soulever le fardeau. D'autres le tirèrent de là. La bouche tordue par la souffrance, le blessé jurait après le maladroit qui avait arrimé la charge. Le premier réflexe de Ratislav fut de se précipiter pour lui confectionner des attelles. Il se retint. A aucun prix il ne voulait être découvert comme médecin, ni sous sa véritable identité. Le chantage du prisonnier de Cetinje lui restait en mémoire. Dans cette foule mélangée, quelqu'un pouvait le reconnaître.

Le contremaître se jucha sur un paquet de coton :

« Qui veut gagner cinquante hellers à remplacer ce corniaud? »

Ratislav leva le bras. C'était l'occasion inespérée de sortir provisoirement du pétrin.

« Amène-toi! » lança l'autre.

Ratislav le suivit. Ils descendirent l'échelle de cale jusqu'à la soute. Des hommes, torse nu, y chargeaient les balles de coton dans des filets que des grues amenaient à quai.

« Tu vois le travail? dit le contremaître. Tombe la chemise et fais comme eux! Ici on est payé à la fin du déchargement! »

Il remonta vers le pont. Ratislav se présenta immédiatement au chef d'équipe qui lui indiqua sa place. Les autres marins, méthodiques et silencieux, continuaient leur ouvrage. Quand ce fut son tour, deux types chargèrent le fardeau sur son épaule. Déséquilibré, il s'étala de tout son long, sous les rires moqueurs. Son voisin l'aida à se relever. « Ne t'en fais pas, dit-il, tu prendras le pli rapidement. Fais-toi charger à la base de la nuque. Tu verras, c'est plus facile! »

Il s'éloigna. Ratislav suivit son conseil et se mit à gravir les marches qui menaient à l'entrepont. Les grognements que lui arrachait l'effort se mélangeaient aux jurons les plus obscènes qu'il pouvait inventer. Que foutait-il ici! Cette montée n'en finirait-elle donc jamais! A l'arrivée, on le libéra de sa charge. Bien qu'il se sentît plus léger, il ne parvint pas à se redresser et marcha quelques instants incliné en gémissant.

« Tu as perdu quelque chose? lui lança un docker, hilare.

– Penses-tu! renchérit un autre. C'est encore un pied sec qu'ils ont engagé! Ça deviendrait gibbeux à porter une plume! »

Ceux qui se trouvaient là éclatèrent de rire. Ratislav ne put dominer sa colère. Toujours courbé, il se rua sur le dernier qui avait persiflé et d'un coup de tête le précipita dans le vide. On entendit un cri d'effroi et un choc sourd. Les marins, muets de stupeur, dévisagèrent Ratislav. L'un d'eux, plus agressif, s'approcha.

« Mon salaud! Puisque tu as poussé Anté, tu vas aller le rejoindre! »

Ratislav se mit en garde. Au même moment, sa victime, qui avait atterri sur des balles de coton, remontait l'échelle en courant.

« Laissez-le-moi! hurlait-il. Laissez-le-moi! »

Ceux qui entouraient Ratislav, acculé dos au vide, s'écartèrent.

« Alors! dit Anté. On pousse un matelot dans le coton! Eh bien, on va te rincer! »

Aussitôt, lui et ses compagnons le saisirent et le balancèrent par-dessus le bastingage.

Lorsque Ratislav remonta à la surface de l'eau, il leva la tête.

« Joli saut! » pensa-t-il.

Il se mit à nager vers le quai. Là-haut, les marins le désignaient du doigt en se moquant de lui. Ah! Il allait la connaître, la mer! Soudain, la voix tonitruante du contremaître couvrit les quolibets. Il allait en virer quelques-uns! Les candidats à l'embauche ne manquaient pas! Il se pencha et aperçut Ratislav.

« Tiens! Voilà le premier! Puisqu'il préfère se baigner, il a qu'à y rester! »

Les rires s'apaisèrent et chacun retourna à sa place.

Ratislav se hissa avec difficulté sur le quai. Ses vêtements gonflés d'eau lui pesaient aux épaules. Il s'assit sur un rouleau de cordage. Des passants oisifs ralentissaient le pas, le considéraient un instant d'un air intrigué et continuaient leur promenade à la recherche d'un autre spectacle.

Ratislav enrageait. A peine avait-il trouvé un

travail qu'il le perdait à cause de sa satanée fierté! Il n'était qu'un imbécile! Il se morigénait ainsi quand il vit approcher Anté, l'air avenant.

« Tête de mule! Viens te passer des vêtements secs! Le vieux loup veut bien te reprendre! On aime plutôt ça, les bagarreurs de ton genre! »

Ils travaillaient ensemble au déchargement. Anté, qui naviguait depuis plusieurs années, montrait à Ratislav comment ne pas se retrouver avec une charge de coton sur le dos avant son tour ou ne pas s'exposer aux brimades du contremaître. En échange, il lui demandait de narrer ses campagnes.

« Tu peux même inventer des fables, je m'en fiche! Ce que je veux, c'est des coups de canon et des batailles! »

Ratislav le faisait chaque soir, après la paie, lorsqu'ils partaient pour la tournée des tripots. Accoudé au bar, Anté l'écoutait quasi religieusement. Il lui arrivait même de se montrer belliqueux lorsqu'un autre marin interrompait Ratislav.

Tard dans la nuit, ivres soûls, ils revenaient d'un pas emmêlé et racontaient chacun leur histoire sans se préoccuper que l'autre écoutât. La guerre de Ratislav prenait des allures d'apocalypse et les villes qu'Anté avait connues au cours de ses périples devenaient autant d'endroits peuplés de jolies femmes consentantes.

Quand ils arrivaient au navire, ils s'écroulaient sur les ballots de coton et dormaient jusqu'au lever du jour.

Le dernier soir, Anté demanda à Ratislav ce qu'il comptait faire.

Celui-ci lui confia son désir de se battre en Russie. L'autre ne posa aucune question. Il voulait bien qu'on lui contât la guerre, mais il se foutait bien de savoir qui la faisait et pourquoi. Il entraîna Ratislav au bureau d'embauche.

« Ce serait bien le diable, dit-il, si tu ne trouvais pas un rafiot pour aller chez les tsars! »

Ils se frayèrent un passage dans la foule des marins qui se pressaient pour saisir l'occasion d'un voyage. Ça se bousculait, ça s'injuriait pour être parmi les premiers à répondre à une offre. Sur le tableau d'affichage, aucun bateau n'était annoncé pour la Russie.

« Saloperie! s'écria Anté. C'est pas de veine! Mais ça ne m'étonne pas. On dit qu'il n'y a plus beaucoup de transports pour la mer Noire. Paraît que ça canarde trop du côté des Dardanelles! »

Ratislav s'en fichait d'attendre. Il ferait d'autres déchargements, voilà tout.

« Remarque, pied sec, reprit Anté, si tu es pressé, il y a le *François-Joseph* qui va à Istambul via Otrante. Tu devrais le prendre. Quand tu seras là-bas, tu trouveras bien un transport jusqu'à Odessa! »

Ratislav approuva. Anté lui proposa de l'accompagner jusqu'au navire autrichien. Il y connaîtrait certainement un homme d'équipage qui faciliterait son enrôlement.

L'affaire fut rondement menée. Anté avait déjà voyagé avec Kristof, le chef mécanicien, un grand gaillard roux aux yeux rieurs et mobiles. Effectivement, ils engageaient de bons matelots. Et si possible qui n'aient pas le mal de mer!

« C'est un gens de mer, celui-là? demanda-t-il en désignant Ratislav.

– T'inquiète pas! répondit Anté. Pour aimer la mer, il l'aime! Il a même pas coulé l'autre jour quand on l'a rincé! »

Kristof comprit l'allusion.

« Dans ce cas, c'est d'accord! On lève l'ancre demain à l'aube. Je vais voir à vous trouver une place d'ici là! En attendant, allez donc vous noircir une dernière fois avec Anté! Il s'y connaît, le bougre.

Et profitez-en car ici c'est pas toléré quand on navigue! »

Les premières lueurs du jour éclairaient la mer à l'horizon lorsque Ratislav se présenta au *François-Joseph.* Bien qu'il eût le cœur gros de se séparer d'Anté et de quitter Raguse, il ne s'attarda pas sur la passerelle.

Il demeura sur le pont, accoudé au bastingage, jusqu'à ce que Raguse se fût fondue dans le nuage de brume qui stagnait au-dessus de la mer. On était le 12 février. Avec un peu de chance, il serait à Petrograd dans un mois. « Prague doit se trouver dans cette direction », pensa-t-il en choisissant l'orientation qui paraissait la plus juste. Il murmura un serment à l'intention de Jilha, avec la certitude qu'elle l'entendrait, puis il rejoignit Kristof.

« Ah, te voilà! s'écria celui-ci pour couvrir le raffut des moteurs. Je croyais que tu avais renoncé! »

Ratislav, découragé par le bruit, secoua la tête.

« Viens! Suis-moi! reprit le contremaître. Je vais te présenter au chef. C'est une tête de lard, mais dans le fond il est brave. »

Ils montèrent un étage et entrèrent dans une cabine plus silencieuse qui dominait la machinerie. Un homme, penché sur des papiers, leur tournait le dos.

« Qu'est-ce que c'est? demanda-t-il d'un ton rogue. Vous voyez bien que je suis occupé! »

Kristof haussa les épaules à l'intention de Ratislav et répondit :

« Chef! C'est un bleu que j'ai engagé hier! Il faudrait lui donner son quart!

– Pose-le là, ordonna l'autre sans même se retourner, je vais m'en occuper!

– Bien, chef! »

Il sortit. Ratislav s'assit sur la seule chaise de l'endroit.

Le type lui paraissait impressionnant. Aussi haut que large!

« Il faut pas se gêner! dit celui-ci en se retournant. Et où je vais poser mon cul, moi! »

Ratislav balbutia une excuse en se levant.

« Comment tu t'appelles, gamin?

– Ratislav!

– Et que viens-tu foutre dans la marine? A te voir, je suis sûr que tu n'as jamais mis les pieds sur un bateau!

– Je veux rejoindre la Russie.

– Déserteur? »

Ratislav ne répondit pas.

« Tu peux parler, va! Je ne vais pas te foutre aux requins pour ça! Avec un accent pareil, tu es de Moravie, toi! Et tu fiches le camp pour rejoindre ceux de Petrograd! »

Ratislav acquiesça. Le chef lui tendit la main.

« Karel! Moi, je suis slovaque, de Bratislava. Qu'est-ce que tu sais faire?

– Je suis médecin! »

Karel siffla d'admiration.

« Par Ian Huss! C'est vrai, ça?

Ratislav sortit les papiers qu'il avait chipés à Rodolphe.

« Pourquoi tu t'appelles Rodolphe, là-dessus?

– Parce que c'est mon vrai prénom! Mais je ne l'ai jamais aimé. Alors avec ma petite amie, on en a cherché un autre.

– Bon! reprit Karel. Mais un moteur, ça ne se répare pas comme un malade!

– Ne vous bilez pas! Je suis prêt à tout faire. Il n'y a qu'à me montrer! »

Karel le dévisagea, puis se leva.

« Viens avec moi! dit-il. Pour le moment je vais te

mettre avec Kristof. Après on verra, j'aurai peut-être besoin de toi. »

Trop heureux d'avoir la paix, Ratislav ne posa pas de questions.

Kristof lui expliqua le travail. C'était simple. Il s'agissait de surveiller le niveau d'huile des moteurs. S'il était insuffisant, il devait remettre du lubrifiant. Quand il eut terminé, il lui confia la fiole d'huile et le laissa.

Ratislav demeura cramponné à la rampe qui courait le long des machines pour s'accoutumer à l'endroit. C'était pire que les tranchées, ici! Le vacarme des pistons mêlé à celui de la carlingue qui tremblait, la pénombre et l'odeur sure d'huile usée, tout lui rappelait les pires moments de la bataille du mont Tser. Et en plus, ça bougeait sous les pieds! Toujours agrippé à la main courante, il entreprit son contrôle avec l'application exagérée du débutant.

Très vite, le roulis régulier et ample, ainsi que les effluves forts du fuel lui procurèrent une vague sensation d'écœurement. Bientôt, ce fut un véritable supplice. L'envie de vomir ne le quittait plus. Parfois, quand il croisait d'autres marins sur la coursive, il cherchait un réconfort dans leur regard. Mais, généralement trop absorbés par leur tâche, ceux-ci passaient sans même le voir. N'en pouvant plus, il se pencha au-dessus de la vidange des huiles sales pour se libérer. Ce fut inutile. Secoué par les spasmes douloureux et incapable de se tenir debout, il demeura appuyé contre la rambarde. Il tentait de marcher tant bien que mal, quand il fut relevé de son poste.

« C'est l'heure du casse-croûte! dit son remplaçant. Ils sont là-haut! »

Ratislav lui sourit. Ce type-là, il l'aurait embrassé! Il grimpa l'escalier aussi vite qu'il put. Sur le pont, il cligna des yeux pour s'habituer au jour puis rejoignit

Kristof et la dizaine de matelots qui mangeaient assis sur les bossoirs.

« Alors? Te voilà huilé comme un piston! » plaisanta le contremaître.

Les hommes s'esclaffèrent.

« Il faut mettre l'huile dans le moteur, pas sur toi! » ajouta l'un d'eux en lui tendant un morceau de pain.

Ratislav était heureux de se trouver là, à partager cette chaleureuse complicité. Ils étaient tchèques ou slovaques et naviguaient ensemble depuis longtemps. On le questionna sur sa vie militaire. Il dit qu'il était médecin et se mit à raconter l'horreur des tranchées. Il évoquait les blessés, les morts qu'il avait rencontrés ou vus, et les souffrances qu'il avait endurées. Silencieux, ils l'écoutaient avec attention. La bouteille de vin passait de mains en mains. Lorsque le vent couvrait sa voix, certains se rapprochaient pour mieux l'entendre.

« Et pourquoi tu fiches le camp en Russie? s'étonna un marin d'un ton légèrement ironique. Comme docteur, tu étais un planqué? »

Ratislav ne répondit pas. Comment leur dire qu'il allait là-bas comme on court après un rêve, un espoir, une aventure? Pour réaliser une ambition aussi saugrenue que celle de devenir général? Pourtant aucun des officiers qu'il avait croisés depuis son départ à la guerre ne lui en avait donné l'envie! Ce n'était pas étonnant. Lui, il souhaitait plutôt être à l'image de ces grands capitaines, pleins de bravoure et de panache, qui s'étaient battus à la Montagne Blanche auprès du roi Frédérik et dont sa mère lui narrait l'histoire lorsqu'il était enfant. Mais pourquoi diable ce souvenir lui revenait-il à l'esprit maintenant, sur ce bateau? Peut-être cette légende était-elle à l'origine de sa fichue ambition? Il repensait à ce jeune conscrit qui avait tenu tête au général à Kolin en criant « Vive l'indépendance! » Il se rappela Tchetchek et ses rêves de royaume de Bohême...

« Alors, pourquoi tu vas chez les tsars? Tu ne veux pas le dire? » reprit le marin, plus agressif.

Ratislav sursauta.

« Si, si! Un ami m'a dit un jour que des déserteurs tchèques et slovaques se regroupaient là-bas et formaient une armée. Ils auront bien besoin d'un docteur! »

Trois officiers et des matelots autrichiens surgirent de l'entrepont et s'approchèrent.

« Croyez-vous être payés à rien faire? s'écria le capitaine. Allez, foutez-moi le camp à vos postes! »

Kristof lui fit face.

« Mais leur quart est terminé! Ils peuvent prendre du repos! »

Le capitaine se tourna vers les autres Autrichiens.

« Vous l'entendez, celui-là? Prendre du repos! Quand je vous disais que ces Tchèques étaient des feignants! Même pas bons à graisser la ferraille! Allez, disparaissez avant que je vous jette à la sentine! Ce soir, on accoste à Otrante et on charge! »

Les marins tchèques, le visage fermé, commencèrent de descendre l'échelle de soute. Ratislav, gagné par la colère, s'avança vers le capitaine. Kristof le retint.

« Reste ici! Cela ne servirait à rien! »

Ratislav hésita, puis dévala à son tour les marches vers la salle des machines.

Ils arrivèrent à Otrante à la tombée de la nuit. La foule des dockers, des marins et des badauds grouillait sur le quai. Les premières lumières s'allumaient. La passerelle fut abaissée. Les membres d'équipage affectés à l'arrimage saluaient des grutiers qu'ils reconnaissaient. D'autres plaisantaient et se rappelaient « les bordées tirées ensemble ». L'acconier montra au capitaine l'amoncellement des caissons sur le quai.

« J'espère que tes gars sont bien nourris! dit-il. Avec le poids, il y en a au moins pour la nuit!

– Ne t'en fais pas! répondit l'officier. Une tournée qu'on lèvera l'ancre demain à l'aube! »

Le pari fut tenu. Les premières lueurs du jour venaient éclairer les façades du port, quand le cargo annonça son départ de trois longs coups de trompe stridents qui firent s'envoler les mouettes accrochées à la mâture.

Ratislav, fourbu par l'effort de la nuit, s'était allongé sur l'une des paillasses du dortoir et fumait une cigarette en compagnie de Kristof. Il n'en revenait pas qu'un tel chargement eût été transféré si rapidement à fond de cale.

« Dis donc, demanda-t-il à Kristof, que transporte-t-on? Les Autrichiens nous surveillaient de bien près.

– Je n'en sais rien! Nous, les soutiers, on ne questionne jamais! »

Ratislav n'insista pas. Pourtant, il se sentait frustré. Avoir sué comme cela aurait dû lui donner le droit de savoir. Il salua Kristof et se retourna sur sa couchette. Dans trois heures, il prenait son quart.

Le lendemain, il travailla avec acharnement. Il commençait à s'habituer à la houle, aux odeurs et à la chaleur, et surtout il prenait sa tâche à cœur. Cela amusait Kristof.

« On dirait une mère avec ses petits! » lui répétait-il chaque fois qu'il passait à ses côtés.

Ratislav répliquait par un bras d'honneur.

« Et celui-là, je te le graisse! »

Le soir, ivre de fatigue, il refusa de manger et retourna au dortoir. Des marins au repos fumaient, le regard perdu dans le vide, d'autres jouaient aux cartes. Il s'endormit.

Avait-il rêvé? Non! Dans la faible clarté des lampes à pétrole, il distingua un type qui faisait le tour des paillasses et secouait les occupants en leur chuchotant quelques mots à l'oreille. Ceux-ci se levaient aussitôt et, à pas de loup, rejoignaient la sortie. Le messager passa auprès de sa couche et secoua énergiquement son voisin.

« Potemkine! » murmura-t-il.

Il alla au suivant. Intrigué, Ratislav s'habilla rapidement et emboîta le pas aux autres. Silencieux, ils couraient dans les coursives et descendaient les échelles sans ralentir malgré la semi-obscurité. Ratislav n'était jamais allé si profondément dans le ventre du navire. Au terme de la course, il déboucha dans une salle de fret. Les hommes évoluaient avec une grande facilité dans le labyrinthe des caisses entreposées. Ratislav, gagné par la crainte, profita d'un recoin plus sombre et s'y accroupit sans qu'on l'aperçût. Il y demeura jusqu'à ce que le froid devînt insupportable. Il se rapprocha alors prudemment de la source lumineuse qu'il devinait un peu plus loin et se hissa sur un container. Plusieurs dizaines de matelots, tchèques, slovaques et russes écoutaient Karel qui parlait juché sur un caisson.

« Camarades! Le chargement de cette nuit est un lot d'armes destiné aux Turcs. Selon les directives du Comité, elles ne doivent arriver à Istambul à aucun prix. Nous devons les décharger sur les côtes de Thrace et détruire le bateau. La Bulgarie, encore neutre, fermera les yeux. Ces armes seront prises en charge par des camarades de là-bas et transiteront par la Roumanie. Après, elles seront distribuées à nos camarades du Soviet de Petrograd avec lesquels nous combattrons. Pour cela, nous devons prendre le contrôle du *François-Joseph*. L'opération sera déclenchée à quatre heures du matin précises. A ce moment-là, nous naviguerons en pleine mer. Chacun d'entre nous, armé, devra rejoindre l'endroit assigné par son chef de section. Le télégraphe doit être pris en priorité. Les officiers et sous-officiers autrichiens seront supprimés, ainsi que ceux qui opposeront une quelconque résistance. Des questions? »

Une discussion s'instaura entre des matelots pour établir des plans d'attaque plus précis. « Des communistes... », songea Ratislav en se dissimulant un peu plus. Il se rappelait certains agitateurs à l'université de Prague, qui essayaient de recruter pour ce type de cellule révolutionnaire clandestine. Lui ne s'était jamais senti concerné. Il se redressa et dévisagea Karel. Ce n'était plus celui qu'il connaissait, jovial et chaleureux. Il débitait ses consignes avec froideur ou répliquait durement à ceux qui proféraient des âneries. Ratislav se sentait instinctivement solidaire du combat de ces hommes, même s'il ne partageait pas leurs idéaux. Il descendit de son observatoire et se fit reconnaître. Les conspirateurs, surpris, se turent aussitôt. Certains se précipitèrent sur lui et l'empoignèrent avec fermeté.

« Qu'est-ce que tu fous ici, gamin? demanda Karel.

– Vous aurez bien besoin d'un médecin, non? répliqua Ratislav.

– Lâchez-le! ordonna Karel. Allez, Doc'! Viens t'asseoir ici! Je devrais te faire jeter à la mer, mais effectivement nous serons contents de t'avoir! »

Aucun marin ne fit d'objection et la réunion reprit son cours. Vers une heure, les hommes commencèrent à remonter un par un. Kristof vint rejoindre Ratislav.

« Je comprends maintenant pourquoi tu les soignais si bien, mes pistons! C'est le métier! »

Il lui donna une tape amicale dans le dos.

« Planque-toi bien! On viendra te chercher quand ce sera fini! »

Il disparut avant que Ratislav eût pu lui souhaiter bonne chance. Karel l'entraîna au-dehors.

« Montons à la vigie! Les Autrichiens ne comprendraient pas que nous soyons ici! »

Lorsqu'ils furent dans la cabine, Karel lui offrit de l'alcool.

« De la bonne poire de Moravie! »

Il regarda les mécaniciens qui s'activaient sur les machines.

« C'est étrange, Doc'! reprit-il. En apparence, rien n'a changé. Et pourtant ils savent maintenant qu'ils vont se battre dans deux heures d'ici! A quoi peuvent-ils penser? A leur femme? Leurs enfants? Un ami? »

La fatigue envahissait Ratislav, ou peut-être l'appréhension de voir encore des hommes mourir.

« Ils ne pensent à rien! dit-il.

– Tu as peut-être raison, Doc'! Moi, j'imagine au contraire que demain sera meilleur qu'hier, que les plus riches n'exploiteront plus les petits, que les hommes seront égaux...

– Tu parles! l'interrompit Ratislav. J'en ai connu, des riches. Tu peux leur enlever tout ce qu'ils possèdent, ils restent riches! Ce ne sont pas vos révolutions qui y changeront quelque chose. C'est ainsi!

– Tu déraillles, Doc'! s'écria Karel. Je ne te savais pas fataliste à ce point. »

Ratislav bâilla, puis répondit :

« Je ne sais pas ce que je suis et cela m'est égal. Ce qui m'importe, c'est de vivre ce qui se présente, comme une histoire que je raconterais. »

Karel le raccompagna vers la porte en le tenant par l'épaule.

« Je ne te comprends pas très bien, Doc'! Mais je t'aime bien. On rediscutera de cela si jamais je n'ai pas attrapé du plomb dans la viande! Allez, va te cacher! Je t'enverrai chercher! »

Ratislav prit le chemin du dortoir. Rêvait-il? Les regards que les mécaniciens lui lançaient semblaient plus chaleureux. Il s'allongea, la tête vide de toute pensée.

Les coups de feu et les cris le tirèrent de son sommeil. Il se redressa. On se battait pas très loin, mais il était incapable de repérer l'endroit exact. Parfois, les déflagrations des fusils et les hurlements s'atténuaient, comme si le combat s'était déplacé vers un autre lieu, puis se faisaient à nouveau plus distincts. Dans le dortoir désert, les lampes entraînées par le roulis cognaient contre les poutrelles d'acier. Les halos de lumière se déplaçaient tels des fantômes.

Là-haut, des hommes couraient en lançant des appels angoissés, puis le crépitement d'une arme les faisait taire. Ratislav se sentit gagné par une peur irraisonnée. Il la reconnaissait, cette salope! Elle ne tuait jamais. Elle vous épinglait sur place et vous paralysait. Il devait bouger! Tant pis si c'était pour crever! Il se précipita vers la sortie.

Il perçut la cavalcade de plusieurs marins le long de la coursive supérieure. Etait-ce les mutins ou les autres? Il grimpa l'échelle. Sur le pont, il se dissimula derrière un cadavre autrichien et s'empara de son pistolet. Il se repéra aux clameurs et aux éclairs des armes. La bataille faisait rage autour de la tourelle de commandement. Les attaquants, probablement les communistes, montaient à l'assaut. Le vent assez fort étouffait de temps en temps les détonations et les vociférations des hommes qui devaient maintenant lutter au corps à corps. Il se releva et, prudemment courbé, courut le long du bastingage. Il s'accroupit derrière une cheminée d'aération. Lorsque le navire s'enfonçait au creux des vagues, les embruns venaient fouetter son visage. La pétarade continuait. « Et si ce sont les communistes qui sont assiégés? » se demanda-t-il sans y croire. Il allait repartir, lorsqu'il entendit la course effrénée de quelques combattants qui se parlaient en allemand. Il se plaqua sur le sol mouillé et ne bougea plus. Trois marins autrichiens se dissimulèrent à ses côtés. Le croyant mort, ils le poussèrent sans ménagement.

« Bon dieu, Hans! Il faut se rendre! disait l'un d'eux d'une voix angoissée.

– Pas question! répondait l'autre. Ils n'ont pas encore gagné!

– Mais si! Mais si! répliquait le premier. Tu le sais bien! »

Le troisième type, paniqué, se fit à son tour pressant.

« Qu'est-ce que ça peut te foutre, Hans! Je préfère aller avec eux que mourir!

– Fermez vos gueules! s'exclama celui-ci. On va leur mener la vie dure, vous allez voir ça! Venez avec moi sinon je vous fais sauter la tête, bande de... »

Il s'écroula. L'un des deux autres venait de le tuer. Ils gardèrent le silence. Ratislav n'osait pas bouger.

« Qu'est-ce qu'on fait? demanda l'un des fuyards.

– On va se planquer dans les dortoirs! proposa son compagnon. Quand ce sera fini, on se rendra. »

Ils disparurent.

Le jour se levait quand il y eut une grande clameur sur le pont supérieur. Ratislav reconnut des mots tchèques. Les communistes avaient gagné! Il se releva et tranquillement escalada l'échelle. Lorsqu'il déboucha sur la plate-forme, il s'arrêta, saisi d'horreur. Des cadavres emmêlés les uns aux autres jonchaient l'endroit. Les rayons du soleil les éclairaient d'une lumière froide. Au-dessus du bateau, les mouettes tournoyaient en poussant des cris brefs et aigus. Des mutins séparaient les morts des blessés. Il se sentit envahi par le dégoût, le même qu'au mont Tser ou à Kolin. Il leva les yeux vers la cabine de pilotage. Karel, figé dans une attitude impériale, tenait la barre. Il gravit l'escalier quatre à quatre pour le rejoindre.

« Ah! Te voilà, Doc'! s'écria Karel. Tu vois, c'est fait...

– Que fait-on des morts? demanda Ratislav.

– J'ai ordonné qu'on les jette à l'eau! C'est la loi de la mer... Mais toi, ce sont pas eux qui t'intéressent! Occupe-toi donc de ceux qui sont encore vivants et tâche qu'ils le restent... »

Ratislav ne bougea pas. Il regardait l'horizon lointain et l'étendue de mer vide et calme. Il allait traverser d'autres mers et d'autres pays dont il ne connaissait rien. Cette sensation d'inconnu lui parut agréable. Karel le tira de sa réflexion :

« Eh bien, Doc'? Tu veux qu'ils crèvent pour de bon ou quoi? »

Ratislav redescendit vers le pont. Avec Ivan, un Russe qui avait vaguement été infirmier dans l'armée tsariste lors de la guerre russo-japonaise, il s'occupait des blessés, autrichiens ou non, alités dans le dortoir. Il extrayait les balles, pansait les plaies et assistait les agonisants dans leurs derniers moments. Il faisait cela avec une maîtrise qui subjuguait les mutins. Tard dans la nuit, Karel passa le voir.

« Quand tu es arrivé, dit-il, je ne croyais pas que tu étais vraiment médecin. Je me suis trompé. On n'arrête pas de me dire que tu réparerais même les morts! »

Ratislav recouvrait le visage d'un type avec une couverture.

« Si c'était vrai, répondit-il, celui-là vivrait encore! »

Ils s'assirent côte à côte sur une couche et allumèrent une cigarette.

« Où est-on? demanda Ratislav.

– Au large de Corfou.

– Je ne connais pas.

– Moi non plus, dit Karel. Je sais seulement qu'elle fut à l'origine de la guerre du Péloponnèse après s'être opposée à Corinthe. Puis elle est devenue une ville romaine en... »

Ratislav se tourna vers lui l'air ahuri.

« Pour quelqu'un qui ne connaît pas, je trouve que tu en sais un rayon! Comment as-tu appris tout cela? »

Karel fixait le mégot qu'il triturait dans ses doigts.

« A Bratislava. J'enseignais l'Histoire à l'école impériale!

– Peut-être qu'avec un professeur comme toi, je me serais mis cela dans la tête plus facilement! plaisanta Ratislav.

– Tu as appris des choses bien plus importantes. Combattre la mort et... »

Ratislav se leva.

« Tu es révolutionnaire et poète, toi! On ne combat pas la mort, on l'évite! Et un jour... Allez! Donne-moi plutôt à boire! »

Karel lui tendit la bouteille.

« Tu ne veux pas parler, Doc'? »

Ratislav secoua la tête en buvant à même le goulot.

« Non! dit-il quand il eut fini. Parler, ça veut dire qu'on pense et ce soir, j'aurais plutôt envie de baiser avec une jolie femme! Lui raconter des fadaises qui la feraient rire et lui débiter des promesses que je ne tiendrais pas! »

Karel lui adressa un clin d'œil complice.

« Tu auras toutes les putes que tu voudras au Pirée où on se ravitaillera...

– Non, ce n'est pas ce genre de fille que je voudrais. Celle dont je parle, je la connais déjà. Elle aussi soigne des malades...

– Docteur? l'interrompit Karel.

– Non! Infirmière! Une sacrée femme! C'est con, j'ai compris que je l'aimais le jour de mon départ. Juste en refermant la porte. Elle se tenait debout là, dans la lumière. Elle ne bougeait pas. Elle me regardait comme si elle avait voulu me garder. Tu vois? »

Karel se leva à son tour.

« Je ne vois rien, ironisa-t-il. Je n'ai jamais eu ce souci-là! L'amour, c'est pour les bourgeois! Il faut avoir le temps!

– Je ne te comprends pas, dit Ratislav, mais je t'aime bien, va! »

L'autre rejoignit la cabine de pilotage.

*

Deux jours plus tard, le bateau accostait au Pirée. Bien que la Grèce fût en guerre contre l'Autriche, les autorités du port ne firent aucune difficulté pour l'approvisionnement. Ratislav s'en étonna auprès de Karel lorsqu'ils eurent repris la mer.

« Le télégraphe a bien fonctionné, répondit celui-ci d'un ton énigmatique. Ce qui m'inquiète beaucoup plus, c'est qu'une escadre franco-anglaise croiserait dans la mer Egée...

– Et alors?

– Ils ne sont certainement pas là pour le paysage! Et je te signale que nous battons pavillon autrichien. »

Il regagna son poste en laissant Ratislav accoudé au bastingage. Celui-ci voulait profiter de cette lumière éblouissante dont il n'avait jamais soupçonné l'existence. Comment aurait-il pu imaginer des maisons aussi blanches que celles qui disparaissaient au loin et une mer d'un bleu si pur? A Brno, cela n'existait pas, même sur le lac de la Suratka. Là-bas, tout était plutôt vert. Unc sacrée palette! Du plus foncé au plus clair. Il y retournerait, même si le chemin était long...

Le lendemain matin, vers onze heures, en remontant du dortoir, il fut intrigué par l'agitation inhabituelle qui régnait sur le navire. Des hommes armés prenaient position à plusieurs endroits et scrutaient la mer d'un air inquiet. Ratislav en interrogea quelques-uns. Ils répondirent la même chose : « Ordre du capitaine... » Il se précipita à la cabine de pilotage. Karel discutait autour de la table de point avec d'autres marins de son équipage. Ratislav demeura à l'écart.

« Pour les éviter, proposa l'un d'eux, il faudrait au moins être un sous-marin, et encore!

– Que tu es con! s'écria Karel. On n'est pas un sous-marin! Donne-moi plutôt une bonne solution! »

Un autre prit la parole.

« Si on regarde ta carte, le mieux c'est encore de se réfugier au Pirée! »

Il y eut un silence.

« Non! Pas question de reculer, dit sèchement Karel. Au point où nous en sommes, il est trop tard. Ils vont essayer de nous coincer à la sortie du passage, entre Lemnos et Imroz. Notre seule chance, c'est de les prendre de vitesse et d'arriver avant eux dans les eaux bulgares. Kristof, lance tes turbines à fond! Je me fous d'abîmer le rafiot! Par contre, je veux que les armes soient débarquées! » Le contremaître s'exécuta aussitôt. Karel se tourna vers Ratislav.

« J'allais te faire appeler. Ça va chauffer, je crois. Nous sommes repérés! Les Franco-Anglais nous ont télégraphié de nous soumettre. J'ai refusé. Je ne veux pas que les armes tombent entre leurs mains. Nos camarades de Petrograd en ont trop besoin! »

Ratislav s'approcha.

« Mais c'est complètement absurde! Les Russes et

eux sont alliés, non? Alors rends-toi et explique-leur tout. Ils... »

Karel l'interrompit d'un geste autoritaire.

« La politique et toi! Tu crois peut-être qu'ils ne nous confisqueront pas le chargement? Tu ne veux pas non plus que je leur dise qu'on va les livrer à des révolutionnaires? Quand on fait la guerre, on a besoin de fusils. Les Franco-Anglais comme les autres! Ils nous les prendraient, c'est tout! »

Il s'adressa à nouveau aux marins présents :

« Il faut foncer! On passera ou on coulera. Dans ce cas-là, sauve qui peut, camarades! Tenez-en informés les membres de l'équipage. »

Ils sortirent. Ratislav demeurait derrière le timonier à scruter la mer. Soudain, il apostropha Karel.

« Mais qu'est-ce qui te prend? Tu envoies des dizaines d'hommes à une mort certaine! Crois-tu que tes sentinelles vont arrêter les cuirassés avec leurs fusils? »

Karel prit la barre et ordonna le branle-bas de combat. Sous l'effet de la vitesse qui augmentait, le roulis s'accentuait. La proue du navire embarquait des paquets d'eau. Les embruns, poussés par le vent, s'envolaient dans les airs tels des milliers d'insectes blancs. Karel, crispé sur le gouvernail, observait le bras de mer qui séparait les îles de Lemnos et Imroz. Un peu plus loin, un nuage de pluie masquait l'horizon. Ratislav, fasciné par la course qui s'engageait, se tenait fermement à la main courante et guettait l'ennemi éventuel. Il se sentait faire corps avec la carlingue qui tremblait sous l'effet des moteurs lancés à pleine puissance.

« Tu vois, Doc'! s'écria Karel. Si j'avais le temps, je te raconterais l'histoire de ces îles!

– Vas-y toujours! répliqua Ratislav. Cela nous détendra un peu! »

Le radio entra en trombe dans la cabine.

« Chef! Ils disent qu'ils vont nous couler puisqu'on n'a pas obtempéré à l'ultimatum!

– Fous-moi le camp! ordonna Karel. Je le sais déjà! Prépare-toi plutôt à un bon bain! »

Il se tourna vers le timonier désœuvré.

« Descends, petit! Et demande qu'on prépare les canots de sauvetage! On ne sait jamais. »

Le garçon disparut aussitôt.

« Tu sais, Doc', reprit Karel, on s'en tirera!

– Sauf s'ils nous attendent à la sortie! »

Le navire s'engagea entre les deux îles. Ratislav se décontracta. Il se sentait momentanément en sécurité. Ici ou là, sur les collines arides, il apercevait des masures blanches et des troupeaux de moutons qui paissaient. Cela lui redonna espoir. Après tout, ils ne seraient peut-être pas rattrapés! D'ailleurs, ils sortaient du passage et au loin, on voyait se dessiner une île.

« C'est Samothrace, le signe de la victoire, Doc'! s'exclama Karel. Le signe de la... »

La fin de la phrase fut couverte par le vacarme de la déflagration. Un obus avait atteint l'arrière du navire. Karel se retourna pour estimer les dégâts.

« Ça peut encore aller! » dit-il.

Ratislav les aperçut le premier à tribord. Les trois cuirassés approchaient à vive allure, coiffés d'épaisses volutes de fumée noire. Il vit l'éclair du canon. Simultanément, tout explosa dans ses oreilles et il perdit connaissance. Karel, bousculé par le souffle, se releva légèrement sonné. En sortant, il buta contre le corps de Ratislav. Il l'arracha du sol, le cala sur son épaule et descendit sur le pont. C'était la panique. Les hommes, épouvantés, poussaient des cris et se battaient pour monter dans les embarcations. Kristof entraîna Karel vers une barque.

« Par là, chef! Il faut se dépêcher, le bateau prend de la gîte... »

Quand ils furent installés, deux marins se mirent à

souquer pour s'éloigner du navire qui coulait doucement.

« Vers la terre, là-bas! » ordonna Kristof en désignant un point à l'est...

Une dizaine de canots s'éloignaient de la carcasse éventrée.

« Beaucoup de morts? » s'enquit Karel.

Kristof esquissa une moue d'ignorance. Il se pencha vers Ratislav et prit son pouls.

« Il serait temps de le réveiller! »

Il lui envoya plusieurs gifles. Ratislav ouvrit les yeux.

« Alors, Doc'! s'exclama Karel. A dormir, tu as raté la plus belle partie du spectacle! »

Ratislav, à moitié comateux, se releva et regarda. Le bateau finissait de s'enfoncer dans l'eau. Les trois navires de guerre, qui avaient renoncé à la poursuite, disparaissaient derrière les îles en direction des Dardanelles. Il souffrait trop pour garder la position assise. Il se laissa de nouveau glisser dans le fond de l'embarcation.

« Où va-t-on? demanda-t-il à Karel.

– En Turquie, Doc'! Ne t'inquiète pas! Comme nous sommes autrichiens, nous serons bien accueillis! »

Il le recouvrit de sa veste.

« Tu n'as pas trop mal?

– Non, non! Juste un peu sonné. »

Ratislav ferma les yeux. Oui, tout allait aussi bien que possible! Sauf peut-être sa vue trouble?...

Ils accostèrent sur la presqu'île de Gallipoli une demi-heure plus tard. Un vieux pâtre entouré de quelques chèvres gesticulait sur la grève et discourait en montrant la mer. Karel s'approcha.

« Où se trouve le patelin le plus proche? »

Le vieillard continuait de parler d'un ton coléreux en levant le poing.

« C'est ça! C'est ça! bougonna Karel. Personne ne parle turc ici? »

Aucun des marins ne répondit.

« Bon! Grimpons plus haut! Nous trouverons bien un chemin qui nous mènera à un village! »

Le groupe s'ébranla. Les hommes, silencieux, marchaient en file indienne, l'air abattu. Soudain, alors qu'ils accédaient à une route, des camions arrivèrent à vive allure. Des soldats turcs sautèrent à terre arme au poing et entourèrent les rescapés. Un lieutenant descendit de la cabine et se mit à parler. Karel et les autres, qui ne comprenaient rien, ne bougèrent pas. L'officier s'énerva et ordonna au groupe de monter dans l'un des véhicules. Ratislav pensa à son arrivée au camp de Cetinje et à sa fuite... Ils démarrèrent brutalement. Les hommes, entassés les uns à côté des autres, se retenaient à ce qu'ils pouvaient. Ratislav, accoudé à la rambarde de bois, regardait défiler le paysage. Ils s'engagèrent dans une descente et roulèrent de plus en plus vite. Le chauffeur ne semblait tenir aucun compte de la chaussée défoncée. Karel tempêtait :

« Il est fou, ce type-là! Il va tous nous tuer! »

Ratislav éclata de rire.

« A voir ta tête, je suis sûr que tu n'as jamais mis les pieds dans un camion! »

Karel haussa les épaules.

Un peu plus tard, ils entrèrent à Eceabat, un petit bourg perché aux flancs d'une colline roussie par le soleil. Le commandant du détachement pénétra dans une maison. Malgré son crépi lézardé, elle gardait une allure de bâtiment officiel grâce au drapeau turc qui pendait au-dessus de la porte.

« Mairie, école, tribunal, morgue..., murmura Karel.

– Ou peut-être prison? » suggéra Ratislav.

L'officier turc en ressortit suivi d'un homme âgé.

« Qui est votre chef? demanda celui-ci en allemand avec un accent rocailleux prononcé.

– Moi! » répondit Karel.

Le vieux le salua.

« Je suis le maire du village, et je vais vous traduire ce que dit le lieutenant. Il sait que vous êtes autrichiens et que ces salauds de Français et d'Anglais ont coulé votre bateau. Il vous présente ses condoléances pour ceux qui ont trouvé la mort... » Le lieutenant s'exprima à son tour. Il était désolé de les traiter ainsi mais il leur promettait un meilleur accueil à Istambul où il les conduisait. Là-bas, ils seraient remis à la disposition de l'ambassade d'Autriche.

Karel le remercia pour sa courtoisie et se dit satisfait de voir l'équipage conduit à la capitale. Par politesse, il demanda à l'interprète où il avait appris la langue allemande.

« Cela n'a pas beaucoup d'importance, affirma celui-ci, il faudrait que je vous raconte ma vie et les événements ne s'y prêtent pas! »

Il claqua des doigts. Des femmes vêtues de noir sortirent de la maison et distribuèrent des bouteilles de vin, du pain et du fromage.

« C'est tout ce que nous possédons, reprit le maire. J'espère que cela vous rendra le voyage plus supportable! »

Il s'inclina avant de retourner à son logis. Le lieutenant donna l'ordre du départ. La colonne s'ébranla à nouveau. Ils laissaient derrière eux un grand nuage de poussière et de fumée mêlées. Tandis qu'ils suivaient la rue principale, des têtes voilées apparaissaient furtivement aux portes et aux fenêtres. Ratislav s'étonna de ne pas avoir vu un seul homme à part le notable.

« Ils sont à la guerre, mon vieux! » expliqua Karel avant d'entamer la bouteille que lui passait son voisin.

Peu à peu, les marins épuisés s'endormirent, tassés les uns contre les autres. Les véhicules stoppèrent une seule fois pour prendre de l'essence. Karel demanda au lieutenant de les laisser descendre pisser. Celui-ci refusa. Il montra qu'ils pouvaient le faire en route, de l'arrière de la plate-forme.

A la moitié du parcours, Karel réveilla Ratislav.

« Dis donc, Doc'? Tu crois que c'est une bonne solution de nous retrouver à l'ambassade? On a quand même organisé une mutinerie, détourné un navire avec l'intention de donner des armes à l'ennemi. En d'autres termes, on est des traîtres! »

Ratislav se redressa.

« Et alors?

– Je crois qu'il va falloir fausser compagnie aux Turcs », reprit Karel.

Il fit réveiller les autres. Ils se mirent à discuter pour déterminer la meilleure conduite à tenir. Ils criaient pour couvrir le raffut du moteur. A la fin, ils votèrent. Il fut décidé qu'au moment le plus propice, ils sauteraient du véhicule deux par deux et que chaque équipe se débrouillerait pour rejoindre Odessa. On se donnait rendez-vous dans une quinzaine de jours au Soviet de Petrograd. Karel proposa à Ratislav de l'accompagner. Il accepta. Les dernières lueurs du jour éclairaient la coupole de la mosquée Suleymaniye lorsqu'ils entrèrent dans Istambul.

Il régnait dans les rues une atmosphère enfiévrée qui contrastait avec la douce lumière du couchant où quelques traînées roses se mêlaient aux nuages bleutés de la nuit. La foule grouillante et les échoppes alignées sur le bord de la chaussée ralentissaient la progression des camions. Les badauds, étonnés, levaient la tête et fixaient les prisonniers, comme s'ils cherchaient une raison à leur présence. D'autres les apostrophaient et leur tendaient de la nourriture ou de la boisson qu'ils n'avaient pas le temps de saisir.

Soudain, Karel donna l'ordre de sauter aux premières équipes. Les hommes profitaient des ralentissements et disparaissaient dans la cohue. Karel et Ratislav firent de même. Ils s'engagèrent rapidement dans une rue du bazar, étroite et bondée de monde. Ils s'arrêtèrent une centaine de mètres plus loin et se dissimulèrent sous une porte cochère.

« Bon dieu! dit Karel. On les a bien eus, ces cons!

– Oui! répondit Ratislav. Mais maintenant on les a au cul!

– Le port! Le port, Doc'! proposa Karel. C'est de là seulement qu'on a une chance de foutre le camp. On y trouvera certainement à embarquer! »

Ils suivaient les ruelles entrelacées le plus naturellement possible, mais toujours prêts à fuir. Surpris par la variété des vêtements, des boutiques et des odeurs, Ratislav tournait la tête dans tous les sens. A chaque pas, il découvrait une scène inattendue. Au contraire de Prague, il existait ici une exubérance chaleureuse et joyeuse qui atténuait l'inquiétude. En un moment moins dangereux, il aurait probablement répondu à chacune des sollicitations des marchands qui lui proposaient un article ou un autre. Il essayait de tout voir et se promettait de s'en souvenir pour raconter à Jilha.

Ils marchèrent longtemps dans ce dédale inextricable de venelles étroites. Quand ils parvenaient à un carrefour, il leur semblait y être déjà passés. Chaque fontaine, chaque colonne ou portique se ressemblaient. Enfin ils trouvèrent une sortie. Ils hésitèrent sur le chemin à prendre. Un peu plus loin, en contrebas, des lumières se reflétaient sur l'eau en une multitude de petites taches brillantes et dansantes.

« Attends, dit Karel, il faut que je me souvienne du plan maritime d'Istambul. Il était dans la cabine de pilotage du *François-Joseph* et j'y avais jeté un œil. C'est le Bosphore ou l'embouchure du fleuve dont le nom m'échappe! Quoi qu'il en soit, c'est là qu'on doit aller si on veut trouver des bateaux! »

Ils se remirent en route. Ils laissèrent à droite une petite mosquée et entrèrent dans une galerie qui communiquait avec une cour, puis une autre. Les boutiques nombreuses et la foule serrée et gesticulante rendaient leur progression difficile. Parfois, ils croisaient le regard suspicieux d'un passant qui se retournait.

« Sortons d'ici! suggéra Ratislav. Je n'ai pas confiance! »

Karel acquiesça. Ils débouchèrent dans une troisième cour où des vieillards se reposaient sous le feuillage des arbres. Ils la traversèrent en se retournant pour voir s'ils n'étaient pas suivis. Ils arrêtèrent de courir quand ils se furent mêlés aux pêcheurs et aux dockers qui travaillaient sur le quai. Des embarcations de toutes tailles se balançaient sur l'eau. Ils se dissimulèrent derrière un amoncellement de caisses pour reprendre leur souffle. Ils allumèrent une cigarette.

« Alors? s'inquiéta Ratislav. On part à la nage, maintenant?

– Presque! répliqua Karel.

– Tu peux préciser?

– Ce n'est pas compliqué! On va piquer un petit chalutier, on remontera le Bosphore et on traversera la mer Noire! »

Ratislav n'avait rien d'autre à proposer. Karel lui expliqua qu'il était capable de manœuvrer n'importe quel rafiot. D'autant plus qu'après le détroit, ce serait toujours plein nord pendant deux jours, jusqu'à Odessa.

« Vive la Révolution! » murmura Ratislav.

Ils commencèrent d'arpenter le quai à la recherche d'un bateau. Ils mirent longtemps à découvrir celui qui convenait. Amarré dans l'ombre au bout d'une jetée, il semblait déserté de son propriétaire. Karel le détailla longuement avant de sauter sur le pont.

« Reste sur le quai, recommanda-t-il à Ratislav. Si on vient, siffle! »

Il descendit dans la cale, où il évolua prudemment. Peut-être un pêcheur dormait-il et allait lui sauter dessus? Il demeura un long moment immobile et silencieux. On entendait seulement le clapotis de l'eau contre la coque. Convaincu que personne ne se trouvait là, il gratta une allumette. Des filets soigneusement enroulés, des nacelles et des bidons de carburant témoignaient d'un prochain départ pour une campagne de pêche. Satisfait, Karel monta à la cabine. En peu de temps, il démarra le moteur. Il héla Ratislav qui largua l'amarre. Peu après, il alluma les lanternes et accéléra en s'engageant dans ce qu'il pensait être le Bosphore.

Quand le passage se fut rétréci, il ralentit l'allure. Il se repérait aux phares de quelques bateaux, à ceux du rivage, et naviguait au milieu afin d'éviter une collision avec d'éventuelles embarcations au mouillage.

« On ne risque rien d'ici le lever du jour quand le marin découvrira le vol, dit-il à Ratislav. Mais cela ne m'effraie pas trop. A ce moment-là, nous serons déjà en mer Noire! »

Le temps passa. Les lumières des habitations, de plus en plus éparses, défilaient lentement. La pétarade régulière du moteur se répercutait en écho contre les rives abruptes.

« Où as-tu appris à naviguer comme ça? » s'enquit Ratislav.

Penché au-dessus de la barre, Karel scrutait la nuit.

« Il y a cinq ans, quand j'ai été renvoyé de mon poste d'enseignant à Bratislava pour " menées révolutionnaires ", j'ai dû trouver du travail. Va savoir pourquoi j'ai choisi la mer? Peut-être parce qu'elle m'évoquait la liberté? Je n'en sais rien. Toujours est-il que j'ai fui l'Empire et suis allé à Gênes. De là, j'ai fait plusieurs voyages. On se retrouvait toujours les mêmes saisonniers et les mêmes marins. Une grande famille, quoi! Je m'y suis senti bien et y suis resté. »

Il se détendit.

« Le jour ne va pas tarder à se lever, reprit-il. Regarde, le bleu de la nuit s'éclaircit. »

Ratislav mit du temps à percevoir le changement de nuance. Les deux rives du Bosphore apparurent plus distinctement. Elles semblaient s'écarter doucement, tels les deux vantaux d'une écluse, pour livrer le passage dans la mer Noire.

« Hé, Doc'! s'écria Karel. Je crois bien qu'on est tirés d'affaire! »

Deux jours plus tard, en fin de matinée, ce fut d'abord une impression. Comme si l'horizon s'obscurcissait par la faute d'un orage. C'était la terre! Ratislav et Karel demeurèrent silencieux à regarder se préciser les contours de la côte. Bientôt ils distinguèrent des grues immenses se détachant dans le ciel. Des navires de plus en plus nombreux passaient à proximité du chalut.

« Odessa..., murmura Karel.

– Bravo! » répondit Ratislav.

Il secoua son compagnon.

« Hé, on dirait que tu viens d'apercevoir la Vierge!

– C'est exactement ça, Doc'! Tu sais ce que représente cette ville pour moi? Une poignée d'hommes qui ont osé pour la première fois dire non à la tyrannie au péril de leur vie! C'est de là que plus tard on datera le début de la Révolution! Tu comprends pourquoi j'attends ce moment depuis plusieurs années? Et toi? Tu vas retrouver tes déserteurs?

– Oui! Seulement avant, je vais passer une nuit dans un bon lit! D'ailleurs peut-être l'un de tes camarades m'en prêtera-t-il un? »

Ils furent fraîchement accueillis par le Soviet de la ville. Sur instruction de Petrograd, le chef, Dimitri, convoqua immédiatement une commission dans son appartement pour écouter les explications de Karel au sujet du naufrage.

Malgré le désaccord de celui-ci, Ratislav se fit passer pour l'un des officiers de l'équipage et fut également interrogé. Il s'agissait d'un désastre pour la Révolution! Les camarades du Nord n'auraient pas suffisamment d'armes pour combattre.

« Comment expliquez-vous cette faute grave? demanda Dimitri.

– Le plus simplement du monde, répliqua Ratislav. Un bateau de commerce n'a jamais pu résister à trois cuirassés.

– Ce n'est pas une réponse! Il y a eu erreur dans l'exécution de la mission!

– Ecoutez-moi! lança Ratislav. Si vous souhaitez qu'on vous dise avoir eu tort de mener une mutinerie sur un bateau autrichien, supprimer ses officiers, tenter d'échapper à la flotte anglo-française et s'être sauvés de Turquie, eh bien non! Même si ce fut pour un échec! »

Karel, assis à ses côtés, lui donnait des coups de genou discrets pour qu'il se tût. Ratislav ne s'en souciait pas.

« Des hommes courageux sont morts durant cette expédition! Ils méritent au moins une reconnaissance posthume! Quant à vos armes, si vous les voulez, allez donc les récupérer. Elles sont au fond de la mer Egée! »

Les membres du Soviet ne réagirent pas quand il se leva. Il se tourna vers Karel.

« Fais gaffe que la tyrannie ne soit pas du mauvais côté! » dit-il avant de claquer la porte.

En descendant l'escalier, il sentit des larmes de rage perler à ses yeux. Comment pouvait-on être aussi obtus! Fomenter la Révolution justifiait-il qu'on ne réfléchît pas?

En bas, il décida d'attendre Karel. Pour se protéger de la pluie fine et froide qui commençait à tomber, il s'abrita dans l'entrée de l'immeuble d'en face.

Il trompait son envie de dormir en observant les rigoles d'eau qui sillonnaient la chaussée boueuse et rejoignaient des flaques disséminées ici et là. Il s'imaginait voir de très haut une plaine parcourue par une multitude de cours d'eau. Parfois, quand une personne ou un véhicule passait, l'eau s'engouffrait dans les traces de pas ou les ornières et un nouveau paysage se dessinait. Il se poussa pour laisser une femme entrer. Elle secoua son fichu trempé, lui dit quelque chose qu'il ne comprit pas, et disparut.

Il leva les yeux vers les fenêtres de l'appartement. Ils n'allaient quand même pas le garder la nuit entière! Des rectangles de lumière se découpaient dans l'obscurité naissante. Il avait vécu une scène similaire un jour où il s'était disputé avec Jilhava. Elle s'était réfugiée chez Bonenza, sa grand-mère, où elle vivait, à côté de l'hôpital. La vieille femme impressionnait Ratislav et il n'avait pas osé monter. Cela s'était bien terminé. Un peu plus tard, Jilhava, qui regardait par la fenêtre, l'avait aperçu et était descendue le chercher.

Il alluma une cigarette et fit quelques pas pour se dégourdir les jambes. Karel sortit, l'air abattu. Ils se mirent en marche.

« Alors? demanda Ratislav.

– Je suis content que tu m'aies attendu, répondit Karel. Je dois monter à Petrograd en train dès demain matin pour rendre compte au Comité de l'échec de ma mission!

– Laisse-les tomber et viens avec moi! proposa Ratislav.

– Non! Je m'y rendrai. Si j'avais été de l'autre côté de l'estrade, j'aurais fait la même chose! A propos, Doc', je leur ai dit qui tu étais et ce que tu as fait! Ils n'ont pas manifesté le désir de te recruter!

– Je m'en doute!

– Par contre, ils ont évoqué les Tchèques qui se trouvent à Kiev. C'est là qu'arrivent la plupart des déserteurs. Il paraît que ce sont de vraies têtes de mules. Nos informateurs sont formels. Ils sont peu nombreux à vouloir s'engager à nos côtés pour la Révolution! »

Ratislav lui donna une tape amicale dans le dos.

« Ils ne sont pas comme toi! En tout cas, moi, je vais aller les rejoindre avec plaisir! »

Au port, Karel loua une chambre dans un hôtel de marins. Ils avalèrent un bortsch avant d'aller se coucher.

*

La gare grouillante de monde résonnait du chuintement des locomotives et des cris des voyageurs. Ratislav et Karel fendaient la foule pour attraper l'express de Petrograd via Kiev. Ils arpentèrent vainement le convoi à la recherche d'une place. Les voitures avaient été prises d'assaut durant la nuit par des passagers soucieux d'être assis durant les quelques jours que pouvait durer le trajet. Ils s'installèrent dans le couloir.

Il fallut une journée pour atteindre Kiev. A plusieurs reprises, le train avait été arrêté pour laisser la priorité à d'autres qui partaient au front ou en revenaient. Ratislav fut saisi par le froid en descendant sur le quai. Karel l'y suivit.

« Quoi qu'il arrive, je ne t'oublierai pas! dit-il.
– Moi non plus... »
Karel remonta dans le wagon.
« Allez, Doc'! Si Dieu le veut, on...
– Si la Révolution le veut... », l'interrompit Ratislav en lui faisant un clin d'œil.
Il se mêla à la cohue qui piétinait vers la sortie.

CHAPITRE VII

VIKTOR ne parvenait pas à fermer l'œil. Emmitouflé dans sa gabardine et serré contre Jaroslav pour conserver la chaleur, il écoutait le vent siffler en s'engouffrant dans l'escalier. Près de trois mois maintenant qu'avec des milliers d'autres, ils se trouvaient coincés dans cette putain de ville de Przemysl à attendre d'hypothétiques renforts! Trois mois qu'ils cherchaient de la nourriture et écoutaient la moindre rumeur annonçant leur libération prochaine. Belle lurette que tous les chevaux avaient été mangés. Et cette saloperie de neige qui ne cessait de tomber pour se transformer en gadoue sous l'effet de la température printanière!

Il se retourna sur sa couche. Jamais il ne le confierait à ses compagnons, mais il avait perdu espoir. Ils allaient crever ici et les Russes n'auraient plus qu'à faire les fossoyeurs. Il retourna à Svikov par la pensée. Il tenta de retrouver la chaleur de la cuisine, le sourire de sa mère et la tendre complicité qui l'unissait à ses sœurs. Il n'y parvenait pas. Cela l'irrita. Pourquoi donc la mémoire lui refusait-elle cet ultime plaisir? Il lut l'heure sur son oignon : cinq heures du matin. Il se leva et activa le feu. Il songea aux lettres de Franz et d'Elisabeth. Il les relut. « Quelle dérision, pensa-t-il, me voilà foutu au fin fond de la Galicie et ce sont deux amoureux que je ne connais pas qui m'aident à tenir! » Il éprouva l'envie de brûler les feuillets puis se ravisa. Ils étaient peut-être sa seule raison de vivre aujourd'hui. Il se mit à rêvasser... Il se voyait mort, quelque part dans la ville que les soldats russes investissaient, vainqueurs. L'un d'eux le fouillait avant de l'inhumer et trouvait ces lettres sur lui. Il eut soudain envie qu'il en dénichât une qui fût bien de lui. Il l'aurait écrite à sa mère. Il y aurait dit ses souffrances, ses espoirs et sa folie naissante. Il se mit à la recherche d'une plume et de papier. Ce ne fut pas difficile. Cela faisait longtemps que personne n'en avait plus besoin. Quand la flamme dispensa suffisamment de lumière, il s'allongea sur le ventre et aligna rapidement les mots.

« Chère maman,

La neige tombe chaque jour depuis plusieurs mois. Ce qui avait toujours été pour moi une fête (tu te souviens avec quelle excitation j'essuyais la buée des carreaux pour voir les premiers flocons) est devenu un calvaire. La neige, c'est le froid, la boue et le silence obsédant, seulement troublé par quelques coups de canon tirés par les nôtres ou les Russes. C'est aussi l'attente de renforts qui ne viennent pas, ne viendront jamais. Et pourtant, je vais mourir comme beaucoup d'autres, en guettant leur arrivée. Je commande une poignée de morts-vivants qui n'ont même plus la force de m'écouter. Je suis saisi par l'imbécillité de cette situation. Pourquoi ne sommes-nous pas dèjà sortis à la rencontre de l'ennemi? Peut-être aurions-nous trouvé la mort mais au moins elle eût été glorieuse et aurait eu une signification! Je ne supporte pas d'être aussi inutile vivant que mort. Bien sûr, je sais que pour des petits comme nous, la guerre n'a aucun sens parce que nous ne saisissons pas les subtilités de la politique. Mais au moins permet-elle d'ordinaire de fabriquer des héros. Or, là, nous sommes encerclés, affamés, parqués avec la mort qui désigne ses victimes au hasard. Tous les matins on en enterre. Ils n'ont pas résisté à la faim, au froid, au désespoir. Nous ne pleurons même plus. C'est devenu un rituel. A tel point que je me demande si cela ne nous manquerait pas si au réveil, nous ne trouvions aucun cadavre! Tu sais le plus affreux, maman? C'est de voir la lueur de faim qui traverse le regard de certains quand un type vient à mourir. On a bien bouffé les chevaux! J'imagine ta tête en lisant cela! Mais c'est vrai, maman! Tellement vrai que j'ai l'impression d'avoir changé de planète, d'être un autre. La pitié, la joie et les rêves m'ont abandonné pour un néant froid et uniforme. Nous avons tout perdu. Je repense à Edvard, le prêtre de Svikov, qui nous avait dit lors d'un sermon qu'il faut en être là pour trouver Dieu. Nous y sommes! Mais pas de Dieu! Détournerait-Il, Lui aussi, le regard devant tant d'horreur? Renoncerait-il à sauver Ses propres créatures parce qu'elles Lui renvoient une image peu flatteuse de Lui-même? Pourtant je continue à Le prier matin et soir. Je débite les phrases surtout pour me replonger dans l'ambiance heureuse de mon enfance. Les mots réveillent les souvenirs. Je te revois, un large sourire aux lèvres. Je t'aime, maman. »

Viktor s'arrêta et relut. Bien sûr, c'était moins émouvant que les lettres de Franz et d'Elisabeth... Il attendit l'aube en alimentant le feu de temps en temps.

« Quelle date sommes-nous? » demanda Jaroslav en s'éveillant.

Viktor l'ignorait.

« Le 18 mars... », répondit un soldat qui depuis le début du siège cochait les jours sur le mur.

Viktor se leva.

« Viens! dit-il à Jaroslav. On va faire le tour des remparts... »

Il neigeait mais les flocons fondaient aussitôt qu'ils touchaient le sol. Les deux garçons avançaient avec difficulté, luttant contre l'effet de succion de la boue. Comme disait Jaroslav, c'était « la promenade des morts ». On allait voir les Russes et rêver au confort et à la nourriture dont ils disposaient! Ils se retrouvaient ainsi quelques centaines à regarder s'élever dans le ciel gris les fumées lointaines des campements. Pour s'occuper, ils faisaient des paris sur l'éventualité d'une attaque de l'ennemi, sur une sortie ou bien sur l'arrivée de renforts. On misait n'importe quoi! Tout possédait de la valeur. Surtout les vêtements! Les plus malins s'arrangeaient pour détrousser les morts, parfois les vivants, et disposaient d'un capital pour faire monter les enchères.

Ce matin-là, la plupart des recrues se montraient plutôt optimistes. Le vieux François-Joseph avait eu le temps de rassembler au moins un million d'hommes. Bientôt, ils allaient déferler et bousculer les moujiks! Même ceux de l'état-major disaient la même chose! Et le bruit courait que le général en chef Kusmanek allait décider une prochaine sortie pour soulager les libérateurs.

Viktor et Jaroslav traversaient les groupes sans s'arrêter. Personne ne les retenait. Depuis le jour où Viktor avait failli balancer au-dessus des remparts un de ces « affameurs », comme il les appelait, on le craignait. On disait qu'il avait été à l'origine d'actions d'éclat et ne connaissait pas la peur. Il paraissait même qu'il pouvait se montrer d'une violence inouïe... Viktor n'avait jamais voulu rien démentir. Très vite, il avait compris que ces ragots lui assuraient un pouvoir certain et il aimait cela.

Les deux amis continuèrent jusqu'à la façade sud. Là, Viktor s'arrêta, comme d'habitude, et scruta le paysage. Plusieurs fois, Jaroslav lui avait demandé ce qu'il regardait mais toujours il s'était fait rabrouer. À son tour, il se mit à contempler l'étendue de la forêt, le fleuve et plus loin les contreforts des Carpates.

« Je suis sûr maintenant qu'on va pouvoir se tirer », affirma soudain Viktor.

Jaroslav, qui n'en revenait pas, ne trouva rien à répondre.

« Inévitablement, reprit Viktor, nous allons tenter une sortie même si les renforts ne viennent pas. L'honneur militaire ou quelque chose de ce genre-là va pousser les officiers à l'ordonner. On ne laisse pas une armée mourir de faim. C'est à ce moment-là qu'il faudra en profiter.

– Et comment va-t-on s'y prendre? questionna Jaroslav.

– Tu vois là-bas, le fleuve et plus loin la forêt? Depuis le temps que j'observe, je n'y vois jamais aucun feu, aucune animation. Simplement parce que les Russes sont sur les collines et peuvent tout surveiller. Pas besoin d'être en bas quand on est en haut. »

Il se tut.

« Et alors?

– Si nous arrivons au couvert des sapins avant d'être interceptés, nous avons une chance de rejoindre les nôtres dans les Carpates. »

Jaroslav secoua la tête.

« Ton plan conviendrait si nous étions en état de marcher normalement...

– Nous le sommes! » dit Viktor.

Le lendemain, le bruit s'amplifia. C'était à peu près certain, on allait tenter une sortie. Les quelques milliers d'hommes valides partiraient à l'attaque, enfonceraient les lignes russes et rejoindraient le gros de l'armée autrichienne. D'après des soldats bien introduits, c'était le plan de Kusmanek.

La nouvelle paraissait à ce point évidente qu'à partir de dix-huit heures, des centaines de recrues se rassemblèrent devant le bâtiment de l'état-major. Une heure plus tard, le général apparut en personne à l'une des fenêtres.

« Je ne vous raconterai pas d'histoires, lança-t-il d'une voix forte. Nous sommes enfermés ici depuis près de trois mois et voués à une mort certaine si nous ne bougeons pas! C'est pourquoi j'ai décidé d'attaquer les Russes dès demain matin à six heures, avec les milliers d'entre vous qui peuvent encore combattre! Je n'ai qu'un ordre à vous donner : en avant! Toujours en avant! Jusqu'à ce que vous atteigniez les lignes autrichiennes, là-bas vers Dukla. Bonne chance! Pour vous couvrir, l'artillerie tirera les derniers obus dont nous disposons. »

Les soldats se retirèrent par petits groupes en chuchotant. On se demandait si le général avait décidé cette action tout seul ou bien si la rumeur lui en avait donné l'idée. Cela n'avait pas beaucoup d'importance. Ce qui comptait, c'était l'imminence de l'action. On soupesait les chances de s'en tirer! Les plus optimistes racontaient déjà ce que serait leur première nuit à Prague. D'autres, plus prudents, sortirent des bouteilles qu'ils avaient dissimulées pour se soûler avec leurs camarades. Mieux valait boire maintenant! Cela ferait du sang pendant la nuit! On n'en aurait jamais trop le lendemain!

Viktor n'avait pas l'esprit à la fête. Il regrettait que la décision d'attaquer eût été prise aussi vite. Cela lui donnait peu de temps pour concevoir son plan de fuite et en parler avec ses hommes. Depuis plusieurs semaines, ils lui faisaient confiance. En retour, il voulait leur témoigner la sienne en leur donnant la possibilité de le suivre ou non.

Il ordonna un rassemblement pour le début de la nuit. A l'heure dite, la dizaine de conscrits s'assembla devant le feu. Viktor se mit à leur parler longuement. Il leur rappela les mois passés ensemble, les batailles vécues côte à côte et les confidences qu'ils avaient échangées. Ils l'écoutaient en regardant danser la flamme. C'était vrai! Cette fraternité méritait de durer! N'était-elle pas la seule réponse qui prévalût face aux défis permanents de la vie? Mais bien entendu, continuait Viktor, il était stupide d'aller se jeter ainsi au-devant de dizaines de milliers de Russes avec le seul espoir de passer leurs lignes! Il se tut. Aucun soldat ne s'étonna. Le sergent avait certainement une idée derrière la tête.

« Je n'irai pas par quatre chemins, reprit Viktor. Avec Jaroslav, j'ai l'intention de rejoindre les nôtres par le Sud. Ceux qui le veulent peuvent venir. Quant aux autres, je leur souhaiterai bonne chance! »

Les hommes esquissèrent un sourire entendu. Ils clignaient des yeux pour le distinguer dans la pénombre.

« Pensez, sergent! remarqua l'un d'eux. C'était pas la peine de tant parler pour nous dire ça!

– Dans ce cas, enchaîna Viktor, voici ce que nous allons faire. Dès que l'attaque sera déclenchée, nous décrocherons et obliquerons vers le sud pour remonter un peu plus tard vers l'est. »

Il dessinait leur itinéraire sur le sol afin qu'il n'existât aucune ambiguïté. A la fin de son exposé, il suggéra de dormir. Sans nul doute, la journée du lendemain serait rude.

A six heures du matin, les neuf cents canons de la place se mirent à cracher le feu. Les obus sifflaient en montant dans les airs et s'écrasaient dans un vacarme assourdissant sur les positions russes distantes de deux kilomètres. Les oiseaux disséminés un peu partout dans la plaine s'envolaient par nuées et disparaissaient au-delà des collines environnantes. De longs tourbillons de fumée s'élevaient vers le ciel et se fondaient avec les nuages gris chargés de neige. Derrière les lourds portails de la forteresse, les officiers autrichiens, sanglés dans des uniformes un peu plus propres qu'à l'ordinaire, se tenaient à la tête de leurs régiments et attendaient l'ordre de sortie. Les hommes, alignés les uns à côté des autres de manière anarchique, fumaient une dernière cigarette. Epuisés, ils s'accoudaient sur leur fusil. Certains pleuraient doucement de peur ou de lassitude. D'autres préféraient jouer les fiers-à-bras et plaisantaient de tout et de rien en ricanant. La section de Viktor, qui se trouvait au milieu des vagues d'assaut, s'était rangée selon un ordre précis pour faciliter la fuite. Ils se taisaient mais se regardaient parfois avec un air complice pour atténuer leur inquiétude. Enfin, les portes s'ouvrirent. Les premiers rangs, galvanisés par les officiers, se mirent à courir en hurlant, baïonnette au canon.

Les soldats devaient se lancer à l'assaut sur l'injonction brève et régulière d'un officier. Durant quelques dizaines de secondes, ils avaient vu leurs camarades fauchés par les balles ennemies, ou simplement par la fatigue avant même d'avoir combattu. Certains tentaient alors de s'échapper du piège mais il était trop tard. Ils finissaient par y aller, quasiment portés par leurs voisins.

Ce fut au tour de Viktor et de ses hommes. La consigne était simple. Il fallait dévier immédiatement vers la droite et courir se réfugier sous le couvert de l'épaisse forêt de résineux. Ils s'y regrouperaient rapidement et fileraient vers le Sud.

Ils bénéficièrent à la fois de l'effet de surprise créé chez les Autrichiens qui surveillaient la bataille du haut des remparts et de l'inattention des Russes, trop occupés à juguler l'attaque. Tous arrivèrent sains et saufs à l'endroit indiqué. Ils ne purent résister à l'envie de crier leur joie. Ils retrouvaient soudain la souplesse de leurs jambes. Désormais, ils étaient prêts à faire le tour de la Terre.

« En avant! » ordonna Viktor.

Ils avançaient, silencieux. Comme prévu, Jaroslav fermait la marche. La progression était difficile. Il fallait fendre l'épaisse couche de neige que les larges ramures des sapins avaient empêchée de fondre. Poussé par la rage et la peur d'être rejoint par des patrouilles russes, Viktor forçait l'amas ouaté et froid à coups de crosse de fusil. Il grondait à chaque pas pour se donner du courage. Simultanément, il surveillait le tumulte des canons. Chaque détonation signifiait que là-bas, la bataille continuait et qu'ils gagnaient du temps. Quand il ne sentit plus ses mains, il passa le relais au soldat suivant. Puis chacun fit de même jusqu'à ce que Jaroslav ouvrît la voie à son tour.

Depuis combien d'heures marchaient-ils ainsi? Ils n'auraient su le dire. Ils se trouvaient maintenant environnés par un silence profond, troublé ici et là par le bruissement de la neige qui tombait du faîte des arbres. Soudain, à l'arrière, un homme cria :

« Arrêtez! Oldrich n'en peut plus! »

Viktor remonta la colonne jusqu'à lui. Le jeune conscrit, exténué, s'était allongé dans la neige. Ses lèvres bleuies par le froid laissaient s'échapper un souffle court et rauque. Viktor se pencha sur lui. Ses pupilles, dilatées et inexpressives, semblaient fixer un point lointain dans le ciel. Viktor le secoua et passa sa main devant ses yeux. Mais ceux-ci demeurèrent immobiles.

« C'est la fin! dit-il.

– Mais il respire encore! s'indigna Jaroslav. On ne va pas le laisser là! »

Les autres se rapprochèrent et gardèrent le silence. Engoncés dans leurs pèlerines et paralysés par la bise glacée qui poussait sur eux de minces nuages de neige, ils regardaient Viktor avec l'espoir qu'il déciderait vite. Sinon, à s'arrêter trop longtemps, ils finiraient tous comme Oldrich!

Il désigna le sapin le plus proche.

« On doit l'abandonner. Calons-le sur les branches les plus basses. C'est la seule sépulture qu'on peut lui trouver. »

Personne ne protesta. A quatre, ils se saisirent d'Oldrich et le hissèrent à l'endroit qui paraissait le plus confortable.

« Ce n'est pas la peine de se casser la tête, dit soudain l'un d'eux les larmes aux yeux, il est mort! »

Jaroslav pleurait aussi. Il lui ferma les paupières et regarda la voûte sombre que formaient les branchages emmêlés.

« On dirait presque une maison, murmura-t-il. Te voilà à l'abri jusqu'à l'été! »

Il l'embrassa et rejoignit les autres qui avaient déjà repris leur marche.

A force d'évoluer sous le couvert obscur des résineux, ils ne remarquèrent pas immédiatement que la nuit tombait. Ce fut Jaroslav qui prévint :

« Il vaut mieux organiser le campement maintenant, sinon dans le noir on n'y parviendra jamais! »

Les hommes approuvèrent et se mirent au travail pour confectionner un abri contre le vent glacial qui courait entre les arbres. A l'aide de leur baïonnette, certains creusaient jusqu'au sol dans l'épaisse couche de neige et aménageaient une sorte d'espace, dégagé d'un côté, pour s'assembler autour d'un feu. D'autres coupaient des branches de sapin et après les avoir secouées les disposaient sur le sol. Bientôt, il y eut un crépitement puis une flamme folle s'éleva et éclaira l'endroit. Les soldats s'assirent autour, pelotonnés les uns contre les autres. Leurs ombres projetées sur les parois neigeuses semblaient danser une farandole dans leur dos. Pour que la température demeurât supportable, ils alimentaient le foyer chacun leur tour. Ils se taisaient. Pour tromper leur faim, ils grignotaient des épines de sapin, du bois ou laissaient fondre de la neige dans leur bouche. Viktor, dont les jambes s'ankylosaient, s'imaginait paralysé. Il les approchait de la flamme jusqu'à ce qu'il sentit une morsure insupportable. Cela le rassurait pendant un moment puis il recommençait. Parfois, le bruissement continuel des branches et le sifflement de la bise lui rappelaient des frayeurs de son enfance.

Aux premières lueurs du jour, il donna l'ordre du départ. Tous s'ébrouèrent et s'emmitouflèrent dans leurs capotes. Ils n'avaient plus peur d'être rattrapés par les Russes mais plutôt d'être gelés sur place.

Ils marchaient depuis deux ou trois heures dans les mêmes conditions pénibles que la veille, quand brusquement ils atteignirent la lisière de la forêt. Ils demeurèrent immobiles à contempler la vallée qui s'étendait devant eux, comme s'il se fût agi de la Terre promise. Bien que le plafond des nuages fût très bas, la lumière était éblouissante. Un fleuve au cours majestueux serpentait au milieu de la neige qui commençait à fondre par endroits. Plus loin, sur les contreforts d'une colline, on apercevait les maisons d'un village. Probablement étaient-elles habitées? Plusieurs soldats proposèrent de s'y rendre. On pourrait enfin manger et se reposer! Ils commençaient à avancer quand Viktor leur ordonna de s'arrêter. Agir ainsi était contraire à la prudence! Ils ne savaient même pas où ils se trouvaient! Pour peu qu'ils fussent encore derrière les lignes russes, ils risquaient d'être repris et peut-être fusillés!

« Et alors? s'inquiéta Sirovy. Ce n'est pas en restant plantés là qu'on va le savoir!

– Tu as raison, répliqua Viktor. C'est pour cela que tu vas aller en reconnaissance avec Steidler! »

Les deux hommes se mirent en marche à découvert. Le groupe suivait leur évolution, dissimulé derrière les arbres. Ils les virent s'approcher prudemment de la première ferme et y entrer. Durant de longues minutes, ils demeurèrent à l'intérieur. Auprès de Viktor, les autres trépignaient d'impatience.

« Sergent! Allons-y! répétaient-ils. Ces salauds vont tout bouffer! »

Viktor refusa à nouveau.

« Je veux être certain qu'il n'existe aucun danger! »

Soudain, alors que Sirovy et Steidler leur faisaient signe de les rejoindre, une dizaine de cavaliers débouchèrent sur la route, juste derrière leur dos.

« Merde! s'exclama Viktor. Ils ont les Russes au cul! »

D'instinct, lui et ses hommes s'aplatirent dans la neige. Peu après Jaroslav releva la tête. La patrouille avait repéré les deux éclaireurs et s'approchait d'eux au galop. Elle les encercla.

« Mais ce ne sont pas des Russes... », balbutia Jaroslav.

Viktor et les autres se redressèrent à leur tour. Effectivement, à leurs uniformes, on ne pouvait pas se tromper. Il s'agissait d'Autrichiens. D'ailleurs, ils semblaient discuter tranquillement avec leurs deux camarades! Aussitôt, ils se mirent à courir vers la ferme en poussant des cris de joie. Ils ne sentaient plus le froid, ni leurs douleurs, ni la résistance de la neige contre leurs jambes. Ils étaient sauvés.

Dès leur arrivée, le lieutenant qui commandait l'escadron ordonna qu'on les désarmât.

« Quoi! Nous faisons partie de la même armée! s'indigna Viktor. Nous étions enfermés à Przemysl et nous avons réussi à... »

Il s'interrompit. L'officier riait.

« Vous venez de Przemysl! De Przemysl! Et pourquoi pas de l'Enfer, aussi! Allez, en route, vous expliquerez ça en cour martiale.

– Vous êtes complètement fous! répliqua Jaroslav. Puisqu'on vous dit qu'on... »

Il ne put terminer. Un cavalier autrichien venait de lui donner un coup de pied dans la mâchoire. Viktor se précipita et saisit la jambe de l'agresseur, prêt à le désarçonner.

« Ça suffit! dit le lieutenant, un revolver à la main. Sinon je vous fais sauter le crâne! »

Viktor n'insista pas. Il fit un signe à ses hommes qui se mirent en marche, la tête basse. Les cavaliers s'étaient déployés autour d'eux pour les empêcher de fuir et les traitaient de déserteurs. C'était bien connu, les Tchèques n'étaient que des couards vendus aux Russes! Parfois, l'un des éclaireurs sortait du pain ou un morceau de viande séchée de sa musette et mordait dedans à pleines dents en se moquant des prisonniers. Un peu plus tard, Jaroslav se mit à fredonner une vieille ballade slovaque, aussitôt reprise par le petit groupe.

« Fermez vos gueules! » exigea le lieutenant à plusieurs reprises.

Ce fut peine perdue. Ils continuaient de chanter.

« Vous avez raison, entraînez-vous! reprit l'officier. Ça pourra vous être utile face au peloton d'exécution... »

La nuit tombait lorsqu'ils parvinrent à Zagorz. Les nuages noirs se confondaient à l'horizon avec la masse sombre de la forêt de sapins qui s'étendait à perte de vue. Dans le village investi par l'armée, il régnait une agitation fiévreuse. Des véhicules à moteur ou à chevaux, transportant des armes ou de la nourriture, circulaient d'une manière anarchique dans la rue principale. A côté de cet enchevêtrement de voitures et d'animaux, des colonnes de militaires se rendaient vers des positions plus éloignées ou en revenaient, toujours au pas cadencé. Parfois, on apercevait un civil qui sortait d'une maison et qui courait vers une autre, l'air apeuré. Quand le groupe passait, des soldats se retournaient sur eux. Ils furent introduits dans l'une des pièces de l'école où l'état-major autrichien s'était installé. Des gardes au visage fermé leur imposèrent le silence et les obligèrent à demeurer debout. Amaigris, avec leurs barbes de plusieurs jours et leurs uniformes crasseux, ils ressemblaient à des fantômes. Tous regardaient dans le vide, indifférents à la lumière blafarde de l'endroit, aux quolibets des geôliers et à la honte d'être ainsi traités. Viktor luttait contre une furieuse envie de s'allonger par terre et de s'endormir.

« Pourvu qu'ils se dépêchent de m'appeler », répétait-il dans sa tête. Parfois, il cherchait un réconfort dans les yeux de ses camarades, mais ceux-ci n'exprimaient plus qu'une grande lassitude ou un fatalisme morbide.

Un lieutenant entra.

« Quel est le plus gradé d'entre vous? » demanda-t-il d'un ton méprisant.

Viktor s'avança.

« Sergent à la 10e compagnie de discipline...

– Ah! Des têtes brûlées! Cela ne m'étonne pas. Allez, suivez-moi! »

Viktor marchait comme un automate. Tandis qu'il gravissait les escaliers, il se remémorait ce qu'ils avaient fait depuis leur fuite. Il cherchait surtout dans sa mémoire des points de repère qui pussent authentifier son récit.

Il fut introduit dans une salle où les officiers se trouvaient attablés en arc de cercle. « Le conseil de guerre... », songea-t-il en se redressant. C'était donc vrai! Ils allaient être jugés et peut-être exécutés sur-le-champ, comme le stipulait le code militaire. Le colonel qui présidait le tribunal commença d'interroger Viktor.

Au fil des questions accusatrices, celui-ci retrouvait une nouvelle vigueur qui l'étonnait. Il précisait des détails qui attestaient de sa bonne foi, avait des répliques justes qui ébranlaient l'assurance de ses juges. Sans faillir, il donnait les noms des principaux officiers de l'état-major du général Kusmanek, commandant de la place de Przemysl, racontait les offensives qu'ils avaient menées durant les premières semaines du siège. Non, bien entendu, il ne se rappelait pas les dates précises de ces engagements. Mais comment cela serait-il possible après ce qu'ils avaient enduré pendant des mois? La faim, après que tous les chevaux eurent été mangés, puis les maladies, le froid, la solitude et enfin la mort qui frappait indistinctement à chaque moment de la journée et de la nuit. Oui, plusieurs milliers d'hommes étaient morts ainsi. Przemysl n'était plus une ville, mais un immense cimetière. Comment avaient-ils pu s'échapper? Simplement en profitant de l'inattention des adversaires! Pourquoi avaient-ils refusé de combattre? Parce qu'une telle bataille était perdue d'avance et qu'il valait mieux se conserver pour des combats plus décisifs! Comment avaient-ils pu marcher jusqu'à leur lieu de capture? Par le seul fait de leur volonté et leur désir de ne pas mourir.

Il concevait qu'on fût sceptique. Mais s'ils voulaient une preuve, il en existait une : le cadavre d'Oldrich perché là-haut dans les ramures d'un sapin. Enfin on lui demanda ce qu'il avait à ajouter pour sa défense. Il parla longuement de sa rancœur. Certes, ils étaient tchèques! Et alors? Etaient-ils pour cela des traîtres ou des lâches? Ils avaient combattu sur les rives du fleuve San, à Lubaczow, et plus tard devant Przemysl, avant d'y être enfermés! En quoi avaient-ils déserté ou trahi? Bien sûr, ils avaient fui cette dernière bataille ridicule et meurtrière. Mais avaient-ils rejoint les Russes pour autant? Non! Lui et ses hommes n'avaient ni trahi ni déserté. Ils avaient seulement désobéi.

Il y eut un long silence autour de la table. Les officiers se rapprochèrent les uns des autres et se mirent à chuchoter. Viktor, exténué, s'imaginait planté dans le sol pour tenir debout. Un moment il tenta de distinguer quelques mots de ce long conciliabule. Il y renonça très vite. Cela n'avait plus aucune importance. La mort ne serait pas plus difficile à endurer que cette position si douloureuse.

Il s'affaissa...

*

« Viktor! Viktor! »

Mais qu'avaient-ils donc à le secouer ainsi? Il ouvrit les yeux.

Jaroslav, penché sur son lit, lui souriait.

« Je te l'ai souvent dit! Tu seras toujours le dernier prévenu! Te voilà lieutenant et affecté au 28e régiment d'infanterie de Prague. »

Viktor se releva sur un coude. Une migraine douloureuse se réveilla aussitôt.

« Tu es à l'hôpital de Duckla. C'est là qu'on nous a soignés! Comme cela fait une journée entière que tu dors, je suis venu te secouer! »

Viktor s'inquiéta du procès.

« Tu as été très convaincant, répondit Jaroslav. Du coup, ils ont jugé que tu méritais d'être promu. Ils nous ont tous interrogés et nous voilà réunis sous ton commandement. Quant à moi, j'ai été nommé sergent!

– Et ce salaud de lieutenant qui nous a amenés ici? Où est-il?

– Aucune idée! Je crois seulement qu'il va faire une drôle de tête en apprenant cela! »

*

Le 30 mars au matin, le petit groupe avait rejoint son affectation au col de Duckla. Pour le régiment, la consigne était simple : il fallait empêcher les Russes de prendre la position. Sinon la route de la

Hongrie leur serait ouverte, au risque de les voir remporter la victoire. Et il ne fallait pas se cacher la réalité. C'était l'un des endroits de la chaîne des Carpates les plus exposés. Tout cela coulait de source, songeait Viktor en revenant de la réunion d'état-major. Il fallait faire face! Alors pourquoi sentait-il sourdre en lui une violente révolte? Comme s'il refusait en bloc ce que le major général avait énoncé. Il s'attarda sur le chemin des crêtes et regarda la plaine polonaise immense et immaculée. Tandis qu'il imaginait les Russes en train de rassembler leurs forces à quelques kilomètres de là, il regrettait d'avoir à se battre contre eux. Etait-ce le dégoût de la guerre qui le saisissait à son tour comme beaucoup d'autres? Ou la peur de la mort qui se manifestait chaque fois avant une offensive? Non! Il devait simplement être fatigué! Il reprit sa marche. Il en parlerait avec Jaroslav. Celui-ci lui remonterait le moral et il n'y paraîtrait plus rien.

Il le rencontra un peu plus loin.

« Alors? demanda son ami, anxieux. Une offensive russe est bien prévue? »

Viktor recula pour laisser passer une patrouille, puis entraîna Jaroslav un peu plus haut vers le sommet.

« Je ne sens pas cette bataille contre les Russes, dit-il brusquement. Depuis le point, tout à l'heure au QG! Seulement voilà, je ne sais pas pourquoi!

– Essaie de te rappeler quand cela t'a pris! » suggéra Jaroslav.

Viktor plongea dans ses souvenirs. Le major général précisait la manière dont devraient manœuvrer les unités lorsque les Russes monteraient à l'assaut du col... Un lieutenant demandait quels seraient les régiments présents sur la chaîne... Le major général citait les 11e, 28e, 36e, 42e, 81e et 91e d'infanterie... Un autre s'inquiétait des positions des Russes. Ils se trouvaient déployés le long du fleuve San. Viktor avait alors éprouvé une profonde tristesse en repensant à Jean, enterré sur l'une des rives. Il s'était rappelé sa promesse! Soudain, il eut un doute et se tourna vers Jaroslav.

« Dis donc! Les régiments actuellement sur la crête sont-ils autrichiens?

– Tous tchèques, mon vieux! Tous tchèques!

– J'aurais dû m'en douter!

– A quoi penses-tu?

– A rien! Laisse-moi! Rassemble les hommes, je vous rejoindrai un peu plus tard! »

Jaroslav partait quand Viktor le rappela.

« Au fait, tes réseaux révolutionnaires, cela marche toujours? »

Jaroslav se troubla. Cela faisait si longtemps que Viktor n'avait pas évoqué son activité politique.

« Bien sûr, finit-il par répondre avec une pointe d'irritation. Crois-tu que mes convictions se soient envolées avec l'hiver?

– Je ne crois rien... Allez, à tout à l'heure! »

Viktor se tourna vers la plaine. Il éprouvait le besoin impérieux de se retrouver seul, face à ce paysage que la guerre n'avait pas encore ravagé. Dans quelques heures, des milliers d'hommes s'y battraient et y mourraient. Et il serait peut-être de ceux-là.

Il voulait faire le point, et surtout interpréter le sens caché de son anxiété. Il s'assit derrière un rocher pour se protéger du vent et alluma une cigarette. Il repensa à cette réunion d'état-major. Il y avait pris conscience d'une évidence douloureuse : les Autrichiens avaient décidé d'envoyer les Tchèques et les Slovaques en première ligne. Cela lui avait fait mal! Jamais les Russes ne l'auraient fait, il en était sûr! Jean et Jaroslav le lui avaient répété : ils accueillaient les Tchèques et ne les renvoyaient pas au front. Maintenant, c'était donc clair! Il devait respecter sa parole envers Jean, et pour cela déserter! A cette pensée, il se sentit soudain réconcilié avec lui-même. Il lança sa cigarette dans le vide. Il tenta de la distinguer le plus longtemps possible et rejoignit son poste de commandement d'un pas allègre.

Il s'enferma dans l'abri avec Jaroslav et lui fit part de son choix. Surpris d'un tel revirement, celui-ci l'écoutait sans l'interrompre. Il cherchait à comprendre ce compagnon étrange qui arpentait la pièce de long en large en lui donnant mille arguments que lui-même exposait déjà depuis longtemps! Et maintenant, il voulait entraîner des régiments entiers dans l'aventure! Mais diable, comment réfléchissait-il donc? Qu'est-ce qui le poussait à prendre de telles décisions? Certainement pas la raison...

Il lui opposa alors la difficulté de convaincre, de faire circuler une telle consigne sur un front de quelques kilomètres de long et d'organiser la fuite de plusieurs centaines d'hommes d'un seul coup. Viktor, agacé, balaya l'espace d'un geste de la main.

« Arrête tes conneries! On est bien d'accord qu'il n'y a que des Tchèques et des Slovaques sur cette crête, et seulement une poignée d'officiers autrichiens? »

Jaroslav approuva.

« Eh bien, reprit Viktor, ce ne sont pas eux qui arrêteront des milliers de déserteurs en train de dévaler la montagne à la rencontre des Russes? »

Jaroslav acquiesça de nouveau.

« De toute façon, s'ils nous gênent, nous les supprimerons! Quant aux troupes autrichiennes qui se trouvent dans la vallée, aux alentours de Svidnik et de Medzilaborce, crois-tu qu'elles auront le temps de monter jusqu'ici pour nous stopper? Quand elles seront à notre place, cela fera belle lurette que nous aurons déjà rejoint la Russie... »

Jaroslav secouait la tête d'un air d'impuissance. Que pouvait-il répondre? Viktor, enthousiaste, leur versa alors deux verres du rhum auquel il avait droit grâce à son grade.

« Ecoute-moi, Jaros! Tu vas réunir tes camarades et les persuader que des Tchèques morts ne feront jamais des révolutionnaires, mais que vivants, vous avez plus de chance de les embrigader un jour! S'ils sont d'accord, tu leur feras une de ces démonstrations dont vous êtes familiers! Du genre qu'il est de l'intérêt de la Révolution que le front autrichien soit affaibli et que...

– Ça va! Ça va! l'interrompit Jaroslav. Cela, c'est mon affaire! »

Juste avant de sortir, il se retourna.

« Et toi, que vas-tu faire?

– Je vais parler à nos hommes de l'immonde boucherie qui se prépare ici. Mais ce ne sont pas des arguments assez rigoureux pour toi, je suppose... »

Jaroslav haussa les épaules et disparut. Un peu plus tard, Viktor réunit le groupe de Przemysl, comme il appelait le peloton d'hommes avec lesquels il s'était échappé. Il leur exposa les arguments qui militaient en faveur d'un vaste mouvement de désertion des Tchèques. Ils l'approuvèrent sans réserve.

« Je vous remercie de votre confiance, conclut-il. Faites surtout dire qu'on a mis tous les Tchèques à l'avant dans le but unique de protéger les Autrichiens... Cela suffira! »

Ils sortirent et se mirent au travail. Quant à Viktor, il se promena jusqu'au soir sur la ligne des crêtes et parla avec d'autres officiers tchèques.

Deux jours plus tard, l'ensemble des unités tchèques était en effervescence. Dans les casemates, les postes avancés ou les tranchées, les soldats discutaient à l'insu des Autrichiens. Les uns, convaincus, affirmaient qu'ils en avaient marre d'être traités comme de la chair à canon et rejoindraient les Russes à la première occasion. D'autres, plus sceptiques, trouvaient mille explications pour justifier leur attentisme. Si certains officiers tchèques, désemparés, n'osaient pas encore se compromettre de peur de « lâcher la proie pour l'ombre », la plupart se muèrent en propagandistes enthousiastes de la désertion! Viktor étant à l'origine de leur prise de conscience, ils se tournèrent vers lui quand il fallut décider d'une tactique.

Celle-ci fut arrêtée dans la nuit du 2 avril lors d'une réunion secrète. Dès que les Russes arriveraient au pied des Carpates, ce qui ne saurait tarder selon les derniers renseignements, les liaisons télégraphiques avec le QG autrichien seraient détruites. On déclencherait l'artillerie mais les tirs seraient volontairement détournés des objectifs. Enfin, simultanément, Viktor annoncerait par télégraphe au grand-duc Nicolas l'envoi d'une ambassade auprès de son état-major. Elle expliquerait aux Russes que les régiments tchèques rassemblés ici au col de Duckla n'opposeraient aucune résistance. Au contraire, ils se mettraient immédiatement au service de l'armée tsariste. Quant aux officiers autrichiens qui résidaient ensemble dans un chalet, un peu plus bas dans la vallée, ils ne seraient tués que dans le cas où ils opposeraient une résistance. Viktor insista pour qu'aucun soldat tchèque ne fût contraint de déserter. Ceux qui le souhaiteraient pourraient rester dans l'armée autrichienne. Ils ne seraient éliminés que dans l'hypothèse, considérée comme absurde, où ils tireraient sur leurs camarades. Ces propositions furent adoptées à l'unanimité. Comme le dit Viktor, c'était bien la première fois qu'ils attendaient les Russes avec impatience!

Le lendemain matin, ceux-ci prenaient position à deux kilomètres de la chaîne montagneuse et commençaient à pilonner les Autrichiens. Aussitôt, le plan arrêté par les déserteurs fut mis à exécution. Tandis que le message télégraphique était transmis, Jaroslav, Vitasek et Steidler, tous membres du groupe de Przemysl, rejoignirent les lignes adverses. Viktor était confiant. Sans doute les Russes hésiteraient-ils, mais devant une telle occasion de tenir le passage vers la Hongrie, ils finiraient bien par se décider. Pourtant, à midi, aucun message n'était venu de leur QG et leurs obus tombaient toujours avec la même régularité meurtrière. Enfin, un soldat des transmissions vint avertir de leur réponse. « Jamais un piège aussi grossier n'a été utilisé dans toute l'histoire militaire. » Quasi simultanément, le déluge de feu redoubla et leur infanterie se mit en marche. Ivre de rage, Viktor fit passer la consigne d'abandonner la crête immédiatement et de courir à leur rencontre, drapeau blanc à la baïonnette.

Une heure plus tard, les premiers fantassins tchèques fraternisaient avec l'ennemi sans qu'aucun coup de feu n'eût été tiré. Ils furent rejoints par des centaines d'autres. Les officiers tsaristes, qui n'en croyaient pas leurs yeux, ordonnèrent de prendre les postes abandonnés. En une matinée, l'un des secteurs clés du front des Carpates se retrouva en possession des Russes. La victoire sur l'Autriche-Hongrie était désormais à leur portée.

Pendant ce temps, les déserteurs tchèques entraient à Sanok, derrière les lignes russes. Ils y étaient désarmés et regroupés dans d'immenses champs sur la rive occidentale du fleuve San. Les officiers furent séparés de leurs régiments et transférés par camions à Zagorz, où le grand-duc Nicolas avait établi son quartier général.

Debout sur la plate-forme et secoué par les soubresauts du véhicule, Viktor trouvait la situation plutôt cocasse. Il retournait là où les Autrichiens l'avaient jugé avec son groupe après leur fuite de Przemsyl! Une nouvelle fois, on allait y décider de son sort! Il s'inquiéta pour Jaroslav. Qu'était-il devenu avec les deux autres? Il ressentait douloureusement l'absence de son ami.

Il reconnaissait les routes déjà parcourues en sens inverse. Les uniformes et l'atmosphère avaient changé. Il n'aurait pas su dire pourquoi, mais la circulation des hommes et des véhicules n'était plus la même. Un peu plus anarchique peut-être? Il éprouva une forte amertume. On distinguait facilement un Russe d'un Autrichien, on ne reconnaissait pas un Tchèque! Cela renforça encore son envie de se battre pour son pays.

Sa réflexion fut interrompue par l'arrêt brutal du véhicule. Avec plusieurs de ses compagnons, il s'affala sur le plancher. Alors qu'il descendait, un militaire russe s'approcha.

« Que ceux qui ont fomenté cette désertion s'avancent! Nous souhaiterions les interroger. »

Viktor et deux officiers qui avaient été parmi les plus ardents propagandistes sortirent du groupe.

« C'est bon! » dit le Russe.

Il claqua des doigts à l'intention des gardes qui attendaient plus loin. Ils entourèrent les trois prisonniers et les entraînèrent avec rudesse. Viktor serra les poings. Ainsi, à quelques jours de distance, il se retrouvait dans une position d'accusé, entouré par des hommes aussi menaçants. Seuls les uniformes avaient changé! Dans les deux cas, lui et ses amis étaient considérés comme des parias! Ils étaient coupables. Et cela du seul fait de leur nationalité. Cette constatation le calma. Au moins, dans ce conflit, ils n'avaient à attendre leur salut que d'eux-mêmes!

Ils furent introduits dans une grande salle de classe. Des officiers tsaristes y étudiaient sur une carte le mouvement de leurs régiments par rapport aux positions autrichiennes. Ils ne faisaient pas attention aux nouveaux venus, figés au garde-à-vous. A voir leurs décorations, Viktor était certain de se trouver dans le sanctuaire de l'armée russe. Il tendait l'oreille mais ne comprenait rien.

L'attitude de ces militaires à moitié penchés sur la table, les bras écartés, pour mieux juger sur des plans les emplacements de leur armée, lui rappelait celle de son père lorsqu'il cherchait à deviner, affalé sur le tapis du billard, le trajet de la boule qu'il allait frapper. Cela se passait le dimanche après-midi, chez Karlovy, le seul café du village. Les ouvriers de la scierie s'y retrouveraient et jouaient quelques hellers sur les coups les plus difficiles. Viktor, agrippé aux basques de son père, la tête à la hauteur de sa taille, suivait sans comprendre la course folle de ces grosses billes qui s'entrechoquaient avec violence. Aux cris que poussaient les autres, il comprenait si c'était bien joué ou non. Il se souvenait aussi de la serveuse, une belle fille qui passait entre les rangs avec les chopes de bière à la main. Les hommes la désiraient. Il l'avait détestée dès qu'elle avait séduit son père.

« Repos! » entendit-il soudain.

L'un des officiers russes lui faisait face.

« Alors? dit-il d'un ton méprisant. Voilà donc les meneurs!

– Des traîtres! lança un autre. Qui n'ont pas eu peur d'abandonner leur patrie à l'ennemi...

– Bah! reprit le premier. Leur patrie! Mon cher Vladimir, un Tchèque n'en a pas! C'est peut-être pour cela qu'ils désertent aussi facilement! Le plus amusant, par contre, est qu'ils veuillent se mettre à notre service. Comme si notre empereur allait être assez fou pour leur faire confiance! »

Viktor soutenait sans sourciller le regard plein de morgue de ces hommes.

« Cela suffit, messieurs! » ordonna leur chef.

Les militaires s'écartèrent, la tête légèrement inclinée.

« Je suis le grand-duc Nicolas, chef des armées

impériales! » déclara-t-il avec un fort accent en s'adressant à Viktor.

Celui-ci, malgré tout impressionné, se redressa, ainsi que ses deux camarades.

« Savez-vous que vous venez de nous livrer une position stratégique de première grandeur et que de cette manière vous exposez les armées autrichiennes et celles de nos cousins allemands à la défaite?

– Je le sais, répondit Viktor.

– Et cela ne vous dérange pas?

– Non! Nous ne sommes ni autrichiens, ni hongrois, ni allemands... Mais tchèques, monsieur! »

Un murmure de désapprobation courut dans les rangs de l'état-major. Le grand-duc les fit taire d'un geste de la main.

« Ne vous formalisez pas, messieurs! Ces gens-là ne savent pas les usages! »

Il questionna à nouveau Viktor.

« Croyez-vous que vous nous soyez indispensables pour battre les armées autrichiennes? Avec leur nigaud de chef, le général Hotzendorf, nous ne risquons rien! »

Les militaires s'esclaffèrent avec lui. Quand les rires se furent apaisés, il considéra les trois prisonniers de la tête aux pieds.

« Vous n'êtes que des traîtres! Et qui a trahi trahira! Certainement jamais vous ne serez affectés à nos armées. Si nous avons besoin de vous, ce sera pour faire pousser le blé dans nos champs ou pour fabriquer nos armes. »

Brusquement, le grand-duc sembla avoir un doute et se tourna vers l'un de ses généraux.

« Dites-moi, Ivanovitch, l'Empereur tient-il toujours à cette idée saugrenue d'un royaume de Bohême?

– Absolument, Votre Altesse!

– Dans ce cas, il faudra les mater. C'est d'ailleurs ce que notre cousin François-Joseph aurait dû faire.

Il n'en serait pas là aujourd'hui. Allez! Expédiez-moi ça avec les autres au camp de Sambov et informez Petrograd qu'on a de la main-d'œuvre! Ils verront bien ce qu'ils veulent en faire! »

Viktor et ses deux compagnons furent reconduits au camion. Les officiers tchèques les entourèrent. Ils leur rapportèrent dans le détail ce qui avait été dit. Les hommes laissèrent libre cours à leur colère. Comment? Ils avaient déserté uniquement pour être considérés comme des esclaves? Vraiment! Les Cosaques ne valaient pas mieux que les autres! Dans ce cas, ils préféraient encore être parqués dans des camps! Viktor dut élever la voix pour imposer le calme.

« Cela ne sert à rien de vous abandonner à votre rancœur! Tirons les leçons de cet échec! Nous sommes prisonniers et devons nous conduire comme tels. Ensuite il nous faut faire confiance à ceux qui nous représentent à Petrograd. Nous entrerons en contact avec eux d'une manière ou d'une autre. Aujourd'hui, l'essentiel est de faire respecter la discipline parmi nos hommes, où que nous nous trouvions! A cette condition seulement nous serons traités avec égard par nos geôliers. Enfin, je vous conjure de ne pas vous laisser aller à des rêves de fuite. Si nous voulions nous échapper d'ici, les Russes se feraient un plaisir de nous massacrer! Retourner en Autriche nous est également interdit. Nous serions fusillés sur-le-champ pour trahison. Notre situation est donc précaire. C'est notre sang-froid qui nous sauvera. »

Les regards convergeaient vers lui. Les officiers se taisaient pour ne pas rompre ce moment d'adhésion unanime autour de sa personne. Par leur silence, ils le désignaient comme leur chef.

Le véhicule démarra à la nuit tombante. Les hommes, épuisés, s'étaient assis sur le plancher et discutaient par petits groupes. Ils se racontaient leur vie, se découvraient des origines communes. Parfois ils se demandaient même s'ils ne s'étaient pas déjà rencontrés dans le civil. Tous éprouvaient la certitude de représenter quelque chose de plus fort qu'eux, de plus important aussi.

Aux alentours du Dnestr, une pluie fine se mit à tomber. Ils se serrèrent les uns contre les autres et se protégèrent sous leurs manteaux. Au camp de Sambov, ils furent accueillis par les cris de joie de leurs compatriotes. Ils sautèrent à terre. Dans la nuit noire, ils ne distinguaient que certains visages, éclairés par les lampes-tempête. « Alors que se passe-t-il? Que va-t-on devenir? » entendait-on de partout. Viktor décida de leur dire quelques mots. Les soldats des premiers rangs exigèrent le silence. Il monta sur la plate-forme du camion et répéta ce qu'il avait déclaré aux officiers. Il ajouta simplement qu'avec son état-major, il se mettrait au travail dès le lendemain pour que leur situation fût régularisée. Il y eut un brouhaha dans l'assemblée. Certains posaient des questions, d'autres se plaignaient d'être aussi mal traités. Ceux qui approuvaient, la majorité, se retiraient vers leurs baraquements. Viktor choisit un dortoir au hasard et dormit sur le sol, enroulé dans une couverture. Il s'éveilla en pleine nuit. L'absence de Jaroslav l'inquiétait. Les Russes l'avaient-ils gardé? L'avaient-ils livré aux Autrichiens? Il se promit de le retrouver rapidement. Sans lui, il se savait privé d'une partie de ses moyens. Or les jours qui venaient seraient déterminants. Il lui faudrait s'imposer, voire imposer! Depuis l'investiture tacite que les officiers lui avaient accordée, il s'en sentait capable. D'autant plus qu'il pouvait compter sur eux. Au moins pour un temps! Il n'était pas dupe. A fréquenter des gradés, il avait appris que le pouvoir ne se partageait pas.

Il se leva aux aurores. Il voulait faire le tour du camp et apprécier l'espace de leur prison avant que la majorité des soldats fût debout. Il longeait les barbelés. La pensée qu'il sortait d'un emprisonnement de plusieurs mois à Przemysl pour en subir un autre le mit en colère! C'était ridicule d'immobiliser plusieurs milliers de Tchèques, de bons soldats! Si les autorités tsaristes se montraient plus compréhensives, ils pourraient contribuer à une victoire sur le front. Ils connaissaient le terrain. Après tout, c'était leur pays.

Des Russes qui patrouillaient de l'autre côté de la clôture lui firent signe de s'éloigner. Viktor obéit. Il se calma en regardant le lever de soleil qui faisait scintiller la neige très loin vers l'est. C'était à la fois beau et rassurant. Désormais il n'en tomberait plus durant plusieurs mois. Ils ne pataugeraient plus dans la gadoue et retrouveraient un peu la joie et le sourire. Il arpenta les allées qui séparaient les bâtiments de bois à l'architecture sommaire. Il croisait des militaires dépenaillés qui sortaient en bâillant et s'asseyaient sur les marches.

Un peu plus tard, il en rencontra deux avec lesquels il avait voyagé la veille.

« Dans une heure d'ici rassemblons-nous avec les autres dans ma cabane! leur dit-il. Prévenez-les! »

Dès que la réunion commença les officiers s'opposèrent et se divisèrent en plusieurs clans. Viktor participait très peu au débat. Il attendait le moment propice où il pourrait réconcilier toutes les opinions, mais surtout il cherchait à reconnaître les meneurs. Instinctivement il sentait qu'il lui faudrait s'en méfier, voire négocier avec eux, s'il voulait assurer sa suprématie. Au fil de la discussion, il en repéra deux, des lieutenants. Chacun se faisait le défenseur acharné d'une attitude différente vis-à-vis des Russes. L'un proposait de collaborer avec eux en acceptant leurs conditions; Vitasek, au contraire, voulait s'y opposer, y compris par la force. Ce n'était pas en s'abaissant devant leurs geôliers que la Tchécoslovaquie se ferait! Viktor avait l'intuition que la question essentielle résidait bien là. Il demanda la parole.

« Messieurs, vos arguments tournent autour de l'idée de se battre ou de renoncer face aux Russes, mais personne n'évoque les moyens dont nous disposons. Or un soldat sans arme n'est plus un soldat...! »

Vitasek l'interrompit.

« Mais nous avons des armes! Croyez-vous que nous ayons tout donné aux Russes? »

Viktor haussa les épaules.

« Je crois que des propositions légitimes sur un champ de bataille ne le sont plus, enfermés dans un camp, à la merci d'un ukase quelconque. L'heure est venue de se montrer plus politique! »

Un contestataire lui coupa à nouveau la parole :

« La politique, c'est ce qui nous a menés à la guerre!

– Certes, répliqua Viktor, mais quand on n'a pas les canons pour se faire respecter, je ne vois rien d'autre que la négociation. Sinon nous ferons comme les Autrichiens avec nous, et nous enverrons nos hommes à une mort certaine! »

La plupart des officiers hochaient la tête en signe d'approbation.

« Voilà ce que je propose. Nous devons signifier aux Russes que d'être enfermés ne nous a pas cassé le moral. Il est donc indispensable que chacun reprenne en main sa compagnie et la fasse se montrer aussi organisée et disciplinée que lors d'une campagne!

– Ce ne sont plus des soldats! Tu l'as dit toi-même! lança un autre.

– Autrichiens, non! Mais tchèques, oui! » répondit calmement Viktor.

Il enchaîna :

« Désignons l'un d'entre nous qui ira négocier avec les autorités du camp. Ensuite, je crois que nous pourrons demander à voir nos représentants qui sont à Petrograd. Eux sont introduits auprès de la cour du Tsar! Probablement pourront-ils faire le nécessaire pour que nous soyons entendus?

– C'est ça! reprit le premier opposant. On va s'adresser aux politiques, des planqués qui sont demeurés bien au chaud à Petrograd à s'empiffrer pendant que nous, on prenait des balles dans la peau à Lemberg, Przemysl ou ailleurs! Et ils nous referont des promesses comme ils en font toujours! Et on continuera à crever ici...

– Tu as raison, répliqua son voisin, mais nous n'avons pas le choix! »

Dehors, les soldats rassemblés devant le bâtiment s'agitaient et exigeaient la fin de la réunion. Cela suffisait de causer! Eux, ils avaient faim! D'un signe de tête, Viktor désigna l'extérieur.

« Dépêchons-nous d'élire un représentant!

– Pourquoi pas toi? suggéra l'un des officiers.

– J'accepte! Mais peut-être y a-t-il d'autres candidats?

– Oui! Moi! » répondit Vitasek.

Il était le seul. Le vote eut lieu à main levée. Viktor l'emporta largement.

« Merci de votre confiance! dit-il. Que chacun d'entre nous rassemble ses hommes et leur explique les décisions prises. Je vous rappelle simplement que si nous voulons voir notre pays exister un jour, nous devons tous, ici ou ailleurs, rester unis face à l'adversité! »

Les officiers se retirèrent. Viktor eut le pressentiment qu'il avait remporté sa première bataille politique.

Dès le lendemain, il tentait d'obtenir une entrevue avec le commandant du camp. Il s'insurgerait d'abord contre les conditions insalubres dans lesquelles ils vivaient, la nourriture infecte qu'on leur donnait et surtout la privation arbitraire de leur liberté. Ensuite seulement, il évoquerait la question de les réunir avec les Tchèques de Kiev.

La réponse revint en fin de journée. Elle était négative, sans qu'il fût donné d'autres explications. Viktor réitéra sa demande plusieurs jours de suite. Chaque fois, il essuyait un refus. Les officiers tchèques tenants de la manière forte, raillaient son obstination. Les moujiks ne comprenaient que la trique et rien d'autre! Des soldats de plus en plus nombreux commençaient à regretter amèrement de s'être enfuis des armées autrichiennes. Au moins, là-bas, si on vous envoyait en première ligne, on vous donnait de quoi bouffer et quelques couronnes de solde!

Le soir du 9 avril, Viktor réunit l'état-major.

« Je reconnais l'échec de mes tentatives! dit-il. J'adhère dorénavant à l'idée d'employer la force! »

Il s'adressa à Vitasek qui avait toujours prôné cette attitude :

« Nous t'écoutons. Que proposes-tu pour obtenir qu'un commandant russe veuille bien recevoir un lieutenant tchèque? »

L'autre hésita.

« Il faut sortir du camp... », commença-t-il.

Ses compagnons éclatèrent de rire.

« Evidemment, ironisa Viktor, mais comment?

– Les sentinelles sont peu nombreuses à l'entrée. Si nous passons en force, nous pouvons arriver au village sans encombre et exiger une entrevue du commandant!

– C'est ça! ironisa un officier. Et combien de morts chez nous? Sans armes... »

Vitasek l'interrompit.

« Mais nous en avons! Et des munitions aussi! Je vous l'ai déjà dit!

– Dans ce cas, enchaîna Viktor, allez-y! Sélectionnez cinq hommes qui sachent passer les barbelés et ramper sans se faire repérer. L'un d'entre eux doit impérativement savoir parler le russe. J'en prendrai le commandement. »

Personne ne contesta sa proposition. Il n'y avait guère d'autre solution et surtout la plupart ne souhaitaient pas trop s'exposer. Une heure plus tard, plusieurs pistolets se trouvaient rassemblés dans le baraquement avec quelques dizaines de balles. Les cinq soldats furent facilement trouvés. Ils venaient de la même unité. Les barbelés, ça les connaissait! A Lemberg, ils étaient chargés d'ouvrir les brèches dans les protections de fil de fer pour faciliter les attaques des Autrichiens. Certains avaient même conservé des pinces sur eux! Quant à l'interprète, il parlait russe couramment. Il avait habité à la frontière des empires autrichien et russe.

Durant deux jours et deux nuits, des prisonniers se tinrent par roulement auprès des clôtures pour observer les habitudes des gardes. Ce fut inutile. Ils avaient un comportement trop anarchique pour qu'on pût en tirer une information utile à la mission. Viktor s'en fichait. Il lui importait surtout de se retrouver face à ce salaud de commandant! A ce moment-là, il improviserait! Il fut convenu que l'opération serait lancée à onze heures du soir.

*

Tandis que dans l'obscurité le commando progressait vers le village, des Tchèques allumaient un incendie dans un baraquement, à l'autre extrémité du camp. Rapidement, les premières flammes s'élevèrent dans le ciel et les prisonniers simulèrent la panique.

Viktor et ses hommes se mirent à courir. Ils ne risquaient pas grand-chose. Dans la nuit, ils pouvaient fort bien être pris pour des Russes! Ils atteignirent bientôt les premières maisons et avancèrent en longeant les murs. Il fallait absolument repérer le QG du commandant. Ce fut relativement facile.

Devant l'une des maisons éclairées, des plantons montaient la garde. Ils se rapprochèrent. Par l'une des fenêtres, ils aperçurent deux officiers attablés face à face. Viktor jura entre ses dents. Il fit signe à ses hommes de neutraliser les sentinelles. Peu après, ils faisaient irruption dans la pièce, arme au poing. Les deux Russes reculèrent sous l'effet de la peur. Viktor abaissa son revolver et ordonna à ceux qui l'avaient suivi de faire de même.

« Commandant, je ne suis pas venu vous tuer, dit-il, mais m'entretenir avec vous. Apparemment mes demandes d'audience ne vous ont pas été communiquées... »

L'interprète traduisit.

« C'est inutile, répliqua l'officier en se rajustant, je comprends votre langue. J'ai fait une partie de mes études militaires à l'académie de Vienne. C'est vous qui avez allumé l'incendie?

– C'est exact! J'avais besoin d'un peu de temps pour vous parler!

– Je vous écoute.

– Je voudrais d'abord que vous nous considériez comme des alliés et non des ennemis et... »

Le commandant l'interrompit.

« Les ordres de l'état-major sont formels! Vous êtes des traîtres et nous devons vous garder jusqu'à ce qu'une décision soit prise à votre sujet!

– Dans ce cas, sachez que nous disposons de suffisamment d'armes et de munitions pour réduire à merci votre petite garnison. Nous marcherons vers Kiev rejoindre les quelques milliers de nos compatriotes qui s'y trouvent réunis. Je ne crois pas que nous courions le danger d'être arrêtés! Vos armées sont trop occupées avec les Allemands et les Autrichiens. Et vous serez probablement félicité pour la remarquable maîtrise avec laquelle vous aurez fait face à la situation... »

Les deux Russes échangèrent un regard.

« Que voulez-vous? reprit le commandant.
– Rien d'impossible! D'abord une nourriture décente. Plusieurs hommes sont déjà morts de fatigue ou de faim. Je veux que cela cesse. Ensuite, expédier un télégramme à nos représentants officiels auprès de votre gouvernement. »

L'officier coiffa son képi.

« C'est bon! » répondit-il.

Plusieurs détonations claquèrent. Des soldats russes firent irruption dans la pièce.

« Les Tchèques s'énervent! » criaient-ils.

Le commandant dévisagea Viktor qui ne cilla pas. Il donna l'ordre aux militaires de se retirer. Cela allait s'arranger!

« Merci! dit simplement Viktor.
– Suivez-moi dans l'autre pièce! C'est là que se trouve le télégraphe de campagne! »

Viktor dicta son message à l'ordonnance. Plusieurs centaines de soldats tchèques étaient prisonniers à Sambov. Ils demandaient la venue d'un représentant du Comité Tchèque pour étudier avec eux les modalités d'un regroupement avec ceux de Kiev. Quand il eut fini, il se tourna vers le commandant.

« J'aurais encore une faveur à vous demander...
– Allez-y!
– Voilà! L'un de nos soldats, un ami, s'était rendu avec deux autres compagnons auprès de votre QG à Zagorz pour négocier. Ils ont disparu. J'aurais aimé savoir où ils sont. Peut-être pouvez-vous interroger vos supérieurs? »

Le commandant accepta. Il le tiendrait au courant.

*

Les semaines passèrent. Les Tchèques pouvaient désormais se promener à leur guise en dehors du camp. Certains avaient même sympathisé avec leurs gardes dont ils partageaient la pitance. En général, une soupe et du pain noir. Personne ne se plaignait. Par rapport à ce qu'ils avaient vécu depuis des mois, c'était du repos! Comme les journées rallongeaient et que la température devenait presque agréable, les prisonniers demeuraient dehors jusqu'à la tombée de la nuit. Ils jouaient aux cartes les quelques bricoles qu'ils possédaient.

En accord avec les officiers, Viktor avait édicté des règles de conduite sévères. Les hommes devaient nettoyer leurs baraquements et assister au rassemblement deux fois par jour. Enfin, chaque matin des soldats étaient désignés pour être au service de Youri, le commandant russe. Il manquait de main-d'œuvre pour l'entretien de son matériel de guerre.

Viktor et lui avaient fini par s'apprécier, sans trop savoir pourquoi. S'agissait-il d'une connivence de militaires qui se fichaient des nationalités? Etait-ce pour éviter une effusion de sang inutile? Quoi qu'il en soit, ils prenaient plaisir à discuter ensemble lorsqu'ils faisaient leur tournée d'inspection.

Le matin du 20 avril, Youri accueillit Viktor avec le sourire.

« Lieutenant, j'ai une bonne nouvelle pour vous!

– Un télégramme de Petrograd peut-être?

– Non! De Kiev! Votre ami et ses deux compagnons s'y trouvent. Ils y ont été expédiés dès le soir de votre désertion.

– Non, commandant! objecta Viktor. Ne dites pas désertion, mais appui aux troupes russes!

– Vous avez raison! Enfin, ils sont saufs, voilà l'essentiel! »

Et puis, s'il n'y avait rien de Petrograd, il ne fallait pas s'inquiéter. Les lignes téléphoniques ne fonctionnaient pas toujours très bien. Viktor commençait tout de même à s'impatienter. Il transmit un nouveau message.

La réponse arriva un matin, dix jours plus tard, sous la forme d'un texte laconique :

« Impossibilité pour un membre du Comité de venir à Sambov. Démarche inutile. Pour rejoindre Kiev, devez attendre les ordres communiqués par les autorités russes. Toute initiative prise en dehors de la légalité considérée comme une trahison et jugée comme telle. Le Comité National Tchèque. »

Viktor relut ces lignes à plusieurs reprises. A chaque lecture, les mots lui semblaient prendre un sens encore plus méprisant. Aucun enthousiasme, aucun encouragement, aucune compréhension qui eussent pu les soutenir ! Au lieu de cela, des ordres brefs, des menaces, comme si des milliers de soldats égarés dans une guerre qui n'était pas la leur ne méritaient pas mieux ! Un sentiment de révolte, profond et violent, l'envahit. Eh bien soit ! Il allait ordonner que la troupe se mît en marche. Et elle irait jusqu'à Kiev !

Youri, qui devinait ses pensées, l'obligea à s'asseoir et à avaler un verre de vodka.

« Lieutenant, dit-il, qu'ils émanent de Russes, d'Autrichiens ou même de Tchèques, des ordres restent des ordres ! Ils sont aussi bêtes et ils le deviennent encore plus quand on ne connaît pas celui qui les donne. Mais c'est ainsi ! Quand on est soldat, il faut obéir, sinon on devient un chef de bande !

– Ce sont peut-être des chefs de bandes qu'il faudra à la Tchécoslovaquie pour qu'elle existe ! répliqua Viktor. Aujourd'hui, nos représentants ont tous les droits, sauf celui d'être des imbéciles !

– Mais enfin, que voulez-vous réellement ?

– Je veux que nous rejoignions les nôtres à Kiev et qu'ensemble nous formions une armée.

– Et que ferez-vous avec celle-ci ?

– Je n'en ai aucune idée ! J'ai seulement l'intuition que c'est la bonne décision à prendre. Après, je ne sais pas! Mais c'était justement pour le savoir que je voulais rencontrer l'un de nos représentants. »

Youri lui reversa un verre.

« Vous n'allez tout de même pas faire des bêtises! Vos hommes peuvent bien attendre encore un peu!

– Pour l'heure, je vais leur lire ce torche-cul! On verra leur réaction. A ce moment-là, vous saurez ce qu'ils désirent. »

A la fin de la lecture du message, les hommes gardèrent le silence. Comment des compatriotes osaient-ils les traiter ainsi? Comme de vulgaires soldats! Et qui devaient obéir à des Russes, en plus! Des cris de colères retentirent ici et là dans la foule. Il y eut un brouhaha, puis une manifestation unanime. On allait foutre le camp maintenant et gagner Kiev! Ce n'était pas une centaine de Cosaques qui allaient les arrêter! Viktor ne faisait rien pour calmer les esprits. Tant pis pour la casse que cela occasionnerait. La coupe était pleine.

Par amitié, il alla informer Youri que leur décision de se mettre en mouvement était prise.

« Vous avez parfaitement raison! répondit celui-ci. Mais vous ne partirez que demain et en train! »

Devant l'air surpris de Viktor, il reprit :

« Ce que ni nous ni les Tchèques n'ont voulu, l'Histoire le veut! Nos armées sont en déroute devant les Allemands et les Autrichiens! L'ordre de la retraite a été transmis tout à l'heure! Dans une dizaine de jours d'ici vous serez réunis à Kiev avec vos compatriotes! »

CHAPITRE VIII

SIMONE referma la porte. Elle revenait de la gare où elle avait accompagné Ian qui partait avec Masaryk en Angleterre. Milan se trouvait chez ses grands-parents à Orléans. Elle le rejoindrait dans deux jours. « Seule pour la nuit... », se dit-elle en tirant le verrou. Elle ne se souvenait plus quand cela lui était arrivé pour la dernière fois. Peut-être à Prague? Un soir où Ian était parti rencontrer d'autres nationalistes? Elle s'assit dans un fauteuil du salon, se débarrassa de ses chaussures sans les délacer et conserva son imperméable mouillé sur le dos. Le silence qui régnait dans l'appartement lui parut soudain suspect, presque hostile. Elle balaya la pièce du regard. Chaque objet occupait bien sa place et pourtant... Ils semblaient la narguer. Un peu comme s'ils profitaient qu'elle ne les regardât pas pour se déplacer. Il fallait bouger! Elle attrapa un morceau de fromage, du pain, et se rendit instinctivement au bureau. L'essentiel de la vie militante de Ian s'y passait. De sa vie tout court, peut-être? Elle alluma la lampe à gaz. La lumière se reflétait dans les vitres fouettées par la pluie. Elle commença de fouiller dans l'amoncellement de papiers qui jonchait la table. Des lettres, des feuillets de sa thèse, puis ce journal par lequel ils continuaient de communiquer jour après jour. Un jeu, devenu entre eux un dialogue indispensable.

« 21 mars 1915.

Décidément, rien ne s'arrange pour les alliés. En Champagne, c'est la catastrophe. Malgré les assauts répétés des armées françaises, les Allemands ne cèdent pas. Ce matin, lors de notre réunion quotidienne, Josef nous a appris qu'on parlait de près de 100 000 morts dans cette bataille depuis le début! Il nous a lu un extrait du communiqué officiel du Grand Quartier Général : " Les opérations ont été une suite ininterrompue de succès locaux et n'ont coûté que des pertes relativement faibles et très peu de prisonniers. " Dérisoire quand on sait la vérité et surtout pour un gain de quelques centaines de mètres de terrain!

Il a continué son exposé avec la situation militaire internationale. Les Anglo-Français ont bombardé les forts des Dardanelles. On a cru que ce serait une promenade, ce fut Trafalgar ou presque! Trois cuirassés ont été coulés et deux autres ont été éventrés par des mines. Quant aux fameux forts turcs, on les dit détruits, mais rien n'est moins sûr. Masaryk a donné son opinion. " Churchill n'a aucune considération pour les hommes qu'il envoie à une mort certaine. On connaît son ambition : débarquer à Gallipoli et écraser ainsi la Turquie. C'est une folie et l'amiral Fisher démissionnera de son commandement en chef de la marine. Les Churchill et les Joffre sont pour moi du même acabit. On sacrifie tout à une percée éventuelle du front ennemi. Les hommes d'Etat, politiques ou militaires, n'ont pas le droit de se conduire ainsi! " Quand Jiri lui rétorqua qu'en face ils employaient des moyens similaires, Masaryk répondit vivement : " Pour moi, les grands généraux restent ceux qui savent gagner en réduisant la casse au minimum! ”

On a enchaîné sur la situation des colonies tchèques et l'avancement de notre cause. Il semble que des désertions de plus en plus nombreuses aient lieu dans les Carpates. Plusieurs milliers de Tchèques auraient rejoint les Russes. Tant mieux! Ainsi, ils pourront les aider à tenir les Austro-Allemands en échec. Durich, qui s'occupe de ce dossier, a précisé que ce n'était pas si simple. Il paraîtrait que les Russes ne sont pas très chauds pour une collaboration avec des déserteurs sous le prétexte qu'un traître peut trahir à nouveau. Je me suis inquiété de ce que faisaient nos représentants de Petrograd au sujet de ces hommes. “ Ils négocient! ” a répondu Durich. “ Ils dorment, a simplement commenté Masaryk. Il nous faudra aller réactiver leur ardeur un de ces jours! Pour l'heure, il est trop tôt, nous ne serions pas entendus. Maintenant qu'ils ont formé leur Union, ils vont essayer de faciliter l'ambition des Russes, la création d'un royaume de Bohême. Attendons! Si ces derniers devaient remporter des succès décisifs et surtout passer les Carpates, c'est-à-dire envahir l'Empire, alors là nous devrions réagir! ”

Quand je suis rentré, j'étais heureux de sentir que notre cause était particulièrement bien défendue par Masaryk et je ne doutais plus de la naissance prochaine de la Tchécoslovaquie.

Je m'arrête là. J'ai très envie de rejoindre Simone et Milan... »

« Ian chéri. Tu as bien fait de venir nous retrouver dans le salon. Nous jouions, Milan et moi, en faisant le moins de bruit possible. Nous ne voulions pas te déranger. Milan te dessinait avec application. Je t'attendais aussi, guettant le bruit caractéristique de la chaise sur le parquet qui indique que tu te lèves...

Quand tu es venu, je t'ai trouvé particulièrement beau. Etait-ce l'éclairage de la fin de journée? Mon regard qui n'était plus le même? Plus simplement parce que je te désirais?

Je veux raconter ce que tu as fait, pour " adoucir " un peu ton texte trop sérieux! Tu as joué avec Milan. Je vous regardais et je t'imaginais à deux âges de ta vie... D'un côté tu saisissais tes jouets, t'en lassais très vite, puis les jetais avec des cris de joie! De l'autre, tu les récupérais et, avec une patience que j'admire, tu simulais pour la énième fois le galop du cheval qui fait tant rire Milan. Je saisissais mieux la succession des générations, son utilité et ce qu'elle permet comme progrès. J'avais envie que nous vivions ensemble très longtemps. »

Simone repoussa le feuillet. Ce soir, elle souhaitait y voir clair. Etre cohérente et très exigeante.

Elle choisit de partir à la recherche de son premier souvenir pour dérouler le fil d'Ariane. En même temps, elle feuilletait le journal. Elle regardait sans lire. Son regard fut attiré par les mots ACADÉMIE DES SCIENCES, écrits en majuscules sur l'une des feuilles. Elle rechercha le début du texte.

« 4 février 1915.

Je ne résiste pas à l'envie de rapporter ces quelques lignes, trouvées dans un journal, et qui m'ont à la fois scandalisé et amusé : " *L'Académie des Sciences* a pris connaissance d'une commission mixte instituée par le ministère de la Guerre pour l'étude de la ration du soldat en temps de guerre. Celui-ci est assimilé à un ouvrier accomplissant un travail continu. Il aurait besoin de 4 000 calories et n'en reçoit que 3 189. Le service des subsistances est donc invité à augmenter la ration journalière des quantités suivantes : 10 g de graisse, 30 g de sucre, 24 g de café, 100 g de pain... " »

Simone ne poursuivit pas sa lecture. Elle se promenait entre son père et sa mère qui la tenaient par la main. Devant l'église Saint-Séverin. Elle devait avoir quatre ou cinq ans. Etait-ce le souvenir le plus ancien? Probablement non. Mais puisqu'il s'imposait...

Déjà elle n'aimait pas la messe à cette époque. Pourtant elle gardait l'impression d'une certaine joie quand elle y assistait avec ses parents. Peut-être parce que son père la prenait sur ses genoux quand cela devenait un peu long et qu'elle s'endormait contre son torse? Ce souvenir n'était pas fortuit. Elle avait toujours aimé son père avec passion. Ses relations avec sa mère en avaient pâti. Chaque fois que celle-ci lui disait quelque chose, il fallait que ce fût confirmé par son père. Il était son héros...

Ian avait existé grâce à lui. Elle se rappelait fort bien avoir choisi dans sa tête de petite fille les qualités que devrait posséder son mari. Lors du mariage de l'une de ses tantes, quelqu'un lui avait demandé comment serait son compagnon. Elle n'avait pas hésité. « Comme papa », avait-elle répondu. On avait trouvé cela charmant. Mais lorsqu'elle avait rencontré Ian à l'amphithéâtre de la Sorbonne, elle s'était répété la même chose, consciemment cette fois-ci.

Elle se plongea à nouveau dans le journal. Elle ne voulait pas penser tout de suite à ces instants décisifs de sa vie, mais plutôt s'y préparer... en oubliant.

« 12 mars 1915.

Je me sens fatigué, inutile, bref j'ai le bourdon! Je sais que la guerre doit durer le plus longtemps possible pour que nous ayons le temps, nous Tchèques, de travailler à l'édification de notre pays. Mais je trouve ce cynisme terrible. Et parfois, comme aujourd'hui, j'ai l'impression de ne pouvoir assumer une telle responsabilité aux yeux de ceux qui nous survivront. Milan par exemple! Que pensera-t-il lorsqu'il comprendra? Chaque jour des milliers d'hommes meurent à cause de ce conflit qui s'enlise. Or, chaque jour, nous nous disputons lors de nos réunions et les colonies étrangères se déchirent les unes les autres par télégrammes interposés! Les statuts n'ont pas encore été adoptés. Pour la dixième fois peut-être, il me faut me remettre à l'ouvrage.

Ce matin, lors de notre rencontre, j'ai explosé. " Comment, ai-je dit, vous allez discuter une virgule, la place d'un mot avec sérénité? Savez-vous combien d'hommes sont tombés en Champagne ou ailleurs depuis que nous parlons? " Il y eut un silence gêné. Tous se sont tournés vers Masaryk. Lui seul devait répondre. D'ailleurs ne le visais-je pas par ce coup de gueule? Il le fit : " Vous avez raison, Ian, de nous rappeler des vérités de bon sens. Mais quelle peut être la réponse? Les hommes que nous sommes ici devraient-ils rejoindre le front? Ou bien bâcler leur mission pour une satisfaction morale qui n'est même pas certaine? Vous savez bien que nous travaillons à l'émancipation de plusieurs millions de nos compatriotes et, peut-être en même temps, à celle d'autres peuples européens? L'unique réponse à la mort, c'est la vie! Et c'est pourquoi nous agissons, vous agissez! " Je n'ai pas voulu engager une nouvelle discussion. On avait perdu assez de temps comme cela.

Je suis rentré plus tôt. Je souhaitais que Simone m'aidât à accepter. Elle était plongée dans Descartes. Elle m'a écouté. J'attendais de la compassion, elle a ri! La colère m'a envahi et je suis sorti faire un tour. Doit-on donc être caparaçonné, insensible, pour être considéré comme un homme normal? Doit-on débiter avec sérénité la longue litanie des morts au champ d'honneur pour sembler comprendre ce qu'est la guerre? Probablement était-ce mon humeur, mais voir dans la rue les " planqués " s'amuser, rire, arborer ostensiblement des toilettes avec je ne sais quelle légèreté dans la démarche et le geste, m'a rendu encore plus amer et je suis revenu.

Simone s'est précipitée dans mes bras. Mon exaspération s'est évaporée.

Je t'aime, Simone. J'entends encore ce que tu m'as dit, et tu as raison. On ne peut pas tout prendre en compte! C'est l'expérience de mes limites que je vis quotidiennement. Certes! Mais vois-tu, je ne l'accepte pas. Tu es forte. Telles ces femmes qui veulent s'engager, comme je le lisais dans *Le Matin* d'hier? J'ai envie d'effacer ces derniers mots pour qu'ils ne te donnent pas d'idées. »

« Mon Ian...

Comme tu avais bien choisi ton métier! Contempler les étoiles. En sachant qu'il existe une infime probabilité pour qu'il advienne un changement dans leur organisation au cours de ta propre vie. Mais tu t'es mis à regarder les hommes et à vouloir intervenir sur leur évolution. Tu as décidé ce jour-là que la liberté de ton peuple serait l'objectif de ta vie et tu t'es confronté à l'anarchie inhérente à la nature humaine! Et tu t'étonnes aujourd'hui? Ou plutôt tu souffres de cette coexistence de la mort et de la vie, du déséquilibre entre vos médiocres préoccupations de rédacteurs de textes constitutionnels et les morts qui crèvent par milliers! Eh bien oui, j'ai ri! Parce qu'il m'est apparu qu'inconsciemment tu souhaiterais que les hommes soient aussi rigoureux dans leur trajectoire que tes étoiles.

A ta manière, tu es un créateur. Notre amour, notre fils et aujourd'hui la construction d'un pays.

Tu m'apparais justement comme l'un de ceux qui rétablissent l'équilibre entre les forces de mort et de vie. Tu n'as pas à te sentir coupable de cette guerre mais encore plus déterminé à gagner ton combat. »

Pourquoi, songea Simone, avait-elle donc poussé la porte de l'amphithéâtre et était-elle descendue écouter Ian alors qu'elle ne le connaissait pas? Etait-ce donc cela, le hasard? Pénétrer dans un lieu plutôt que dans un autre et voir sa vie déterminée par ce petit geste? Elle l'avait aimé tout de suite. Elle se serait offerte à lui là où ils se trouvaient, s'il le lui avait demandé. D'ailleurs, n'était-ce pas elle qui l'avait entraîné dans sa chambre deux ou trois jours après leur rencontre? Il montait les escaliers, gauche, embarrassé, protestant presque...

Six ans déjà! Le temps filait! Et la réalité de ces quelques minutes décisives qui s'estompait. Comment se les rappellerait-elle dans des années? Saurait-elle toujours conserver son émotion intacte? Celle qu'elle ressentait lorsque son désir fou de voir Ian, de l'aimer, la faisait assister à ses cours ou mentir à ses parents pour le rejoindre dans sa chambre... Son père avait immédiatement compris. Il n'avait rien dit. Il savait. Cela suffisait. Par contre, sa mère s'était fâchée. Comment? Sa fille fréquentait un enseignant tchèque nationaliste? Il avait fallu la diplomatie paternelle, le charme de Ian mais surtout la naissance de Milan pour que la colère maternelle cédât le pas à une acceptation du bout des lèvres.

Simone frissonna. Depuis son retour, elle ne parvenait pas à se réchauffer. Elle enfila un châle et décida de se coucher. Elle emporta les feuillets du journal. Elle remplit le poêle et réchauffa le lit avec une brique chaude avant de s'y glisser. Dès qu'elle fut allongée, elle sentit son corps fourmiller de mille désirs et s'y abandonna. Cette jouissance solitaire était aussi une manière de demeurer avec lui. Puis elle découvrit à nouveau la cheminée, la grande glace qui la dominait, la chaise avec ses vêtements jetés dessus. Elle se saisit du journal. Le texte datait du 27 avril.

« Décidément, nous sommes incorrigibles. Vive empoignade cet après-midi au sujet des relations que nous devons entretenir avec les autorités françaises. Jiri et Josef se sont violemment accrochés pour savoir si le général Janin est un imbécile ou non.

Josef racontait qu'après avoir expliqué à l'officier français la nécessité pour la France de profiter des milliers de soldats tchèques disponibles sur le front oriental, celui-ci aurait répondu que cela risquait d'entraîner un renversement d'alliance! La Russie passant du côté de Guillaume!

Nous avons ri de cette remarque, pensant qu'il s'agissait d'une plaisanterie. Mais pas du tout! Janin avait formulé sa réflexion avec le plus grand sérieux.

Cela donna à nos deux compagnons le prétexte pour s'affronter vivement. Mais je doute que ce fût la bonne raison qui les y poussait! En fait, Josef se rapproche de Masaryk alors qu'auparavant il soutenait plutôt les thèses russophiles de Jiri. Et celui-ci lui en veut!

Il a fallu l'autorité de Masaryk pour ramener le calme. Il l'a fait avec humour. " Rassurez-vous, messieurs! Je sais qu'il existe un grand nombre d'imbéciles à l'état-major français, comme dans tous les pays d'ailleurs. Mais faites-moi la grâce de penser que je choisis judicieusement mes interlocuteurs. Ceux qui m'intéressent donnent des ordres aux militaires! " On a compris qu'il évoquait l'hôtel Matignon.

Josef nous a informés sur le débarquement de Gallipoli. Masaryk avait raison. Un carnage pour rien. Environ 8 000 morts! Voilà le résultat de l'acharnement de Churchill. “ Cet homme fera sa carrière en marchant sur des cadavres! ” a-t-il prédit. Josef a continué son exposé. Au nord d'Ypres, les Allemands ont réussi à faire reculer les Français grâce à l'emploi de gaz asphyxiants dont l'effet a été ressenti jusqu'à deux kilomètres en arrière des lignes! A notre connaissance, c'est la première fois que cela arrive.

Masaryk nous a annoncé qu'il voulait partir pour Londres le 30 avril. Il m'a demandé de l'accompagner. J'ai accepté.

Ce soir en rentrant j'en ai parlé à Simone. Si je ne la connaissais pas si bien, je n'aurais probablement pas aperçu la lueur de tristesse qui a furtivement traversé son regard. Elle m'a simplement dit de ne pas rester là-bas trop longtemps. Milan jouait dans le salon. Cela m'a fait penser à cet enfant de huit ans dont toute la presse parle. Lui, ne s'amuse plus beaucoup! Il aurait des visions de drapeaux accrochés au plafond de sa chambre! Un français et un roumain (je me demande bien pourquoi), à côté desquels est écrit, selon les jours, que la France gagnera la guerre dans sept à huit mois d'ici, ou bien qu'il faut aller à la prière! Encore un gamin qui a dû être trop impressionné par l'enseignement religieux de l'école libre qu'il fréquente. C'est encore plus regrettable de voir la multitude de gens qui se rendent à son chevet dans l'attente d'une révélation qui calmerait leur angoisse. Je m'inquiète de voir combien les esprits sont manipulables et le danger que cela représente au plan politique. Ces mêmes naïfs sont capables d'écouter n'importe quel discours d'exalté et de lui accorder du crédit.

Je termine avec cette idée en tête que je pars en Angleterre dans deux jours. Je ne connais pas ce pays et j'ai hâte de voir si la représentation que je m'en fais correspond à la réalité... »

« Mon chéri,

Tu as bien vu! Effectivement une expression d'amertume a dû passer dans mes yeux quand tu m'as annoncé que tu partais en Angleterre. J'ai pensé à ta mort. Je sais que c'est stupide et que l'esprit produit toutes sortes d'images plus ou moins fantasques pour traduire notre propre désarroi. Qu'y puis-je? Peut-être la guerre y est-elle pour une part? Chaque jour je sens grandir son influence néfaste. Le climat d'insécurité s'alourdit. Les journaux regorgent d'articles morbides, les nouvelles du front sont désastreuses. Bref! Nous devenons les anormaux d'une situation anormale. Car enfin, je me souviens de tes fréquentes absences lorsque nous habitions Prague. Jamais à cette époque je n'aurais eu une idée aussi folle! »

Simone était heureuse. Des souvenirs s'éveillaient au détour de chaque phrase. Sans ce journal, pensait-elle, de précieuses minutes de leur vie auraient été oubliées. Elle éprouvait une profonde jouissance à voir le temps ainsi défilé. Elle attrapa la feuille suivante.

« 20 avril 1915.

La guerre change de visage. Les avions, les zeppelins sont de plus en plus nombreux dans le ciel. Ils photographient les positions de l'adversaire ou les bombardent et sont l'occasion de combats homériques salués avec enthousiasme par la presse. Chaque jour on publie le tableau de chasse des aviateurs les plus valeureux. Hier, l'éditorialiste du *Matin* s'alarmait : Roland Garros avait été fait prisonnier par les Allemands! “ Coup sur coup, écrivait-il, ce héros venait d'abattre trois aéroplanes ennemis, dont chacun était monté par deux aviateurs alors que lui était seul à bord du sien! Il était toute science et toute habileté! " Je me souviens d'avoir lu un jour la prédiction d'un amiral anglais dont le nom m'échappe (Scotch peut-être?), selon laquelle les sous-marins chasseraient les cuirassés de la mer comme l'automobile chasse le cheval de la route. Je me prends à souhaiter que l'avion chasse le fantassin du champ de bataille. Peut-être y aura-t-il alors moins de morts qu'aujourd'hui? Les bilans publiés s'alourdissent. En même temps, on publie le taux des pensions des veuves de guerre. Un général vaut environ dix soldats. Quelle dérision!

Je commence à discerner une certaine lassitude dans notre groupe. Nous ne parvenons pas à nous entendre sur la configuration politique, ethnique, linguistique de la Tchécoslovaquie. Nous dénaturons l'acte politique. Seuls comptent les intérêts particuliers, au détriment de ceux de la collectivité. L'empoignade entre les différentes colonies est encore pire. Les Américains ne veulent pas entendre parler des Russes, lesquels réfutent l'autorité de Masaryk. Quant à ce dernier, qui veut désormais s'installer à Londres, il y est contesté par une forte minorité! Heureusement, dans cette grisaille, j'ai Simone et Milan. Ils sont mon centre de gravité. Pourvu que le conflit nous épargne! Pourvu que nous puissions encore longtemps nous sourire, nous parler, nous étreindre! »

« Mon Ian,

Comme je te sens abattu en ce moment, et vulnérable. C'est pourquoi hier soir, dans ce tintamarre de ferraille, de sirènes d'alarme et de communiqués militaires que tu me rapportais, j'ai voulu pour une fois t'obliger au silence. C'est lui qui te permettra le mieux de retrouver la force qui peut te porter!

Tu ne dois pas non plus te projeter sans cesse dans l'avenir en formulant des souhaits plus ou moins réalistes et croire en même temps que cela résout les problèmes au présent. Agir ainsi revient à fuir, à déserter! Vis donc l'instant avec tout ce qu'il implique de cynisme, puisque c'est la guerre. Ne compte plus les morts pour te désoler mais plutôt pour y trouver une justification supplémentaire à ton combat. Joue le jeu! Sinon tu vas continuer à t'enliser en exprimant des espoirs imbéciles qu'on entend partout et qui fondent la bonne conscience. Choisis de faire la guerre, Ian, puisque c'est ton destin. Décide de vaincre et reconstruire. »

Simone interrompit sa lecture, presque honteuse. Que lui prenait-il d'écrire de telles recommandations à Ian avec la certitude de détenir la vérité? De quel droit se permettait-elle de le pousser à l'action alors qu'elle maternait, philosophait et faisait la cuisine du matin au soir? Elle se découvrait sous un jour qu'elle n'aimait pas. Une bourgeoise qui donnait des conseils à son mari sur la manière de mener sa guerre! Sous le prétexte qu'elle l'aimait... Elle sentit sourdre en elle un malaise presque paralysant. Peut-être approchait-elle de l'essentiel, comme elle le pressentait depuis un moment? Elle continua sa lecture.

« 17 février 1915.

Ce matin, lorsque je suis arrivé, c'était l'effervescence parmi mes amis. Le Kaiser serait atteint d'un cancer à la gorge. Sans doute cela allait changer le cours du conflit! S'il venait à mourir, son successeur serait certainement plus compréhensif et notre tâche serait simplifiée. Masaryk a mis un terme à ces supputations. “ Il faut gagner la guerre, messieurs, quel que soit l’Empereur allemand! L’Empire écrasé, les alliés seront amenés à envisager sa dislocation! Dans le cas contraire, ce serait la fin de nos espoirs! ”

Nous sommes passés au compte rendu de la situation nationale et internationale. L’offensive de Champagne a commencé hier avec 870 canons, dont 110 pièces lourdes. De quoi, dit-on à l’état-major, faire reculer l’ennemi jusqu’à la frontière! On apprend ce qu’ont coûté les combats dans la Somme : 12 550 hommes et 161 officiers. On se bat aux Eparges. On ne possède pas d’autres détails sur cette opération.

Nous nous sommes attelés au réexamen des statuts de notre Conseil. “ Il faudrait, dit Jiri, que nous consultions nos amis en Russie qui sont en train de constituer une Union. Peut-être y trouverions-nous des idées? ” Cela a énervé tout le monde. Masaryk s’est exclamé : “ Enfin quoi! On ne va pas passer notre temps à demander aux autres ce qu’ils ont fait? Ne sommes-nous pas assez intelligents pour concevoir nous-mêmes un texte qui fonde notre propre existence? Nos amis tchèques de Petrograd sont trop proches du pouvoir tsariste pour prendre quelque distance d’avec ses propres vues! Or je me méfie des Russes, vous le savez. Je n’ai aucune sympathie pour leur régime et aucune confiance dans la manière dont ils veulent régler le problème de notre pays. Ils ne rêvent qu’à étendre leur influence sur une partie supplémentaire de l’Europe. Je ne le répéterai jamais assez. L’Histoire russe est celle d’un impérialisme permanent. ” Tandis qu’il parlait je regardais Durich, Jiri, nos russophiles de service. Ils semblaient mal à l’aise. D’autant plus qu’on a appris hier la grande défaite des armées russes à Augustovo. 110 000 soldats ont été capturés par les Allemands.

A la fin de la réunion, Masaryk m'a pris à l'écart. Il voulait me voir " seul à seul ". Je lui ai suggéré de venir à la maison.

Il souhaitait à nouveau m'exposer dans le détail l'objectif de son action à Paris. Il veut absolument créer ici le Conseil National Tchèque qui aura prédominance sur les autres, dans la mesure où il sera le premier gouvernement de notre pays. Il me répéta qu'il comptait beaucoup sur moi. " Vous devez vous préparer, dit-il, à exécuter des missions confidentielles pour mon compte qui peuvent vous mener très loin d'ici! " Je lui proposai de rester dîner avec nous. Il refusa.

Simone m'a sauté au cou dès que la porte fut refermée. " Une véritable aubaine qu'il soit venu ici! Il est beaucoup plus tôt que les autres jours! Milan et moi te gardons! " Je n'ai pas eu beaucoup d'efforts à faire pour me laisser convaincre. Nous nous sommes mis à converser de tout et de rien, comme nous aimons le faire lorsque l'occasion nous en est offerte. Je ne sais plus comment le sujet est venu, mais nous avons longuement évoqué Prague et les années que nous y avons passées. L'un comme l'autre, nous en gardons un souvenir extraordinaire. Se remémorer la petite pièce où nous avions à peine la place de remuer nous a bien fait rire.

Milan jouait dans nos pieds. A plusieurs reprises, je lui ai parlé en tchèque. Il est venu me frapper de ses petits poings. Il n'aime pas beaucoup ne pas comprendre. »

Simone trouvait cela trop beau, trop facile. Elle était mariée, avait un enfant. Son mari rentrait chaque soir et lui racontait les horreurs de la guerre. D'un geste rageur elle balaya les écrits qui jonchaient le lit.

Ce n'était pas possible de continuer à vivre ainsi! Sa contribution à l'effort de victoire consisterait donc seulement à rassurer Ian sur ses inquiétudes ou à lui conseiller une manière d'exister, alors qu'elle ne vivait pas elle-même? Elle n'était qu'une « planquée de l'arrière »! Certes, elle ne l'affichait pas! Mais c'était encore plus hypocrite. Elle reconnaissait là les réflexes de son milieu. C'était écœurant.

Elle se leva, enfila sa robe de chambre et arpenta la pièce en pleurant de rage.

C'était très simple! Il suffisait de se présenter dès le lendemain matin à la mairie et de dire aux officiers enrôleurs qu'elle se mettait au service de la Nation. Partout dans Paris on affichait qu'il manquait des femmes dans les usines d'armement ou de confection. Et dire qu'elle avait osé donner des leçons de « maintien moral » à Ian! Elle décida de lui écrire. Avec un peu de chance, la lettre n'arriverait pas longtemps après lui.

« Mon Ian chéri,

Je te cherche partout dans l'appartement, vide de Milan et toi. Chaque objet me raconte une histoire dont tu es en partie le héros. Imagines-tu par exemple ce que peuvent me dire le bureau ou le lit?

A cette heure avancée de la nuit, ton bateau doit être entre Dieppe et Southampton. Comme j'aimerais être, en cet instant, blottie contre toi. Peut-être parles-tu avec Masaryk dans un salon quelconque, de la stratégie que vous suivrez avec les Tchèques de Londres... Cependant, je préfère t'imaginer allongé dans ta cabine et prêt au sommeil.

Avant que tu t'endormes, je souhaite te dire ce qui m'agite. J'ai relu une partie de notre journal. Au fil des souvenirs que m'évoquaient les mots, j'étais malheureuse! J'y découvrais une femme que je ne croyais pas être : une bourgeoise, qui avait vécu et continuait de vivre à l'abri de tous les dangers, et qui se permettait de dire à son mari comment conduire sa guerre! Je me trouvais détestable. Cela m'a assommée, remuée, révoltée.

Alors m'est venue l'idée qu'il manquait peut-être à mon existence cette touche subtile qui fait que n'importe quelle entreprise humaine, aussi ordinaire soit-elle au début, peut devenir une réussite. J'ai pensé à toi, à ton exemple quotidien. Tu as su vouloir la construction de ton pays. Tu en supportes les conséquences, qu'elles soient souffrance ou joie, et tu les portes avec toi sans rechigner.

" Et moi? " me suis-je demandé. J'avais organisé ma vie pour qu'elle fût la plus sécurisante possible. Et je n'entendais plus le sifflement des bombes, les moteurs des avions et les pleurs de ces femmes qui perdent brutalement ce qu'elles ont de plus cher. Je n'entendais plus rien, si ce n'est notre ronron rassurant à trois.

En t'interrogeant sur ton propre engagement, tu m'interrogeais sur le mien sans que je m'en aperçoive. En fait j'étais sourde au vacarme de la guerre, mais aussi à toi. Eh bien c'est fini!

Ce soir, je perçois le bruit des machines à coudre ou des emboutisseuses dans les usines des alentours de Paris. J'irai dans l'une d'elles chaque matin et reviendrai le soir comme des milliers d'autres femmes. Comme elles, je trouverai le temps de préparer à manger et de m'occuper du ménage. Comme elles aussi, j'accepterai que mon mari parte pour fait de guerre, que ce soit en Angleterre ou même en Russie. Comme elles, je tremblerai peut-être en attendant ton retour mais cela ne se verra pas.

Et Milan? Ne t'inquiète pas! Il sera l'objet de toutes les attentions de ses grands-parents. Bien sûr, il verra son père et sa mère moins souvent. Mais ne doit-il pas, lui aussi, apporter sa petite quote-part à l'effort de guerre? C'est peu, comparé aux souffrances de ces milliers d'enfants qui deviennent orphelins.

Il me semble que tu souris dans la pénombre. Vogue tranquille... Ni toi ni moi ne sommes, ni ne serons, seuls. Réponds-moi vite ou plutôt non, reviens-moi vite! Je t'aime. »

DEUXIÈME PARTIE

CHAPITRE IX

Ratislav releva le rideau de la fenêtre de sa chambre, au premier étage de l'infirmerie. Il cligna des yeux. Les toits en zinc des baraquements brillaient sous les premiers rayons du soleil. Des soldats débraillés, l'air fatigué, des joueurs de cartes probablement, allaient se coucher et saluaient les matinaux qui fumaient une cigarette aux portes des dortoirs.

Il bâilla.

« Cela ne va pas arrêter de la journée, pensa-t-il. Quand il fait beau, ils ont toujours mal quelque part. »

Il allait abaisser le voilage sale quand il remarqua des types qui couraient dans l'allée centrale en interpellant ceux qu'ils croisaient. Il ouvrit.

« Les gars de Sambov arrivent! Les gars de Sambov arrivent! » répétaient-ils.

Il se tourna vers Fédorova, à moitié endormie sur le lit.

« Tu sais qui c'est, ceux de Sambov?

– Les déserteurs de Duckla...

– Encore d'autres prisonniers, marmonna-t-il. Mais bon dieu, où va-t-on les foutre? »

Le cortège déboucha dans l'allée à une centaine de mètres. Les militaires marchaient au pas cadencé, silencieux.

« Ils se croient à Prague, ceux-là! » dit Ratislav.

Intriguée, Fédorova vint le rejoindre et, nue, s'accouda à ses côtés.

« Regarde! reprit-il. Devant, ce sont des officiers! »

Il dévisagea plus attentivement celui qui les précédait tous.

« Cela ne doit pas être un rigolo! murmura-t-il.

– Que dis-tu? s'inquiéta Fédorova.

– Rien... »

Les rangs de soldats se succédaient régulièrement. Une fine poussière terreuse s'élevait dans les airs et voilait la lumière blanche du soleil. Dans les embrasures des fenêtres, sur les perrons, ceux du camp regardaient le spectacle d'un air hébété. La plupart n'avaient jamais connu une telle parade. La guerre les avait menés dès leurs premiers jours d'incorporation vers les tranchées de l'Est. Et là, il ne s'agissait pas de défiler mais plutôt de courir.

Le corps chaud de Fédorova attira Ratislav. Il se frotta doucement contre ses fesses nues. Elle encourageait la caresse, quand il s'arrêta.

« Allez, au travail! » dit-il.

Fédorova se recoucha et lui tendit les bras.

« Tu vois ces centaines de types? continua-t-il en négligeant l'invite. Ils ne vont pas tarder à tomber malades! Crois-moi! Enfile ta blouse et viens à l'infirmerie! »

Il sortit et dégringola les escaliers.

Il s'enferma dans la pièce où il auscultait et s'affala sur une chaise. Il en avait marre du merdier dans lequel il vivait depuis des mois! Toujours à côtoyer la mort ou la maladie! Sur les champs de bataille, à Cetinje, et aujourd'hui à Kiev, au fin fond de l'Ukraine, à des milliers de kilomètres de celle qu'il aimait!

Jilha! Elle s'installait dans ses pensées à n'importe quel moment de la journée ou de la nuit. Il avait pourtant tout fait pour s'en séparer! Dès son arrivée, il avait séduit Fédorova, l'une des maîtresses du colonel Vlassov, le chef du camp. Elle ressemblait à Jilha et il avait cru qu'elle la lui ferait oublier. Il en avait même fait son infirmière pour que la ressemblance fût encore plus parfaite. Mais rien n'y avait fait! Ni sa gentillesse, ni ses caresses! Jilha était toujours présente!

Deux jours auparavant, il avait pensé fuir d'ici et rejoindre Prague. Mais imaginer le chemin qu'il lui aurait fallu parcourir l'en avait dissuadé. Et puis désirait-il vraiment quitter ce qu'il avait acquis si vite et quasiment sans coup férir? Il se revit trois semaines auparavant. Il se présentait à l'entrée du camp.

« Qui êtes-vous? demandait le garde russe.

– Ratislav! Médecin-chef au 10e régiment d'infanterie de Prague! J'arrive d'Odessa. »

Le soldat, impénétrable, le conduisait auprès du colonel Vlassov qui l'accueillait avec un large sourire.

« Un docteur! Un docteur ici! Vous êtes un don du ciel, mon vieux! Je vais enfin pouvoir préserver ma vodka! »

Lui ne comprenait pas, bien sûr.

« Mon cher, c'est simple! expliquait l'officier. Pour soigner les maux de vos compatriotes, je ne dispose ici que d'apprentis bouchers et de vodka pour désinfecter! Avec vous, l'homme de l'art, cela devrait changer! »

Durant la nuit, il contait à Vlassov le périple incroyable qui l'avait mené de Prague à Raguse, et d'Istambul à Kiev! Ils se repassaient la bouteille d'alcool. Au petit matin, ils étaient soûls mais amis.

Ratislav ouvrit la porte. Le défilé n'allait pas tarder à commencer. Il y aurait les vrais malades et les autres. Ceux qui lui demanderaient des cigarettes, de la vodka, une femme, un homme! Enfin, tout ce dont on peut avoir envie quand on est enfermé.

L'idée était de lui. Ce que Vlassov avait fait en petit jusqu'à son arrivée, lui le faisait à l'échelle des quelques milliers de soldats emprisonnés. Ils s'étaient entendus tous les deux. Vlassov s'occuperait du ravitaillement à l'extérieur, prélèverait son dû et fournirait Ratislav. A son tour, celui-ci approvisionnerait les prisonniers. Il avait divisé le camp en plusieurs secteurs. Chacun d'eux avait à sa tête un intermédiaire avec lequel il traitait exclusivement et qui agissait à sa guise sur son territoire. Bien sûr, il y avait de la casse de temps en temps! Mais dans l'ensemble, cela ne marchait pas trop mal.

Il sortit ses cahiers de commande, les dissimula parmi les produits pharmaceutiques et alluma une cigarette. Cela ne lui arrivait jamais de fumer le matin! En fait, l'arrivée de ces nouveaux régiments de déserteurs l'agaçait. Il allait encore falloir circonvenir des revendeurs supplémentaires, et surtout réorganiser l'approvisionnement. Sans compter les politicards de l'Union tchèque de Petrograd qui allaient lui demander sans arrêt des rapports tranquillisants. « On se fout de vos trafics! lui avait dit l'un d'entre eux de passage au camp. Ce qu'on veut, c'est la paix! Il ne faut pas que les milliers de soldats retenus ici effraient les Russes, sinon les négociations risquent de capoter... » Lui, avait demandé quel était l'enjeu de ces fichues discussions. « Vous ne comprendriez pas... », avait répondu l'autre. Il n'avait pas insisté. Il avait seulement pensé que la Tchécoslovaquie n'était pas près de se faire avec de pareilles badernes.

On frappa. C'était Fédorova.

« Tu sais quoi? s'écria-t-elle. Je suis allée jeter un œil sur l'arrivage de ce matin!

– L'arrivée... Ce ne sont pas des bœufs, mais des militaires! »

Elle ignora la remarque et continua :

« Ce sont bien ceux de Duckla! Ils sont plusieurs milliers! Et organisés comme des légions romaines! Tu les aurais vus prendre possession du secteur Nord-Est, on aurait dit qu'ils se préparaient à un siège.

– C'est peut-être ce qui va arriver! murmura Ratislav.

– Pourquoi penses-tu cela?

– Ce que j'en sais, moi, pourquoi je dis cela! Ce que j'en sais! Ce dont je suis sûr, c'est que ce sont des emmerdements en perspective! C'est tout! Allez, fous-moi le camp à côté et évite de te baisser, on voit tes fesses! »

Fédorova, habituée à ces accès de colère, ne bougea pas.

« Si tu ne veux pas que d'autres les voient, répliqua-t-elle, tu n'as qu'à me montrer que tu y tiens et je les cacherai! »

Elle allait sortir quand elle se retourna.

« Au fait! Leur chef s'appelle Viktor! Joli prénom! Tu ne trouves pas?

– Je m'en fous! cria Ratislav. Qu'il s'appelle comme il voudra! »

Elle disparut en claquant la porte.

Elle pouvait bien aller au diable! Il n'irait pas l'y chercher! Aussitôt il se calma. Il n'y avait vraiment pas de quoi se mettre dans un tel état! Quand il en aurait fini avec ses éclopés, il irait voir Vlassov et discuterait de cela avec lui.

*

A l'autre extrémité du camp, Viktor s'occupait de l'emménagement des soldats. Entouré de quelques officiers, il visitait chaque baraquement, parlait avec les uns ou les autres et indiquait les améliorations qu'il lui paraissait nécessaire d'apporter aux bâtiments souvent délabrés. Comme ils demeureraient plusieurs semaines ici, il souhaitait que la vie matérielle du contingent fût la meilleure possible. D'ailleurs, il en parlerait avec le colonel Vlassov, dont il attendait une réponse à sa demande d'audience. Celle-ci ne tarda pas. En fin de matinée, un officier d'ordonnance russe l'informa que le commandant du camp l'attendait à déjeuner vers midi.

Viktor réunit son état-major. L'inspection des diverses unités aurait lieu en fin de journée. D'ici là, leur installation devrait être terminée. Il régla encore quelques problèmes pratiques et se rendit au quartier général russe.

Sur son passage, des anciens du camp qui l'avaient aperçu à la tête du régiment le désignaient en chuchotant avec leurs voisins. Certains plaisantaient. La guerre était finie! Ici, ce n'était pas la caserne! D'autres le reconnaissaient et s'approchaient en lui tendant la main. Ils l'avaient connu à Lubaczow ou Lemberg. Viktor les écoutait. Tous disaient prendre leur mal en patience, mais ils auraient préféré se battre. Il les rassurait. Cela ne saurait tarder.

Le colonel Vlassov vint l'accueillir à l'entrée du QG.

« Ah, lieutenant! Je suis heureux de faire votre connaissance! Ce vieux compagnon de Youri m'a envoyé un télégramme à votre sujet! Il vous couvrait même d'éloges! »

Ils s'attablèrent. Viktor détaillait le bric-à-brac d'objets, de tableaux et de meubles qui remplissaient la salle à manger.

« Il faut bien songer à son confort, commença d'expliquer Vlassov. Vous savez, dans ce trou perdu...

– Quelle est l'organisation du camp? l'interrompit sèchement Viktor.

– Que voulez-vous dire? s'enquit l'officier, gêné.

– Je pense à la manière dont est réglée la vie

quotidienne, l'approvisionnement des prisonniers en nourriture, les activités auxquelles ils peuvent se consacrer! Des constructions d'ouvrages pour la ville ou des travaux agricoles, que sais-je? »

Vlassov souriait. Youri aurait pu le prévenir! Qu'allait-il foutre de ce « bon soldat » et des milliers d'autres s'ils étaient comme lui!

« Voyez-vous, répondit-il, je crois que vous n'avez pas une vue très juste de la situation. On n'occupe pas tant d'hommes aussi facilement, surtout quand ce sont des militaires! En plus, pour des raisons que j'ignore, vos représentants politiques de Petrograd s'entendent avec mes supérieurs pour qu'ils ne se battent pas. Or un conscrit sans fusil n'est rien qu'un homme comme les autres!

– Justement, c'est bien pour cela qu'il faut leur confier des tâches ordinaires en attendant. Avant la guerre, ils étaient paysans, artisans, ouvriers. Ils ont gardé leur tour de main et pourraient aider la population des alentours.

– Lieutenant, votre idée est généreuse et intelligente. Mais pour cela, il faudrait avoir l'accord des politiques... »

Le colonel leva les bras en signe d'impuissance.

Viktor garda le silence. Tout respirait l'opulence dans cette pièce. Le décor, le ballet incessant des soldats impeccablement mis qui faisaient le service et la suite des plats, aussi somptueux les uns que les autres.

« Je suppose, reprit Vlassov en balayant l'air d'un geste de la main, que vous souhaitez un peu de confort aussi? N'est-ce pas?

– Absolument! De même que les centaines d'individus qui me font confiance. »

A la fin du repas, Vlassov entraîna Viktor dans un petit salon. Ses fenêtres donnaient sur une grande partie du camp. Ils s'assirent pour prendre le café.

« Cigare? » proposa le colonel.

Viktor déclina l'offre et alluma une cigarette.
« Vous savez, dit Vlassov, si l'on y met le prix, on peut tout avoir. Même à l'endroit le plus reculé de la Sibérie ! »
Viktor s'énerva.
« Mais enfin, colonel ! Croyez-vous que ces hommes qui n'avaient déjà rien en quittant leur famille disposeraient de trésors aujourd'hui ? Je sais ce qu'ils possèdent...
– Tatata ! On a toujours quelque chose à vendre ou à échanger, quand on a envie de boire, fumer ou baiser...
– Vous m'étonnez ! répliqua Viktor en se levant. Je préfère en rester là. »
Vlassov l'invita à se rasseoir. Viktor demeura debout.
« Je comprends votre désapprobation, lieutenant ! Toutefois, si je profite de cette situation... disons que je ne l'ai pas vraiment créée. Certains de vos compatriotes s'en sont chargés et ma foi, chacun a l'air d'y trouver son compte. Renseignez-vous donc auprès de Ratislav, le médecin qui est arrivé ici il y a quelques semaines... C'est lui qui a tout organisé.
– Je vous remercie !
– Oh, lieutenant, reprit Vlassov en le raccompagnant jusqu'à la porte, ne perturbez pas trop le marché. Cela risquerait de créer plus d'ennuis qu'autre chose et certains pourraient s'en trouver irrités.
– Serait-ce une menace ?
– Pas du tout ! Je parle des vôtres. Comme je vous le disais, du plus petit au plus grand, tous en tirent un bénéfice. A l'extérieur, les fournisseurs aussi. Et même vos représentants à Petrograd... Vous voyez ? »
Viktor demeura songeur sur le pas de la porte.
« Et l'armée dans tout cela ? murmura-t-il.
– Allons, lieutenant ! Vous ne croyez quand même pas refaire les hommes ?

– Les hommes, certainement pas! Mais les soldats, oui! »

En revenant vers son baraquement, il songea à Jaroslav. Il devait se trouver ici. Mais où? Il aurait pu demander à Vlassov de l'aider mais tout l'en avait dissuadé. Le luxe dans lequel il vivait, l'indifférence qu'il semblait témoigner au monde. Tant pis, il se débrouillerait seul. D'ailleurs c'était un problème facile à résoudre, comparé aux autres qui l'attendaient : remettre de l'ordre dans le camp, encourager les prisonniers au travail et les convaincre qu'il leur faudrait bientôt lutter pour la Tchécoslovaquie. Trouver la parade face aux trafiquants et enfin résoudre les difficultés politiques avec ceux de Petrograd! La partie la plus délicate de son action.

Il convoqua les chefs d'unité. Quand ils furent rassemblés, il prit la parole :

« Messieurs, je viens de rencontrer le colonel Vlassov. C'est un jouisseur. Il ne nous aidera pas dans notre démarche militaire et politique. Ici, des Tchèques, avec à leur tête le médecin-chef, ont décidé de faire du commerce plutôt que la guerre. Il existe dans ce lieu toutes sortes de trafics : femmes, jeu, nourriture, cigarettes, que sais-je encore? Il est inconcevable que plusieurs milliers de nos compatriotes vivent ainsi parqués dans un tel laisser-aller! C'est dommageable pour l'image de notre armée, et aussi, pour nos objectifs : à savoir aider les Russes ou d'autres alliés à mettre les Autrichiens à genoux... »

Un officier l'interrompit :

« Et les politiques? Pourquoi n'interviennent-ils pas? Je croyais que nous étions représentés à Petrograd?

– J'y viens, répondit Viktor. D'après Vlassov, ceux-ci trouveraient aussi un avantage à ce que nous demeurions oisifs. Je ne comprends pas encore le sens de cette attitude mais j'y parviendrai bientôt.

J'ai l'intention de leur demander une entrevue dans les semaines qui viennent. En attendant, nous devons élaborer ensemble une parade efficace contre l'action des trafiquants... »

La discussion s'anima et une ligne de partage se dessina entre les plus radicaux et les autres. Pour les premiers, il n'y avait pas à tergiverser : il fallait dénoncer cette anarchie au plus haut de la hiérarchie russe, demander des punitions exemplaires et remettre de l'ordre par la force s'il le fallait! Pour les seconds, il suffisait de créer une sorte de glacis autour du contingent de Sambov et vivre en autarcie.

Viktor balançait entre l'une et l'autre des options. Il écoutait Vitasek, toujours aussi outrancier dans ses jugements, qui se déclarait prêt à mobiliser suffisamment d'hommes pour aller corriger ces affameurs! Il ne restait pas non plus insensible aux suggestions d'autres officiers qui proposaient d'imaginer une riposte plus habile. Seulement voilà! Encore fallait-il la trouver!

Le débat dura jusqu'à la fin de l'après-midi. Les officiers retournèrent informer leurs hommes des dispositions qui avaient été prises. Le secteur Nord-Est, où l'ensemble du régiment de Sambov était rassemblé, serait isolé du reste du camp par une garde régulière de jour comme de nuit. Il était interdit, sous peine de sanction, de communiquer avec les autres prisonniers et d'organiser avec eux un quelconque commerce. Enfin, des soldats parmi les plus expérimentés seraient chargés de les infiltrer et d'en rallier le plus possible.

Au même moment, Ratislav entrait chez Vlassov.

« Alors, Nikolaï! Que t'a-t-il raconté, ce militaire d'opérette? »

Le colonel arpentait la pièce de long en large.

« Vois-tu, je crois plutôt que c'est un vrai chef. Peut-être celui que j'aurais aimé être... »

Ratislav l'interrompit.

« Oh, je t'en prie, épargne-moi tes regrets de vieil officier qui n'a jamais fait une guerre! Tu étais destiné à l'armée comme moi à la médecine, tiens! Alors? »

Ce gamin avait raison, pensait Vlassov. Sa vie n'avait été qu'une longue succession de trafics illicites pour profiter au mieux de la vie et surtout échapper aux balles. Il se demanda comment il avait pu être nommé colonel. Probablement une erreur.

« Il ne m'a pas dit grand-chose, reprit-il, mais suffisamment pour que je comprenne sa détermination. Il n'a qu'une idée en tête : faire des prisonniers une armée capable de se battre! Je ne sais trop ce qui le motive, mais il le veut. Au début de l'entretien, je croyais que c'était par orgueil. En fait, non! Plutôt une volonté à l'état pur... »

Ratislav le coupa de nouveau :

« Bon! Que fait-on? »

Vlassov passa dans le salon. Il regarda par la fenêtre le camp qui s'étendait devant lui, en tirant quelques bouffées sur son cigare.

« Je crois qu'il n'y a rien à faire! dit-il. C'est le type même de l'incorruptible! Ce qui nous intéresse, il s'en fiche! Remarque, je suis plutôt content. J'ai envie qu'il ait raison...

– Quoi! Tu vas le laisser foutre en l'air notre organisation? Tu pourras te passer de tout?

– Ecoute-moi, Ratislav! Au cas où je serais contraint de choisir entre toi et lui, c'est lui que je choisirais! Rassure-toi! Pas pour respecter une morale dont je me fiche éperdument, mais par intérêt. J'ai compris qu'il irait jusqu'au bout et serait capable de rameuter l'état-major jusqu'à Petrograd. Je n'ai pas envie d'être envoyé dans une garnison en Sibérie. Il fait assez froid ici.

– Et alors? Tu ne peux pas l'éloigner? T'en débarrasser d'une façon ou d'une autre? Je ne sais pas, moi! C'est toi le chef ici! »

Vlassov fit une moue désabusée :

« On n'est plus le chef quand on préfère la vodka à la discipline et les femmes à la guerre. Non! Cela vous concerne tous les deux désormais. »

Ratislav jura et sortit sans saluer.

Sur le chemin de l'infirmerie, il ressassait le même constat amer : Vlassov l'avait bel et bien lâché! Souvent des soldats l'abordaient, presque timidement, pour lui passer une commande. Quand il arriva il était presque joyeux. Pourquoi s'inquiétait-il? Que pouvaient la volonté et même la force contre le besoin des hommes d'oublier la solitude et la guerre? Bah! Il était tranquille. Cet officier moralisateur et sa poignée de conscrits seraient rapidement corrompus, comme tous l'étaient un jour ou l'autre.

Il allait en parler à ses intermédiaires. Cela l'amusait d'imaginer leur tête quand il leur annoncerait qu'à cause des prisonniers de Sambov, il n'y aurait plus de commerce.

Certainement bénéficierait-il aussi du soutien de ceux de Petrograd. Il allait leur envoyer un télégramme et leur dire combien l'arrivée de ce nouveau contingent risquait de compromettre la situation politique si on laissait leur chef ameuter l'état-major russe.

*

Viktor, songeur, regardait par la fenêtre le soleil décliner lentement. Les mesures qu'il venait de prendre, aussi radicales fussent-elles, lui paraissaient bien insuffisantes pour éviter la propagation des trafics. Les soldats avaient des envies légitimes à satisfaire, perdus dans cette Russie qu'ils ne connaissaient pas et entraînés dans une guerre dont ils ignoraient les enjeux. D'ailleurs, n'était-il pas comme eux? N'était-ce pas le désir qui le poussait à souhaiter le retour de Jaroslav? N'avait-il pas besoin, de cigarettes, d'alcool et de nourriture meilleure que l'ordinaire médiocre qu'on leur distribuait ici? Non, il savait pertinemment que tôt ou tard lui aussi ne résisterait pas aux diverses tentations des trafiquants. Il se rappelait comment ils procédaient! Il en avait observé de ces salauds qui vous amenaient à la ruine! Le tenancier du café de Svikov par exemple, qui avait littéralement plumé son père avec le billard. Et cette catin qui lui soutirait toujours plus qu'il ne gagnait. C'est cela qu'il craignait pour ses hommes.

Pour avoir gain de cause, il lui fallait taper à la tête. Le fameux Ratislav! Il pensa aller le voir puis se ravisa. L'autre lui proposerait quelque combine. Non! S'il le rencontrait un jour, ce serait pour le convaincre. Mais pour cela il lui manquait le moyen et surtout le temps. Il s'amusait à saisir l'exact moment où la nuit serait tombée, quand la porte s'ouvrit dans son dos.

« Qu'est-ce que c'est? demanda-t-il sans se retourner.

– Un ami! » répondit Jaroslav.

Les deux hommes s'étreignirent, cela faisait si longtemps! Tant de jours déjà que l'un et l'autre s'attendaient.

Jaroslav raconta son emprisonnement forcé à Duckla avec ses deux camarades et leur internement ici, signifié sans explications. Depuis qu'il se trouvait là, il se préoccupait surtout de réactiver les réseaux communistes. Il y était aidé par les camarades de Kiev.

« Tu te rends compte! disait-il. La révolution est pour bientôt maintenant! Dans quelques mois, quelques semaines peut-être nous allons les balayer, ces

Nicolas et ces François-Joseph! On va enfin connaître un monde meilleur! »

Viktor, silencieux, acquiesçait, un sourire ironique aux lèvres.

« Tu ne me crois pas! se récria Jaroslav. Mais pourquoi en serait-il autrement? Depuis que nous nous connaissons, tu m'opposes toujours le même scepticisme.

– Eh bien oui, répliqua Viktor, je n'ai pas changé. Mais surtout j'ai la tête ailleurs. La situation m'inquiète. Que se passe-t-il exactement dans ce camp? »

Jaroslav confirma les dires du colonel au sujet de Ratislav.

« Mais qui est ce type? D'où vient-il? questionna Viktor.

– On dit beaucoup de choses sur son compte. Il ne serait pas plus médecin que toi ou moi, et aurait même chipé l'identité d'un autre. Peut-être l'aurait-il tué? Enfin, tu vois le genre de type! Et ceux qui marchent avec lui le valent!

– Tu connais un moyen de le briser? »

Jaroslav parut surpris.

« Quoi? Tu as l'intention de t'attaquer à lui? Tu crois pouvoir éliminer l'anarchie qui règne ici? Et comment donc?

– C'est justement ce que je te demande! »

Jaroslav se ravisa.

« Mais dis donc, si l'on ordonnait ensemble les bruits qui circulent à son sujet et qu'on en fasse une histoire qui se tienne? Au besoin même on en rajouterait un peu. Pour cela, j'ai suffisamment d'indicateurs qui peuvent mener une enquête discrète. Je suis sûr qu'il existe ici des hommes qui l'ont connu et se laisseraient aller à des confidences...

– Tu as raison! s'exclama Viktor. Je reconnais bien là l'esprit tordu d'un révolutionnaire! »

La nuit durant, ils échafaudèrent mille possibilités.

Au petit matin, le plan était arrêté. Quand on disposerait d'éléments suffisamment accablants sur le personnage, qu'ils fussent vrais ou faux, on irait les lui mettre sous le nez. On le menacerait de les faire connaître aux soldats du camp et aux différentes communautés tchèques de Petrograd, Paris ou Londres. Définitivement discrédité, il serait alors passible d'un jugement en cour martiale.

Ils se séparèrent sur le perron. Viktor donna une bourrade amicale à son ami.

« Allez, mon vieux! Au boulot! On le tient, ce salaud! »

Les jours passèrent. Le mois de juin qui débutait paraissait devoir être l'un des plus chauds qu'on eût connus depuis longtemps. Quelques prisonniers, paysans dans la vie civile, le répétaient à qui voulait les entendre.

Ceux du contingent de Sambov commençaient à trouver excessives les mesures d'isolement. On grognait sur les perrons des baraquements. Qu'avait-on à foutre du respect de la discipline militaire? C'était bon sur les champs de bataille, ça! Mais pas dans une zone d'internement pourrie où l'on crevait de faim et de soif! Ils voyaient bien les anciens qui venaient les narguer, avec des bouteilles de bière à la main. Pourquoi eux n'y avaient-ils pas droit?

Les officiers éprouvaient de plus en plus de mal à les convaincre de la nécessité de cette ségrégation. Viktor leur proposait d'insister sur le fait qu'il s'agissait d'un premier combat pour la Tchécoslovaquie. Toutefois, il savait que cet argument ne les ferait pas tenir tranquilles très longtemps. Il fallait désormais hâter le mouvement. Il demanda à Vlassov de le laisser aller à Petrograd y rencontrer les membres de l'Union tchèque. Le colonel se montra courtois mais inflexible.

« Vous n'y pensez pas, lieutenant! Croyez-vous que je vais vous autoriser à jeter la zizanie à l'état-major, à la Cour et chez vos propres amis? De quoi aurais-je l'air? N'est-ce pas Ratislav, l'un de vos compatriotes, qui traite avec eux? Devrais-je ainsi, moi, un officier russe, sembler leur suggérer de changer d'interlocuteur? Non, décidément, je ne peux rien pour vous. Ajoutez à cela que je ne veux pour rien au monde me priver d'observer la rivalité qui vous oppose.

– Ainsi, répliqua Viktor, vous préférez voir notre armée s'amollir alors que nous pourrions être utiles à la Russie?

– Vous avez raison! Mais même si j'allais dans votre sens, vous rencontreriez l'opposition déterminée d'une grande partie des prisonniers et surtout celle de notre état-major qui refuse de considérer jusqu'à votre existence. Votre combat est perdu d'avance...

– Il ne l'est pas tant qu'il n'a pas été tenté...

– Peut-être! Mais il demeure comme dernière raison à mon refus que vous dérangiez ma tranquillité. Il me reste peu d'années d'active et je souhaite les vivre le plus paisiblement possible. »

Viktor décida de se retirer.

« Je crois, colonel, que quoi qu'il arrive, vous ne les vivrez pas sereinement... »

Ils se serrèrent la main. Viktor s'en alla.

Ratislav était satisfait. Le temps travaillait pour lui. Encore quelques jours et ceux de Sambov viendraient lui manger dans la main. Ce soir de la mi-juin, il avait invité Vlassov, des fournisseurs de l'extérieur et des intermédiaires du camp. Il faisait doux et la vodka échauffait les esprits. A la fin du dîner ils ouvrirent les fenêtres de l'infirmerie. Des putains de Kiev passaient de genoux en genoux... Fédorova, aussi éméchée que Ratislav, était quasiment allongée sur lui et le caressait. Vlassov, avachi dans un fauteuil et sonné par les vapeurs de l'alcool, tentait d'attraper les femmes qui passaient à sa portée. Comme il n'y parvenait pas, il éclatait d'un rire gras qui se transformait à chaque fois en une quinte de toux interminable.

Au milieu de la nuit, quand la fatigue eut chassé la plupart des convives, Ratislav se pencha vers Vlassov qui semblait rêver les yeux ouverts.

« Alors, colonel! Cela a du bon la vodka, le bortsch et les filles, non? »

L'officier, incapable de bouger de son siège, hocha la tête à plusieurs reprises.

« C'est sûr, finit-il par répondre, mais je ne suis pas certain de ne pas me forcer un peu... »

Ratislav ne comprenait pas. Il repoussa Fédorova, endormie sur ses genoux, et se rapprocha encore un peu plus de Vlassov.

« Que veux-tu dire?

– Le sais-je moi-même? Parfois j'éprouve la vague impression que je ne m'amuse pas ou que je fais semblant...

– Allons, tu files un mauvais coton, Nikolaï! Serait-ce ce lieutenant incorruptible qui te travaille?

– Et si c'était vrai?

– Cela ne va pas durer! s'emporta Ratislav. Car bientôt il va faiblir! Ses hommes commencent à gueuler. Ils ne veulent plus être traités comme des pestiférés. Ils voient bien comment nous vivons! Ce soir peut-être nous entendent-ils? Dans huit jours d'ici, Nikolaï, ce petit emmerdeur sera à cette table avec nous! »

Il cogna son verre contre celui de Vlassov. Ce dernier bâilla et s'extirpa du fauteuil.

« On verra! répondit-il. Mais c'est vrai que pour l'instant tu as plutôt l'avantage. »

Ratislav le raccompagna.

« Dis-moi, Nikolaï, s'enquit-il à voix basse. Tu pourrais exiger que les nouveaux arrivants passent à l'infirmerie pour une visite obligatoire? Cette décision est habituelle dans ce genre de situation, non? »

Vlassov lui tapota amicalement l'épaule.

« Tu tiens donc tant à le voir? C'est une bonne idée. Je donnerai les ordres nécessaires. »

Le lendemain, le temps vira à l'orage et en fin d'après-midi, des trombes d'eau s'abattirent sur le camp. Demeuré seul sur le perron après la réunion de l'état-major, Viktor regardait les allées en terre se transformer en chemins de boue. Il se rappelait les marches harassantes jusqu'à Lemberg. Le bruit de succion des godasses dans les ornières fangeuses. Les tranchées où, trempés jusqu'aux os, il attendait les attaques des Russes.

Et aujourd'hui, il se retrouvait à leurs côtés, contraint à d'autres batailles plus subtiles cette fois. Il lui fallait se mesurer avec un type qu'il ne connaissait même pas pour préserver l'intégrité du régiment.

Jaroslav arriva, ruisselant de pluie.

« Assieds-toi et écoute-moi! lança-t-il à Viktor. J'ai une belle histoire à te raconter. »

Sa pèlerine ôtée, il avala un verre de vodka pour se réchauffer et se plaça en face de Viktor.

« Les éléments d'information concordent, commença-t-il. Comme je le pressentais, ce Ratislav n'est pas plus médecin que toi et moi! Tout au plus aurait-il suivi durant quelques mois des cours de pharmacie à l'Université de Prague. On ne connaît pas ses origines, mais par contre, depuis le début du conflit, on le suit à la trace. Il aurait été infirmier au mont Tser, auprès d'un docteur. Or celui-ci est mort sans qu'on sache comment. On a recueilli le témoignage d'un soldat qui aurait été soigné par lui à cette époque alors qu'il venait d'être blessé par les Serbes. L'infirmerie était située dans une grotte. Le type aurait vu sortir le médecin, qui ne serait jamais revenu. Or, toujours selon ce témoin, Ratislav se serait battu avec lui avant et l'aurait suivi dehors. Bref, à son avis, Ratislav l'a tué. D'autres l'ont vu chirurgien au camp de Cetinje au Monténégro. On ignore comment il a pu se faire accepter à ce poste. Il y serait arrivé avec une femme qu'il aurait ensuite laissée tomber pour s'enfuir. Après on perd sa trace. On raconte seulement qu'il aurait rejoint Istambul et Odessa et serait parvenu ici par le train. Mais cela est invérifiable. Personne ne semble l'avoir aperçu durant cette période. Probablement s'agit-il d'inventions de sa part qu'il aura habilement fait circuler parmi les prisonniers. Quoi qu'il en soit, il débarque ici un beau matin et parvient à s'entendre avec Vlassov qui lui confie la direction de l'infirmerie. Extraordinaire, non? »

Viktor se surprit à éprouver un certain intérêt pour cet inconnu.

« C'est tout? » demanda-t-il.

Jaroslav acquiesça.

« Dans ce cas, reprit Viktor, il ne reste plus qu'à rédiger un bel acte d'accusation. Mets-y le maximum de détails compromettants! Et que cela ne ressemble pas trop aux tracts que tu distribuais à Svikov. C'était vraiment trop chiant! »

Jaroslav se mit au travail.

Le temps passait et il écrivait toujours. Viktor le regardait en fumant cigarette sur cigarette. Il admirait sa facilité à écrire, sa concentration et surtout cette rigueur avec laquelle il voyait le monde. Il aurait aimé lui ressembler. Peut-être aurait-il alors été moins nostalgique en pensant au passé et plus convaincu par l'avenir? Une hypothétique victoire, un pays fantôme, à créer, et un retour auquel il croyait de moins en moins sans trop savoir pourquoi.

« J'ai fini! » s'exclama Jaroslav en se frottant les mains.

Viktor lut. C'était parfait. Ce médecin n'était plus

qu'un usurpateur, toujours prêt à trahir et uniquement intéressé par l'argent. Un salaud de la pire espèce! Et pour frapper l'esprit des soldats, ce doute persistant : n'était-ce pas lui qui avait vendu les régiments tchèques au mont Tser?

« Du grand art! conclut Viktor. Vraiment! Avec cela aucune chance qu'il s'en sorte devant le tribunal militaire que je réunirai s'il ne cède pas.

« Mais c'est impossible! s'étonna Jaroslav.

– Pourquoi non? Si l'on cherche un peu, il existe certainement un article du code militaire qui en donne la possibilité en cas de guerre. De toute manière, pour l'instant, je souhaite seulement lui faire peur.

– Alors tu vas aller le voir?

– Pas immédiatement. J'attends l'occasion propice.

– Ne tarde pas trop! On rouspète de plus en plus dans nos rangs. »

Viktor n'eut pas longtemps à attendre. Le lendemain, l'ordre de Vlassov lui était transmis. Le régiment de Sambov devait se présenter à l'infirmerie pour le dépistage des maladies contagieuses.

« Voilà qui est habile! » pensa Viktor.

Il décida de passer parmi les premiers. Une manière de montrer à Ratislav et à Vlassov que lui aussi était déterminé à en finir le plus rapidement possible.

*

Chaque fois que la porte s'ouvrait, Ratislav s'attendait à le voir paraître. Que se diraient-ils? Curieusement, à quelques instants de la confrontation, il ne se sentait plus vraiment sûr de lui. Avait-il raison de s'entêter ainsi! Peut-être aurait-il dû écouter Fédorova qui lui conseillait sans cesse de se soumettre? Finalement, il résolut de s'en remettre à la fatalité.

Cela lui avait toujours réussi, pourquoi pas une fois de plus aujourd'hui?

*

Dans le camp régnait une effervescence inhabituelle. Les anciens espéraient qu'ils ne seraient pas trop dérangés. Les gars de Sambov souhaitaient plutôt que leur isolement cessât et qu'enfin ils pussent connaître de bons moments. Quoi qu'il en fût, tous se disaient qu'il existait bien un moyen de s'entendre. D'accord, on allait se battre pour la Tchécoslovaquie et seule une armée disciplinée avait des chances d'être victorieuse. Mais cela n'empêchait pas qu'on bût un bon coup et qu'on se calât sérieusement l'estomac, surtout dans ce pays sans saisons où l'on avait toujours trop froid ou trop chaud. En tout cas, ils ne voulaient pas de grabuge entre eux. Ils en avaient assez vu comme ça.

*

Viktor pénétra dans la salle d'auscultation. Ils se dévisagèrent un long moment. Ratislav finit par désigner une chaise d'un mouvement de tête.

« Je ne suis pas malade, remarqua sèchement Viktor en demeurant debout. Et je ne confie ma carcasse qu'à des médecins.

– Que voulez-vous dire? demanda Ratislav.

– Cela! » répliqua Viktor en jetant le rapport de Jaroslav sur la table.

Ratislav considéra les feuillets sans y toucher.

« Allez! reprit Viktor. Allez! N'hésitez donc pas à découvrir ce qu'il y a dedans! »

Ratislav se mit à lire. Où avait-il été pêcher cela? songeait-il. Un tissu de mensonges, d'inepties. Il aurait vite fait de démontrer que c'était faux. Il suffisait de... Son angoisse redoubla. Non, il n'existait pas de parade efficace. Comment prouverait-il le contraire? Avec ses faux papiers? Ou en racontant des événements qui pouvaient être interprétés de plusieurs manières? Ce lieutenant le tenait! Car enfin, il imaginait ce qu'il allait faire. Clamer haut et fort sa culpabilité parmi les prisonniers, peut-être à ceux de Petrograd, voire à l'état-major russe. Ce n'était pas souhaitable. Il jeta un coup d'œil vers Viktor. Celui-ci, toujours debout, ne semblait pas s'intéresser à lui. Mais que regardait-il donc sur ce mur blanc et vierge? Ratislav relut les dernières lignes pour gagner du temps. Que faire?

« Que voulez-vous que cela me foute, ces bêtises? Et qui pensez-vous intéresser? Ceux d'ici? Ils ne se préoccupent que de bouffer et, pour les plus nantis, de la catin qu'ils vont pouvoir s'offrir le soir!

– Grâce à vous, j'imagine! l'interrompit Viktor.

– Absolument! Y voyez-vous à redire! »

Viktor garda le silence. Il avait le temps de répondre. Mieux valait laisser l'autre s'enferrer dans ses contradictions, dans sa trouille.

Ratislav alluma une cigarette et alla à la fenêtre.

« Vous voulez attirer l'attention des politiciens de Petrograd? Ils s'en fichent tout autant. Ils préfèrent se battre entre eux. Et vous croyez que je vais m'arrêter de procurer du plaisir aux prisonniers par peur de ce torchon? »

Viktor se taisait toujours. Il désirait que Ratislav parlât jusqu'à en éprouver une amertume profonde, presque un dégoût. Alors seulement il évoquerait la Tchécoslovaquie et les victoires qu'il fallait remporter pour qu'elle existât. Et peut-être finirait-il par avoir gain de cause? Il le souhaitait. La maladresse du personnage le touchait. Il lui semblait lire dans son regard, traversé parfois d'une lueur de folie, comme une souffrance confuse.

Ratislav, agacé par son silence, continua :

« En fait, il suffit que Vlassov le décide et vous

êtes remis au pas. Vous touchez aussi à ses avantages et pas plus que les prisonniers il ne l'acceptera. Où que ce soit, personne ne veut être privé de quelques compensations lorsqu'il affronte des conditions de vie difficiles. On envoie bien des putains sur les champs de bataille pour que les vivants gardent espoir, alors pourquoi pas dans les camps? » Brusquement, il s'arrêta. Ce qu'il disait lui semblait si peu convaincant!

« Et si je vous demandais de nous aider à faire la Tchécoslovaquie? suggéra Viktor. Cela ne vous paraîtrait-il pas plus intéressant que de laisser notre armée se décomposer doucement et offrir au monde l'image d'un ramassis de soiffards dont les uniques préoccupations seraient bouffer, jouer aux cartes et baiser? Savez-vous que nous sommes censés être le fer de lance de l'indépendance future dans ce pays? »

Ratislav éclata de rire.

« Ah non vraiment! Je vous imaginais moins naïf! Il existe dans le monde à peu près une dizaine de groupes, comités ou unions tchèques qui revendiquent tous l'honneur de représenter cette nation qui n'existe pas. Aucun d'eux ne s'entend avec l'autre! A Petrograd, les membres de l'Union sont incapables de s'accorder, alors qu'ils sont favorables à la création d'un royaume de Bohême. A Paris, Londres ou ailleurs, les uns veulent un royaume, les autres une république avec des préférences soit pour l'indépendance, soit pour l'autonomie, que sais-je encore? Et vous voulez m'entraîner dans cette histoire, ainsi que les milliers de types qui se trouvent ici, pour qu'une fois de plus nous allions nous faire tuer pour des chimères? Je me souviens d'une fille que j'aimais à Prague. Avant de partir, elle m'a certifié que j'en avais rien à foutre de la Tchécoslovaquie. Elle avait raison, je n'ai pas changé!

– Dommage! dit Viktor. Nous allons voir si les

faits exposés dans ce rapport vont laisser indifférent. Dommage aussi pour les hommes de ce camp. Parce que nous allons imposer ce que nous aurions pu faire partager. Et nous irons jusqu'au bout, croyez-moi! L'enjeu est trop important. »

Il ouvrit la porte et se retourna.

« Je tiens également à souligner qu'en vertu des dispositions du code militaire, je suis habilité, avec d'autres officiers, à constituer un tribunal d'exception pour vous juger! Mais rassurez-vous! Vous avez le temps de réfléchir.

– C'est-à-dire?

– Une heure! » répliqua Viktor.

Et il quitta la salle.

*

Tandis qu'il regagnait son cantonnement, accompagné d'officiers, Viktor croisait parfois leurs regards interrogateurs.

« L'entente se fera-t-elle? » demanda l'un d'eux.

Viktor répondit qu'il n'en savait rien. Cela dépendait maintenant de cet entêté! Il lui avait fait des ouvertures sans pour autant se renier. Il croyait même lui avoir témoigné une certaine sympathie.

« De toute façon, conclut-il, la réponse ne sera plus longue à venir! Je pense être parvenu à lui foutre la trouille. Maintenant, voudra-t-il aller jusqu'au bout par bravade? Je n'en sais rien. J'espère simplement que non! »

*

Viktor sorti, Ratislav avait fermé la porte à clef. Depuis il tournait en rond, incapable de formuler une seule idée claire. En fait, il respectait cet homme et c'était insupportable. Il tenta de se raisonner. Ce lieutenant bluffait! Il ne possédait pas les moyens de sa politique. Pourtant non! Il n'appartenait pas à cette race habituelle d'officiers insignifiants qu'il avait côtoyés durant la guerre. Il possédait quelque chose en plus. Une inquiétude dans le regard qui éveillait l'intérêt. Et une détermination si forte en évoquant la Tchécoslovaquie. Cela touchait Ratislav. Il n'était plus si sûr de s'en foutre comme il le prétendait. D'ailleurs, son refus obstiné lui paraissait suspect. N'avait-il pas durant plusieurs années affirmé à Jilhava qu'il ne l'aimait pas pour s'apercevoir en fin de compte du contraire? Il s'assit et alluma une cigarette. On frappa. Il ne bougea pas. Mais nom d'un chien, pourquoi donc faisait-il toujours preuve d'esprit de contradiction? Gamin, il affirmait ne pas aimer Dieu mais passait son temps à vouloir aller à la messe. Plus tard, il voulait être médecin et suivait des cours de pharmacie. Et le reste à l'avenant! Pourquoi refusait-il de suivre ce lieutenant? Pour ce que lui rapportaient ses trafics? Certainement non. Il pouvait très bien s'en passer. Alors?

« Alors je n'en sais rien, dit-il tout haut, je n'en sais rien. »

Par contre, il était sûr que Viktor irait jusqu'au bout. Et qu'en fin de compte celui-ci gagnerait, parce qu'il avait la certitude d'avoir raison. Dans ce cas, il valait mieux accepter de collaborer. Il adopterait les convictions d'un autre. Après tout cela valait bien de ne pas en avoir. Lui aussi pouvait lutter pour la Tchécoslovaquie, qui parlait au moins à son cœur à défaut de convaincre sa raison. Et puis, peut-être qu'à force de côtoyer ce lieutenant il saurait lui ressembler et devenir l'officier brillant qu'il rêvait d'être. Il eut l'impression de renoncer à quelque chose. Son confort peut-être? Cela n'avait aucun sens. Il ouvrit la porte. Dans le couloir, Fédorova attendait avec des intermédiaires tchèques.

« Alors que fait-on? demandèrent-ils anxieux.

– Messieurs, annonça-t-il, je crois que la Tchécoslovaquie vaut bien quelques sacrifices. »

Les autres gardèrent le silence. Seule Fédorova afficha sa satisfaction en lui décochant un clin d'œil complice. Ratislav rejoignit alors le quartier du régiment de Sambov. Au cantonnement de l'état-major, les sentinelles le laissèrent passer. On l'attendait. Quand il eut poussé la porte, il se retrouva au milieu des officiers. Un brouhaha hostile parcourut les rangs. Les hommes s'écartèrent pour qu'il pût rejoindre Viktor.

« Tenez! dit-il en tendant les feuillets accusateurs. Je crois qu'ils seront inutiles! »

Viktor congédia les militaires qui se regardèrent, étonnés. Il leur demanda de regagner leurs unités.

Il serra la main de Ratislav, et le remercia.

« Je crois que désormais rien ni personne ne pourront nous arrêter. »

Ratislav décrivit longuement l'organisation du camp, la composition des différents quartiers et l'origine de la plupart des régiments internés. Il évoqua quelques têtes brûlées qui commandaient à des bandes d'écumeurs et créeraient certainement des difficultés. Enfin, il nomma des officiers supérieurs perdus dans cette masse et mécontents que des lieutenants prissent le pouvoir.

« Soit! répondit Viktor. Ils n'ont qu'à se faire connaître. On vérifiera leurs états de service et ils pourront à nouveau exercer un commandement. Quant aux réfractaires, on les matera. S'il le faut, nous ferons même des exemples. En attendant, « Docteur », je vous propose de faire partie de l'état-major et d'y prendre votre place. » Ratislav accepta et retourna à l'infirmerie.

Les profiteurs s'y étaient rassemblés et l'attendaient. Quoi? Il avait baissé le pantalon devant une poignée de soldats, des meneurs! Alors qu'il suffisait de leur administrer une correction pour que tout rentrât dans l'ordre!

Ratislav fendait la foule. Des mains brutales l'agrippaient pour qu'il entendît mieux les reproches et les insultes qu'on lui lançait. Il monta sur le perron et exigea le silence.

« Messieurs, dit-il, je comprends votre réaction mais aujourd'hui ne ressemble plus à hier. Des hommes que je respecte... »

Des sifflets et des quolibets l'interrompirent.

« ... que je respecte, reprit-il, ont décidé qu'ensemble nous pouvions construire la Tchécoslovaquie et y habiter un jour. J'ai accepté de marcher avec eux. »

Il ignora les cris de mécontentement et rejoignit Fédorova qui l'attendait dans leur chambre. Il s'attarda à la fenêtre. Les hommes se séparaient et regagnaient leurs cantonnements respectifs. Certains en retenaient d'autres par le bras et semblaient vouloir les convaincre à toute force. Il aurait aimé savoir dans quel sens ils argumentaient.

« Que regardes-tu, Rasti? demanda Fédorova.

– Ne m'appelle pas ainsi, je te l'ai déjà dit! »

La jeune femme haussa les épaules d'agacement.

« Et pourquoi non? Tu m'appelles bien Jilha quand on fait l'amour! »

Il ne répondit pas. Il admirait l'opportunisme de Fédorova. A ces moments-là il la désirait encore plus. Pourtant, quand elle s'approcha par-derrière et plongea les deux mains dans les poches de son pantalon, il ne la laissa pas continuer.

« Tu sais, Rasti, murmura-t-elle en l'enlaçant par la taille, c'est bien, ce que tu viens de faire! Depuis que je te connais, je guettais un tel geste de ta part! »

Il se dégagea brutalement.

« Tu parles! Et tu ne profitais pas de mes combines, peut-être? Alors ne viens pas me dire aujourd'hui que tu espérais... »

Elle lui coupa la parole.

« Rasti, tu es irritant parfois. Je t'aime. Voilà la vraie raison pour laquelle je suis restée à tes côtés. Pas pour des cigarettes, de l'alcool ou une robe de temps en temps. Je peux aisément me passer de cela, j'en ai l'habitude. Ce n'était pas avec les quelques roubles que rapportait mon père... »

Ratislav, étonné, se retourna. Jamais elle ne s'était confiée ainsi.

« Tu es tellement loin de la vérité, reprit-elle. Tu sais pourquoi je respire? Pour la justice. Et je ne l'ai jamais rencontrée chez les riches. Voilà pourquoi depuis trois ans je milite chez les Bolcheviks.

– Quoi! s'exclama-t-il. Les Bolcheviks! »

Il se sentit ridicule et se tut. Fédorova continua.

« Et cette fois-ci nous gagnerons. Fini les ratages de 1905 et les autres. Aujourd'hui ce sera une révolution, un immense soulèvement dans tout le pays, dans le monde! Tu verras...

– Et qu'est-ce que tu fous pour eux?

– Je me renseigne. Je fais parler les hommes qui viennent à l'infirmerie, parfois même je les recrute. Cela fera toujours plus de militants le moment venu. Grâce à moi et à d'autres camarades, ceux du Soviet de Kiev savent exactement combien de soldats sont dans ce camp, qui les encadre et d'autres renseignements précieux que je glane ici et là.

– Alors depuis plusieurs semaines je fais l'amour avec une Bolchevik? plaisanta Ratislav.

– Tu peux continuer, si tu veux! »

Ratislav sourit.

« Ce n'est pas croyable! dit-il. Vous êtes partout... »

Il repensait à Karel et à ses marins, à ceux d'Odessa aussi, les juges. Il avait l'impression qu'ils formaient une grande chaîne d'individus solidaires qu'on ne pouvait différencier des autres. Il en éprouva une crainte diffuse.

« Tu me surprends, Fédo, remarqua-t-il soudain. Mais je ne t'aime pas...

– Je le sais, répondit-elle. Mais pour arriver à Jilha, tu dois passer par moi! Et cela me suffit! Je peux aimer pour deux! »

Il ricana.

*

Dès le lendemain du ralliement de Ratislav, Viktor édicta une série de mesures ayant pour objectif de rétablir l'ordre dans le camp. Les journées étaient à nouveau réglées comme à la caserne, la hiérarchie serait réorganisée et les hommes devaient se consacrer à des tâches utiles pour la ville de Kiev.

La majorité des militaires, exaspérés par l'inaction, accueillirent ces initiatives avec soulagement. En revanche, des clans d'irréductibles rejetèrent l'autorité de Viktor et de son état-major. Ils voulaient continuer à vivre leur emprisonnement comme ils l'entendaient. On retrouvait parmi eux d'anciens intermédiaires et leurs cours de profiteurs, excédés de voir disparaître leurs privilèges. Ils s'étaient regroupés dans le quartier ouest du camp et demeuraient indifférents aux injonctions répétées des officiers. Tous les jours, on rapportait à Viktor leurs exactions, parfois leurs violences sur d'autres. Et toujours on souhaitait qu'ils fussent châtiés avec sévérité. Viktor faisait la sourde oreille, confiant, disait-il, dans l'œuvre du temps et de l'intelligence.

Un jour, il délégua Ratislav pour leur expliquer qu'ils devaient céder. Abreuvé d'injures, celui-ci fut aussitôt éconduit avec brutalité. Viktor emploierait donc la force pour les amener à composer! Il promulgua un nouveau décret : tout soldat tchèque compromis dans un trafic de quelque nature que ce fût serait immédiatement passible de jugement, devant le tribunal d'exception créé le jour même.

Le soir, les trafiquants en rirent et, ostensiblement, se firent livrer des victuailles de l'extérieur.

Viktor décida d'en finir. Le lendemain matin à l'aube, leur quartier était bouclé par des militaires loyalistes en armes. Aucune personne russe ou tchèque ne pouvait entrer ou sortir de cet endroit sans autorisation. A Jaroslav qui lui demandait jusqu'où il irait, Viktor répondit qu'il leur ferait subir un siège aussi dur qu'à Przemysl.

En même temps, celui-ci rencontrait régulièrement Ratislav pour qu'il lui fît un compte rendu exhaustif de la situation politique. D'après ce dernier, c'était le bordel à Petrograd! Les représentants des divers courants monarchistes de l'Union se déchiraient. Il s'y exprimait deux options très différentes : les uns, majoritaires, voulaient un royaume de Bohême sous la domination directe des Russes; les autres préféraient la constitution d'une monarchie indépendante. Quant à la question primordiale de l'emploi des milliers de déserteurs tchèques, aucun représentant de l'Union ne voulait en entendre parler, de peur de s'aliéner les sympathies des milieux tsaristes. Il existait la Druzina, une force exclusivement composée de Tchèques et formée depuis le 20 août 1914. Cela suffisait! Ratislav expliqua à Viktor que les compatriotes de cette petite armée vivaient depuis longtemps en Russie et qu'en conséquence ils ne pouvaient pas être considérés comme des traîtres. Cela faisait toute la différence pour l'état-major impérial.

Le 1er juillet, au terme de ces réunions, Viktor décida de télégraphier à Petrograd pour demander la venue d'un membre officiel de l'Union. On tenterait au moins de tomber d'accord sur un point : mettre d'une manière ou d'une autre les prisonniers tchèques au service des alliés.

A cette époque, l'isolement du quartier ouest du camp cessa. Les récalcitrants avaient fait acte d'allégeance à Viktor.

*

Durant l'été, les prisonniers furent employés aux récoltes dans les immenses exploitations agricoles de la région. Chacun y trouvait son compte. Les paysans russes se réjouissaient de cette main-d'œuvre inattendue et gratuite, et les Tchèques goûtaient à une semi-liberté. Viktor et Ratislav réglaient ce va-et-vient de grande ampleur. Ils sillonnaient ensemble les routes de l'Ukraine et apprenaient à mieux se connaître. Ils se vouaient une amitié instinctive, fondée sur une admiration réciproque. Viktor était subjugué par l'aisance avec laquelle Ratislav s'adaptait à toutes les situations et savait en tirer parti. A l'inverse, ce dernier enviait la rigueur de Viktor et sa détermination.

Ce matin d'août, ils profitaient de la fraîcheur pour se rendre en voiture dans une ferme proche de Kiev et y placer plusieurs dizaines d'hommes. La piste en terre qui y menait était complètement défoncée. Ils se cramponnaient comme ils pouvaient et riaient d'être ainsi bringuebalés.

« Cela secoue autant que pendant un bombardement ! hurla Viktor pour couvrir le tintamarre du moteur et de la carlingue.

– C'est pire ! » répliqua Ratislav.

Peu après, le véhicule s'arrêta brutalement. Les deux amis furent projetés contre le pare-brise. Viktor descendit constater les dégâts.

« Merde ! Le moyeu est brisé ! »

C'était irréparable. Ils décidèrent de continuer jusqu'au prochain village. Ils y trouveraient certainement un moyen de transport. Les champs de blé et de pâture s'étendaient à perte de vue. Des soldats tchèques y travaillaient.

« Cela me rappelle les temps de paix... », dit Viktor.

Ratislav s'emporta.

« La paix! Tu parles! Tant que je porterai cette défroque, je saurai bien qu'elle n'existe pas!

– Ne te plains pas, répondit Viktor, tu es encore vivant et elle t'aura fait voir du pays!

– Oui, d'accord! Mais elle m'aura fait perdre Jilha! C'est drôle, parfois j'éprouve la curieuse certitude que si cette fille est aujourd'hui ma vie, elle sera ma mort un jour.

– Comment cela?

– Je ne sais pas! Oh et puis cela suffit! Je raconte des conneries! »

Ils marchèrent en silence durant un long moment.

« Et toi? demanda soudain Ratislav. Il n'existe pas une femme quelque part qui...

– Si, plusieurs! Ma mère et mes deux sœurs. Souvent je pense à elles. Il m'arrive parfois de leur parler avec cet espoir idiot, et pourtant réconfortant, qu'elles m'entendent.

– Ce serait mieux de leur écrire! suggéra Ratislav. Fais comme moi avec Jilha!

– Je ne crois pas que j'y parviendrais. J'ai déjà essayé. De toute façon elles ne recevraient rien. La censure autrichienne ne distribue pas des lettres provenant d'un pays ennemi.

– Putain! s'exclama Ratislav. Tu as raison! Je l'avais oubliée, celle-là! Mais tu n'as pas une femme, une amie?

– Non.

– Si tu veux, je peux t'en dégoter une à Kiev, je connais encore les réseaux et...

– Ce n'est pas la peine, murmura Viktor, je n'en ressens pas le besoin. »

Il se tut. Il hésitait à avouer son désir des hommes à Ratislav. En même temps, il souhaitait lui faire partager cette part secrète de sa vie. Comme un gage d'amitié supplémentaire.

Ratislav humait avec gourmandise l'air chaud de l'été aux odeurs de blé coupé. Pour une fois, il se sentait complètement détendu, loin des champs de bataille.

« J'aime les hommes! » dit rapidement Viktor.

Ratislav le prit par les épaules.

« Ne fais pas cette tête-là, mon vieux! Si tu veux, je te trouverai des gars... »

Viktor secoua la tête.

« Encore non? s'étonna Ratislav. Eh bien! Tu n'es pas facile à satisfaire. »

Ils avancèrent puis il se tourna vers Viktor.

« Jaroslav, hein? »

Viktor acquiesça. Ils se turent jusqu'à leur arrivée au village de Bortnici. Là, ils réquisitionnèrent des aides et un véhicule pour dépanner le premier.

*

La réponse de l'Union tchèque de Petrograd parvint au camp à la mi-août. Elle annonçait la venue de l'un de ses représentants pour le début du mois suivant. Cela amusa beaucoup Ratislav.

« Tu sais, confia-t-il à Viktor, un type va s'amener, nous dire de ne pas agir et repartir... »

Celui-ci promit que cela ne se passerait pas ainsi.

Le jour dit, à l'aube, ils allèrent le chercher à la gare avec Jaroslav et d'autres officiers en uniforme.

« Il faut lui en mettre plein la vue! recommanda Viktor. Et lui montrer qu'il n'a plus à faire à des loqueteux mais à des soldats. »

L'émissaire fut aisément repérable grâce à sa mise. Il portait un costume de la meilleure coupe. Son chapeau à larges bords et son binocle lui donnaient un air précieux.

« Ne t'inquiète pas! C'est Anton! annonça Ratislav à Viktor. Je le connais bien. Tu n'es jamais sûr qu'il comprend ce que tu lui expliques. A mon avis, il est trop souvent d'accord avec ses interlocuteurs pour que ce soit le cas. Cela montre toute la considération que nous portent les gars de l'Union.

– Considération ou pas, répondit Viktor, il faudra bien qu'il nous écoute. »

L'homme s'avança.

« Anton! dit-il, secrétaire général du Comité de liaison de l'Union. »

Viktor se nomma à son tour et présenta les officiers. Anton salua longuement Ratislav.

« Vous savez combien le problème de nos compatriotes déserteurs nous... commença-t-il.

– Pas déserteurs, remarqua sèchement Ratislav, ils ont quitté l'armée autrichienne par devoir. Aujourd'hui celle-ci est notre ennemie. »

Anton marmonna quelques mots que personne ne comprit. Ils gagnèrent le camp.

Les discussions commencèrent aussitôt. Viktor, entouré de Jaroslav, Ratislav et Vitasek répétait toujours les mêmes questions. Quels objectifs politiques poursuivait l'Union de Petrograd? Que comptaient-ils faire des milliers de prisonniers tchèques parqués dans des camps à Kiev, Moscou ou ailleurs?

La nuit venue, il n'avait obtenu aucune réponse satisfaisante. En fait, Anton se révélait un habile négociateur. Selon lui, il ne fallait surtout pas gêner l'Union dans la difficile partie qu'elle jouait à la cour impériale où il était nécessaire de satisfaire à la fois les sentiments pro-germanistes de la Tsarine, encouragée en cela par Raspoutine, les exigences de l'état-major russe et les caprices des conseillers du Tsar. Les soldats tchèques devraient donc continuer à attendre. Ils n'avaient qu'à aider les paysans du coin! Cela les occuperait. Cette réflexion choqua Viktor.

« Monsieur! Des militaires ne sont pas des fermiers! ironisa-t-il. Leur travail consiste à mener des batailles et si possible à les gagner! Quant aux politiques, ils doivent convaincre. Or, depuis le temps que vous essayez avec les Russes, vous n'y êtes jamais parvenus!

– Ce n'est pas si facile! » protesta Anton.

Viktor ignora la remarque et continua.

« Probablement êtes-vous incapables de vous mettre d'accord sur des objectifs et de concilier vos ambitions personnelles? Dans ces conditions, c'est à nous, soldats, qu'il appartient d'être clairs. Sans l'armée, la situation de l'Union vis-à-vis des Russes est intenable! Vous ne représentez aucun intérêt pour leur état-major et ne disposez d'aucune monnaie d'échange en cas de négociation avec eux. C'est pourquoi nous vous donnons un mois pour définir votre position. Sinon, nous mènerons nous-mêmes et directement les discussions avec les Russes.

– C'est un ultimatum! s'indigna Anton. Il n'appartient pas aux militaires de faire de la politique, sinon c'est le début de la dictature!

– Ils en font malheureusement, répliqua Viktor, quand ceux qui sont censés la déterminer font défaut. Et s'il y a dictature, elle est aussi l'expression de l'incompétence des civils. »

Ratislav sollicita la parole.

« J'ajouterai, mon cher Anton, que si des propositions ne nous étaient pas parvenues avant le terme de ce mois, nous prendrions contact avec Masaryk et ceux de Paris pour envisager d'autres solutions. Les soldats tchèques pourraient être par exemple mis à la disposition des Français sur le front occidental. »

Anton paraissait profondément abattu.

« Vous n'allez tout de même pas faire confiance à

ce socialiste de la pire espèce, prêt à faire de la Tchécoslovaquie un pays... »

Il hésita.

« Libre? suggéra Ratislav en souriant. Je sais que vous ne l'aimez pas beaucoup! Mais justement je me demande si vous n'avez pas de mauvaises raisons pour cela? »

Anton n'insista pas. Soit! Il rendrait compte à Petrograd de leurs exigences. Mais il ne fallait pas s'attendre à ce qu'elles fussent bien accueillies. L'entretien s'arrêta là.

Le lendemain matin, Viktor et Ratislav l'accompagnèrent en voiture à la gare. Sur le chemin du retour, les deux hommes se remémorèrent les discussions de la veille. Ils jugeaient avoir été suffisamment explicites. Normalement, les « planqués » de la capitale devraient réagir rapidement! Ils évoquèrent également Masaryk.

« Au fait..., dit Viktor. Cela m'a tracassé toute la nuit. Pourquoi attendrions-nous la réponse de Petrograd pour le contacter? Rien ne nous empêche de le faire maintenant! On pourrait ainsi jouer sur deux tableaux et doubler nos chances d'êtres entendus.

– Evidemment! renchérit Ratislav. On leur réclame même de nous envoyer un émissaire. Nous serons ainsi en position d'arbitres! »

Le soir, Viktor expédia un télégramme à Paris. Il y disait leur désarroi et le souhait des prisonniers de se mettre au service de la victoire. Il critiquait sévèrement la représentation de Petrograd, jugée incompétente et uniquement préoccupée de satisfaire les exigences russes. Il concluait en proposant à Masaryk de venir à Kiev se rendre compte de la situation par lui-même.

Les jours passèrent. La pluie et le froid firent leur apparition. L'ambiance du camp s'en ressentit. La boue et l'humidité rappelaient trop de souvenirs désagréables aux soldats. La mauvaise humeur gagna Viktor qui s'inquiétait chaque matin de ne pas recevoir de réponse de Petrograd.

Celle-ci arriva le 1er octobre, soit exactement trente jours après la venue d'Anton.

« Voilà des gens qui ont de l'humour, à défaut d'avoir une politique! » commenta Ratislav.

Le texte de la dépêche était laconique. Ils acceptaient d'accueillir à la fin du mois une délégation de l'armée dûment mandatée pour mener les négociations.

Viktor se fit désigner par l'état-major. Il organisa la nouvelle hiérarchie. Le commandement était désormais collégial et confié à trois officiers des régiments les plus nombreux. Ils devaient impérativement faire un rapport quotidien à Viktor soit par télégramme, soit par téléphone. Jaroslav, qu'il imposa comme sous-officier d'ordonnance, participait de plein droit aux réunions d'état-major.

Ratislav qui accompagnait Viktor demanda à Fédorova de ne pas se joindre à eux.

« Ce n'est pas une place pour toi. Tu vas t'ennuyer et tu risques de nous gêner. Et je n'ai pas envie que le Soviet de Petrograd soit au courant de ce que nous dirons lors des réunions. »

La jeune femme ne chercha pas à s'imposer. Mais la veille du départ, Ratislav reconnut qu'il désirait la voir venir avec lui.

CHAPITRE X

Le wagon vibra dans un fracas assourdissant de ferraille en passant sur le nœud d'aiguillage. Viktor secoua Ratislav qui somnolait. Il gratta la glace fixée sur la vitre. On approchait de Petrograd.

« Dans quelques minutes au plus nous serons arrivés à la gare de Tsarskoie Selo! » prévint-il.

Fédorova, sortie dans le couloir, regardait défiler les maisons luxueuses des faubourgs de la capitale. Parfois elle se dissimulait les yeux à cause du soleil hivernal, froid et lumineux, qui se reflétait sur la neige. Cette ville où elle n'avait jamais mis les pieds ressemblait-elle à celle qu'elle s'était figurée? Avec de vastes avenues, des parcs et de larges quais pour se promener au bord de la Neva. Elle attendait aussi de rencontrer les camarades du Comité dont on disait qu'ils étaient les plus déterminés à vouloir déclencher la révolution. Cette fois-ci, songea-t-elle, ils allaient le prendre, le pouvoir! Pour se conforter dans ses espoirs, elle dévisagea les autres voyageurs, debout à ses côtés. Elle en était certaine. Eux aussi soutiendraient les Bolcheviks lors de l'insurrection. Heureuse, elle rejoignit Ratislav.

Le convoi immobilisé, les voyageurs se précipitèrent sur le quai étroit et coururent vers la sortie. Emportés par le mouvement, Ratislav et Viktor avançaient en protégeant Fédorova de la bousculade. Le premier se dressait sur la pointe des pieds avec l'espoir d'apercevoir Anton qui devait venir les chercher. C'était impossible. Les épaisses volutes de vapeur qui s'échappaient de la locomotive masquaient la foule.

Sur l'esplanade, de nombreux cochers les entourèrent. Chacun proposait de les mener à destination pour quelques kopecks de moins que le voisin. Des porteurs, de mèche avec les premiers, tentaient à toutes forces de saisir leurs bagages. Ils repoussaient les offres des uns et des autres, quand Anton arriva en courant.

« Excusez-moi d'être en retard, dit-il essoufflé, mais avec la neige qui est tombée hier, la circulation est devenue difficile. »

Ils le suivirent jusqu'à son fiacre. Il les conduirait d'abord à l'appartement que l'Union tenait à leur disposition, dans la Perspective Souvorovski, puis il reviendrait les prendre en fin d'après-midi pour une première réunion.

La voiture déboucha sur la place Znamerskaia et tourna autour du monument érigé en son centre.

« Pour qui a-t-on construit une telle horreur? demanda Fédorova.

– Pour Alexandre III, répondit Anton, le père du tsar actuel. Dommage d'ailleurs que ce dernier n'ait pas eu son caractère, sinon...

– Je me fiche de la vie de la famille impériale! répliqua la jeune femme.

– Ne t'en fais pas, Anton, dit Ratislav, elle a mauvais caractère! »

Peu après, le fiacre s'arrêta au n° 2 de la Perspective Souvorovski.

« Vous logerez ici, au cinquième étage de cet immeuble, expliqua Anton. De là-haut vous avez une vue magnifique sur la Neva. »

Il monta leur ouvrir et s'en alla aussitôt.

Le logement était composé de cinq grandes pièces, dont les deux plus claires donnaient sur le fleuve.

« Il fait un froid, là-dedans! remarqua Fédorova. Je me demande comment on va arriver à chauffer! »

Ils décidèrent de n'occuper que les deux chambres les mieux orientées.

Ratislav se réjouit de voir qu'elles communiquaient.

« Comme cela, confia-t-il à Viktor, je pourrai t'envoyer Fédorova quand je ne la supporterai plus! »

Ils cherchèrent vainement une réserve de bois pour faire une première flambée.

« Je vais descendre me renseigner auprès de la concierge, suggéra Viktor. Il doit bien exister dans le coin un marchand qui en vend.

– C'est cela! s'exclama Fédorova. Et comment te feras-tu comprendre? Tu ne parles pas russe, que je sache?

– Dis donc, mon vieux! plaisanta Ratislav. Tu te crois déjà de retour chez toi?

– Je t'accompagne! » proposa Fédorova.

Ils dévalèrent l'escalier en chahutant comme des enfants et frappèrent à la porte de la loge. Une femme, petite mais imposante, leur ouvrit, l'air suspicieux.

« C'est pour quoi?

– On habite là-haut, expliqua Fédorova, et on aimerait acheter du bois.

– C'est donc vous les nouveaux locataires du cinquième dont on m'a parlé! »

Fédorova acquiesça. La gardienne les dévisagea puis disparut dans son logement sans refermer la porte. Déconcertés, les deux amis passèrent la tête.

« Entrez donc! leur lança-t-elle en farfouillant dans une pièce voisine. Le froid vient du nord aujourd'hui. C'est le plus méchant. » Viktor se sentit bien immédiatement. La chaleur qui régnait là, l'odeur amère du thé qui s'échappait du samovar, tout lui rappelait leur maison de Svikov.

« Je m'appelle Lydia! cria la femme. Et vous! »

Ils se nommèrent.

« C'est joli, Fédorova, répondit-elle. A une lettre près tu aurais pu être tsarine! »

Viktor, qui ne comprenait rien, regardait l'amoncellement d'objets hétéroclites posés pêle-mêle dans un coin. Des icônes, de la vieille vaisselle parfois ébréchée, des fripes. Lydia réapparut, les bras chargés de bûches. Elle les passa à Viktor.

« Tenez! Cela vous permettra d'attendre! Sinon demandez à Mikaïl, le marchand de bois qui habite au 15! Il devrait pouvoir vous livrer. Remarquez, ce n'est pas certain. Les affaires vont mal, ces derniers temps. »

Viktor salua et remonta à l'appartement.

« Il est beau, votre gars! » dit Lydia en décochant un coup d'œil complice à Fédorova.

Celle-ci approuva. C'était vrai! Il était bien balancé! Dommage...

*

Anton vint chercher Viktor et Ratislav vers dix-huit heures. Ils se rendirent au siège de l'Union, Perspective Nevski, à deux pas de la Douma municipale. Svoboda, le président, les accueillit et leur présenta la vingtaine de membres qui composait l'assemblée. Soudain Ratislav se figea sur place. Tchetchek venait d'entrer par une porte dérobée à l'autre extrémité de la pièce!

« Tchetchek! Tchetchek! » cria-t-il en se précipitant sur lui.

Ce dernier, tout aussi stupéfait, lui ouvrit les bras. Ils s'étreignirent sous le regard étonné des autres qui ne comprenaient pas.

« C'est pas vrai! répétaient les deux amis. C'est pas vrai! »

Chacun pensait pêle-mêle à Marie, Rodolphe et à ces jours passés côte à côte dans la tourmente. Svoboda, agacé par cette interruption, mit fin à leurs effusions.

« Je comprends votre émotion, messieurs! Néanmoins je propose que nous ouvrions la séance. L'ordre du jour est très chargé. »

Ratislav et Tchetchek promirent de se retrouver après la réunion. Celle-ci débuta dans un climat tendu. Ratislav et Viktor refusaient avec obstination d'engager le débat sur une autre question que celle concernant l'avenir de l'armée tchèque. Or, à ce sujet, ils se heurtaient à un véritable mur. Tous les membres de l'Union étaient du même avis : la meilleure manière d'aider les Russes consistait à ne pas bouger! En cela ils respectaient le souhait du général Alexeiev, le chef d'état-major des armées impériales, avec lequel ils entretenaient les meilleurs rapports. Bien entendu, si celui-ci venait à changer d'avis, ils réviseraient leur position.

A minuit, après avoir épuisé leurs arguments, Ratislav et Viktor demandèrent une interruption de séance et se consultèrent dans le corridor.

« C'est foutu! murmura Ratislav. Ils sont têtus comme des mules!

– Pour aujourd'hui seulement, répondit Viktor. On les aura à l'usure.

– C'est-à-dire?

– Quand on ne peut pas passer un obstacle, on le contourne. Je crois qu'il vaut mieux que nous prenions nous-mêmes contact avec les milieux militaires russes. On verra bien s'ils sont aussi unanimes que ces cons veulent bien le dire. Après, on improvisera.

– C'est entendu! En attendant, va consoler Fédorova. Ce soir, je vais rentrer très tard!

– Qui c'est, ce Tchetchek? s'inquiéta Viktor. On ne l'a pas entendu de la soirée!

– Ne t'en fais pas! C'est un vieux copain! Je te raconterai. »

Quand la séance fut levée, Tchetchek proposa à Ratislav d'aller boire une bière dans un troquet de Chpaternaia, le quartier de Petrograd où l'on trouvait les meilleurs crus.

Les deux garçons, coude à coude et engoncés dans leurs épaisses pelisses, remontaient en silence la Perspective Liteiny qui menait directement à la Neva. La neige s'était remise à tomber. La bise glacée qui s'engouffrait dans la rue par rafales la faisait tourbillonner et les flocons cinglaient leurs visages. Ils avançaient en se repérant au halo des réverbères qui surgissaient soudainement du brouillard, l'un après l'autre.

« C'est encore loin, ton bistrot? cria Ratislav. Je serai gelé avant d'arriver! »

Tchetchek éclata de rire.

« Ne te plains pas! Cela vaut quand même mieux que d'être sous les bombes! »

Ils traversèrent l'avenue. Le café se trouvait au carrefour suivant. Ils furent saisis par la chaleur presque brûlante qui régnait dans la grande salle. Les serveuses couraient dans les allées avec des plateaux surchargés de bières et de vodkas, et enregistraient les commandes des clients sans s'arrêter. Au fond, juché sur une estrade, un violoniste jouait des airs tsiganes.

« D'où sort tout ce monde-là? s'étonna Ratislav.

– Ce sont des ouvriers de l'usine métallurgique de Poutilov qui viennent finir leur quart ici! » expliqua Tchetchek.

Ils s'assirent dans un coin isolé.

« Alors raconte! demanda Ratislav. Et ne me débite pas des histoires incroyables! A voir ta tête, j'ai plutôt l'impression que tu t'es vite planqué.

– J'aimerais bien, répondit Tchetchek. Mais ce n'est pas tout à fait le cas. Tu te souviens? Je vous ai laissés tomber la veille de la bataille du mont Tser... »

Ratislav acquiesça.

« Eh bien, après je me suis battu et j'en ai bavé, crois-moi! Pour défendre cette position, on se bagarrait au couteau, à la baïonnette, j'en ai même vu qui se servaient de pelles! On tuait jusqu'à en être écœurés. Et puis on a décroché. Les Serbes étaient vraiment plus forts que nous! »

Il but quelques gorgées de bière qu'on venait de leur servir puis reprit :

« Notre régiment, ou du moins ce qui en restait, a alors été envoyé à l'arrière pour " se réorganiser ", comme le disaient hypocritement les officiers. En fait ces salauds nous expédiaient par train vers Tannenberg pour renforcer les positions allemandes face aux Russes. On est arrivés là-bas le 26 août. Je m'en souviens parfaitement. C'était la date anniversaire de mon père. Une fois encore on s'est colletés comme des enragés. Il le fallait! Des cosaques, il en venait de partout. On tirait dans le tas à la mitrailleuse, au canon, au fusil. On a fini par gagner trois jours plus tard. C'était l'horreur. Les marais de la région étaient jonchés de cadavres. Les nôtres récupéraient les armes sur eux. Il ne restait plus qu'une poignée de soldats de mon régiment, dont moi. Comme on ne savait plus quoi faire de nous, on nous a envoyé en permission pour une quinzaine de jours. »

Il évoqua ses retrouvailles avec ses parents et la fierté de son père, qui lui pardonnait d'être parti sans prévenir. Chez lui, à Klatovy, en Bohême, entouré des siens, il recouvrait la santé et retrouvait enfin la paix. Il allait repartir pour le front quand son père l'en avait dissuadé.

« Mets plutôt ton courage au service de la Bohême et rejoins la Russie. A Petrograd, il y a des hommes et des femmes de mes amis qui t'accueilleront et seront heureux de t'avoir à leurs côtés pour continuer la lutte. »

Il désertait aussitôt et grâce au réseau de relations de sa famille, rejoignait Petrograd après un long voyage autour du monde. En effet, son père avait souhaité qu'il prît contact avec les communautés tchèques de Paris, Londres, New York et Chicago.

« Voilà, conclut Tchetchek, je suis arrivé il y a deux semaines et Svoboda m'a offert d'être son secrétaire particulier. »

Ratislav conta à son tour les péripéties qui l'avaient amené jusqu'ici. Il insista sur la manière dont il avait rencontré Viktor et sa détermination nouvelle à lutter à ses côtés pour la Tchécoslovaquie. Cela amusa Tchetchek.

« Je croyais que tu t'en foutais!

– Pas tant que cela, tu vois, répondit Ratislav. Viktor a su me convaincre.

– Je ne pense pas que la manière dont vous voulez construire notre pays soit la bonne. Je l'ai bien vu en France et en Angleterre, la république est un système purement occidental, qui ne correspond pas à l'histoire de nos pays slaves. Notre tradition, c'est la monarchie. C'est pour cela que je milite pour un royaume de Bohême sous la conduite d'un Romanov!

– Dis donc! s'exclama Ratislav. Nous ne sommes pas venus ici pour continuer la réunion!

– Tu as raison. Parle-moi plutôt de Rodolphe et de Marie.

– Rodolphe est mort. Au mont Tser, le lendemain de ton départ. Une balle perdue... »

Les deux garçons se turent un instant.

« Tu l'avais dans la peau, cette fille, hein? » dit soudain Ratislav. Tchetchek approuva.

« J'espère pour toi que c'est fini. Parce qu'à

l'heure qu'il est, elle doit avoir un enfant et habiter avec le père dans un petit patelin du Monténégro!

– Raconte-moi seulement les derniers moments que vous avez vécus ensemble. »

Ratislav se mit à évoquer l'infirmerie de Cetinje, Draga, sa fuite... Quand il eut terminé, Tchetchek hocha doucement la tête.

« Maintenant je m'en fiche. J'ai appris à ne plus m'attacher aux femmes. Ça vient, ça passe! Et toi, tu penses toujours à... Comment s'appelait-elle déjà?

– Jilha! Oh oui, j'y pense! répondit Ratislav. Trop, même! »

Tchetchek n'insista pas. Ils burent en silence.

Un peu plus tard, Tchetchek, qui se débrouillait en russe, demanda un fiacre. Il accompagna Ratislav à la Perspective Souvorovski.

« A bientôt! lança-t-il par la fenêtre de la voiture. Nous serons amenés à nous revoir souvent! »

Ratislav, immobile sur le trottoir, regarda s'estomper la lueur des fanaux dans la brume. Il monta lentement l'escalier. Les souvenirs se bousculaient dans sa mémoire. Il porta la main à son cou et tritura la chaîne en or de Marie.

Une semaine passa. On approchait de Noël. Comme tous les matins, Viktor se leva avec le jour. Il alluma une flambée avec les braises de la veille puis, enroulé dans sa couverture, alla à la fenêtre. Il neigait. Sur la Neva gelée, des enfants patinaient. Peut-être allaient-ils à l'école? A les voir glisser et se lancer des boules de neige, il se mit à les envier. Eux au moins ne se préoccupaient pas de cette putain de guerre! Il repensa aux dernières réunions auxquelles il avait assisté avec ceux de l'Union. Il devenait de plus en plus évident que Ratislav et lui ne s'entendraient jamais avec eux. A quelques nuances près, ils leur étaient tous hostiles. Plusieurs fois, il avait tenté de parler avec son ami pour imaginer une riposte efficace, mais invariablement, celui-ci soutenait qu'il valait mieux s'en remettre au hasard.

« Par exemple, lui avait-il dit la veille, nous sommes invités au Palais d'Hiver pour la réception que donne le Tsar à l'occasion de Noël. Allons-y! Il y aura les membres du gouvernement et les ambassadeurs étrangers. C'est le meilleur moyen de se faire entendre d'eux! »

Viktor n'avait pas été convaincu et s'était fâché :

« Tu es incroyable! Tu règles toujours les problèmes quand ils se présentent. Jamais tu n'anticipes sur les situations. »

Ratislav avait ri avant de répondre :

« A quoi cela servirait-il, puisque les événements ne sont jamais ceux qu'on prévoit... »

Viktor frissonna. Il se rapprocha du feu. Soit! Ils profiteraient de cette soirée pour faire connaître leur opinion. Mais il pressentait que ce serait insuffisant pour renverser le courant hostile prédominant actuellement à Petrograd à leur sujet.

*

Depuis près de deux heures, Viktor errait de salle en salle dans l'immense Palais d'Hiver. La fête battait son plein. Il ne savait plus où donner de la tête. Tout paraissait si beau, irréel même! Pas une fois dans sa vie il n'avait imaginé autant de richesses réunies en un seul lieu. La lumière éclatante des lustres se reflétait dans les vitres des larges portes-fenêtres, faisait briller l'or des lambris et scintiller les parures des convives. Certains se promenaient, d'autres demeuraient agglutinés autour de tables regorgeant de nourriture et de boissons. Les plus fatigués se prélassaient sur de vastes bergères disposées un peu partout. Une multitude de serveurs, chargés de coupes de champagne, de vodka et de gâteaux, se faufilaient avec agilité entre les invités. Les notes d'un orchestre lointain émergeaient par intermittence du brouhaha des voix, des rires et des froufrous des étoffes soyeuses.

Viktor était arrivé avec Ratislav. Anton les avait introduits et s'était rapidement éclipsé pour aller serrer quelques mains. Ratislav n'avait pas tardé à l'imiter avec la ferme intention de s'amuser.

Viktor s'approchait de l'un des buffets quand il aperçut Tchetchek en discussion avec des Cadets. A leurs bras, de jeunes demoiselles riaient aux éclats. Viktor imagina ses deux sœurs à leur place.

Tchetchek, déjà un peu éméché, le salua à grand bruit et le présenta aux militaires. Ceux-ci claquèrent les talons en inclinant légèrement le buste. Viktor, embarrassé par cette raideur, tendit spontanément la main. Aussitôt, l'une des femmes, qui avait compris son ignorance du protocole la lui saisit avec un large sourire et le força discrètement à baiser la sienne.

« Alexandra Iekaterina Stolypine! » annonça son cavalier.

Cela s'était fait si rapidement que personne n'avait rien remarqué. Viktor, rougissant, répéta le même geste avec les autres femmes. L'un des soldats l'interrogea en un allemand parfait sur la guerre qu'il avait faite jusqu'ici. Tandis qu'il racontait ses campagnes, Viktor croisait le regard insistant d'Alexandra. Mais diable pourquoi l'avait-elle aidé, lui, obscur officier tchèque? Et pourquoi continuait-elle à le dévisager ainsi, presque avec tendresse?

Il évoqua le siège de Przemysl. Les Cadets s'esclaffèrent.

« De toute façon, vous les Autrichiens, êtes de piètres soldats! dit l'un d'eux, méprisant. Heureusement que vous avez les Allemands pour...

– Je suis tchèque, monsieur! l'interrompit sèchement Viktor.

– Mon cher Ivan, se moqua Alexandra, voilà un allié! Il va vous falloir changer de manières! »

L'homme hésita sur l'attitude à adopter, puis inclina légèrement la tête.

« Monsieur, je vous fais mes excuses! Tchetchek aurait dû nous prévenir! »

Il commanda deux coupes de champage et en offrit une à Viktor avant de trinquer avec lui.

« Eh bien! s'exclama Alexandra. Maintenant que les militaires ont scellé les alliances, les femmes vont en profiter. Allons danser! »

Avant qu'il eût pu esquisser un geste, elle attrapa Viktor par le bras et l'emmena vers le salon de danse.

« Laissez-vous guider, lieutenant, conseilla-t-elle lorsqu'ils furent sur la piste. Vous pouvez même me marcher sur les pieds, personne ne prête attention à nous. »

Ils évoluèrent au rythme d'une valse. La jeune femme, souriante, le regardait effrontément. Brusquement elle l'entraîna vers une bergère. Viktor hésita.

« Venez donc! insista-t-elle. Nous serons mieux pour parler!

– Mais votre ami va vous chercher! protesta Viktor.

– Mon cavalier, lieutenant! Mais je suppose, à voir vos façons quelque peu maladroites, que vous n'en êtes pas à faire la différence. »

Il ne savait plus s'il devait partir ou rester. Cette fille le fascinait autant qu'elle l'agaçait. Ils gardèrent le silence. Alexandra le regardait toujours avec insistance. Il se sentit soudain mal à l'aise. Etre ainsi fixé par une femme lui paraissait insupportable. Mieux valait encore parler.

« Pour une Russe, je trouve que votre allemand est excellent! dit-il rapidement.

– J'étais sûr, lieutenant, que vous vous exprimeriez le premier! Je pratique bien l'allemand, simplement parce que mon père était d'ascendance germanique et que j'ai été élevée dans les deux langues.

– Cela doit être difficile pour vous aujourd'hui de voir s'affronter ces deux peuples!

– Je hais les uns autant que les autres, répondit-elle d'une voix plus douce. Les premiers parce qu'ils ont gardé ma mère, les seconds parce qu'ils ont tué mon père que j'adorais. Mais offrez-moi votre bras, lieutenant, et marchons! »

Tandis qu'ils traversaient les salles, plusieurs personnes saluaient Alexandra avec respect.

« Tout le monde vous connaît ici! s'étonna Viktor.

– Beaucoup trop, lieutenant! La plupart sont des fins de race, des intrigants, des oisifs! Voulez-vous que je vous raconte la Cour, ou plutôt cette basse-cour, où le coq est un tsar mou et les poules des pimbêches qui se pâment devant l'homme en noir, là-bas, vous voyez? Vous ne pouvez pas le manquer, il a une tête de plus que les autres!

– Qui est-ce? demanda Viktor.

– Raspoutine! L'homme le plus puissant de toutes les Russies, le vrai Tsar, Dieu et homme à la fois! Que sais-je encore?

– Vous ne semblez pas l'aimer beaucoup...

– Il mène l'Empire à sa perte et va à l'encontre de ce que mon père voulait faire.

– Pardonnez-moi, l'interrompit Viktor, mais qui était votre père?

– Ah, c'est vrai! Je ne vous ai encore rien dit de lui. Il fut premier ministre du Tsar il y a quelques années et aussi puissant que ce prêtre. Seulement lui, il avait un idéal pour la Russie. Et c'est pour cette raison que des crapules l'ont assassiné à Kiev et devant le Tsar. Une sorte d'apothéose... A cette époque-là, lieutenant, j'avais vingt ans et j'étais la fille la plus courtisée du Palais. Aujourd'hui, cela a bien changé mais j'y ai gardé de solides amitiés. »

Viktor pensa à Ratislav et à son fameux hasard. C'était trop beau. Voilà qu'il évoluait dans la demeure des tsars au bras de l'une des femmes les plus en vue de la Cour.

Ils acceptèrent les vodkas que leur proposait un serveur.

« Buvez d'un coup, lieutenant! Comme cela! »

Elle vida son verre. Il l'imita.

« Allez! dit-elle. Maintenant vous allez me parler de vous! »

Il se mit à raconter Svikov, sa guerre, Przemysl, sa captivité à Kiev. Il évoqua la mort de Jean puis le désir qu'il lui avait transmis de lutter pour la Tchécoslovaquie. Mais pour cela encore fallait-il infliger une défaite aux Allemands! Or il se trouvait là justement pour convaincre les responsables de l'état-major russe d'enrôler les dizaines de milliers de soldats tchèques qui croupissaient dans des camps un peu partout en Russie.

« Il faut, conclut-il, qu'ils acceptent notre désertion. C'était pour nous battre à leurs côtés, les aider à arracher la victoire!

– Je reconnais bien là l'imbécillité de nos militaires, ironisa-t-elle. Ils n'ont jamais su concrétiser un succès. Ce n'est pas pour saisir l'intérêt de votre proposition! Ils sont à la fois trop fiers et trop bêtes! En avez-vous parlé à Sazonov?

– Qui est-ce? »

Alexandra dévisagea Viktor d'un air étonné.

« Comment, lieutenant? Vous êtes à Petrograd pour faire savoir les difficultés de l'armée tchèque et vous ne connaissez pas l'actuel ministre des Affaires étrangères? C'est pourtant avec lui qu'il faut vous en entretenir! Si je lui suggère de vous recevoir, il le fera. »

Elle l'entraîna à travers la foule.

« N'avez-vous pas aperçu Sazonov? » demandait-elle à certaines personnes.

L'une d'elles lui indiqua un buffet en lui garantissant qu'elle venait de l'y voir. Effectivement, le ministre s'y tenait, entouré de quelques ambassadeurs.

« Alexandra! Ma chère enfant! s'exclama-t-il en venant vers elle. Tu te fais rare, ces derniers temps!

– Pardonnez-moi, Dimitri! répondit-elle en l'embrassant. Mais je ne sors jamais beaucoup l'hiver. »

Le vieil homme l'embrassa à son tour.

« Je crois plutôt que tu ne me portes plus la même affection que lorsque tu étais petite et que je te berçais sur mes genoux en discutant avec ton père. »

Alexandra l'assura du contraire et fit avancer Viktor, demeuré légèrement à l'écart.

« Dimitri, je vous présente un lieutenant tchèque enfermé à Kiev avec des milliers d'autres et venu spécialement à Petrograd pour convaincre nos militaires de se servir d'eux. Bref, je ne connais pas toute l'histoire mais lui, oui! Et il serait très heureux de vous la raconter. Cela me ferait vraiment plaisir si vous lui accordiez une entrevue... »

Le ministre dévisagea Viktor.

« C'est entendu, jeune homme! Convenez d'un rendez-vous avec mon chef de cabinet. Je connais votre problème. »

Viktor s'inclina. Sazonov s'éloigna vers un autre groupe.

« Mais enfin, mademoiselle! s'étonna Viktor. Pourquoi faites-vous cela pour moi? Vous êtes...

– Votre air empoté me plaît! Au lieu de ces courtisans si parfaits, vous ressemblez à un homme! Cela fait plaisir à une femme, croyez-moi! Je vais même pousser mes bontés encore plus loin. Je vous raccompagne si vous partez maintenant. Ne croyez pas me déranger. A cette heure de la nuit j'ai tout mon temps et n'importe quel quartier de Petrograd est sur mon chemin! »

Il la suivit.

*

De retour à l'appartement, il alluma un feu. Alexandra l'avait bouleversé. Par quel mystère se sentait-il si proche d'elle? Il n'éprouvait aucun désir à son égard, plutôt un profond respect. Quoi qu'il en soit, il devait la prévenir lorsqu'il aurait obtenu l'entrevue avec Sazonov. Elle l'y conduirait.

Il s'allongea habillé sur le lit, et laissa vagabonder son esprit en observant le jeu d'ombres et de lumières que la flamme dessinait au plafond. Il finit par s'endormir.

Au lever du jour, il sursauta. A côté, Ratislav et Fédorova se disputaient comme d'habitude. Il tendit l'oreille.

« Salaud! cria-t-elle. Je t'ai attendu toute la nuit et tu me ramènes les odeurs d'une autre!

– Tu n'es qu'une catin jalouse! répondit-il. Tu parles d'une révolutionnaire! Quand on veut changer le monde, on se fout du parfum d'une autre femme sur les habits de son amant! »

Elle se mit à sangloter.

« Arrête de pleurnicher! reprit-il. Que veux-tu que cela me foute! Je ne t'aime pas! J'aime seulement te baiser! Tu devrais le savoir! Il n'y a que Jilha qui compte.

– Pauvre con! A aimer des illusions, tu vas finir par devenir cinglé! Elle n'est pas là, ta Jilha! Quand tu me caresses, c'est moi que tu caresses! Quand tu l'appelles, c'est moi qui te réponds! Tu n'y peux rien, Rasti...

– Tais-toi! l'interrompit-il. Tais-toi, tu m'entends!

– Non! Je ne me tairai plus! »

Il y eut le bruit d'une lutte, le choc des corps chutant sur le parquet.

Viktor se leva et passa la tête par la porte de communication.

« Lâche-moi! hurlait Fédorova. Et ne me touche plus jamais! Tu pues trop l'alcool! »

Les deux amants étaient allongés sur le sol, emmêlés dans les draps et les couvertures.

« Hé! plaisantaViktor. Quand vous avez des choses gentilles à vous dire, faites-le dans la neige! »

Ratislav, furibond, s'extirpa des draps et s'habilla.

« Je préfère me tirer! lança-t-il en enfilant son manteau.

– On pourrait se voir? proposa Viktor. J'ai des nouvelles importantes...

– Je reviendrai! »

Il disparut en claquant la porte.

« Ça va? demanda Viktor à Fédorova.

– Ne t'inquiète pas! Ce n'est pas la première fois. Il est de plus en plus fou. Quand l'absence de cette fille lui tourne la tête, il devient odieux. »

Viktor demeura silencieux. Ce qu'il pouvait dire ne servirait à rien. Depuis qu'il les connaissait, ils étaient toujours comme chien et chat. Un peu son père et sa mère! Parfois ils se disputaient à un tel point, qu'enfant, il s'attendait à les voir s'étriper. Mais souvent, la fureur faisait place à un silence ponctué de gémissements et il reprenait ses jeux.

Fédorova éclata en sanglots. Viktor s'approcha, et lui tendit la main.

« Allons! Relève-toi! Je lui parlerai si tu veux!

– Non, non! Reste en dehors de cela! Nous n'y comprenons rien ni l'un ni l'autre et ce n'est pas la peine de tout compliquer. »

Il haussa les épaules, l'air fataliste.

« Tu n'as pas ces problèmes-là, toi! dit-elle.

– J'en ai d'autres! »

Il partit chercher du bois chez Mikaïl. Il allait sortir de l'immeuble quand Lydia la concierge lui fit signe d'approcher. Ratislav était attablé dans sa loge, en train de boire du thé.

Viktor lui offrit de l'accompagner. Ce dernier accepta et le suivit, Lydia, debout sur le pas de sa loge continuait à pérorer. Viktor la remercia.

Ils marchèrent en silence. De lourds nuages gris couraient dans le ciel. La neige durcie par le gel craquait sous leurs pas.

« Hier soir à la réception, raconta Viktor, j'ai rencontré une femme exceptionnelle! Elle m'a fait faire connaissance avec Sazonov, le ministre des Affaires étrangères et il est prêt à nous recevoir! »

Ratislav se tourna vers lui.

« Vrai? Toi, tu séduis des femmes? C'est la meilleure! Moi, de mon côté, j'ai juste vu quelques personnes qui m'ont parlé de ceux de l'Union. Tous disent que ce sont des lèche-culs.

Alors on va peut-être y arriver... »

Ils se turent jusqu'à l'entrée du marchand de bois.

« Tu sais, commença Ratislav en s'arrêtant sur le pas de la porte. Ne fais pas attention à nous...

– Je m'en fous! » l'interrompit Viktor en lui lançant une bourrade amicale dans le dos.

*

L'entrevue avec Sazonov était fixée au 11 janvier. Viktor arriva au ministère avec Alexandra, venue le prendre comme promis. Durant le trajet, il l'avait regardée sans prononcer un mot. Il se rendait compte combien il avait espéré la revoir, sans pour autant parvenir à le lui avouer. Celle-ci, bien calée dans son siège, n'avait rien dit non plus.

« Je vous attends ici! prévint-elle lorsqu'il fut descendu du fiacre.

– Mais entrez donc! proposa-t-il. Vous allez prendre froid!

– Vous faites de plus en plus de progrès, lieutenant! En quelques jours vous auriez appris la galanterie? Allons, mon cher, ne vous inquiétez pas, j'ai des souvenirs qui me tiennent chaud! »

Viktor n'insista pas et pénétra dans l'imposant bâtiment qui dominait le canal Moïka. Il fut aussitôt introduit auprès du ministre.

Ce dernier s'assit devant son bureau et invita Viktor à faire de même.

« Je suis très heureux de vous rencontrer, jeune homme, dit-il. Cette affaire des prisonniers tchèques me préoccupe et je ne suis pas le seul. Les ambassadeurs de France et de Grande-Bretagne m'en entretiennent quasi quotidiennement. Seulement voilà! Vous êtes l'objet de bien des convoitises et aussi de critiques. Mais jusqu'ici je n'avais pas eu l'occasion de converser avec l'un d'entre vous. »

Viktor, impressionné par le luxe, hésita un instant avant de répondre.

« Je tiens d'abord à vous remercier, monsieur le ministre, d'avoir accepté de...

– Ne vous souciez pas de cela! le coupa Sazonov. Je ne fais là que mon travail. Allez au fait sans prêter attention au protocole.

– C'est très simple, monsieur le ministre. L'ensemble des prisonniers du camp de Kiev m'a mandaté auprès de l'Union tchèque de Petrograd pour négocier notre engagement dans la guerre, et auprès des Russes pour des raisons évidentes. Or il apparaît que nos représentants sont opposés à une telle solution dans la mesure, affirment-ils, où l'ensemble de vos militaires le seraient. Voilà pourquoi je suis à la recherche d'interlocuteurs pour vérifier l'exactitude de cette opinion. »

Sazonov sourit.

« Vos amis ont raison! Il est exact qu'à l'heure

actuelle, notre grand état-major est hostile à une assimilation de vos compatriotes dans l'armée russe. Mais cela mérite néanmoins d'être relativisé. Nos officiers ne sont pas tous d'accord. D'autant qu'il apparaît de plus en plus évident que défaire les Empires centraux ne sera pas aisé. Quelques-uns vous sont donc favorables. J'ajouterai que l'Union a négligé au moins un aspect de la question : l'avis personnel de Sa Majesté l'Empereur ! Or je puis vous le garantir, celui-ci est plutôt convaincu de la nécessité de vous employer, au moins comme appui tactique auprès de notre armée. Depuis peu seulement, je l'avoue, je fais mon possible pour le conforter dans cette opinion puisque je la partage. Mais dois-je vous dire que votre Union souffre surtout de son manque de crédibilité. A force de vouloir trop plaire à Sa Majesté et à une foule d'autres personnages importants de la vie politique de notre pays, elle a fini par s'aliéner beaucoup de sympathies. »

Viktor approuva d'un hochement de tête.

« Je m'en suis déjà aperçu, Votre Excellence ! Mais que devons-nous faire ? Ces hommes semblent si sûrs d'eux !

– Eh bien prenez le pouvoir au sein de cette instance ou à côté, et agissez ! Si vous y êtes prêts, je vous aiderai. Enfin, ne vous convainquez pas trop que la meilleure solution serait de créer un royaume de Bohême. Beaucoup d'hommes politiques ici, dont moi, y sommes opposés. Je crois même que l'Empereur ne voit pas cela d'un bon œil. »

Viktor, surpris, se redressa.

« Je ne comprends pas, Votre Excellence. Cette solution serait pourtant la plus satisfaisante pour la Russie !

– Détrompez-vous, jeune homme ! Agir ainsi serait nous aliéner les nations européennes avec lesquelles nous sommes alliés, et particulièrement la France et l'Angleterre, ce qui pourrait entraîner de fâcheuses conséquences pour nos intérêts, ailleurs dans le monde. Ce serait aussi créer de difficiles problèmes avec les Empires centraux qui, dans cette hypothèse, seraient évidemment vaincus. Non, même pour la Russie, il vaudrait encore mieux que la Tchécoslovaquie soit une république comme le prônent, avec raison, je crois, Masaryk et Benes.

– Justement, Votre Excellence! De Kiev, nous lui avons envoyé un télégramme pour lui demander de venir étudier le problème sur place. Il n'a pas encore répondu...

– Ce n'est pas si simple pour lui! On le considère ici comme un révolutionnaire. A peine moins que les Bolcheviks. Il est pour ainsi dire *persona non grata* à la cour. Dans ces conditions, ne vous étonnez pas qu'il n'ait pas réagi. Sait-il qui vous êtes? »

Viktor secoua la tête.

« Non? continua Sazonov. Dans ce cas, son silence est parfaitement cohérent. Mais rassurez-vous! Moi, je le connais et désormais, j'adhère totalement à ses thèses. Ecrivez-lui à nouveau et je ferai transmettre votre dépêche avec mon chiffre. Il saura alors que je vous ai donné ma caution...

– Merci, Votre Excellence! répondit Viktor avec enthousiasme. Je ne pensais pas en venant vous voir trouver une telle compréhension de votre part.

– Allons, mon ami! La vie est ainsi faite qu'on aide d'abord ceux qui vous sont chaleureusement recommandés. C'est votre cas! Je n'ai rien à refuser à cette merveilleuse Alexandra. J'étais très lié avec son père dont on regrette aujourd'hui très cruellement l'absence. Sa mort nous a privés d'une intelligence exceptionnelle. Or par les temps qui courent, c'est ce dont nous avons le plus besoin... »

Il se leva et tendit la main à Viktor.

« Revenez me voir! Faites-moi passer votre message et tenez-moi au courant de votre action au sein de l'Union. Cela m'intéresse. »

Viktor allait s'éclipser lorsque Sazonov le rappela.

« J'oubliais! Le 25, j'organise une réception chez moi. Cela réchauffe durant l'hiver! Venez-y avec Alexandra et d'autres amis! »

Viktor sifflotait en descendant le monumental escalier de marbre qui menait à la cour d'honneur.

« Vous êtes bien gai, lieutenant! remarqua Alexandra lorsqu'il fut monté. Dimitri vous aurait-il donné des assurances? »

Elle lança l'ordre au cocher d'avancer.

« Il m'a surtout redonné l'espoir! » dit Viktor.

Alexandra sourit, l'air attendri.

« Ce cher Dimitri, murmura-t-elle. Il est parfait pour cela.

– Voulez-vous dire que ce sont de vaines paroles de sa part?

– Non, non! Absolument pas! répliqua la jeune femme. Je pensais seulement à certains moments de ma jeunesse. Il avait le don de me rassurer quand j'avais un chagrin. Comme s'il eût été mon grand-père. J'ai compris pourquoi depuis. Il n'avait pas d'enfant et en plus il fréquentait beaucoup Tolstoï.

– Qui est Tolstoï? » s'enquit Viktor.

Surprise, Alexandra le dévisagea.

« Que je suis sotte! Comme tous les Russes, je crois que notre pays est le centre du monde et que partout on connaît nos artistes! Disons que c'est l'un de nos écrivains de génie, comme le furent Dostoïevski ou Gogol... Mais laissons cela. Je préfère aller me promener avec vous. Qu'en dites-vous? »

Viktor approuva.

« Je vais vous faire découvrir Petrograd. J'adore cette ville comme vous Svikov. C'est ici que sommeille mon passé, peut-être mon avenir d'ailleurs? Comment savoir? Et mon grand plaisir, c'est de réveiller mes souvenirs en compagnie de ceux que j'aime. »

Le fiacre s'engagea dans la Perspective Nevski. Elle ouvrit le judas du cocher.

« Ivanov! Faites le parcours! »

Elle referma.

« Vous allez voir, lieutenant! A la fin de notre promenade, vous connaîtrez l'histoire de la Russie. »

Ils tournèrent durant plus d'une heure. Ils longèrent la Douma, revinrent par le canal, suivirent à nouveau la Perspective Nevski et traversèrent plusieurs ponts. Alexandra racontait sans discontinuer. La vie d'Elisabeth, l'impératrice qui aimait trop la France, celle de Catherine II, qu'elle appelait l'Impératrice de fer. Les murs du Palais d'Hiver, de la cathédrale de Kazan ou ceux de la forteresse Pierre-et-Paul étaient pour elle les plus grands témoins de l'Histoire. Parfois, elle allait les visiter, uniquement pour sentir vibrer la Russie de son cœur.

Viktor, fasciné par sa voix grave et douce, écoutait sans l'interrompre, le visage collé à la vitre. Il se sentait heureux, en paix. Il appréhendait que la voiture s'arrêtât et qu'Alexandra prît congé.

« A quoi songez-vous? demanda-t-elle soudain. Et ne mentez pas! »

Il rougit et commença de bafouiller. Elle lui sourit.

« C'est fou comme cela devient compliqué quand on a grandi. Voulez-vous que je vous dise, lieutenant, à quoi je pense? »

Il acquiesça.

« Je suis heureuse! Tout simplement! Parce que vous êtes un homme sans artifice. Vous savez écouter sans interrompre.

– Parce que vous savez parler! »

– Je crois que vous ne m'êtes pas indifférent, lieutenant...

– Vous non plus! »

Alexandra lui tendit sa main.

« Allez, Viktor, embrassez-la! Et cette fois-ci avec un peu plus de conviction qu'à la soirée de l'Empereur! »

Il y apposa doucement ses lèvres. Elle exerça une légère pression sur ses doigts, puis se dégagea.

« Je vous raccompagne! Un jour prochain, je vous enverrai un petit mot et viendrai vous chercher pour prendre le thé chez moi. C'est entendu?

– Avec plaisir, Alexandra. »

Bien que le froid fût vif, il marcha longtemps après que le fiacre eût disparu de la circulation de la Perspective Souvorovski. Il éprouvait cette sensation étrange et nouvelle de ne plus savoir où aller. Il pressentait confusément que cette femme allait lui faire découvrir une part secrète de lui-même. Il en conçut un sentiment mêlé d'angoisse et de joie. S'il avait pu, il aurait crié dans la rue pour se soulager.

Deux jours plus tard, lui et Ratislav furent convoqués par Svoboda pour une réunion d'urgence. Quand tous les membres de l'assemblée furent présents, le président ouvrit la séance et se tourna vers Viktor.

« Monsieur! Je n'irai pas par quatre chemins! Mes amis et moi-même sommes surpris, pour ne pas dire irrités, de votre attitude. Nous venons d'apprendre que vous avez rencontré Monsieur Sazonov de votre propre initiative sans en référer à notre comité. Sachez que ce n'est pas ainsi que les choses doivent se passer ici. L'opportunité d'une entrevue avec un personnage important de la cour doit être discutée et décidée dans cette enceinte. C'est la règle. Je crois que vous vous êtes montré très à cheval sur la discipline au camp de Kiev. Eh bien respectez-la à votre tour! Vous n'êtes pas en possession de tous les éléments pour apprécier de l'utilité ou non d'un entretien avec un ministre. »

Les autres participants fixaient Ratislav et Viktor. Ce dernier ne disait rien. Il attendait que sa colère lui devînt presque insupportable pour prendre la parole. Ratislav à ses côtés tapotait des doigts sur la table d'un air moqueur. Svoboda redisait à nouveau sa déception, quand Viktor l'interrompit sèchement :

– Ecoutez! Cela suffit! On respecte la discipline quand elle existe. La vôtre consiste à dormir, ce n'est pas la mienne. Qu'avez-vous fait pour résoudre la question qui nous préoccupe? Vous satisfaire seulement du refus de certains militaires russes! Avez-vous tenté autre chose? Rien! Depuis notre arrivée ici, vous ne cessez de nous encourager à faire de même. Ce n'est pas notre conception ni celle des milliers de soldats qui, je vous le rappelle, nous ont mandatés... »

Sans laisser le temps à quiconque de répondre, il se leva.

« Je ne crois pas indispensable de prolonger cette séance. Désormais Ratislav et moi-même prendrons les initiatives qui nous sembleront bonnes aux moments opportuns. Et cela sans plus tenir compte de votre avis. Sauf, bien entendu, si votre politique changeait. J'invite chacun d'entre vous à réfléchir sur le bien-fondé de son action ou plutôt de son inaction. S'il venait à l'un ou l'autre l'idée de nous rejoindre, il serait le bienvenu. Maintenant, notre efficacité se mesurera aux résultats obtenus! »

Les deux hommes sortirent sous le regard médusé des représentants.

Le lendemain, 13 janvier, Sazonov convoqua Viktor. Sur son conseil, l'Empereur venait de décider la transformation de la Druzina en régiments de chasseurs. Cela représentait un premier succès, même si les prisonniers n'étaient pas concernés. Avec un peu de patience, on pouvait espérer qu'on y parviendrait bientôt. Tout heureux, Viktor et Ratislav décidèrent de fêter la nouvelle avec Fédorova dans un restaurant, au bord du canal Moskvaïa.

*

Sazonov habitait un hôtel particulier de la Perspective Sadovaïa, aux abords du parc Ossoupov. Alexandra et Viktor arrivèrent tard quai de l'Amirauté. Elle lui avait montré l'enfilade des réverbères qui se reflétaient sur la Neva gelée.

La façade de la bâtisse, éclairée par des dizaines de torches, évoqua à Viktor les maisons que sa mère décrivait en lui racontant des contes pour l'endormir. A l'intérieur, on dansait, on chantait à tous les étages. Il était surpris par l'ambiance, tellement plus chaleureuse qu'au Palais d'Hiver. Les uniformes et les tenues toujours élégantes avaient néanmoins un côté plus décontracté. Les rires paraissaient plus naturels et les convives donnaient l'impression de s'amuser. Sazonov, qui se tenait près de l'entrée, vint les accueillir.

« Ma chère enfant, dit-il à Alexandra, je commençais à désespérer de vous voir ce soir! Je compte sur vous pour ajouter au charme de cette soirée! »

Il salua Viktor, puis le désigna à la jeune femme d'un mouvement de tête :

« J'espère qu'il ne vous assomme pas trop avec ses histoires de militaires!

– Soyez sans crainte, Dimitri, j'ai la tête dure! »

Le ministre leur tendit deux verres de vodka.

« Allez! Amusez-vous bien! »

Ils se mêlèrent à la foule. Dans le salon du rez-de-chaussée, ils s'attardèrent à regarder des hommes danser au rythme rapide de l'orchestre. Bras croisés sur le torse, ils lançaient leurs jambes devant eux de plus en plus vite. Pour les rafraîchir, un invité ou un autre les aspergeait de champagne et l'assistance riait et frappait dans ses mains. Ils montèrent à l'étage, composé de plusieurs pièces en enfilade. Parfois, Alexandra rencontrait une relation et lui présentait Viktor. Elle commençait toujours de la même manière :

« C'est un officier tchèque! Ne trouvez-vous pas qu'il possède assez de prestance pour se battre aux côtés de nos soldats? »

Seuls ceux qui connaissaient la question approuvaient avec conviction.

Viktor demandait ensuite à Alexandra de lui traduire ce qu'elle venait d'expliquer. Elle refusait.

« Vous devriez apprendre le russe, plaisantait-elle. C'est une langue qui permet de parler pour ne rien dire. Voilà pourquoi je ne veux rien vous rapporter de mes conversations. »

Pendant plusieurs heures, ils évoluèrent ainsi dans l'hôtel. Ils buvaient avec certains, chantaient avec d'autres, dansaient. Soudain Viktor prit conscience qu'il était soûl.

« Pardonnez-moi, Alexandra, je vais prendre l'air! Je crois que...

– Vous êtes complètement ivre! s'exclama-t-elle. Eh bien moi aussi! Et je vous accompagne. »

Ils se précipitèrent dehors.

Les cochers discutaient entre eux en attendant leurs maîtres. Ils disparaissaient dans de grands manteaux de fourrure pour se protéger de la neige qui tombait. Alexandra, à peine couverte, se blottit dans les bras de Viktor. Ils traversèrent la cour jusqu'à un bosquet d'arbres où commençait l'obscurité. Viktor souhaitait revenir, quand Alexandra lui fit face.

« Embrassez-moi... », dit-elle.

Embarrassé, il la serra contre sa poitrine.

« Rentrons, murmura-t-il, il fait trop froid ici!

– Vous avez raison! J'appelle Ivanov et nous y allons! »

Quelques minutes plus tard, le fiacre pénétrait dans l'enceinte d'une maison bourgeoise, au bord du canal Fontanka. Quand Viktor l'eut aidée à descendre, Alexandra l'entraîna aussitôt vers l'entrée où se tenait une vieille femme.

« Ma petite Alexandra! bougonna celle-ci sur un ton de reproche affectueux. A ne pas vous vêtir, vous allez finir par attraper le mal... »

La jeune femme lui donna un baiser.

« Ma bonne Vania! Prépare-nous plutôt un bon thé et monte-le à ma chambre. »

Sans attendre, elle y grimpa avec Viktor. Il chercha à deviner les contours de la pièce grâce à la lumière dansante que projetait la flambée. Des chaises, un canapé, un secrétaire... Un lit à baldaquin dans l'un des angles prenait une grande place. Il distingua un ou deux tableaux sans en reconnaître les motifs.

« Je n'allume jamais, dit-elle en réactivant le feu, je n'aime pas contrarier la nuit quand elle arrive.

– Je comprends. J'apprécie aussi cette atmosphère. Elle aide à mieux se... »

Il hésitait.

« Se connaître peut-être? suggèra-t-elle.

– C'est cela! Mais c'est aussi l'occasion de retrouver ce qui nous habite. »

Vania apporta les boissons chaudes et marmonna quelques mots incompréhensibles. Alexandra referma derrière elle et s'assit sur le canapé proche de la cheminée.

« J'adore cette femme. Elle servait déjà mon père et je crois qu'elle restera ici jusqu'à la fin. »

Elle enserra son verre brûlant et se mit à boire à petites gorgées.

Viktor demeurait debout. Le moment viendrait où elle lui demanderait de l'accompagner au lit. Que ferait-il? Il n'éprouvait aucun désir et pourtant, en même temps, l'envie de l'étreindre ne le quittait pas depuis le début de la soirée.

« Asseyez-vous donc à côté de moi! proposa-t-elle en souriant. Je ne vais pas vous manger! »

Il s'approcha. Son angoisse se faisait plus forte. Elle allait l'attirer à elle. Jamais il n'avait tenu une femme dans ses bras. Jamais il n'avait même imaginé le faire. Un court instant, il se détendit en se rappelant qu'il avait couru sous les bombes et eu moins peur qu'aujourd'hui. Doucement, elle appuya sa tête contre son épaule.

« Viktor! Serrez-moi contre vous. Et quittez cet air emprunté! C'est une femme que vous allez enlacer, pas un fusil! »

Il s'exécuta gauchement. Seul le crépitement du feu troublait le silence. Alexandra se redressa et chercha le regard de Viktor.

« Je suis sûre que vous n'avez jamais fait l'amour. N'est-ce pas? »

Il ne parvenait plus à parler.

« Je l'ai tout de suite senti, reprit-elle. Je crois même que vous n'en éprouvez pas l'envie avec moi...

– C'est vrai! réussit-il à articuler.

– Ne me jugeriez-vous pas à votre goût, lieutenant? supposa-t-elle alors en affectant d'en être offusquée.

– Non, non, pas du tout! répliqua-t-il vivement. Il ne s'agit pas de cela!

– Vous me paraissez bien singulier, mon ami! Je n'aurai de cesse de vous questionner jusqu'à ce que je comprenne votre attitude. »

Elle le dévisagea. Il bénissait la semi-obscurité dans laquelle ils se trouvaient plongés. Au moins elle dissimulait son rougissement! Soudain, se sentant acculé, il choisit de faire front. Tant pis, peut-être perdrait-il sa considération, mais il n'aurait plus à vivre cette situation insupportable. Il lui avoua son homosexualité. Alexandra, blottie dans ses bras, demeura silencieuse à regarder danser la flamme.

« C'est curieux, confia-t-elle enfin, je l'avais pressenti sans pour autant le réaliser. A votre comportement à mon égard, à la fois si sensible et pourtant si lointain. Vous exprimiez comme un désir au conditionnel. »

Viktor, libéré, l'étreignit. Il craignait maintenant qu'elle ne s'échappât et qu'il se retrouvât seul.

« N'ayez crainte que je me sauve, le rassura-t-elle en se dégageant avec douceur. Je vous aime, Viktor. Aussi curieux que cela puisse paraître! Et à votre manière, je suis certaine que vous m'aimez aussi. Je sais que vous serez moins désinvolte que la plupart des hommes que j'ai connus et que nous irons aussi loin qu'il est possible ensemble. Après tout l'amour n'a pas qu'un visage! »

Elle posa ses lèvres sur celles de Viktor et l'invita à venir dormir à ses côtés.

*

Bientôt Viktor rencontra Alexandra chaque jour. Elle lui présentait des personnages importants de la cour ou du gouvernement pour qu'il pût s'entretenir avec eux de l'armée tchèque. Souvent Ratislav l'accompagnait.

Alexandra avait sympathisé avec ce dernier mais, comme elle en avait plaisanté avec Viktor, elle ne le jugeait pas séduisant. Elle supposait qu'il devait en faire voir aux femmes. A Fédorova en particulier! Alexandra aimait bien celle-ci. Lorsqu'elle venait avec Ratislav, elle aimait l'accaparer et discuter longuement en sa compagnie dans un coin reculé du salon. Elle trouvait attendrissant de voir se mêler chez cette prostituée la gouaille de la rue et le langage révolutionnaire.

« De quoi tout faire sauter! » disait-elle parfois.

Fédorova, quant à elle, appréciait qu'une femme aussi nantie qu'Alexandra l'écoutât avec attention. Elle imaginait même parvenir à la convaincre. Quand elle l'avait avoué à Alexandra, celle-ci avait ri. On fut bientôt au début du mois de février. Les idées de Viktor et de Ratislav paraissaient de mieux en mieux admises par la société politique de Petrograd. On se pressait parfois chez Alexandra pour les rencontrer et chaque jour de nouvelles personnalités influentes leur promettaient leur soutien. Aucun des membres de l'Union n'avait tenté de les approcher à nouveau. Pas même Tchetchek!

Le 6 février, Viktor et Ratislav s'apprêtaient à se rendre chez Alexandra, quand Ivanov, son cocher, vint les chercher à l'appartement.

« Madame m'envoie vous prendre! expliqua-t-il hors d'haleine. Elle précise que nous devons nous dépêcher. »

Les deux hommes le suivirent.

La voiture roulait depuis un moment quand Viktor s'aperçut qu'elle ne se dirigeait pas vers le canal Fontanka. Il ouvrit le judas.

« Mais où allons-nous, Ivanov? » demanda-t-il en allemand.

Celui-ci, ne saisissant pas, répondit d'un geste apaisant. Viktor se rassit.

« Ne t'inquiète pas ainsi! dit Ratislav. On ne t'emmène pas au peloton d'exécution, nom d'un chien! »

Ils traversèrent une campagne blanche à perte de vue et arrivèrent dans un village. L'attelage pénétra dans un grand parc et suivit l'allée jusqu'à une modeste demeure entourée d'arbres effeuillés. Alexandra sortit sur le perron pour les accueillir.

« Mes amis! lança-t-elle gaiement. Je m'amusais en imaginant vos têtes! Peut-être pensiez-vous que je vous faisais enlever? »

Elle prit le bras de Viktor.

« Vous comprendrez dans un instant! » continua-t-elle d'un air mystérieux.

Ils entrèrent dans le salon. Sazonov s'y trouvait, confortablement installé dans un fauteuil proche de l'âtre, où flambait un amas de bûches. Il se leva et serra la main des deux amis.

« Pardonnez-moi de vous avoir fait parcourir un tel chemin pour me voir, mais ce que j'ai à vous apprendre est de la plus grande importance et je souhaitais que personne ne sût notre rencontre! »

Alexandra fit asseoir les trois hommes.

« Je vous en prie, Dimitri, plaisanta-t-elle avec tendresse, abandonnez votre air inquiet, cela vous vieillit! Enfin quoi, ce n'est pas encore la révolution! »

Sazonov lui sourit, puis reprit :

« Voilà, messieurs! Je voulais vous prévenir qu'une cabale se monte contre vous à la Cour. Elle réunit le clan pro-germaniste, la Tsarine, le général Prokopovitch et Raspoutine, ainsi que des membres de l'Union tchèque menés par Svoboda. Tous ont pris conscience de votre efficacité et veulent vous empêcher de continuer votre action en faveur des prisonniers. Chaque jour ils font le siège de Gorémikine, le président du Conseil, pour qu'il ordonne votre renvoi à Kiev. Il faut donc que vous réagissiez avec promptitude pour les empêcher d'aboutir.

– Quels sont nos atouts? s'inquiéta Ratislav.

– Dieu merci, vous en avez quelques-uns! assura Sazonov. D'abord la conviction partagée par de nombreuses personnalités qu'il nous faut absolument vous employer, sinon ce seront les Français ou les Anglais qui le feront. Ensuite, et c'est une véritable chance, le fait que l'Empereur hésite. D'après ce que je sais, il aurait répondu à la Tsarine qui le pressait de signer votre ordre de route, que cela ne concernait pas la Cour! Probablement bénéficiez-vous d'une influence plus forte que les autres auprès du Tsar. Alors profitez-en!

– Peut-être est-ce la vôtre? » suggéra Alexandra.

– Oh! certainement pas, répliqua vivement Sazonov, il y a belle lurette que je ne suis plus écouté, mon enfant. Du temps de votre père peut-être... Mais aujourd'hui! Avec ce Raspoutine, il n'y a guère que Dieu qui ait l'oreille du Tsar, et encore! Je crois aussi que le chef du gouvernement va bientôt changer et je ne serai plus là pour vous aider. Alors battez-vous pendant qu'il en est encore temps!

– Et que nous conseillez-vous de faire, Votre Excellence? demanda Viktor.

– Je ne sais pas! Essayez déjà de renverser le courant au sein de l'Union et renforcez votre position à l'état-major russe. En ces temps de conflit, les officiers disposent d'une audience certaine auprès de l'Empereur! »

La conversation dura encore longtemps. Sazonov évoquait ses souvenirs de jeune politicien ambitieux sous le règne d'Alexandre III. Aujourd'hui, plus rien n'était pareil, expliquait-il, on entrait dans l'ère des périls. Tous les pays du monde étaient traversés par des crises intérieures, quand ils n'étaient pas en guerre.

« Vraiment, conclut-il avec une certaine nostalgie, je souhaiterais avoir votre âge pour savoir où va le monde... »

Alexandra raccompagna les deux amis dans son fiacre à la Perspective Souvorovski. Elle retint Viktor.

« Je ne vous garde pas cette nuit! Je crois que vous avez fort à faire. Mais venez demain et dites-moi ce que vous allez entreprendre! »

Viktor l'embrassa et rejoignit Ratislav qui l'attendait sous la porte cochère.

Une dizaine de jours plus tard, le pressentiment de Sazonov se trouva confirmé. L'Empereur nommait

Stürmer président du Conseil. Considéré comme un homme à poigne, il avait la réputation d'être un anti-Tchèque notoire. Sazonov ne possédait plus aucune responsabilité dans le nouveau cabinet.

Viktor et Ratislav étaient effondrés. L'annonce, quelques heures plus tard, de l'accord de l'Empereur pour transformer la Druzina en brigade ne les réjouit même pas. Tous les efforts qu'ils avaient déployés jusqu'ici leur paraissaient vains. Comme le disait Viktor, intriguer à la Cour était un vrai métier et ils étaient singulièrement dépourvus d'expérience. L'humeur de Ratislav s'en ressentait également et les scènes avec Fédorova redoublaient de fréquence mais aussi de violence.

Un soir, alors qu'il rentrait d'un dîner chez Alexandra, Viktor perçut leurs cris du bas de l'escalier. Il grimpa quatre à quatre et se précipita dans l'appartement. Ratislav, complètement nu, poursuivit sa compagne, un pistolet à la main.

« Jilha! Jilha! » gueulait-il.

Cette fois-ci c'était juré! Il allait la tuer, cette salope qui ne cessait de le narguer! Fédorova, nue elle aussi, tentait de lui échapper. Viktor immobilisa Ratislav au sol.

« Tu es complètement fou! s'exclama-t-il. Tu te crois sur un champ de bataille? »

Ratislav grognait, ricanait, gémissait. Parfois, sans conviction, il tentait de s'échapper. Fédorova, encore tremblante, s'approcha.

« Il est enragé Viktor! Je t'assure! Il faut le faire interner! »

Ratislav se remit en colère.

« Fiche le camp, Jilha! Fiche le camp, bon dieu! »

Puis il se détendit et se mit à pleurer. Viktor relâcha son étreinte et conseilla à Fédorova d'aller dormir dans son lit. Il demeurait auprès de Ratislav qui continuait de sangloter. Cette fois-ci il n'existait plus aucun doute. Comme certains soldats sur le front, Ratislav était sujet à des crises de démence. L'espace d'un instant, la peur, la solitude, ou seulement la vue du sang, les transformaient en bêtes furieuses. Déclarés fous, on les envoyait se remettre à l'arrière. Il arrivait aussi qu'un officier moins compréhensif les envoyât en première ligne...

Viktor emmena Ratislav se coucher. Celui-ci se laissa faire et s'endormit aussitôt. Il passa alors dans sa chambre. Fédorova, enroulée dans une couverture, était assise sur le sol près de l'âtre. Elle activait le feu avec le tisonnier.

« Il est fou! répéta-t-elle. Il est fou, je te dis! J'ai peur! »

Elle sanglotait. Viktor se sentait triste. Décidément, au front ou ailleurs, la pourriture était la même! Il se rendit compte que la folie l'effrayait plus que la mort.

« Que fait-on? demanda Fédorova.

– Rien! » répondit Viktor presque brutalement.

Jamais il ne laisserait connaître au monde la maladie de son ami. Il n'était sujet qu'à des crises passagères. Que Fédorova se retirât et tout rentrerait dans l'ordre! Quand il le lui suggéra, elle refusa.

« Jamais, Viktor! Jamais je ne m'éloignerai de cet homme! Je te l'ai déjà dit, il coule dans mes veines. Et si un jour je partais et ne revenais pas, c'est que je serais morte.

– Mais demeurer ici c'est lui rappeler encore plus que Jilha n'est pas là! »

Fédorova haussa les épaules.

« C'est peut-être aussi lui éviter d'avoir des crises plus fréquentes? Comment serait-il, s'il se trouvait seul face à ce portrait de femme qu'il redessine sans cesse, de jour comme de nuit? Crois-moi, Viktor, sa folie date de longtemps. Probablement même avant qu'il ait rencontré cette fille. »

Viktor se jugeait bien incapable de fouiller le passé

de son ami. Ce qui lui importait, c'était son avenir. Quoi qu'il arrivât, il se promit de le soutenir.

« Quand tu sens qu'il déraille, préviens-moi! dit-il. On ne sera pas trop de deux pour s'en occuper! »

Le lendemain, Ratislav semblait avoir oublié l'incident. Viktor et Fédorova n'y firent pas allusion et la vie reprit son cours habituel. Les efforts de Viktor et de Ratislav consistaient maintenant à prendre de vitesse ceux qui voulaient les éloigner de la Cour. En effet, comme le Tsar n'avait encore rien décidé à leur sujet, il restait encore une chance de le convaincre.

Ce fut un échec. Le 23 février, un communiqué du Palais annonçait la décision de Nicolas II : tous les cadres supérieurs, la plupart des cadres subalternes et la langue de commandement seraient russes. Les volontaires tchèques seraient tenus à l'écart des secteurs névralgiques du front et cantonnés en Ukraine et en Bessarabie. Certains parmi eux, en nombre limité, pourraient être employés à quelques missions de reconnaissance, et uniquement à cela. Dans ce cas, ils seraient pourvus d'un armement léger.

Le même jour, on ordonnait à Viktor de rejoindre Kiev dès le début du mois de mars. Là-bas, il devrait se mettre à la disposition du colonel Vlassov.

Avec Ratislav, ils cherchèrent comment réagir. Ils durent se rendre à l'évidence : ils avaient perdu. Alexandra et Sazonov le leur confirmèrent. Il fallait obéir et attendre des temps meilleurs. Heureusement, Ratislav demeurait inconnu de l'état-major. Il pourrait donc s'installer à Petrograd et continuer à mener le travail d'information qu'ils avaient entamé.

Le surlendemain de cette annonce, Ratislav reçut un mot très court de Tchetchek le conviant à venir le rejoindre en fin d'après-midi dans un café de Chpaternaïa.

« Tiens! dit-il à Viktor. Voilà les vautours qui viennent à la curée!

– Il faut avouer qu'ils ont de quoi relever la tête! » répondit celui-ci.

Il ne parvenait pas à dominer son amertume. Décidément ils s'étaient montrés de bien piètres tacticiens pour en arriver là!

« Hé! s'exclama Ratislav. Tu ne vas pas t'effondrer maintenant! Ils ont remporté la première manche, et alors? La partie n'est pas finie. D'abord tu vas venir avec moi. Tu boiras un bon coup et tu rejoindras Alexandra. Je suis certain qu'elle te redonnera le sourire! »

A l'heure dite, les deux amis retrouvèrent Tchetchek qui attendait à une table isolée. Le café était calme. A ce moment de la journée, les équipes de l'usine Poutilov étaient toutes au travail. En voyant Viktor, Tchetchek eut du mal à dissimuler sa déception. Il le salua à peine.

« Alors? commença-t-il. Vous voyez que cela ne servait à rien de faire cavalier seul! Depuis le temps que l'Union est présente à Petrograd, elle dispose d'un solide réseau et...

– Excuse-moi, l'interrompit Ratislav, tu nous as demandé de venir fêter votre triomphe ou quoi? »

Tchetchek éclata de rire.

« Non, pas vraiment! Ceux de l'Union m'ont délégué pour t'offrir le poste de représentant de l'armée auprès de nous. Tu as de l'expérience et nous sommes certains que tu sauras y voir ton intérêt. »

Ratislav le dévisagea.

« Pauvre con! lâcha-t-il. Tu crois que j'aurais fait tout ce que j'ai fait avec Viktor sans conviction? Penses-tu que je veuille vraiment voir nos compatriotes croupir dans des camps alors qu'ils pourraient être les artisans de la victoire? Imagines-tu que je souhaite vivre sous la domination d'un Romanov après avoir été sous celle d'un François-Joseph? Tu te trompes lourdement, mon vieux! Mais l'essentiel n'est même pas là. Viktor est le représentant de nos soldats. Ils l'ont désigné, il le restera. Et ce n'est pas votre groupe de politicards véreux qui pourra y changer quelque chose. »

Tchetchek, surpris par la véhémence de Ratislav, but quelques gorgées de bière.

« En tout cas, répondit-il, heureusement que ces politicards, comme tu dis, ne se sont pas laissé impressionner par vos arguments. Sinon pour des soldats merdiques on aurait perdu le bénéfice de plusieurs années de négociations! »

Viktor bondit de sa chaise et l'empoigna par le col.

« Répète, planqué! »

Ratislav les sépara.

« Du calme, vous deux! Vous trouvez peut-être que nous ne nous sommes pas assez battus comme cela! »

Viktor s'en alla sans un mot.

« Tu as eu tort de lui parler ainsi, dit Ratislav à Tchetchek, c'est un soldat de valeur, crois-moi!

– Peut-être, mais je m'en fous! Ce qui m'importe, c'est l'avenir de notre pays. Je ne veux pas cette république que nous promet Masaryk! C'est l'anarchie sans la liberté! C'est l'aveuglement de la masse, alors que...

– Arrête! l'interrompit Ratislav. Tu répètes des discours tout faits. Ce qui compte aujourd'hui, c'est que nous contribuions à la victoire des alliés. Ce qu'on fera après? On verra! Pour ma part, ce que proposent Masaryk et Benes me convainc. Le système républicain me paraît beaucoup plus novateur que la monarchie, où l'on retrouverait les imperfections de l'Empire...

– A votre guise! lança Tchetchek, excédé. L'Histoire nous départagera »

Il planta là Ratislav, indifférent.

*

Il faisait nuit. Viktor se dirigeait vers le canal Fontanka d'un pas rapide. Peut-être Alexandra parviendra-t-elle à le libérer de sa tristesse grandissante au fur et à mesure qu'approchait son départ pour Kiev. Dans deux jours, il prendrait le train. Alexandra l'accueillit avec joie.

« Montons dans la chambre, mon ami! Il y fait plus chaud! »

Viktor retira ses bottes et approcha ses pieds du feu. Vania leur apporta le thé. Ils burent en silence, serrés l'un contre l'autre sur le canapé.

« Je n'ai pas grande envie de partir, murmura Viktor, j'ai peur de ne jamais vous revoir! »

Alexandra lui saisit la main et la caressa doucement.

« Allons, Viktor! Je ne me réjouis pas que vous quittiez Petrograd. Mais ainsi vous aidez à la naissance de votre pays. Ce n'est pas rien! Et je ne voudrais pas être l'une de ces femmes qui distraient certains hommes de leur devoir. Préparez-vous, ainsi que vos soldats! Quant à votre retour, soyez sans crainte! Je suis certaine que la pensée du Tsar évoluera. Je le connais. Je vous fiche mon billet qu'il vous ordonnera de revenir avec la même certitude de bien faire que celle qu'il éprouve aujourd'hui à vous éloigner. »

Ils gardèrent le silence. Parfois Viktor se levait et attisait le feu qui mourait doucement. Il cherchait à se rappeler ce qu'il avait vécu ici. Il emporterait ces souvenirs de bonheur avec lui. Ils viendraient s'ajouter à ceux de Svikov et l'aideraient à supporter la vie concentrationnaire. Il demanda à Alexandra de lui écrire.

« J'ai commencé, Viktor. Il existe tellement de

choses que j'ai envie de vous dire et que je n'arrive pas à formuler. Avec la plume c'est plus facile.

– Confiez-moi ces lettres, demanda-t-il, elles me soutiendront durant le voyage. »

Elle refusa.

« Pourquoi voulez-vous déjà me lire alors que vous m'avez près de vous? »

Il resta pour la nuit.

*

Fédorova, Ratislav et Viktor arrivèrent à la gare en avance.

« C'est bien, dit Fédorova, comme cela tu auras le temps de t'installer! »

En fait, ils demeurèrent sur le quai. Viktor, anxieux, observait sans cesse la foule avec l'espoir de voir apparaître Alexandra.

« Pourquoi n'est-elle donc pas là? » répétait-il.

Elle lui avait pourtant promis de venir! Ratislav tentait de trouver toutes sortes de raisons, sans conviction. Un dernier rendez-vous l'avait retenue... La roue du fiacre s'était brisée... A chaque fois, Viktor refusait l'explication. Soudain, il aperçut deux bras s'agiter au-dessus des têtes. C'était elle! Il courut à sa rencontre.

« Viktor! Viktor! dit-elle hors d'haleine. Ne m'en veuillez pas d'être en retard. J'ai une bonne nouvelle pour vous. Au moment où je partais, Sazonov est arrivé et m'a confié ce message qu'il vient de recevoir de Paris. En fait, il vous est adressé! »

Viktor s'en empara avec impatience.

« Messieurs, écrivait Masaryk, nous avons bien reçu vos deux télégrammes. Pardonnez-nous de vous répondre avec un tel délai mais il fallait d'abord résoudre certains problèmes politiques à Paris. Votre attitude et vos choix sont les bons. Nous souhaitons également que nos contingents soient utilisés pour la victoire. Je sais les difficultés que vous rencontrez auprès de l'Union qui a choisi l'option monarchiste. Attachez-vous à les convaincre. Au besoin, doublez leur action! Je vous laisse juges de la meilleure attitude à adopter. Il va de soi qu'actuellement il m'est impossible de me rendre à votre invitation. L'un de mes proches collaborateurs le fera quand le rapport des forces inclinera en notre faveur. Je vous redis mon entière confiance. Persévérez dans la voie que vous avez choisie. Peut-être vous faudra-t-il être patients, comme nous devons l'être tous. Mais un jour l'évidence triomphera. Vive la République! Vive la Tchécoslovaquie! »

Viktor ressentait une grande fierté. Ces quelques lignes équivalaient à un premier succès. Masaryk les reconnaissait comme interlocuteurs et les soutiendrait à l'avenir.

« Merci de ta fidélité et de ton amitié..., murmura Viktor à Ratislav.

– Elles te sont acquises, mon vieux! répondit celui-ci. Et compte sur moi pour faire avancer les choses pendant ton absence! »

Viktor échangea un regard avec Fédorova. Elle lui adressa un signe imperceptible de la tête pour signaler qu'elle n'avait pas oublié ses engagements.

Le train s'ébranlait. il grimpa sur le marchepied. Alexandra hâta le pas et lui tendit une enveloppe. Il agita la main jusqu'à ce que le quai eût disparu derrière le rideau de fumée de la locomotive.

CHAPITRE XI

VIKTOR n'ouvrit pas tout de suite la lettre d'Alexandra. Il souhaitait la deviner avant de la lire. Peut-être même l'oublier pour éprouver plus de plaisir lorsqu'il la redécouvrirait? Il s'intéressait au moindre détail pittoresque du paysage. Une maison enfouie sous la neige, un traîneau avançant avec difficulté, un vol de corbeaux affamés. Il attendit que le soleil vînt illuminer le compartiment pour déchirer l'enveloppe.

« Viktor chéri,

J'écris ces lignes quelques heures à peine avant votre départ qui me peine plus que je ne l'affiche. Je me retrouve face à vous comme je l'étais, adolescente, face à mon premier amour. Curieux, non? Quand on sait votre indifférence (toute relative, d'ailleurs!) au corps de la femme. Je me suis beaucoup interrogée sur les ressorts secrets de notre union, que ma mère chérie eût qualifiée de bien mal assortie. Quand le désir immédiat, dévastateur, destructeur parfois, celui de la passion, n'est pas le troisième personnage de l'amour entre un homme et une femme, alors quelles sont donc ces mille autres nécessités qui les poussent néanmoins dans les bras l'un de l'autre? C'est sur cette question, fondamentale pour une femme telle que moi, amante plutôt qu'amoureuse, que je m'attarde. Et je veux partager avec vous les réponses qui me viennent pêle-mêle à l'esprit. Un vrai charivari, mon Viktor! Vous représentez pour moi la provocation, le défi, l'incompréhensible! Vous êtes le symbole de l'inachevé... Et pourtant, je vous aime! Mon besoin de mystère, que je traîne depuis l'enfance, m'incline-t-il aussi à ce sentiment? Mais cela me paraît une explication un peu courte! Je me demande si, au fond, je ne suis pas moi-même pervertie? Je vous aimerais totalement parce que justement vous ne pourriez m'aimer qu'à tempérament? Et j'apprécierais l'insatisfaction que cela me procure parce qu'elle me donnerait l'occasion de déployer encore plus toutes les facettes de ma séduction?

Viktor, j'apprécie aussi vos caresses. Vous n'avez pas le doigté d'un soldat mais plutôt celui d'un artiste qui découvre la beauté sans l'abîmer. Je suis sûre que cela vous étonne, n'est-ce pas? Et pourtant! Beaucoup d'hommes ont partagé mon lit, aucun n'a su réellement m'émouvoir comme vous! Vous êtes toujours légèrement en décalage. Vous semblez fort et pourtant vous n'êtes que fragilité. Je le sens quand vous évoquez Svikov, votre famille, votre travail...

Votre existence, ce serait un peu de la laine vierge tissée sur une trame de crochet. Elle n'est qu'apparence. Vous n'adhérez pas aux autres, aux événements, ce sont eux qui vous sollicitent, comme si vous portiez à votre insu une réponse aux multiples interrogations qu'ils posent. C'est ainsi que vous m'avez aidée à y voir clair sur bien des aspects obscurs de moi-même. Ceux qu'on laisse en jachère parce qu'on pressent qu'il serait trop dangereux de s'y intéresser! Je ne vous en parlerai pas maintenant. Je veux d'abord qu'on vive ce qu'il sera possible de vivre ensemble. Jusqu'à ce jour que j'appréhende déjà où nous devrons nous séparer au nom de l'Histoire. Viktor chéri, revenez-moi vite! Echappez à vos militaires encore quelque temps, ne serait-ce que pour terminer ici le travail que vous avez commencé. Je doute, pour ma part, que Ratislav suffise à la tâche. Ne voyez aucune méchanceté dans ce propos. Mais lui, aime ce qu'il fait comme une aventure, au contraire de vous qui agissez par conviction.

A bientôt, Viktor. Ecrivez-moi. Même des mots griffonnés! Je saurai ainsi que vous ne m'avez pas oubliée. Votre Alexandra. »

Viktor se cala sur le siège et se laissa bercer par le tangage du wagon. Il éprouvait le besoin de se recroqueviller sur lui-même, de s'isoler des autres voyageurs et du paysage lumineux qui défilait devant ses yeux pour mieux savourer les mots d'Alexandra. Savoir ses voisins dans l'ignorance de ce qu'il vivait redoublait son plaisir.

Déjà, il lui répondait. Bien sûr qu'il reviendrait vite et partagerait avec elle tout ce qui serait possible! Pour cela, il saisirait le moindre prétexte qui se présenterait. Heureux, il finit par s'endormir.

Le voyage dura plus longtemps que prévu. Des convois prioritaires de l'armée russe obligeaient parfois le train à s'arrêter dans des gares de campagne durant de longues heures. Viktor était éreinté en arrivant à Kiev. Il prit un fiacre pour rejoindre le camp.

Il remonta à pied la large allée qui menait au quartier général. Les regards surpris des soldats, qui ignoraient son retour, accentuaient son sentiment de se retrouver en terre étrangère. Il avait tout oublié. Les barbelés, la tristesse des visages et la terre durcie par le gel.

Durant la soirée il discuta avec les membres de l'état-major. Ils lui rendaient compte d'événements récents qu'ils n'avaient pas mentionnés dans leurs derniers messages. Lui, leur racontait Petrograd et les négociations qu'il avait menées. Ils se séparèrent tard dans la nuit. Le lendemain, il verrait Vlassov, puis s'adresserait aux hommes.

Demeurés seuls de chaque côté de la table, Jaroslav et Viktor se dévisagèrent un long moment. La lampe à pétrole faisait étinceler leurs yeux et accusait leurs traits. L'un et l'autre attendaient de retrouver des émotions anciennes, leur désir aussi. Viktor commença de relater ce qu'il avait vécu à Petrograd. Longtemps, il s'attarda sur Alexandra, sur son trouble, et cette joie particulière qu'il avait ressentie avec elle pour la première fois de sa vie. Mais Jaroslav n'avait pas à s'inquiéter. Cela n'avait rien changé.

A son tour, son ami lui confia son attente anxieuse et la pesanteur de la solitude qu'il oubliait en se consacrant avec acharnement à son activité militante. Ils se couchèrent peu de temps avant le lever du jour.

Vlassov reçut Viktor en début d'après-midi.

« Sincèrement, dit-il avec un large sourire, je suis heureux que vous soyez de retour. Vos officiers sont tellement ennuyeux! Mais parlez-moi plutôt de Petrograd. Si j'ai bien compris le sens du télégramme que m'a adressé l'état-major, je suis désormais votre chef. »

Viktor accrochait parfois le regard du colonel, masqué par la fumée de son cigare. Il y brillait toujours la même lueur à la fois moqueuse et nostalgique.

« C'est exact! répondit-il. Et je viens recevoir vos consignes...

– Toujours pareil! Discipline! Discipline! plaisanta Vlassov. Je vous en prie, lieutenant. Vous me connaissez. Imaginez-vous que je vais considérer cet ordre avec sérieux? Que dès demain je vais faire crapahuter vos hommes? Allons! Continuez à exercer votre autorité comme auparavant. Tenez-moi seulement au courant de ce qui se passe pour que je puisse en rendre compte à Petrograd ni nécessaire.

– Je vous remercie, colonel! »

Vlassov lui proposa du café, avant de reprendre :

« Lieutenant, j'ai apprécié, disons... votre prise du pouvoir! Vous vous êtes révélé un habile tacticien. J'ai de l'estime pour vous. Venez me voir de temps en temps, cela nous distraira l'un et l'autre de nos devoirs militaires! »

Il demanda des nouvelles de Ratislav et l'interrogea sur l'ambiance qui régnait dans la capitale.

« Je suis soucieux, comprenez-vous! Ici, à Kiev, la population s'agite. Les Bolcheviks prennent de plus en plus d'importance. De même qu'au camp, d'ailleurs! Et j'ai l'impression que certains de vos amis n'y sont pas étrangers. »

Viktor ne savait pas si l'inquiétude du colonel était légitime. Il repensa à ce que Fédorova et Jaroslav répétaient à propos des bouleversements futurs. Avaient-ils raison? Il préféra répondre à Vlassov par une question :

« Croyez-vous que la révolution que promettent les Bolcheviks éclatera un jour? »

Vlassov esquissa une moue fataliste.

« Bien sûr! Je suis même convaincu qu'elle a déjà commencé et que le pouvoir central n'y résistera pas. Je sais aussi que moi et d'autres de mon espèce en seront les premières victimes et...

– Eh bien? l'interrompit Viktor. Puisque vous croyez dur comme fer en souffrir, pourquoi ne prenez-vous pas les devants? Luttez contre de toutes vos forces! Ou bien associez-vous à ceux qui la fomentent! »

Vlassov émit un petit rire triste et tira plusieurs bouffées sur son cigare.

« Je ne m'y opposerai jamais, lieutenant, parce

que c'est probablement le sens de l'Histoire. Depuis Cronstadt, le mouvement ne cesse de grandir. Quant à y adhérer, cela m'est impossible. Je n'ai rien de commun avec ces factieux. Tout nous sépare. L'éducation que j'ai reçue, les valeurs auxquelles je suis attaché et puis... l'enthousiasme! Je n'ai plus l'âge des remises en cause radicales. »

Viktor se tut. Vlassov l'émouvait. Il aurait voulu le lui dire mais il ne trouvait pas les mots. Irrité par son impuissance, il préféra changer de sujet.

« Colonel, j'ai l'intention de m'adresser aux hommes pour leur communiquer les résultats de mes négociations à Petrograd et leur expliquer ce que l'on attend d'eux!

– Faites! Faites! » répondit Vlassov.

Il se leva et regarda le camp par la fenêtre.

« Soyez gentil, reprit-il, aidez nos moujiks à préparer leur prochaine récolte. Ce sont eux, la Russie à laquelle je crois. »

Viktor prit congé et rejoignit son cantonnement. Le long du chemin il chercha à se défaire de sa mélancolie en se récitant les phrases qu'il prononcerait devant le contingent.

Sous la conduite de ses officiers, chaque régiment s'aligna sur un vaste terrain enneigé, à l'ouest du camp. En signe de bienvenue, les soldats avaient lavé leurs uniformes et leurs pèlerines. Indifférents au froid, ils attendaient l'arrivée de Viktor. Quand celui-ci parut, ils se figèrent au garde-à-vous en criant « Vive la Tchécoslovaquie! »

Viktor, ému, lança à son tour la devise et emboucha le porte-voix :

« Vous m'avez délégué auprès de ceux qui nous représentent à Petrograd. Il s'agissait de les convaincre de notre volonté de combattre pour la victoire, et la naissance de notre pays. J'ai échoué. J'étais parti avec la certitude que cette proposition serait accueillie avec joie par nos compatriotes et par les Russes.

Je m'étais trompé. Pour des raisons politiques parfois obscures, ni les uns ni les autres n'ont voulu accéder à ma demande. Aujourd'hui encore, nous sommes donc contraints de demeurer dans cette enceinte. Je sais votre déception, elle fut la mienne. Toutefois il ne faut pas perdre espoir. Durant mon court séjour à Petrograd j'ai rencontré de nombreuses personnalités russes ou étrangères. Beaucoup nous soutiennent et nous aideront le moment venu. Par ailleurs, et c'est le plus encourageant, la pensée du Tsar et de l'état-major russe a quand même évolué. Nous sommes désormais reconnus et leur préoccupation de résoudre notre problème est réelle. Comme je vous l'ai déjà communiqué, la Druzina, composée uniquement de Tchèques habitant la Russie avant le conflit, est transformée en brigade opérationnelle. C'est un premier pas. En effet, certains d'entre nous, volontaires, pourraient y être affectés et employés à des missions de reconnaissance sur le front. Que les autres continuent d'apporter leur aide, appréciée aujourd'hui par les autorités, à tous les paysans de la région et petit à petit, la Druzina, je vous en fais le serment, deviendra l'armée tchèque tout entière!

» Ma mission est arrivée à son terme. Il vous appartient désormais de dire si vous souhaitez à nouveau me faire confiance pour que je tente d'aboutir. »

Des vivats enthousiastes s'élevèrent des rangs. Des centaines de bras se levèrent en signe d'approbation puis les hommes entonnèrent une vieille ballade tchèque. Les gardes russes, surpris par cette clameur fervente, s'approchèrent des barbelés. Bouleversés, ils l'écoutèrent jusqu'à son terme.

Plus les jours passaient, plus Viktor devenait irritable. Jaroslav lui en faisait souvent la remarque et tentait de savoir pourquoi. A chaque fois il se heurtait à un mur. Un soir, alors qu'ils se trouvaient seuls dans leur carrée, il se mit en colère :

« Mais enfin merde! Voilà près d'un mois que tu es rentré et pas un seul jour tu n'as cessé de faire la gueule! Les officiers n'osent même plus te parler! Ils s'informent auprès de moi pour savoir si ton humeur est bonne ou mauvaise! Je n'obtiens de toi que des réponses évasives, quand je ne me fais pas rembarrer! Crois-tu que cette situation pourra durer longtemps? Ce n'est pas de cette manière, je crois, qu'on dirige plusieurs milliers d'hommes et qu'on les mène à la victoire. »

Il se tut. Viktor, allongé sur le lit, tirait sur sa cigarette, le regard fixé au plafond. Il trouvait légitime l'irritation de son ami. Mais par quoi commencer pour définir ce malaise avec lequel il s'éveillait chaque matin? Comment dire qu'il pensait sans cesse à Alexandra et attendait ses lettres avec l'impatience de l'amour? Un amour, d'ailleurs, dont il ne percevait pas très bien de quoi il était fait. Comment expliquer aussi qu'il avait besoin d'Alexandra et de Jaroslav ensemble pour être heureux? D'autre part, il supportait de moins en moins de laisser Ratislav agir à sa guise. D'après ses messages, la situation politique à Petrograd évoluait rapidement. Stürmer, le président du Conseil, plus que jamais influencé par Raspoutine et la Tsarine, souhaitait que les déserteurs tchèques fussent purement et simplement rendus aux Autrichiens! Par contre, dans le même temps, Chouvaiev, le ministre de la Guerre, favorable aux alliés, présentait un mémoire à l'Empereur où il défendait l'idée d'une armée tchèque autonome. Enfin, Tchetchek l'avait approché à plusieurs reprises. Il prétendait que l'Union voulait à nouveau collaborer avec eux.

Pour ces raisons, Viktor tenait à être présent là-bas. Il désirait mener à son terme la mission dont il se sentait désormais investi, en disposant du pouvoir. De tout le pouvoir!

« Que dirais-tu de m'accompagner à Petrograd? demanda-t-il à Jaroslav.

– Mais enfin! s'étonna ce dernier. Tu as reçu l'ordre de demeurer ici! Retourner là-bas, c'est désobéir aux Russes, lesquels, je te le rappelle, sont pour l'heure nos supérieurs. Quant à moi, tu sais très bien en quoi consistent mes activités ici. Les camarades de Kiev ne comprendraient pas que je m'en aille alors que la situation exige que nous soyons mobilisés à nos postes et...

– Je t'en prie, Jaros! Entre la révolution, l'avenir de nos hommes et de notre pays, je n'hésiterais pas.

– Veux-tu me faire croire que tu veux rejoindre la capitale uniquement pour la Tchécoslovaquie? N'y aurait-il pas aussi Alexandra qui t'y appelle? »

Viktor sourit.

« Fais-toi désigner pour une mission auprès des gars du Soviet de Petrograd! D'après Fédorova, ils seront l'âme de la Révolution! Alors? »

Jaroslav finit par accepter.

« Tu as parfois de mauvaises raisons pour agir, conclut-il, mais tu sais toujours en inventer de bonnes pour les autres. »

Vlassov ne fut pas difficile à convaincre. Il trouvait cohérente la décision de Viktor. Il ne regrettait qu'une chose : avoir à nouveau à supporter certains officiers aussi ennuyeux que la pluie.

Les deux amis prirent l'express le 13 avril.

*

Viktor pestait intérieurement. A la vitesse à laquelle ce tortillard avançait, ils n'atteindraient jamais Petrograd! Jaroslav, qui dormait en face de lui, l'agaçait encore plus. Comment y parvenait-il dans un tel vacarme de ferraille et ballotté sans arrêt sur son siège? Il ignorait que son ami fût capable de s'isoler ainsi. Il ressentit un violent désir de lui parler. Il allait l'éveiller quand un soubresaut plus fort que les autres lui fit ouvrir les yeux.

« Nom d'un chien! s'exclama Viktor. Je t'admire de t'assoupir dans un tel raffut!

– Quand je suis fatigué, répondit Jaroslav, je m'endormirais sous un bombardement! »

Il se redressa et regarda par la fenêtre. A quelques mètres de la voie, des paysans labouraient la terre pour de prochaines récoltes. Montés sur des chevaux, des régisseurs les harcelaient à l'aide de leurs fouets pour les faire travailler plus vite.

« Salauds! gronda Jaroslav. Vous ne perdez rien pour attendre!

– Bah! Accepte donc la réalité une bonne fois pour toutes! dit Viktor. Il se trouvera toujours des types comme ceux-là pour en terroriser d'autres! A la scierie de Svikov, c'était Klofatsch; dans l'armée, ce sont les juteux des bataillons disciplinaires.

– Tu me fais rire avec ton fatalisme! Pour toi, sous prétexte que cela existe, cela doit toujours exister! Eh bien non! Dans peu de temps on va en finir. On va les bousiller, ces ordures! Et on reconquerra la liberté! Tu vois ces moujiks qui triment comme des esclaves! Cette terre, qui appartient aujourd'hui à un riche, sera la leur. Les usines seront aux ouvriers, le pouvoir au peuple.

– Je serais curieux de savoir comment tu vas parvenir à renverser ainsi l'ordre des choses..., ironisa Viktor.

– C'est simple! Le monde se partage en deux catégories d'individus. Ceux qui possèdent tout... Les privilégiés! Et les autres. Or les premiers sont la minorité. On les identifiera et on leur reprendra leurs terres qui deviendront propriété de l'Etat! Celui-ci sera alors chargé de redistribuer les richesses aux plus pauvres pour...

– Et si les privilégiés refusaient de se laisser démunir? l'interrompit Viktor.

– On les exécutera! »

Viktor secoua la tête, l'air incrédule.

« Nous savons bien que la Révolution ne sera pas pacifique, reprit Jaroslav, il y aura de la violence, des morts, des destructions. Nous y sommes prêts.

– Cette détermination froide m'étonne de ta part. Je te croyais plus sensible que cela.

– C'est toi qui m'as fait aussi acharné, répliqua Jaroslav. Un jour, à Przemysl, tu as changé et j'ai changé avec toi. Tu es devenu un exemple. On admirait ton talent à commander, ta volonté d'aboutir. D'ailleurs si les soldats t'écoutent, ce n'est pas un hasard.

– Et pourtant! » murmura Viktor.

Jaroslav n'avait pas entendu et continuait :

« Tu possèdcs l'aura dcs chcfs. On nc sc dcmandc plus s'il faut te suivre ou non, on a confiance et on y va. »

Après un silence, il ajouta d'un ton de regret :

« Ce sont des hommes comme toi dont nous aurions besoin pour la Révolution. »

Viktor ne répondit pas. Il s'imaginait à la tête de ses milliers de compatriotes en train de traverser les immenses étendues qui défilaient devant ses yeux. Mais pour aller où? Il aimait cette incertitude imposée par l'avenir. Il éprouvait en même temps la conviction qu'il ne mourrait pas avant d'avoir ramené l'armée tchèque à Prague.

Il regarda de nouveau Jaroslav.

« Tu sais, lui dit-il, je ne serais pas grand-chose sans ton sang-froid et ton cynisme! C'est grâce à toi qu'on a pu déserter à Duckla sans trop de casse. Grâce à toi aussi qu'on a réduit Ratislav à notre arrivée à Kiev.

– Peut-être! Peut-être! répéta Jaroslav. Probablement me proposes-tu de faire ce que je sais faire, voilà tout. »

*

Quand ils arrivèrent Perspective Souvorovski, Lydia balayait l'entrée de l'immeuble. Dès qu'elle reconnut Viktor, elle se précipita vers lui pour l'embrasser. Elle lui fit signe de la suivre à la loge, où elle lui tendit une enveloppe. C'était un mot d'Alexandra. Il pouvait venir quand il le voulait. Elle l'attendait! Tout à sa joie, Viktor étreignit la concierge.

Jaroslav s'installa dans l'une des pièces inoccupées. Il fit le tour de l'appartement.

« Un vrai château! répétait-il. Un vrai château!

– Ne te laisse pas séduire par le confort! plaisanta Viktor. Tu es ici pour faire la révolution.

– Pauvre con! Les bons révolutionnaires ont toujours le ventre plein!

– Dans ce cas, à midi je t'emmène au café Ossoupov! Il paraît que c'est le lieu de rendez-vous de tes camarades! »

Ratislav et Fédorova, qui rentrèrent un peu plus tard, les accompagnèrent.

Viktor avait l'impression de redécouvrir la ville. La Neva avait retrouvé son flot puissant et ne charriait plus que des îlots de glace épars. Le soleil, plus lumineux que chaud, éclairait les façades blanches des immeubles de la Perspective Nevski. En passant le pont sur le canal Fontanka, il imagina le chemin qu'il parcourrait au retour pour rejoindre Alexandra.

Les toits dorés de la cathédrale de Kazan étincelaient et se reflétaient sur les vitres de la Douma municipale. Jaroslav qui visitait Petrograd pour la première fois, se réjouissait de tant de beauté. Fédorova partageait son enthousiasme et lui racontait l'histoire de chaque bâtiment qu'ils rencontraient.

La brasserie, pourtant très fréquentée à l'heure du déjeuner, surprenait par son silence.

« On y conspire ici! On n'y cause pas! » dit Ratislav quand ils furent assis.

Aussitôt il commença de rendre compte à Viktor de ce qu'il avait fait ces dernières semaines.

Jaroslav et Fédorova n'écoutaient pas. Viktor les ayant présentés l'un à l'autre comme des militants révolutionnaires, ils se préoccupaient surtout des meneurs bolcheviks réunis quelques tables plus loin.

« Tu vois, précisait la jeune femme, celui qui mange comme un goret, c'est Chliapnikov. L'autre en face, au visage sévère, Krylenko. Les deux autres qui font un aparté, Lounatcharski, un écrivain, et Melnitchanski. »

Jaroslav tournait sans cesse la tête vers eux et questionnait Fédorova, sans même attendre les réponses. Où pouvait-on les rencontrer? Etait-ce possible de leur parler? L'emmènerait-elle à l'une de leurs réunions?

Ratislav continuait son récit. Il semblait qu'au sein de l'Union, les mentalités avaient évolué, d'autant plus que les Russes, certains d'être les artisans de la victoire finale sur les Empires centraux, donnaient de moins en moins de garanties. Peut-être feraient-ils de la Bohême un royaume, mais peut-être aussi l'annexeraient-ils! Or, justement, Tchetchek en était ébranlé, et souhaitait s'entretenir à nouveau avec Viktor. Peut-être était-ce pour les aider à prendre la direction de l'Union?

Viktor n'aimait pas ce Tchetchek. C'était un privilégié tel qu'il les avait toujours détestés! Pourtant, si l'avenir de la Tchécoslovaquie dépendait en partie de cette discussion, il l'accepterait. Il ne donna aucune assurance à Ratislav, préférant se réserver pour l'avenir.

Trois heures sonnaient à la cathédrale de Kazan quand ils sortirent du café. Ils se séparèrent.

Pour se rendre chez Alexandra, Viktor fit un détour et suivit les quais de la Neva qu'il avait déjà arpentés avec elle. Il s'arrêta à contempler les flèches effilées de la forteresse Pierre-et-Paul qui devait défendre, disait-on, l'accès du fleuve par le golfe de Finlande. Il s'engagea ensuite dans la Perspective Gorokhovaïa qui menait droit à la maison de la jeune femme. L'envie de la serrer dans ses bras lui fit hâter le pas.

Vania lui ouvrit et lui indiqua l'étage d'un hochement de tête. Il grimpa l'escalier et frappa.

« Entrez, Viktor! »

Alexandra se trouvait assise près de la fenêtre.

« Je vous ai vu approcher et vous n'avez même pas regardé si je vous guettais? Ne m'aimeriez-vous donc plus? »

Il ne répondit pas et l'embrassa. Il s'agenouilla et posa son visage sur son ventre. L'odeur forte de parfum d'Orient, qu'Alexandra affectionnait particulièrement, l'enivrait.

« Parlons tout de suite de vos affaires! dit-elle, avant que je m'abandonne. Sazonov veut vous voir le plus vite possible. Il a des nouvelles de la Cour particulièrement encourageantes pour votre cause. Il n'a pas voulu m'en dire plus. Je m'en suis offusquée d'ailleurs, mais il m'a rétorqué que le secret était une vertu cardinale. Je crois surtout qu'il me considère encore comme une gamine étourdie, incapable de garder sa langue! Enfin! De mon côté, je ne suis pas demeurée inactive. Une manière, mon cher Viktor, d'être proche de vous par la pensée. J'ai joué les espionnes. Il se trouve que Stürmer, le président du Conseil, m'a conviée à l'une de ses réceptions et a eu la courtoisie de me faire la cour. Je ne l'ai pas découragé. Pour vous! »

Elle pouffa de rire et reprit :

« Je crois aussi que c'était pour faire enrager sa femme, laide comme un pou, qui m'a regardée d'un air mauvais durant toute la soirée. »

Viktor ne réagissait pas. Il se sentait comblé d'entendre la voix un peu rauque d'Alexandra et de sentir ses doigts effilés caresser ses cheveux. Elle continuait son récit :

« " Vous savez, ma chère, me dit Stürmer, bien que je ne sois pas militaire, je reste convaincu qu'un déserteur n'est pas un bon soldat. Et à ce titre, il ne mérite pas la confiance. Cela vous explique pourquoi je n'encourage pas Sa Majesté à accorder des droits à ces Tchèques. " Dans un murmure, il m'a fait comprendre qu'il ne tenait pas non plus à s'opposer à la Tsarine et à Raspoutine. Cela avait coûté le renvoi au précédent Cabinet. Lui voulait durer plus longtemps! J'ai évoqué alors le rapport de Chouvaiev, le ministre de la Guerre, dont tout Petrograd sait qu'il vous est favorable. Stürmer a balayé l'objection d'un geste de la main, ma foi très impérial... " Une toquade du Tsar! " a-t-il lâché. Il m'a ensuite demandé s'il pouvait m'être utile... »

Elle s'interrompit.

« Et alors? l'interrogea Viktor, feignant d'être inquiet.

– Seriez-vous jaloux? Eh bien rassurez-vous! Je l'ai reconduit jusqu'à sa femme et l'ai planté à son bras! »

Viktor se leva et lui fit face. Les dernières lueurs du jour éclairaient le visage d'Alexandra en soulignant la douceur de ses traits. Il l'embrassa sur la joue. Soudain, elle s'agrippa à lui.

« Aimez-moi, Viktor! Comme vous le voulez ou le pouvez! J'ai besoin de la force de vos bras. »

Il la serra contre lui.

« Qu'avez-vous? Etes-vous inquiète...

– Je ne sais pas! Quand je suis heureuse, je pense aussitôt à la mort et je sens s'éloigner ceux que j'aime. Comment vous dire? L'étrange impression d'être certaine de saisir et pourtant de ne jamais tenir. Comprenez-vous? »

Il l'étreignit plus fortement. N'avait-il pas lui-même cette sensation de vivre tout en portant la mort en lui? Ce qui, justement, l'empêchait de profiter jusqu'au bout des plaisirs de l'existence.

« Peut-être s'aimer aide-t-il à fixer un peu mieux les choses? commença-t-il. On s'arrête et on... »

Elle lui posa la main sur la bouche et l'entraîna vers le lit.

Plus tard dans la nuit, Viktor alluma un feu. Enlacés sur le canapé, ils regardaient danser les flammes. Soudain, il évoqua la présence de Jaroslav à Petrograd. Il avait besoin qu'elle le sût.

« Ainsi, vous avez amené l'autre partie de vous-même? » s'étonna-t-elle.

Il garda le silence.

« Je serais curieuse de le rencontrer, reprit-elle. On aime toujours connaître la pièce du puzzle dans laquelle on s'emboîte. »

Il lui prit la main et fit tourner la bague qu'elle portait à son index.

« Ne faut-il pas justement plusieurs pièces pour que le puzzle soit complet? dit-il.

– Vous avez raison, Viktor chéri! Mais j'aurais tellement préféré qu'il n'en comportât que deux... »

*

Chaque jour, Ratislav entreprenait Viktor pour qu'il acceptât de rencontrer Tchetchek.

« Je t'assure, disait-il, c'est le meilleur moyen de prendre l'avantage au sein de l'Union. Par sa place privilégiée auprès de Svoboda, il peut faire basculer la majorité. »

Viktor finit par céder mais insista pour le voir seul et dehors. Il fut décidé qu'ils se verraient au parc Ossoupov le 17 avril en fin d'après-midi.

Tchetchek était en retard. Viktor arpentait le terre-plein donnant accès au jardin. De nombreux enfants s'amusaient dans le cours central. Certains faisaient rouler de grands cerceaux, d'autres plus vieux jouaient à chat et se cachaient en criant derrière les troncs des chênes. Il vit apparaître Tchetchek au détour d'une allée secondaire. Comme il avait changé! Avec la moustache qu'il avait laissée pousser, il paraissait dix années de plus. En même temps, son allure semblait moins arrogante.

Ils se serrèrent la main et marchèrent un long moment, jusqu'à ce que Tchetchek proposât de s'asseoir sur un banc.

« J'irai tout de suite au fait, commença-t-il. C'est moi qui ai sollicité cette entrevue. Je trouve stupide que nous apparaissions désunis face aux Russes alors que nous poursuivons le même but. J'en ai parlé à Svoboda qui s'est laissé convaincre. Il faudrait que vous assistiez de nouveau à nos réunions et que vous mettiez votre compétence au service de... »

Il hésita.

« Au service de quoi? enchaîna aussitôt Viktor d'un ton volontairement glacé. C'est justement la question! Je refuse votre idée d'un royaume de Bohême sous domination russe. Autant dire que nous deviendrions l'une de leurs colonies. Et au centre de l'Europe, avec ce que cela supposerait de rancœur et d'envie de la part des uns et des autres! »

Tchetchek ne répondit pas immédiatement. Il observait le jeu puéril de deux amoureux assis un peu plus loin. La femme refusait de se laisser embrasser et reculait sur son siège en gloussant. Il se tourna vers Viktor.

« Cela vous étonnera peut-être, mais notre dernière rencontre, aussi courte fût-elle, m'a amené à réfléchir. Ratislav m'a expliqué votre démarche. Elle me séduit. Seulement voilà! Je porte avec moi le poids de la tradition. Vous savez, ces idées bonnes ou mauvaises qu'on jure de respecter à n'importe quel prix. Je sais, c'est dérisoire! Mais c'est ainsi! Depuis Ian Huss peut-être, ma famille lutte pour l'instauration d'un royaume de Bohême. Et moi, je suis venu ici après avoir promis de me battre pour cela.

– Ce n'est pas ridicule, assura Viktor. On défend tous quelque chose qu'on croit juste parce qu'on le répète depuis des générations dans sa famille. C'est pareil pour moi. Seulement, en ce qui me concerne, disons que c'est moins noble. Savez-vous ce que ma mère m'a toujours demandé de respecter?

– Non!

– Le bois! Eh oui, le bois! Depuis des centaines d'années on en coupe là-bas à Svikov et on l'aime. Or vous voyez, aujourd'hui c'est le règne de la ferraille. On en prend même plein la gueule sur les champs de bataille! Alors moi aussi, il va bien falloir que je renie la tradition.

– Soit! reprit Tchetchek en souriant. Mais voilà, même si je ne suis pas sûr que la solution monarchique soit la meilleure, je ne suis pas non plus certain que la république soit la bonne! On raconte que Masaryk, Benes et les socialistes sont des révolutionnaires qui veulent uniquement la mort des rois. »

Viktor se leva.

« Je ne connais pas ces gens-là! affirma-t-il. Tout au plus en ai-je entendu parler par certains. Sazonov par exemple. Je n'ai pas l'impression qu'ils soient aussi dangereux que cela. Et quand bien même! Leur système serait-il plus nuisible que l'Empire pour les familles pauvres comme la mienne? La république, pour le peu que j'en sais, c'est la démocratie et cela répond complètement à mes aspirations. »

Tchetchek se mit debout à son tour.

« Je ne sais plus ce qui est le mieux, avoua-t-il. Ce que je sais par contre avec certitude, c'est qu'il faut gagner face aux Russes l'autonomie de notre armée. En cela je suis d'accord avec vous et vous pouvez nous aider! »

Ils discutèrent encore longtemps en arpentant les allées du parc. Viktor finit par se rendre aux arguments de Tchetchek. Mais il mit deux conditions à leur retour. Les membres de l'Union devraient l'approuver à l'unanimité. Lui et Ratislav disposeraient chacun d'une voix en cas de vote. Tchetchek lui promit que ces exigences seraient respectées.

Cinq jours plus tard, Viktor et Ratislav se retrouvèrent à nouveau autour de la grande table des délibérations. On se mit au travail et, selon la tradition, chacun des délégués fit part aux autres d'éléments nouveaux dont il pouvait avoir eu connaissance. Svoboda intervenait, quand un jeune commissionnaire de l'Union fit une entrée intempestive.

« Excusez! dit-il en brandissant le journal *La Nouvelle Russie*. Il paraît, d'après la concierge, qu'il y a un article sur vous! »

Svoboda s'en empara. Le titre s'étalait en lettres grasses sur la première page : « Le Tsar consent la mise en liberté des prisonniers slaves, dont les organisations tchèques et slovaques de Russie se porteront garantes! »

Prenant conscience du silence de l'assistance, il relut à haute voix. Ce fut une explosion de joie. Dorénavant, on était sur la voie de l'autonomie pour l'armée tchèque! Ce n'était plus qu'une question de temps!

Svoboda eut beaucoup de mal à rétablir le calme pour lire l'article. Le journaliste écrivait que c'était le résultat d'un long travail de maturation de la part de Sa Majesté et du Gouvernement, qui montraient ainsi leur volonté d'aider les peuples de Bohême à gagner leur liberté.

Une vive discussion s'instaura. Pour les uns, il fallait demander au gouvernement russe les moyens financiers nécessaires à l'entretien de l'armée et une déclaration publique garantissant l'indépendance au futur Etat tchèque, quel que soit son système politique. D'autres au contraire, hésitaient, à l'instar de Viktor et Ratislav. Svoboda mit fin au débat.

« Mes amis, proposa-t-il, je crois qu'il est préférable que nous prenions un moment de réflexion et consultions les groupes que nous représentons ici. Nous serons mieux en mesure de déterminer une position officielle et de faire paraître un communiqué. »

La majorité trouva la suggestion opportune. Rendez-vous fut donc pris pour le lendemain matin.

Viktor et Ratislav revinrent à pied. Ni l'un ni l'autre ne partageaient l'enthousiasme de certains, sans parvenir à expliquer pourquoi.

« Un pressentiment, peut-être..., supposa Viktor.

– Oui! approuva Ratislav. Moi aussi, j'ai l'impression que cela va trop vite, que c'est trop beau pour être vrai! »

Viktor jugeait sa propre inquiétude excessive. Il avait beau examiner la question sous tous ses aspects, il ne remarquait aucune anomalie. Et pourtant... Peut-être Alexandra l'aiderait-elle à y voir plus clair? Il décida de la rejoindre. Il quitta Ratislav qui continuait vers la Perspective Souvorovski et s'engagea sur le quai du canal Fontanka.

« Je suis heureuse que vous soyez venu! lui dit Alexandra. J'allais justement vous chercher! Sazonov m'a téléphoné, il veut absolument vous rencontrer. Nous allons chez lui de ce pas. J'espère que vous aimez marcher. Ivanov est malade et je ne sais pas guider les chevaux. Vous non plus, je suppose? »

Viktor secoua la tête.

Il ne reconnut pas l'hôtel particulier où s'était tenue la fête. Probablement, la nuit, l'ivresse aussi, en avaient-elles déformé le souvenir? Le ministre les accueillit dans son cabinet de travail. Viktor n'avait jamais vu tant de livres en un même endroit. Il s'en trouvait sur les étagères, le sol, le bureau.

« Vous avez lu tout cela? demanda-t-il.

– Oh non! répondit Sazonov. Je n'en aurais pas le temps et peut-être pas le goût. J'ai mes auteurs, comme on dit. Le reste, ma foi, ce sera pour les prochaines générations. Mais les éditeurs sont ainsi! Sous prétexte que vous avez été ministre, ils vous envoient ce qu'ils publient avec la certitude que cela vous intéressera. Bref! Parlons de votre problème. Bien que je ne sois plus aux Affaires, j'ai encore l'occasion de rencontrer des personnages influents de la Cour, le Tsar parfois! C'est arrivé hier et j'ai eu l'opportunité de l'interroger sur la question tchèque. Il m'a redit sa dernière décision et répété qu'il n'irait pas plus loin. Il commence d'ailleurs à être agacé des pressions qu'on exerce sur lui. Il considère votre situation comme réglée. Les alliés n'ont plus d'arguments dans la mesure où votre statut de déserteurs est reconnu par les autorités russes. Raspoutine et sa clique ne peuvent rien critiquer puisque pour l'essentiel, vous restez en dehors des combats. Enfin l'Union doit désormais calmer le jeu et ne plus rien solliciter. »

Alexandra se dirigea vers la bibliothèque.

« Cher Dimitri! Puis-je fouiller dans votre capharnaüm? J'ai envie de découvrir l'oiseau rare.

– Faites, mon enfant! »

Il reprit à l'attention de Viktor :

« En effet, je crains que si l'Union durcit ses exigences, Sa Majesté ne se fâche et finisse par se débarrasser d'elle d'une manière ou d'une autre. Il prête une oreille de plus en plus attentive aux rumeurs selon lesquelles vous seriez prêts à donner la main aux Bolcheviks en cas d'insurrection. Des rapports de police dont m'a parlé Chouvaiev laisseraient entendre que les contingents de Kiev seraient des foyers d'agitation.

– Mais Votre Excellence, l'interrompit Viktor, vous savez bien que nous sommes acquis à la cause de la Russie et que notre effort consiste justement à...

– Je sais, mon garçon, je sais! Beaucoup de gens le savent. Y compris la Tsarine et Raspoutine. Mais ceux-ci ont choisi l'autre camp. N'oubliez jamais que par son père le grand-duc de Hesse-Darmstadt, Louis IV, elle est d'abord allemande. Non, croyez-moi! Convainquez vos amis de demeurer tranquilles jusqu'à ce que la conjoncture évolue favorablement. »

Alexandra revint s'asseoir, un ouvrage à la main.

« Vous avez trouvé votre bonheur, mon enfant?

– Tout à fait! répondit-elle. La traduction d'une œuvre française que j'aime beaucoup : *Le Rouge et le Noir* de Stendhal. Puis-je l'emporter?

– Je vous le donne! Voilà longtemps que je l'ai lu et je n'y reviendrai pas.

– Alors mon cher Viktor? N'était-ce pas indispensable que vous voyiez Dimitri?

– Si, si! La question maintenant est de savoir comment persuader les autres!

– Allons, allons! reprit-elle. Vous avez eu raison d'autres adversaires bien plus coriaces. Je vous fais confiance.

– Je crois qu'elle a raison, renchérit Sazonov, il est des femmes qui valent des armées. »

Alexandra l'embrassa.

« Dimitri! Vous profitez de la situation! Pour la peine, faites-nous raccompagner. Nous sommes venus à pied. »

Sazonov donna un ordre. Un peu plus tard, ils quittaient la maison.

« Je vais rentrer Perspective Souvorovski! annonça Viktor.

– L'autre pièce du puzzle? demanda Alexandra.

– Non, pas du tout! Le besoin de réfléchir et de préparer la séance de demain avec Ratislav! »

Elle posa sa tête sur son épaule.

« Vous savez pourquoi j'ai emporté ce livre, Viktor?

– Non!

– Pour vous le lire lorsque vous viendrez me rejoindre... Vous verrez, c'est très beau. Cela vous fait plaisir?

– Oui, j'ai toujours aimé qu'on me raconte des histoires. »

*

Svoboda finit par s'énerver et ouvrit la réunion avant l'arrivée des derniers retardataires.

« Tant pis! dit-il. Ils prendront la discussion en marche! »

Ce fut l'empoignade au sujet du contingent tchèque. Les maximalistes, menés par Anton, voulaient tout et tout de suite. Puisque le Tsar et le gouvernement avaient cédé du terrain, il fallait en profiter! D'autres, comme Svoboda, affirmaient qu'on pouvait peut-être demander que la langue de commandement fût le tchèque, mais de l'argent certainement pas. En accord avec Viktor, Ratislav s'opposait aux uns et aux autres. Enfin quoi, il fallait du temps pour organiser l'armée! Il devenait nécessaire de reprendre l'entraînement. Ne devait-on pas aussi rendre compte des progrès de la négociation aux communautés de Paris, Londres ou New York? Enfin, la situation sur le front demeurait préoccupante pour les Russes. Si on ne cessait pas de les agacer, ils finiraient par tout envoyer promener!

Mais aucune de ces raisons ne paraissait convaincante aux plus enragés.

« La victoire ne s'arrache pas en restant sur la réserve! lança Anton.

– Qu'en savez-vous, monsieur! répliqua sèchement Viktor. Avez-vous jamais mis les pieds au front, pour imaginer comment on remporte une bataille? Hier, j'ai rencontré Sazonov qui a pu s'entretenir de notre problème avec le Tsar... »

Il développa alors longuement les arguments du ministre, puis conclut :

« Messieurs! J'insiste sur le fait que l'Empereur, son entourage et les militaires ont la certitude que nos hommes pourraient soutenir les Bolcheviks. Selon des rapports de police, des foyers d'agitation se développeraient au sein des contingents. Alors ce n'est certainement pas le moment d'exiger des armes et de l'argent du Tsar!

– Mais enfin! ironisa Anton. Si des agitateurs existent, vous devriez les connaître! Vous êtes le mieux placé, au moins à Kiev! »

Viktor échangea un regard de connivence avec Ratislav. Il n'allait tout de même pas raconter qu'il en fréquentait au moins deux, parmi les plus actifs!

« Vous avez raison, répondit-il, mais ces révolutionnaires entourent leurs activités du plus grand secret. Seule une police très bien faite serait capable de le percer. Or nous n'en possédons pas au sein de nos régiments! La liberté, c'est aussi cela, monsieur! »

Anton s'énerva :

« Et alors! Que préconisez-vous?

– En tout cas, rien qui prenne de front le Tsar et le fasse revenir sur sa décision! Par contre, approchons des journaux d'opposition modérés, pour qu'ils s'emparent de la question. Ne pourrions-nous pas monter une campagne de presse sur plusieurs thèmes : Raspoutine et consorts respectent trop les Allemands. Pourquoi refuser l'aide précieuse de soldats tchèques aguerris alors que le rapport de forces est très incertain sur le front? Etc. Cela aura au moins l'avantage d'atteindre la Tsarine sans la nommer et d'affaiblir Raspoutine et son parti, qui sont nos principaux adversaires. »

Son idée paraissait si nouvelle et attrayante que personne ne la critiqua. Deux des membres proposèrent d'en parler aux directeurs des journaux *La Parole* et *Le Matin de la Russie,* qu'ils connaissaient personnellement. Leur suggestion fut adoptée. Pendant plusieurs heures, tous travaillèrent à dresser la liste des arguments à développer. On chargea Tchetchek de rédiger des articles allant dans le sens indiqué par Viktor.

L'assemblée se sépara après avoir dressé l'ordre du jour de la prochaine rencontre. Alors que Viktor sortait, Tchetchek l'aborda :

« Vous avez remarquablement manœuvré », dit-il en lui serrant la main chaleureusement.

Puis il s'éloigna.

Viktor pressa Ratislav. Il avait hâte de revoir Jaroslav. Il souhaitait lui raconter cette réunion dans les moindres détails. Jusqu'à l'appartement, Ratislav plaisanta sur les têtes qu'avaient faites Anton et ses compagnons. Viktor ne l'écouta que d'une oreille. Jaroslav l'accueillit dans sa chambre mais ne lui demanda rien. C'était devenu un rite entre eux. Viktor devait d'abord s'exprimer. Il attisa le feu et lui offrit du thé. D'après Lydia, qui l'avait donné à Fédorova, il venait de Ceylan et figurait parmi les meilleurs.

Viktor accepta et commença de relater le débat. Soudain, alors qu'il expliquait le sens de son intervention, Jaroslav l'interrompit.

« Tu as revu Alexandra?

– Pourquoi?

– Parce que je la sens entre nous comme le coin entre les deux parties d'une bûche. Il les écarte, jusqu'à ce qu'elles se séparent. Je ne désire pas que cela arrive.

– Moi non plus, assura Viktor. Au contraire! J'ai souhaité que tu viennes à Petrograd parce que j'ai besoin de toi. »

*

Viktor ne vit pas passer la fin du mois d'avril. Son activité au sein de l'Union l'accaparait. Grâce à Tchetchek, il entretenait des relations plus confiantes avec Svoboda, qui requérait fréquemment son avis. Sur une intervention de Sazonov, il avait pu approcher le cabinet de Stürmer et attendait que celui-ci le reçût. En même temps, il avait rédigé, avec l'aide de Jaroslav et Ratislav, un long télégramme secret à l'intention de Masaryk. Il y exposait l'évolution des événements et répétait son désir de le rencontrer, lui ou l'un de ses collaborateurs.

Un soir, il demanda à Fédorova et Jaroslav de l'emmener à l'une des assemblées que tenaient les Bolcheviks, dans un café proche de la Douma municipale. C'était un terrain neutre, disait-on. Fédorova s'étonna de son intérêt subit pour la cause révolutionnaire. Il répliqua qu'il envisageait la réussite d'une insurrection comme plausible et qu'il souhaitait donc connaître l'avis des dirigeants du parti sur la question tchèque. Il fut déçu. Pour eux, le problème n'était pas prioritaire. S'ils prenaient le pouvoir, ils signeraient un armistice avec l'ennemi et l'une des clauses en serait certainement le retour des régiments tchèques en Autriche. Devant la surprise de Viktor, qui mettait en évidence le sort inévitable de ces déserteurs, ses interlocuteurs conclurent qu'ils n'auraient qu'à se démerder le moment venu! Cela renforça Viktor dans l'idée que lui et ses amis se retrouveraient seuls si l'environnement venait à changer et qu'il valait mieux s'y préparer dès maintenant. Il n'eut pas de mal à en convaincre Ratislav et Jaroslav. Ils se promirent de prendre le commandement des contingents tchèques le plus tôt possible et d'employer tous les moyens, y compris la force, pour ne pas être sacrifiés à la raison d'Etat.

A cette époque, Alexandra se plaignait de ne pas voir suffisamment Viktor, et surtout, de ne jamais rencontrer la troisième pièce du puzzle. Viktor répondait invariablement qu'il y faudrait une occasion. Elle le prit au mot. Le 16 mai, elle prétexta les fameuses nuits blanches de Petrograd, durant lesquelles le soleil ne se couche pas, pour organiser une fête chez elle. Viktor et ses amis y étaient évidemment conviés.

Il arriva tard avec Jaroslav. Il y avait peu de monde. Sazonov, deux jeunes Cadets déjà rencontrés à la fête du Tsar. Ratislav et Fédorova qui les avaient précédés. Un couple qu'il ne connaissait pas. Il présenta Jaroslav à Alexandra. Celle-ci l'apprécia de la tête aux pieds.

« Je suis certaine, dit-elle, que nous nous entendrons très bien! »

Viktor l'attira à l'écart.

« Alexandra! J'espère qu'il y a d'autres invités! J'ai l'impression d'un traquenard!

– C'en est un! confirma-t-elle en l'embrassant. Comment goûter la qualité des individus lorsqu'ils sont noyés dans la masse? »

Viktor, vaincu, l'embrassa à son tour.

« A propos, reprit-elle, je le trouve beaucoup plus

beau que vous, mais moins attirant. Allez comprendre! »

Ils rejoignirent les convives.

Après des toasts interminables, la maîtresse de maison invita le groupe à monter sur la terrasse.

« De là, nous pourrons admirer le jour éternel! Et prenez vos bouteilles avec vous, l'éternité, c'est long! »

Une douce lumière orangée illuminait l'horizon. On pouvait reconnaître ici et là les masses sombres de certains bâtiments officiels ou d'églises qui se détachaient sur le ciel clair. Le Palais d'Hiver... La cathédrale de Kazan... La forteresse Pierre-et-Paul... Le cirque... Chacun s'amusait à en désigner un. Quand il avait gagné, l'assemblée buvait. Alexandra, appuyée au bras de Viktor, souriait sans dire un mot.

« Vous paraissez heureuse..., murmura Viktor.

– Je le suis. Tout mon puzzle est reconstitué ici ce soir. Vous voyez, pour une fille d'ancien président du Conseil, cela fait peu de personnes. Et puis il y a ce soleil. Je l'aime, parce qu'à l'inverse de bien des endroits dans le monde, il est froid. Encore un paradoxe et vous savez combien je les apprécie. »

Elle se détacha de lui.

« Ne me suivez pas. Je vais m'entretenir avec votre ami révolutionnaire. Je le veux à moi pendant quelques instants. Sans votre présence il sera certainement plus naturel. »

Jaroslav se tenait accoudé au parapet.

« Fascinant, n'est-ce pas? dit Alexandra en s'installant à ses côtés.

– C'est la première fois de ma vie que j'assiste à un tel spectacle. On affirmerait que le temps s'est arrêté et que la fin du monde est arrivée.

– Quel pessimisme, mon dieu! Ce pourrait être l'inverse. La naissance du soleil par exemple?

– Le poète pourrait y voir cela, effectivement!

Malheureusement je n'en suis pas un. Je sais que le soleil existe déjà.

– Pourquoi malheureusement? Je ne suis pas certaine que les poètes perçoivent le monde autrement que nous. Peut-être sont-ils simplement un peu plus menteurs que la moyenne et capables de nous faire prendre des vessies pour des lanternes. Mais je suis beaucoup plus sensible à ceux qui voient le monde comme il est et savent le transformer au gré de leurs besoins. Vous peut-être? »

Jaroslav se tourna vers elle, l'air étonné.

« Qu'entendez-vous par là?

– Viktor m'a confié que vous étiez un militant bolchevik. Ce sont bien ceux qui veulent faire la révolution en donnant le gouvernement de l'Etat au peuple? N'est-ce pas une manière de changer le monde selon leurs besoins?

– Et ceux de millions d'individus opprimés! »

Alexandra éclata de rire.

« Croyez-vous qu'ils le soient autant qu'on le dit? Vania et Ivanov, qui nous servent ce soir, vous paraissent-ils malheureux? Ils sont aussi des millions comme eux...

– C'est raisonner par le petit bout de la lorgnette, répliqua Jaroslav. On a toujours un exemple qu'on croit valable, pour tout expliquer. Malheureusement la réalité est plus complexe, surtout si l'on vient d'une famille modeste, comme moi.

– Et alors? La révolution va-t-elle enrichir les moujiks de notre pays? Croyez-vous que parce qu'ils détiendront le pouvoir, ce que je ne crois pas d'ailleurs, ils seront capables d'en user?

– Nous les éduquerons!

– Quelle ambition! Mais surtout quelle illusion! Vous savez ce que je pense, moi qui suis une privilégiée? Peut-être un jour allez-vous le prendre ce pouvoir. Mais vous le confisquerez! Et à la place d'un tsar qui fait son possible pour résoudre les problèmes, nous aurons une bande de frustrés qui recréeront une autre Cour, un autre protocole et d'autres privilèges...

– C'est un risque à courir! Si au passage les plus démunis ont glané une amélioration de leur quotidien, ce sera toujours cela! »

Elle fit une grimace désabusée.

« Les pauvres seront toujours pauvres! Seuls les riches sauront tirer un avantage du désordre... »

Ils demeurèrent silencieux, puis Alexandra reprit, d'une voix plus hésitante :

« C'est étrange! Bien qu'il se tienne à l'autre bout de la terrasse, j'ai l'impression qu'il se trouve entre nous deux!

– Avec nous deux! répondit Jaroslav. C'est sa force et notre faiblesse.

– Vous l'aimez?

– Oui. Cela vous paraît-il inconcevable?

– Pas du tout! C'est simplement un peu plus difficile à vivre. Une femme sait lutter contre une autre femme. Contre un homme, c'est plus délicat.

– Pourquoi lutter? Si nous l'aimons, c'est probablement parce qu'il a besoin de nous deux, complices et non adversaires. Nous n'y pouvons rien, c'est ainsi. La jalousie n'y a pas sa place.

– Vous en parlez à votre aise! Je n'ai pas l'habitude de partager les hommes que j'aime!

– Peut-être. Mais cette fois-ci ce n'est pas à vous de décider. En ce qui me concerne, je ne ferai rien pour le séparer de vous. Je sais qu'en même temps je le perdrais. »

Alexandra vida son verre de vodka et spontanément embrassa Jaroslav.

« Décidément, j'avais raison. Vous n'êtes pas un poète! »

Elle rejoignit Viktor qui discutait avec Sazonov. Fédorova, qui avait suivi la scène de loin, s'approcha de Jaroslav.

« Alors, camarade! lança-t-elle. On se laisse séduire? Laquelle des deux préfères-tu, la bourgeoise ou l'amoureuse?

– Je déteste autant les deux. Pourtant, je le reconnais, elle ne laisse pas indifférent!

– Et voilà, j'en étais sûre! feignit de s'indigner Fédorova. Des femmes comme elle seraient capables d'émouvoir des statues! Allez viens! »

Ils retrouvèrent Ratislav, qui distrayait l'assemblée en mimant certains personnages de la Cour.

*

Un mois passa. La population de Petrograd se passionnait pour les succès de l'armée russe. Sous les ordres de Broussilov, elle avait bousculé l'ennemi, allemand ou autrichien, sur toute l'étendue du front. Chaque jour, dans les journaux, paraissaient les noms des régions reconquises et le nombre des prisonniers, qui se comptaient maintenant par milliers. De nombreux habitants profitaient de la chaleur et allaient se promener dans les parcs ou sur les bords de la Neva. Les groupes de militaires en permission étaient accostés par des badauds qui les questionnaient sur cette campagne victorieuse et sur leur chef. Broussilov était devenu en quelques semaines personnage de légende. Au sein de l'Union, les russophiles jubilaient. Ils l'avaient bien prédit : les Russes, et personne d'autre, forceraient la victoire. Certains laissaient entendre que le travail de Viktor et Ratislav n'était plus indispensable. Jamais les Russes n'auraient besoin des soldats tchèques pour gagner!

Anton, devenu leur porte-parole, défendait ce point de vue avec ardeur à chaque réunion. Pourtant, la majorité s'était toujours refusée à le suivre. Selon elle, l'existence d'officiers au sein du groupe renforçait sa crédibilité. Anton cédait.

Lors de la séance du 20 juin, son attitude évolua. Il fut encore plus agressif qu'à l'ordinaire.

« Messieurs! dit-il avec emphase. Vous avez accepté jusqu'ici ces deux soldats parce qu'ils étaient, pensiez-vous, délégués de plusieurs milliers d'autres. Mais je vous pose la question! Et s'ils ne représentaient qu'eux-mêmes? Si leur présence ici n'était due qu'à une ambition personnelle au lieu d'être consacrée à notre futur pays? »

Il s'interrompit un instant pour ménager ses effets. L'assistance, muette, attendait la suite.

« Eh bien, reprit-il, je suis en mesure de vous révéler que ces hommes bafouent nos statuts, qu'ils ont pourtant juré de respecter en participant à nos travaux. »

Excédé, Ratislav se leva.

« Cesse donc de tourner autour du pot! lança-t-il.

– Dites-nous donc pourquoi vous cherchez à rencontrer Stürmer sans nous en informer! répliqua Anton. Et pourquoi vous écrivez des télégrammes à Masaryk où vous exposez dans le détail le contenu de nos délibérations! Je laisse l'auditoire juge de vos réponses. Mais je vous préviens, je ne vous permettrai pas de raconter n'importe quoi! »

Il tapota sa serviette, la mine réjouie. Les têtes se tournèrent vers les deux accusés. Viktor prit la parole.

« Messieurs, notre ambition passe par l'assemblée ici présente. Sinon jamais nous n'y serions revenus siéger. Mais l'essentiel de l'accusation ne réside pas là. Effectivement j'ai prié certains de mes amis de prendre contact avec le président du Conseil dans l'espoir qu'il nous recevrait. C'est vrai aussi que je communique à Masaryk le contenu de nos réflexions. En quoi cela serait-il répréhensible? Ne sommes-nous pas tous tchèques ou slovaques? Pouvons-nous prétendre à une quelconque trahison entre personnes de la même nationalité? Chacun d'entre vous agit au nom de quelque groupe ou parti en exil et à ce titre dispose d'une marge de manœuvre. Je vous rappellerai que Ratislav et moi-même sommes mandatés par l'armée. Nous avons donc droit à la même liberté d'action que chacun de vous, à la condition expresse, et nous avons toujours été d'accord pour la respecter, que nous tiendrions l'assemblée au courant de nos initiatives. »

Svoboda leva la main pour prendre la parole.

« Viktor... », commença-t-il.

Mais ce dernier ne l'écouta pas et apostropha Anton.

« Je vous rappellerai, monsieur, que vos résultats, alors que vous êtes présents ici depuis plusieurs mois, ne sont pas plus conséquents que les nôtres. Les derniers succès de l'Union sont dus à certaines interventions de personnes acquises à notre cause. Et non pas à vous, qui êtes toujours demeuré sur une prudente réserve, de peur de froisser le Tsar. Par contre, quand il fallait calmer le jeu, alors vous étiez prêt à faire le siège de sa chambre à coucher pour obtenir encore plus. Je terminerai en vous confirmant qu'effectivement Ratislav et moi-même sommes beaucoup plus proches des idées républicaines que des vôtres. Ce n'est un secret pour personne ici. Seriez-vous prêt à refuser la diversité? Cela présagerait-il de l'ordre qui régnerait dans votre royaume de Bohême? »

Il fut interrompu par les cris de fureur d'Anton et de ses amis. C'était intolérable! Allait-on faire ici leur procès et celui de la monarchie? Les soldats n'avaient qu'à laisser la politique aux civils et tout irait bien!

Ratislav se dressa à son tour.

« Anton! Puisque tu es un politique et que tu connais du monde à Petrograd, négocie donc le statut de notre armée! Ramène-nous l'accord du gouvernement russe pour que celle-ci soit autonome! Alors nous croirons à ton efficacité et nous n'aurons plus envie de faire le travail à ta place. »

L'argument fit mouche. Le silence s'installa à nouveau. Anton prit la parole.

« Soit! Je relève le défi. Donnez-moi un mois et vous verrez que nous aurons convaincu Stürmer, le gouvernement et le Tsar. Mais à une condition : ne faites rien de votre côté qui puisse entraver notre action! »

*

Viktor raconta à Sazonov la récente évolution au sein de l'Union. Ce dernier trouva cela ridicule. D'après lui, Anton ne possédait pas l'ombre d'une chance de convaincre Stürmer.

« Plus que jamais, dit-il, le président du Conseil considère avec inquiétude l'activité du Comité National Tchèque de Paris. Masaryk lui est suspect et tous les Tchèques avec lui. D'autre part, il n'a pas renoncé à donner au problème une solution slave qui ferait de la Bohême un Etat satellite de la Russie. »

Viktor et Ratislav mirent à profit leurs loisirs forcés pour entretenir avec les officiers de Kiev des relations très serrées. Les soldats gardaient un moral d'acier et s'entraînaient de leur propre chef en vue d'opérations futures. Les Russes leur laissaient suffisamment de liberté pour qu'ils n'eussent pas envie de se rebeller. Enfin, la période des récoltes en avait attiré beaucoup dans les champs où ils profitaient du soleil.

Viktor repensait souvent à Svikov et à sa famille. Il éprouvait un violent remords de ne pas avoir donné de nouvelles à sa mère depuis son départ.

Un jour, il en parla à Alexandra. Il évoquait

l'impossibilité d'envoyer le moindre courrier là-bas quand celle-ci le rassura.

« Ecoutez, Viktor chéri, je ne peux pas vous garantir que cela marchera! Mais j'ai un ami à l'ambassade de Suisse, qui pourrait peut-être faire passer votre missive à l'un de leurs diplomates à Vienne, qui l'expédierait à son tour à vos parents. Qu'en pensez-vous? »

Enthousiaste, Viktor accepta.

Il se réfugia dans sa chambre. Il désirait se retrouver seul avec le souvenir de sa mère et de ses sœurs.

« Chère Maman, chères sœurs...

J'ai trouvé un moyen de vous faire parvenir cette lettre grâce à une amie très chère qui dispose de nombreuses relations ici. Mon silence a été très long. Mais dans le vacarme du feu, plus tard dans la solitude des camps de prisonniers et aujourd'hui pris dans l'agitation de Petrograd, je ne parvenais pas à écrire plus de quelques mots. Puis, ces jours derniers, cela a changé. Je me suis senti orphelin, comme si vous aviez disparu et que jamais plus je ne vous reverrais.

Par quoi commencer? Curieusement, depuis mon départ de Svikov, je ne conserve plus qu'un vague souvenir des bombes qui pleuvaient autour de moi à Lemberg, des corps à corps de Celakovice...

Il me reste seulement des impressions de Przemysl, où nous sommes demeurés assiégés durant des mois. Mon corps ressent encore la morsure du gel. Me reviennent à l'esprit cette insupportable sensation d'ennui qui nous prenait à cause de la neige incessante, ce dégoût provoqué à la fois par la faim et la mort présente partout, même en nous. J'ai vu des hommes mourir, de toutes les façons, dans toutes les positions, courageusement ou lâchement. Jamais je n'aurais imaginé le supporter. Et pourtant on s'habitue. C'est le plus dur de ce que j'ai vécu. On finit par tout accepter.

Ma mémoire devient plus précise à partir du moment où l'un de mes amis est mort à mes côtés, au cours d'une patrouille. Grâce à lui, j'ai compris le sens de nos traditions, de ces histoires que tu nous racontais, Maman, lorsque nous étions petits, et enfin du passé de notre village.

Nous avons changé de camp avec des centaines d'autres soldats. Certainement les journaux ont-ils dû nous présenter comme de vulgaires déserteurs à la solde de la Russie. C'est faux! En agissant ainsi, nous voulions être les bâtisseurs de notre futur pays. C'est ce à quoi je travaille avec mes amis. Surtout Jaroslav que vous connaissez si bien. Nous ne nous sommes pratiquement pas quittés depuis le début du conflit et c'est une chance. La solitude, parfois plus meurtrière que les bombes, nous a été épargnée. Au plus dur de certains combats, il nous restait nos souvenirs d'enfance à partager.

Nous réussissons aujourd'hui à transformer les quelques milliers de soldats tchèques emprisonnés en une armée organisée et capable de se battre. Nous espérons convaincre les Russes de nous laisser faire la guerre à leurs côtés et de les aider ainsi à remporter la victoire. Bref, un jour, vous verrez, je reviendrai à Prague à la tête de ces régiments et nous fêterons cela ensemble avec les gens du village.

Souvent, je t'imagine, Maman, partant chez les Klofasch. Et vous, Teresa et Karolina, en train de vous chamailler pour savoir laquelle se lèvera la première pour allumer le feu. Certainement n'est-ce plus tout à fait cela? Maman, tu es encore un peu plus fatiguée et vous, les filles, vous avez grandi... En fait, je l'ignore et c'est ma plus grande souffrance.

Je vais vous envoyer immédiatement cette lettre

trop courte. Mais vous connaissez mon manque de goût pour la correspondance. Répondez-moi vite. Dès que je saurai que vous m'avez lu, je ferai un effort et je vous en dirai plus long. Votre Viktor qui vous aime. »

Après avoir relu, il trouva qu'il avait raison de ne pas aimer écrire. Comment traduire avec des mots ces innombrables choses vécues, essentielles ou non, qu'il trimbalait avec lui au fil des jours? Peut-être avait-il omis le plus important? Un événement mineur qui aurait en réalité déterminé le cours de son existence? Agacé, il cacheta l'enveloppe.

La fin du mois de juillet approchait. Viktor et ses amis participaient à la liesse populaire qui saluait chaque nouvelle victoire de l'armée russe. Les cosaques avaient franchi le Dniestr à la nage. Après la Bukovine, totalement conquise, c'était maintenant au tour de la Galicie.

Ce 28 juillet, comme d'habitude, Fédorova alla chercher les journaux du matin. Tous saluaient le triomphe de Sakharov à Brody.

Elle traduisait les articles de la première page à « ses hommes », comme elle les appelait affectueusement, quand soudain elle remarqua un titre un peu plus discret que les autres : « Le président du Conseil, M. Stürmer, rejette la constitution d'un contingent tchèque autonome. » Elle lut les lignes qui suivaient. Le recrutement des volontaires qui devaient venir grossir les rangs de la Druzina était interrompu sous le prétexte que le départ des prisonniers, transformés en travailleurs agricoles, risquait de compromettre la moisson. Enfin, l'Union des Tchèques et des Slovaques de Russie était invitée à se transformer en un Conseil National qui ne recevrait ses directives que du gouvernement de Petrograd.

Viktor explosa :

« Nom de dieu! Voilà le travail de cet abruti d'Anton qui croyait persuader Stürmer si facilement! C'est pire que tout! Nous voici ramenés plusieurs mois en arrière!

– Prévenons Svoboda et réunissons immédiatement l'assemblée! suggéra Ratislav. C'est l'occasion inespérée de les mettre à genoux cette fois-ci. »

Viktor approuva et rédigea aussitôt un télégramme à l'intention de Masaryk. Il lui faisait part de la décision de Stürmer et exigeait la venue d'un représentant de Paris pour tenter d'unifier une bonne fois pour toutes le mouvement tchèque.

La rencontre se tint l'après-midi. Anton et ses fidèles avaient perdu leur superbe et subissaient les critiques sans répondre. La plupart des membres ressentaient une immense tristesse plutôt que de la colère. Ils avaient été bernés de bout en bout par les Russes. Ceux-ci ne voulaient pas d'armée tchèque. C'était maintenant évident. Alors que faire? Certains se refusaient toujours à admettre la vérité et exposaient leurs arguments pour expliquer l'attitude de Stürmer. Les autres préféraient se taire. A la fin de la discussion, Svoboda proposa qu'on votât à bulletin secret sur la position à adopter face aux Russes : la rupture ou la continuité. Les russophiles conservèrent encore la majorité. Mais cette fois-ci, elle ne tenait plus qu'à deux ou trois voix. « Encore un effort, songea Viktor, et l'Union est à nous. » Il obtint que Paris fût tenu officiellement au courant. Ce soir-là, il demeura à l'appartement avec ses amis. Tard dans la nuit, ils continuaient à discuter pour démêler les fils de cette intrigue dont le dénouement semblait encore très éloigné.

Le lendemain, ils retrouvèrent quelque espoir grâce à la réponse de Masaryk : « Chers compatriotes, la situation que vous me décrivez nécessite effectivement que des représentants officiels du

Comité national tchèque de Paris viennent à Petrograd pour tenter d'imaginer une issue au problème posé. Attendez leur arrivée vers le 4 août. Vous avertirez les autres membres de l'Union. Vive la Tchécoslovaquie! »

CHAPITRE XII

ALLONGÉ sur la banquette vide du compartiment, Durich dormait profondément. Ses ronflements se mêlaient aux grincements du wagon. Ian l'observait avec intérêt. Depuis le temps qu'ils avaient quitté Paris, il aurait dû s'habituer à sa présence. Eh bien non! Il lui trouvait un air hypocrite. Et cela depuis le premier jour, quand Masaryk le lui avait présenté. « Un député tchèque de grand talent, et de surcroît proche de nos thèses... » Ian n'en avait rien cru. Simone lui avait conseillé de se défaire de ses stupides préjugés mais il n'y était pas parvenu. « A vrai dire, songea-t-il, il se peut bien que je n'aie jamais essayé. »

Lors de réunions auxquelles ils assistaient ensemble, il avait relevé des remarques anodines de sa part qui trahissaient une forte fascination pour les Russes et une coupable compréhension pour l'Union tchèque de Petrograd. Ian en était certain : à la première occasion, Durich retournerait sa veste! Quand il s'était ouvert de ses craintes à Masaryk, ce dernier avait souri. Ian en avait conclu qu'il était d'accord avec lui.

Depuis leur départ de Paris, il y était demeuré en pensée. Trop de gens l'y rattachaient. Simone et Milan, Masaryk et quelques amis. Et puis la ville elle-même, si fascinante. Tout lui paraissait beau à

Paris... Simone! A la gare, ils s'étaient séparés plutôt rapidement. Comme s'il partait vers la banlieue et qu'il reviendrait le soir. C'était leur pudeur. Plutôt celle de Simone, d'ailleurs. Plus elle souffrait et plus elle paraissait insouciante. Cela nécessitait une maîtrise que Ian ne possédait pas, il le reconnaissait. Il chercha le mot qu'elle lui avait glissé dans la poche avant de partir. Cela faisait quatre ou cinq fois qu'il le relisait. Il y puisait toujours un plaisir nouveau. Comme les poèmes qui ne chantent vraiment qu'après plusieurs lectures.

« Mon Ian chéri,

Jusqu'à cette heure tardive de la nuit, j'ai feint d'ignorer ton voyage pour Petrograd. Une manière comme une autre de me sécuriser. De penser que chaque soir tu rentreras encore. Maintenant que ton départ approche, je sais qu'il me faut l'accepter. Je voudrais t'écrire comme si c'était la dernière fois. Ce désir est d'autant plus cruel que je sais l'entreprise vouée à l'échec. Les amoureux sont tous des Sisyphe, courageux mais impuissants.

Quand je sais que tu me quittes, c'est toujours insupportable. C'est une part de moi-même qui s'en va. Je deviens (ou redeviens, plutôt) boiteuse, maladroite dans mes gestes, froide dans mon corps et peut-être même stupide. Tu te souviens dans quel état j'étais lorsque tu es parti pour Londres avec Masaryk? C'était la première fois et pourtant ce n'était pas pire qu'aujourd'hui. Tu vas si loin que jamais je ne pourrai te rattraper. Et cette idée de la mort qui me hante. Cette longue absence la préfigure tellement! J'imagine ce que je n'ai pas accompli, exprimé pour toi. Je veux arrêter le temps pour reprendre tout à zéro avec l'idée de la perfection.

Je regarde Milan et le serre contre moi avec force.

Je sais qu'il est l'unique représentation de toi et moi. Ainsi, l'amour de deux êtres ne peut trouver son accomplissement que par l'existence d'un troisième. Si je devais croire en Dieu, c'est peut-être là où je le verrais triomphant. Il aurait créé une sorte de chaîne amoureuse éternelle. Et puis des bêtises me traversent l'esprit. Je me dis que je peux très bien t'accompagner à Petrograd avec Milan, ou même t'y rejoindre. Ne dit-on pas que c'est la Venise russe? Je me convaincs que ce n'est pas possible. Je t'aime. A toi. Simone. »

Il eut envie de lui répondre. Mais comment tracer un seul mot dans un tel raffut et constamment ballotté! Tant pis! Il attendrait Petrograd.

Cette ville exprimait pour lui tous les mystères. Qui allait-il y rencontrer? Quel accueil leur réserveraient les responsables de l'Union? Et surtout serait-il à la hauteur de la confiance que lui avait témoignée Masaryk en l'y envoyant? Ses consignes étaient claires : « Evitez si possible la rupture avec l'Union. Mais si cela vous paraît nécessaire n'hésitez pas. Que vos efforts soient consacrés à sauver notre armée de l'enlisement et du désarroi. Aidez ces officiers courageux qui nous écrivent. Je suis certain qu'ils le méritent. »

Evidemment, les objectifs étaient simples dans leur formulation, mais probablement plus difficiles à atteindre. Il se replongea dans la lecture des télégrammes de Viktor, et de la revue de presse des journaux russes concernant la question tchèque.

*

A la station de Tsarskoie Selo, Viktor et Ratislav arpentaient le quai en attendant le train en provenance de Paris. La veille, les membres de l'Union, peu enclins à accueillir les représentants de Masaryk, avaient proposé aux deux amis de s'en charger.

« Tu sais ce qui s'est passé en France ce même jour pendant leur révolution de 1789? demanda Viktor d'un air amusé.

– Ma foi non! répondit Ratislav.

– Eh bien, ils abolissaient les privilèges des riches!

– C'est à Fédorova et Jaroslav que tu devrais le dire! Peut-être que cela leur ouvrira des perspectives. Mais d'où tiens-tu ça?

– Alexandra. Hier, elle m'a raconté la Révolution française en long, en large et en travers. Pour me montrer que si elle éclatait ici, cela ne servirait à rien.

– Il existe au moins une Russe lucide dans cette ville... »

Le convoi entra en gare avec deux heures de retard. Viktor entraîna Ratislav vers les voitures de première. Ils dévisageaient les hommes qui en sortaient. Aucun ne correspondait à l'idée qu'ils se faisaient des émissaires.

« Ils sont peut-être en seconde? suggéra Ratislav.

– C'est cela! répliqua Viktor. Tu les imagines parcourant plusieurs milliers de kilomètres le cul sur une banquette de bois! Il faut être militaire ou pauvre pour le faire! »

Leur attention fut accaparée par la descente difficile d'une femme corpulente, presque difforme. On devinait qu'elle était fortunée. Elle ne cessait de harceler sa jeune camériste pour qu'elle lui montrât son caniche, sa valise ou ses lunettes qu'elle croyait avoir égarés. Les autres voyageurs riaient sous cape.

« En voilà une, murmura Ratislav, que les Bolcheviks saigneront en premier! »

Ian et Durich, debout dans le couloir, attendaient que le passage fût dégagé. Ratislav frappa à la vitre.

« C'est vous les personnes de Paris? ».

Ian acquiesça.

« Alors passez vos bagages par la fenêtre, cela ira plus vite! »

Quelques minutes plus tard, un fiacre les menait au siège de l'Union. Dans les rues, l'animation était à son comble. Des banderoles multicolores flottaient sur les façades des immeubles. Une foule exubérante se pressait sur les trottoirs. Des groupes chantaient et saluaient les véhicules. Parfois un pétard explosait. Dans le parc Ossoupov, un orchestre de l'armée donnait un concert dans un kiosque à musique.

« Quelle est la raison de cette agitation? demanda Durich.

– Ils fêtent les victoires de Broussilov sur les Allemands et les Autrichiens, expliqua Viktor. Si cela continue, il se pourrait bien qu'ils gagnent la guerre.

– Tant mieux! dit Durich. Avec eux, le problème de notre pays sera résolu plus facilement. »

Ian ne releva pas ce propos qui lui paraissait bien dans la logique du bonhomme. Il préféra observer les deux militaires assis en face de lui. C'était donc eux les auteurs des télégrammes! Jamais il ne les aurait imaginés ainsi. Peut-être un peu plus âgés? D'emblée, Viktor lui inspira de la sympathie. Il aimait le contraste entre son allure apparemment détendue et une certaine dureté dans les yeux. Il estimait Ratislav beaucoup plus difficile à découvrir. Justement, celui-ci répondait à Durich.

« Les Russes, on les pratique depuis plusieurs mois! Je ne suis pas convaincu que ce sera si facile que cela! Ils sont...

– Je sais, l'interrompit sèchement Durich, j'ai eu

l'occasion de les fréquenter, moi aussi. Il faut savoir les prendre, voilà tout! »

Ratislav se tut.

Par hasard, Viktor échangea un regard avec Ian. Bien que ces deux émissaires fussent membres du même Conseil, ils lui paraissaient aussi différents que le jour et la nuit. Le silence de Ian surtout l'intriguait.

Au siège, Svoboda et Durich, qui se connaissaient de longue date, tombèrent dans les bras l'un de l'autre. Le président confirma que les discussions avec les représentants du gouvernement et de l'état-major russe ne commenceraient que le lendemain. Durich habiterait chez lui et Ian à l'appartement de la Perspective Souvorovski où il restait deux pièces inoccupées.

« Je suis content d'être avec vous, confia ce dernier à Viktor et Ratislav dès qu'ils furent en route. J'avais peur de me retrouver en compagnie de ces vieux barbons!

– C'est réciproque, répondit Ratislav. C'est vrai qu'on ne fera pas la Tchécoslovaquie avec cette génération...

– Avec quelques-uns quand même, suggéra Ian. Masaryk et d'autres à Paris ont leur âge!

– Disons que ceux-là sont restés jeunes, voilà tout! » conclut Viktor.

Ils passèrent la soirée avec Jaroslav et Fédorova à la terrasse d'un café, place du Théâtre Marie. La température encore douce encourageait les clients à prolonger leurs conversations. La plupart attendaient la sortie des spectateurs. Ian sentait la fatigue du voyage l'abandonner. Il était reconnaissant à Viktor et Ratislav de ne pas l'avoir encore interrogé. Au contraire, ils bavardaient de tout et de rien comme avec l'un de leurs amis. Ils lui avaient fait faire un périple dans l'enchevêtrement des canaux, des ponts et des passages de la ville. Fédorova en avait commenté les diverses étapes.

Il ne parvenait pas encore à comprendre la nature des rapports qu'ils entretenaient les uns avec les autres, mais il devinait que des liens puissants les unissaient. Au fil des discussions, il avait entrevu l'existence d'une certaine Alexandra dont ils parlaient avec intérêt. Lui-même finissait par avoir envie de la connaître.

« Si vous voulez, lui proposa soudain Viktor, je peux vous exposer notre situation dans le détail? »

Il approuva.

Quand ce fut terminé, Ian garda le silence. Ainsi, ses appréhensions s'avéraient justes. Tout séparait l'Union de Petrograd du Conseil Tchèque de Paris. Et entre les deux, une armée de plusieurs milliers d'hommes s'étiolait à ne servir à rien.

Le public commençait à quitter le théâtre. Des femmes, accrochées au bras de militaires ou d'hommes en habit, descendaient d'un pas mesuré l'escalier de pierre pour s'engouffrer dans des fiacres aux fenêtres closes.

Viktor observait la foule avec l'espoir d'y repérer Alexandra. Il désirait la voir, la serrer dans ses bras. Tout à l'heure, il fausserait compagnie au groupe pour aller la rejoindre. Elle aimait être surprise la nuit... Tranquillisé, il questionna Ian sur la politique du Conseil tchèque de Paris.

Ce dernier souligna d'emblée l'extrême réserve que Masaryk nourrissait à l'égard des Russes. D'ailleurs, le président n'avait pas voulu se rendre lui-même ici, sachant qu'il y était *persona non grata*. Il ne voulait pas que sa présence provoquât une dispute qui aurait des répercussions sur les relations interalliées. Hypothèse d'autant plus inacceptable que le général Janin serait bientôt détaché par le Haut-Commandement français auprès du Grand Quartier Général russe. Quant aux vues de Masaryk sur l'emploi de l'armée tchèque, elles étaient claires. Coûte que coûte, celle-ci devait être mise au service des alliés, qu'ils fussent russes, français ou anglais. Enfin, il conclut :

« Nul doute, maintenant que je sais vos positions, que nous aurons à engager des débats très vifs avec les représentants de l'Union partisans de la monarchie. Peut-être même devrons-nous aller jusqu'à la rupture? »

Ils assurèrent qu'ils le suivraient sans hésitation. Ils rentrèrent se coucher. Au moment opportun, Viktor se sépara d'eux. L'envie de retrouver Alexandra ne l'avait pas abandonné. Il dut se raisonner pour ne pas courir.

*

« Je vous attendais... », murmura Alexandra alors qu'il s'allongeait à côté d'elle.

Il promenait ses doigts sur le dos nu de la jeune femme, puis continuait le long de ses cuisses. Parfois elle tressaillait. Il trouvait étrange d'être excité et pourtant sans désir pour ce corps qu'il devinait à la lumière de la flambée.

« Alors? Votre Parisien est arrivé? demanda-t-elle.

– Oui, oui! répondit Viktor qui continuait ses caresses.

– Auriez-vous envie de faire l'amour, mon chéri?

– Peut-être plus tard... Maintenant je souhaite plutôt vous dessiner dans mon esprit pour m'en souvenir même si nous devions être séparés. Durant la journée j'ai traîné cette idée insupportable que j'allais m'en aller bientôt et ne plus revenir... »

Elle se releva sur un coude.

« Vous êtes bien triste, ce soir! Pourquoi pensez-vous repartir? Y êtes-vous d'ailleurs obligé? Peut-être vous prierai-je de rester?

– Allons, Alexandra, vous savez bien que j'irai

jusqu'au bout. Non! Dites-moi plutôt comment vivre tout en même temps! Comment ne rien perdre de ce que la vie nous offre!

– Soyez toujours fidèle à vous-même! Toujours! C'est ainsi, je crois, que le passé peut se vivre au présent. »

Ils demeurèrent silencieux. Leurs mains s'entrecroisaient, se défaisaient puis s'accordaient à nouveau. Soudain inquiète, Alexandra l'attira à elle.

*

Les réunions quotidiennes avec les Russes se succédaient, sans qu'on avançât vraiment. Dans l'euphorie des victoires du moment, ceux-ci ne voulaient rien concéder aux membres de l'Union. Ils affichaient d'autant moins de bonne grâce qu'on leur avait présenté Ian et Durich comme les ambassadeurs de Masaryk. Le premier, épaulé par Viktor et Ratislav, bataillait ferme. Il développait ses arguments avec une détermination rageuse. Mais aucun ne convainquait les militaires ni les conseillers du gouvernement. Pourquoi les Russes solliciteraient-ils l'appui de quelques milliers de déserteurs, alors que les Allemands et les Autrichiens cédaient sur le front? Pourquoi accéléreraient-ils la résolution du problème tchèque puisque après leur triomphe la Bohême leur serait cédée? Une fois seulement Ian manqua renverser le courant. Il flatta ses interlocuteurs.

« Ne croyez-vous pas, messieurs, que ce serait d'un énorme profit sur le plan international que vous soyez les premiers à apporter une attention et une assistance à une minorité opprimée? »

Et Viktor ajoutait :

– Ce serait même un avantage au plan intérieur. Les Bolcheviks montrent qu'ils sont les seuls à se préoccuper des peuples victimes des Empires centraux. Si vous preniez une initiative dans ce sens, alors le Tsar et la politique de son gouvernement deviendraient plus probants aux yeux de la population. Et celle-ci serait moins tentée de prêter une oreille complaisante aux discours des révolutionnaires ! »

Les plénipotentiaires russes, surpris de la justesse du raisonnement, demandèrent une interruption de séance et allèrent sonder les ministères de la Guerre et des Affaires étrangères.

Les représentants de l'Union passèrent le restant de la journée à supputer l'issue des consultations. Plutôt optimistes, ils pensaient que Stürmer reviendrait sur sa décision et les aiderait. Le soir, ils durent déchanter. Les négociateurs russes les informaient que le président du Conseil jugeait prématurée une réflexion sur ces questions. Il exigeait que les consignes données auparavant fussent exécutées promptement.

Pour les infléchir, Ian laissa planer l'éventualité d'une rupture. Il développa les conséquences fâcheuses que cela aurait sur les relations de la Russie avec les alliés, très attachés à la constitution d'une armée tchèque capable de se battre. Ce fut inutile. Les membres de la délégation russe demeurèrent de glace et proposèrent une prochaine rencontre pour le 20 août.

A la sortie, Ian se confia à Viktor et Ratislav.

« Vous avez vu ce faux jeton de Durich ? A chaque occasion, il reprenait les arguments des Russes à son compte en feignant de les avoir amendés à notre profit. J'étais sûr qu'il nous mettrait dans l'embarras ! Imaginez ce qui va arriver s'il bascule du côté des russophiles de l'Union ! Nous pouvons être mis en échec.

– Cela nous offrira la possibilité d'éclaircir définitivement la situation, suggéra Ratislav. On posera la question préalable et l'on verra ceux qui nous suivront. Après on créera une Union républicaine, voilà tout!

– Je ne suis pas sûr qu'ils soient nombreux à reconnaître la justesse de notre thèse! dit Viktor.

– Peu importe! s'exclama Ratislav, y en aurait-il un seul, cela suffirait à les inquiéter! »

Ian acquiesça. Il savait que tôt ou tard la rupture serait consommée entre Paris et Petrograd. D'autre part Viktor et Ratislav lui inspiraient confiance. Ils connaissaient parfaitement le problème et l'appuyaient sans réserve.

Il envoya un télégramme à Masaryk. Il lui exposait son pessimisme et sa conviction que bientôt les Tchèques auraient une double représentation à Petrograd.

Viktor éprouvait souvent le désir d'entrer dans la chambre de Ian et de converser avec lui. Jamais il n'osait. Cet homme lui en imposait. Professeur à l'Université de Prague, parcourant le monde entier et adjoint d'un responsable politique réputé! Comment pouvait-il bénéficier de tant d'avantages? Sa modestie, sa discrétion aussi, troublaient Viktor. Il parlait rarement de lui-même, préférant se retrancher derrière l'intérêt général pour justifier ses choix. Enfin, jamais il n'évoquait sa vie privée à Paris.

Tout de même, le 19 août, tard dans la soirée, Viktor frappa à sa porte. Il tenait une bonne raison pour le faire. L'ultime réunion avec les Russes aurait lieu le lendemain.

« Entrez! répondit Ian. J'écrivais à ma femme. Je reprendrai plus tard! »

Viktor s'assit sur le rebord du lit et alluma une cigarette.

« Elle est jolie? demanda-t-il pour dire quelque chose.

– Beaucoup plus que cela! » plaisanta Ian.

La question le surprenait, mais en même temps il était reconnaissant à Viktor de lui donner l'occasion de décrire Simone. Il se mit à raconter leur rencontre à Paris, leur engagement pour la Tchécoslovaquie, Milan... Le temps passait. Viktor, toujours silencieux, fumait sans arrêt.

« Et vous? s'enquit Ian. Il existe une femme qui... »

Viktor n'osait pas dévoiler l'existence d'Alexandra. Elle le bouleversait trop pour qu'il en fût capable. Soudain, il eut l'insupportable sensation de s'être laissé piéger en pénétrant dans cette pièce. Ian lui paraissait encore plus inaccessible qu'auparavant.

« Je vais me coucher! » dit-il avec brusquerie.

Il sortit.

Ian, désemparé, s'interrogea sur les raisons d'une telle attitude. Décidément, cet homme l'intriguait, l'intéressait même. A la première occasion il tenterait de gagner sa confiance.

*

Le lendemain, la négociation avec les Russes tourna court très rapidement. Ceux-ci revenaient avec des consignes gouvernementales encore plus sévères qu'à la précédente entrevue. Comme Stürmer l'avait déjà réclamé, l'Union devait se transformer en Conseil National et ne plus prendre ses directives que de lui. Sinon elle serait interdite en Russie.

Viktor et Ratislav devaient regagner leur cantonnement sous peine d'être arrêtés et rendus aux autorités autrichiennes.

Anton et ses partisans réussirent à convaincre la quasi-totalité des membres qu'il fallait se soumettre si l'on voulait à terme obtenir quelque chose des Russes. Comme prévu, Durich s'était rangé à leur avis. Ian tentait de persuader l'assistance de son erreur, quand Tchetchek sollicita la parole.

« Messieurs, dit-il d'une voix forte, j'ai respecté

jusqu'ici la réserve à laquelle m'oblige mon rôle de secrétaire de cette assemblée. Toutefois, en ce jour où les enjeux sont de taille et risquent d'engager l'avenir de notre pays, je crois nécessaire de donner ma position... »

L'assistance demeura silencieuse. Tchetchek se mêlait très rarement aux débats et l'on avait fini par oublier qu'il disposait du même droit d'intervention que chacun.

« Je me suis joint à vous, continuait-il, pour travailler à l'instauration d'un royaume de Bohême et j'ai mené la lutte à vos côtés sans états d'âme. Je sais par mon éducation que le combat politique est difficile et qu'on ne gouverne pas l'Histoire facilement. Mais il doit toujours exister une limite à notre impuissance. Or j'ai aujourd'hui l'impression, voire la certitude, que pour certains d'entre vous, cette limite n'existe plus. Devons-nous, sous prétexte que la Russie a décidé de notre sort, obtempérer avec autant de facilité? Sommes-nous appelés à devenir ses vassaux? Jusqu'où devra-t-on faire acte d'allégeance? Je ne suis pas venu ici pour aliéner à l'avance une liberté à laquelle je n'ai pas encore goûté. Vous pensez qu'il faut accepter les exigences de Stürmer parce que vous entretenez l'illusion que dans un futur proche il sera possible de reprendre la discussion et d'arracher quelques concessions. C'est une erreur! A quel titre la raison d'Etat russe serait-elle plus complaisante que ne le fut celle de l'Empire autrichien? Les motifs historiques qui présidèrent pour l'empereur Charles à la confiscation de notre identité nationale seront les mêmes que ceux qu'invoquera Nicolas II, et nous changerons uniquement d'adversaires. Je le refuse. Désormais, il m'apparaît prioritaire de résister à l'impérialisme des Russes et je regrette que seuls ceux qui défendent l'idée d'une Tchécoslovaquie républicaine en soient convaincus. J'ai décidé de les suivre, même si leur idéal quant au régime politique du pays est très différent du mien. Mais je préfère me battre et perdre dans la liberté que de remporter une victoire sous le joug totalitaire. »

Il s'assit dans un silence total. Ian et Ratislav souriaient et échangeaient avec lui des regards amicaux. Svoboda demanda une nouvelle interruption de séance. Ian s'y opposa.

« L'évidence est par nature incontournable, affirma-t-il. Nous ne pouvons continuer à travailler ensemble alors que nos objectifs divergent. Dans ces conditions, je ne crois pas utile de nous réunir à nouveau. Je vous informe officiellement que les Tchèques de ce pays bénéficieront dès maintenant de deux représentations à Petrograd, la vôtre et celle que nous allons constituer. La différence est de taille. Les uns prendront leurs ordres à la Cour du Tsar, les autres à Paris auprès de Masaryk, avec lequel il faudra désormais compter ! »

Il se leva, suivi de Viktor et Ratislav. Tchetchek leur emboîta le pas.

Le soir même, Ian préparait ses bagages pour rejoindre Paris. Viktor et Ratislav tentèrent de le retenir encore quelques jours à Petrograd. Il refusa. Il devait aller à Jassy, en Roumanie, pour conclure avec le gouvernement de ce pays un accord au terme duquel 300 immigrés tchèques regagneraient la France et complèteraient la Compagnie de la légion étrangère, décimée par les combats de l'hiver précédent.

Au cours de la soirée ils évoquèrent l'avenir politique. Tchetchek demeurerait à Petrograd et serait chargé d'harmoniser le mouvement en assurant la liaison avec Paris. Ian leur garantit que des moyens financiers et politiques leur seraient très vite octroyés. Pour faciliter les choses, Viktor, Ratislav et Jaroslav devaient obéir aux consignes du gouvernement russe et retourner à Kiev. C'était plutôt une bonne solution. D'après Ian, ils pourraient ainsi s'occuper à rendre l'armée opérationnelle.

« Vous savez, confia-t-il, je n'accorde qu'un crédit très limité à la parole des Russes. Jusqu'ici ils ont respecté leurs engagements vis-à-vis de la France et de l'Angleterre parce que ces deux puissances accaparaient les armées ennemies et leur permettaient de se réorganiser. Aujourd'hui qu'ils sont vainqueurs, je les crois moins disposés à faire des concessions à ces deux pays. S'ils sont les artisans de la victoire finale, leurs prétentions n'auront plus de limites. Ils voudront concrétiser l'idée d'un royaume de Bohême et disloquer l'armée tchèque. Nous devons très rapidement passer sous contrôle des alliés, dont la plupart sont plutôt favorables à une république. Et éventuellement résister... »

Le lendemain, ils se séparèrent avec tristesse. Viktor regrettait sa stupide attitude de la veille. Ian déplorait de n'avoir pas eu le temps de visiter le camp de Kiev pour mieux en parler à Masaryk. Il promit de revenir pour le faire dans les prochaines semaines.

Viktor et Ratislav l'accompagnèrent à la gare de Tsarskoie Selo. Ils demandèrent à leur fiacre d'emprunter la route qui longeait la voie. Ils suivirent le train jusqu'à Poulkovo. Ils saluaient Ian qui leur répondait, accoudé à la fenêtre de son compartiment.

Les autorités russes décidèrent que le départ de Ratislav et Viktor aurait lieu le 14 septembre. La veille, en début d'après-midi, Alexandra vint prendre Viktor en calèche.

« Je souhaite notre dernière journée à l'image de la saison, dit-elle. Un peu comme la fin d'un beau moment et la promesse qu'il se représentera. »

Elle lui proposa d'aller se promener dans le parc de Peterhof, la résidence d'été des tsars.

« J'y suis souvent venue quand Papa était président du Conseil, racontait-elle tandis qu'ils roulaient. C'est magnifique, vous verrez! Au début, c'était une petite demeure du tsar Pierre Ier, celui qu'on appela le Grand, sans que je sache d'ailleurs pourquoi! Son règne fut émaillé de tortures, d'assassinats et autres tueries... Pour vous donner une idée de sa grandeur, il fit exécuter plus de 4 000 de ses streltsy, sa garde personnelle, après qu'ils se furent révoltés.

– Je connais mal l'histoire de mon pays, répondit Viktor, mais je sais que nous avons subi l'oppression d'hommes de ce genre. A l'école, les maîtres évoquaient parfois le roi Sigismond. Il a fait brûler Ian Huss, le symbole de notre identité nationale, et fait mourir aussi plusieurs milliers de ses disciples. »

Pour se protéger du froid, ils se tenaient enlacés sur le siège arrière. Viktor avait glissé sa main sous le manchon d'Alexandra et lui caressait les doigts.

« Pourquoi partez-vous si vite? murmura-t-elle. Je vous aime et veux vous garder.

– Auriez-vous prévu de me faire changer d'avis d'ici ce soir? » s'enquit Viktor avec une pointe d'ironie.

La voiture déboucha dans l'avenue qui menait au palais. Alexandra se redressa et regarda les jardins qui se succédaient en terrasses vers le golfe de Finlande. Parfois elle fixait un endroit et le suivait des yeux comme s'il lui rappelait un souvenir ancien. Le long du canal, en contrebas, des jets d'eau réguliers s'élevaient vers le ciel et, brisés par les sautes du vent, s'éparpillaient en une multitude de gouttelettes. Elle attira l'attention de Viktor sur ces fontaines.

« On en compte 144 exactement!

– Pourquoi ce nombre?

– Je n'en sais rien! Le caprice de l'Empereur

probablement, puisqu'on colporte que c'est lui qui dessina les plans de cette splendeur. »

Parfois ils croisaient l'attelage de quelques courtisans qui les saluaient. Alexandra inclinait la tête à son tour.

« Vous les connaissez? s'inquiéta Viktor.

– Non! Pas du tout!

– Mais alors pourquoi leur répondre?

– Je profite du peu de temps qu'il me reste, à moi privilégiée, pour vivre d'une manière que j'aime. »

Ils roulèrent dans les allées de l'immense parc et empruntèrent la route d'Oranienbaum. Quand ils atteignirent le village, Alexandra demanda à Ivanov de les mener au bord de l'eau. Ils marchèrent sur la grève.

« Vous voyez là-bas cette masse opaque dans la brume? dit-elle en pointant son doigt. C'est l'île de Kolline. C'est aussi le port de Cronstadt, où les marins se sont soulevés en 1905. Vous savez, cette révolte qu'évoquent souvent les Bolcheviks comme un exemple à suivre. Curieusement, c'était déjà arrivé en 1825. Comme s'il existait une sorte de fatalité attachée à cet endroit!

– Mais, Alexandra, pourquoi me parlez-vous de cela et d'un ton si nostalgique? » s'étonna Viktor.

Elle l'enlaça par la taille et se nicha sous son bras.

« Je sens que tout fiche le camp! Notre civilisation, nos valeurs et puis... vous! C'est étrange, mais je suis certaine que cette révolution va venir. Que notre vie va changer.

« Comment pouvez-vous en être si sûre?

– Je devine l'avenir, Viktor! » assura-t-elle en riant.

Il s'esclaffa à son tour. Puis lui revint le souvenir de ce vieillard qui lui avait lu les lignes de la main à Lubaczow.

« Alexandra! Savez-vous ce que signifie " la terre qui dort "?
– Bien sûr! C'est la Sibérie. Mais pourquoi cette question?
– Pour rien! répondit-il. J'en ai entendu parler... »
Alexandra n'insista pas.
« Il fait frais! Partons! » proposa-t-elle en l'entraînant vers le coupé.
Dès qu'ils furent rentrés, Alexandra commanda un thé à Vania et s'assit près du feu.
« Je frissonne, Viktor! »
Il se rapprocha et l'étreignit.
« Comment est-ce possible? Il ne fait pourtant pas très froid?
– Je sais. Ce n'est pas pour cela que je tremble. Mais de crainte! J'ai trop de catastrophes dans ma tête. »
Elle se détacha de lui et alla fouiller dans son secrétaire. elle en revint avec un jeu de cartes à la main.
« Le tarot, Viktor! Pour découvrir la vérité! Je ne le déchiffre qu'en de rares occasions. »
Elle battit l'ensemble des lames. Elle lui en fit tirer quelques-unes et les étala sur une table basse. Longtemps, elle demeura silencieuse.
Viktor, hypnotisé par les flammes, somnolait.
« Quel carnage! s'exclama-t-elle soudain. Mais comment faites-vous pour être entouré de tant de violence? Je vois une multitude d'hommes et de combats, la mort, la mort partout! Et vous au milieu de tout cela! Et... »
Elle s'interrompit.
« Et quoi? s'inquiéta Viktor.
– Restez ici, mon chéri! Restez, je vous en supplie!
– Laissez donc vos bêtises! Je n'ai jamais vu de cartomancienne prédire le futur en rose! Vous savez,

“ la terre qui dort ”, c’est un vieux qui m’en avait parlé à la fin d’une bataille en m’affirmant que je devais m’en méfier.

– Il avait raison, Viktor!

– Allons, rangez ce jeu et venez plutôt me dire que vous m’aimez encore! »

Elle se mit à pleurer. Vania entra avec le thé.

« Monsieur vous ferait-il du mal? demanda-t-elle.

– Oui, beaucoup! répondit Alexandra en se forçant à sourire. Mais sois sans crainte, ma petite Vania, je saurai me défendre.

« Oh, ça, j’en suis certaine! lança la vieille femme en quittant la pièce.

– Vous savez, Viktor, reprit Alexandra, désormais je porte en moi l’amour et la mort en même temps. Imbriqués comme deux complices qui se nourrissent chacun l’un de l’autre.

– Je ne comprends pas!

– Quelle importance! Je ne saisis pas moi-même tout le sens de ce que je raconte! »

Elle lui caressa le visage.

« Je voudrais tant vous emprisonner, murmura-t-elle, mais vous êtes comme Pinetti, le magicien, capable d’entrer et de vous échapper à votre guise des endroits les plus inaccessibles.

– Je vous dirai si je le suis quand vous m’aurez relaté qui il est!

– Une belle histoire... Il avait déclaré lors d’une représentation devant Paul Ier qu’il était capable de pénétrer partout, y compris dans l’appartement princier! Le Tsar lui avait donc donné rendez-vous dans sa propre chambre le lendemain à midi. La nuit même, il faisait enfermer le prestidigitateur chez lui et boucler son palais par de nombreux soldats. Les approches du logement impérial étaient protégées par de hauts dignitaires. Enfin, pour plus de sécurité, toutes les portes avaient été fermées et les clefs portées chez l'Empereur... Quelques minutes avant l'heure fixée pour l'entrevue, le chambellan de service apprenait à Sa Majesté que le magicien n'avait pas quitté son domicile. Pourtant, au douzième coup de midi, Pinetti s'introduisait par la porte dans le cabinet impérial! Il gagna 2 000 roubles et l'on ne sut jamais comment il y était parvenu. Mais le plus étonnant, c'est la manière dont il partit de Saint-Pétersbourg. La veille de son départ, il fit annoncer qu'il sortirait de la ville à dix heures précises, et par ses quinze portes. Tous les spectateurs qui s'étaient massés sur chacun des passages assurèrent l'avoir vu à la même heure. Quant au visa du passeport de Pinetti, il était inscrit sur les quinze registres d'inspection. Voilà, Viktor chéri, c'est un peu vous... Vous êtes entré dans ma vie à votre guise et vous en sortez de la même manière...

– Mais Alexandra, protesta-t-il, je n'en sors pas! Je ne le veux pas! Je vous aime, croyez-moi!

– Je sais, Viktor, je sais... »

CHAPITRE XIII

« Petrograd, le 16 septembre 1916.

Viktor chéri,

Si je pouvais vous rattraper là où vous êtes! Dans le train, à regarder défiler le paysage en pensant à moi. Ou plutôt à ce qui vous attend là-bas, dans ce camp plein de boue et de tristesse.

En cette heure tardive, je me surprends à souhaiter qu'on pût tout recommencer. Moi, je reviendrais à l'instant où je vous ai rencontré au Palais d'Hiver, durant la fête du Tsar.

Voulez-vous que je vous raconte la vie qui aurait été la nôtre? Nous nous serions évadés du palais pour échapper aux conversations ennuyeuses de nos amis militaires et nous aurions couru chez moi. Pendant des nuits et des jours, nous serions restés enfermés à réactiver le feu, à parler et à faire l'amour. Nous nous serions tout dit, pour que chacun de nous s'enrichisse de l'autre. Je le crois vraiment aujourd'hui, je vous aurais demandé de m'épouser et nous serions allés à Venise, à Paris, à Londres. Autant de villes que mon père avait promis de me faire visiter lorsqu'il ne serait plus aux Affaires.

Au retour, je vous aurais conté l'âme russe, vous

m'auriez emmenée traquer l'ours dans vos forêts sombres de Bohême.

J'arrête ici. Ce sont des chimères. Je suis triste. Heureusement, il demeure encore un peu de votre présence dans cette chambre. Une odeur, un désordre aussi... Je dispose de peu de temps pour façonner un souvenir de vous, aussi vrai que si vous étiez là. Vos lettres m'y aideront... Je ne me remontrerai pas en société tant que la première ne sera pas arrivée. Je vous aime comme une nuit blanche. Alexandra. »

*

« Kiev, le 18 septembre 1916.

Et voilà, Alexandra, les portes de notre prison se sont refermées sur nous. La joie m'a quitté. J'ai retrouvé le sens du devoir. L'amoureux a endossé l'uniforme du soldat. Heureusement, je partage ma tristesse avec l'autre pièce du puzzle. Peut-être est-ce moins pénible que la solitude totale? Mais je n'en suis pas sûr. La présence de l'un me rappelle sans cesse l'absence de l'autre.

J'ai envie de tout vous raconter pour que vous puissiez me suivre pas à pas.

Quand nous sommes descendus du train, il venait de pleuvoir à verse. Le sol était détrempé. Les chevaux du fiacre glissaient sans cesse dans les ornières fangeuses. Bientôt la masse sombre du camp se dressa à l'horizon. Cela me faisait drôle d'être à nouveau ici. J'avais l'impression d'avoir oublié la vie militaire. Ratislav m'assura que cela reviendrait vite. Jaroslav approuva d'un air entendu. Quant à Fédorova, je croisai son regard et y devinai ce qu'il exprimait. Ce qu'elle m'avait confié dans le train alors que nous fumions une cigarette, debout dans le couloir du wagon. Elle était heureuse de se réinstaller à Kiev. Elle se sentait plus proche des camarades bolcheviks qu'elle y fréquentait que de ceux de Petrograd. Ces derniers l'avaient déçue. Ils n'arrêtaient pas de jacasser. Du pouvoir surtout, rarement des misères qu'endurait le peuple! Or c'était cela qui l'intéressait, elle! Si elle militait, c'était pour que des filles comme elle ne servent plus jamais de paillasses aux nantis. Pour que son frère Piotr puisse aller à l'école, pour que ses parents ne se tuent plus à la tâche. Peut-être aussi pour que les gens disposent enfin de temps pour s'aimer. Et pas à la sauvette, comme elle avec Ratislav!

Elle ajouta qu'elle se sentait plus forte aujourd'hui qu'au moment du départ à Petrograd. Elle comprenait mieux pourquoi elle luttait. Jaroslav l'avait beaucoup aidée. Elle admirait sa capacité à dégager l'essentiel. Il savait aussi lui montrer l'intérêt de son travail de militante. Quand elle me demanda avec une pointe d'ironie si j'étais d'accord avec son jugement sur lui, je demeurai muet. Je crois l'avoir toujours aimé sans jamais le juger.

A notre arrivée, les soldats nous témoignèrent leur amitié. Devant le baraquement de l'état-major, des centaines d'hommes se trouvaient rassemblés et nous ovationnèrent. Certains criaient : " Vive la Tchécoslovaquie! " d'autres qu'ils voulaient rentrer. " L'heure du retour approche! ai-je répondu. Mais avant, il nous faudra traverser de rudes épreuves. Nous devons nous y préparer. " Puis j'ai clamé à mon tour : " Vive la Tchécoslovaquie! " Curieusement, je pensais surtout à vous à ce moment-là. J'avais plutôt envie de dire : " Vive Alexandra! " et de revenir à Petrograd me réfugier dans notre chambre.

Je vous passe le détail de la réunion que Ratislav et moi avons tenue avec les officiers. Nous leur avons rendu compte de l'échec des négociations et de l'obligation dans laquelle nous étions d'obéir aux Russes. J'ai conclu que nous devions devenir les défenseurs de la future Tchécoslovaquie et ne rien négliger pour améliorer les conditions matérielles et morales des hommes, ainsi que leur entraînement.

Durant le reste de la journée, j'ai inspecté le camp. Les soldats me semblent très nerveux et cela m'inquiète. Désormais, la plupart veulent partir et disent préférer se battre plutôt que de moisir ici. J'ai tenté de les réconforter, mais je crains que cela ne s'avère insuffisant.

Je ne veux pas vous assommer avec ces détails de l'existence concentrationnaire. Je préfère évoquer notre dernière nuit. Etait-ce l'imminence de mon départ? Je me suis senti capable de vous aimer " complètement ". Je vous voyais épanouie dans mes bras et cela redoublait mon plaisir. Je pensais que je pourrais sans dommage reculer mon départ. Je ne l'ai pas fait.

Le destin a probablement ses raisons que j'ignore? C'est le tarot qui dit la vérité. Mais rassurez-vous! Ici il n'y a pas de violence ni de mort, sinon naturelle. Je vous aime. Je me dépêche de vous expédier cette première lettre pour que vous le sachiez. Votre Viktor. »

*

« Petrograd, le 20 septembre 1916.

Viktor chéri,

Comme je vous l'ai écrit dans ma dernière lettre, je ne sors pas de la maison, pleine de vous. Quelques vêtements, des mots griffonnés, un paquet de cigarettes, me réchauffent le cœur quand j'arpente la chambre. Vania et Ivanov me parlent de vous chaque jour. Ils vous aiment et je sais que c'est vrai. Les Russes sont ainsi. Ils adorent ou détestent avec la même foi.

Votre départ m'a arrachée à moi-même. Imaginer que j'aurais pu vivre avec vous m'entraîne à envisager que j'aurais pu mener mon existence tout autrement. J'en décèle avec amertume les erreurs, les choix stupides. Mon passé se dévoile dans sa cruelle insuffisance, peut-être devrais-je dire médiocrité ! La fille brillante d'ancien président du Conseil que je crois être m'apparaît comme une gourde maladroite et égoïste, enfermée dans ses préjugés et incapable d'entendre les coups de semonce des révolutionnaires. Parfois, je pense les rejoindre et leur transmettre des astuces pour mieux combattre cette noblesse qui m'est si familière. Ainsi échapperais-je au châtiment qui attend les privilégiés. Aussitôt, je suis envahie par le dégoût. Nous ne sommes pas du même monde. Nous ne sommes pas faits de la même matière. Là où nous possédons l'intelligence, le sens du beau et l'aisance, ils ne connaissent que la pauvreté, l'ignorance et la débauche.

Pourtant, j'entends les clameurs du dehors, au travers de ce que me rapporte Vania. Pour beaucoup, la misère, les massacres sur le front et la morgue des nobles deviennent intolérables.

Je suis profondément triste, Viktor. Seul l'amour peut rendre cette horreur supportable, parce qu'il a le pouvoir de tout transfigurer. Hélas ! Vous êtes loin, un peu plus chaque jour. Jusqu'à quand aurai-je assez d'imagination, de courage peut-être pour vous réinventer. Je vous aime. Alexandra. »

*

« Kiev, le 30 septembre 1916.

Alexandra chérie,

Ma patience aura été récompensée. J'ai reçu ce matin vos lettres du 16 et du 20.

Sortez! Je vous en supplie! Voyez du monde, informez-vous! Je vous y engage pour nous, mais aussi pour la Tchécoslovaquie. Jusqu'à ce que nous rentrions vainqueurs à Prague, votre appui, vos conseils et ceux de vos amis nous seront nécessaires. Qui mieux que vous peut dénicher les informations dont nous avons besoin?

Tchetchek, que vous avez peut-être rencontré, sera soulagé de savoir qu'il dispose d'une alliée de votre envergure. Il est seul face à des hommes sans vergogne dans la mesure où leurs intérêts personnels sont en jeu.

Sortez aussi pour que je puisse sortir. Emmenez-moi partout avec vous, dans la réalité comme dans vos rêves. Je veux encore visiter ce que j'ignore de vous et le faire mien.

Je me sentirai plus fort pour affronter les dures conditions de vie du camp, le froid intense et la tristesse des soldats. Pour ajouter à cette grisaille, il pleut sans arrêt. Les chemins devenus impraticables empêchent les volontaires de se rendre dans les fermes pour y aider les paysans. Ils demeurent dans les baraquements et tentent de se réchauffer autour des braseros.

Hier, Ratislav, Jaros, Fédorova et moi avons dîné chez Vlassov. Le repas a mal débuté. A peine le colonel avait-il avalé sa première bouchée qu'il recevait un télégramme urgent : la Roumanie venait de s'écrouler devant les Centraux à Hermanstadt. Ce fut la consternation. On s'interrogea même sur notre propre sécurité, ici à Kiev... Heureusement, la vodka aidant, nous avons retrouvé un peu de gaieté. Excepté Vlassov, qui s'est montré mélancolique jusqu'à la fin. Il en avait assez de son existence stupide et de son inaction. Il aurait préféré être au front. Ratislav lui a demandé si c'était l'alcool ou l'âge qui le mettaient dans cet état. « C'est la lucidité! » a rétorqué le colonel. Nous nous sommes tous tus. Etait-ce son propos qui nous émouvait ou bien seulement sa voix triste? Nous étions trop soûls pour choisir. Vlassov, encouragé par ce silence inattendu, se remit à parler. Il ne ressentait plus l'envie d'obéir parce qu'il était trop tard. La Russie des tsars était déjà morte!

Je le questionnai alors sur la Russie qu'il désirait. Il me répondit : « Une Russie libre de ses oppresseurs et de ses menteurs... » Comme je lui faisais la remarque qu'il s'agissait là d'un vœu pieux, il m'affirma qu'en pensant ainsi, il se sentait fidèle à lui-même et à son pays. J'imagine que ses mots auront une résonance profonde en vous. Vlassov et vous, faites les mêmes cauchemars face à cette hypothétique révolution. Réagissez, que diable! Si vous ne croyez pas à sa venue, ignorez-la! Si vous la prévoyez pour demain, alors luttez contre! Mais ne vous réfugiez pas dans un isolement et des regrets inutiles! Vous m'avez raconté la Révolution française. Selon vous, l'insouciance et le refus de voir la vérité avaient perdu la noblesse de l'époque. Pourquoi ne seriez-vous pas votre meilleure élève?

J'ai le sentiment d'avoir été un peu brusque. Ne m'en veuillez pas! L'amour que je vous porte est exigeant.

P.S. Je suis inquiet. Jaroslav tousse de plus en plus et se plaint de douleurs aux poumons. »

*

« Petrograd, le 8 octobre.

Viktor, Viktor, Viktor...

Si je m'écoutais, j'écrirais une lettre entière rien qu'en épelant votre nom. J'aime sa consonance puissante, sa violence.

J'ai reçu votre lettre du 30, il y a cinq jours. Avant celle du 16, mais ce sont les caprices de la distribution du courrier.

Quelle volée de bois vert vous m'administrez! Mais aussi quelle force vous me donnez! J'avais besoin d'être bousculée pour mieux retrouver mon équilibre. Vous avez raison : je suis trop frileuse vis-à-vis des Bolcheviks. Mais cela va changer.

Sur vos conseils, je suis sortie, je sors! Avant-hier, je suis allée au Palais d'Hiver. Avec des dignitaires, j'ai provoqué une conversation sur l'imminence de la révolution. Tous m'ont ri au nez. Pour eux, je le sens, j'étais une femelle ignorante de la politique. Le comte Mikalovitch m'a assuré qu'on balaierait la racaille à coups de canon! Tel autre m'a juré que l'armée nous était acquise en nombre suffisant pour tuer la vermine!

Je suis revenue à la maison, rassurée et un peu plus forte. J'ai invité Sazonov à dîner. Je l'ai interrogé sur les derniers développements concernant le contingent tchèque. Il m'a redit l'hostilité de l'état-major à votre égard. Mais il semblerait que ce ne soit plus aussi affirmé. On chuchote qu'Alexeiev, le chef de nos armées, serait remplacé par Gourko, acquis à votre cause. Attendons pour voir! Quoi qu'il en soit, il vous transmet ses amitiés. Bien entendu, il aidera Tchetchek. Moi-même, je le verrai et lui faciliterai la tâche.

J'aime, Viktor, la manière dont vous me relatez votre quotidien. J'ai l'impression d'habiter vos histoires. Je les traîne avec moi durant la journée, parfois la nuit.

Dans mes rêves, il m'arrive de me réveiller à votre bras. Nous entrons dans votre camp, nous y installons... Parmi une cour nombreuse! Cela ressemble un peu à l'architecture d'ici, mais aussi à quelques palais de Petrograd. Et je revis notre première soirée.

Continuez de me raconter votre vie comme vous le

faites! Les personnages qui vous entourent me sont familiers et me parlent de vous. Je suis émue par Fédorova, par Vlassov avec lequel effectivement je me sens une parenté spirituelle, par Jaroslav aussi, même si je n'aime pas trop le savoir à vos côtés. J'espère que sa maladie n'est pas grave.

En formulant ce souhait, je tente de réprimer ma jalousie. Eh oui! Que voulez-vous, je ne me suis résolue à l'accepter que par calcul. Si je voulais avoir un peu de vous, il me fallait en passer par là. Ce ne fut pas facile. Concevoir qu'il partage vos nuits, remarque votre inquiétude au froncement de vos sourcils et devine vos pensées lorsque vous vous réfugiez dans le silence. Autant d'images qui demeurent insupportables!

Rassurez-moi et dites-moi que j'ai vécu avec vous des moments uniques. Alexandrina. »

*

« Kiev, le 10 octobre 1916.

Alexandrina,

Je n'attends pas d'avoir reçu une prochaine lettre de vous. Mon appréhension était fondée. Jaroslav est malade. D'après le diagnostic, il aurait une pneumonie.

Cela s'est déclaré avant-hier soir. Nous jouions aux cartes avec Ratislav et d'autres officiers, quand il est parti se coucher. Je l'ai retrouvé deux ou trois heures plus tard, fiévreux et le souffle court. Je demeurai auprès de lui. Il voulait absolument bavarder pour tromper son inquiétude. Il tentait de se rappeler sa dernière maladie. C'était à Svikov. Il se revoyait alité, sa mère auprès de lui. Elle lui racontait une histoire qu'il avait un mal fou à suivre à cause d'une forte migraine. Comme ils étaient pauvres, elle reculait le moment de prévenir le médecin. Jaroslav, qui le savait, essayait de récupérer, sans succès. Quand il s'éveillait, le docteur l'auscultait. Il en avait conçu une telle honte qu'il avait travaillé d'arrache-pied à la scierie pour rapporter quelques couronnes supplémentaires à la famille...

Il repoussait sans cesse les couvertures que je ramenais sur lui. Il se plaignait de coups réguliers et sourds dans sa tête. Je crois qu'il s'endormit à ce moment-là. J'étais effondré. J'avais vraiment peur. Je souhaitais qu'il se réveillât et continuât de parler.

Il se releva pour tousser. Cela lui arrachait les poumons, se plaignait-il, comme ces putains de tiges de fougère qu'on fumait ensemble en cachette. Je m'en souvenais. Après un silence, il évoqua nos escapades dans les granges attenant au château. Il s'assoupit de nouveau. Je tenais sa main brûlante et pensais à notre jeunesse.

Une éternité m'en séparait. Je me voyais différent, comme aurait pu l'être un frère. Ce n'était pas moi. J'éprouvais la certitude d'une cassure entre ces deux époques de ma vie. Me battre m'avait transformé au point que je ne me reconnaissais plus.

J'en voulus au monde entier. Je n'avais rien demandé, Jaroslav et des millions d'autres hommes non plus.

Qui décidait la guerre et qui l'acceptait? J'avais l'impression que cela était convenu comme un jeu et cela me dégoûtait. Alors, je cherchai ce que ce conflit m'avait apporté de bon. L'idée d'une Tchécoslovaquie indépendante, la volonté de lutter pour elle, et vous! Vous aviez raison. Un puzzle sans l'une de ses pièces n'en est plus un.

Ce soir-là, auprès de Jaroslav, je vécus « avec vous » un moment fort. Je me remémorais certaines de vos phrases. Je revivais de lointaines émotions, celles de vos caresses, de votre présence. Cela se termina par une vision affreuse. Je ne vous retrouvais plus jamais et Jaroslav mourait. Heureusement, Ratislav arriva avec le docteur. Un vieil homme apparemment solide. Il ne fallait pas se biler, affirmait-il. S'il était trop tard, rien ne servait de se dépêcher. Dans le cas contraire, on avait le temps.

Après l'avoir examiné, il prescrivit de laisser évoluer la maladie et de lui faire des enveloppements chauds. Fédorova se proposa de le veiller durant la journée. Ratislav le fera avec moi, la nuit. Cela me réconforte de les savoir aussi proches.

Je ne vous entretiens de rien d'autre. Quand Jaroslav ira mieux, je vous écrirai plus longuement. Je vous aime. »

*

« Petrograd, le 19 octobre 1916.

Mon Viktor,

Hier, je reçois votre lettre du 10. C'est idiot mais j'ai ressenti une profonde culpabilité. Comme si les ondes mauvaises de ma jalousie avaient atteint Jaroslav.

Moi-même, je me suis sentie affreusement mal, au point qu'aujourd'hui je suis alitée. La maladie est, avec la vieillesse, ce que je crains et déteste le plus. Rien ne peut contrarier notre lente décrépitude. Ne pensez pas que je sois mélancolique. Vos premières lettres que je relis m'ont guérie de ma dérive romantique.

Je harcèle la bonne société de Petrograd pour faire avancer votre cause. Comme vous me l'avez suggéré, j'emmène Tchetchek avec moi. S'il vous rejoint plus tard, reposez-vous sur lui. Il vous est acquis. En plus, il veut aboutir et n'hésite pas à s'imposer.

Hier, je lui ai fait rencontrer Kerenski, cet avocat

leader des Troudoviks dont on parle beaucoup. Ils se sont très bien entendus. Kerenski a précisé qu'il était lié avec Masaryk et qu'évidemment il vous aiderait. Dans les prochains jours, je compte lui présenter le prince Lvov, Milioukov, Goutchkoff, etc., des hommes politiques sur lesquels commencent à reposer les espoirs de la bourgeoisie et d'une partie de la noblesse d'ici. Voilà un compromis politique qui m'agréerait, comme à beaucoup d'autres : un Tsar, des ministres de progrès et une volonté d'améliorer le sort des plus démunis.

Je vois régulièrement Sazonov qui vous transmet son bon souvenir. La dernière fois, il affichait un air grave, inhabituel. Je le questionnai. Il craignait des bouleversements d'importance à la Cour mais ne voulut pas m'en confier plus. Il devait vérifier l'exactitude de ce qu'on lui avait rapporté. Je n'ai pas insisté. Avec lui tout vient, mais en son temps.

Croyez-vous que cela me fasse oublier votre éloignement? Hier, en revenant de faire quelques achats Perspective Nevski, j'ai prié Ivanov de s'arrêter à la gare de Tsarskoie Selo. J'y ai consulté les horaires des trains pour Kiev. J'imaginais votre tête en me voyant pénétrer dans le camp avec d'innombrables malles de vêtements! Je serais capable d'une telle folie. Mais rassurez-vous, je vous demanderai toujours la permission de venir...

J'ai froid en moi depuis votre départ et rien ne peut me réchauffer. J'ai beau rechercher le plaisir, je n'y trouve que la solitude. Même si vous étiez parfois « surprenant », vous me rendiez heureuse. A vous. A nous. Donnez-moi des nouvelles de chacun et dites-leur mon affection. »

*

« Kiev, le 30 octobre 1916.

Alexandrina,

J'ai tardé à vous répondre. Mais Jaroslav (qui va mieux) et la vie du camp m'ont complètement accaparé.

Doucement mais sûrement, les hommes sombrent dans la mélancolie. Ils en ont par-dessus la tête des négociations sans résultat, de l'inaction et de la pluie incessante qui se transforme en neige depuis quelques jours. Des meneurs prônent ici des solutions extrêmes. Pourquoi ne pas désarmer la garnison russe de Kiev et rejoindre d'autres régiments tchèques à Moscou ou ailleurs? Ou bien rallier directement la France? J'ai envoyé hier un télégramme à Masaryk pour le presser de prendre rapidement une initiative politique en notre faveur. Je ne crois pas pouvoir contenir très longtemps cette violence qui grandit. Confiez-le aux politiciens et militaires que vous rencontrez! Ne pas agir devient criminel pour tout le monde.

Merci de ce que vous faites pour nous et du soutien précieux que vous apportez à Tchetchek. Il me parle souvent de vous dans ses rapports et vous surnomme « la petite fée ».

L'état de Jaroslav s'améliore, mais il n'est pas encore capable de se lever. On lui a aménagé un coin abrité dans le baraquement, avec un brasero à ses côtés.

Maintenant que je suis loin de vous, je peux vous dire la joie que j'éprouvais à vivre avec vous. J'ai découvert la tendresse. J'ai appris la finesse. Je vous admire d'avoir supporté le rustre que j'étais. Sans doute, Alexandra, avez-vous été mon initiatrice.

Vous m'avez aidé à me connaître moi-même et à m'accepter. Vous m'avez fait homme!

Je vous aime. Par ces quelques mots, je voudrais tant chasser ce froid qui vous habite. Viktor. »

*

« Petrograd, le 8 novembre 1916.

Mon Viktor,

Ce matin je me suis levée tôt. J'étais gelée seule dans cet immense lit que vous connaissez bien. J'ai allumé une grande flambée et suis restée devant jusqu'à ce que Vania vînt m'apporter le thé. Sans doute m'étais-je réveillée avec le souvenir de vous? Il flottait encore dans ma mémoire comme la certitude de vous avoir serré dans mes bras durant la nuit. L'inquiétude me rongeait. Quand reviendriez-vous? Poussée par une subite impulsion, je tirai les cartes.

Je suis presque heureuse, maintenant. Sans l'ombre d'un doute, elles prédisent votre retour prochain ici pour y apprendre de bonnes nouvelles.

Du coup, je décidai d'aller à la messe à la cathédrale de Kazan. Je n'y priai pas Dieu, avec lequel je ne me suis jamais très bien entendue. Mais je m'y enivrai de l'encens que les popes répandent à profusion dans les airs et des chants magnifiques du chœur de la ville. Longtemps je suis demeurée prise dans une sorte de méditation amoureuse.

Etrange impression, en ressortant, de trouver la ville presque transfigurée. Etait-ce le soleil qui faisait briller la neige et les pierres blanches des immeubles, ou bien une illusion? Je me suis rendue directement chez Sazonov.

Depuis qu'il m'a annoncé des bouleversements à la Cour avec un air de conspirateur, je m'interroge et le presse de me dévoiler la vérité. Bien sûr il ne m'a rien révélé. Il possède à la perfection l'art d'éluder, de contourner, de retourner les questions à son avantage. Il m'a demandé de vos nouvelles. Je lui ai fait part de vos inquiétudes et de l'agitation au camp. Il m'a garanti que vous n'avez plus longtemps à attendre. Gourko va être incessamment nommé à la place d'Alexeiev.

Tchetchek se dépense sans compter. Je dois dîner avec lui ce soir. Comme d'habitude je m'arrangerai pour résoudre rapidement les problèmes politiques qu'il me soumettra et nous parlerons de vous. La moindre remarque à votre sujet me permet de vous avoir plus à moi. Je me dépêche de mettre cette lettre à la poste, surtout que j'en joins une autre qui vous fera plaisir. Elle vient de Svikov! A vous, un amour sans partage. Alexandra. »

*

« Kiev, le 10 novembre 1916.

Alexandrina chérie,

Je n'ai rien reçu de vous depuis le 19 octobre! Votre vitalité, votre folie me manquent. Je m'aperçois combien, à Petrograd, j'avais de courage et d'énergie grâce à vous.

Ici, la vie est plutôt ennuyeuse. Rien à faire à cause de la neige. Pourtant, je suis heureux qu'il en tombe sans arrêt. Elle calme les hommes. Après avoir marché quelques minutes dehors, ils se rendent compte combien leurs propositions de rejoindre la France, ou même Moscou, étaient chimériques. Cela me donne un sursis pour prévoir l'avenir. J'espère que ce Gourko dont vous a entretenue Sazonov va être rapidement nommé à la place d'Alexeiev. L'occasion peut-être de retourner à Petrograd et de vous serrer dans mes bras?

Jaroslav est à nouveau debout. Il a repris ses activités militantes au sein de la troupe et ne cesse d'aller et venir pour garder ses camarades en alerte. Ratislav et moi lui répétons qu'il ferait mieux de les convaincre de s'occuper de la Tchécoslovaquie plutôt que d'une révolution dont l'avantage leur sera confisqué. Il nous envoie paître en nous traitant de privilégiés et nous ne le revoyons pas de la journée. J'admire sa rigueur au service d'une même idée. Peut-être le blaguons-nous parce que nous sommes incapables de lui ressembler. Il jouit d'une grande considération chez les officiers et les soldats. Ils écoutent toujours ses avis avec une grande attention. Ce sera précieux si nous devons affronter des tourmentes.

J'aimerais, comme vous, savoir interroger les cartes. Peut-être me diraient-elles si cette tranquillité dans laquelle nous vivons ici n'est pas totalement factice? N'est-ce pas, petite voyante? Je me moque de vous, mais à peine. Vous êtes de ces gens tellement présents au monde qu'ils sont capables d'anticiper.

Je n'oublie pas Ratislav et Fédorova. Comment le pourrais-je d'ailleurs? Je ne comprends rien à leurs drames et réconciliations qui se succèdent à un rythme effréné. Il y a quelques jours, après l'une de leurs disputes les plus violentes, j'ai discuté avec Fédorova. Elle m'a redit ce que je savais déjà mais que j'imaginais disparu : Ratislav s'est mis dans la tête qu'il aimait Jilhava, une femme qui habite Prague. Et il s'en veut, ou plutôt en veut à Fédorova, de le lui rappeler.

Je ne saisis pas mieux le comportement de cette dernière. Je la supposais accaparée par son militantisme, je la découvre viscéralement amoureuse. Je ne prêterais pas attention à cela, si je ne voyais Ratislav sombrer doucement dans une sorte de folie qui m'effraie. Comme si sa souffrance était un peu la mienne? J'espère parvenir un jour à lui parler. Jusqu'ici, chaque fois que j'ai essayé, il s'est défilé en riant.

Je me suis habitué à vos réponses. Dans la solitude, je redeviens vulnérable, comme à Svikov. J'espère vous lire très vite. Votre Viktor.

*

« Kiev, le 16 novembre 1916.

Alexandrina,

Maman est morte depuis près de trois mois et je n'en savais rien. Mon chagrin est d'autant plus violent que la sentais vivre encore en moi. Mes sœurs, Teresa et Karolina, m'en veulent, si j'en juge par la sécheresse de leur mot joint à votre dernière lettre. J'ai besoin de votre réconfort. Je vous écrirai à nouveau quand j'accepterai mieux cette absence. A vous. Viktor. »

*

« Petrograd, le 20 novembre 1916.

Mon Viktor,

Ça y est! Tous les espoirs sont permis! Gourko vient d'être nommé Généralissime à la place d'Alexeiev. Désormais, je suis convaincue de votre retour prochain à Petrograd pour vous présenter à lui. J'ai embrassé Sazonov à plusieurs reprises lorsqu'il m'a annoncé la nouvelle. Il m'a dit alors malicieusement qu'il ne m'imaginait pas à ce point intéressée par les problèmes de succession dans l'armée!

Je me trouve dans notre chambre (où aucun autre n'a enlevé ses bottes!), assise devant le secrétaire, le dos à la flamme. J'observe par la fenêtre la chute monotone de la neige. Les bûches crépitent. J'en suis certaine! Le même spectacle s'offre à vos yeux et cela me réconforte. Nous disposons d'une source d'inspiration identique. Depuis l'enfance ces milliers de points blancs qui se détachent sur la grisaille me font rêver. Ils m'évoquent Noël et la joie de la troïka. Des histoires envoûtantes que me racontaient mes parents. Quelques jouets aussi. Mais surtout ils me rappellent vos confidences et vos caresses hésitantes...

J'ai relu votre lettre du 10 avant de prendre la plume. Il en émane je ne sais quelle tristesse, inhabituelle chez vous. Je vous sens inquiet pour tout, la Tchécoslovaquie, vos amis, nous et vous peut-être! Diable! Quelles sont les batailles sanglantes qui hantent votre esprit, cette folie qui vous tracasse, cette fragilité soudaine? Vous parlez de « prochaines tourmentes » avec l'air de le regretter. Mais mon dieu! Vous êtes soldat et c'est évidemment ce qui vous attend!

Bien sûr, j'interroge sans cesse les cartes. Vous savez combien les Russes sont superstitieux et combien je suis russe. Pour vous, je vois effectivement beaucoup de bouleversements, de combats, mais aussi de succès. Quant aux désastres, aux horreurs, s'il doit en exister dans votre futur, je ne vous les révélerai pas! Je vous sais vulnérable dès qu'il s'agit de l'inconnu. Vous êtes de ces hommes qui aimeraient connaître leur destin à l'avance, supposant qu'ainsi ils le vivraient mieux. Pensez-vous que si on vous énonçait froidement que vous seriez fusillé tel jour, à telle heure, vous marcheriez pour autant d'un pas plus assuré vers le poteau d'exécution? L'existence est assez tragique comme cela sans que j'aie envie d'en rajouter. Regardez autour de vous. Jaroslav tombe malade, Fédorova et Ratislav se déchirent. A ce propos, vous me dites n'y rien comprendre.

Eh bien quoi! Ils partagent une passion! Et comme toutes les passions, elle est violente, incontrôlable, dérangeante pour les autres. Ses règles échappent au commun des amoureux. Quant à cette Jilha laissée en Bohême et jamais oubliée, je considère qu'elle est la plus intéressante. Elle est la raison et la nourriture de cette passion. C'est le troisième personnage, le plus mystérieux mais aussi le plus présent. Cela me semble autrement captivant que les amours classiques et blasées qui reproduisent toujours la même chose. Si j'étais romancière, peut-être écrirais-je un livre sur une telle histoire? Malheureusement, je n'ai pas ce talent.

Mais j'en possède d'autres. Celui de promener Tchetchek dans la bonne société par exemple. Ces derniers jours, je lui ai fait rencontrer le gratin de l'opposition modérée et des représentants du parti des Cadets, comme Milioukov, Vinaniev et Chatski. Je ne sais ce qu'ils ont au sujet de la Tchécoslovaquie, mais à les entendre, s'ils arrivent au pouvoir, ils feront tout leur possible pour favoriser sa naissance. Et dans l'euphorie ils ajoutent qu'ils seront très heureux que ce soit une république. Je ne sais d'où vient cet enthousiasme. On répète dans les salons que défendre la Tchécoslovaquie correspondrait à un calcul politique simple : ces hommes brûlent de prendre les commandes (la plupart d'ailleurs pour mettre en place des contre-feux à cette révolution qu'on évoque partout sans la faire). S'ils favorisent la construction de votre pays ils sont assurés d'obtenir le soutien des démocraties occidentales lorsqu'ils seront en place. Ce ne serait pas négligeable au regard des oppositions internes prévisibles qu'ils auraient à affronter.

Tchetchek garde la tête froide. Pour lui, ces hypothèses ne sont valables que dans le cas d'une victoire des alliés. Or, d'après les informations dont nous disposons il semble que ce soit mal parti. Nos troupes s'essoufflent et la Roumanie est à genoux. Vous devez me trouver bien ennuyeuse, Viktor chéri! Vous avez raison. Toutefois, je demande les circonstances atténuantes. Je fais mon travail de militante pour la Tchécoslovaquie, et aussi pour l'un de ses futurs habitants. Alexandra. »

*

« Petrograd, le 24 novembre 1916.

Mon Viktor,

Ce matin, j'étais bouleversée en lisant votre mot m'annonçant l'affreuse nouvelle. La mort me dégoûte. Surtout celle qui nous enlève notre mère. On ne peut appréhender la douleur de l'autre qu'à l'aune de la sienne propre. Je me souviens...

Papa me prenait sur ses genoux. C'était dans son bureau à Moscou, alors qu'il y exerçait la fonction de conseiller. Il plongeait ses yeux brillants de chagrin dans les miens. Maman était partie pour un long voyage, disait-il. Peut-être ne reviendrait-elle jamais? Je ne comprenais pas. Je lui proposais d'aller la chercher. Il me serrait dans ses bras. Là où elle était, ajoutait-il, seuls les anges pouvaient la rejoindre. C'est étrange! Mais cette évocation religieuse m'éclaira. J'avais déjà vu des images pieuses où le royaume de Dieu me paraissait inaccessible. A mon tour, j'éclatais en sanglots et je ressentais comme une brûlure intense.

Maintenant je me tais. Je respecte votre silence. Je

bénis simplement votre mère d'avoir fait l'homme que vous êtes. Votre Alexandrina.

P.S. J'apprends la mort de votre Empereur. Cela va certainement favoriser bien des choses pour vous. »

*

« Kiev, le 1er décembre 1916.

Alexandra,

Voici plusieurs jours que je m'habitue à l'idée que Maman est disparue. La dernière fois que je l'ai vue, elle partait chez les Klofasch qu'elle servait depuis des années. Sur son dos un vieux manteau et sa démarche courbée, comme si elle luttait contre le vent.

A l'heure qu'il est, beaucoup de choses requièrent mon attention et me font mieux supporter la douleur. La fin de François-Joseph d'abord, qui nous fait espérer, ici, un grand changement politique. D'après Vlassov, son successeur, Charles Ier, ferait incessamment des offres de paix aux alliés. Je suis méfiant. S'ils acceptaient ces propositions, ne ferions-nous pas les frais de la tractation? Quoi qu'il en soit, nous avons fêté le décès du vieux tyran avec une joie méchante durant toute la nuit. On a chanté, bu et beaucoup ri autour de grands feux allumés dans le camp aux carrefours de circulation. Malgré le froid très vif, nous sommes demeurés dehors jusqu'au petit matin.

J'ai chanté et bu également. Je célébrais la mort de Maman et celle de Jean, que j'honorais au même titre qu'un empereur. Je me réjouissais aussi de cette bonne nouvelle que vous m'annoncez : Gourko nommé à la place d'Alexeiev! Ma joie est grande! Notre cause progressera et je vous reverrai.

Vous me répéterez alors de vive voix vos tendres critiques. Effectivement, je suis soldat et dois en accepter les conséquences, qu'elles soient victoires ou défaites. Vous avez mille fois raison. Mais que voulez-vous? Parfois je quitte mon uniforme...

Une seule ligne m'a fait frémir. La manière dont vous m'exécutez! Mon dieu, je ne tiens pas à mourir fusillé. Quant à dire qu'en connaissant la date de mon supplice j'y marcherais d'un pas plus assuré, je ne le pense pas. J'aime la vie passionnément, Alexandra! Et vous n'y êtes pas étrangère.

Je demeure incapable de comprendre ce qui lie Ratislav et Fédorova. Je suis sensible à votre explication mais vous mettez peut-être beaucoup de poésie là où il n'y a que misère humaine? Je nous préfère. Merci de votre travail « militant » pour la Tchécoslovaquie. Il vous fera mériter d'être l'une de ses « citoyennes d'honneur »! Tant mieux si les hommes qui nous soutiennent à Petrograd trouvent un avantage politique personnel à le faire. Tous les moyens sont bons pour parvenir à nos fins.

Je vous aimais, Alexandrina, en commençant ces lignes. Je vous aime un peu plus en terminant. Ici aussi il neige sans arrêt. Me revient à l'esprit l'une de mes pensées d'enfant. Chaque flocon représentait un homme ou une femme ayant existé depuis la naissance du monde, qui revenait sur Terre. Un jour peut-être, dans un lointain futur, descendrons-nous du ciel l'un à côté de l'autre? A vous. Viktor.

P.S. Pouvez-vous envoyer la lettre jointe à mes sœurs, par votre filière suisse? »

*

« Petrograd, le 7 décembre 1916.

Mon Viktor,

J'étais déçue que vous n'évoquiez pas votre mère dans votre courrier. Je l'imaginais. Je crois que je l'aurais aimée lorsque vous me l'auriez présentée à Svikov, après la guerre. Peut-être ce pèlerinage ne sera-t-il pas très long à venir si l'on en croit les bruits (faux?) qui circulent ici. Malgré leur victoire d'hier – Bucarest est tombée entre leurs mains –, les Austro-Allemands seraient à bout de souffle, Gourko n'aurait plus qu'à finir le travail de sape de son prédécesseur. Pourquoi ne pas s'y fier? Nous disposons encore de milliers d'hommes mobilisables. On ne met pas la Russie à genoux comme cela! Les Teutoniques et Napoléon s'y sont déjà frottés et l'on sait le résultat.

En tout cas, réjouissez-vous sans restriction! Sazonov m'a réaffirmé que Gourko s'intéressait personnellement à votre cause. Voilà qui vous fait beaucoup d'alliés si l'on compte Kerenski, Milioukov et ceux dont je parlais dans ma dernière lettre.

Vous avez raison d'aimer notre passion. Je l'aime aussi. Elle me fait différente. Alexandra. »

*

« Kiev, le 8 décembre 1916.

Ma chère Alexandra,

Je ne reçois rien de vous depuis votre lettre du 24 novembre et je m'inquiète. En ces jours de gel et de tristesse, vous êtes mon réconfort. L'autre pièce du puzzle n'a pas vos mots ni votre délicatesse et c'est compréhensible. Il est actuellement occupé avec sa révolution et les problèmes d'organisation. Il est même facilement irritable.

Hier, au cours d'une conversation à propos de Svikov, je lui disais que pour moi, le nom de ce village était un peu comme un coup de baguette magique : il transformait tout. Et j'ajoutai avoir l'impression qu'il suffirait de peu de chose pour que je pusse dans l'instant me retrouver là-bas avec mes sœurs. Il me rétorqua que je voulais être partout à la fois, aimer tout le monde et tout faire. Ce n'était plus de l'ambition, mais de la folie! Même Dieu devait être plus modeste que moi!

Il sortit. Je n'avais rien répondu. Peut-être avait-il raison?

Durant une partie de la nuit, je m'interrogeai. Rien! Le grand trou noir. J'en revenais toujours à ma mère, mes sœurs et Svikov. Un peu comme si l'une des réponses, ou la réponse, se situait là-bas.

Le matin, j'oubliai vite cela. Fédorova arrivait à mon cantonnement en pleurs. Ratislav, torse nu, arpentait les couloirs de l'infirmerie en délirant une fois de plus sur Jilhava. Je me précipitai et le fis s'habiller. Après quoi, j'empruntai des chevaux à Vlassov et, chacun sur le nôtre, nous partîmes dans la campagne. Celle-ci s'étendait à perte de vue, immaculée. Il tombait quelques flocons que le vent rabattait sur nos visages. Pourtant nous n'avions pas froid. Longtemps nous galopâmes côte à côte jusqu'à ce qu'aucune habitation ne fût plus visible. Nous mîmes alors les bêtes au trot.

Ratislav estimait devenir fou! Il savait qu'il avait déraillé peu de temps auparavant, mais il ne se souvenait plus de ce qu'il avait fait.

“ Le pitre! ” lançai-je pour plaisanter.

Le silence environnant, tellement profond, nous étouffait presque. On aurait dit qu'on allait pouvoir le palper si nous tendions les bras. C'était toujours ainsi, reprenait Ratislav, les autres se figuraient que vous riiez à la vie, alors que vous vous débattiez déjà contre la mort... J'essayai de le réconforter. Si lui et cette Jilhava s'aimaient, il devait garder l'espoir de la revoir un jour. Elle l'attendait, c'était certain.

J'ai bien vu qu'il ne me croyait pas. En fait, il craint de ne plus demeurer maître de lui-même. Quand elle vient le chercher dans ses rêves, ou pendant la journée, c'est toujours sans prévenir. Elle l'emmène dans des endroits affreux qu'il ne connaît pas et qu'il ne pourrait même pas décrire.

Après ces tristes confidences, il éperonna son cheval. Je le suivis. Un peu plus tard, la forêt apparut. Il ralentit sa monture et me montra le paysage blanc, mortuaire. D'après lui, on devrait y faire la guerre. Cela lui redonnerait vie! Pourquoi n'y organiserions-nous pas des manœuvres? Cela ne gênerait personne et les soldats resteraient en forme. Je trouvai l'idée excellente et confirmai que nous mettrions cela sur pied dès le lendemain. Nous longions la lisière du bois, profond et touffu. Il me rappelait notre échappée du siège de Przemysl que je vous ai déjà contée. Je repensai au pauvre gars qu'on avait abandonné dans les branchages. Avec le recul, je considérais sa mort et sa sépulture enviables. Elles me semblaient uniques dans leur genre.

Tout à coup, j'entendis ce froissement d'ailes que je reconnaissais. Une buse quittait la cime d'un sapin. Sur le moment je ressentis une profonde angoisse. Puis, doucement, elle fit place à une sorte d'euphorie. Le destin se manifestait à nouveau et m'indiquait que j'empruntais la bonne voie. J'avais raison d'être à Kiev, de lutter pour la Tchécoslovaquie et de vous aimer. Je demandai à Ratislav si à son avis chaque homme avait une mission à remplir. Il en était persuadé, même si en fin de compte on était toujours le dindon de la farce.

Nous chevauchâmes jusqu'à la tombée du jour. Les chevaux étaient fourbus, et nous, transis de froid.

Durant le retour, je me laissai prendre par le plaisir de nous sentir perdus dans l'immensité vide et silencieuse. J'en profitai pour penser à vous. J'espérais que vous étiez en train de m'écrire. Vos mots tendres me manquent. Viktor.

*

« Petrograd, le 12 décembre 1916.

Mon Viktor chéri,

Peu à peu circulent ici les détails sur la défaite de la Roumanie. Si son armée a réussi à échapper à l'étau austro-allemand pour se réfugier sur les rives du Seret, les deux tiers de son territoire sont occupés. Les responsables de notre ministère de la Guerre sont désespérés. Adieu le pétrole et le blé qui allaient permettre à nos soldats d'intensifier leur effort. Et surtout, on est convaincu maintenant que le conflit va durer un autre hiver, des mois encore, voire des années.

J'ai demandé à un officier rencontré au hasard d'un thé chez Sazonov s'il n'était pas temps qu'on vous confiât un rôle dans cette bataille. Peut-être seriez-vous l'élément décisif d'une victoire? Ce monsieur m'a ri au nez, d'une façon vulgaire d'ailleurs. Comment pouvais-je penser que Broussilov et nos capitaines auraient besoin d'une bande de déserteurs trouillards pour gagner la guerre! Bien beau encore que nous les nourrissions et ne les rendions pas aux Autrichiens!

Eh bien, j'ai vu rouge! Je répliquai aussitôt que si les militaires russes étaient un peu moins vaniteux, cela ferait belle lurette qu'ils seraient déjà à Vienne!

Ils avaient cru que le nombre suffirait. Eh bien c'était réussi! Plus d'un million de nos compatriotes peut-être étaient morts aujourd'hui et nous campions toujours sur la même ligne de défense. J'ajoutai enfin que les déserteurs trouillards, comme il disait, étaient de bons soldats et que nous n'avions rien fait pour nous servir d'eux!

Surpris par la violence de mon propos les convives gardaient le silence dans l'attente d'une réponse de l'officier. Elle ne vint pas. Ce fut Sazonov, avec son tact habituel, qui remit la conversation sur les rails. Avant de partir, j'eus un aparté avec lui. Je le priai à nouveau d'intervenir auprès de Gourko et de faciliter les démarches de Tchetchek. J'enrageais en pensant à vous et à ces milliers d'hommes cernés par le froid, emprisonnés et inactifs.

Dès mon retour à la maison je regrettai mes paroles. Enfin quoi, me disais-je, voilà que je vous envoyais peut-être à la mort, sous prétexte de militantisme!

Je prends mon rôle trop au sérieux, Revenez très vite, pour que je redevienne la femme insouciante et amoureuse que vous avez connue. Je préfère oublier que les hommes font de la politique mais s'y prennent de travers. Ils feraient mieux de gérer leurs propres affaires et laisser les femmes gouverner. Les décisions seraient prises autrement plus vite, croyez-moi!

Mais les femmes s'entendent aussi aux choses de l'amour. Et dans ce cas elles ne possèdent non plus aucune patience. Savez-vous mon dernier songe? Je circonvenais Gourko avec mes charmes et l'obligeais à vous faire rappeler à Petrograd. Je crois avoir envie de tout faire pour que ce rêve se réalise. Qu'en pensez-vous? Votre Alexandra. »

*

« Kiev, le 12 décembre 1916.

Alexandrina chérie,

Un mot rapide pour vous apprendre les deux bonnes nouvelles qui me parviennent à vingt-quatre heures d'intervalle. Hier, Gourko me convoque à Petrograd le 3 janvier et ce matin Ian m'annonce par télégramme qu'il y sera le 26 décembre pour les mêmes négociations. J'arriverai donc le 30 décembre à la gare de Tsarskoie Selo.

Ne vous étonnez pas que je ne vienne pas avant. Je préfère suivre les manœuvres que nous organisons dans la campagne environnante. Les résultats sont inespérés. Les hommes reprennent espoir et réapprennent les réflexes de soldats. Vlassov nous a même prêté des véhicules et des canons pour parfaire l'entraînement.

Pour le moral des troupes, je passerai Noël ici et partirai le lendemain. Je suis partout à la fois. Jaroslav et Ratislav sont à mes côtés. Ensuite nous dirigeons les opérations.

Déjà j'anticipe. Le train entre en gare... Je vous aperçois un peu plus loin dans la foule. Votre Viktor.

P.S. Ne m'écrivez plus! Je ne voudrais pas que l'une de vos lettres s'égare. »

CHAPITRE XIV

VIKTOR descendit sans attendre l'arrêt du train. Il chercha Alexandra dans la foule. Elle se tenait à côté de la sortie principale, légèrement à l'écart. Ils se firent de grands signes. Il traversa la cohue. Ils s'étreignirent longuement.

« Je suis tellement heureuse de vous voir, Viktor! Comme vous avez du retard, j'imaginais toutes sortes de catastrophes!

– Si j'avais pu courir devant le train, je l'aurais fait. »

Ils avancèrent vers le fiacre.

« Tchetchek n'est donc pas là? s'étonna-t-il.

– Ni Ian d'ailleurs! répliqua-t-elle en riant tandis qu'il l'aidait à monter. Je leur ai interdit de venir! Je vous voulais à moi pour cette première nuit. Mais ne vous inquiétez pas, ils seront à la maison demain en début d'après-midi. Vous m'en voulez? »

Il l'embrassa.

Quelques minutes plus tard, la voiture longeait le quai Fontanka. Viktor admirait la lumière des réverbères se reflétant sur l'eau gelée du canal.

« J'ai eu peur parfois de ne plus revoir tant de beautés...

– N'y pensez plus! dit-elle. Maintenant nous sommes ensemble. Rien ne peut nous séparer durant plusieurs jours. Profitons-en! »

Vania, qui guettait leur arrivée, ouvrit :
« Alors! Vous l'avez rattrapé, votre oiseau! bougonna-t-elle.
– Monte-nous plutôt de quoi manger, répondit Alexandra avec tendresse, au lieu de t'occuper de ma cage! »
Viktor demeurait silencieux. Il arpentait la chambre en regardant chaque objet, chaque meuble, comme s'il assistait à leur résurrection. Alexandra, allongée sur le canapé, se réchauffait auprès du feu.
« C'est étrange, remarqua-t-il, voici des semaines que nous sommes séparés et pourtant c'est comme si elles n'avaient jamais existé. »
Elle lui tendit les bras.
« Tant mieux! Vous n'avez donc rien oublié. »
Ils restèrent enlacés jusqu'à ce que Vania leur servît le souper. En mangeant, Alexandra rapporta les derniers potins de la Cour. La Tsarine était toujours malade depuis que Raspoutine ne la visitait plus dans l'intimité de sa chambre. On en déduisait, avec des sourires entendus, que les médecines du prêtre devaient être uniques. Le Tsar, égal à lui-même, faisait bonne figure en affectant de ne rien savoir. On lui prêtait plein de projets pour mettre fin à l'agitation populaire. Il allait probablement dissoudre la Douma, exiler les meneurs en Sibérie et renforcer l'armée pour gagner la guerre et redorer son prestige.
A son tour, Viktor lui raconta les derniers jours passés au camp. Du matin au soir, parfois durant la nuit, il avait fait manœuvrer les contingents dans la neige et le froid. Un véritable enfer! Mais quand il les avait quittés, il lui avait semblé que ceux-ci pourraient affronter n'importe quelle bataille. Jaroslav était définitivement rétabli et Ratislav ne reparlait plus de Jilha.
Elle l'entraîna vers le lit.

Trois heures du matin sonnèrent. Alexandra frissonna et se serra contre Viktor, toujours éveillé.

« Pourquoi ne dormez-vous pas? demanda-t-elle.

– Comment dormir, Alexandrina! Tant de pensées contradictoires m'assaillent l'esprit! Tout me dit de ne plus repartir. Je serais heureux avec vous, j'en suis sûr. Alors s'imposent aussitôt la Tchécoslovaquie et ces milliers d'hommes que j'ai laissés à Kiev... »

Elle se redressa.

« N'anticipez donc pas, Viktor! Si vous ne savez choisir, laissez donc les événements le faire pour vous! Que croyez-vous que je fasse moi-même? Je sens la situation s'aggraver. Il n'est pas un jour sans que les journaux nous annoncent des grèves, des marches de protestation, des déclarations intempestives de révolutionnaires. Pourtant je demeure à Petrograd. Or beaucoup de Russes comme moi ont déjà rejoint d'autres nations!

– Eh bien? s'étonna-t-il. Pourquoi n'agissez-vous pas ainsi?

– Pour les mêmes raisons que vous! Le sentiment d'un destin à accomplir complètement ici qui s'oppose à un désir de sécurité et de bien-être ailleurs. Cette révolution qui vient et que je hais, c'est elle qui tranchera pour moi.

– Pour vous, il s'agit de savoir comment quitter votre pays qui se désagrège, et pour moi de rejoindre le mien qui va naître. C'est étrange, vous ne trouvez pas?

– C'est vrai, répondit-elle avec une pointe de tristesse. Le sens de l'Histoire n'est pas le même pour tout le monde... »

Vania frappa à la porte de leur chambre vers six heures.

« Que se passe-t-il? s'inquiéta Alexandra.

– Monsieur Sazonov est en bas! expliqua la servante. Il veut vous voir immédiatement! »

Surprise de cette visite si matinale, elle enfila une robe de chambre et descendit. Sazonov l'accueillit d'un air jovial.

« Toujours aussi belle, Alexandra, même le matin au débotté! A l'heure où tant de femmes préfèrent se cacher!

– J'imagine, mon ami, que vous n'êtes pas venu à cette heure-ci pour me complimenter sur mes attraits...

– Effectivement! Mais plutôt pour vous apprendre une nouvelle qui va vous réjouir, j'en suis sûr...

– Eh bien?

– Raspoutine est mort! Il a été assassiné cette nuit par des hommes que nous connaissons tous les deux : Youssoupov, Pourichkevitch et d'autres encore... »

Il éclata d'un rire nerveux. Sa joie était trop forte. Alexandra, abasourdie, s'assit.

« Ce n'est pas vrai! répétait-elle. Ce n'est pas vrai! Mais comment cela s'est-il passé?

– D'après les informations dont je dispose, ce fut long et pénible. Ils l'ont invité à une réception pour l'empoisonner. Mais l'homme engloutissait les gâteaux bourrés de cyanure sans broncher. Les conspirateurs commençaient à s'impatienter. Visiblement, il était loin de mourir. Alors ils l'ont achevé à coups de pistolet et jeté dans la Neva.

– C'est affreux, Dimitri!

– Ma chère petite! Pour tuer les tyrans, la fin justifie les moyens! Mais je ne vais pas abuser! Je souhaitais simplement que vous soyez parmi les premiers à le savoir. »

Ils s'embrassèrent. Elle le retint par le bras.

« Dites-moi! C'était cela les bouleversements à la Cour dont vous m'aviez parlé?

– Oui!

– Alors vous étiez au courant de... »
Sazonov eut un sourire amusé.
« Je le suis désormais. Comme tout le monde. Ah, au fait ! Je vous attends ce soir avec vos amis pour célébrer la nouvelle année ! »
Alexandra envoya Ivanov chercher les journaux et monta annoncer l'événement à Viktor.

A son retour, le domestique raconta que des groupes de jeunes, exubérants, se répandaient dans le centre de la ville en criant : « Le moine est mort ! »
Beaucoup de gens se félicitaient sur le seuil des maisons et laissaient éclater leur joie. Quelques soldats transis de froid dispersaient les attroupements sans conviction.
« Pour une fois, ceux du peuple et de la noblesse ont les mêmes raisons d'être satisfaits, conclut Alexandra. Souhaitons que cela calme les premiers et ouvre les yeux des autres ! »

*

Comme prévu, Tchetchek et Ian vinrent retrouver Viktor en début d'après-midi. Les trois hommes se congratulèrent longuement.
« Messieurs, je vous laisse ! dit Alexandra. J'en sais presque plus que chacun d'entre vous sur la question tchèque, mais je suppose que vous ne désirez pas me demander mon avis. »
Elle disparut sans leur laisser le temps de répondre.
Aussitôt, Ian exposa les consignes que lui avait transmises Masaryk. Cette fois-ci, il fallait aboutir à un résultat concret au sujet du contingent, y compris en arguant de l'impatience des pays occidentaux qui tenaient à être soulagés sur leur front. D'ailleurs, leur représentant, le général Janin, devait arriver

prochainement à Petrograd et en aviser le gouvernement russe.

Selon Ian, la guerre était loin d'être terminée. Les Centraux disposaient de réserves en hommes et en matériel tout à fait inattendues. Leurs chefs, Hindenburg et Ludendorff, étaient de grands militaires et donneraient encore bien du fil à retordre aux stratèges alliés.

Viktor suggéra d'élaborer une proposition à l'intention du général Gourko. Il y préciserait la manière dont il concevait l'organisation et le rôle de l'armée tchèque. Selon lui, elle devait être exclusivement commandée par des officiers tchécoslovaques et non russes comme l'avait imposé Stürmer. D'autre part, il recommanderait que les mouvements hiérarchiques fussent à la discrétion du Conseil National Tchèque de Paris, pour réduire, voire supprimer, l'influence de l'Union de Petrograd.

Soudain, Alexandra fit irruption dans le bureau.

« Messieurs! lança-t-elle d'une voix forte. Croyez-vous continuer cette réunion jusqu'en 1917? »

Les trois hommes, surpris, la dévisagèrent.

« Cessez donc de me regarder ainsi! reprit-elle. Dans deux heures, c'est la nouvelle année et Sazonov nous attend chez lui pour la fêter! »

*

A l'entrée de l'hôtel particulier, Alexandra et Viktor abandonnèrent Tchetchek et Ian qui se fondirent dans la foule. On y reconnaissait des dignitaires du régime. Les conversations roulaient pour la plupart sur la mort de Raspoutine.

On entourait le député Pourichkevitch, l'un des auteurs présumés de l'assassinat.

« Probablement l'Histoire s'intéressera-t-elle plus à la personnalité et à la triste fin de ce moine qu'à l'affaire tchèque, remarqua Alexandra en entraînant

Viktor. Mais je ne pense pas pour autant que cela vaille le coup de s'arrêter pour écouter ce vantard d'extrême droite! Rencontrer Kerenski me paraît plus important pour vous. »

Elle s'appuyait tendrement au bras de Viktor. Ils traversèrent plusieurs pièces. Souvent, des invités saluaient la jeune femme.

« Dites-moi, Alexandra, demanda Viktor, vous n'avez pas peur de vous compromettre avec moi? Certains nous aurons vus plusieurs fois ensemble et jaseront sur votre compte...

– Sur le nôtre, mon ami! l'interrompit-elle. Mais pourquoi hésiterais-je? Je vous aime et le mal est fait. Je sais qu'on colporte les pires horreurs sur moi dans la bonne société. Savez-vous que n'ayant plus personne à conquérir à la Cour, j'en serais réduite à devoir séduire les déserteurs!

– Mais c'est ignoble! Ils...

– Allons, Viktor, ne découvrez donc pas le monde à chaque pas! »

Kerenski, très entouré, développait ses arguments en faveur d'une révolution tranquille qui permettrait à la Russie d'entrer dans l'ère de l'automobile et de rivaliser sur le plan industriel avec les pays occidentaux. Il ne croyait plus aux tsars ni à la volonté de privilégiés d'y parvenir. Tant pis! Les avertissements n'avaient pas manqué!

Il aperçut Alexandra. Il lui fit signe d'attendre un moment.

« Demeurons ici à l'écart, murmura-t-elle. C'est le privilège des grands de faire patienter. »

L'avocat se libéra quelques instants plus tard. Alexandra présenta Viktor.

« Ah oui! L'un des soldats de Masaryk! s'exclama Kerenski.

– Plutôt l'un des prisonniers de la Russie, enchaîna-t-elle, et je crois qu'il mériterait d'être libéré, avec les milliers de ses compatriotes. Mais je vous laisse! Vous verrez, Kerenski, il sait aussi très bien plaider! »

*

Kerenski offrit une coupe de champagne à Viktor.

« Suivez-moi! dit-il. Nous serons mieux dans le bureau de ce cher Sazonov pour discuter. »

Ils s'y enfermèrent.

« Alors? s'inquiéta-t-il aussitôt. Quelle est la situation de vos hommes? »

Viktor exposa longuement leurs conditions de vie à Kiev et insista sur la nécessité de les employer à autre chose qu'à des tâches agricoles. Il s'agissait de militaires! Ils étaient faits pour la guerre!

Quand il eut terminé, Kerenski le complimenta.

« Masaryk dispose en effet de bons auxiliaires ici! Vous, Tchetchek que j'ai rencontré il y a quelques jours et cette étonnante Alexandra... »

Il demeura songeur puis reprit :

« Dommage qu'elle ne puisse ressusciter son père. Avec lui, nous n'en serions pas là. Enfin! Je ne peux que vous répéter ce que j'ai déjà expliqué à plusieurs reprises. Si avec certains amis, je parviens à mener la révolution politique dont notre pays a besoin, je vous promets que nous décréterons immédiatement l'autonomie de votre armée et que nous nous en servirons pleinement pour gagner la guerre!

– Pardonnez-moi, intervint Viktor, vous avez parlé de révolution politique et...

– Oh oui! Bien sûr! Je suis confus de n'avoir pas été plus clair. Mais nous débattons tellement de cela au sein du parti que je finis par croire que tout le monde est au courant de notre analyse de la situation. En gros, nous pensons que la Russie n'est pas économiquement mûre pour s'offrir un bouleversement social tel que le souhaitent les Bolcheviks. Il est évident que le peuple n'est pas suffisamment éduqué pour prendre le pouvoir. Une tentative dans ce sens provoquerait immédiatement une réaction brutale des conservateurs. Notre socialisme est aussi sincère que celui des communistes. Mais il implique que la Russie passe par les stades de développement économique et politique qu'a connus l'Europe occidentale pour y accéder. Et pour cela nous aurons besoin des classes possédantes. Prioritairement, il faut que notre pays se transforme en une nation parlementaire. Après nous verrons...

– Et si les Bolcheviks, comme cela semble être le cas, parvenaient à prendre le contrôle de l'Etat avant vous?

– Croyez-vous les Russes assez fous pour confier leur destin à des hommes qui parlent un langage aussi incompréhensible? Dictature du prolétariat... Collectivisation... Que sais-je encore? Pensez-vous que devenus des « camarades », ils ne feront plus la queue devant les magasins dont la pénurie est certainement organisée par Lénine? Non, lieutenant! Les Bolcheviks ne s'installeront pas aux commandes avant nous! D'ailleurs comment le pourraient-ils? Partout ils sont minoritaires... »

Alexandra frappa à la porte du cabinet.

« Mon cher Kerenski, dit-elle, je sais que vous avez la réputation d'accaparer vos amis. Mais de grâce rendez-moi le mien, je ne l'ai pas pour longtemps! »

Elle attrapa Viktor par le bras.

« Et vous, embrassez-moi! L'année 1917 vient de commencer! »

La soirée dura jusqu'à six heures du matin. On avait beaucoup bu et chanté. Les convives se retiraient, heureux d'aller se coucher. Ian et Tchetchek partirent à leur tour. Viktor et Alexandra, toujours en verve, s'entretenaient avec Sazonov et d'autres invités des dures conditions de travail des ouvriers aux usines Poutilov. Alexandra se pencha vers Viktor.

« Cette conversation m'ennuie. Si nous allions le voir, ce peuple, au lieu d'en discuter installés dans de confortables canapés?

– Qu'entendez-vous par là?

– Laissez-moi faire! Nous repasserons à la maison quelques instants et ensuite laissez-vous guider... »

Quai Fontanka, Viktor attendit Alexandra dans le fiacre. Il se demandait quelle idée fantasque avait traversé l'esprit de la jeune femme.

Elle ressortit, méconnaissable. Sur le perron, Vania criait en gesticulant.

« Où diable avez-vous trouvé des hardes pareilles? » s'étonna-t-il.

Elle ne lui répondit pas.

« Au quartier de Vyborg! » ordonna-t-elle au cocher.

Elle se blottit dans les bras de Viktor. Le visage appuyé contre la vitre froide, celui-ci regardait défiler le spectacle de la rue. Ici, sous les rafales de neige, une longue queue de gens attendaient l'ouverture d'une boulangerie. Là, des groupes d'hommes stationnaient à l'entrée d'une fabrique avec l'espoir d'y être embauchés. Même à Svikov, pensait-il, la pauvreté n'apparaissait pas aussi nettement.

Le vent glacial venant du golfe de Finande sifflait en s'engouffrant par les ouvertures du véhicule. Le jour se levait. La blancheur lumineuse du gel gagnait lentement sur l'obscurité.

Devant les usines Poulilov, Alexandra pria Ivanov d'arrêter l'attelage.

« Descendons! dit-elle. Allons là-bas entendre cet homme qui en harangue d'autres. Je vous traduirai au fur et à mesure. »

Viktor résista un instant.

« Pourquoi ce besoin d'aller observer de près cette pauvreté?

– Croyez-moi, c'est plus important que cela pour

moi. Je ne viens pas en témoin indifférent. J'ai sincèrement envie de comprendre.

– On ne comprend pas la misère, Alexandra! On la subit!

– Vous avez raison, Viktor! Mais je le veux pour mieux aider ces gens un jour. Et je souhaite que vous m'accompagniez parce que j'ai confiance en vous!

– Soit! » admit-il en lui emboîtant le pas.

Ils se mêlèrent à un groupe d'ouvriers attentifs. Juché sur une petite estrade, l'orateur hurlait pour couvrir la rumeur de la rue.

« ... poussés au désespoir, doivent se révolter ouvertement. Les seigneurs et les fonctionnaires les massacrent à coups d'expéditions punitives, les usines comme ici à Petrograd ferment. On cherche à soumettre les travailleurs en les affamant. La bourgeoisie et ses généraux exigent des mesures impitoyables pour restaurer dans l'armée une discipline aveugle. Le Tsar et son gouvernement sont contre les ouvriers, les soldats et les paysans. Ils mènent le pays à sa perte. Le peuple doit être sauvé du péril et la révolution menée à bonne fin...

– Vous voyez comme ils sont calmes, chuchota Alexandra en interrompant sa traduction. L'insurrection ne les intéresse pas...

– Reprenez! On en parlera plus tard! répondit Viktor avec brusquerie.

– Le pouvoir doit être arraché des mains criminelles de la bourgeoisie, continuait le militant, et remis entre celles des ouvriers organisés, des soldats et des paysans révolutionnaires! Tout le pouvoir au Soviet dans la capitale, comme en province. Trêve immédiate sur le front! Une paix honnête et démocratique entre les peuples...

– T'as raison! criaient certains dans l'assistance. Faut en finir avec eux comme avec Raspoutine! »

La plupart demeuraient silencieux, serrés les uns

contre les autres pour lutter contre le froid. Le Bolchevik terminait son discours :

« La terre des propriétaires aux paysans sans rachat! Contrôle ouvrier de la production! »

Il y eut des applaudissements puis l'attroupement se disloqua. Les équipes de jour entraient à l'usine. Ceux de la nuit allaient se coucher.

Alexandra et Viktor remontèrent dans le fiacre qui se mit en route.

« Je crois, commença-t-il, que vous aviez surtout besoin de vous rassurer. N'est-ce pas? Vous sembliez si heureuse de les voir tranquilles et apparemment peu concernés...

– J'ai tellement peur qu'en vendant son âme à la révolution, le peuple russe ne la vende au diable. Peut-être devrais-je les aider en les défendant contre eux-mêmes? »

Il la prit dans ses bras et l'embrassa.

« Je ne crois pas que ce soit votre place, Alexandrina. Il est trop tard pour arrêter le mouvement. »

*

Le 3 janvier, Viktor et Ian furent reçus par le général Gourko. L'officier vint au-devant d'eux et leur serra chaleureusement la main.

« Je suis heureux de vous accueillir ici. Je crois en la Tchécoslovaquie et en des hommes comme Masaryk. J'irai aussi loin qu'il m'est possible pour résoudre vos problèmes... »

Ian et Viktor lui exposèrent les doléances du Conseil National Tchèque de Pais et celles de l'armée. Le général les écouta attentivement jusqu'au bout, puis reprit la parole :

« Ce que vous demandez est légitime. Votre contingent doit être réarmé et employé à nous aider sur le front, la Tchécoslovaquie doit être républicaine plutôt que monarchiste. Malheureusement je n'ai pas le pouvoir de vous garantir quoi que ce soit! Ces décisions relèvent des responsables politiques. Toutefois, je suis en mesure de vous communiquer un certain nombre d'informations rassurantes. Les alliés insistent fermement auprès de Sa Majesté pour qu'elle ordonne à notre armée d'exercer une pression plus forte sur les Centraux. J'attends ses consignes. Par ailleurs, Churchill et Briand ont dépêché ici des généraux de leur état-major pour coordonner leurs efforts avec les nôtres. Enfin, nous avons bénéficié de nouvelles livraisons de matériel militaire, dont une partie pourrait vous être destinée lorsque l'autorisation m'en sera donnée.

– Mais mon général, intervint Viktor, l'organisation d'une division de combat exige beaucoup de temps! Surtout quand celle-ci est demeurée inactive durant des mois...

– D'après ce qu'écrit le colonel Vlassov dans ses rapports, dit Gourko, vous avez relancé l'entraînement de vos hommes et je vous en félicite. Il semble même qu'on vous prête déjà quelques canons et fusils! Non?

– C'est exact, répondit Viktor. Je ne tenais pas à vous dissimuler ces faits mais simplement souligner l'urgence...

– J'en suis conscient, lieutenant, l'interrompit le chef d'état-major, mais je ne peux guère prendre d'initiative tant que le Tsar ne m'y aura pas autorisé! Quoi qu'il en soit, tenez-vous prêts! Les changements sont proches. Comprenez-vous? »

L'entretien prit fin après quelques banalités.

Viktor et Ian sortirent du bureau avec le sourire. Le message de Gourko était limpide! En fait les militaires français et anglais venaient lui transmettre les ordres des alliés! Ils n'avaient pas à s'inquiéter. dès qu'il les aurait reçus, Gourko agirait pour que leurs souhaits fussent exaucés. Ils allèrent boire un thé dans l'un des cafés de la place Saint-Isaac.

Une semaine passa. L'agitation s'amplifiait à Petrograd. A partir du 8 janvier, des proclamations de grève y étaient lancées, ainsi qu'à Bakou, Nijni-Novgorod, Moscou. Des hordes de plus en plus nombreuses de miséreux venus des banlieues, défiaient la police tsariste dans les rues proches du palais impérial. On demandait du pain, du bois pour se chauffer et surtout du lait pour les enfants. Il fallait les charges des régiments de cavalerie pour les repousser aux portes de la ville. Les journaux de droite comme de gauche annonçaient chacun leur tour l'imminence d'un coup d'Etat. Un jour le parti constitutionnel démocratique prenait le pouvoir, un autre jour les Bolcheviks... Le 14, les cartes de ravitaillement étaient instituées. La population pouvait s'en procurer sans difficulté mais les étalages des magasins demeuraient vides.

Tous les matins on apprenait des actes de sabotage ou d'insubordination, des occupations de casernes ou de bâtiments publics et des saccages de commissariats de police sur l'ensemble du territoire.

L'inquiétude d'Alexandra grandissait. A n'en plus douter, ces troubles menaient à la catastrophe. Les Bolcheviks allaient déclencher la révolution et, comme on l'entendait un peu partout, les nantis comme elle en pâtiraient!

Un soir, tandis qu'ils prenaient le café, elle fit part de ses craintes à Viktor. Il tenta de la rassurer.

« Vous savez, Alexandrina, le Tsar n'a pas encore réagi, mais il va le faire très bientôt! Probablement va-t-il répondre aux appels de son peuple et prendre les décisions politiques qui s'imposent... »

Alexandra secoua la tête, l'air incrédule.

« Non! Non! Viktor! N'essayez pas de rêver l'Histoire! Le Tsar est aussi têtu que tous les Russes et pense qu'il a Dieu et le droit pour lui. Il fera tonner le canon et lancera ses cosaques! Non, je crois que c'est la fin. »

Après un long moment de silence, elle reprit d'une voix plus hésitante :

« M'aimez-vous, Viktor?

– Bien sûr, Alexandrina!

– Alors vous me le prouverez en venant me retrouver à Baden-Baden quand ce sera possible. J'y pars à la fin de ce mois. J'y habiterai la maison familiale. Mes dispositions ont été prises. Vania et Ivanov m'accompagnent. »

Viktor l'étreignit avec force.

« Je suis heureux que vous ayez pris cette décision. Je m'inquiétais de vous savoir ici au milieu de cette effervescence et alors qu'une insurrection peut éclater d'un instant à l'autre. Soyez sans crainte! Après mon retour à Prague je vous rejoindrai et... »

Elle lui posa délicatement la main sur sa bouche.

« Ne faites pas de projets. Ce jour-là, il sera toujours temps d'inventer notre vie... »

*

Le 15, Ian et Viktor furent à nouveau convoqués par Gourko pour le lendemain matin. Il s'exprima d'un ton plus rude que la fois précédente. Il ne les informait pas, il leur donnait des ordres. Le général Janin, émissaire de l'état-major français, venait de convaincre le Tsar de renforcer le front oriental. Il fallait ranimer les énergies, faire flèche de tout bois et autoriser l'enrôlement des volontaires tchèques dans un contingent spécial intégré aux troupes russes.

« Mais enfin, s'étonna Viktor, je ne comprends pas qu'on refuse à nos régiments d'être indépendants et de se battre sous commandement tchèque!

– C'est ainsi, lieutenant, répondit Gourko. Ou plutôt commandant! En effet, vous serez le chef des forces tchèques incorporées à nos divisions, et sous ma responsabilité. Des armes et des équipements vont vous être livrés incessamment à Kiev. »

Stupéfait d'une telle promotion, Viktor demeura sans voix.

« C'est grâce à votre ami ici présent, reprit le général, mais surtout à Masaryk qui m'en a fait la demande pressante. Vous êtes heureux, j'espère? »

Viktor acquiesça. Dans le fond, l'essentiel était préservé. L'armée tchèque était implicitement reconnue, et selon l'organisation choisie, garderait son autonomie. Il serra la main de Ian et fit le salut militaire à l'officier. Ce dernier les informa du texte qu'il ferait officiellement publier en fin de journée :

« Nous avons prié le représentant du Conseil National Tchèque de Paris et celui des prisonniers tchèques cantonnés sur le territoire russe de constituer un comité composé d'un petit nombre de personnalités tchèques. Son rôle consistera à recruter des volontaires parmi les prisonniers de guerre; à former avec eux des unités tchèques et slovaques et à organiser des équipes d'ouvriers avec les incapacitaires dans les usines travaillant pour la défense nationale. »

Les deux amis quittèrent promptement le ministère. Dès le lendemain Viktor devait retourner à Kiev avec Tchetchek. Ian rejoindrait Paris un peu plus tard.

Enlacés sur le lit, Alexandra et Viktor feignaient de ne pas entendre le clocher de la cathédrale de Kazan égrener les heures. Chacun regardait vers la fenêtre en redoutant d'y distinguer les premières lueurs de l'aube. Cette nuit ensemble était la dernière avant longtemps. Peu de chances cette fois-ci qu'ils pussent se revoir! Peut-être à Baden-Baden. Et encore! Si la mort ne venait pas les séparer.

« J'ai la peur rivée au ventre, chuchota Alexandra. Je vous imagine entraîné dans des batailles de plus en plus sanglantes. Toujours solitaire, au milieu de cette furie, vous semblez hésiter à continuer. Et puis sans cesse vous remettez votre existence en jeu.

– Je ne tergiverserai pas, Alexandra! Je veux vivre pour avoir la joie d'être un jour à vos côtés. A Baden-Baden ou ailleurs, je m'en fiche! Je me préserverai. J'éviterai les combats inutiles. Je vous aime et ce sera plus fort que la guerre.

– Alors pourquoi ne pas choisir immédiatement Baden-Baden plutôt que le front?

– Parce que je vous suivrais en boitant! Il me manquerait d'avoir lutté jusqu'au bout pour mon pays.

– Mais mon Dieu! Pourquoi ne me dites-vous pas la même chose pour nous?

– Je n'en ai pas le choix, tout simplement! Mais je vous écrirai.

– Je vous répondrai, comme on jette une bouteille à la mer... Je sais qu'il existe peu de chances pour que nos lettres nous parviennent. »

Quand ce fut l'heure, ils se dépêchèrent. Ils retrouvèrent Tchetchek devant le wagon. Tandis qu'il chargeait les bagages, Viktor et Alexandra demeuraient face à face, silencieux. Elle sanglotait en souriant. Il la serra contre lui.

« C'est la première fois que je vous vois pleurer, Alexandra!

– C'est la première fois que j'en ai envie à ce point, tu sais! »

Viktor l'étreignit plus fortement.

« Je t'aime! » dit-il.

Le convoi s'ébranla. Il se détacha d'elle et sauta sur le marchepied.

*

Le train s'arrêta. Viktor repéra Ratislav qui les guettait à l'écart de la cohue. Il lui trouva la mine ravagée mais ne s'en ouvrit pas à Tchetchek.

« Qu'as-tu? s'inquiéta Viktor.

– Une mauvaise nouvelle! Fédorova et Jaroslav sont partis avant-hier pour Petrograd sans nous prévenir. Si j'en crois le mot qu'elle m'a écrit, c'était pour rallier leurs camarades. »

Il lui tendit une enveloppe.

« Chacun la sienne, mon vieux! Celle-là, Jaroslav l'a laissée à ton intention! »

Viktor jura. Comment Jaroslav avait-il pu s'en aller ainsi? Pourquoi ne lui avait-il rien confié de ses projets? Cela l'irritait d'autant plus qu'il l'avait certainement croisé entre Kiev et la capitale.

Il enfouit la lettre dans sa poche et entraîna les autres vers la sortie. Les trois amis s'installèrent dans le camion avec lequel Ratislav était venu. Viktor se sentait redevenir froid et déterminé. Il voulait oublier momentanément ce qu'il avait vécu avec Alexandra et Jaroslav. Les deux l'avaient abandonné...

Il demanda à Ratislav de lui faire un rapport sur la situation au camp. Celui-ci se cramponnait au volant pour suivre le tracé des ornières gelées.

« Ça va! cria-t-il pour couvrir le ronflement du moteur. Vlassov s'avachit de plus en plus et laisse tout filer. Apparemment le commandement passe dans les mains de quelques officiers révolutionnaires. Quant aux nôtres, ils sont plutôt remontés après les nouvelles que tu nous as télégraphiées. Ils attendent les fusils pour se faire la main.

– Nous allons réunir immédiatement l'état-major! » dit Viktor.

Il se tourna vers Tchetchek.

« Veux-tu rester à mes côtés? Je souhaiterais que tu sois mon ordonnance. »

Tchetchek accepta. Ils se turent jusqu'à leur arrivée.

Le soir même, un ensemble de mesures devait être mis en œuvre par les officiers. Les hommes seraient répartis entre plusieurs régiments. Chacun d'entre eux serait affecté à une tâche précise dans le cadre prévisible d'une guerre de mouvement. Dès que les armes seraient livrées, des manœuvres auraient lieu chaque jour. Enfin, le contingent était désormais soumis à une stricte discipline.

Viktor procéda à des aménagements au sein de la cellule de commandement. Ratislav, nommé lieutenant, assurerait la coordination entre les unités. Tchetchek exercerait les fonctions de secrétariat et devrait s'occuper des relations avec Paris et Petrograd.

Viktor dîna en tête à tête avec Vlassov. Il lui précisa les consignes du général Gourko. Il insista pour qu'ils travaillent en bonne intelligence jusqu'à ce que l'armée tchèque fût affectée sur le front. Il revint à son cantonnement tard dans la nuit. Il fut surpris par le froid, et la neige qui tombait en violents tourbillons. Sans doute les semaines passées à Petrograd, dans la maison confortable d'Alexandra, l'avaient-elles amolli? Il croisa des gardes tchèques qui le saluèrent après avoir exigé le mot de passe. Il s'attarda pour fumer une cigarette avec eux. Tous se déclaraient heureux de le savoir investi officiellement du pouvoir et attendaient avec impatience de foutre le camp de ce trou. Il leur promit de les ramener chez eux.

Dans sa chambre, il trouva du café tenu au chaud sur le brasero et un message de Tchetchek qui lui communiquait quelques informations de service. En appréciant cette efficacité, Viktor repensa à Jaroslav. Après avoir hésité, il ouvrit sa lettre.

« Bien cher Viktor,

J'imagine ta colère, ta déception surtout, lorsque tu auras appris mon départ précipité avec Fédorova. Tu auras probablement l'impression que je t'ai trompé en ne te l'annonçant pas de vive voix. Et tu maudiras mon manque de courage. Tout cela sera un peu vrai. Mais la Révolution est proche. Elle nous appelle. Nos camarades ont besoin de nous pour venir à bout de la tyrannie et pour l'un comme pour l'autre, ce serait lâche de se dérober. Alors bien sûr je pars en douce! M'éloigner de toi me serait impossible autrement. Pour les raisons que tu connais, mais aussi parce que tu m'aurais opposé des arguments justes concernant la Tchécoslovaquie, les hommes du contingent, nous, que sais-je encore, auxquels je n'aurais rien su répondre! Je me suis posé cette question qui demeure centrale pour moi : dois-je faire passer l'intérêt du peuple avant le mien? J'ai choisi. Je pars avec l'idée que tu me pardonneras. J'espère que nous nous reverrons un jour. A toi. Jaroslav. »

Viktor froissa la feuille et la jeta au feu. Il la regarda noircir et s'enflammer. Il but une tasse de café et s'endormit d'un trait, tout habillé.

Les armes furent distribuées à la fin du mois. Aussitôt la campagne immaculée et silencieuse se réveilla. Les soldats et les véhicules ne cessaient de se déplacer dans l'immense plaine. Les canons tonnaient, la terre tremblait.

Viktor, Tchetchek, Ratislav et d'autres officiers, conduits dans un camion blindé, surveillaient les opérations et reproduisaient sur des cartes les différentes phases de ces batailles sans victimes. Parfois, Vlassov les accompagnait et les faisait bénéficier de ses conseils. Viktor retrouvait l'exaltation des premiers jours du conflit avec en plus cette euphorie particulière qui lui procurait son pouvoir. Il tenait le destin de ces milliers d'hommes entre ses mains.

Au fil des jours, Tchetchek devenait pour Viktor un auxiliaire indispensable. Il savait anticiper sur ses propres désirs. Une fois, il l'en complimenta.

« C'est la mission des seconds rôles, affirma Tchetchek. C'était déjà mon travail auprès de mon père, ce le fut auprès de Svoboda, aujourd'hui c'est avec toi !

– Mais tu n'as pas parfois l'impression d'être exploité par...

– Penses-tu ! Si j'agis ainsi, c'est parce que j'ai la certitude profonde d'être à ma place. Sinon je ferais autrement, sois tranquille ! »

Viktor était également heureux d'avoir Ratislav à ses côtés, même s'il se révélait fragile. Il éprouvait à son égard un sentiment fraternel et tâchait comme il le pouvait de lui faire oublier Fédorova. Il croyait y être parvenu quand le 3 février dans la nuit Tchetchek vint le réveiller.

« Dépêche-toi ! dit-il. Rasti s'est sauvé à pied dans la campagne avec une lampe à pétrole à la main et gueule à tue-tête qu'il a rendez-vous avec Fédorova. Les gardes l'ont laissé passer mais ils sont venus me prévenir. »

Viktor s'habilla. Si cela continuait, il allait l'attacher ! Ils partirent en camion. Les sentinelles leur indiquèrent la direction dans laquelle Ratislav s'était dirigé.

Ils l'aperçurent quelques minutes plus tard dans le halo des phares. Il brandit sa lampe-tempête et hurla qu'on lui fichât la paix.

Viktor alla au-devant de lui et le ramena doucement jusqu'au véhicule. Ratislav, transi de froid, parlait avec de plus en plus de difficulté.

« Vraiment! Fédorova m'a donné rendez-vous avec Jilha et Marie!

– Oui, oui! répondit Viktor. Mais tu seras mieux au chaud! »

Il l'enveloppa dans une couverture et le frictionna. Tchetchek, qui tenait le volant, plaisanta :

« A te balader dans le froid comme cela, tu vas finir par devenir un vrai bonhomme de neige! »

Viktor serrait Ratislav dans ses bras pour le réchauffer. L'haleine de ce dernier empestait l'alcool.

Recouvrant sa lucidité, il s'accrocha au col de Viktor.

« Je te remercie, mon vieux, murmura-t-il en souriant. Quand je fous le camp de la tête, je ne m'en aperçois pas...

– Ce n'est pas grave, assura Viktor, nous foutons tous le camp de quelque part!

– Ce qu'il faut, c'est que cela tienne jusqu'à Prague!

– C'est cela! Il faut tenir jusque-là... »

S'ils y parvenaient! En effet, dans les dernières lettres d'Alexandra, envoyées avant son départ pour Baden-Baden, elle décrivait Pétrograd comme une poudrière qui pouvait exploser d'un moment à l'autre. Chaque matin, les journaux le confirmaient. Telle usine était en grève, tel régiment avait constitué un Soviet. Enfin, que ce fût dans la capitale, à Moscou ou même à Kiev, la population miséreuse descendait dans les rues, de jour comme de nuit, pour demander du pain. Et la police pactisait.

Son appréhension du pire fut confirmée le 14 février au matin. Peu après que Tchetchek lui eut appris la grève illimitée des 40 000 ouvriers des usines métallurgiques Poutilov à Pétrograd, un soldat russe l'informait de l'arrestation de Vlassov par le Soviet militaire de Kiev.

Aussitôt il se précipita vers les appartements du

colonel avec quelques hommes. Il arriva au moment où les mutins l'emmenaient.

« Mais enfin! s'exclama-t-il. De quel droit arrêtez-vous le colonel?

– Le droit du peuple! répondit l'un d'eux. Il a des comptes à rendre, ce salaud! »

Viktor allait répliquer, quand Vlassov lui fit signe de se taire.

« Ne vous en faites pas! Je trouve cela plutôt cocasse. Pour un homme comme moi qui n'a jamais su choisir, j'ai... »

Il ne put terminer. Les révolutionnaires l'entraînaient vers l'extérieur. Un officier russe, que Viktor avait rencontré quelquefois, s'approcha l'air hautain.

« En tant que commissaire auprès du Soviet de Kiev, c'est moi qui assurerai désormais le commandement de ce camp. Vous devez donc...

– Je ne dois rien, monsieur, l'interrompit Viktor. C'est votre supérieur, le général Gourko, qui me donne des directives. Quant à vous et à vos hommes, je vous conseille de ne rien faire contre le contingent tchèque, sinon je n'hésiterai pas à lui ordonner de riposter. »

Aussitôt, il réunit son état-major. Il rédigea une proclamation à l'intention de tous les régiments : « Les événements graves que traverse la Russie aujourd'hui nous obligent plus que jamais à renforcer notre unité par une discipline toujours plus exigeante et à réaffirmer notre volonté de lutter pour la Tchécoslovaquie. Les membres du gouvernement officiel russe demeurent nos uniques interlocuteurs. La force que nous représentons servira exclusivement la cause de la victoire sur les Austro-Allemands.

Toutefois si nous venions à être attaqués par des forces séditieuses, de quelque origine que ce soit, la consigne de répliquer a été transmise à vos officiers. Fait à Kiev, le 14 février 1917. »

TROISIÈME PARTIE

CHAPITRE XV

Viktor reposa le journal. Ainsi, c'en était fait! La révolution venait d'éclater dans l'ensemble du pays. Alexandra avait vu juste. Kerenski faisait partie du nouveau gouvernement et d'autres, qu'elle lui avait présentés, y figuraient également : le prince Lvov, président du Conseil, Milioukov, aux Affaires étrangères. Cela le rassurait. Si Kerenski ne lui avait pas menti, il ne tarderait pas à lui donner de ses nouvelles. Et enfin, avec ses milliers d'hommes, il retrouverait un rôle militaire. Il imagina Jaroslav et Fédorova à Petrograd, perdus dans une foule anonyme et vociférante. Et Alexandra, probablement arrivée à Baden-Baden.

Tchetchek entra.

« Il faudrait réagir rapidement! Le Soviet du camp et celui de Kiev viennent de se réunir et leurs forces arrivent ici pour nous désarmer!

– Transmets l'ordre de combat à toutes les unités! commanda Viktor. Que l'artillerie installée à l'est soit dirigée sur eux. Le point au mirador dans dix minutes avec les chefs de chaque régiment. »

Il grimpa en haut de la tour d'observation et scruta l'horizon à l'aide de ses jumelles.

« Là! A l'est! » indiqua la sentinelle.

A plusieurs kilomètres, une colonne de fantassins et de véhicules disposés sur un front de quelques centaines de mètres faisait mouvement en soulevant des nuages de neige semblables à de la poussière. Il jeta un coup d'œil sur la ligne des barbelés. Les canons se trouvaient disposés en quinconce sur deux rangées. Des camions bondés de soldats sortaient pour prendre position au nord et au sud. La masse des assaillants grossissait. Grâce au vent, on percevait des bribes d'hymnes révolutionnaires.

Il se demandait comment procéder quand Ratislav surgit sur la plate-forme.

« On tire un peu court pour les calmer et on parlemente? Qu'en penses-tu?

– C'est l'avis des autres officiers? » s'inquiéta Viktor.

Ratislav acquiesça.

« Soit! Allons-y! »

Un peu plus tard, les premières salves de 75 et 155 retentirent. Le sol trembla. Au loin, des gerbes de terre montèrent vers le ciel, masquant momentanément l'armée adverse. Les commandants entouraient Viktor en guettant les ordres. Apparemment, la semonce avait jeté le trouble dans les rangs russes. Ceux-ci n'avançaient plus.

« Alors? demanda Ratislav.

– Attendons... », proposa Viktor.

Ce fut à nouveau le silence. Là-bas, les chants avaient cessé. Dans le camp, les hommes se recueillaient dans l'attente de la bataille. Soudain, une voiture s'approcha, surmontée d'un drapeau blanc. Suivi de Ratislav, Viktor descendit pour accueillir les plénipotentiaires. En bas, ils furent rejoints par Tchetchek et deux autres officiers, dont un qui pouvait servir d'interprète.

Deux capitaines russes sautèrent du véhicule. La réunion se tint dans les anciens appartements de Vlassov où était installé le quartier général tchèque.

« Messieurs, commença l'un des bolcheviks, la

Révolution vient d'éclater sur le territoire russe et un gouvernement révolutionnaire est en place. Cette nouvelle situation annule les dispositions des ministres tsaristes. Désormais vous dépendez du chef du Soviet militaire de Kiev, le colonel Cepob. Les ordres sont formels. Votre contingent doit être désarmé et demeurer ici. De la nourriture et du bois vous seront octroyés. »

Au fur et à mesure que l'interprète traduisait, les Tchèques échangeaient des regards sceptiques.

« Messieurs, répondit Viktor, nous constatons effectivement d'importants bouleversements politiques dans votre pays. Cependant, ceux-ci ne nous concernent pas. Selon des négociations tenues avec les précédents gouvernements, notre armée, désignée officiellement comme division tchèque, ne peut discuter qu'avec des représentants légaux de l'actuel gouvernement. En aucun cas le commandant d'une région militaire ne peut remplir ce rôle à nos yeux. Je souhaite donc recevoir des instructions de Petrograd pour déterminer notre position. En attendant, et conformément aux dispositions prises avec le général Gourko, l'armée tchèque fera respecter son autonomie, y compris par la force si cela s'avérait nécessaire.

– Mais enfin! s'indigna l'un des capitaines. Vous devez comprendre que le colonel Cepob n'agit pas sans des directives de Petrograd...

– Et de qui donc à Petrograd? » questionna Viktor.

Les deux officiers se concertèrent à voix basse durant un long moment. Comme ils paraissaient en désaccord, Viktor s'impatienta.

« Alors? Je vous écoute!

– Du comité de soldats dont nous dépendons!

– C'est ce que je voulais entendre! Nous, ici, sommes tributaires du ministère de la Guerre, donc de M. Goutchkovy, le ministre. Je lui envoie immédiatement un télégramme en demandant ce que nous devons faire. Si ses ordres sont de se soumettre au colonel Cepob, nous le ferons. Mais jusqu'à sa réponse, je vous mets en garde contre toute tentative de nous réduire. »

Les émissaires saluèrent et furent reconduits aux portes du camp.

« Pourquoi t'es-tu lié les mains avec Petrograd? s'étonna Ratislav. Tu aurais dû affirmer notre liberté aussi bien à l'égard du gouvernement que des révolutionnaires!

– Je n'ai qu'une parole, répliqua Viktor. Quand j'ai vu Kerenski, il m'a promis que nous deviendrions totalement indépendants et serions déployés sur le front. Je lui fais confiance et c'est à lui que je vais adresser le message. Quoi qu'il en soit, fais renforcer la garde et surveiller les Rouges! »

Kerenski téléphona à Viktor le lendemain.

« D'abord je tiens à vous rassurer. Rien n'est changé quant à notre volonté de respecter votre autonomie et de vous impliquer plus complètement dans le conflit. Dès demain, Goutchkovy signera un décret dans ce sens. Par ailleurs, le président du Conseil fera une déclaration garantissant qu'à partir d'aujourd'hui la Russie renonce à ses prétentions sur la Bohême. Etes-vous satisfait?

– Je le suis, monsieur le ministre. Mais cela ne règle pas notre problème immédiat. Nous sommes face à face avec des régiments du Soviet de Kiev et...

– Des imbéciles! l'interrompit Kerenski. Ils ont déjà reçu la consigne de vous ficher la paix. De là où vous êtes, pouvez-vous voir s'ils ont disparu?

– Non, monsieur le ministre.

– Ce n'est pas grave! S'ils y sont toujours et vous menacent, faites donner votre artillerie. Cela les calmera! Mais ce n'est pas l'essentiel. Je tiens surtout à ce que votre contingent soit prêt à se mettre en route à n'importe quel moment. Au vu de la situation militaire, je ne vais pas tarder à requérir votre intervention! Il est fort probable que nous serons alors amenés à nous revoir. J'ai le projet d'aller sur le théâtre des opérations remonter le moral de nos soldats! Allez, bonsoir, commandant! Et à bientôt! »

Il raccrocha. Viktor était suffoqué. Voilà comment les politiques résolvaient les difficultés! Plusieurs milliers d'hommes risquaient d'en découdre d'un moment à l'autre et tout ce que Kerenski imaginait comme solution, c'était de charger! Quelle farce! Viktor préféra régler la question à sa manière.

Il informa Ratislav et Tchetchek de son entretien et s'enquit de la position des Russes. Ils n'avaient pas bougé et ne manifestaient aucune hostilité. Viktor remonta en haut du mirador, suivi de ses deux amis. Il balaya l'horizon avec ses jumelles. Il distinguait les bolcheviks moins nettement à cause de la neige qui s'était remise à tomber. Les fumées de leurs feux se mêlaient très vite à la grisaille du ciel.

« Je te suggère de prendre une chaise, si tu veux demeurer ainsi à les observer! plaisanta Ratislav.

– Ne t'emballe pas! conseilla Viktor. Tu as en face de toi des hommes fanatisés, prêts à tout pour imposer leur révolution et tu veux foncer? Cela ferait des morts! Peut-être même remporterions-nous la victoire! Et alors! Je n'ai pas envie que nous soyons isolés pour l'instant. Négocions plutôt avec ce Cepob qui ne respecte pas les ordres de Petrograd. Si nous devons nous battre un jour contre les Centraux, je ne veux en aucun cas avoir gaspillé nos forces auparavant.

– Veux-tu qu'on lui annonce au téléphone ton désir de le rencontrer? proposa Tchetchek.

– Absolument! Et arrange-toi pour que l'entrevue se déroule à Kiev même!

– Mais pourquoi? demanda Ratislav. Il serait beaucoup plus simple que cela se passe ici! »

Viktor esquissa un sourire.

« J'ai mes raisons! »

Les autres n'insistèrent pas.

Viktor rejoignit l'ancienne chambre de Vlassov et s'y enferma. Il éprouvait le besoin d'être seul. Depuis le départ de Jaroslav et d'Alexandra, il n'était plus le même. Il ne lui restait plus guère que des souvenirs auxquels se raccrocher. Pourtant, plus il les sollicitait, plus ils se brouillaient, s'évaporaient, comme pour le narguer. Il laissa éclater sa rancœur et balaya d'un revers de main les papiers et les objets qui encombraient la table.

Il se sentait de plus en plus glacé, desséché, incapable de la moindre émotion. Peut-être était-ce encore plus difficile à assumer que l'absence d'Alexandra et de Jaroslav? Désormais, il faisait semblant d'être sensible à la souffrance des autres. Celle de Ratislav, par exemple, qui continuait à divaguer sur cette Jilha. Non, peut-être valait-il mieux vivre comme Vlassov, au jour le jour et pour la satisfaction de ses désirs immédiats. Viktor n'aurait su dire pourquoi mais ce bonhomme l'intéressait. A voir le mobilier, les icônes et les tableaux dont il s'était entouré, il se l'imaginait en train de reconstituer un univers sécurisant partout où il se trouvait.

Il s'assit dans le salon à la place qu'affectionnait le colonel. Il observa le camp. Des véhicules et des hommes passaient et repassaient. A les voir se déplacer aussi vite, il eut l'impression qu'ils fuyaient. Les mènerait-il en Tchécoslovaquie? Certainement! Mais sans enthousiasme! Il les accompagnerait plutôt qu'il ne les guiderait. Cette mission lui parut soudain dérisoire. Il s'approcha de la fenêtre. Alexandra avait raison. S'il avait été moins bête, il serait aujourd'hui à Baden-Baden et... Il haussa les épaules et alluma une flambée dans l'âtre.

Après de rudes négociations, il fut décidé que l'entretien avec Cepob se tiendrait au Soviet de Kiev le 19 mars après-midi. Comme convenu, Viktor s'y rendit en voiture avec Tchetchek et un officier interprète.

Recroquevillés sur eux-mêmes pour mieux supporter le froid, ils regardaient la plaine blanche et monotone, parsemée ici et là d'arbustes effeuillés.

« On dirait des squelettes de combattants brutalement figés par le gel..., remarqua Viktor.

– Mais qu'as-tu donc à être aussi sombre? s'étonna Tchetchek. Jaroslav? Alexandra? »

Viktor acquiesça.

« Ce n'est pas en faisant cette tête-là qu'ils reviendront! reprit Tchetchek. A te voir ainsi, j'ai l'impression d'un éclopé qui aurait perdu ses béquilles...

– C'est un peu ça!

– Que diable! Crois-tu pouvoir mener plusieurs milliers d'hommes jusqu'à Prague en boitant? Tu n'as pas voulu suivre Alexandra à Baden-Baden et Jaroslav t'a préféré la Révolution. Sors-le de ton esprit! Vous avez tous fait un choix. Il te faut l'accepter!

– Tu as peut-être raison, mais... »

Le chauffeur les interrompit :

« On va traverser les lignes russes! »

Tandis qu'ils progressaient entre les véhicules et les soldats, Viktor et Tchetchek tentaient d'évaluer la force véritable de cette armée. Très vite, ils eurent la certitude qu'elle était bien inférieure en hommes et en armements à la division tchèque. Mais surtout, il régnait dans ce bivouac improvisé une atmosphère de relâchement. Les fantassins, débraillés et inoccupés, bavardaient autour des feux. Des camions garés de manière anarchique et les canons à l'affût baissé semblaient abandonnés. Aucune sentinelle ne les contrôla.

« Quelques obus bien placés et c'est la débandade ! » ironisa Viktor.

Tchetchek et l'officier interprète approuvèrent. Viktor était satisfait. Il disposait maintenant d'un argument de poids pour amener ce Cepob à la raison. Ils éprouvèrent des difficultés à atteindre le QG du Soviet. Des groupes d'hommes et de femmes manifestant ou discutant encombraient les trottoirs et la chaussée. Ici et là des militaires, mêlés à des ouvriers, chantaient et buvaient autour des braseros. Des miséreux faisaient la queue devant les magasins.

« La fin du monde devrait ressembler à cela ! marmonna Viktor.

– Il ne s'agit que de la fin d'un monde ! » répliqua Tchetchek.

Viktor sourit.

« Cela me fait du bien de t'entendre parler ainsi. Alexandra pensait la même chose !

– Cela ne m'étonne pas. Elle et moi, nous sommes des privilégiés, comme aurait dit Jaroslav. »

L'entrée du Soviet, installé dans un hôtel, n'était pas gardée. Une foule de soldats et de civils s'y pressaient, apparemment très affairés. Ils demandèrent le colonel Cepob. On leur indiqua, un peu plus loin, un géant entouré d'un groupe d'officiers avec lesquels ils conférait.

Viktor se présenta.

« C'est vous, la tête de mule ? » s'exclama Cepob.

Les autres éclatèrent de rire.

« Où pouvons-nous négocier ? s'enquit froidement Viktor.

– Mais ici ! » proposa le colonel.

– Je n'ai pas l'habitude de traiter des affaires de la

guerre sur un champ de foire! Bonsoir, messieurs. »

Cepob le rappela.

Accompagné par deux lieutenants, il les mena dans une chambre inoccupée.

« Alors! Il paraît que vous ne voulez pas vous laisser désarmer? commença-t-il.

– Non! répondit Viktor.

– Vous savez pourtant que je peux vous faire plier...

– Essayez donc! Je ne jouerai pas au plus fin avec vous, colonel. Nous sommes militaires et savons évaluer les forces de l'adversaire. J'ai pu me rendre compte en traversant votre contingent que vous n'avez pas les moyens de votre politique. Ce n'est pas tant le nombre des canons qui est en cause, mais plutôt le moral de vos hommes. Les miens sont prêts à tout pour demeurer ce qu'ils sont, pas les vôtres.

– Ainsi, remarqua l'un des lieutenants, vous êtes décidés à vous battre!

– Si vous nous y contraignez, oui!

– Mais commandant! Ignorez-vous donc qu'il s'agit d'une armée populaire qui se lève pour libérer la Russie du joug de la tyrannie et des capitalistes qui l'écrasent? En nous donnant vos armes, vous faites progresser la...

– Ecoutez, l'interrompit Viktor, vous avez besoin de fusils pour votre révolution, ils nous sont indispensables pour gagner la guerre contre les Centraux!

– Il ne faut plus lutter! intervint Cepob. Il y a eu assez de morts comme cela!

– Et la victoire? demanda Tchetchek.

– La paix à n'importe quel prix!

– C'est votre affaire, répliqua Viktor. Nous, nous devons triompher si nous voulons un jour habiter dans notre pays. Je suis donc décidé à rejoindre le front quand Petrograd m'en aura donné l'ordre, même si nous devons nous opposer à vous!

– Camarade Cepob, conseilla l'autre lieutenant, vous devez en référer au Soviet! »

Viktor ignora l'interruption et continua :

« Faites comme vous l'entendez, colonel! Moi, je commande et j'en rends compte à mon état-major. Notre décision est prise. »

Les trois officiers bolcheviks sortirent. L'attente ne fut pas longue. Cepob revint seul.

« C'est entendu, annonça-t-il. Les camarades considèrent cette bataille comme inutile.

– Et probablement incohérente! souligna Tchetchek d'un ton ironique. Si vous refusez d'entraîner des hommes à la mort pour vaincre les Centraux, ce n'est pas pour le faire contre des déserteurs tchèques... »

Le colonel ne releva pas le propos et reprit :

« Par contre, nous souhaiterions que vous abandonniez rapidement le camp afin que nous puissions y installer nos unités.

– Je consens à le faire dès aujourd'hui, répondit Viktor. Mais en échange, puis-je solliciter une faveur?

– Laquelle?

– Pourriez-vous libérer Vlassov? J'ai besoin d'un militaire expérimenté qui connaisse parfaitement la Russie! Je le crois... »

Cepob paraissait amusé. Il lui coupa la parole :

« Cette vieille baderne tsariste? Mais il n'est jamais allé plus loin que Moscou, et encore! Un aveugle serait plus efficace! Et puis quoi! Avec qui allons-nous faire un exemple? Il va bien falloir qu'on juge des trafiquants de l'ancien régime et qu'on les fusille!

– Ce ne sont pas les affairistes qui ont manqué à Kiev! Vous n'avez que l'embarras du choix et leur exécution marquera plus la population. Je crois même pouvoir vous donner des noms contre la vie de Vlassov. »

Cepob parut sceptique.

« Et comment savez-vous leur identité?

– L'un de mes hommes fut l'une de leurs victimes par le passé... »

Tchetchek se tourna vers la fenêtre pour réprimer son envie de rire.

« J'accepte! » dit le colonel.

*

Dès leur retour, Viktor et Tchetchek tentèrent de convaincre Ratislav. Celui-ci trouvait le procédé odieux.

« Je ne vois pas pourquoi je devrais envoyer une dizaine de types au poteau pour en sauver un!

– Simplement parce qu'il fut ton ami, suggéra Tchetchek, et que nous en avons besoin pour la suite des opérations. Tu oublies les conseils précieux qu'il nous donnait lors de nos manœuvres?

– Non! Mais que je sache, Ivan, Féodor ou Alexis, nos fournisseurs de l'époque, ne méritent pas plus la mort que lui ou certains soldats de chez nous!

– Merde! s'exclama Viktor soudain en colère. On ne va pas discuter jusqu'à la fin du monde! Quand tu soignais tes éclopés, tu n'as donc jamais choisi d'en laisser crever quelques-uns pour en récupérer de plus nombreux qui te paraissaient en meilleur état? Et crois-tu qu'il ne t'arrivera jamais de sacrifier une poignée de militaires pour en épargner des milliers?

– Mais là, il s'agit d'en sauver un!

– J'ai besoin de lui », affirma Viktor.

Ratislav finit par accepter. Avant de quitter la pièce, il se tourna vers Viktor.

« Je ne crois pas que tu veuilles Vlassov pour nous sauver, mais pour te sauver! »

Le colonel fut amené à l'entrée du camp dans un camion cellulaire. Deux bolcheviks l'en firent descendre. Ils se moquèrent de lui tandis qu'il demandait aux sentinelles tchèques de l'accompagner auprès de Viktor. Celui-ci l'accueillit avec chaleur.

« D'où sortez-vous? s'étonna-t-il.

– Mes chauffeurs révolutionnaires m'ont abandonné sur la route avec la délicatesse qui les caractérise! »

Aussitôt il alla s'asseoir à la place qu'il affectionnait dans le petit salon.

« Vous ne savez pas, dit-il la voix brisée, combien j'ai repensé à cet endroit. Certain que j'allais mourir, c'était le seul souvenir qui me redonnait un peu d'espoir. Mais au fait, commandant, pourquoi m'avez-vous fait libérer?

– Je vous estime!

– Uniquement pour cela?

– Uniquement! »

Le colonel sourit.

« Difficile à admettre! C'est tellement inattendu. Le monde que j'aime s'effondre. Je m'habituais à devoir disparaître sans trop de regrets et voilà que vous m'arrachez à ce destin. Etrange! Cela ressemble un peu à un sursis. Avec cette interrogation : pour souffrir encore plus ou bien au contraire pour goûter soudainement le plaisir de vivre?

– Je n'en sais rien, concéda Viktor en lui offrant une cigarette. Le fait de toujours respirer doit déjà être un plaisir, non? »

Vlassov éluda la question.

« Et votre estime, commandant, ne se doublerait-elle pas d'un intérêt?

– Absolument pas! Je présume que Cepob a dû vous raconter que j'avais besoin de vous pour nous guider en Russie? J'espère que vous n'en avez rien cru...

– Bien sûr! Je ne possède aucun talent de ce genre. Mais justement, je m'interroge sur ce qui peut bien vous pousser à vous préoccuper d'un vieux militaire comme moi! »

Viktor s'approcha de la fenêtre. Les hommes menaient à terme les préparatifs du départ qui devait intervenir dans quelques heures. Il se demanda quoi répondre. Rien! Il se sentait mieux depuis que Vlassov avait pénétré dans cette pièce, voilà tout! Une ordonnance entra.

« Excusez pour le dérangement, mon commandant! Mais j'ai un message urgent de Petrograd! »

Viktor le lut puis le passa à Vlassov. Kerenski lui annonçait qu'il venait de lancer un appel à l'enrôlement des volontaires tchèques dans les grandes métropoles du pays. Il envoyait à Kiev le général Doukhonine qui était chargé d'assurer le commandement de la garnison à la place de Cepob. Avec Viktor, il organiscrait lc rccrutcmcnt dcs Tchèqucs qui afflueraient certainement de tous les coins de la Russie. Enfin, le contingent devait, dès la semaine suivante, se diriger vers l'ouest pour se rapprocher du théâtre des opérations.

« Bien! Je vous laisse dans votre appartement! proposa Viktor. Il vous reste peu de temps pour en goûter le charme. Bientôt nous bivouaquerons dans la neige et le froid!

– Je vous remercie, dit Vlassov. Permettez-moi seulement d'ajouter que je sais combien a coûté ma libération et je...

– Ne me parlez plus de cela! » l'interrompit Viktor.

Il sortit.

*

Le 2 avril, la division tchèque arriva à l'ouest de Jitomir et s'y installa. Selon les consignes de Doukhonine, Viktor avait ordonné la création d'un bureau de recensement à l'usage des volontaires tchèques.

Il s'en présentait d'Ukraine, parfois de beaucoup plus loin. La plupart, des déserteurs de la première heure, s'étaient fait embaucher comme ouvriers agricoles dans de grands domaines pour y attendre tranquillement la fin de la guerre. Dès qu'ils avaient appris la constitution officielle d'une armée tchèque, ils avaient voulu la rejoindre et se battre à nouveau. Ils espéraient ainsi hâter l'issue du conflit et rentrer chez eux.

Chaque nouveau conscrit héritait d'un uniforme particulier, d'un fusil et de munitions. Selon ses compétences, il était affecté à l'un des régiments d'infanterie ou d'artillerie, puis astreint à un entraînement sévère pour retrouver rapidement ses réflexes de soldat. Sur les instances de Viktor, Doukhonine avait favorisé la livraison d'armements lourds et de véhicules afin d'augmenter la mobilité des troupes et leur force d'impact. A la mi-mai, le contingent était paré au combat et dirigé vers Sborov où il devait faire sa jonction avec celui du général Gutor.

Chaque matin, Viktor se rendait au Grand Quartier Général russe pour faire le point sur la situation et préparer la prochaine offensive contre les Centraux. Celle-ci serait dirigée par le général Broussilov, le héros de l'année précédente qui avait su traquer les Austro-Hongrois au point de les obliger à rapatrier des divisions entières du front occidental. Il disposait de trois armées, respectivement commandées par les généraux Gutor, Bickowicz et Kornilov. L'objectif désigné était de prendre Lemberg.

Seulement pour y parvenir, encore fallait-il des hommes décidés. Et ce n'était pas le cas! Leur moral était au plus bas. Il ne se passait pas un jour sans qu'on apprît la création d'un nouveau soviet dans un régiment ou un autre. Les décisions de l'état-major y étaient toujours discutées, voire repoussées. Même Broussilov, respecté des soldats, ne savait comment résoudre le problème. Il avait tenté la persuasion et la répression alternativement, sans aucun résultat. Comme il le déplorait, la gangrène rouge gagnait du terrain. Si l'on amputait, ce serait une nouvelle guerre civile! En désespoir de cause, il demanda à Kerenski de venir s'adresser aux hommes au nom du Gouvernement Révolutionnaire. Comme les autres, Viktor ne se faisait pas beaucoup d'illusions. Il imaginait mal le politicien brillant et élégant rencontré à Pétrograd en train de galvaniser des militaires nourris du matin au soir par les discours défaitistes des Bolcheviks.

Le ministre arriva à Sborov le 12 juin au matin. On avait contraint des bataillons à se rassembler pour l'écouter. Avec les autres officiers, Viktor l'accueillit au nom de la division tchèque.

« Broussilov! Je veux leur parler immédiatement, proposa Kerenski, et les convaincre de la nécessité de cette guerre!

– Je vous souhaite de réussir! » répondit le général.

Le ministre saisit un porte-voix et se dressa sur le capot de sa voiture, sous le regard courroucé de son chauffeur.

« Soldats russes! commença-t-il. C'est la discipline que je vous apporte! Côte à côte avec nos alliés, nous créerons un nouvel ordre de choses en Europe! A l'ombre du drapeau révolutionnaire, nous donnerons pour défendre le peuple notre vie, toutes nos forces, nos ultimes gouttes de sang... » Comme les militaires présents, Viktor regardait l'orateur avec un mélange de stupeur et d'admiration. Ils attendaient un réactionnaire, ils découvraient un révolutionnaire!

« Ce n'est pas parce que la Russie s'est débarrassée de la dynastie qui l'écrasait qu'elle doit quitter le concert des nations respectables, ses alliances, revenir sur ses engagements solennels! Bien au contraire, elle doit lutter avec encore plus de détermination dans le camp des démocraties qu'elle vient de rejoindre... »

Kerenski s'exprimait les yeux fermés et scandait ses paroles avec les poings fermés et tendus devant lui. Quelques cris enthousiastes jaillirent des rangs, puis ce fut une explosion de joie! Il avait gagné. Ils allaient l'engager, cette bataille! Et ils vaincraient! Durant quatre jours et sur plusieurs dizaines de kilomètres, il harangua ainsi le contingent. Aux heures des repas, il partageait leur ordinaire. La nuit il couchait dans leurs abris et en profitait souvent pour se lancer dans d'interminables discussions sur l'avenir de la Révolution et de la Russie. Le dernier soir, il retrouva Viktor à son QG et s'enferma avec lui.

« Commandant, dit-il d'emblée en se jetant sur le lit, je viens me reposer l'esprit. Au fait! Masaryk et votre ami Ian sont à Pétrograd!

– C'est vrai? s'exclama Viktor qui lui tendait un verre de vodka.

– Oui! Il nous faut régler votre situation! Vous n'êtes pas russes et pas encore tchèques! Nous tentons de dégager une solution avec les Français en particulier pour que vous soyez officiellement rattachés à leur armée. Le général Janin pour les Français et Knox pour les Anglais en discutent avec Masaryk à Petrograd en ce moment. Tenez, voici une lettre que Ian m'a remise à votre intention! »

Viktor la glissa dans sa poche.

« Vous savez, commandant, reprit Kerenski, je compte beaucoup sur vous dès que l'opération sera lancée. Je n'ai pas grande confiance en nos forces!

– Mais les hommes vous ont fait un triomphe partout!

– Ne vous y fiez pas! C'est une chose d'applaudir de belles paroles, c'en est une autre d'aller se faire tuer ou blesser dans les plaines glacées de la Galicie. Les Bolcheviks ne l'ignorent pas et ne cessent de le leur répéter.

– Nous ferons de notre mieux. Mais ce n'est pas non plus une division qui pourra renverser le cours des combats!

– Certes! admit Kerenski.

– Au fait, avez-vous des nouvelles de Sazonov? demanda Viktor.

– Il se terre en dehors de Petrograd, le pauvre vieux! La dernière fois que je l'ai vu, il m'a dit que faire la révolution n'était plus de son âge. Bon! Nous avons assez bavardé! Pourquoi n'appelez-vous pas vos officiers pour que nous fêtions nos prochains succès? »

Au fur et à mesure que la soirée avançait, les esprits s'échauffaient, Kerenski, halluciné par le manque de sommeil et l'alcool, répondait aux questions, mais aussi aux arguments contradictoires de certains comme Vlassov, pour lesquels la Révolution incarnait le mal absolu.

Viktor ne se mêlait pas aux discussions. Il ne croyait pas beaucoup qu'elles fissent s'accorder des hommes aussi différents que Kerenski et le colonel. L'un pensait pouvoir agir sur l'Histoire, l'autre se laissait porter par elle. Par contre, le pessimisme de Kerenski le préoccupait. Si c'était la débandade chez les Russes, il ne voyait pas les Tchèques contenir les divisions du général Arz à eux seuls. Il se promit de garder cette éventualité à l'esprit lorsqu'ils évolueraient sur le lieu de la bataille.

La réception terminée, il demeura devant le feu à se frotter les mains. Il avait besoin de cette chaleur. Pour raviver des souvenirs heureux. La chambre d'Alexandra, sa tendresse, son sourire et sa voix surtout! Quelques intonations graves et légèrement traînantes comme pour mieux exprimer sa nostalgie,

« sa sœur jumelle » expliquait-elle. Il se rappela la lettre de Ian et l'ouvrit.

« Le 2 mai 1917.

Cher Viktor,

Masaryk et moi sommes arrivés de Paris il y a une semaine. Kerenski nous a reçus immédiatement. Il nous a annoncé que vous vous trouviez à la tête de la division, quelque part entre Kiev et Tarnopol.

J'en profite pour vous exprimer ma joie de vous savoir maître des opérations. J'en suis certain, vous saurez à la fois mener nos compatriotes à la victoire et limiter les pertes humaines. Avant ces heures décisives pour notre cause, je vous redis mon amitié, même si nos rencontres ne furent que des " rendez-vous manqués ". Il est probable que si nous en avions eu le temps et peut-être le désir, nous aurions eu beaucoup de choses à nous confier.

Quoi qu'il en soit, je serai bientôt à vos côtés, puisqu'il est prévu que je vous rende visite lorsque le statut politique de notre armée sera arrêté. J'espère qu'il ne s'agira plus alors que de vous accompagner jusqu'à Prague. Si vous en avez le temps, donnez-moi des nouvelles de vous et aussi de nos amis. Bien cordialement. Ian. »

L'offensive fut déclenchée le 15 juin à 0 heure aux alentours de Sborov. Pendant trois jours et trois nuits, l'artillerie russe pilonna les positions austro-allemandes. Viktor avait fait creuser son Quartier Général sur les flancs d'une colline. La division était étalée sur plusieurs kilomètres et scindée en trois groupes, respectivement sous les ordres de Ratislav, Vitasek et Sirovy. A ses côtés, Tchetchek assurait les transmissions sur l'ensemble du front. Vlassov facilitait ses relations avec le Grand Quartier Général russe et l'aidait à résoudre les problèmes d'intendance.

Il se déplaçait sans cesse d'une unité à une autre et discutait avec les soldats. Ceux-ci se plaignaient surtout du vacarme continuel et de la terre qui tremblait sous leurs pieds. Ils disaient attendre le début de l'attaque avec impatience pour pouvoir enfin courir. Il arrivait qu'on signalât une dépression ou un suicide, mais c'était exceptionnel. La plupart des hommes avaient retrouvé leurs nerfs, comme le disait Ratislav en plaisantant.

Le 18 au matin, Viktor reçut l'ordre de lancer ses régiments à l'assaut. Immédiatement, il le répercuta sur l'ensemble de ses troupes avec cet avertissement : « N'oubliez pas qu'aux yeux des Autrichiens, nous sommes des déserteurs. Si vous êtes faits prisonniers, vous serez fusillés sur-le-champ. Dans ces conditions, il ne nous reste plus qu'à vaincre ou mourir ! Vive la Tchécoslovaquie ! »

Au second soir de l'offensive, le bilan était excellent. Les éléments des 35e et 70e d'infanterie autrichiens reculaient en désordre. Les Tchèques avaient perdu très peu de combattants et avaient dynamisé les Russes par leur succès. Même Viktor commençait à y croire : « Encore un effort, répétait-il, et nous rentrerons triomphants à Prague ! »

Kerenski, qui roulait vers Petrograd, fit demi-tour lorsqu'il apprit la bonne nouvelle. Il félicita les forces tchèques et russes et décida de créer une médaille spéciale pour commémorer la bataille. Il annonça que dès son retour à la capitale, il édicterait un décret selon lequel les régiments qui avaient permis la victoire auraient le droit de s'intituler « régiment du 18 juin » !

Durant la nuit, la vodka coula à flots. Si cela continuait ainsi, on fêterait la fin de la guerre avant la Noël ! D'immenses feux s'élevaient vers le ciel. Il s'en échappait des nuées de flammèches rougeoyantes qui se fondaient dans l'obscurité après une danse échevelée. Les chants révolutionnaires se mêlaient au grondement continu de la canonnade. La seule question consistait à savoir si on rattraperait un jour ces Austro-Allemands tellement ils couraient vite!

Comme de nombreux officiers, russes ou tchèques, Viktor ne partageait pas totalement cette euphorie. Il se souvenait des revers de Broussilov l'année précédente alors qu'il avait enfoncé les lignes ennemies sur toute la largeur du front. Mais il était impensable, en cet instant, de briser l'enthousiasme des soldats. Le plus dur demeurait à faire et on aurait besoin de leur optimisme.

Kerenski s'éclipsa vers trois heures du matin. On l'appelait d'urgence à Petrograd, investi par plusieurs milliers de marins révoltés de Cronstadt. Il salua chaleureusement Viktor avant de monter dans sa voiture.

« Faites attention, lui souffla-t-il à l'oreille, de ne pas laisser les Bolcheviks contaminer l'ensemble du contingent, ce serait une catastrophe.

– Soyez tranquille, répondit Viktor, j'y veille... »

Il n'était pas dupe. Probablement Kerenski avait-il de bonnes raisons d'être inquiet. Il se sentit en faute. Depuis le départ de Jaroslav il avait trop négligé ce problème. Il en parlerait prochainement avec Ratislav et Tchetchek.

Le lendemain à l'aube, le réveil fut brutal. Le moment de surprise passé, les Austro-Hongrois s'étaient ressaisis et ripostaient par un déluge de feu d'une extrême violence. Ludendorff avait ordonné à ses armées de contre-attaquer. Au nord, les divisions du général Hoffman marchaient sur Reval, celles du maréchal Von Eichorn fonçaient sur Minsk, tandis que le général Arz devait réduire les Tchèques et les divisions russes qui les encadraient.

L'engagement des infanteries dans la bataille eut

lieu à quelques kilomètres de Tarnopol et dura toute la journée. Les hommes s'affrontaient par vagues successives après que le terrain eut été défoncé par les obus. Ils couraient en vociférant à la rencontre de l'ennemi et se fondaient dans de sauvages corps à corps. Aucun des deux camps ne remportait l'avantage. De son QG, Viktor suivait l'évolution de ses régiments et coordonnait leurs offensives avec les Russes. Bien sûr ils étaient loin de vaincre, pensait-il, mais au moins ils conservaient les positions acquises.

Pourtant, vers dix-huit heures, un message de Broussilov lui fut transmis :

« Opérez repli stratégique sur Tarnapol. Rupture d'approvisionnement en munitions et désertion de plusieurs unités. Impossible retenir Ludendorff!

– Qu'est-ce que c'est que ce bordel! hurla-t-il à l'intention de Tchetchek et Vlassov.

– Ce sont les Bolcheviks..., commença Tchetchek.

– Je me fous de ces salauds! Il n'y a qu'à en fusiller, cela les fera réfléchir!

– Cela a déjà été fait! Mais apparemment c'est insuffisant!

– Il faut reculer maintenant, conseilla Vlassov, sinon nous risquons d'être encerclés et ce serait le massacre.

– C'est bon! » conclut Viktor la voix vibrante de colère.

*

Comment avaient-ils pu en arriver là? se demandait Viktor. Se trouver en posture d'accusés au milieu de l'état-major russe?

« Nous avons décroché les derniers, s'exclama-t-il en réponse au général Bickowicz, et nous avons même couvert l'arrière de votre armée! Comment pouvez-vous affirmer que nous nous sommes débandés... »

L'officier le coupa, méprisant :

« Nous avions raison de ne pas vous faire confiance par le passé! Quand on est déserteur, on le reste... »

Viktor serra les poings. Broussilov, qui trouvait l'allusion trop blessante, tenta de calmer les esprits.

« Allons, Bickowicz! Ce n'est pas correct de traiter ainsi des hommes qui se sont battus à nos côtés. Il n'en demeure pas moins que je m'interroge sur les motifs qui vous ont poussés à déguerpir si vite de vos positions!

– Auriez-vous donc voulu que nous fussions tués sur place pour protéger des régiments qui selon vos propres dires se rebellaient contre votre autorité et refusaient de combattre?

– Je crois, répondit le général, que vous avez interprété mes consignes avec trop d'empressement. Il convenait d'y voir quelques nuances...

– Etait-ce possible quand, en même temps que votre ordre, on m'apprenait que la peine de mort avait été rétablie dans l'armée russe par Kornilov pour les actes de rébellion ou de désertion? Etait-ce, là aussi, une décision nuancée? »

Les autres membres de l'état-major gardaient le silence et détournaient la tête lorsque Viktor cherchait leurs regards.

« Ainsi, reprit-il, il vous faut un bouc émissaire pour justifier cette défaite! Et vous n'avez rien imaginé de mieux que de nous compromettre, n'est-ce pas?

– Allons! Oublions cela! dit Broussilov en se servant une vodka.

– Non, mon général! répliqua Viktor. Mes hommes et moi-même nous souviendrons de militaires qui ne savent pas perdre dans l'honneur! »

Un murmure courut parmi les officiers. Broussilov

les fit taire d'un geste de la main. Il dévisagea Viktor d'un air amical.

« Vous êtes courageux, commandant! »

Puis il l'invita à se joindre aux autres pour la réunion consacrée à l'organisation d'un second front.

Les Austro-Hongrois continuaient leur progression. Après avoir repris Tarnopol, ils menaçaient maintenant Czernowitz. Sur ordre de Petrograd, les Tchèques devaient à nouveau s'installer à Kiev. Masaryk avait convaincu Kerenski qu'ils fussent désormais tenus à l'écart des combats pour éviter tout nouvel incident. La besogne assignée à Viktor et son état-major consistait à intégrer les milliers de volontaires tchèques qui affluaient. La plupart venaient de régions très éloignées de l'Ukraine. D'autres arrivaient de moins loin et avaient mis longtemps à se décider. A la fin de l'été, deux nouvelles divisions étaient formées.

Viktor se consacrait à sa tâche avec frénésie et retrouvait une certaine joie de vivre. Il se réjouissait aussi des lettres de Ian avec lequel il correspondait régulièrement. Ce dernier l'informait sur la situation politique à Petrograd. Doucement, écrivait-il, le régime de Kerenski s'affaiblissait en raison des nombreuses oppositions qu'il subissait. Un jour, Kornilov tentait un putsch avec ses cosaques, un autre jour les Bolcheviks interrompaient les services des communications. A moins d'un assaut, ce serait le chaos dans peu de temps. Sans doute les Rouges en profiteraient-ils? Cela embarrassait Masaryk qui ne disposait d'aucun appui sérieux parmi eux. Enfin, il réitérait sa promesse de venir rejoindre l'armée tchèque. Mais auparavant il fallait que le statut du contingent fût réglé et c'était loin d'être le cas.

Les premiers frimas de l'automne plutôt précoce annonçaient un hiver particulièrement rigoureux. Les

Tchèques, maintenant habitués aux vicissitudes du climat, se préparèrent à l'affronter et amassèrent du bois.

Le 9 octobre, Viktor recevait l'autorisation de Petrograd pour constituer un corps d'armée grâce à l'enrôlement des dernières recrues. Il fit cette remarque désabusée à Tchetchek : « Nous sommes désormais une force de 50 000 hommes et pourtant nous n'avons jamais été aussi vulnérables! Il faut absolument que nous quittions Kiev, sinon nous y laisserons notre âme! »

CHAPITRE XVI

« 10 novembre 1917.

Cher Viktor,

L'effervescence de ces dernières heures s'est un peu calmée. Malgré la neige et le froid intense, j'ai passé mes journées et une grande partie de mes nuits à courir de la Douma au Palais d'Hiver pour y vivre ce formidable événement d'un peuple en insurrection pour sa liberté.

Des soldats, surtout des marins de Cronstadt, tiennent les rues. Des barricades se dressent ici et là et l'on entend quelques fusillades. Des foules denses, heureuses ou agressives, mais toujours inquiètes, sillonnent la ville et interrogent les cordons de sentinelles disposées autour des bâtiments publics. Des affiches sont apposées sur les murs et c'est par elles qu'on apprend la situation. Kerenski est en fuite. Plusieurs de ses ministres arrêtés, dont Terechtchenko, l'un des amis de Masaryk.

Avec ce dernier, on tente d'y voir clair dans cette multitude de commissaires nommés à la tête des ministères. Ce sont Ouritski et Trotski qui nous intéressent le plus puisqu'ils dirigent les Affaires étrangères.

On voit aussi fleurir un peu partout des déclarations de contre-révolutionnaires, ceux du Parti Socialiste Révolutionnaire, des Mencheviks, du Comité Central de l'armée... Je ne vais pas vous raconter l'inénarrable. Le temps et le cœur me manquent pour le faire. Masaryk et moi cherchons un ou des interlocuteurs qui puissent répondre à nos questions, régler votre problème, mais aussi celui de l'avenir de notre alliance avec les Russes. Sont-ils toujours favorables à nos idées? Veulent-ils faire la guerre aux Centraux, et dans ce cas quel sera votre statut?

Dans cette atmosphère d'incertitude et de violence, je crois que le mieux pour vous et vos hommes consiste à vous isoler le plus possible des groupes séditieux, bolcheviks ou non, et d'attendre nos instructions. Cela ne sera pas agréable à vivre mais dans les semaines difficiles qui viennent, nous devons plus que jamais affirmer notre sentiment national. Soyez assuré de mon amitié. Dès que je serai en mesure de vous communiquer une information, je le ferai par la voie télégraphique. Ian. »

Viktor retourna la feuille dans ses mains. Effectivement, il se retrouvait bien seul ici et obligé de prendre vite une décision. Ils n'étaient installés qu'à quelques kilomètres de Kiev et les Rouges victorieux allaient certainement rappliquer. Ils n'avaient probablement pas digéré l'affront qu'il leur avait fait en obtenant la libération de Vlassov. Le mieux serait de prendre l'initiative qui conviendrait à la majorité de l'état-major.

La discussion entre les officiers fut animée, presque violente. Chacun était tendu et conscient d'être à la fois le témoin et l'acteur d'événements décisifs pour le monde mais aussi pour les milliers de soldats dont ils avaient la charge. Deux camps très inégaux en nombre s'opposaient. Les plus nombreux, avec Ratislav, Tchetchek et Vlassov, se déclaraient partisans d'ignorer les Rouges. Certes, ils avaient pris le pouvoir. Mais il semblait presque certain qu'ils ne le garderaient pas. Enfin, il paraîtrait de mauvais aloi que les Tchèques eussent collaboré avec des révolutionnaires. Les autres, une petite minorité, soutenaient au contraire que l'insurrection serait inévitablement victorieuse et qu'alors on se mordrait les doigts de n'avoir pas reconnu les Bolcheviks. Il fallait donc absolument aller à Kiev et négocier un statut avec eux.

Viktor écoutait ces derniers uniquement parce qu'ils lui rappelaient Jaroslav. Il reconnaissait dans leur bouche des phrases entières qu'il avait entendues dans la sienne. Probablement ces officiers faisaient-ils partie des fameux réseaux de son ami? Il se souvenait les avoir côtoyés depuis la désertion de Duckla. De bons militaires, certes, mais dont il devrait se méfier. Il se rappelait l'avertissement de Kerenski.

Finalement, il fut résolu qu'ils n'entretiendraient aucune relation diplomatique avec les Rouges sans l'autorisation de Masaryk. Dans ces conditions, les divisions devaient se déplacer vers l'est et s'installer à la lisière de la forêt, sur les hauteurs. Ce serait à la fois plus facile de se chauffer et d'observer les mouvements des troupes bolcheviks. Pour l'instant, il n'existait aucune raison de craindre une attaque de leur part. Leurs régiments se trouvaient très loin à l'ouest pour stopper une offensive des Austro-Allemands.

Viktor se consacra avec l'état-major à l'installation de trois divisions. Le ravitaillement fut organisé avec des propriétaires terriens de la région et des revendeurs de Kiev. Viktor fut surtout attentif à la qualité des communications avec la ville pour pouvoir joindre facilement Petrograd.

Le froid devint insoutenable. Les soldats avaient construit des abris de fortune contre le vent et la neige. Ils y demeuraient jour et nuit à se réchauffer auprès des feux continuellement entretenus.

Grâce aux journaux et aux relations inévitables entre certains hommes du contingent et des habitants de Kiev, les Tchèques suivaient l'évolution de la situation avec anxiété. N'allaient-ils pas être obligés de se battre contre les révolutionnaires? Et s'ils faisaient la paix avec les Centraux, qu'adviendrait-il des Tchèques? Comme tous, Viktor ignorait les réponses. Mais il avait une certitude : les Rouges se ficheraient de la cause tchèque s'ils y étaient contraints par la raison d'Etat. Vlassov l'entretenait dans cette idée : « Vous savez, commandant, répétait-il sans cesse, un bolchevik n'est qu'un menteur. »

Un soir, ils discutaient ensemble de ce sujet. Vlassov lui lut un passage d'un ouvrage de Rostopchine : « *La Vérité sur l'incendie de Moscou.* L'écrivain y justifiait sa décision d'avoir allumé un gigantesque feu pour arrêter Napoléon. Il y livrait également ses idées au sujet des révolutionnaires : « Une poignée de factieux ou d'ambitieux parvient aisément à séduire une portion du peuple en lui parlant selon les circonstances de bonheur, de liberté, de richesse, de gloire, de conquête et de vengeance. On le soulève, on le fait marcher, on le précipite dans un abîme de maux. On est arrivé au point d'envisager les révolutions comme un besoin de l'esprit du siècle et pour grossir la balance de la révolte, on fait briller en perspective les avantages d'une constitution sans s'embarrasser de savoir si elle convient au pays, aux habitants et aux voisins. Voilà la maladie du siècle. C'est une fièvre plus dangereuse que toutes les fièvres et que la peste car elle est non seulement épidémique et contagieuse, mais elle se propage par la lecture et la conversation; ses symptômes sont bien prononcés; elle se gagne par un flux de grands mots qui semble sortir de la bouche d'un conspirateur, d'un ami de l'Humanité, d'un prophète ou d'un chef puissant. Ensuite vient un déluge d'insultes contre l'autorité, une soif de pouvoir, un appétit désordonné de richesse, une transpiration de projets, enfin le transfert au cerveau pendant lequel le malade veut grimper le plus haut possible en bouleversant tout ce qu'il rencontre. »

« Vous gardez ce livre avec vous en permanence? s'enquit Viktor.

– Effectivement. Je l'ai transporté partout où je suis allé. Je suis un lointain descendant de ce personnage extraordinaire et j'ai puisé chez lui l'essentiel de la philosophie qui m'anime. C'est la Russie que je lis en le lisant.

– Ses opinions auraient plu à Alexandra... », murmura Viktor.

Il ne répondit rien lorsque Vlassov voulut savoir qui elle était.

*

Les consignes de Masaryk arrivèrent deux semaines plus tard sous la forme d'un télégramme. « Actuellement impossible d'être reçu par un membre influent du nouveau gouvernement. La question tchèque ne semble pas être l'une des préoccupations majeures de celui-ci. Demeurez dans les faubourgs de Kiev et attendez de nouvelles instructions de notre part. Je vous recommande la plus extrême prudence avec les révolutionnaires. Négociez si besoin est, mais toujours dans un rapport de forces qu'il vous faudra savoir apprécier. La moindre maladresse pourrait vous entraîner dans une escalade militaire aux conséquences incalculables. J'ai confiance en vous. Vive la Tchécoslovaquie. »

Viktor le communiqua à Ratislav.

« Tu parles! s'exclama celui-ci. Je voudrais le voir ici, le vieux! S'il croit que les Rouges vont nous foutre la paix, il se fait des illusions. Ils ont trop besoin de nos armes!

– Tu as raison, dit Viktor, mais c'est justement pourquoi ils se méfieront! Ils savent que nous disposons d'un armement très important et sommes capables de les tenir en échec. Je crois qu'ils inventeront autre chose avant longtemps. »

Son appréhension fut confirmée trois jours après. Il venait de sortir de sa casemate. Comme chaque matin, il tentait à l'aide de ses jumelles de repérer les troupes communistes. Il s'attendait toujours à ce qu'elles eussent bougé durant la nuit sans que les sentinelles s'en fussent aperçu. Il n'en était rien. Malgré la neige et le plafond bas du ciel, il les remarqua au même endroit que la veille.

A cet instant, Tchetchek arriva en courant.

« Bon dieu! Il faut se remuer! Une partie du 27e régiment se soulève! Les types se proclament " Avant-garde révolutionnaire au sein de l'armée tchèque " et forment le premier soviet!

– Ces soldats dépendent de Ratislav, n'est-ce pas? » questionna Viktor.

Tchetchek approuva.

« A-t-il déjà réagi?

– Je ne le pense pas! Je vais tenter de le joindre! »

Viktor fit appeler d'autres officiers et leur demanda si le mouvement se propageait chez eux. Tous répondirent par la négative. Il ordonna alors à Vitasek de rassembler les 13e et 24e régiments d'élite et de les disposer en ordre de combat. Lui-même prendrait le commandement de cette opération.

Tchetchek lui confirma que Ratislav ne se souciait pas trop de cette effervescence, puis il s'étonna de la mobilisation partielle.

« Que vas-tu faire à la tête de ces hommes?

– En faire réfléchir certains! Convoque-moi Vlassov, je le veux à mes côtés! »

Un peu plus tard, il monta dans sa voiture blindée avec Vlassov et Tchetchek. Ils progressaient vers Velikaïa, où se tenaient les mutins. D'après les dernières nouvelles, ceux-ci continuaient d'exalter la paix et le refus de combattre chez les autres militaires. En route, Viktor dicta à Tchetchek un message à l'intention de toutes les unités : « Soldats! Certains de nos compatriotes tentent actuellement de défendre un idéal révolutionnaire au lieu de se consacrer à la Tchécoslovaquie. Cette attitude correspond à une désertion. Après en avoir délibéré avec vos officiers, j'adresse un ultimatum d'une heure aux factieux pour qu'ils se rendent. Si cette exigence ne se trouvait pas respectée, la force serait utilisée pour les ramener à la raison! »

Plus ils s'approchaient, plus Viktor sentait monter sa colère. A cause des communistes, il avait déjà perdu Jaroslav et Alexandra! Maintenant, ils risquaient de compromettre sa mission! Non! Vraiment! S'ils résistaient, il n'hésiterait pas à faire donner le canon!

Ils les aperçut à quelques centaines de mètres, dissimulés dans des tranchées, prêts à se battre. Le délai était passé et ils avaient repoussé la sommation. De loin en loin, on voyait flotter des tissus rouges figurant des drapeaux. Les insoumis chantaient des airs révolutionnaires en attendant l'offensive. Viktor vérifiait la disposition des bataillons d'élite, quand Vlassov intervint :

« Commandant! Je ne crois pas que ce soit utile d'aller jusqu'au bout. Le rapport des forces est disproportionné. Ce serait un massacre plus qu'une victoire. Celle-ci peut être acquise plus facilement par la faim et le froid! »

Viktor, silencieux, continuait son observation.

« J'insiste, commandant! Ces insurgés ne sont qu'une poignée, épris d'idéal et...

– Cela suffit ! le coupa Viktor. Je ne peux permettre la sédition ! »

Tchetchek intervint à son tour :

« Et crois-tu, parce que tu auras exécuté ces bougres, que tout danger sera écarté ? Tu vas en faire des martyrs. Suis l'avis de Vlassov ! On te jugera plus sur ta clémence que sur ta brutalité !

– Pensez-vous que nous allons lutter contre ces hommes avec de bonnes intentions ? s'exclama Viktor. Et eux ? Ne se servent-ils pas de la violence pour...

– Nous ne te suggérons pas de les combattre avec de bonnes intentions, mais avec des idées ! Pour la majorité des soldats ici, celle du retour en Tchécoslovaquie est plus forte que celle de la révolution prolétarienne et universelle. Ce n'est pas nécessaire de le prouver à coups de canon ! »

Viktor finit par se rendre à l'avis de ses deux amis. Il suffisait de les encercler. On les cueillerait quand ils ne disposeraient plus de bois ni de nourriture.

Le froid intense et les chutes de neige incessantes ne laissaient aucune chance aux communistes. Chaque matin, quelques-uns capitulaient pour ne pas mourir gelés. Aussitôt, ils étaient consignés au milieu du camp dans des casemates souterraines. Une dizaine de jours après l'insurrection, tous avaient renoncé. On dénombra une vingtaine de morts, la plupart victimes du gel. Les régiments loyalistes louèrent l'attitude de Viktor. Il apparaissait comme un chef exigeant mais économe du sang de ses hommes. L'armée tchèque semblait définitivement à l'abri du danger révolutionnaire.

Il demeurait néanmoins nécessaire d'instruire un procès à l'encontre des agitateurs et de déterminer les sentences qui seraient prononcées. Viktor y tenait. « Par des exemples, affirmait-il, nous dissuaderons les autres de se laisser contaminer. » La procédure fut rondement menée par un collège d'officiers. Seuls les principaux leaders du mouvement furent déclarés coupables de rébellion et condamnés à mort.

L'opportunité d'une telle exécution fut discutée au sein du contingent. Enfin quoi! Ce n'était pas bien grave! argumentaient les uns. Ces hommes luttaient courageusement pour un idéal et il fallait le respecter! D'autres, au contraire, jugeaient que leur attitude avait mis en péril l'avenir de milliers de militaires. A ce titre, ils méritaient la mort.

La situation n'était pas pour déplaire à Viktor. Il se retrouvait en position d'arbitre, et se montrer clément serait certainement avantageux pour lui. Le lendemain, il commua la peine. Les condamnés seraient les premiers éléments d'un bataillon disciplinaire qu'il créait à cette occasion. Il fut sourd à ceux qui intercédaient en leur faveur. Y compris Ratislav, qui se souvenait de la mutinerie menée par Karel sur le *François-Joseph*.

« Mais enfin, Viktor, plaidait-il un soir alors qu'ils se trouvaient seuls, cette punition est la plus humiliante de toutes! Des Tchèques vont être des parias parmi d'autres Tchèques! Tu imagines la honte pour eux! Et la mauvaise presse pour notre armée qui représente, je te le rappelle, l'unité de notre futur pays...

– Et alors? s'emporta Viktor. Les bataillons disciplinaires, je sais ce que c'est, j'en ai fait partie! Penses-tu pouvoir guider des hommes dans un conflit militaire doublé d'une guerre civile si certains d'entre eux jouent la discorde, la désobéissance, voire la trahison? Tu sais comme moi qu'à tout moment nous pouvons nous battre contre les Rouges! Alors il nous faudra accepter que des artilleurs ou des fantassins refusent de tirer sur des « camarades »! Ne compte pas sur moi pour l'admettre. Quant à regretter qu'il existât des exclus au sein de nos divisions... Ils ne sont en rien différents des condamnés qu'on enfermera dans les prisons de notre pays. En Tchécoslovaquie, il n'y aura pas moins de criminels qu'ailleurs.

– Je sais! Je sais! Mais au moins que nous montrions une façade d'union et de...

– C'est à eux qu'il te faudrait dire cela! »

La discussion en resta là.

Une semaine plus tard, l'affaire semblait entendue quand on prévint Viktor que deux représentants du Soviet militaire de Kiev souhaitaient une entrevue. L'un des émissaires entra immédiatement dans le vif du sujet :

« Nous venons ici mandatés par nos camarades. En effet, nous avons appris que vous déteniez prisonniers des soldats tchèques militants de la cause prolétarienne et que vous les aviez punis d'une manière particulièrement rigoureuse après leur tentative d'informer vos troupes sur l'évolution de la situation de notre pays. Sur délégation du Soviet, nous venons vous demander qu'ils soient traités avec décence et... »

Viktor se leva et d'un geste imposa le silence à son interlocuteur.

« J'admire l'excellence de votre réseau de renseignements. Seriez-vous jour et nuit à mes côtés que vous n'en sauriez pas plus. Quoi qu'il en soit, votre démarche est une ingérence dans nos affaires. Notre armée est celle du Gouvernement Provisoire de la Tchécoslovaquie, dont le président, M. Masaryk, est actuellement en visite à Petrograd. En conséquence, vous n'êtes absolument pas habilités, en tant que Russes, à venir « demander » quoi que ce soit concernant des Tchèques...

– Mais, l'interrompit le second délégué, vous vous trouvez ici sur le territoire soviétique, dirigé par des révolutionnaires. Vous dépendez donc des nouvelles décisions du Gouvernement qui appellent à la mobilisation universelle de tous les ouvriers, soldats et paysans, pour la victoire de la Révolution! Enfin, que je sache, la Tchécoslovaquie n'existe pas encore! Vous êtes donc sous les ordres du camarade Mouraiev, notre chef!

– Je n'ai à obéir à personne dans ce pays, répondit Viktor. Si cela est nécessaire, je suis prêt à rencontrer votre commandant. Mais certainement pas pour évoquer le sort de certains de nos militaires!

– Ne pas coopérer avec nous, reprit le premier émissaire, c'est soutenir la contre-révolution! C'est encourager ces chiens de Kerenski, Doukhonine ou Kornilov à nous combattre...

– Messieurs, conclut Viktor, je n'ai rien à voir dans les querelles internes de vos dirigeants et je ne prendrai pas parti. Notre préoccupation consiste à gagner la guerre et à rentrer chez nous. Je ne changerai d'avis que si mes dirigeants politiques l'exigent.

– Très bien! rétorqua l'un des bolchcviks. Nous exposerons vos positions au Soviet. Toutefois, je crains qu'elles ne soient interprétées comme belliqueuses...

– Mais depuis quand envoie-t-on de simples soldats en ambassade? remarqua Viktor d'un ton ironique.

– Vous vous trompez! répliqua l'un d'eux. Vous avez devant vous des capitaines! Récemment les grades ont été abolis et nous sommes désormais citoyens de la République Soviétique Russe! »

Viktor se leva.

« Je vous salue, camarade! » leur lança-t-il, amusé.

Ils prirent congé.

Viktor fuma une cigarette en arpentant la pièce. La venue de ces hommes sonnait comme un avertissement. On lui faisait savoir que le ver était dans le fruit et qu'on ne le laisserait pas manœuvrer à sa guise. Il ressentit soudain une sensation d'étouffement. Ces bolcheviks, les murs de la pièce, le ciel bas, tout l'empêchait de respirer, d'être heureux. Et en lui-même, sa solitude toujours plus grande le rongeait comme un cancer. Même les souvenirs de Svikov et de ses sœurs ne parvenaient plus à le réconforter. Il n'éprouvait plus aucun désir. L'idée de la mort ne le quittait pas.

Il alluma une nouvelle cigarette. D'habitude il aurait fui de telles pensées. Aujourd'hui, il se sentait presque bien en leur compagnie. Il souleva la tenture qui le séparait du dehors. La nuit tombait, la neige aussi. Il prit peur, comme dans son enfance lorsqu'il devait évoluer seul dans l'obscurité. Il appela le planton et le pria de faire venir Vlassov, Tchetchek et Ratislav. Il voulait passer la soirée avec eux. Peut-être alors oublierait-il sa mélancolie?

Le 2 décembre, ils apprirent par un télégramme de Masaryk que les Rouges avaient entamé des négociations avec les Austro-Allemands pour une paix séparée. Viktor, Ratislav et Tchetchek étaient effondrés, comme la plupart des officiers. Alors ces révolutionnaires étaient capables d'ignorer les millions de Russes déjà morts pour une future victoire, au profit d'un armistice déshonorant? Seul Vlassov ne témoignait aucune surprise. Pour lui, cela s'inscrivait dans leur logique politique. La tranquillité à tout prix avec les puissances étrangères pour garder les mains libres à l'intérieur du pays et sortir vainqueurs de l'épreuve de force avec les contre-révolutionnaires. Cette explication ne rassurait pas l'état-major tchèque. En effet, si le traité se signait, le retour des trois divisions serait certainement exigé par les Autrichiens!

Viktor envoya un message à Ian, lui demandant de le tenir informé. La réponse fut rapide. « Un processus de paix est enclenché par le nouveau gouvernement. Hier, 7 décembre, une suspension des hostilités a été conclue entre les Russes et les Austro-Allemands pour dix jours. Nous vous tenons au courant. Ian. »

*

L'armistice entre les Russes et les Austro-Allemands fut signé à la mi-décembre. Viktor n'en fut pas averti par Ian et cela amplifia encore sa mauvaise humeur. Il ne supportait plus les bruits étouffés de l'armée, complètement enfouie sous la neige, ce paysage de grisaille à perte de vue où seuls quelques corbeaux représentaient une distraction pour l'œil. Et ce froid enveloppant et piquant dont on ne parvenait pas à se débarrasser, même en demeurant autour d'un brasero. Pour tromper son ennui et son inquiétude, il se promenait dans les tranchées, visitait des casemates et discutait avec les uns ou les autres. Parfois, il cherchait à deviner dans le regard de certains le reflet de son propre penchant.

Un jour qu'il l'accompagnait, Ratislav s'en aperçut. Lui aussi, le désir, mélangé à de la rancœur, le prenait au ventre lorsqu'il repensait à Jilha et Fédorova. Leurs souvenirs se brouillaient parfois dans sa mémoire en une seule et même femme. Il lui arrivait de se réveiller en étreignant le vide, alors qu'il la rêvait dans ses bras.

« Que dirais-tu que nous fassions une virée à Kiev? J'y connais de bons coins! »

Viktor accepta. Pourquoi ne s'amuserait-il pas le temps d'une soirée?

*

Ils débutèrent leur virée à la nuit tombante. Il régnait une vive animation dans la ville. Des groupes rassemblés à chaque carrefour autour de grands feux écoutaient des harangues de soldats ou d'ouvriers.

Le mouvement incessant de camions militaires et de voitures à chevaux obligeaient les orateurs à crier.

Viktor et Ratislav retrouvaient une joie presque infantile à regarder les devantures des magasins, acheter des châtaignes chaudes et jouer aux badauds. Souvent, ils croisaient des attroupements qui lisaient des affiches révolutionnaires placardées sur les murs. Viktor s'y attardait, même s'il ne comprenait pas. Se sentir entouré de gens ordinaires lui réchauffait le cœur. Cela lui redonnait l'envie de Svikov, des flambées dans la cheminée, de l'odeur sucrée du bois à la scierie.

« Viens! répétait Ratislav. Sinon, là où je t'emmène, il n'y aura plus ni jupons ni alcool! »

Ils ne cessaient de traverser des rues, en suivre d'autres, emprunter des passages sous les immeubles pour déboucher dans des ruelles sales et sombres.

« Tu sais au moins où tu vas? s'inquiéta soudain Viktor.

– Ne t'en fais pas! dit Ratislav. Il faut bien en baver un peu pour conquérir le plaisir... »

Plus tard, ils frappèrent à la porte de plain-pied d'une maison individuelle. Il n'en filtrait aucune lumière. Viktor, transi de froid, battait la semelle. Il se plaignait de l'attente quand le judas s'ouvrit.

« Natacha! Dépêche-toi! supplia Ratislav. Sinon tu vas avoir deux bonshommes de neige devant ta porte!

– Rasti! » s'écria une vieille femme emmitouflée dans un châle de laine coloré.

Elle était tellement maigre que ses yeux semblaient disparaître derrière ses pommettes saillantes. Elle les invita à entrer et referma rapidement.

« Venez dans la cuisine, continua-t-elle en allemand. C'est là que je vis. C'est plus facile à chauffer! »

Elle sortit une bouteille de vodka et ils s'installèrent autour de la table. Viktor frissonna de bien-être.

Il avala son verre d'un coup et regarda l'impressionnante série de photos disposées sur le manteau de la cheminée.

« C'était mes filles! expliqua Natacha, secouée d'un rire aigrelet.

– Pourquoi " c'était "? s'étonna Ratislav.

– Oh, dès que la Révolution a éclaté, elles ont rejoint des gars qui allaient soi-disant les rendre heureuses. Les pauvres petites! J'ai eu beau les sermonner, elles n'ont rien voulu savoir. " Enfin, la liberté! m'assuraient-elles, on n'aura plus besoin de faire cela pour vivre! " »

Elle avala une gorgée d'alcool.

« Alors Rasti, si c'est pour cela que vous êtes venus, c'est fini! Je n'ai plus l'âge. Et puis plus rien ne tourne rond sur la Terre! Je vais bientôt voir chez le bon Dieu si ce n'est pas un peu mieux...

– Allons, Natacha! répondit Ratislav en l'embrassant. Tu as bien le temps va! De toute manière, tu es immortelle!

– Tu seras donc toujours le même! »

Elle dévisagea Viktor.

« Je vous trouve le regard bien triste, mon garçon! Il faudrait vous amuser. La vie est courte!

– Justement, où peut-on aller? » demanda Ratislav.

Natacha réfléchit, l'air dubitatif.

« Je te dis qu'elles sont en train de faire la lessive de leurs hommes, les pauvres chéries! Enfin, peut-être que chez la Katerina, celle qui t'a fourni ta petite, il y en a encore! Mais ce ne seront pas les plus beaux lots!

– Cela nous est égal, affirma Ratislav, ce sera mieux que rien! »

Elle les retint un moment à relater son existence. Le plus dur, c'était la solitude, surtout après en avoir tant vu passer... Elle leur montra les chambres vides, tendues de tissus soyeux.

« Cela sent la mort là-dedans! » rabâchait-elle.

Ils partaient, lorsqu'elle arrêta Ratislav par le bras.

« Et Fédorova?

– Elle lave aussi le linge sale de l'un de ces types! »

Les deux amis se remirent en route. Ils marchaient courbés pour se protéger de la neige.

« C'est un drôle de numéro, cette Natacha! s'écria Viktor.

– Elle en a vu de toutes les couleurs. Je te raconterai cela quand on sera arrivés! »

Katerina était grande et plantureuse. Elle accueillit Ratislav avec une joie débordante, en baragouinant quelques mots allemands.

« Filles! Filles! » répétait-elle en se caressant les seins.

Elle appela. Deux jeunes femmes sortirent d'une pièce adjacente et entraînèrent les hommes à l'étage. Chacun attrapa une bouteille de vodka que leur tendait la tenancière d'un air complice.

Viktor voyait la croupe de la première fille se balancer devant lui au rythme des marches. Sa main disparaissait dans le pantalon de Ratislav qui l'encourageait. Sa propre compagne, appuyée à son bras, l'embrassait dans le cou. Tout cela l'écœurait.

« Rasti! dit-il. Cela t'ennuierait-il qu'on reste ensemble?

– Penses-tu! Plus on est de fous, plus on rit! »

*

Viktor s'éveilla nu à côté de la prostituée. Ils étaient allongés sur un tapis, près de la cheminée où subsistait un amas de braises rougeoyantes. Ratislav et l'autre femme dormaient dans le lit. Une forte migraine l'obligeait à remuer la tête avec précaution. Probablement avait-il trop bu? Il activa le feu, s'enroula dans une couverture et regarda les flammes grandir. Il recouvrit sa voisine... Alexandra? Ce prénom lui parut étrange. Peut-être l'oubliait-il doucement? Comme ceux qu'il avait aimés, elle devenait un souvenir aux contours de plus en plus imprécis. Cette idée le révoltait. Il attrapa la bouteille et avala l'alcool qui restait.

Ratislav se réveilla à son tour.

« Ah! Tu es déjà debout! » s'étonna-t-il d'une voix pâteuse.

Il enfila son manteau et vint s'asseoir près de Viktor. La compagne de celui-ci courut prendre sa place.

« C'est cela! Va donc te reposer! plaisanta Ratislav. Tu as bien travaillé, ma belle!

– J'ai fait l'amour avec elle? demanda Viktor?

– Je ne sais pas ce que vous faisiez, mais on vous entendait! »

Ils demeurèrent silencieux à contempler la flambée.

« C'est drôle, reprit Ratislav, on se croirait revenus Perspective Souvorovski! »

Puis, brusquement, il s'emporta.

« Bon dieu! Pourquoi n'est-elle pas là, Jilha? Hein? Pourquoi?

– Elle t'attend à Prague, Rasti! expliqua Viktor sans conviction. Nous y serons bientôt. Tu verras!

– Mais non, elle ne m'attend pas! Elle a préféré les révolutionnaires! »

Viktor se tut. La folie habitait à nouveau son ami. Il la reconnaissait à ses propos confus, son regard halluciné et sa façon de boire, par saccades. A plusieurs reprises, il lui avait conseillé de ne plus s'enivrer, puis il y avait renoncé. Après tout, si c'était sa manière de vivre sa solitude sans trop de dommages! Il repensa à Natacha. Elle aussi se soûlait pour oublier qu'elle se retrouvait seule.

« Tu m'as promis que tu me raconterais l'existence de la vieille! rappela-t-il à Ratislav.

– Oh, je n'en sais pas grand-chose! Sa mère exerçait déjà le même métier. Natacha serait née de sa liaison avec le répétiteur allemand d'une riche famille de Kiev. C'est ainsi qu'elle explique sa parfaite connaissance de notre langue! Pour le reste, elle a commencé en regardant par le trou des serrures. Un jour, elle m'a dit : " Je n'ai pas eu beaucoup d'efforts à faire pour apprendre. Grâce à maman, j'avais cela dans la peau. " Le plus extraordinaire, c'est qu'elle a mené son bordel comme une affaire. Elle recrutait ses prostituées et sa clientèle avec un soin extrême. On prétend même que le Tsar ne dédaignait pas de lui rendre visite quand il passait à Kiev. Bien sûr elle a gagné énormément d'argent.

– On ne le croirait pas, quand on voit le dénuement dans lequel elle vit!

– Oh! Elle l'a voulu! En fait, elle a donné sa fortune à son fils, un ancien officier tsariste qui s'est mis dans la tête de rétablir la dynastie impériale dans ses droits. On dit qu'il aurait constitué une armée redoutable.

– Et les Bolcheviks n'ont jamais fait d'ennuis à Natacha?

– C'est inutile! Ils lui ont simplement enlevé ses filles. C'est le meilleur moyen de la faire mourir... »

Ils rentrèrent au petit jour. Viktor vérifia que l'armée rouge n'avait pas bougé. Il entendit le rapport immuable des officiers de l'état-major. Rien n'avait donc changé! Il faisait ce constat avec une pointe d'amertume, comme s'il eût espéré qu'en revenant de Kiev, tout serait bouleversé. Quand il se plaignit à Vlassov de cet insupportable immobilisme des hommes et de la nature, celui-ci répondit qu'il appréciait parfois que la vie préfigurât la mort. De cette manière, on était moins surpris quand elle se présentait.

*

Ian envoyait régulièrement des informations à Viktor. D'après lui, les entretiens de Brest-Litovsk entre les Russes et les Austro-Allemands se déroulaient dans un climat tendu. La délégation allemande, conduite par Von Külmann, et l'autrichienne, par le comte Tzernin, faisaient face aux Bolcheviks dirigés par Joffe, le fondateur de la *Pravda*. Dès les premiers jours, de violents incidents avaient éclaté. Les diplomates croyaient s'être entendus sur l'expression « Paix sans annexion », mais celle-ci ne recouvrait pas le même sens pour tous. Ainsi, les Russes pensaient conserver leurs territoires. Au contraire, les Allemands rappelaient que les peuples composant l'ex-empire pourraient disposer d'eux-mêmes et choisir l'indépendance. Alors, sur un coup de colère, les Russes étaient rentrés à Petrograd. Au camp, les soldats suivaient l'évolution de la situation avec inquiétude. Que l'issue des tractations fût la paix et c'en serait fichu de leur rêve! Ils furent nombreux à prier pendant les offices de Noël pour que la négociation capotât.

Durant la dernière semaine de l'année, ils se calfeutrèrent dans les abris pour résister au froid. Ils avaient creusé des conduits de cheminée dans la terre gelée pour pouvoir faire du feu à l'intérieur. Malgré cela, on inhumait des cadavres chaque matin.

Viktor ne se préoccupait plus des Russes. Une attaque de leur part paraissait inconcevable. Les véhicules et les canons ne fonctionnaient pas à cause de la température.

Attendre! Toujours attendre! Il en avait assez. Plus rien ne parvenait à le calmer. Ni la sagesse de Tchetchek, ni les plaisanteries de Ratislav ou l'ironie affectueuse de Vlassov. Il voulait du mouvement, de l'action! Comment tout pouvait-il être aussi blanc, froid et silencieux? Et Ian qui ne donnait plus de nouvelles depuis quelque temps! Alors? L'avaient-ils conclu, ce traité de paix, oui ou non? A cette heure, eux les Tchèques, étaient-ils échangés contre une quelconque compensation territoriale? Les découvrirait-on seulement, si c'était nécessaire, enterrés et recouverts de neige? Et sinon, que feraient-ils? Où iraient-ils? Quand Viktor posait ces questions à Ratislav, celui-ci répondait avec constance qu'il n'était pas voyant.

Un soir, cela énerva Viktor.

« Eh bien, trouves-en un! lança-t-il.

– Tu es sérieux? demanda Ratislav.

– Oui!

– Tu délires! Ne me dis pas que tu te fies à ces idioties!

– Je crois en ce que j'ai pu voir! Alexandra me tirait les cartes et prédisait juste!

– Elle t'aimait! Quand on aime, on devine l'autre!

– Eh bien, elle n'est plus là! Alors dégote-moi un type qui la remplace! »

Ratislav jugeait l'idée à la fois saugrenue et amusante. Se faire raconter son avenir quand il n'y en avait aucun ne manquait pas d'intérêt.

Il dénicha le bonhomme dans un régiment éloigné du QG. C'était un grand escogriffe, le dos voûté, à la démarche traînante. Ses yeux étaient si transparents et si perçants à la fois, qu'on le supposait devant vous et en même temps à des milliers de kilomètres de là. Il possédait de sérieuses références : il avait su anticiper la mort de la plupart de ses camarades!

Il s'assit en face de Viktor et le fixa avec intensité, sans bouger. Ce dernier éprouvait de la difficulté à soutenir son regard. Des images violentes surgissaient dans son cerveau. Il ne connaissait pas ces hommes avec lesquels il se battait... Ces paysages qui défilaient... Et ce train qui n'en finissait pas... Un long serpent de plusieurs centaines de wagons... Et cette forêt, toujours la même... La neige qui tombait... Des soldats et des chevaux qui mouraient... Soudain, il recouvra ses esprits. La sueur coulait le long de ses joues.

« C'est terminé? s'étonna-t-il.

– Vous pourriez déchiffrer l'inconnu si vous acceptiez d'ouvrir les yeux! répondit le voyant.

– Je ne vous comprends pas!

– Tout vous a déjà été dit, commandant! Vous n'avez pas besoin de moi! »

Viktor allait lui ordonner de continuer. Il y renonça.

Ratislav accompagna le type le long de la tranchée. Ils se baissaient pour ne pas être giflés par les bourrasques de neige.

« Dis-moi, l'illuminé! s'inquiéta Ratislav. On y arrivera, en Tchécoslovaquie?

– Oui! Ce sera même un fou qui nous y mènera! »

*

Ce matin-là, Viktor tournait en rond dans son abri. Il ne comprenait plus rien à la situation. L'avant-veille, l'Ukraine avait proclamé son indépendance. On disait Kerenski en train de reprendre le contrôle du pays à la tête de plusieurs divisions de cosaques. D'autres affirmaient que les troupes bolcheviks s'approchaient de Kiev. Et eux, les Tchèques, se trouvaient au milieu de cette effervescence, à ne plus savoir qui soutenir ou combattre.

Les nouvelles de Petrograd parvenaient au compte-gouttes. D'après Ian, Masaryk demeurait sur une prudente réserve : le vent risquait de tourner un jour ou l'autre. Il fallait donc faire attention aux choix politiques!

Viktor avait l'impression d'être suspendu au-dessus du vide avec ses hommes. D'être impuissant à décider. Il enrageait d'autant plus que bouger pouvait entraîner immédiatement une réplique des Rouges.

Soudain, il y eut une forte détonation, puis une autre. Le sol trembla. Des blocs de terre gelée tombèrent du plafond. Il sortit en trombe.

« Que se passe-t-il? demanda-t-il aux gardes.

– Nous l'ignorons, commandant! répondit l'un d'eux. C'est très lointain.

– Débrouillez-vous pour le savoir! »

Tchetchek et Vlassov arrivaient en courant le long de la tranchée.

« C'est le bruit des canons! affirma le colonel. Mais qui se bat contre qui? »

Les télégraphistes tentaient d'obtenir Kiev, sans succès. Par prudence, Viktor engagea le branle-bas de combat.

On lui transmit une communication de Ratislav.

« Pas de panique! dit celui-ci. Ce sont les Rouges qui font ce boucan! D'après ce que je sais, ils viennent du front et assaisonnent les nationalistes d'Ukraine qui tentent de faire respecter leur indépendance!

– Et alors? s'inquiéta Viktor. C'est emmerdant pour nous?

– On les dit mal disposés à notre égard! D'après nos informations, ils pourraient bien se tromper de cible!

– Ramène-toi! Réunion d'état-major! » ordonna Viktor tandis que le sol vibrait une nouvelle fois.

Ils réussirent enfin à obtenir Kiev et Petrograd. On savait mieux ce qui se produisait. Plusieurs divisions bolcheviks marchaient sur Kiev pour empêcher l'indépendance, et se rapprocher des armées contre-révolutionnaires qu'on disait se former aux alentours d'Oufa.

Les Tchèques n'étaient pas concernés. Pourtant, par prudence, Viktor fit prévenir Mouraiev qu'il souhaitait le rencontrer. Il lui confirmerait que ses 50 000 soldats ne représentaient aucun danger pour les Bolcheviks. Ils désiraient seulement avoir la paix, observer une neutralité entre les belligérants et rentrer chez eux le plus vite possible.

Mouraiev accepta l'entrevue. Elle se tint le lendemain soir à Jugotin, à l'est de Kiev, où l'armée rouge avait installé son QG. Viktor était entouré de Ratislav, Tchetchek et Vlassov pour la traduction.

Mouraiev, un homme petit à la moustache soignée, entama la discussion d'un ton cassant :

« Messieurs, après les changements intervenus ces dernières semaines, le Gouvernement est désormais celui du peuple. Mes officiers et moi-même le représentons. La Révolution est loin d'être terminée. De nombreuses forces de la noblesse et de la bourgeoisie de l'ancien régime engagent un peu partout des opérations militaires pour reprendre le pouvoir. Le camarade Lénine nous a demandé de nous opposer à elles. Dans cette situation, mon principal souci est de m'assurer de votre soutien dans notre lutte. »

Viktor sentait l'hostilité de ses interlocuteurs. Leur attitude raide et leurs regards sévères l'irritaient. Enfin quoi ! Ils n'étaient pas venus là en ennemis !

« Bien sûr, répondit-il avec calme, nous suivons les événements qui secouent actuellement votre pays avec une grande attention. Nos responsables à Petrograd nous tiennent au courant des décisions politiques prises par votre gouvernement, et nous les respectons. Pour l'heure, nous attendons qu'un accord soit négocié entre celui-ci et M. Masaryk pour décider de notre statut. Quoi qu'il en soit, notre volonté est de demeurer neutres dans la guerre civile, mais d'être disponibles pour vous aider à remporter la victoire sur les Centraux. »

Mouraiev écouta son interprète. Il lissait sa moustache et affectait de ne pas voir Viktor en fixant un point derrière lui. Quand la traduction fut terminée, il répliqua, excédé :

« Il semble que vos représentants ne vous disent pas tout. Le conflit sur le front n'est plus à l'ordre du jour! Depuis une semaine, le camarade Trotski a pris la tête de la délégation soviétique à Brest-Litovsk et notre objectif est désormais la paix. Votre appui ne nous est donc pas utile pour cela! Par contre, nous avons besoin de votre artillerie pour faire face à ce traître de Semenov qui accourt avec les Japonais pour nous anéantir! Je désire que vous vous mettiez à ma disposition pour renforcer mon armée. »

Quand Vlassov lui eut rapporté les propos de Mouraiev, Viktor éclata de rire. Décidément, c'était une manie chez les militaires russes de vouloir les annexer! Bon dieu! Il avait préservé l'autonomie du contingent avec les tsaristes, il le ferait avec les Rouges!

« Je vous répéterai, monsieur, que nous sommes tchécoslovaques et à ce titre indépendants! En aucune façon nos divisions ne peuvent passer sous le commandement d'un état-major étranger!

– Mais enfin, l'interrompit Mouraiev en colère. Sous l'ancien régime, elles l'ont bien été avec le général Gourko!

– Quelques jours! Et cela s'inscrivait dans le cadre d'une liberté toujours plus grande! Mais le problème n'est pas là. J'insiste sur le fait que nous ne prendrons parti pour personne dans la guerre civile.

– Qui m'en donne la garantie? demanda Mouraiev. Il suffirait que nos troupes marchent vers Oufa ou ailleurs, et selon des accords que vous auriez conclus avec les Blancs, elles se trouveraient prises entre deux feux! Vous plaisantez! »

Viktor réprima son exaspération. Si cela continuait, il allait envoyer paître ce petit coq vaniteux et quitter la salle! Vlassov le calma.

« Ne vous énervez pas! Mouraiev était un officier tsariste très actif. Il en fait un peu trop pour offrir des gages aux deux zèbres qui l'entourent. Ce sont eux qui détiennent le pouvoir de décision dans cette affaire. »

Viktor en doutait. Leurs masques impénétrables ne laissaient percer aucun intérêt particulier pour la discussion. Tout au plus se penchaient-ils vers Mouraiev lorsque celui-ci désirait leur dire un mot.

« Que voulez-vous comme garantie? répondit-il. Ma parole de soldat devrait vous suffire! »

Mouraiev haussa les épaules.

« Votre parole de soldat, parlons-en! Vous avez déserté les rangs autrichiens, forcé le passage pour vous rendre à Kiev en trahissant à nouveau! En plus, vous avez puni avec une extrême dureté quelques-uns de nos camarades qui ne faisaient qu'informer vos compatriotes sur la Révolution! Comment puis-je vous croire! Seules deux solutions peuvent me satisfaire. Soit vous vous placez sous mon commandement et les cadres de vos divisions sont remplacés par nos officiers, ou bien vous acceptez d'être désarmés. Voici mes conditions. Elles ne sont pas négociables. »

Viktor souhaita une suspension de séance. Immédiatement il rendit compte de la situation à Masaryk en le suppliant d'agir avec célérité auprès des autorités soviétiques pour échafauder un compromis. Sinon il devrait probablement employer la force pour se dégager de Kiev et foncer vers l'est. Cela risquerait de faire du grabuge! On n'arrêtait pas facilement 50 000 hommes en mouvement.

Durant deux jours, Ian et Masaryk se démenèrent

beaucoup. Finalement, le 31 janvier, Kocjubinski, secrétaire soviétique pour les Affaires militaires en Ukraine, ordonnait à Mouraiev d'enregistrer la proclamation neutraliste des Tchèques et de n'engager aucune hostilité avec eux. En échange de quoi, ceux-ci pouvaient demeurer armés et cantonnés dans les faubourgs de Kiev jusqu'au début du mois de mars. A cette époque seulement, ils seraient autorisés à rejoindre Omsk, à l'écart des affrontements entre les rouges et les contre-révolutionnaires.

Viktor et ses amis reprirent immédiatement le chemin de Kiev. Ils étaient particulièrement satisfaits. Un mois serait suffisant pour remettre le contingent en état de marche. Ensuite ils attendraient tranquillement la fin de la guerre et de l'hiver avant de rentrer à Prague.

A Kiev, une autre bonne nouvelle les attendait. Ian annonçait sa venue pour le 6 février. Il resterait jusqu'à ce que l'armée tchèque se fût retirée à Omsk.

*

Le train de Petrograd arriva en retard à cause des tempêtes de neige qui redoublaient de violence depuis une semaine.

« Vous semblez transi de froid! dit Viktor en accueillant Ian.

– Vous pensez! Les wagons n'étaient pas chauffés!

– D'une certaine manière tant mieux! Au moins vous serez habitué! Ici nous vivons constamment sous la terre gelée! »

Ils retrouvèrent Ratislav, Tchetchek et Vlassov dans une brasserie du centre de Kiev.

« Ici, c'est comme à la capitale! remarqua Ian. La Révolution n'empêche personne de s'amuser! On a même parfois l'impression qu'elle ne concerne pas la population!

– C'est peut-être le cas! » suggéra Viktor.

Très vite, Ian sentit les premiers effets de l'alcool et de la chaleur étouffante qui régnait dans la pièce. On chantait, on parlait, on riait à toutes les tables. Ratislav, déchaîné, jurait à chaque verre qu'il reviendrait à sa casemate avec la serveuse. Vlassov toussait sans arrêt et profitait de rares accalmies pour tirer sur son cigare.

« Elle est dans cette salle, la Russie! » répétait-il.

Viktor et Tchetchek étaient engagés dans une discussion enflammée sur l'avenir de la Tchécoslovaquie, sans qu'aucun n'écoutât l'autre. Ian se resservait de la vodka. Au diable la politique, Petrograd et la guerre! Il crevait de chaud ici comme jamais depuis des mois! Les clients lui semblaient sympathiques et il éprouvait un plaisir profond à partager les distractions de ces soldats qu'il admirait. A s'exprimer en tchèque avec eux, il se rappelait les nuits entières qu'il avait passées dans des cafés de Prague à débattre avec des étudiants. Il reconnaissait des expressions particulières de leur langue, des plaisanteries et cette joie légèrement teintée de nostalgie qui caractérisait leur peuple. Même la musique du joueur de bandonéon lui évoquait la Bohême.

Le dîner se prolongea tard dans la nuit. Quand l'ambiance fut retombée, ils se contèrent des histoires de leurs villages. Des Russes, qui ne comprenaient rien, les regardaient, silencieux.

Ils chantèrent à tue-tête dans le camion blindé qui les ramenait au camp. Ils étaient heureux. Comme le dit Viktor alors qu'ils se séparaient pour aller dormir :

« Maintenant, je suis certain que la Tchécoslovaquie existera un jour! »

*

Ian courait de régiment en régiment, voulait tout voir, tout entendre. Cette armée le fascinait. C'était déjà la Tchécoslovaquie! A son contact, les soldats s'enthousiasmaient. Il savait leur parler, à la fois avec vigueur et chaleur. Il bénéficiait aussi d'être le représentant de Masaryk dont l'aura ne cessait de grandir au sein du contingent.

Viktor l'accompagnait. Ils tenaient ensemble de longues conversations sur l'existence qu'ils auraient, la paix revenue. Viktor exprimait ses désirs de réforme, de liberté. Ian lui répondait que la République saurait les exaucer. Lorsqu'ils se retrouvaient le soir dans leur casemate, ils continuaient. Sauf quand Ian écrivait à Simone. Cela intriguait Viktor.

« Que pouvez-vous donc lui raconter? lui demanda-t-il une fois. Il se passe si peu de chose ici!

– Vous savez, dès que nous sommes éloignés l'un de l'autre, le moindre détail prend de l'importance. Je lui dis ce que nous faisons durant la journée. »

Viktor ne comprenait pas qu'on voulût ainsi restituer une telle banalité.

Il pensait à Alexandra, à Jaroslav. Quand bien même voudrait-il leur écrire, il ne le pourrait pas.

« A quoi songez-vous? s'inquiéta Ian.

– A ceux que j'aimais. Ils auront traversé ma vie comme des comètes.

– Alors l'espoir est permis! Souvent elles repassent un peu plus tard. »

En ces journées de mi-février, l'inquiétude de Viktor et de ses amis ne cessait de grandir. Selon Masaryk, Trotski avait quitté unilatéralement la table des négociations à Brest-Litovsk en proclamant la Russie non belligérante. « Nous l'annonçons à toutes les nations et à tous les gouvernements, avait-il dit, nous lançons l'ordre de démobilisation générale de notre armée. Nous déclarons que les conditions qui nous sont offertes sont en contradiction totale avec les intérêts des peuples. »

Comme l'expliqua Ian, les Bolcheviks pensaient ainsi soulever l'enthousiasme parmi les populations en guerre, lesquelles imposeraient ensuite la paix à leurs dirigeants politiques. Le calcul s'avéra faux. Ludendorff interpréta le retrait des Bolcheviks comme une rupture d'armistice et engagea à nouveau ses divisions contre la Russie. Aux dernières informations, les villes de Minsk, Dvinsk, Plotik et Pskov étaient tombées. Et si cela continuait, Petrograd serait menacée dans quelques jours.

Au sein de certains régiments tchèques, cette situation entraînait des éléments communistes mal identifiés à soutenir l'idée qu'il fallait s'unir aux Bolcheviks pour s'opposer à l'impérialisme allemand. Les officiers notaient un début d'agitation sans toutefois s'en alarmer.

Leur surprise fut totale quand, le 22, plusieurs sections désertèrent et rejoignirent les rangs de l'armée rouge, cantonnée à Kiev.

Viktor prit la nouvelle avec humour.

« La tumeur se sera détachée d'elle-même! »

Ian était plus soucieux.

« Il ne faut pas que le contingent se disloque! Une trop grande part de notre crédibilité diplomatique repose sur lui. Enfin, Masaryk ne veut pas être celui qui aura importé le communisme en Tchécoslovaquie! »

Avec l'aval de Viktor, il décida d'aller haranguer la troupe et faire ainsi le pendant à la propagande communiste.

*

Ian venait d'entamer son discours sur l'avenir de la Tchécoslovaquie. Personne n'entendit la détonation, couverte par les vivats des soldats. Il s'écroula. On se précipita. La balle l'avait atteint à l'épaule gauche, brisant la clavicule. Il fut conduit chez un médecin à Kiev.

Très vite, le tireur fut arrêté et emmené sous bonne garde au QG. Viktor ordonna qu'il fût interrogé. L'agresseur avoua sans difficulté être militant révolutionnaire. S'il avait visé Ian, c'était pour atteindre Masaryk, qu'il considérait comme un réactionnaire. Il se fichait de ce qui pouvait lui arriver. Il ne regrettait qu'une chose : avoir manqué sa cible. Quand on lui demanda de désigner ses complices, il s'y refusa.

On tenait Viktor au courant de l'interrogatoire. Inquiet pour Ian et furieux d'avoir cru trop vite que les Rouges ne présentaient plus aucun danger, il décida de remettre de l'ordre dans les régiments et d'avoir la peau des agitateurs. Plusieurs furent arrêtés. On découvrit qu'il s'agissait d'un complot visant à déstabiliser le gouvernement provisoire tchèque. Les factieux devaient supprimer des chefs militaires, dont Viktor et Ratislav. Après quoi, ils auraient fomenté des désordres au sein du contingent, afin de justifier qu'il fût intégré à l'armée rouge.

Viktor fit immédiatement désigner un nouveau tribunal d'exception. Il se réunit le soir même. A trois heures du matin, les cinq co-inculpés étaient condamnés à mort.

Cette fois-ci aucune voix ne s'éleva pour les sauver. Deux heures après, ils étaient fusillés. Ils moururent aux crix de « Vive la Révolution » et furent immédiatement inhumés dans la fosse commune d'un cimetière de Kiev.

Ian s'indigna lorsqu'il l'apprit. Il n'eut pas de mots assez durs pour stigmatiser cette exécution qui relevait selon lui de la barbarie la plus ignoble! Viktor demeura insensible à sa colère.

« On ne fait pas la guerre avec des bons sentiments, lui dit-il. Ces individus présentaient un danger pour l'unité de l'armée, mais aussi pour nos vies! C'était le prix à payer au cas où ils échoueraient et ils le savaient! »

Ian ne répondit rien. Viktor avait raison au plan politique. C'était sa conscience qui refusait la mort de ces hommes. Mais, il le savait, cela ne représentait rien en temps de conflit. Quand il mit Viktor en garde contre une possible réaction violente des Bolcheviks, celui-ci n'y crut pas.

« Ils ne s'y frotteront pas! Ils connaissent l'état de nos forces et surtout la cohésion du contingent! Aucun soldat n'a bronché pour soutenir les mutins. »

Le 25 février, Masaryk faisait connaître à Ian les conditions d'armistice draconiennes imposées par Ludendorff : la Courlande, la Lithuanie et la Pologne sortaient de l'orbite russe. La Finlande et l'Ukraine devenaient indépendantes. L'Estonie et la Livonie demeureraient occupées par l'Allemagne. Les Russes devaient se décider dans les quarante-huit heures, sinon l'offensive reprendrait. Ils le firent. Le 3 mars, le traité de Brest-Litovsk était signé.

Dans les rangs de l'armée tchèque, ce fut la consternation. Un sentiment dominait : les Bolcheviks les avaient trahis! Plus jamais on ne leur ferait confiance!

Sur le conseil de Ian, Viktor adressa un message à la troupe :

« La paix qui vient d'être décrétée entre l'Allemagne et la Russie ne nous concerne pas. Notre place demeure auprès des alliés. De ce fait nous sommes toujours en guerre contre les Empires allemand et autrichien. Notre mission consiste désormais à rejoindre le théâtre d'opérations qui paraîtra le plus indiqué à notre gouvernement provisoire et aux gouvernements français et anglais. Des négociations vont s'ouvrir dans les prochaines heures. »

Il fallait agir vite. Ian et Viktor craignaient une attaque des Rouges au cas où il aurait été convenu à Brest-Litovsk que les Tchèques fussent désarmés et rendus à l'Autriche-Hongrie.

Des contacts furent renoués avec Mouraiev qui représentait les dirigeants de Petrograd. Il fut entendu que l'accord de neutralité du mois de février précédent ne serait pas dénoncé et que les trois divisions pourraient faire route vers Omsk dès le 18 mars.

Ian, qui se remettait de sa blessure, avait assisté à la conférence. Il était satisfait. L'intégrité du contingent était préservée. Et en fuyant vers le levant, il se mettait à l'abri des forces austro-allemandes qui se rapprochaient chaque jour de Kiev.

La veille du départ, à l'aube, Viktor entama son tour d'inspection par une rituelle observation des armées bolcheviks. Comme il le disait, c'était pour lui aussi important que pisser. Il se libérait ainsi de sa méfiance envers eux pour la journée. Ian, Vlassov et Tchetchek partaient devant lui. Soudain, il jura :

« Nom de Dieu! Nous sommes encerclés! »

Ses amis revinrent sur leurs pas. Effectivement, les troupes russes leur barraient le chemin vers l'est.

« Qu'est-ce que cela signifie? » s'inquiéta Ian.

Viktor fulminait intérieurement. Ils s'étaient fait posséder, voilà tout! Il demanda aux transmissions de le mettre en relation avec Mouraiev. Celui-ci lui exposa que son gouvernement avait changé d'avis. Les Tchèques devaient demeurer là jusqu'à nouvel ordre. Il refusa de donner de plus amples informations.

Sans attendre, Viktor réunit l'état-major et expliqua la situation. Sa conclusion fut simple : se soumettre équivalait à reconnaître comme valable l'ultimatum des Bolcheviks sur les représentants d'une puissance étrangère. Et c'était accepter leur suprématie militaire comme acquise.

« Mais enfin, objecta Vlassov, vous savez bien qu'ils nous sont supérieurs en nombre!

– Certes! répliqua Viktor. Mais ils ne sont pas forcément meilleurs stratèges que nous! »

Tchetchek intervint :

« Peut-être! Toutefois, on ne va pas risquer la vie des hommes pour cela! Il doit bien exister une solution politique au problème, non?

– Pour que la négociation puisse se mener dans les meilleures conditions, dit Viktor, il vaut mieux nous trouver dans une position moins défavorable. Si nous leur montrons que nous sommes capables de franchir leurs lignes, nous disposerons d'un avantage psychologique. »

Les officiers présents l'approuvèrent. Il fallait les attaquer dès la nuit, avant qu'ils n'eussent pu renforcer leurs défenses.

Ian ne parvenait pas à prendre parti. Cela lui semblait d'autant plus difficile qu'il ne comprenait pas les motivations des Russes. Seul Masaryk aurait pu l'éclairer sur ce point, mais il paraissait exclu qu'on pût le joindre à Petrograd avant le soir. Par ailleurs, il s'imaginait mal s'opposer aux militaires décidés à en découdre. Enfin, les arguments de Viktor lui semblaient judicieux. Il donna son accord. Cependant, il prévint qu'il envoyait un télégramme à Masaryk pour connaître son avis.

La journée fut consacrée à la préparation des hommes et du matériel. On vérifiait les armes et les véhicules dans le plus grand secret. Des ordres de route codés étaient transmis à chaque unité pour se déplacer selon un itinéraire précis. L'artillerie se déclencherait à minuit sonnant pour dresser une barrière de feu devant les Russes. Dans la mesure du possible, on éviterait de faire des victimes parmi eux. Le seul objectif consistait à rejoindre Rusanov, au nord-est, s'y installer et mettre sur pied une ligne de retranchements infranchissable.

L'effet de surprise fut total et les bataillons tchèques ne rencontrèrent aucune résistance. Les soldats russes, tirés de leur sommeil et menés par des chefs sans consignes particulières, regardaient défiler les milliers d'hommes. Quand l'ordre d'intervenir leur parvint, il était trop tard. Tous les Tchèques étaient passés et fonçaient vers Rusanov. Ce coup de bluff fut suffisant pour amener Mouraiev à la table des négociations. Viktor se montra inflexible.

« Premièrement, je réclame que cet ordre absurde de demeurer là où nous étions nous soit transmis par votre ministre de la Guerre et cosigné de Masaryk. Deuxièmement, je veux en connaître les motifs. Enfin, votre armée devra se trouver à plus de 50 kilomètres de la nôtre, et cela quelle qu'en soit l'orientation. Sinon nous considérerons votre attitude comme belliqueuse et serons fondés à riposter. »

Contrairement à la première entrevue, Mouraiev laissa la parole à l'un des deux militaires qui l'entouraient.

« Commandant, commença celui-ci, comprenez que nous ne vous avons pas demandé...

– Exigé, rectifia Viktor.

– ... d'agir ainsi sans de solides raisons de le faire!

– Nous serions heureux de les entendre! lança Ratislav.

– Nous avons appris que les contre-révolutionnaires, appuyés par des régiments japonais, remonteraient actuellement la voie du Transsibérien et se seraient fixé comme objectif de rétablir le Tsar dans ses droits!

– Et alors? En quoi sommes-nous concernés? » s'étonna Viktor.

Le soldat hésita et se concerta avec son homologue, assis de l'autre côté de Mouraiev. Il conclut :

« Nous ne voulions pas que d'une manière ou d'une autre vous puissiez leur apporter un soutien logistique.

– Messieurs, répondit Viktor, votre comportement est désobligeant. Nous avons déjà négocié notre neutralité avec vous au mois de février. Nous nous étions engagés à toujours la respecter. Vous revenez donc sur les clauses de ce traité. En conséquence, je vous informe que cette question ne pourra plus être discutée entre nous, mais entre nos gouvernements respectifs. Dès mon retour, j'en informerai le mien. »

Sans saluer, il sortit, suivi de la délégation tchèque. Ian l'approuva sans réserves et fit parvenir un message à Masaryk lui demandant son accord.

La réponse vint quelques jours plus tard sous la forme d'une feuille de route signée par Staline, selon laquelle l'armée tchèque pouvait rejoindre Penza. D'après Masaryk, Lénine avait fini par céder pour ne pas avoir à lutter sur deux fronts. Toutefois, il fallait rester vigilant. Il ne connaissait pas les clauses secrètes de Brest-Litovsk et le rapatriement des divisions tchèques en Autriche pouvait être l'une d'elles.

*

La longue colonne d'hommes et de véhicules s'ébranla le 27 mars au matin. On mettrait au moins trois semaines à arriver à Penza.

Les soldats étaient partagés entre l'espoir qu'enfin ils seraient à l'abri et une colère sourde à l'égard des

Bolcheviks. Cette transhumance s'opérait au prix des pires difficultés. Il fallait à la fois assurer le ravitaillement, se procurer l'essence nécessaire aux camions et aux voitures, organiser les étapes et faire régner la discipline pour éviter des actes de malveillance.

Ratislav commandait l'avant-garde. Il demeurait constamment en rapport avec Viktor et une partie de l'état-major, cantonnés à l'arrière pour éviter l'éventuelle dispersion de certaines unités. La population les regardait défiler avec un mélange de crainte et de curiosité. Qui étaient ces étrangers, ni Rouges ni Blancs? Que venaient-ils faire par là? En même temps, on admirait la puissance de cette troupe sans fin qui traçait sa route dans la plaine enneigée.

Le 25 avril en fin d'après-midi, Viktor fit établir le bivouac à Volovo. Les habitants de la petite bourgade, effrayés par un tel déplacement de forces, restaient le nez collé aux fenêtres de leurs isbas. Tandis que le QG s'installait sur les rives du fleuve Ksen, un fiace s'approcha. Son conducteur désirait rencontrer le commandant. Vlassov le reçut et l'introduisit auprès de Viktor.

« Son maître voudrait vous faire l'honneur de sa maison pour la soirée! »

Viktor hésita.

« Cela ne se refuse pas! ajouta Vlassov.

– Dans ce cas... »

Ils réglèrent une série de questions avec des officiers de liaison et s'en allèrent. Tandis qu'ils roulaient sur la route surplombant le village, ils apercevaient au loin, dans l'obscurité naissante, les lueurs des feux de camp.

« On dirait un grand serpent lumineux qui glisse dans la campagne..., remarqua Viktor.

– J'espère qu'il sera courageux! dit Vlassov.

– Pourquoi ce souhait?

– Parce que je crains que nous ayons à faire face à de rudes difficultés dans les prochains jours. Les

Rouges ne vont pas nous laisser tranquilles très longtemps! Vous vous rendez compte! Près de 50 000 hommes armés jusqu'aux dents, et rebelles, se baladent impunément à travers leur pays...

– Et alors? Si nous ne faisons de mal à personne, que peut-on nous reprocher?

– D'exister! Tout simplement! »

Ils se turent. La voiture cahotait sur un chemin de plus en plus sinueux. La nuit assombrissait la plaine. Parfois, un nuage neigeux poussé par le vent courait à la surface du sol et faisait fuir les corbeaux.

« C'est encore loin? s'inquiéta Vlassov auprès du cocher.

– Quelques minutes, monsieur! »

Peu après, ils pénétrèrent dans la cour d'une vaste demeure. La lumière des lampes-tempête accrochées aux fenêtres faisait scintiller la neige. Un homme de haute stature vint à leur rencontre, la main tendue.

« Leonid Constantin Belaiev! Comte de Volovo de par le Tsar! » lança-t-il d'une voix gutturale.

Les deux amis se présentèrent. Le comte les introduisit dans une immense salle à manger. Trois femmes se tenaient debout près de la cheminée où crépitait un grand feu.

« Anna, mon épouse, et mes jumelles, Katerina et Nadedja! » dit-il fièrement.

Elles saluèrent d'une petite révérence. Ils récitèrent le bénédicité et passèrent à table.

Au fur et à mesure que le comte parlait, Viktor et Vlassov s'apercevaient qu'il ignorait à peu près tout des événements. Pour lui, le Tsar avait fui en Sibérie. Il y rassemblait une armée considérable qui balaierait cette racaille bolchevik. Ici, à Volovo, ils n'avaient pas de problèmes. Il n'y existait aucun révolutionnaire.

Les femmes, la tête inclinée, ne disaient rien. Deux servantes, indifférentes à la tablée, entraient et sortaient de la pièce d'un pas feutré.

Plusieurs fois, Viktor et Vlassov tentèrent de rétablir la vérité. Deux révolutions avaient eu lieu, le Tsar était prisonnier des Bolcheviks, la paix venait d'être signée à Brest-Litovsk. Mais jamais le comte n'accordait d'attention à ce qu'ils racontaient.

« Ces Bolcheviks sont sortis du ventre de la Terre, affirmait-il, du feu de l'Enfer! Mais Dieu ne permettra pas qu'ils défient plus longtemps son ordre. Chaque être humain hérite d'une place qu'il doit accepter. Ce n'est pas la volonté des hommes s'il existe des riches et des pauvres, c'est celle de Dieu. Il nous faut la respecter... N'est-ce pas, Anna? »

Son épouse sursauta et approuva d'un bref hochement de tête. Les sœurs pouffèrent de rire, échangèrent un clin d'œil de connivence et plongèrent à nouveau le nez dans leur assiette. Viktor, qui n'écoutait plus le bavardage de leur hôte, essaya de leur donner un âge. Une vingtaine d'années tout au plus? Leur tendre complicité lui rappelait celle de ses sœurs. Comment seraient-elles quand il les reverrait? Peut-être mariées? Avec l'un de ces garçons qui les courtisaient et dont les visages lui revenaient en mémoire. En fait, c'était peu probable! Comme lui, ils étaient partis à la guerre.

Vlassov le tira de ses pensées.

« Vous dormez ou quoi? lui souffla-t-il. Le bonhomme s'inquiète que vous ne vous mêliez pas à la discussion! »

Viktor esquissa un sourire en direction du comte, en même temps qu'il répondait à Vlassov :

« Dites-lui n'importe quoi! Que je suis fatigué, par exemple. Ce type d'un autre âge ne m'intéresse pas! Par contre vous devez être heureux, non? »

Vlassov rit et reprit sa conversation avec le maître de maison.

Viktor jugeait plus drôle, plus excitant aussi, d'accrocher l'attention de Nadedja, la plus jolie des deux jeunes filles. Peut-être retrouverait-il dans ce jeu quelque émotion qu'il avait connue avec Alexandra? Curieux comme elle s'estompait toujours plus dans son souvenir. L'éloignement, le froid, la guerre, tout semblait avoir raison d'elle. Baden-Baden lui paraissait soudain au bout du monde.

Il finit par croiser le regard furtif de Nadedja. A ce moment, le comte, qui possédait en Vlassov un interlocuteur idéal, ordonna qu'on passât au salon. Viktor souhaita que Nadedja les y accompagnât. Sans doute l'avait-elle compris puisqu'elle courut s'installer au clavecin et se mit à jouer. Ses œillades contredisaient son apparente indifférence. Les notes aigrelettes couvraient les voix graves de son père et de Vlassov. Le monde se réduisait à eux deux.

Soudain, la musique s'arrêta. Viktor sursauta. Les enfants devaient aller se coucher. Nadedja, impassible, vint le saluer. D'un geste rapide, elle laissa choir un petit mouchoir entre ses bottes. Il ne le ramassa pas. Il la suivit des yeux jusqu'à ce qu'elle eut disparu, puis discrètement attrapa l'étoffe qu'il glissa dans sa poche.

La soirée se prolongea fort tard. Le comte, au terme de son délire, avait fini par s'intéresser à l'histoire du contingent tchèque.

Lorsqu'ils se séparèrent, il supplia Viktor de lancer ses milliers de soldats dans la croisade contre les Bolcheviks.

Les deux amis revenaient vers le camp, emmitouflés dans des couvertures.

« Mon cher Viktor, commença Vlassov, je présume que vous auriez préféré conter fleurette à la jolie Nadedja plutôt que de faire semblant d'écouter cet homme de la préhistoire?

– Effectivement, je trouvais cette fille attirante. Mais ce n'est pas de cela qu'il était question entre nous. Elle était plutôt un signe du destin.

– Mais enfin, vous n'avez pas échangé une seule parole!

– Il ne le fallait surtout pas! La musique et son regard suffisaient. Je ne l'oublierai pas!

– Le destin? s'interrogea Vlassov. Vous êtes bien ambitieux! Cette idée ne m'a jamais effleuré l'esprit et maintenant que j'arrive au terme de mon existence, je crois avoir eu raison de ne jamais m'en préoccuper!

– Savez-vous ce que je vais faire demain et durant les jours qui suivent?

– Non!

– Je vais chercher dans le ciel une buse qui me dise que j'ai encore du temps devant moi!

– Décidément! s'exclama Vlassov. Quel pessimisme! Vous parlez comme si vous alliez mourir!

– Peut-être...

– La première fois où je vous ai rencontré, je vous ai dit que je vous appréciais mais que jamais je ne vous comprendrais. Eh bien je n'ai pas changé d'avis!

– Merci, colonel! Cela me fait du bien de voir qu'il en existe au moins un sur cette Terre pour me le dire de vive voix! »

Le lendemain matin, Viktor allait donner l'ordre de départ, quand un message urgent arriva de Lipeck, où étaient installés Ian, Ratislav et la première division. Le gouvernement russe, désormais établi à Moscou, exigeait par la voix de Trotski que le contingent tchèque se rendît aux chefs des garnisons révolutionnaires stationnées sur la route de Penza. Déjà quelques unités prises de panique avaient déposé les armes.

Ian contacta aussitôt Masaryk pour tenter d'imaginer une solution politique au problème. Viktor prescrivit à Ratislav de concentrer ses troupes dans de bonnes conditions pour pouvoir faire face à une éventuelle attaque des Bolcheviks. La consigne de hâter le pas fut transmise aux commandants de chaque régiment afin que toute l'armée tchèque se rassemblât aux alentours de Lipeck. Sauf indication contraire, il fallait éviter l'affrontement avec l'ennemi.

Viktor confia le commandement de l'arrière-garde à l'un des officiers de l'état-major et, accompagné de Vlassov et de Tchetchek, remonta en camion la longue colonne de soldats. Il préférait être sur place. Sans aucun doute, la position précaire dans laquelle ils se retrouvaient risquait d'entraîner une guerre meurtrière avec les Russes.

Au QG de Lipeck, Ian lui résuma la situation :

« Du point de vue du droit international, nous sommes à proprement parler une armée sans Etat puisque la Tchécoslovaquie n'existe pas encore. Les Russes nous considèrent comme des étrangers ne relevant de personne et les Autrichiens comme des traîtres passibles de la peine de mort. Dans ce contexte, si nous cédons, nous sommes parqués dans des camps, restitués à l'Autriche et exécutés; si nous refusons d'obtempérer, nous devons nous battre contre les Rouges, lesquels sont probablement mieux équipés et plus nombreux que nous! »

Viktor demanda si l'on avait des nouvelles de Masaryk.

« Pas encore, répondit Ratislav, mais cela ne saurait tarder. Le télégraphe fonctionne bien. »

Effectivement, une dépêche de celui-ci parvenait à Lipeck quelques heures plus tard. Ian et Viktor devaient le rejoindre à Moscou le 25 mai, afin d'y participer à une conférence réunissant les alliés, les Russes et la représentation tchèque.

*

Les négociations s'ouvrirent dans une atmosphère glaciale. Les Russes ne voulaient accepter aucun compromis. Ils avaient signé la paix, disaient-ils, et étaient désireux de respecter les clauses du traité de Brest-Litovsk. Y compris celle du rapatriement des Tchèques en Autriche, comme ce pays l'exigeait par l'entremise de son ambassadeur, monsieur Von Mirbach. Les Français et les Anglais répliquèrent qu'il n'en était pas question. Un accord du 7 février précédent co-signé de Clemenceau et de Benes stipulait que le corps tchécoslovaque en Russie faisait partie intégrante de l'armée française et qu'en conséquence les militaires tchèques étaient toujours en guerre contre les Centraux. Les communistes cherchèrent, dès le 6 juin, à accréditer l'idée qu'ils pourraient faire usage de la force. Les alliés n'en tinrent pas compte. Si c'était le cas, eux soutiendraient financièrement et humainement la contre-révolution. Les discussions durèrent plusieurs jours. Finalement, les délégations s'entendirent sur un texte proposé par Masaryk, Ian et Viktor :

« Les combattants tchèques, y compris les prisonniers de guerre se réclamant de cette nationalité, porteront désormais le nom de Légionnaires.

– Toutes leurs forces devront être exclusivement consacrées à leur nouvel Etat.

– Ils observeront une stricte neutralité dans les combats qui opposent Russes blancs et Russes rouges.

– Les Légionnaires demeureront armés. Ils se procureront le matériel supplémentaire dont ils pourraient avoir besoin en faisant main basse sur les dépôts de l'ancienne armée tsariste.

– Les cadres russes, s'il en reste, seront définitivement éliminés des légions tchèques pour leur donner un caractère cohérent et homogène.

– Les Tchèques s'efforceront de regagner le front français dans les plus brefs délais et par la voie la plus courte.

– L'armée tchèque fera désormais partie intégrante de l'armée française. Toute attaque dont elle serait l'objet serait considérée comme une agression envers les puissances alliées.

– Pour bien marquer cet état de choses, les légions dépendront directement d'une commission franco-anglo-tchèque, présidée par le général Janin. L'Angleterre y sera représentée par le général Knox. »

Il ne subsistait plus qu'une question à régler : quelle serait « la voie la plus courte » pour que les Tchèques pussent rejoindre le front français? Il leur était impossible d'emprunter la route de Mourmansk. En effet, l'océan Glacial était infesté de sous-marins allemands et les convois seraient coulés avant d'arriver à destination. Quant au chemin de la mer Noire, il leur était également fermé, la présence des Allemands à Rostov et à Tiflis leur en interdisant l'accès. Il ne leur restait donc plus que le Transsibérien pour fuir par l'Est. Les communistes en convinrent à contrecœur. Ils craignaient toujours de voir les Tchèques s'allier aux contre-révolutionnaires.

Dès la fin de la conférence, Viktor souhaita rallier le QG immédiatement.

« Mieux vaut se dépêcher, dit-il en plaisantant à Masaryk, avant que les Russes ne changent d'avis... »

Il prit le train le soir même. Ian l'accompagna à la gare. Ils se séparaient plus rapidement qu'ils ne le désiraient. Ian répéta qu'il reviendrait avant que le contingent eût atteint Vladivostok. Viktor lui fit promettre qu'alors il finirait le périple avec eux.

*

Tandis que le paysage verdoyant défilait devant ses yeux, Viktor pensait déjà à la formidable organisation que nécessiterait le déplacement de 50 000 hommes sur près de 8 000 kilomètres de voie ferrée. Et cela au beau milieu d'une guerre civile!

Une véritable gageure! Et pourtant il se sentait heureux. Le chemin parcouru avec ses amis, toutes ces batailles, ces souffrances n'avaient pas été inutiles. On approchait bientôt de l'épilogue. Dans quelques mois ils seraient en France. Ils participeraient à la victoire et rentreraient en vainqueurs à Prague, enfin libérée! Masaryk le lui avait affirmé avec force, et il le croyait.

CHAPITRE XVII

Le chauffeur du camion blindé lançait de fréquents coups d'avertisseur pour dégager la route encombrée de militaires et de véhicules. Viktor, assis à l'arrière, s'impatientait :

« Fonce dedans! Il faut absolument que je sois à la gare de Penza ce soir! »

Tchetchek, à ses côtés, tentait de le rassurer. Leur train demeurerait à quai un long moment. D'ailleurs, il avait télégraphié pour qu'on les attendît.

Viktor regardait dehors. Les hommes, courbés sous de lourds bardas, semblaient épuisés. Il fallait vite arriver à Samara! Là, ils réquisitionneraient tous les wagons et les locomotives disponibles et les trois divisions se dirigeraient vers l'est. Et enfin chacun pourrait se reposer!

D'après les dernières nouvelles, la coalition contre-révolutionnaire établie dans cette ville s'organisait pour reprendre le pouvoir. Cette agitation politique laissait Viktor indifférent! Les Russes pouvaient bien s'étriper, cela ne le concernait plus. D'ailleurs, il se méfiait autant des Rouges que des Blancs et il se félicitait d'avoir ordonné un renforcement de la surveillance.

« Tu vois, dit-il à Tchetchek, je regrette vraiment le départ de Ian. Avec lui tout paraissait limpide! »

Puis il s'enferma à nouveau dans son mutisme. Il repensait au puzzle qu'Alexandra évoquait. Il y voyait Ian comme un élément supplémentaire. Il le sentait l'exact complément de lui-même. Ian savait négocier, lui se battre. Il était généreux, lui non. Puis le puzzle s'enrichit d'autres pièces. Rasti, Vlassov, Tchetchek... Cette multitude lui donna le vertige. Il préféra imaginer Prague, où Masaryk devait retourner plus ou moins clandestinement. Jamais il n'y avait mis les pieds. Il ferma les yeux. Il entrait à la tête des divisions dans une ville où se mêlaient des quartiers de Petrograd, des maisons de Svikov. Ian et Masaryk l'accueillaient. Il s'endormit.

Tchetchek le secoua lorsqu'ils parvinrent à Penza.

Ils coururent jusqu'au quai. Le convoi y stationnait comme prévu. Des fantassins de l'avant-garde tchèque le gardaient et empêchaient quiconque d'y monter.

« C'est drôle, remarqua Tchetchek, vide comme il est, on dirait un train fantôme!

– Cela ne va pas durer! répondit Viktor. On va l'habiter! »

Très vite, les wagons furent occupés par une partie de l'état-major, l'intendance et les transmissions. Quelques unités qui se trouvaient là prirent d'assaut les dernières voitures. Ces hommes, trop heureux de pouvoir rejoindre Samara sans se fatiguer, se mirent à boire et à chanter.

Il leur fallut deux jours pour arriver. La ligne de chemin de fer était encombrée de convois militaires contre-révolutionnaires qui regagnaient leurs positions. Les nouvelles les plus folles couraient sur l'issue des combats. Les Blancs reprenaient l'avantage partout. Au nord, vers Perm! Au sud, vers Gwenburg! Les Rouges étaient refoulés à l'ouest de Moscou! A Petrograd, les cosaques avaient conquis le pouvoir. Enfin, des contingents français et japonais venaient par l'Est.

Dans les gares, c'était la pagaille. Chacun se disait prioritaire. Les officiers exhibaient des laissez-passer recouverts de signatures impressionnantes. Pour leur faire plaisir, les chefs de dépôts orchestraient alors des manœuvres qui avaient pour résultat d'immobiliser l'ensemble des rames. A partir de Syzran, la circulation, organisée par des régiments de cosaques, s'améliora rapidement.

Viktor apprit que Kerenski logeait dans un hôtel de la ville. Il s'y rendit. L'endroit, surveillé par un régiment de l'ancienne garde impériale, lui rappela les bâtiments officiels de Petrograd. Tout y respirait un luxe désuet. Une foule mélangée de soldats en grand uniforme et d'hommes politiques évoluait en chuchotant dans le hall. Il s'attendait constamment à voir surgir le Tsar et sa suite, tellement l'ambiance ressemblait à celle de la Cour. Pour parvenir à l'appartement de Kerenski, il dut se soumettre à des fouilles sévères, exécutées avec promptitude par des sentinelles aux mines impénétrables.

Quand il fut introduit, Kerenski se précipita vers lui.

« Comme je suis heureux de vous revoir! Vous allez pouvoir nous aider! »

Viktor dissimula sa surprise. L'homme brillant et confiant qu'il avait connu à Petrograd et sur le front avait considérablement vieilli. Des rides profondes s'étaient creusées à la commissure de ses lèvres et donnaient à son visage un air d'amertume.

« En quoi puis-je vous être agréable? » demanda-t-il.

Kerenski le fit asseoir et lui offrit une tasse de thé.

« Savez-vous que désormais le cœur de la Russie bat à Samara? Ceux qui refusent la peste rouge sont ici et bien décidés à agir pour que la situation se retourne en faveur de la démocratie. J'ai bon espoir. Partout, les populations s'opposent à la mainmise bolchevik sur les affaires. Des troupes nombreuses nous rejoignent de tous les coins du pays et à l'extérieur les alliés nous soutiennent. Peut-être vous l'a-t-on déjà dit, mais un régiment français débarqué à Arkangelsk est en route vers Moscou et les Japonais prennent position le long du Transsibérien. Actuellement, ils seraient à Tchita. Pourtant nous n'avons pas pour autant gagné la partie! Il nous manque des hommes et du matériel. Et je crois que vous en disposez largement, n'est-ce pas?

– C'est vrai, mais j'ai signé avec les Bolcheviks un traité de neutralité et je...

– Comment! s'écria Kerenski. Vous hésitez à nous soutenir? Je vous rappellerai pourtant...

– Ce n'est pas nécessaire! Je sais ce que les Tchèques vous doivent. Néanmoins je ne peux rien faire, et vous le comprendrez, sans un ordre exprès du Conseil National Tchèque de Paris. Mais je veux bien réclamer des instructions et après nous verrons! »

Kerenski but quelques gorgées.

« Vous avez raison, reconnut-il, à voir la loi et l'ordre bafoués tous les jours, je finis aussi par me comporter sans m'en soucier. C'est une erreur! Prévenez donc Paris et voyez si vous pouvez nous assister. Je pense que la réponse sera positive!

Soudain joyeux à l'idée qu'il allait disposer de 50 000 hommes supplémentaires, il ajouta :

« Soyez-en certain, on les taillera en pièces! D'après nos informations, il règne dans leur armée une telle pagaille qu'ils seront déjà écrasés avant même d'avoir réalisé ce qui leur arrive! »

Viktor, impressionné par la mélancolie de Kerenski et le décor sombre des lieux, se sentit à son tour envahi par la tristesse. Le temps passait, les hommes vieillissaient et leurs chimères demeuraient intactes. Il irait se battre si Paris lui en donnait l'ordre. Mais déjà il pressentait qu'ils avaient peu de chances d'être vainqueurs! Le choc des deux armées serait celui du passé contre l'avenir. Kerenski racontait ce que serait le gouvernement d'une Russie enfin reconquise et pacifiée...

« Nous formerons une équipe d'union nationale, excepté les communistes, et nous entreprendrons la reconstruction de notre économie; en même temps, nous développerons les écoles pour que les prochaines générations ne soient plus analphabètes! Je voyagerai dans le monde entier et convaincrai les Européens et les Américains de nous aider. J'ai eu des assurances de Winston Churchill pour le déblocage de prêts importants dès que nous aurons repris les rênes du pouvoir! »

Il s'arrêta, le regard perdu au loin. Victor se taisait pour le laisser aller jusqu'au bout de son rêve.

« La seule erreur que j'ai commise, c'cst d'avoir été trop bon avec Lénine et ses amis. Quand je les ai fait arrêter, j'aurais dû suivre les conseils des membres les plus durs du Cabinet et les faire fusiller. C'est drôle, je n'arrivais pas à m'y résoudre. La vie humaine a trop de prix pour moi...

– Et maintenant, remarqua Viktor, ce sont des millions d'hommes peut-être qui vont mourir pour que vous vous réinstalliez à Petrograd?

– C'est exact, commandant, admit Kerenski d'un ton las. Je me suis lourdement trompé! Bien! J'imagine que vous resterez dans cette ville? »

Viktor acquiesça.

« Dans ce cas, avertissez-moi dès qu'un message vous parvient de Paris! »

Il raccompagnait Viktor quand soudain il s'arrêta et le dévisagea.

« Vous aviez bien connu Sazonov, n'est-ce pas? Le pauvre homme est mort. De chagrin, je crois! D'après ceux qui l'ont assisté jusqu'au bout, il ne supportait plus de voir notre pays ainsi ravagé! Je le comprends...

Viktor fut pris d'une crainte irraisonnée pour Alexandra et demanda à Kerenski s'il avait eu de ses nouvelles.

« Hélas non! Le courrier et le téléphone ne fonctionnent pour ainsi dire pas entre Baden-Baden et la Russie. Mais je ne suis pas inquiet. Telle que je la connais, elle aura su s'adapter à se récente situation! »

Il entraîna à nouveau Viktor vers la porte.

« Allez, à bientôt! dit-il avec un accent de gaieté. Je suis sûr que nous combattrons un jour côte à côte! »

Sur le chemin du retour, Viktor imaginait la voie sans fin du Transsibérien occupée par des armées étrangères. Des Français, des Japonais, des Anglais peut-être... Convoitée par les Russes blancs et rouges. Et eux, les Tchèques, qui devaient se frayer un chemin dans cette pétaudière!

Par prudence, il décida d'y dépêcher Ratislav en reconnaissance avec une centaine d'hommes. Ce dernier accepta avec joie.

« Tu vas voir comme je vais la dégager, cette ligne! Je laisserai quelques soldats dans chacune des gares pour que nous disposions de relais jusqu'au Pacifique! »

Ce matin-là, comme le temps était doux, Viktor voulut rejoindre le centre de Samara à pied. Il lui fallait traverser la ville et cela lui faisait plaisir. Il désirait flâner devant les devantures des rares magasins, s'asseoir peut-être sur un banc et regarder passer les badauds. Il s'engagea dans la rue principale. Il y régnait une agitation fébrile. Une foule chamarrée et joyeuse déambulait le long des allées bordant la chaussée. Des élégantes, entreprises par des officiers de l'armée contre-révolutionnaire, pouffaient de rire. Bousculés par les promeneurs, des cireurs de chaussures s'échinaient sur les bottines des clients. Un régiment de cosaques à cheval descendait l'avenue au pas.

Plus loin, des militaires tchèques entraient dans un café. En d'autres temps peut-être aurait-il désapprouvé leur attitude insouciante. Mais aujourd'hui? Le soleil éclatant inclinait à se détendre, à être heureux! Pour eux, la guerre était terminée. Au moins jusqu'à ce qu'ils eussent rejoint la France. Ils pouvaient bien boire, chanter, tenter l'aventure avec l'une de ces jolies femmes qui faisaient les cent pas ici et là. D'ailleurs, lui aussi souhaitait se distraire. Il avait bien le temps de retrouver son wagon, sa solitude. Tchetchek y travaillait et montait bonne garde!

Il s'assit à la terrasse d'un bistrot et commanda une vodka. Il avait fini par apprécier cet alcool. Il ne l'enivrait qu'après en avoir bu beaucoup!

Il observait les passants. Plusieurs fois, il crut reconnaître Alexandra et Jaroslav. La même démarche, le même port de tête ou un geste identique... Il s'interrogea sur ce qu'ils faisaient puis il oublia. Il venait de croiser le regard d'un soldat tchèque qui cherchait une place. Il lui fit signe de s'asseoir à côté de lui. Il s'appelait Tomas et faisait partie du 14e régiment de cavalerie. Ils venaient d'arriver et leur chef leur avait donné quartier libre pour la journée. Il était bien content d'être ici! Ils allaient prendre le train et fuir ce pays! C'était une veine! Il en avait soupé, de ces moujiks rouges ou blancs. Lui, désirait la fin du conflit pour rentrer chez lui en Bohême. Qu'importait que ce fût encore l'Empire ou la Tchécoslovaquie! La politique ne l'intéressait pas!

« Et toi, tu es de quel régiment? » demanda-t-il à Viktor.

Ce dernier hésita. Il eut envie de se faire passer pour simple soldat.

« Du 27e régiment d'infanterie! »

Cela amusa Tomas.

« Vous devez en avoir plein les bottes, depuis le temps qu'on avance! Nous, sur les chevaux, c'est surtout le cul qui trinque! »

Il raconta leur longue marche depuis Penza. Un bazar indescriptible! Les ordres succédaient aux contrordres. Il fallait toujours s'arrêter pour attendre tel régiment ou tel autre! Et puis nourrir les canassons! Heureusement qu'en cette saison on trouvait de l'herbe. Mais cela n'avait pas toujours suffi! Ils avaient dû réquisitionner du fourrage dans les fermes. Parfois même il avait fallu se battre. Sinon, ils avaient vu des habitations abandonnées et fait main basse sur ce qui pouvait leur être utile. Grâce à cela, les hommes aussi avaient eu à bouffer jusqu'au bout!

« Je ne savais pas qu'on l'avait permis! s'étonna Viktor.

– Pas besoin de permission! Quand il n'y a qu'à se baisser pour ramasser... De toute façon, si nous ne le faisons pas, les Rouges le feront! Alors vaut mieux que cela nous profite! On en a assez bavé, pas vrai? »

Viktor approuva.

« Et vos chefs ne disaient rien?

– Penses-tu! Ils étaient les premiers à se servir! »

Ils burent en silence. Tomas, fasciné par l'effervescence de l'endroit, se retournait sans cesse. Chaque fois qu'une femme déambulait devant la terrasse, il la suivait des yeux jusqu'à ce qu'elle disparût dans la foule. « Bon dieu, répétait-il, je les baiserais toutes si je pouvais! »

Viktor enviait son innocence. Comment avait-il réussi à la préserver après ce qu'ils avaient vécu? Lui se sentait tellement vieux, presque usé. Il éprouva alors le désir de demeurer en sa compagnie pour le restant de la journée. Ce serait la parenthèse. Au diable la guerre, la Tchécoslovaquie et ses compatriotes!

« Alors que fait-on? lança-t-il.

– On va se noircir! répondit Tomas. Et on ira voir les belles! »

Ils se levaient quand un lieutenant de l'état-major, qui cherchait un siège, reconnut Viktor. Il s'approcha et le salua avec respect.

« Commandant! commença-t-il l'air gêné. Tchetchek m'a donné la permission de...

– C'est bon! C'est bon! »

L'officier se retira. Tomas, décontenancé, dévisagea Viktor.

« Quoi? C'est toi... vous... le chef? »

Viktor acquiesça. Tomas s'éloigna en riant.

*

Depuis plusieurs jours déjà, Viktor s'inquiétait du silence de Ratislav. Un matin, les transmissions lui passèrent son premier message :

« 12 juin 1918.

Mon cher commandant,

Nous voici à Tomsk. Ce ne fut pas un agréable voyage, mais plutôt une bataille ferroviaire. La voie de chemin de fer unique est très fréquentée : des Russes blancs, des Bolcheviks, des journalistes européens, des aventuriers et des hordes de militaires pillards et réfractaires. Voilà toute la bonne société de la ligne transsibérienne! Heureusement, nous étions armés, décidés et bien équipés. Cela dissuadait la plupart de nous créer des ennuis et convainquait les autres de nous aider. A force de manœuvres, d'allers et retours, de stations prolongées sur des voies de garage, nous avons fini par aboutir sur un circuit de dégagement. Comme prévu, nous sommes représentés dans chaque petite station par quelques-uns de nos hommes qui défendront nos intérêts le moment venu. Imagine la tête des chefs de gare quand on leur annoncera un convoi de 50 000 soldats avec armes, chevaux et bagages! Voici des indications pratiques pour organiser l'expédition :

La voie est donc unique sur de très longs tronçons. Deux manières seulement pour avancer : soit manœuvrer dans un triage tout proche, soit faire coucher sur le ballast le train qui arrive en face! Une question de rapport de forces et ensuite de muscles pour les ouvriers!

Ces semaines-ci, le temps est clément. Mais nous pourrons être bloqués par l'hiver sibérien. Dans ce cas, la neige tombe jour et nuit et la température peut descendre à plusieurs dizaines de degrés en dessous de zéro. Prévoir donc les équipements, le ravitaillement et surtout la patience... Au mieux, la première locomotive sera parvenue ici que la dernière sera encore à 300 ou 400 kilomètres derrière!

Je me suis livré à un petit calcul : à raison de 5 ou 6 soldats par voiture, plus les chevaux et les canons, il faut envisager la réquisition d'environ 10 000 wagons et 300 à 400 machines! C'est possible. J'en ai pointé un nombre important qui ne sont pas utilisées! Un impératif : nous servir avant que les Blancs, les Rouges ou d'autres ne les accaparent! Voilà pour l'essentiel. J'ai demandé à chaque unité demeurée dans les arrêts précédents de te faire parvenir des rapports sur la fréquentation de la ligne et l'atmosphère qui règne dans les villages. J'y ai souvent observé une peur réelle des Bolcheviks. Les Blancs qui passent et repassent sont constamment encouragés par les populations à tailler les Rouges en pièces.

Toutefois, en d'autres endroits, nous avons été accueillis par des représentants des soviets ouvriers locaux. Comme convenu, je leur ai répété notre intention de rouler sans participer aux combats.

Au fil des kilomètres, on rencontre surtout des habitants apeurés et je les comprends de mieux en mieux. Ils ne sont pas intéressés par la Révolution, mais par la paix. Le Tsar conserve un grand prestige parmi les paysans en particulier, et les ouvriers du chemin de fer, avec lesquels nous parlons très souvent.

La plaine défile devant mes yeux. J'imagine qu'un jour nous aurions pu engager des batailles gigantesques dans cet espace infini. J'aurais alors réalisé l'un de mes rêves d'enfance : ressembler à ces capitaines qui luttaient à la Montagne Blanche ! A toi. Ton ami fidèle. Ratislav. »

Viktor était rassuré. Bien sûr, ce devait être un vrai capharnaüm sur la voie ferrée ! Mais enfin, on ne pouvait arrêter 50 000 hommes décidés à circuler !

Dès le lendemain, il fit réquisitionner les wagons nécessaires aux régiments qui campaient dans les faubourgs de Samara. C'était d'autant plus difficile qu'on ignorait quel était le bon interlocuteur parmi les responsables contre-révolutionnaires. Kerenski ? L'amiral Koltchak ? Ou encore Lebedev, son aide de camp ? Viktor et l'état-major en étaient à démêler cet imbroglio politique, quand un télégramme émanant du Conseil National Tchèque de Paris et signé de Ian leur parvint. Son contenu était bref : la légion tchèque était tenue de faire demi-tour et, en coordination avec les armées blanches, d'ouvrir un front sur la Volga, face à l'armée rouge. C'était d'une absolue nécessité depuis que Ludendorff avait prélevé 40 divisions en Russie et les avait déployées sur le champ de bataille français. Ils devaient immédiatement contacter Kerenski et décider avec lui du déroulement des opérations.

Viktor demeura un long moment silencieux. La situation apparaissait soudain dans toute son absurdité. Ici, la guerre n'était donc pas terminée? Comment allait-il annoncer aux hommes qu'il leur fallait abandonner leurs rêves et exposer à nouveau leur vie? Certes, les bonnes raisons ne manquaient pas pour justifier une telle décision! Mais que pouvaient-elles contre leur refus probable de se battre?

Effondré, il passa le message à Tchetchek et consulta l'état-major. Unanimes, les officiers lui garantirent le soutien de la majorité des soldats. Bien sûr, tous voulaient rentrer, mais si on leur proposait la voie la plus courte, pourquoi la refuseraient-ils? On enfoncerait facilement les armées bolcheviks, on prendrait les Austro-Allemands en tenaille et on pénétrerait en Autriche.

Viktor demanda à Ratislav de revenir le plus vite possible. Il rencontra Kerenski qu'il assura du concours de ses trois divisions. Une proclamation adoptée conjointement par les alliés et les contre-révolutionnaires fut adressée aux militaires et au peuple :

« Patriotes russes! Groupez-vous autour de votre drapeau national! Courez aux armes! Chassez vos ennemis les Allemands et leurs valets, les Bolcheviks! Défendez chaque pouce de votre territoire! Jamais la souveraineté de la Russie ne sera contestée! »

Les Tchèques ne rechignèrent pas trop. Leurs chefs affirmaient que ce serait une promenade. Ils seraient aidés par le contingent français qu'on disait parvenu à Volojda et les Japonais qui arrivaient par le Transsibérien. Enfin, les populations leur témoignaient une telle reconnaissance de repousser les Rouges qu'ils y voyaient presque une mission!

En accord avec le général Hanshin et l'Hetman Dutov, commandants des deux armées blanches de l'Ouest et du Sud, Viktor décida qu'il engagerait l'offensive vers la ville de Busuluk, le 1er juillet au matin.

La veille au soir, Vlassov désira l'entretenir en tête à tête.

« Qu'avez-vous besoin de solliciter une entrevue en particulier? s'étonna Viktor. Cela nous arrive tous les jours et... »

Vlassov éluda la question.

« Commandant! C'est le militaire qui vous parle.

– Mon dieu! Que de cérémonie!

– Voilà! Je souhaiterais prendre le commandement de l'une des unités qui vont être lancées à l'assaut demain matin! »

Viktor haussa les épaules.

« Vous êtes devenu fou ou quoi? Je ne mets pas vos talents de stratège en doute, mais à l'âge que vous avez, on se planque! Vous m'avez même dit un jour à Kiev que vous attendiez désormais la retraite... Alors quelle mouche vous pique d'aller crapahuter avec des soldats qui pourraient être vos fils?

– L'appel! répondit Vlassov avec assurance.

– Cela ne suffit pas pour tenir un fusil!

– Préférez-vous donc que je me fonde dans la masse comme un sans-grade? Ma décision est prise, Viktor... »

Ce dernier dévisagea son vieil ami et s'approcha.

« Vous m'obligez à dire ce que je ne vous aurais jamais dit autrement. Savez-vous que je vous aime comme un père? Croyez-vous que je puisse vous laisser courir au-devant des balles? Pensez-vous aussi que votre présence bouleversera le...

– Viktor, je suis touché par votre affection. Je la connais et elle est réciproque. Mais doit-elle m'empêcher de m'engager pour la première fois de ma vie dans un combat que je crois juste? Puis-je accepter de disparaître sans avoir jamais témoigné de mes idées? Je suis certain que les Bolcheviks détruiront la Russie si nous les laissons agir. Ma place est là où l'on se bat!

– Mais vous m'êtes nécessaire! objecta Viktor. Votre connaissance du terrain et... »

Il s'interrompit. Il comprit que Vlassov demeurerait insensible à ses arguments.

« Où voulez-vous être affecté? demanda-t-il.

– Au 16e d'infanterie. Je m'y suis fait des amis. Des Tchèques qui ont toujours vécu en Ukraine. Ils partagent mon idéal. J'y serai bien.

– Ne vous exposez pas inutilement! La Russie a besoin de vous vivant! »

Il ne salua pas Vlassov quand celui-ci se retira. Il alla à la fenêtre et le regarda s'éloigner avec tristesse.

Il appela Tchetchek pour mettre au point les derniers préparatifs de l'attaque. Celui-ci ne manifesta aucune émotion quand Viktor lui apprit le départ de Vlassov. Son choix lui paraissait cohérent à défaut d'être efficace.

*

Dès les premiers jours de l'offensive, les villes de Busuluk, Syzran, Simbirsk, Schvalinsk et Volsk tombèrent. Chez les Rouges, c'était la débandade. Ils abandonnaient du matériel, des chevaux et des véhicules en grand nombre. Les Tchèques les récupéraient. Ils s'en serviraient pour avancer jusqu'en Pologne. Les villages étaient systématiquement incendiés et pillés. Les populations ne savaient plus où courir pour échapper aux feux des deux armées.

A la mi-juillet, le front se stabilisa à quelques kilomètres à l'est de la Volga. Il ne restait plus aux Tchèques qu'à prendre Kazan, avant d'aller libérer Moscou et Petrograd.

Viktor avait fait installer son quartier général à la gare de Simbirsk. Il y attendait l'armée de Sakharov, avec laquelle il devait opérer sa jonction.

Un après-midi, avec Tchetchek et Ratislav, revenu de Tomsk, il fêta la succession de victoires que les trois divisions venaient de remporter.

« Je suis heureux, dit-il en trinquant avec ses deux amis. Mon désir le plus cher se réalise : nous soulageons les alliés. Peut-être même leur permettrons-nous de gagner la guerre? Mais surtout nous nous rapprochons de la Tchécoslovaquie et nous n'aurons pas à aller nous enliser dans les neiges sibériennes.

– Dommage, répliqua Ratislav, cela nous aurait fait voir du pays!

– Tu crois vraiment que les Blancs vont enlever la partie? demanda Tchetchek.

– Regarde donc! s'exclama Viktor. Il n'y a plus que Kazan à prendre et la route de Moscou nous est ouverte! Et puis comment ne pourrions-nous pas remporter la bataille puisque c'est Rasti qui va assurer le commandement des six régiments d'infanterie et des deux d'artillerie que je compte engager!

– Et vous? Vous trinquerez à ma santé! ironisa celui-ci.

– Ne t'en fais pas, reprit Viktor. Le reste de la troupe sera en réserve pour aller vous prêter main-forte le cas échéant!

– Me voilà rassuré! répondit Ratislav en levant son verre. Dès que Sakharov s'amène, on y va!

– Tu as encore le temps de dormir! remarqua Tchetchek. Aux dernières nouvelles, il quittait à peine Bogoulma... »

Les trois hommes s'interrogeaient sur la meilleure tactique à adopter pour forcer Kazan quand un militaire des transmissions tendit un message à Tchetchek. Celui-ci provenait de l'état-major des armées contre-révolutionnaires. Comme l'émissaire ne s'en allait pas, Tchetchek s'énerva.

« Tu ne vas pas demeurer planté là à nous regarder! Rejoins ta voiture! »

Le jeune soldat se retira à pas lents, se retournant à plusieurs reprises.

« Salauds! s'écria Tchetchek après avoir lu. Il fallait que cela arrive!

– Eh bien quoi? s'impatienta Viktor.

– Ils ont massacré le Tsar et sa famille!

– Les chiens! » lança Ratislav.

Tchetchek lut le message à voix haute :

« Sa Majesté Nicolas II, Empereur et Autocrate de toutes les Russies, Tsar de Moscou, Kiev, Vladimir, Novgorod, Kazan, de Pologne et de Sibérie, vient d'être lâchement assassiné avec sa femme et ses filles à Iekaterinbourg par les Bolcheviks. La Russie est en deuil. Par ce crime, les Bolcheviks ont montré leur vrai visage. Citoyens russes, levez-vous en masse contre les assassins! »

Les trois hommes reposèrent leurs verres et gardèrent le silence. Régulièrement, Tchetchek se levait pour apprendre la percée victorieuse de tel ou tel régiment tchèque. Il commentait aussitôt ces succès, en espérant que cela leur redonnerait un peu de gaieté. Mais il n'y avait rien à faire. Leur humeur était désormais à l'unisson du mauvais temps. La pluie fouettait la vitre du wagon. De lourds nuages d'orage couraient dans le ciel et obscurcissaient leur compartiment. Il fallut bientôt allumer les lampes à pétrole.

« Bon! dit Ratislav en se levant. Je vais faire un tour d'inspection! »

Au passage, il tapota affectueusement l'épaule de Viktor.

Celui-ci ne parvenait pas à accepter ce carnage. Il demanda son avis à Tchetchek, qui répondit :

« Les tyrans ne font jamais de procès à d'autres

tyrans! Ceux qui jugent ont trop peur d'apparaître encore plus coupables que les accusés! »

Viktor repensait à des épisodes de la Révolution française qu'Alexandra lui avait racontés. Les jugements bâclés à l'encontre du Roi, mais aussi de Danton et d'autres authentiques révolutionnaires dont il ne se rappelait plus les noms. Il se sentait étranger à ces excès, révolté qu'ils fussent possibles, comme s'ils étaient la juste rançon de l'Histoire. Pourtant, il ne haïssait pas les Rouges. Il allait se battre contre eux parce que son gouvernement l'exigeait. Non par conviction. Peut-être parce qu'il n'était pas russe? Peut-être aussi avait-il changé?

*

La bataille de Kazan fut déclenchée le 7 août au matin. Viktor avait fait avancer son wagon vers le théâtre des opérations. Il pointait le progrès ou le recul de l'armée que commandait Ratislav. Ce dernier l'informait de la situation à partir du QG de Sakharov.

Vers midi, les combats faisaient rage. Malgré la quantité impressionnante d'obus envoyés sur la ville, les Bolcheviks tenaient toujours. Ratislav suggéra d'engager les bataillons tchèques gardés en réserve. Cela soulagerait Sakharov qui commençait à s'essouffler vers le nord. Et alors, sûrement les Bolcheviks abandonneraient-ils?

Viktor approuva la proposition et à cinq heures de l'après-midi, lança ses régiments. Malgré la désapprobation de Tchetchek, il voulut encore se rapprocher du front.

« C'est la meilleure façon de gagner, dit-il. Notre présence soutiendra les combattants. »

Ils rejoignirent Ratislav et Sakharov. Pour le général russe, le doute n'était plus possible. Avec ce qu'ils venaient de prendre sur la tête, les Rouges décrocheraient à la faveur de la nuit. Il n'était donc pas nécessaire de se précipiter. Viktor et Ratislav n'étaient pas de cet avis. Et si au contraire ils profitaient de l'obscurité pour renforcer leurs positions? Finalement Sakharov se laissa convaincre. Ils décidèrent de mobiliser des milliers d'hommes dans une opération d'encerclement et d'investir la cité par plusieurs endroits.

Les unités d'infanterie avançaient rue par rue, livrant de violents corps à corps. L'artillerie aidait leur progression en détruisant les maisons d'où partaient des coups de feu. Une épaisse fumée noire assombrissait le ciel. Parfois, derrière des ruines, on entendait chanter des Bolcheviks acculés qui refusaient la reddition. Les assaillants, exaltés par leurs dernières victoires, ne faisaient pas de quartier. A sept heures, la place était conquise. Viktor et Ratislav se rendirent au centre et prirent possession des rares immeubles encore debout. Ils installèrent le QG tchèque dans celui de la banque de Russie.

Le soir même, ce fut la liesse. Des hordes de militaires fantomatiques évoluaient entre les débris fumants en criant à tue-tête. D'autres mangeaient et buvaient autour de grands feux. Les hautes flammes dansantes éclairaient par intermittence les restes des façades. Des équipes d'infirmiers fouinaient dans les gravats à la recherche de morts qu'ils allaient jeter dans des fosses communes.

Viktor et Ratislav, côte à côte avec des officiers de l'état-major, inspectaient le quartier Est où s'étaient déroulés les plus durs combats. Ils interrogeaient les soldats épuisés. Ceux-ci étaient unanimes. Ils avaient connu l'enfer! Plus jamais ils ne voulaient revivre un tel cauchemar. Mais quand cette guerre finirait-elle? Quand pourraient-ils revenir chez eux?

Parfois, Viktor et Ratislav partageaient avec eux un gobelet d'alcool et tentaient de les rassurer. Ils auraient bientôt reconquis Moscou et Petrograd, et n'auraient plus qu'à foncer sur l'Autriche! Il ne demeurait devant eux que des divisions allemandes fatiguées et inexpérimentées! Leurs interlocuteurs hochaient la tête, l'air incrédule. Les officiers reprenaient alors leur tournée et débitaient leur laïus un peu plus loin.

Ratislav luttait contre une forte envie de vomir. Le vent d'ouest rabattait sur eux des effluves chauds de bois calciné et de mort. Cela lui rappelait sa fuite de Cetinje au milieu des cadavres.

Ils croisaient des groupes de Bolcheviks capturés durant la bataille. Attachés les uns aux autres et encadrés par des fantassins tchèques, ils marchaient d'un pas allègre en chantant *L'Internationale*.

« Que va-t-on faire d'eux? demanda Ratislav à Viktor. On ne va tout de même pas les fusiller?

– Qu'on les refile aux Blancs!

– Ce n'est pas possible! Ils vont être aussitôt massacrés!

– Et alors? Ce ne sont pas nos oignons! »

La sentence était sans appel. Ratislav n'insista pas. Viktor avait peut-être raison. Ils avaient causé la mort de centaines de Tchèques. Ils avancèrent encore longtemps au milieu des décombres. Ils conseillaient à certaines unités de mettre la nuit à profit pour renforcer leurs défenses. Les Rouges pouvaient s'être regroupés et attaquer de nouveau au lever du jour. Avant de retourner au QG, ils s'attardèrent avec un groupe d'artilleurs qui leur expliquèrent le maniement d'un canon de 105. Un cortège de prisonniers communistes passa à proximité.

« Salut, Doc! » cria l'un d'eux.

Ratislav sursauta. Eh oui! Il s'agissait bien de Karel!

« Ce n'est pas vrai! s'exclama-t-il. Qu'est-ce que tu fous ici? »

Il ordonna aux gardes tchèques de le détacher.

« Non, non! protesta Karel. Je veux rester avec mes camarades!

– Tu les rejoindras plus tard si tu veux! » répliqua Ratislav.

Il ouvrit lui-même les menottes qui attachaient son ami à son voisin et le présenta à Viktor. Celui-ci le jugea sympathique sans trop savoir pourquoi.

Ils regagnèrent le QG. Pendant une partie de la nuit, Karel et Ratislav se racontèrent ce qu'ils avaient fait depuis leur séparation à Kiev.

Karel avait travaillé plusieurs mois aux usines Poutilov, à Petrograd, où il s'occupait du Soviet des ouvriers. Dès le retour de Lénine, il avait été chargé de propagande au sein de l'armée tsariste, où il était entré comme simple soldat. Il avait réussi à entraîner son régiment chez les Bolcheviks. Il y exerçait désormais des responsabilités de lieutenant. Ici, à Kazan, ils avaient résisté jusqu'au bout. Mais, faute d'artillerie et de fusils, ils avaient dû décrocher. Il avait été capturé lors du repli.

« Toujours héroïque! plaisanta Ratislav. On se bat même quand il n'y a plus d'espoir! »

A son tour il expliqua comment il se retrouvait ici avec un grade de capitaine.

« J'ai eu beaucoup de chance..., conclut-il.

– Et de talent! » ajouta Viktor.

Karel se remémorait leurs aventures. Ratislav riait et le corrigeait parfois. Viktor les écoutait avec une curiosité admirative. Il aurait aimé connaître tout cela!

Bientôt, les trois hommes ne parlèrent plus de la guerre. Ils se mirent à évoquer le pays... Ils désiraient y vivre enfin en paix et oublier cet enfer dont ils se sentaient les jouets, plus que les acteurs. Karel fumait et buvait avec une frénésie émouvante.

« Vous n'avez donc ni vodka ni cigarettes, chez les Rouges! s'étonna Ratislav.

– Ce n'est pas ça! Je suis bien...

– Pourquoi ne restez-vous pas avec nous? suggéra Viktor. Il y a de la place pour vous!

– Je n'ai pas combattu jusqu'ici avec mes compagnons pour les lâcher maintenant... Je crois en la Révolution!

– J'espère qu'ils ne sont pas tous comme ceux d'Odessa! plaisanta Ratislav.

– Je sais ce que tu penses, dit Karel. Bien sûr qu'il y a eu des erreurs. Il en existera encore d'autres! Mais ce n'est pas une raison suffisante pour que j'abandonne! Je hais toujours autant les tyrans et les réactionnaires, comme ceux avec lesquels vous luttez!

– Les Bolcheviks auraient dû nous aider au bon moment! remarqua Viktor. En ne signant pas une paix séparée avec les Centraux et en ne voulant pas nous désarmer! Aujourd'hui, nous serions peut-être à vos côtés? Quoi qu'il en soit, notre problème n'est pas de faire la guerre auprès des uns ou des autres, mais de rentrer en Tchécoslovaquie!

– Je comprends! » répondit Karel.

Il se leva et jeta un coup d'œil vers l'est.

« Dans une heure d'ici, le jour sera levé. Je voudrais rejoindre mes camarades prisonniers!

C'est cela! s'exclama Ratislav. On va même te faire fusiller! Non, mon vieux! Tu vas retrouver ton régiment. On va s'arranger pour te faire sortir de la ville... »

Il fouilla dans sa malle et en tira un uniforme tchèque.

« Tiens, passe ça! Normalement, avec le bordel qui règne ici, on ne devrait rien te demander! »

Viktor échangea une longue poignée de main avec Karel. Ce dernier lui rappelait Jaroslav. La même flamme enthousiaste dans le regard, la même détermination dans l'allure.

Ratislav l'accompagna jusqu'à la sortie. Tandis qu'ils descendaient les escaliers, Karel l'attrapa par le bras et l'obligea à s'arrêter. Il s'assura que personne ne pouvait les entendre.

« Hé, Doc! dit-il à voix basse. Je te remercie pour ce que tu as fait... »

Ratislav haussa les épaules.

« C'est normal, nom d'un chien! Je n'allais pas t'abandonner!

– Ecoute-moi! reprit Karel. Promets-moi que ce que je vais te confier servira uniquement pour la Tchécoslovaquie et rien d'autre!

– Je te le jure!

– Tu marches actuellement sur le trésor des Tsars!

– Que veux-tu dire?

– Nicolas II, prévoyant des événements graves, avait fait transférer ici les biens des Romanov afin de les utiliser pour financer la contre-révolution. Nous devions nous en emparer mais vous ne nous en avez pas laissé le temps. Cela doit représenter plusieurs millions de roubles...

– Tu en es sûr?

– Tu n'as qu'à aller vérifier avec Viktor, tu verras! Voilà! Je suis heureux d'avoir contribué ainsi à la construction de notre pays! »

Ils s'embrassèrent.

« Revoyons-nous à Prague un jour! proposa Ratislav.

– Si Dieu le veut! répondit Karel.

– Si la Révolution le veut! »

Ils échangèrent un dernier regard complice. Karel disparut dans la nuit.

*

Viktor suivit Ratislav sans trop y croire. Munis d'une torche, ils descendirent jusqu'à la salle des coffres. L'escalier de pierre en colimaçon évoquait à Viktor ceux du château de Svikov. Leurs ombres démesurées les précédaient ou disparaissaient derrière eux, selon la lumière. En bas, ils se heurtèrent à une herse aux barreaux épais et entrecroisés.

« Merde! jura Ratislav. Il faudrait un mortier pour entrer! »

Viktor examina le système de fermeture.

« Normalement, estima-t-il, de bons artificiers devraient pouvoir le faire sauter sans que l'immeuble ne s'écroule! Demandons-en au 16e régiment. »

Peu après, trois spécialistes étaient à pied d'œuvre. D'après eux, une dizaine de petites charges de dynamite disposées aux jointures suffiraient à livrer le passage. Quelques minutes plus tard, tout était en place. Ils déroulèrent les mèches jusqu'au rez-de-chaussée et les allumèrent.

Au moment de l'explosion, le sol trembla légèrement. Un nuage de poussière remonta par la cage d'escalier. Quand il fut dissipé, Viktor, Ratislav et les artificiers se précipitèrent. La grille, tordue sur un côté, permettait l'accès aux coffres-forts. Une fois encore, il fallut détruire des portes blindées. La dernière s'ouvrit sur le trésor. Viktor et Ratislav se congratulèrent. L'or, les bijoux et les innombrables billets qui s'entassaient en piles sur des étagères financeraient le retour de l'armée et serviraient à constituer un pécule pour les soldats.

« Et les Russes? s'inquiéta l'un des artificiers.

– Les Russes? répliqua Ratislav. Tu ne crois pas qu'on va aller leur apprendre la bonne nouvelle et leur filer cette fortune, non? »

L'autre secoua la tête.

« Rassemblons une poignée de types fiables et faisons-leur emballer tout cela! ordonna Viktor. Après on chargera les camions. »

L'opération fut menée dans le plus grand secret. En haut, un cordon de fantassins empêchait quiconque n'y était pas autorisé d'emprunter la descente. Dans les caves, des hommes comptaient, faisaient des estimations et remplissaient des caisses de fer empruntées à l'intendance. En fin de journée, l'inventaire était terminé. Entre les lingots d'or, les sacs de monnaie, les billets de banque et les diamants, l'armée tchèque disposait d'un trésor de guerre d'environ 15 millions de roubles.

« De quoi vivre cent ans! » s'écria Ratislav quand on lui annonça le chiffre.

Ceux qui avaient participé à cette opération durent promettre de ne rien divulguer. Les cinq wagons qui contenaient le magot furent attachés à ceux de l'état-major et placés sous bonne garde à la gare.

Viktor rédigea un télégramme codé qu'il transmit à Paris. La bataille de Kazan se soldait par une éclatante victoire et un butin considérable. Il attendait les instructions.

Le surlendemain de l'offensive, la population de la ville, réfugiée dans la campagne, commença de rentrer. La plupart retrouvaient leurs habitations en ruine. Ils n'en voulaient pas aux Tchèques. Au contraire, ils les fêtaient comme des libérateurs et leur demandaient de rester pour ne plus avoir à souffrir des révolutionnaires.

Comme Ratislav s'en étonnait, Tchetchek expliqua qu'il ne fallait pas se laisser abuser. On encensait toujours les vainqueurs! Il suffisait qu'à leur tour les Tchèques et les Blancs fussent vaincus et les mêmes les voueraient aux gémonies.

Pour célébrer cette nouvelle conquête, le général Sakharov convia l'état-major tchèque à une réception à bord de son train de commandement. La fête dura toute la nuit. On sablait chaque toast au champagne. Lorsqu'un officier criait le nom d'une ville prise ou à prendre, les autres avalaient leur coupe d'une traite et poussaient des hourras enthousiastes. Vers minuit, Sakharov indiqua aux invités un autre convoi où logeaient des « filles ».

« Servez-vous! lança-t-il. Il y en a pour chacun, quelle que soit sa nationalité! »

La suite de sa déclaration se perdit dans le vacarme des hommes qui se précipitaient dehors. Ratislav lança un clin d'œil à Viktor et s'éclipsa à son tour.

Il courut sur le ballast jusqu'à la queue de la rame. Les autres allaient certainement pénétrer dans les wagons stationnés sur les quais. Ce serait la pagaille...

Il grimpa dans la dernière voiture et entra de plain-pied dans un salon richement aménagé. Surpris par cette magnificence, il marqua un temps d'arrêt. Trois femmes, allongées dans des bergères, conversaient en se repassant un litre de vodka qu'elles buvaient à même le goulot.

« Tenez, mes poules! dit la plus âgée. Je vous l'avais parié, qu'il en existerait un plus malin que les autres! »

Elles éclatèrent de rire.

« Avance! reprit-elle dans un allemand hésitant. Ici on est bien servi! »

Elle lui tendit la bouteille. Après quelques gorgées, il s'affala entre les deux plus jeunes prostituées et s'abandonna à leurs caresses.

Le lendemain, encore ivre de fatigue et d'alcool, il se fit ramener au QG tchèque en automobile. Calé au fond de son siège, il se laissait ballotter par les cahots. Il se sentait mieux. Il fallait avouer que les filles s'étaient remarquablement occupées de lui. Surtout la cadette! Il avait seulement retenu son nom : Ivanovna...

« Alors, vous vous en êtes payé une sacrée! plaisanta le chauffeur.

– Regarde donc la route au lieu de te retourner! » répliqua Ratislav.

*

« Tu connais la meilleure? » lui demanda Viktor.

Ratislav secoua la tête en se refagotant.

« Sakharov nous offre un train blindé qu'il a piqué aux Russes!

– Ce n'est pas vrai!

– Tu verras la merveille! Tout est prévu pour y vivre jour et nuit et correspondre avec le monde entier. Je pense en particulier à ceux qu'on a laissés le long de la voie transsibérienne.

– Il faudrait peut-être les faire revenir! suggéra Ratislav en se servant une grande tasse de café.

– Certainement pas! » dit Tchetchek, dissimulé dans l'obscurité.

Ratislav sursauta.

« Ah, tu es là, toi!

– Oui! J'ai fait le point sur la situation. Et ce n'est pas brillant! Pour l'instant, avec les Blancs, nous remportons des succès parce que les Bolcheviks reculent sans combattre. Mais cela ne signifie pas forcément qu'ils en sont incapables. Peut-être même cela fait-il partie d'une stratégie particulière? Ils pourraient vouloir se regrouper, par exemple. En face, les Blancs progressent, mais en désordre. Aucun gouvernement homogène n'assure la conduite conjointe de l'action militaire et politique. J'ai relevé qu'à Samara le pouvoir est exercé par un Comité Socialiste Révolutionnaire, à Ouralsk et Orenbourg par des régiments de cosaques; à Iekaterinbourg par des délégués de l'industrie minière; à Omsk, par un gouvernement autonome sibérien; à Tchita, par la garde personnelle de l'Hetman Semjenov. Ça tire à hue et à dia, même si souvent c'est l'armée qui fait la pluie et le beau temps. Hier soir, à la fête de Sakharov, je me suis renseigné. On susurre que l'amiral Koltchak serait déterminé à prendre la direction des affaires si rien n'évoluait de ce point de vue. Kerenski semble paralysé. Et les autres politiciens ne valent pas tripette!

– Où veux-tu en venir? questionna Ratislav d'un ton agacé.

– Nous ne gagnons la guerre que parce que les Rouges veulent bien la perdre! Et je ne suis pas certain qu'un jour nous atteindrons Moscou ou Petrograd comme nous le claironnons partout. Réservons-nous une voie de repli! Celle du Transsibérien me paraît tout à fait indiquée. Et si nous disposons de relais, nous pourrons d'autant mieux passer! »

Viktor approuva.

« Mais alors à vous entendre, ça y est, c'est fichu! s'écria Ratislav. Nous serions des soldats d'opérette et eux des héros!

– Je comprends ta réaction, dit Viktor, mais mieux vaut être prévoyant que de foncer tête baissée et nous retrouver pris entre deux feux au moment où nous nous y attendrions le moins. Cette reculade aussi rapide des Rouges m'inquiète, moi aussi!

– Alors que fait-on?

– Je vais consulter Kerenski et lui faire part de nos réflexions. »

*

L'ancien président du Conseil se montra sensible aux arguments de Viktor. Dans sa réponse, il exposa qu'effectivement il existait un désordre incroyable chez les Blancs. Mais cela n'allait pas durer. Les représentants des divers partis nationaux allaient se réunir à Oufa au début du mois de septembre et élire un gouvernement d'union.

Il invita Viktor à assister aux séances comme observateur. Il pourrait y glaner des informations utiles sur le futur déroulement des opérations militaires contre les Bolcheviks. Viktor accepta et s'y rendit en compagnie de Ratislav.

Les débats se déroulèrent rapidement. La plupart des responsables mencheviks ou socialistes révolutionnaires sentaient la nécessité d'une structure politique forte et d'une stratégie cohérente dans la reconquête de la Russie.

Au terme du deuxième jour de congrès, un directoire de cinq membres fut élu, auquel participaient Avksentiev et Tchernov, deux amis de Kerenski. Dans la foulée, un ministère d'Union Nationale fut constitué. L'homme fort de celui-ci était l'amiral Koltchak, qui y assurait les fonctions de ministre de la Guerre et de la Marine. De l'avis de nombreux politiciens, il était le seul à pouvoir faire gagner la cause contre-révolutionnaire. Le seul aussi à avoir des tripes! Il l'avait déjà prouvé en démissionnant avec panache de son poste de commandant de la flotte de la mer Noire, au lendemain de la révolution de février 1917. Mais également en rejoignant les Etats-Unis et en revenant à Oufa par la Sibérie pour participer au combat de libération nationale. Enfin, il était l'unique officier à jouir d'un réel prestige au sein de l'armée.

Cet homme fascinait Ratislav. A la tribune, il savait se montrer aussi mordant que n'importe quel orateur, mais bien plus idéaliste. Dans un silence respectueux, il lui arrivait de décrire la Russie comme un futur Eden sur Terre et l'assistance semblait le croire. Ratislav lui faisait instinctivement confiance. Il saurait certainement mener les soldats à la victoire.

Il suggéra à Viktor de le rencontrer. Celui-ci était circonspect mais finit par y consentir. Le soir même, l'entrevue fut arrangée par Kerenski dans son salon de l'hôtel Impérial.

L'amiral fit une entrée solennelle, suivi de deux officiers d'ordonnance. Bien qu'il dépassât déjà d'une tête tous ses interlocuteurs, il relevait la sienne d'un air altier, comme pour gagner encore quelques centimètres sur eux. Il refusa de s'asseoir quand Kerenski l'y invita.

« J'ai toujours vécu debout, mon cher Président! Vous ne l'ignorez pas! »

Il se tourna vers Viktor et Ratislav qu'il considéra avec condescendance.

« C'est vous, la Légion tchécoslovaque? demanda-t-il en allemand.

– C'est cela! » répliqua Viktor d'un ton sec.

Ce grand bonhomme à l'uniforme étincelant et recouvert de médailles l'agaçait. Il lui paraissait trop sûr de lui. Et surtout, il regardait à sa propre hauteur, sans se soucier de ce qui se trouvait plus bas.

« Très bien! reprit Koltchak. Je vous remercie de vous mettre à ma disposition.

– Amiral, répondit Viktor, il n'en est pas question pour l'instant! Nous combattrons à vos côtés mais de façon autonome. Nous tenons nos ordres de Paris et...

– Bien sûr, intervint Kerenski d'un air gêné. L'amiral veut probablement dire que nous allons étudier ensemble la manière dont nos armées peuvent harmoniser leurs efforts! »

Koltchak le toisa, l'air interloqué.

« Mais non, Kerenski! Je tiens à exercer le commandement unique de tous ceux qui vont s'opposer à la racaille rouge! Sinon, une fois de plus, ce sera la pagaille! N'oublions pas que nous avons en face de nous ce chien de Trotski et il est malin!

– Je regrette, dit Viktor, je dois en référer à notre gouvernement. »

De colère, Koltchak lança son verre au sol.

« Eh bien référez, monsieur! Référez ce que vous

voulez! Et le temps que Masaryk vous répète la même chose que moi, vous aurez été enfouis sous les neiges d'hiver ou les obus des Rouges! Référez! »

Il claqua des doigts à l'intention de ses ordonnances. Il souhaitait partir! Kerenski s'interposa.

« Allons, amiral! Ce n'est pas en s'énervant qu'on gagnera la partie! Trouvons plutôt une juste répartition des rôles! »

Au même instant, Ratislav prit la parole.

« Pourquoi tout compliquer? Jusqu'ici nous nous sommes battus en parfait accord avec Sakharov. Continuons ainsi! »

L'amiral l'observa comme s'il ne l'avait pas encore vu, puis s'esclaffa.

« Absolument, jeune homme! C'est ce que je disais! »

Viktor luttait pour ne pas se mettre en colère face à tant de mauvaise foi. Il se calma après que Kerenski lui eut adressé un clin d'œil de connivence. L'un des aides de camp tendit à Koltchak un verre de vodka. Celui-ci l'avala d'un trait puis s'essuya la bouche avec le revers de sa manche d'uniforme.

« La réunion d'état-major a lieu chaque matin à sept heures! prévint-il. Soyez-y! Vous ou l'un de vos officiers! »

Il s'en alla d'un pas lent et majestueux.

« Quel con! lâcha Viktor. C'est avec des bouffons de cette espèce que vous comptez vaincre? Je vous promets bien du... »

Ratislav l'interrompit :

« Je ne suis pas de ton avis. Je pense justement qu'il est assez fou pour mener une armée à la victoire. Il appartient à cette race de militaires capables de réagir à l'inattendu parce qu'il sait ce que c'est! Il cultive l'effet de surprise et c'est intéressant! »

Viktor se tut. Il ne voulait pas engager une polémique avec son ami. Il n'aimait pas cet officier fat et convaincu de son bon droit. Pour lui c'était au contraire le genre d'homme susceptible d'improviser les attaques les plus extravagantes uniquement parce qu'il voyait quelque panache à le faire.

« Je ne crois pas indispensable de vous opposer sur la personnalité de l'amiral, intervint Kerenski. Il a ses défauts, mais il ne manque pas de courage. C'est le seul que j'aie vu contredire les grands de la Cour et en particulier le Tsar. Montrez un peu de souplesse, commandant, et cela s'arrangera, vous verrez! Quoi qu'il en soit, je vais lui en parler... »

Il porta alors un toast à la Russie et à la Tchécoslovaquie.

« Soyez tranquille! conclut-il. Je ne tiens pas à ce que nous nous fâchions! Les démocrates ont trop besoin de vous!

– Très bien, bougonna Viktor. Qu'il me fasse passer ses consignes par Sakharov... »

Ils échangèrent des banalités, puis Kerenski les quitta. Il allait à Orenburg rendre visite à l'armée de l'Hetman Dutov.

Comme ils ne regagnaient Kazan que le lendemain, les deux amis choisirent de dîner dans la salle à manger de l'hôtel.

Au café, Viktor ne s'était encore pratiquement pas exprimé et gardait un air renfrogné. Ratislav finit par se fâcher.

« Mais bon dieu! Arrête de faire cette tête! On croirait que tu viens d'entrevoir l'Enfer!

– Je n'aime pas ce Koltchak! affirma Viktor.

– Alors il n'y a vraiment pas de quoi te mettre dans un tel état! Tu ne seras même pas amené à le voir puisque nous allons coordonner nos efforts avec ceux de Sakharov!

– Ce n'est pas cela que je veux dire! J'ai l'impression qu'il t'a ensorcelé...

– Tu es fou! Tu...

– Tu le regardais comme Dieu le Père! Il t'aurait

tendu la main que tu l'aurais baisée! Tu étais redevenu un enfant, Ratislav! Tu m'entends? Il pourrait tout obtenir de toi!

– Mais qu'est-ce qui te prend? C'est vrai que je juge cet homme assez étonnant! Mais de là à le suivre de manière aveugle, il y a une marge! Parfois, je ne te comprends pas! D'une impression tu fais une certitude à t'en rendre malade!

– Tu as peut-être raison, concéda Viktor, soudain plus détendu. Allons plutôt dormir. Demain la route sera longue... »

Ils rejoignirent leur train qui partirait à l'aube.

Allongé dans un coin du wagon, Ratislav ne trouvait pas le sommeil. Pourquoi n'avait-il pas résisté plus âprement à Viktor? Ses paroles recelaient-elles une part de vérité? Avait-il été séduit par Koltchak au point de l'approuver sans discernement? L'idée lui parut ridicule. Il supposa Viktor jaloux de l'amiral. Cela l'amusa. Il se retourna sur sa couche et s'assoupit.

Il eut l'impression de n'être pas reposé quand Viktor le secoua.

« Lève-toi! On démarre! Je viens de recevoir un télégramme de Tchetchek! Les Rouges bombardent Kazan! Ils reprennent l'offensive... »

Le convoi stoppa dans les faubourgs de la ville. Tchetchek et une partie de l'état-major vinrent les rejoindre. D'après eux, tenir les positions était devenu impossible.

« C'est un vrai déluge de ferraille! affirme Tchetchek. La banque où nous logions, la gare et le QG ont été détruits. Il faut se replier et établir des points d'appui plus solides. Sinon nous serons balayés!

– Qu'est-ce qu'on raconte du côté de Sakharov? demanda Viktor.

– Rien! Les liaisons téléphoniques et télégraphiques ont été rompues!

– Et les Japonais ou les Français qui devaient rappliquer?

– Rien! Rien! Ce sont des blagues! Si nous ne réagissons pas immédiatement, nous risquons d'être coupés de l'arrière! J'ai déjà ordonné aux avant-postes de reculer!

– Amène-moi un officier qui s'y trouvait pour... »

L'un de ceux qui étaient présents l'interrompit :

« Hier matin, au lever du jour, je menais une inspection sur un promontoire, de l'autre côté de la Volga, au bord de la route de Nijni-Novgorod. Je les ai vus à la jumelle! On aurait dit qu'ils venaient de surgir de terre. J'en ai distingué sur plusieurs kilomètres. Des hommes, des véhicules, des canons! Ils sont probablement plus de 100 000! Jamais nous ne pourrons les arrêter à nous seuls! Jamais, commandant! »

Deux lieutenants cartographes désignaient à Viktor les retranchements des régiments tchèques et ceux supposés des Blancs.

« Nous sommes trop éloignés les uns des autres pour concevoir une riposte maintenant! confirma l'un d'eux. La solution la moins risquée consiste sans doute à nous regrouper autour d'Oufa et y installer une ligne de défense!

– D'où nous venons? » murmura Viktor.

Soudain, il abattit son poing sur la table et regarda Ratislav.

« Entre en contact avec Koltchak! Il saura peut-être nous dire ce qu'il compte nous faire faire! »

La réponse fut rapide. Ordre était transmis aux régiments russes et tchèques de se retirer et de se concentrer au pied de l'Oural, sur un axe Perm-Oufa-Orenburg.

La dizaine d'officiers généraux attendaient la décision de Viktor. Le regard fixé sur la carte d'état-major, celui-ci tentait de juguler sa colère. Ainsi tout s'écroulait encore une fois. Jamais ils n'atteindraient Petrograd! Jamais la légion tchèque n'entrerait à Prague par l'Est! Au contraire, il fallait à nouveau fuir sous la flotte, bientôt la neige.

Le découragement le gagnait doucement. Il le sentait s'installer dans son esprit, dans ses muscles aussi. Il éprouvait l'envie de s'asseoir et de tout laisser tomber.

Qu'importait maintenant! L'Histoire avait choisi son camp. Ce n'était pas Kerenski ou Koltchak qui stopperaient les Bolcheviks! Ni les Tchèques! Ils n'étaient pas suffisamment nombreux ni motivés pour cela!

Et Paris qui ne transmettait aucune consigne! Pourquoi donc se taisaient-ils au moment le plus grave? La voiture tremblait sans arrêt à cause des bombardements. Il fallait décamper. Courir... Comme à Przemysl, Duckla, comme toujours...

« Allez! Repli général! ordonna-t-il d'un ton las. On abandonne les Blancs. Nous n'irons pas à Oufa, mais au-delà. Qu'on se rassemble à Tcheliabinsk. Réquisitionnez par la force les wagons, les locomotives disponibles. En même temps, faites donner l'artillerie à fond pour contenir les Rouges. Et qu'un régiment du Génie nous précède et dégage tout ce qui gêne sur la voie! »

Les officiers sortis, Ratislav s'inquiéta auprès de Tchetchek de l'endroit où se trouvait le trésor du Tsar.

« Ne t'inquiète pas, répondit celui-ci, durant la réunion je l'ai fait rattacher à ce convoi. »

*

Chaque jour de septembre, une des villes conquises en juillet s'effondrait sous les coups de boutoir de l'armée rouge. Simbirsk, Volsk, Schvalinsk... Le front de l'Oural se disloquait.

Le train s'arrêta. Viktor contempla le paysage par la fenêtre. La plaine, toujours elle! Grise, immense et glacée sous la pluie battante! Seule trace de vie, ces hordes de soldats exténués qui longeaient le ballast. Chacun marchait avec l'espoir de dénicher une place dans un wagon, apercevoir une chaumière où manger et se réchauffer, atteindre le Pacifique...

Puis le convoi s'ébranla. Viktor attendit le martèlement lancinant des roues contre les raccords des rails pour s'intéresser à nouveau à la situation. On avait perdu une dizaine d'hommes dans tel accrochage... Les Rouges étaient bloqués à Syzran mais gagnaient du terrain à Ouralsk... Les Blancs lâchaient Glazov mais tenaient Bogoulma... La routine, quoi! Celle qui tuait à petit feu... Les mêmes fugitifs depuis Kazan, les mêmes arbres défeuillés, les mêmes maisons calcinées et le roulement incessant des lointains coups de canon... Parviendraient-ils seulement à fuir plus vite que les Rouges n'avançaient? N'allaient-ils pas être broyés par cette redoutable armée dont la puissance se dessinait de mieux en mieux au fil des nouvelles ou des rumeurs. 200, peut-être 300 000 hommes! Leur sauvagerie, rapportait-on, dépassait l'imagination! Des villages entiers rasés, des populations assassinées, des prisonniers exterminés.

Viktor accordait peu de crédit à ces bruits... Que ce fût vrai ou faux ne changeait rien à la situation. La Légion était entraînée dans une guerre civile et ne parvenait plus à en sortir!

Une fois encore, la rame stoppa. Viktor appela Tchetchek et lui dicta son rapport quotidien :

« Aujourd'hui 15 septembre, nous reculons toujours. Avec un peu de chance, peut-être atteindrons-nous Oufa dans deux ou trois jours? Aucun télégramme de Paris. Nous improvisons... Aucune consigne des Blancs que nous pensons établis à Oufa. Quelques pertes minimes mais qui pourraient s'accroître si nous ne progressons pas plus vite. Comment faire? Pour passer, il faut coucher des convois sur le ballast ou bien leur faire faire demi-tour! Chaque manœuvre prend plusieurs heures. Les Rouges sont... »

Il s'interrompit. Vitasek, son officier d'ordonnance, venait de faire irruption dans le wagon, sa longue gabardine ruisselante d'eau.

« Un message du 16e d'infanterie pour toi!

– Annonce! »

Vitasek hésita. Il lança un regard de détresse vers Tchetchek et s'exécuta :

« Le colonel Vlassov a été tué ce matin à dix heures devant Simbirsk au cours d'une opération de retardement! »

Viktor sentit ses jambes vaciller. Il se reprit aussitôt.

« Répète! » ordonna-t-il, secoué par une légère convulsion.

Vitasek, apeuré, fixa Tchetchek, puis recommença.

« Encore! » cria Viktor en se tournant vers la fenêtre pour masquer ses larmes.

Il se trouvait là-bas, au camp de Kiev. Il écoutait Vlassov. Ses phrases désabusées... Il distinguait à peine son visage derrière la fumée de son cigare. Son rire blasé résonnait à ses oreilles. « Je vous aime bien, lieutenant! » lui disait-il...

Vitasek s'éclipsa. Tchetchek s'approcha et étreignit Viktor.

« J'en ai assez! murmura celui-ci. J'en ai assez! Pourquoi tout le monde fiche le camp ainsi? Pourquoi? »

Tchetchek lui sourit et lut les dernières dépêches qu'il venait de recevoir. On signalait des exactions de la part de soldats tchèques le long de la voie. Ils avaient pillé des demeures proches de Tcheliabinsk et Kurgan. On dénombrait une vingtaine de morts parmi la population. D'après le rapport du commandant Medek, qui évoquait l'incident, il fallait réagir vite! Sinon la troupe échapperait au contrôle des officiers et la retraite risquerait de devenir une débandade!

« C'est tout? s'inquiéta Viktor.

– Non! répondit Tchetchek. J'ai aussi les récriminations écrites de certains commissaires responsables de villages qui expriment leur désarroi devant la violence de nos hommes! »

Viktor demeura silencieux. Bien sûr, il désapprouvait ces déprédateurs, parce qu'il était le chef, mais il les comprenait. Probablement en avaient-ils par-dessus la tête de cette guerre, de leur solitude et de leurs espoirs déçus en permanence. Ils voulaient prendre du bon temps avec des femmes! Se dédommager de leurs souffrances en chapardant ici et là.

« Tu vois une solution? demanda-t-il à Tchetchek.

– Une inspection dans les régiments incriminés et une remise au pas un peu ferme me paraissent suffisantes!

– Soit! Que Rasti y aille avec une compagnie et fasse le nécessaire! »

Ratislav partit dès le lendemain pour Tcheliabinsk et Viktor rédigea un rappel à l'ordre à l'intention de l'armée. Il y rappelait que la Légion représentait la Tchécoslovaquie et qu'en conséquence l'attitude de chacun devait être exemplaire. Il recommandait aux fauteurs de troubles de se ressaisir et de faire en sorte que le voyage se déroulât sans autre incident jusqu'à Vladivostok. Il n'évoqua pas d'éventuelles sanctions. Ainsi, imaginait-il, les soldats lui en seraient reconnaissants et le problème ne se représenterait pas.

Il fut contredit par les faits. Le 20 octobre, alors

que le train stationnait depuis trois jours en rase campagne entre Kurgan et Petropavlosk, on lui communiqua le rapport d'un lieutenant du 12e d'infanterie : « Certains éléments du régiment viennent à nouveau de s'illustrer par une série impressionnante d'exactions. Hier, son commandant, le colonel Svec, a rassemblé ces hommes et les a adjurés de ne pas devenir le déshonneur de la Nation. Pour toute réponse, les accusés l'ont conspué. Comme l'officier menaçait de les punir, l'un de ces légionnaires s'est approché de lui et lui a craché au visage. Les autres ont applaudi en criant : " A bas l'état-major! Nous en avons assez d'être commandés par des bourgeois! Nommons nous-mêmes nos chefs comme c'est l'usage dans l'armée rouge! " Le colonel Svec est alors retourné à son poste et s'est tiré une balle dans la tête. Devant cette situation qui risque de se dégrader rapidement, les cadres s'inquiètent et souhaitent connaître les mesures que compte prendre l'état-major. »

Viktor réunit celui-ci aussitôt.

« Le compréhension ne suffit plus! conseilla Tchetchek. Sinon ces types risquent de faire des émules. Et alors... »

La plupart des participants approuvaient ce point de vue. Surtout Ratislav qui revenait de sa tournée. Sans aucun doute, la propagande révolutionnaire faisait des ravages au sein du contingent. Selon lui, il fallait en fusiller un petit nombre et l'ordre serait rétabli.

Viktor hésitait. Il ne désirait pas un nouveau bain de sang. La violence lui paraissait inopérante. Il fallait convaincre, peut-être même ignorer cette agitation. Après tout, elle ne concernait que quelques centaines d'individus.

Il croisa les regards angoissés des officiers. Aucun ne paraissait disposé à la moindre mansuétude. Ils craignaient trop de se retrouver face à un soviet quelconque lors de leur retour dans leur régiment. Peut-être même avaient-ils peur d'être assassinés?

Viktor éprouva l'envie de les traiter d'imbéciles et de lâches. Il se retint. Non! Il allait faire beaucoup mieux! Réserver sa réponse, comme on disait en langage diplomatique! Les faire patienter, la trouille au ventre.

« Je vous remercie, messieurs, dit-il, je vous ferai part de mes décisions dans les heures qui suivent. »

Les hommes partis, Ratislav s'emporta.

« Mais enfin quoi! Tu es tombé sur la tête? Crois-tu qu'il faille attendre quand des militaires commencent à se rebeller contre l'autorité et à piller à gauche et à droite? Fais-en exécuter une poignée, je te répète et...

– Je ne crois pas à ces solutions lorsqu'on est en fuite et non en guerre! Quand on rentre chez soi...

– Justement! l'interrompit Ratislav. Peut-être aurait-il mieux valu que nous continuions de résister avec les Blancs au lieu de ficher le camp!

– Cela aurait été absurde! Et tu le sais bien!

– Je sais surtout que la détermination à se battre peut entraîner une victoire. Pas la débâcle! Et je suis persuadé qu'il vaut mieux la fermeté que la compréhension en cas de mutinerie! »

Il sortit en claquant la porte.

« Mais qu'a-t-il à être aussi énervé? s'étonna Viktor.

– Il a raison! » répliqua Tchetchek.

Viktor ne céda pas. Chaque fois qu'on lui rapportait une révolte, il écoutait avec indifférence. Cela allait se tasser, répétait-il.

Le 29 octobre, il se félicita d'avoir temporisé. Dans un message codé, Masaryk leur apprenait que l'indépendance de la Tchécoslovaquie venait d'être proclamée. Son attitude à l'égard des révolutionnaires avait largement évolué. « Sur mes conseils, écrivait-il, les alliés vont reconnaître le gouvernement bolchevik incessamment, en tout cas *de facto* si ce n'est *de jure*. Ils escomptent ainsi avoir de l'influence sur sa politique. Ils ne font qu'imiter les Allemands qui l'ont fait en concluant la paix avec lui.

Je sais les faiblesses des Bolcheviks, mais aussi celles des autres partis. Ils ne sont ni meilleurs, ni plus capables. Les alliés ne les soutiendront plus. Le mouvement monarchiste est trop fragile. Les Cadets et les Socialistes révolutionnaires s'organisent, mais aucun succès d'importance n'est à attendre d'eux.

Je vous conseille donc de poursuivre votre route vers le Pacifique sans vous soucier du conflit qui oppose les Rouges aux Blancs, excepté bien sûr dans les cas de force majeure pour lesquels je vous laisse juges des meilleures initiatives à prendre... »

Enfin, il terminait par un long compliment pour la prise du trésor des Tsars. Il servirait à constituer les premiers fonds de la banque de Tchécoslovaquie dont chacun des légionnaires deviendrait actionnaire.

« Tu vois, dit Viktor à Tchetchek, à quoi cela aurait-il servi de faire exécuter des Tchèques? Aujourd'hui ils sont des citoyens libres et égaux et ils vont mettre eux-mêmes un terme à leurs exactions!

– Je respecte ton optimisme, répondit Tchetchek, mais je ne le partage pas. Chaque jour, je te décris des faits mineurs que tu feins d'ignorer mais plus le temps passe, plus le danger d'un éclatement de l'armée devient manifeste! »

Viktor se décida à sévir le 1er novembre. La nouvelle de l'indépendance n'avait pas ramené le calme et on signalait maintenant la désertion d'unités entières qui passaient chez les Rouges avec armes et véhicules.

Il constitua une troupe de fidèles qui se portèrent

immédiatement aux points les plus sensibles de l'immense convoi. Plusieurs dizaines de soldats furent fusillés, des bataillons entiers désarmés, enfin on brisa des régiments dont on répartit les hommes entre divers autres. L'effet de surprise fut tel que l'agitation cessa aussitôt.

Comme devait le dire Ratislav en revenant : « Ils avaient besoin d'un bon coup de pied au cul! »

L'ordre étant rétabli, la préoccupation quotidienne des Tchèques consistait à avancer le plus vite possible pour échapper aux Rouges qui harcelaient leurs arrières, aux Blancs qui prenaient de plus en plus mal leur fuite et à la pluie froide qui s'infiltrait dans les compartiments.

L'information parvint à l'état-major le 12 novembre au soir : la veille, la guerre mondiale venait de cesser par la signature d'un armistice. Les Austro-Allemands avaient définitivement perdu.

A la tombée de la nuit, la voie s'illumina sur plusieurs centaines de kilomètres. Les uns avaient enflammé des torches, d'autres des lampes-tempête. On chantait. On buvait autour des wagons! Enfin, la Tchécoslovaquie existait! Leur sale cauchemar allait prendre fin! On disait même que les alliés organiseraient le rapatriement.

Au petit matin, la neige se mit à tomber drue et serrée.

CHAPITRE XVIII

Le train se remit en route. Depuis le temps qu'ils attendaient en observant les flocons s'accrocher à la vitre! Assis l'un en face de l'autre, Viktor et Ratislav évitaient de se regarder. De se parler aussi, comme s'ils craignaient que la moindre de leurs paroles fût le prétexte d'une nouvelle dispute. Depuis leur rencontre avec Koltchak et leur différend sur la manière de réprimer les agitateurs, ils se dressaient sans cesse l'un contre l'autre... Souvent, Tchetchek se moquait d'eux.

« Allons, recommandait-il, arrêtez donc de vous provoquer ainsi! On dirait des gamins... »

Les deux hommes feignaient alors de s'entendre, mais l'essentiel les séparait : leur interprétation de la guerre civile russe et leur propre engagement. La volonté neutraliste de Viktor contrecarrait toujours le désir affiché de Ratislav d'aller soutenir les Blancs.

Le convoi venait de dépasser Petropavlosk. Tchetchek arrivait du wagon des transmissions.

« Hé, les gars! Une nouvelle importante d'Omsk! Koltchak a fomenté un coup d'Etat. Dans la nuit du 18 novembre, il a donné l'ordre d'appréhender les membres du Directoire, de dissoudre l'Assemblée et de jeter une poignée de députés récalcitrants en prison! Et vous savez la meilleure? Il s'est fait proclamer par l'armée blanche Régent et Gouvernant Suprême de toutes les Russies!

– Vraiment! » s'exclama Ratislav, admiratif.

Il attrapa la dépêche et la relut. Viktor ne bougeait pas et regardait la plaine blanche qui s'étendait, loin vers le nord.

« Transmets la consigne au 6ᵉ d'artillerie et au 12ᵉ d'infanterie de s'éloigner de la voie de deux kilomètres et de se déployer! dit-il sèchement. Que les régiments des trains qui suivent se tiennent prêts à toute éventualité. Il faut que chaque rame s'éloigne de la précédente d'au moins quelques centaines de mètres!

– Pourquoi ces décisions délirantes? s'indigna Ratislav. La couche de neige fait presque deux mètres d'épaisseur dans la plaine et la température avoisine 15 degrés au-dessous de 0! Tu veux une armée gelée sur place? A quoi cela sert, tu veux me dire?

– Dans l'état actuel des choses, répliqua Viktor, ton Koltchak est capable de nous désarmer avec les forces dont il dispose!

– Et pourquoi prendrait-il une telle résolution?

– Parce que nous le dérangeons! Nous bloquons la ligne alors qu'il en a besoin pour expédier ses renforts et ses armes sur le front de l'Oural. Nous transportons un matériel offensif très important, des milliers de chevaux qui pourraient nourrir ses régiments, sans compter le trésor de Kazan dont il ne serait pas étonnant aujourd'hui qu'il connût l'existence. Tu ne penses pas que ce sont des raisons suffisantes pour tenter un coup contre nous, maintenant qu'il est, ou croit être, le maître absolu? Tu nous vois nous défendre, coincés dans des wagons?

– C'est complètement stupide! protesta Ratislav en se tournant vers Tchetchek. Dis-lui que c'est une erreur! Dis-lui, nom de dieu! »

Celui-ci demeura silencieux. Il ne désavouerait pas

Viktor sur cette question. Dans la confusion qui régnait partout, les Blancs comme les Rouges pouvaient faire des choix extrêmes et il valait mieux les prévenir. Devant son mutisme, Ratislav se trouva à court d'arguments.

« Expédie un télégramme à Koltchak! ordonna Viktor à Tchetchek. Avertis-le que nous allons traverser Omsk dans les prochaines heures. Fais-lui sentir que nous ne nourrissons aucune intention belliqueuse à son égard. Mais qu'il saisisse aussi que des compagnies d'infanterie et d'artillerie vont contourner la ville par le Nord et le Sud. Qu'il réponde immédiatement! »

Tchetchek s'éclipsa.

« Je ne te comprends plus! affirma Ratislav d'une voix sourde. Tu as tellement évolué depuis la défaite de Kazan. Avant, tu étais décidé à en découdre sans pitié avec les Bolcheviks et depuis... plus rien! La neutralité! Une volonté frileuse de rentrer au pays sans te soucier des conséquences d'une victoire des Rouges. Au contraire même, tu développes à l'égard de Koltchak une haine incompréhensible. »

Il s'interrompit. Viktor, absorbé par le spectacle du dehors, affectait de ne pas l'écouter.

« Très bien, reprit Ratislav en dissimulant mal sa colère, moi aussi je vais envoyer un message à Koltchak! Mais ce sera pour le féliciter de son coup d'Etat. Qu'il apprenne qu'un Tchèque approuve le sens de son action! »

Il sortit en jurant.

« Eh oui, j'ai changé! » murmura Viktor en effaçant la buée sur la vitre.

Pourquoi? Il n'en savait rien... Peut-être la défaite de Kazan? La mort de Vlassov? La lassitude des soldats? Tout à la fois probablement. Il repensa à Jaroslav. Et si, comme lui, il s'engageait *de facto* du côté des communistes? L'explication était plus simple que cela. Il éprouvait un dégoût de plus en plus prononcé pour cette guerre qui n'en finissait pas. Et une fatigue lourde, toujours présente, qui lui rendait chaque mouvement insupportable! Pouvait-il être autrement que neutre, à ne plus pouvoir bouger?

Koltchak ne tarda pas à réagir. Il n'était évidemment pas question d'occasionner des difficultés à l'armée tchèque lorsqu'elle traverserait Omsk. Au contraire, il ferait le nécessaire, en particulier au plan des aiguillages, pour faciliter leur passage. Par contre, il serait heureux de s'entretenir avec Viktor des affaires politiques et militaires de la Russie...

Viktor se rendit seul à l'invitation. L'amiral avait installé son QG et sa nouvelle Cour dans un petit château des environs d'Omsk qui appartenait à un vieux duc acquis à la contre-révolution. L'aile gauche de la bâtisse était réservée à ses appartements privés, la droite aux salles du Gouvernement. L'état-major était logé dans les combles.

Il régnait partout une ambiance triste et pesante. Les serviteurs comme les maîtres affichaient des mines compassées. On marchait silencieusement en saluant d'un léger hochement de tête tout personnage qui paraissait plus important que soi.

Koltchak ne quitta pas son fauteuil pour l'accueillir. Il lui désigna un siège à une distance respectueuse de lui. Aussitôt, Viktor éprouva la même répugnance que lors de leur première rencontre. La suffisance du personnage l'écœurait.

« Cher commandant, dit Koltchak, vous avez pu constater combien les événements ont évolué depuis le congrès d'Oufa. Désormais, il n'existe plus qu'un maître en Russie. C'est mieux, n'est-ce pas? »

Viktor acquiesça mollement.

« Cela va permettre de prendre des décisions plus hardies, reprit l'amiral. En particulier au plan militaire! Cette fois-ci, les attaques vont être coordonnées et l'armement des alliés va être distribué à l'ensemble de nos régiments. Nul doute qu'ainsi nous remporterons la victoire! Il n'en reste pas moins que la situation demeure précaire, surtout en cette saison. Tout gèle, les hommes et les animaux meurent, parfois avant d'arriver sur le champ de bataille. Et beaucoup de matériel nous fait encore défaut pour écraser ces chiens rouges! »

Il se tut comme s'il attendait une réponse. Viktor garda le silence.

« Peut-être seriez-vous disposé à nous céder gracieusement une partie du vôtre qui ne vous sert plus à grand-chose? demanda soudain l'amiral. Grâce à nous, vous pouvez... fuir tranquillement!

– Nous ne fuyons pas, amiral! rectifia Viktor. Nous retournons en Tchécoslovaquie!

– Certes! Mais vous imaginez comme moi que l'intérêt de votre pays sera d'être à l'abri de la contagion révolutionnaire! Sinon tôt ou tard vous y passerez...

– Comme vous l'exigez vous-même de... vos nouveaux sujets, ironisa Viktor, je me soumets à l'autorité de mon gouvernement et à ses avis. Or celui-ci, vous le savez, nous a priés de respecter une neutralité sans faille dans la guerre civile russe. Faire le contraire serait un acte d'insubordination... »

Il préféra taire le contenu du dernier message de Masaryk. Visiblement, Koltchak ignorait les orientations de la diplomatie alliée à son égard.

« Pourtant, objecta l'amiral, cette attitude n'est pas partagée par l'ensemble de vos compatriotes. Si j'en crois les informations qu'on me rapporte...

– Il se peut que sur 50 000 Tchèques, quelques-uns soient enclins à vous aider! Mais jusqu'ici je n'ai pas été averti de défections de soldats qui rejoindraient votre armée!

– Savez-vous qu'à vous seuls vous pourriez faire basculer le sens de l'Histoire? affirma Koltchak. Il suffirait que vos trains fassent machine arrière. C'en serait fini de l'armée rouge et la Russie redeviendrait libre. »

Pour Viktor, il existait une part de vérité dans ce que proposait l'amiral. En d'autres temps, peut-être se serait-il laissé convaincre. Aujourd'hui, non! Et pas pour des raisons politiques ou militaires d'importance! Seulement parce que son interlocuteur le dégoûtait. Ne rien faire lui parut alors encore plus grisant.

« Je ne peux malheureusement prendre une telle décision! » dit-il.

Les deux chefs se dévisagèrent. Désormais, leur rupture était consommée.

« Commandant, l'itinéraire Transsibérien est d'un intérêt vital pour la cause que je défends! » insista Koltchak.

Viktor ignora la menace voilée.

« Je sais! C'est pourquoi je me propose de détacher Vitasek, un officier de confiance, auprès de votre état-major pour faciliter la circulation.

– Très bien! conclut Koltchak, la voix vibrante de colère. Je souhaite à votre nouvel Etat de toujours demeurer indépendant. »

Sur le chemin du retour, Viktor médita sur la bataille un peu particulière qui allait s'engager. Elle aurait pour théâtre une ligne ferroviaire. Il leur faudrait refuser de se battre contre les Rouges et les Blancs, et atteindre Vladivostok. Tout cela dans la neige, le froid et l'indifférence du monde.

Tchetchek l'accueillit.

« Devine la bonne nouvelle! Ian arrive prochainement de Moscou avec le général Janin qui représente les alliés... »

Viktor oublia sa morosité. On ne les avait donc pas abandonnés!

*

« Je ne vous cache pas, mon cher Viktor, assura Ian, qu'à Paris nous sommes inquiets du laisser-aller qui régnerait dans la Légion. D'ailleurs, je suis ici en tournée d'inspection pour le compte du gouvernement! Le général Janin vous accompagnera jusqu'à Vladivostok. Pour ma part, je compte repartir vers la fin du mois de janvier. Je prendrai un avion à Moscou pour aller plus vite... »

Et voilà, pensa Viktor, il avait fallu attendre la fin du dîner pour connaître la vérité! Des échos au sujet des dernières désertions et des exactions étaient parvenus aux oreilles de Masaryk et la Légion se retrouvait sous haute surveillance! Ian, l'ami, avait cédé la place au mouchard.

Et ce général Janin, assis en face de lui, qui paraissait si falot! Il allait donc falloir le supporter jusqu'au terme du voyage! L'entendre débiter d'une voix morne des litanies sur la paix universelle qui naîtrait des ruines fumantes de la guerre.

Il se tourna vers Ratislav. Depuis le début du repas, celui-ci pointait obstinément vers Ian un regard plein de colère. Il l'avait suggéré à demi-mot : il n'aimait pas qu'on vînt surveiller l'armée, livrée à elle-même et donc difficilement contrôlable. A plusieurs reprises, il avait failli laisser éclater sa fureur puis s'était repris, comme s'il guettait une meilleure raison de le faire.

« Mes amis, reprit Ian, je crois le moment opportun pour vous annoncer le véritable objet de la présence du général Janin. Afin de faciliter la coordination de notre stratégie avec celle des Alliés, vous allez devoir accepter le commandement de ce dernier. »

Ratislav ricana.

« Quoi! s'écria-t-il. L'armée tchèque sous autorité

française? C'est une plaisanterie! Croyez-vous réellement nous convaincre du bien-fondé d'une telle décision?

– Je suis désolé, mais les directives de Masaryk sont formelles!

– Je me fous des consignes de Masaryk ou de tout autre! répliqua Ratislav. Proposez donc cela à l'état-major et vous verrez les têtes! Sans vous offenser, général, que connaissez-vous de la Sibérie, du froid, de la neige? Hein, qu'en connaissez-vous? »

Janin, surpris d'une réaction si violente, suffoquait d'indignation. Ian interrogea Viktor du regard.

« Eh bien, Ian! Je vous en prie! dit ce dernier. Exécutez les directives! Convoquez l'état-major au grand complet et relevez les chefs de leur pouvoir!

– C'est cela! renchérit Ratislav. On va bien s'amuser!

– Les ordres sont les ordres! s'exclama soudain Janin. Je vous rappelle que vous êtes encore sous contrôle de l'armée française et que...

– Mais ici vous vous trouvez en pleine Sibérie, rétorqua Ratislav, pas dans l'un de vos bureaux du ministère à Paris! »

Il sortit, l'air satisfait.

Viktor se leva.

« Je crois que vous avez commis une erreur! prévint-il simplement. On ne change pas de navigateur au milieu du gué. Faites ce qui vous paraîtra bon. Je ne suis pas attaché à mon poste au point de résister... »

Il alla se coucher, laissant face à face les deux émissaires décontenancés.

Il fallut le doigté de Viktor pour empêcher qu'ils fussent abandonnés pieds et mains liés dans la toundra. Les officiers, réunis dans le wagon du QG, lançaient des quolibets ou des injures chaque fois que Ian ou Janin tentaient de prendre la parole... Comment deux planqués comme eux pouvaient-ils prétendre faire circuler des dizaines de milliers d'hommes sur une voie unique de chemin de fer avec les Rouges au cul et les Blancs en face! Avaient-ils seulement idée du fonctionnement d'une locomotive? De la manière de se protéger du froid ou de se battre enfoui dans la neige jusqu'à la gueule? Avaient-ils souffert une seule fois de faim ou de solitude? Les officiers refusaient tout net d'obéir. La Tchécoslovaquie existait, il appartenait donc à un Tchèque de diriger la Légion, certainement pas à un Français! Les accords internationaux, les combines politiciennes, les finasseries des Alliés, ils n'en avaient rien à foutre!

Devant une telle levée de boucliers, Ian imagina une solution : le général français serait là comme représentant des Alliés et, à ce titre, conseiller auprès de l'état-major. Cela calma les esprits mais mécontenta tout le monde. Janin se sentait dépossédé de son pouvoir. Viktor et ses hommes étaient convaincus de n'être pas reconnus à leur juste valeur par Masaryk.

Tard dans la nuit, Ratislav et plusieurs officiers exaspérés se rassemblèrent dans un wagon à bestiaux en queue du convoi. Ils tombèrent d'accord. La situation était devenue intolérable. Il fallait réagir d'autant plus fermement que Viktor, par sa mollesse, semblait donner raison aux envoyés de Paris.

Le lendemain, à l'insu de tous, ils transmirent à Masaryk un télégramme codé dans lequel ils dénonçaient l'autoritarisme de Ian et l'absurdité de ses propositions. Ils soulignaient le danger, en une contrée hostile, de confier la direction d'une armée à un militaire inexpérimenté, et étranger de surcroît. En attendant sa réaction, ils s'accordèrent pour faire la sourde oreille aux ordres qui leur paraîtraient saugrenus.

*

Le temps passait. On approchait de la fin de l'année. Les trains se trouvaient immobilisés entre Omks et Kainsk. Les soldats avaient fêté Noël par petits groupes, enfermés dans leurs wagons pour se protéger du froid et de la neige qui tombait sans interruption. Maintenant, ils pouvaient sortir de plain-pied grâce aux congères formées contre les voitures. Comme les provisions chapardées durant la première partie du voyage étaient épuisées, ils commençaient à tuer les chevaux.

Aux abords de la voie ferrée régnait un silence impressionnant. Les hommes n'osaient plus le troubler. Leurs paroles se dissipaient trop vite dans l'immensité environnante. Chacun, recroquevillé sur soi-même, ressassait d'anciens souvenirs.

Viktor recevait régulièrement des rapports de Vitasek, toujours auprès de Koltchak. La situation des Blancs se dégradait de jour en jour. En particulier sur les contreforts de l'Oural où l'armée rouge menait une offensive d'envergure.

Il occupait son temps à inspecter le contingent en compagnie de Ian.

Janin, frileux et indifférent au sort de la troupe, préférait rester dans le compartiment de commandement et envoyer quotidiennement des messages inquiets à Paris.

Les deux amis remontaient en camion le long du convoi, sur des chemins tracés dans la neige par le génie. Ian prenait un plaisir d'enfant à ces escapades. Il aimait rencontrer les militaires et parler de politique avec eux, parfois tard dans la nuit. Si aujourd'hui on soutenait les Rouges, disait-il, c'était uniquement par raison... Le cœur demeurait du côté des démocrates tels que Kerenski. Seulement pour les Alliés, ils avaient perdu, quel que soit leur courage! Voilà pourquoi il fallait aux Tchèques respecter une neutralité absolue. Contrairement à son attente, les contradicteurs étaient nombreux. Quelquefois, ils dénonçaient le manque d'indépendance de Masaryk par rapport aux Occidentaux. Ian leur opposait alors la nécessité d'une aide financière des Français et des Anglais pour construire la Tchécoslovaquie de demain.

Viktor n'écoutait que d'une oreille. L'argumentation de Ian lui semblait convenue, parfois spécieuse. Il aurait préféré qu'en haut lieu on accordât mieux le cœur et la raison. Mais ceci n'était pas la cause principale de sa mauvaise humeur. Bien d'autres questions l'assaillaient. Autrement plus préoccupantes, même si elles ne concernaient que lui...

Depuis quelques semaines il éprouvait la sensation désagréable de se tromper sans cesse. La défaite de Kazan, la mort de Vlassov et ses différends répétés avec Ratislav lui apparaissaient comme autant de mises en garde du destin.

L'antagonisme grandissant qui l'opposait à son ami le préoccupait particulièrement. Jusqu'où cela pouvait-il aller? Parviendrait-il à ne pas le laisser apparaître au grand jour avant d'arriver au Pacifique? Cela ne risquait-il pas d'entraîner de fâcheuses dissensions au sein de la Légion? Souvent il repensait aux prédictions du vieux de Lubaczow. La « terre qui dort » dont il lui avait parlé, il y était. Elle l'entourait de toutes parts et commençait à l'étouffer... Alexandra avait hésité à terminer sa lecture du tarot. Avait-elle deviné ses errements? Il lui fallait imaginer les bonnes décisions... Peut-être se réconcilier avec Rasti? Ils s'expliqueraient franchement et, comme toujours, finiraient par s'entendre. Il se promit de provoquer cette discussion très rapidement.

Avec les soldats, Viktor et Ian évoquaient leur nouvelle vie en Tchécoslovaquie. Ils seraient détenteurs d'un passeport, pourraient sortir des frontières librement... Des hommes élus s'exprimaient au nom des citoyens et ceux-ci auraient leur mot à dire sur la marche des affaires. Ian confirmait tout cela en ajoutant que la censure ne serait plus appliquée. Aucune religion ne serait celle de l'Etat et rien ne pourrait se substituer à la liberté individuelle.

Durant les dix premiers jours de janvier 1919, les efforts conjugués du génie et de l'infanterie permirent au train d'avancer vers Kainsk. On déblayait la neige de la voie, on couchait sur le côté des convois pris dans la glace et désertés depuis longtemps par les voyageurs, on amenait de l'arrière du charbon pour les locomotives. Ian aidait avec ardeur.

« A croire que vous auriez aimé être militaire! lui dit un jour Viktor alors qu'ils se retrouvaient seuls dans le wagon du QG.

– Il y a un peu de ça, répondit Ian. J'ai toujours regretté d'être un homme de réflexion plutôt que d'action. J'ai rêvé d'être un peu comme vous l'un des capitaines de notre armée à la tête de laquelle j'aurais défié le danger...

– Cela me paraît bien romantique! La réalité est moins exaltante, comme vous pouvez en juger!

– Vous me semblez très pessimiste!

– Il m'arrive de l'être, désormais. Comme si j'avais épuisé les bonnes ou mauvaises raisons d'être enthousiaste. Même les plus belles causes finissent par ne plus présenter un grand intérêt quand on envisage sa propre destinée!

– Je crois au contraire que cette dernière trouve sa justification dans le cadre d'une entreprise qui la dépasse!

– Vous avez peut-être raison, conclut Viktor. Mais il se peut que ce soit l'inverse. Les grands mouvements de l'Histoire n'existeraient que par l'entremise de destins individuels et hors du commun? »

Ils convinrent en riant qu'ils en reparleraient un jour prochain. Ils n'en eurent pas le loisir. Le 15 janvier, Ian était rappelé d'urgence à Paris. Il s'en étonna. Il était loin d'avoir terminé sa mission. On s'interrogea vainement sur la raison d'une telle précipitation. Sauf Ratislav! Probablement son télégramme avait-il eu quelque écho auprès de Masaryk?

*

Le départ inattendu de Ian agaça Viktor qui pensait finir la traversée de la Sibérie en sa compagnie.

La présence du général Janin n'arrangeait guère les choses. Toujours là où il ne fallait pas, à émettre des avis imbéciles d'un air pontifiant! Il se faisait parfois rembarrer par l'un ou par l'autre. Il rappelait alors qu'il représentait les Alliés et qu'en conséquence on devait l'écouter. Ratislav, de plus en plus excédé, résolut de s'en débarrasser. Comme il avait découvert chez le Français une passion de comptable – il voulait connaître au jour le jour le nombre des wagons, des véhicules et des animaux disponibles afin d'en faire un état régulier à Paris –, il le dépêcha à l'arrière du convoi au début du mois de février pour y pratiquer des relevés exhaustifs.

A cette époque, les trains tchèques se succédaient sur près de 200 kilomètres. Ils se trouvaient immobilisés par ceux des Blancs qui remontaient vers le front et ne voulaient pas céder le passage. Viktor envisageait d'engager une négociation avec Koltchak, quand ce dernier lui fit parvenir une mise en demeure : il en avait assez de voir ses hommes et ses armes bloqués par des fuyards! Il ordonnait donc aux Tchèques de quitter leurs voitures dans les plus brefs délais et de s'installer dans les villages abandonnés, à quelques kilomètres de là. Viktor se mit en colère et décida la résistance armée. Pour faire entériner son projet, il réunit l'état-major. A sa grande surprise, une minorité d'officiers entraînés par Ratislav s'indignèrent qu'on favorisât ainsi les Bolcheviks au détriment des Blancs.

Ratislav répliquait avec véhémence aux arguments de Viktor. Pourquoi ferait-on deux poids deux mesures? Qu'on laissât les Rouges et les Blancs s'entretuer, soit! Mais qu'on coupât les Blancs de leur avant-garde, c'était justement rompre la sacro-sainte neutralité derrière laquelle Viktor se réfugiait! Par ailleurs, que l'arrivée de la Légion à Vladivostok fût retardée n'avait aucune importance! Cela faisait des années qu'ils se trimbalaient, ils n'en étaient plus à une semaine près! Enfin, abandonner l'armement au gel au lieu de le donner à des hommes qui se battaient pour la liberté était inadmissible! Malgré son éloquence, il n'obtint pas gain de cause. Mais en quittant la réunion, lui et ceux qui l'avaient soutenu étaient bien déterminés à prendre fait et cause pour Koltchak.

Durant plusieurs jours, ils interrogèrent leurs régiments. Seraient-ils d'accord pour prêter main-forte aux Blancs si on le leur demandait?

Au terme de leurs investigations, il apparut qu'environ 2 500 hommes seraient disposés à recommencer le combat. Ratislav résolut alors d'offrir l'appui de ces volontaires à l'amiral.

Ce dernier l'invita à dîner à son quartier général et l'accueillit en personne.

« Ah! Enfin un Tchèque qui voit plus loin que le bout de son nez! » lui dit-il.

Sitôt attablés, le Régent entra dans le vif du sujet :

« Je crois qu'on ne peut attendre plus longtemps pour lancer une offensive décisive contre les Bolcheviks. Cet été, il sera déjà trop tard. Nous allons donc, avec votre aide, agir dans les premiers jours de mars! Je vais constituer trois armées. Celle de Sibérie, celle de l'Ouest, dont je compte confier le commandement au général Hanshin, et enfin celle d'Orenburg, actuellement sous les ordres de l'Hetman Dutov. Elles lanceront l'attaque vers Samara en s'appuyant sur les contingents de l'Oural. Après quoi, elles libéreront Nijni-Novgorod... »

Ratislav écoutait l'amiral avec une joie presque physique. L'homme paraissait tellement puissant, sûr de lui! Certainement, il réussirait sa reconquête de la Russie! Et alors lui, petit officier tchèque, deviendrait enfin le brillant chef qu'il rêvait d'être. A la tête des soldats courageux qui avaient choisi de s'engager à ses côtés, il enfoncerait les lignes bolcheviks, les prendrait à revers et les anéantirait...

« Vous me suivez, capitaine? » s'inquiéta Koltchak.

Ratislav sursauta.

« Bien sûr, amiral! Je pense que vous êtes providentiel pour la Russie! Vous pouvez compter sur mon total dévouement!

– Pour vous prouver la confiance que je mets en vous et vous remercier de votre soutien, je vous offre le commandement de l'armée de Sibérie! »

Ratislav demeura muet de saisissement.

« Eh bien? Remettez-vous! s'exclama Koltchak.

– Vous... me faites beaucoup d'honneur! balbutia Ratislav. J'accepte! Mais vos compatriotes consentiront-ils à m'obéir?

– Je donnerai les ordres nécessaires et je vous adjoindrai le général Dieterichs comme chef d'état-major. Je suis certain que vous vous entendrez parfaitement. Il a toujours encouragé la cause tchèque à la Cour. »

Il jeta un regard nostalgique vers des icônes qui trônaient sur le manteau de la cheminée.

« Un cadeau de notre regretté Tsar, Nicolas II....

murmura-t-il. C'était en mai 1912. Nous quittions une réception militaire à la forteresse Pierre-et-Paul, à Petrograd. Il voulait me témoigner son affection... Enfin! Tout cela paraît bien lointain. Revenons plutôt à ce qui nous préoccupe. Abandonner la Légion avec plusieurs milliers de soldats ne risque-t-il pas de soulever de violentes oppositions au sein de votre état-major?

– Ne vous en souciez pas, amiral! J'en fais mon affaire! »

Viktor, aucun officier, ni même Dieu ne pourraient l'empêcher de commander ces volontaires! Ils constitueraient le bataillon de la victoire! Conscients du destin du monde, ils allaient renverser le cours des événements sous la conduite de leur chef, un ancien étudiant en pharmacie, un faux médecin, un trafiquant!

Ratislav pouffa de rire à cette idée.

« Eh bien quoi, capitaine? Que trouvez-vous si drôle? demanda Koltchak.

– Les caprices de l'Histoire, amiral! »

Ce dernier approuva et se lança dans ses souvenirs d'ancien commandant en chef de la flotte russe de la mer Noire... Ratislav ne l'écoutait pas.

Il s'imaginait progressant dans la plaine sibérienne à la tête de ses compagnons. La neige, poussée par un vent glacial, fouettait leurs visages. Personne ne se plaignait. Il fallait au plus vite entrer en contact avec l'armée rouge. L'artillerie puissante et dévastatrice avait préparé le terrain. Ils remportaient un succès, puis un autre... La Russie était délivrée! Il retournait à Prague, couvert d'honneurs, et épousait Jilha. Il allait lui écrire. Elle recevrait ses lettres puisque maintenant la Tchécoslovaquie était constituée! Il prêta à nouveau l'oreille à ce que racontait Koltchak. Une quelconque bataille maritime... Ratislav acquiesçait de temps en temps pour donner le change. Soudain, un officier d'état-major fit irruption dans la pièce. Il glissa quelques mots à l'oreille du Régent.

« Pardonnez-moi! dit celui-ci. Je suis contraint d'écourter notre conversation! »

Il se leva.

« Au fait! reprit-il. Croyez-vous possible que nous fassions dégager vos compatriotes par la force?

– Non! répondit Ratislav. Ce serait un combat à l'issue incertaine! Mieux vaut contourner l'obstacle!

– Merci de votre conseil, capitaine! En attendant, acceptez mon hospitalité et demeurez coucher ici jusqu'à demain. Le temps est impossible. »

Ratislav accepta avec empressement.

*

Ratislav pénétra dans le wagon.

« Je te guettais! lui confia Viktor. Assieds-toi! Depuis hier, je rumine des idées noires. Je voulais t'en parler avant que tu t'en ailles. Car tu vas partir, n'est-ce pas? »

Ratislav approuva.

« C'est drôle, vois-tu! continua Viktor. J'ai repensé à notre première rencontre. Là-bas, à Kiev! Je me suis rappelé ce que nous avons fait ensemble. Les bons et les mauvais moments. Et puis j'ai eu la certitude que cela devait nous mener à...

– Cesse de ressasser le passé! Chacun de nous doit obéir à un appel. Toi, tu vas mener des citoyens tchèques raisonnables jusqu'à leurs villages. Moi, je vais en conduire une poignée au combat! Ceux-là sont un peu plus fous, plus joueurs aussi. Comme moi, probablement! Je voulais être un officier plein de panache et de bravoure. Peut-être le serai-je en Oural, sous le feu des Rouges? Peut-être aussi ne rentrerai-je pas? Dans ce cas, offre-moi une épitaphe sur ma tombe...

– Vas-y! Plaisante! l'interrompit Viktor, agacé. Tu vois l'avenir au bout de ton nez! Les hommes de ton espèce meurent dans leur lit! Tu reviendras de l'Oural ou de la Sibérie comme tu es revenu de partout ailleurs! Mais quand tu fiches le camp, c'est encore une partie de moi-même que m'arrache cette foutue terre qui dort! »

Ratislav lui tapota affectueusement l'épaule.

« Je vais te la réveiller, moi! Tu vas voir! On va entendre cracher les canons et galoper les chevaux! Et on les écrasera, ces Bolcheviks! On les anéantira! Nous nous retrouverons à Petrograd, Viktor!

– Peut-être, Rasti! Prends le matériel qu'il te faut, les armes aussi. Et tâche de me donner de tes nouvelles par Vitasek. Je ferai de même de mon côté! Allez, adieu!

– Au revoir! répliqua Ratislav. Et plus tôt que tu ne le crois! »

Ils s'embrassèrent.

Viktor regarda son ami s'éloigner. Courbé pour lutter contre le vent et la neige, il rejoignait le camion de son régiment, à quelques mètres de la voie. Il ne se retourna pas. Viktor fut saisi d'un violent pressentiment.

CHAPITRE XIX

Ratislav entra dans Omsk à la tête des 2 500 hommes. Ils défilèrent dans l'artère principale. Les habitants les observaient d'un air ébahi. D'où sortaient-ils, ceux-là? On ne connaissait pas leurs uniformes! Les Blancs marchaient moins droit que cela!

Le contingent, suivi de l'armement lourd et des camions, traversa la ville et installa le camp à quelques centaines de mètres du château de Koltchak. Ratislav demanda à être immédiatement reçu par celui-ci.

« Informez-le que le commandant de l'armée de Sibérie est ici! » annonça-t-il au chef du protocole.

Le Régent l'accueillit peu après.

« Bonjour, mon cher général! Pas trop de difficultés pour venir?

– Aucune! affirma Ratislav. Comme pour arriver à Petrograd! »

L'amiral esquissa un sourire entendu.

« Bien! Voici la stratégie définie par l'état-major, reprit ce dernier. Vous rejoignez Dieterichs à Iekaterinbourg le plus vite possible et vous prenez l'armée de Sibérie en main. Vos hommes y seront incorporés. Je viendrai en tournée d'inspection le 6 mars, avant d'engager la bataille.

– Amiral! Toutes les décisions semblent arrêtées quant à l'offensive. Or, l'armée de Sibérie est la clef de voûte de votre défense. Je souhaiterais avoir mon mot à dire!

– Bien sûr! Bien sûr! Mais voyez-vous, les dispositions des régiments ont été fixées il y a fort longtemps et...

– Il n'empêche! l'interrompit Ratislav. Je tiens à ce qu'une nouvelle réunion d'état-major soit rapidement organisée!

– Elle le sera, général, mais à Iekaterinbourg...

– Soit! conclut Ratislav, plein d'amertume. Je serais heureux de m'installer dans mes appartements. »

Koltchak, étonné, appela son ordonnance.

« Dégotez une chambre pour le général! » ordonna-t-il, légèrement excédé.

Il se retira.

Ratislav suivait son guide dans le dédale des couloirs et des escaliers. Ils aboutirent dans un petit logement mansardé, sous les combles.

« C'est tout ce qu'il nous reste, général! dit l'officier avec une pointe d'ironie. Mais ce sera quand même plus confortable que sous la tente. »

Ratislav ne répondit pas. Il fit le tour des deux pièces. Un papier peint aux couleurs fanées se décollait des murs. Le lavabo encastré dans un placard ne possédait pas de robinet. Comme dans certaines chambres, à Brno, chez ses parents! Mais on y logeait les gens de maison... Il dissimula sa déception et pria l'ordonnance de convoquer son propre état-major. La réunion aurait lieu ici même. Son interlocuteur parut surpris mais confirma qu'il ferait le nécessaire.

Ratislav jeta ses gants sur le lit d'un geste rageur.

« Salauds! Salauds! » répéta-t-il.

Oser le caser dans ce trou infâme! Lui qui venait avec 2 500 soldats, 200 canons, 30 camions bourrés de munitions et des chevaux à en crever d'indigestion! Lui, le général de l'armée de Sibérie qui allait sauver Koltchak et l'Empire des Tsars!

Il s'approcha de la fenêtre. Il neigeait à nouveau. Des militaires balayaient la cour pour permettre la circulation des véhicules. Dans le parc, des recrues s'exerçaient à chevaucher dans la neige. C'était risible! Elles tombaient sans arrêt.

Ratislav sentit la colère l'abandonner doucement. Elle cédait la place à une exaltation presque mystique. Le chef! Il était le chef! Il interdirait l'entrée de la Sibérie aux Bolcheviks! Il deviendrait le spectre de leur défaite, la hantise de Trotski... On l'évoquerait plus tard comme le grand stratège qui avait permis à Koltchak de gagner la guerre civile et de restaurer la liberté! Il n'avait plus qu'un ordre à donner pour que l'aventure commençât.

Pawlu, Kotomkin et Krejci, ses trois officiers d'état-major, arrivèrent à l'approche de la nuit. Tout allait bien au camp. Les hommes avaient planté les guitounes et allumé les feux. Ils attendaient les ordres.

Ratislav laissa pointer sa déception. A voir comme il était logé, les Russes considéraient les Tchèques pour des moins que rien! Ses interlocuteurs approuvaient en faisant circuler la bouteille de vodka qu'ils vidaient au goulot. Enfin, il commença de dresser leur plan de campagne sur la carte d'état-major que Pawlu et Krejci maintenaient au mur. Probablement ces imbéciles de Russes avaient-ils prévu de reprendre Kazan et de foncer ensuite sur Nijni-Novgorod et Moscou? Eh bien c'était une grossière erreur! Il fallait au contraire remonter sur Arkangelsk! Ainsi, les Blancs auraient accès à la mer. Les Alliés pourraient continuer à les approvisionner en armes et l'accès à la Sibérie serait interdit aux Rouges. Ses trois compagnons acquiesçaient, enthousiastes.

Il se mit alors à décrire leur progression difficile dans la neige, profonde et légère. Il faisait froid. Le vent les enveloppait dans ses tourbillons. Pourtant, ils avançaient et prenaient les Rouges de vitesse. Grâce à eux, la Révolution était écrasée dans l'œuf!

Les officiers, légèrement enivrés et assommés par la chaleur qui régnait dans la pièce, dodelinaient de la tête. On entendait siffler la bise dans l'embrasure de la fenêtre. Ils se trouvaient déjà là-bas... Soudain, Ratislav s'écria :

« Allez, messieurs! Dans huit jours nous devons être prêts! »

Le pari fut tenu. Une semaine plus tard, il s'installait avec son état-major dans le dernier convoi ferroviaire à destination de Iekaterinbourg. Le train s'ébranlait quand une estafette russe lui délivra une lettre en provenance de l'armée tchèque, bloquée sur la voie ferrée, quelque part entre Kainsk et Tomsk. Il reconnut l'écriture de Viktor sur l'enveloppe.

« Déjà! » s'étonna-t-il en l'ouvrant.

« Le 28 février.

Cher Rasti,

Ian est mort. Je viens de l'apprendre ce matin par un télégramme de Masaryk qui relate l'accident dans tous ses détails. Il avait pris l'aéroplane à Moscou et grâce à des étapes rapprochées, comptait rejoindre Prague plus rapidement. Tu te souviens qu'il avait été rappelé d'urgence vers la mi-janvier. Son avion a été abattu au-dessus de notre propre pays. Les artilleurs, trop zélés, croyaient qu'il s'agissait d'un équipage de l'armée rouge en mission d'espionnage. Une tragique méprise, comme l'écrit Masaryk! Je suis effondré. Il incarnait si bien les valeurs de notre peuple auxquelles nous sommes attachés.

Il représentait beaucoup pour moi, tu le sais. Il était tout ce que je ne suis pas. Une sorte de miroir de mes ambitions silencieuses. Je le supposais comme un bon politique, utile à Masaryk. Je lui reconnaissais un avenir. Je ressens brutalement une grande absence. Comme celle de Vlassov. Aussi irrémédiable, douloureuse et incompréhensible. Au fur et à mesure que nous avançons, la solitude s'installe dans le wagon. Parfois, avec Tchetchek, nous nous inquiétons : où sont donc passés ceux que nous aimions? Alors, pendant des heures, nous vous évoquons au travers de souvenirs communs.

Je t'imagine en train de cavaler dans la neige et le froid, à la tête de tes régiments. Je t'admire et suis soucieux tout à la fois. La cause que tu défends est perdue d'avance! Tu sais bien que les Alliés ont décidé de lâcher les Blancs. Tu as lu comme moi le message de Masaryk, tu as entendu Ian! Et si tu te trouvais parmi nous, cet imbécile de général français te le répéterait.

Quoi qu'il en soit, tu vas singulièrement compliquer notre tâche diplomatique. Que dira Masaryk quand il apprendra qu'une partie du contingent tchèque a prêté main-forte à Koltchak malgré nos engagements répétés de neutralité?

Mais ce n'est pas l'essentiel. Protège-toi, Rasti! Je voudrais tant que nous soyons plusieurs, parmi les anciens, à rentrer à Prague. A toi. Vive la Tchécoslovaquie! »

Ratislav se fit servir une vodka. Il chiffonna la feuille et la garda dans son poing serré. Il se sentait coupable d'avoir entraîné le départ précipité de Ian et peut-être sa mort. Mais il oublia très vite. En fait, c'était la faute des communistes. Des Tchèques avaient descendu l'avion parce qu'ils avaient eu peur d'eux! Avec la mort de Ian, ils venaient de porter un premier coup à la Tchécoslovaquie.

« Général! annonça Pawlu. Un message de Dieterichs! »

Ratislav sursauta.

« Il attendra! Prends plutôt par écrit cette lettre destinée à Viktor! »

Il témoignait de sa peine en apprenant l'accident. Mais surtout il y voyait une raison supplémentaire de combattre les rouges. Malgré son chagrin, Viktor devait conserver intacte sa détermination de ramener la Légion à Prague. Il était le flambeau de l'armée, le symbole de la force et de l'indépendance du pays! Un homme de raison, indispensable dans ce bordel! Lui Ratislav, l'aventurier comme il se désignait lui-même avec complaisance, préférait courir des risques, quel que fût l'avis de Masaryk, plutôt que de se tenir dans un wagon, entouré d'un silence glacé. Enfin, il ferait tout pour demeurer vivant! Jilha l'attendait...

Le train dépassait Ichim. La nuit tombait. Il se fit servir un repas dans son salon particulier.

*

Cela faisait des heures que l'armée de Sibérie était disposée en ordre de bataille. Des heures aussi qu'on guettait l'arrivée de Koltchak pour l'inspection. Ratislav, hors de lui, tournait en rond dans la salle d'état-major installée dans la gare de Iekaterinbourg. L'avait-on oublié, là-bas? Lui, le chef de l'armée de Sibérie! La veille encore, il avait expédié un message pressant à l'amiral. Celui-ci devait venir le plus vite possible! Il lui fallait ordonner le déclenchement des opérations! Ses soldats dévoués souhaitaient l'apercevoir avant les combats!

Omsk avait répondu que le Régent serait là le lendemain matin. Il saluerait ses fidèles sujets, accompagné du général Sakharov. Il en profiterait pour présider l'ultime réunion d'état-major avant l'offensive.

Ratislav s'en réjouissait. Il comptait imposer sa stratégie à ces balourds de généraux russes et peut-être obtenir le commandement unique de toutes les forces contre-révolutionnaires. Pour séduire l'amiral, il allait l'accueillir avec un faste digne de lui.

Koltchak descendit de son wagon, suivi de Sakharov et des membres de sa suite. Les hommes, disposés le long du parcours que devait emprunter le cortège officiel, présentèrent les armes. L'hymne de la Russie tsariste retentit et se répercuta entre les murs de la petite station.

Ratislav attendait sur la place, à quelque distance de la sortie. Derrière lui, un escadron de cavalerie formait la haie. Les chevaux, énervés par les mouches, donnaient de violents coups de sabots sur la chaussée. Koltchak parut. Ratislav s'avança vers lui d'un pas martial.

Ils se serrèrent la main.

« A quelle arme appartient ce détachement? » s'inquiéta l'amiral en désignant les cavaliers.

Ceux-ci portaient le dolman à brandebourgs de Tcherkesse et arboraient le caftan réservé aux choristes régimentaires.

« C'est ma garde personnelle! expliqua Ratislav.

– On dirait des uniformes d'opérette!

– Pas le moins du monde, amiral! Ils sont historiques! Les personnages les plus considérables de l'histoire de la Russie, votre Tsar ou le grand-duc Nicolas ne se déplaçaient jamais sans une escorte caucasienne comme celle-ci. J'ai dégoté ces hommes au cours de mes tournées d'inspection et j'ai pensé qu'il me les faudrait lorsque je ferais mon entrée à Petrograd... »

Koltchak, Sakharov et leur suite ricanèrent. Un peu plus loin, ils devaient passer en revue les troupes d'avant-garde de l'armée de Sibérie. Koltchak suivait l'alignement des régiments, quand soudain il s'arrêta devant un bataillon de soldats qui avaient des épaulettes marquées aux lettres « B.I.L.T. ».

« Qui sont ces individus? » s'étonna-t-il.

Ratislav garda le silence. Pawlu répondit à sa place :

« C'est le Bataillon Immortel de la Légion Tchèque! »

Un murmure de réprobation parcourut les rangs de l'état-major russe. Décidément, ce Ratislav en prenait à son aise et monnayait chèrement son appui militaire. Jusqu'où irait-il dans la provocation? Koltchak ne fit aucun commentaire. Il souhaita faire le point sur la situation, dans son train, à la tombée de la nuit.

Les officiers blancs profitaient de l'exiguïté du wagon pour bloquer le passage vers Koltchak qui commentait les différents mouvements de la prochaine attaque. Ratislav, agacé de n'être pas auprès des officiers généraux, en bouscula quelques-uns pour s'approcher. Des moqueries fusèrent ici et là. Koltchak s'interrompit et reprit son exposé d'un ton excédé.

Comme prévu, l'armée de Sibérie devrait reconquérir Kazan et se diriger vers Moscou. Ratislav s'insurgea contre cette proposition. C'était se jeter dans la gueule du loup! Les Bolcheviks n'en demandaient pas tant! Et il proposa au contraire d'ouvrir une voie vers la mer.

Sakharov et Hanshin, soutenus par une grande partie de l'état-major, désapprouvèrent bruyamment. L'Hetman Dutov hésitait. Dans le nuage de fumée des cigares, les hommes s'invectivaient avec passion. L'alcool et la chaleur insupportable décuplaient leur nervosité. On frisait l'incident quand Koltchak frappa violemment du poing contre la paroi en ferraille et imposa le silence.

« Nous ferons ce que j'ai décidé! ordonna-t-il. Et sortez prendre le frais. Cela vous fera du bien! »

L'assemblée se dispersa. Ratislav regagna son PC. Il était furieux. Jamais ces nigauds de Blancs ne gagneraient la guerre! Koltchak n'était qu'un piètre stratège! Il leur fallait un grand chef! Lui, le Tchèque, le paria, serait celui-là! Il n'en démordra pas : l'armée de Sibérie devait foncer sur Arkangelsk!

Elle fut lancée au début du mois d'avril. Malgré le froid vif qui régnait encore, on sentait venir le printemps. La neige commençait à fondre. Par endroits, l'herbe faisait sa réapparition. Il pleuvait sous les arbres qui paraissaient se vider de l'eau accumulée durant l'hiver. Des oiseaux plus nombreux tournoyaient au-dessus des régiments en marche pour se nourrir de leurs ordures. Il fallut six jours pour atteindre Perm et se regrouper au pied de l'Oural. Au même moment, les contingents de l'Ouest arrivaient à proximité de Bogoulma et ceux d'Orenburg vers Busuluk. Jusqu'ici, aucun d'eux n'avait rencontré une sérieuse résistance de la part des Bolcheviks.

Ratislav rejoignait Glasov par la route. Devant lui, le camion de l'état-major ouvrait le passage à coups d'avertisseur. Souriant, il regardait par la vitre. Si des soldats l'apercevaient, il voulait qu'ils fussent certains du succès comme il l'était lui-même! Ce long convoi d'hommes et de véhicules, ce train ininterrompu qui montait vers le front étaient invulnérables. Ils avaient la Liberté pour eux. Il effleura la chaîne en or de Marie.

Jusqu'au 20 mars, tout alla pour le mieux. Les Rouges, surpris par la vigueur de l'attaque, se repliaient vers l'ouest en abandonnant un matériel considérable. Quand ils en avaient le temps, ils incendiaient les villages pour priver les contre-révolutionnaires de ravitaillement. Ceux-ci croisaient les populations en fuite. On devinait leur peur à leur manière gauche de saluer, à leurs regards suppliants.

L'avant-garde livra quelques combats dans les faubourgs de Glasov. Cette suite de petits accrochages fut interprétée au sein de l'armée blanche comme une véritable bataille. On avait remporté une éclatante victoire! Désormais, les Bolcheviks étaient à bout de souffle. Ratislav distribuait de nombreuses citations et promettait autant de décorations aux valeureux militaires! C'était l'occasion de cérémonies nocturnes flamboyantes. L'orchestre entonnait des marches impériales. Ratislav faisait des déclarations grisantes sur la nécessaire lutte de Libération, le courage des Tchèques et l'imminence d'un nouveau Tsar. Les hommes l'applaudissaient avec conviction. Seuls Dieterichs et des officiers, dont Pawlu, tentaient de lui ouvrir les yeux sur la réalité, beaucoup moins souriante. Il ne les écoutait jamais.

Il se contentait de demander chaque jour le nombre de kilomètres qu'ils avaient parcourus. Cela en faisait 400, le matin du 20 avril, quand un câble du général Hanshin lui annonça que les Rouges venaient de s'engouffrer entre leurs deux armées et risquaient d'atteindre rapidement Iekaterinbourg. Ratislav hésita sur la conduite à tenir. Cela jeta le trouble parmi le contingent et le repli s'amorça spontanément. A aucun prix les soldats ne voulaient se trouver tournés par les Bolcheviks et isolés.

Dans son QG, Ratislav tempêtait contre ces lâches qui livraient la Sibérie aux révolutionnaires. Ce fut inutile. Ses officiers et des Russes qui lui demeuraient fidèles l'encouragèrent à suivre le mouvement. Il serait toujours temps de reprendre les choses en main. A Perm, par exemple, que Koltchak exigeait de tenir absolument.

Ratislav regagna son train et ordonna qu'on roulât à toute vapeur vers cette ville. Rien ni personne ne parvenait à le calmer. Cette campagne, qu'il rêvait d'être la plus glorieuse des armées blanches, la plus utile aussi, tournait en débâcle! Sans arrêt, il harcelait ses télégraphistes pour adresser des messages à l'amiral et aux autres généraux. Il les y accusait d'avoir pris trop tôt leurs jambes à leur cou, d'être des couards, des vantards! Sans cela, le succès eût été acquis!

A son tour, il recevait des télégrammes de Sakharov ou d'Hanshin répétant que si les Tchèques s'étaient montrés plus offensifs, la manœuvre bolchevik eût échoué. Mais, comme le soulignait Hanshin, ils avaient toujours trahi! Pourquoi auraient-ils agi différemment avec les Blancs! Le général Dieterichs, gêné, expliquait à Ratislav que c'était là des excès de langage bien compréhensibles de la part de vaincus. Celui-ci ne voulut rien entendre. On l'avait dépossédé de son triomphe! Par jalousie, des officiers souhaitaient l'écarter des faveurs de Koltchak!

Au fil de la retraite sa fureur se mua en un profond abattement. Il buvait sans relâche. Tout ce qu'il avait imaginé s'écroulait. Jamais il ne remettrait donc les pieds à Petrograd, en vainqueur? Jamais il ne pourrait en parcourir les rues avec Jilha à son bras?

Bercé par le tangage monotone du wagon, il s'assoupissait. Puis on le réveillait avec d'autres mauvaises nouvelles. La plus insupportable fit état de la désertion de son Bataillon Immortel chez les Bolcheviks.

Plusieurs semaines passèrent. Le repli s'arrêta et le front se stabilisa sur une ligne Iekaterinbourg-Tcheliabinsk-Troïtsk. Tant bien que mal, Koltchak et Sakharov avaient réussi à regrouper ce qui restait des régiments en fuite et à les organiser pour faire face à l'armée rouge. Ratislav ne commandait plus que quelques centaines de Tchèques survivants et autant de Russes blancs qui suivaient Dieterichs.

Il s'était retranché dans un mutisme souverain et attendait avec une impatience ironique les ordres de Koltchak. Le « Régent de pacotille », comme il l'appelait, allait-il encore donner de ces directives qui occasionneraient un recul supplémentaire? Pour calmer sa colère, il réunissait régulièrement ses officiers et leur expliquait sur une carte ce qu'ils auraient dû faire au lieu de fuir. Parfois il s'enflammait. Il clamait que la reconquête était inéluctable et qu'il en serait l'artisan. L'assistance approuvait sans conviction. Il valait mieux demeurer dans les bonnes grâces du général « la Retraite », comme ils le nommaient entre eux, pour garder la haute main sur le marché noir et s'enrichir sans danger. Et puis, imprévisible comme il était, il pouvait bien redevenir un jour le général « la Victoire »!

Sans l'avouer, Ratislav supportait mal la défaite pour l'effet qu'elle produirait dans l'esprit de Viktor et des autres Tchèques. C'était même sa vraie blessure. Sans doute était-il, en cet instant, l'objet de leurs quolibets! Il écrivit à son ami.

« Mon cher commandant!

Réjouis-toi! Notre armée se rapproche de la tienne. Si cela continue, peut-être même nous vous dépasserons en courant! Tout cela par la faute d'un Régent de carnaval qui s'obstine à frapper au ventre quand il faudrait atteindre la tête! Je lui avais pourtant dit qu'il fallait ouvrir une route vers la mer et prendre Petrograd à revers. Mais inutile de te soûler avec de la stratégie! Je tenais simplement à te faire connaître ma présente exaspération. Heureusement, elle attise ma volonté de vaincre ces maudits

Bolcheviks, ce qui est encore tout à fait possible! Et d'installer un vrai chef sur le trône des Romanov! Enfin une aventure à la mesure de mes rêves! Dis-moi bientôt où vous en êtes de votre périple et rassure-moi sur toi. A bientôt. Rasti. »

Les consignes de Koltchak leur parvinrent le 15 juin. Ratislav et Dieterichs devaient mener leurs hommes vers Tcheliabinsk où allait se livrer, selon lui, une bataille décisive!

Lorsqu'ils arrivèrent, celle-ci était déjà commencée depuis deux jours. On se battait jusqu'à Troïtsk. Pour les empêcher de se rendre maîtres du Transsibérien, les Blancs affrontaient les Rouges à un contre trois. Selon leurs officiers, ils devaient mourir sur place mais ne pas reculer.

L'artillerie disposée au sud de Tcheliabinsk déversait un déluge d'obus sur l'armée bolchevik pour l'empêcher de progresser. Mais il n'y avait rien à faire! A croire que leurs morts ressuscitaient! Il en jaillissait de partout. De derrière les arbres, des cratères de bombes, aux cimes des collines. Ils avançaient d'un pas cadencé, baïonnette au canon, chantant des hymnes révolutionnaires. Ils ne se souciaient pas de la mitraille. Ils luttaient pour le peuple et la liberté! En face, les Blancs résistaient avec acharnement. Dieu et leur foi tsariste viendraient à bout de cette sale engeance!

Ratislav décida d'engager ses forces à la tombée de la nuit. Peu avant, il en fit le tour. Partout, il répétait la même chose : « Nous avons le droit pour nous! La même haine du bolchevisme et l'espoir de la Liberté! Soyons des héros! » Les soldats l'acclamaient. Ils croyaient en la victoire.

Le choc des deux armées fut effroyable. Les cris, les chants et les plaintes des combattants se mêlaient dans l'obscurité. On s'étripait pour un bras de rivière, un pont, un bosquet d'arbres, une gare désaffectée... En explosant, les bombes éclairaient brièvement les lieux. Les soldats pouvaient alors repérer l'adversaire et se ruer dessus. La chaleur dégagée par les déflagrations assoiffait les blessés qui imploraient de l'aide.

Dans son PC mobile, Ratislav s'agitait. Il fallait rallier Troïtsk coûte que coûte, faire la jonction avec ceux d'Orenburg, tourner les Rouges vers le sud, et enfin les détruire! Mais chaque nouvelle dépêche lui annonçait le décrochage ou la disparition d'une unité. Malgré leur héroïsme, les Blancs et les Tchèques se repliaient. Il n'y croyait pas! Pêle-mêle il accusait les Bolcheviks d'entreprendre une immense opération d'intoxication et ses propres officiers d'être des bons à rien! Comment pouvait-on échouer quand on avait raison?

Les combats durèrent près de trois jours et les Blancs furent contraints de passer au nord de la ligne du Transsibérien. Ratislav finit par admettre la vérité. Un message du QG signalait que par prudence, Koltchak et son état-major préféraient gagner Tomsk. Là, ils ne risquaient rien et se rapprochaient des renforts de l'Hetman Sejmonov, dont on disait qu'ils avaient enfin dépassé Irkoutsk. L'accalmie s'installa aux abords de la voie ferrée. De chaque côté on tentait de reconstituer les régiments, on révisait les véhicules et les canons dans la perspective d'un nouvel affrontement.

Avec son état-major, Ratislav trouva refuge dans une isba dissimulée au milieu d'une forêt de bouleaux. Probablement avait-elle appartenu à un bûcheron si l'on en jugeait par le matériel rouillé qui jonchait le sol. Silencieux, il s'installa devant l'âtre où se consumait un grand amas de bûches. Il appela Pawlu.

« A quoi je ressemble? lui demanda-t-il.

– Qu'entendez-vous par là, général?

– Je suis clair, non? Regarde ma gueule et dis ce que tu y vois!

– Comme nous tous, général, beaucoup de fatigue! Vous avez maigri et...

– Assez! cria Ratislav. Tu ne remarques donc rien d'autre? Mes yeux, non! Et qu'expriment-ils, hein? »

Pawlu ne savait que répondre.

« Je vais te le dire, imbécile! Je suis rongé par la folie! Elle me bouffe, cette salope, à en avoir mal. Tu m'entends! Elle me bouffe!

– Oui, général! Oui, général! » répétait Pawlu.

Ratislav se laissa captiver par le feu. Dans les ondulations colorées de la flamme, il distingua soudain une chevelure, un regard, une bouche... Jilha!

« Je t'aime..., marmonna-t-il.

– Excusez-moi, général! » s'inquiéta Pawlu.

Ratislav se retourna.

« Rien, Pawlu! Rien! Déniche-moi plutôt quelque chose à manger! »

Le lendemain, une estafette du QG lui apporta deux lettres. La première contenait les ordres de Koltchak. Avec ses hommes, Ratislav devait gagner Kurgan. Le général Sakharov l'y attendait pour reconstituer la troisième armée. Ensemble, ils empêcheraient les Rouges de passer le fleuve Tobol, dernier obstacle naturel sur lequel on pouvait s'arc-bouter pour retourner la situation. Ratislav jeta le message au feu. Il ouvrit la seconde enveloppe. C'était Viktor.

« Cher Rasti,

Au fur et à mesure des informations qui me parviennent du front, je m'inquiète et j'enrage. Pour une bataille sans espoir, je te sais en train d'entraîner nos soldats dans des actions insensées. De prendre des risques inconsidérés et de croire encore que la victoire est au bout. Tu te trompes! Tes défaites sont les soubresauts d'une longue agonie orchestrée par les Alliés, par Masaryk. C'est le sens de l'Histoire. Koltchak ne sera pas tsar. Jamais tu n'entreras glorieux à Moscou ou ailleurs à la tête de troupes tchèques. Jamais! Au lieu de cela, tu vas te mettre Masaryk à dos, dont j'attends incessamment un message de colère à ton égard.

Rejoins-nous plutôt avec nos compatriotes, et aidez-nous à dégager cette voie ferrée sur laquelle règne un désordre indescriptible! Des hommes, des bêtes, des wagons, des véhicules de toutes sortes circulent à côté ou sur les rails. Des régiments de Blancs montent vers le front, d'autres en reviennent! Parfois on signale des embuscades de groupes bolcheviks insaisissables. Et au milieu de cette pagaille, la population tente de s'y retrouver. Elle avance ou recule au gré des bruits qui courent le long des trains, dans les villages ou les gares qui bordent le chemin de fer. Un jour les Rouges arrivent, un autre jour ce sont les Blancs. Ils déferlent par l'est ou l'ouest... Les Alliés ont dépêché une immense armée par la Mongolie... Que sais-je encore? Quoi qu'il en soit, les seules nouvelles qui m'intéressent, je les espère de toi. Ton ami Viktor. »

Ratislav jura. Comment? Le combat était perdu d'avance? Les alliés les avaient lâchés? Masaryk le désapprouvait? C'était stupide! Des hommes politiques sensés ne pouvaient pas abandonner la Russie aux mains des Bolcheviks. Non! Ils ne le pouvaient pas! Il réfléchit s'il allait répondre à Viktor. Il y renonça et renvoya l'estafette.

*

Le cours du fleuve Tobol semblait immobile. Il fallait regarder ses berges pour percevoir le lent mouvement de l'eau. De légères nuées stagnaient à sa surface. Comme tous les jours vers midi, le soleil les dissiperait.

Il faisait très chaud en ce début d'août. Les soldats se dissimulaient dans les coins ombragés sur la rive est. Chaque maison, chaque bosquet avaient été investis. Les canons étaient installés, la gueule tournée vers l'ouest. On attendait l'attaque de la cinquième armée rouge... On n'en finissait pas d'attendre! On commençait même à se demander s'ils viendraient! Peut-être avaient-ils contourné Tobolsk par le Nord?

Des officiers évoquèrent cette éventualité lors d'une réunion. Ratislav la contesta.

« Comment voulez-vous qu'ils y parviennent par les plaines du Nord? Il faudrait qu'ils passent l'Ob! Non! Je connais bien la stratégie de leur chef, Toukhatchevsky! Il foncera droit sur nous et ce sera son erreur. Vous verrez! »

Accoudé à la lucarne il observa l'horizon avec ses jumelles. Ces salauds n'étaient pas encore là! Mais ils n'allaient pas tarder.

Quelle bonne idée il avait eue de faire établir son QG au faîte de l'église Saint-Nicolas! Non seulement il pouvait surveiller les lignes adverses mais aussi celles de l'armée contre-révolutionnaire. Devant l'état-major médusé, il se mit à danser de joie.

« Eh bien quoi? s'étonna-t-il en s'arrêtant. Qu'avez-vous à me reluquer comme cela? Il y a de quoi être heureux puisqu'on va gagner! Allez! Télégraphiez à Sakharov que la vague rouge viendra mourir dans le fleuve Tobol! »

Il ordonna à Kotomkin et Krejci d'aller inspecter

les positions tchèques, puis appela Pawlu. Il souhaitait répondre au dernier message de Viktor.

« Mon cher commandant,

Je suis en désaccord avec toi. Contrairement à ce que tu affirmes, nous allons renverser le cours du conflit. Notre prochain combat marquera le début de la reconquête. Le fleuve Tobol est devenu un vrai piège où les Bolcheviks vont venir immanquablement se noyer. Aussitôt nous reprendrons l'offensive et conquerrons Perm, Moscou et Petrograd! Je ne te crois pas quand tu écris que les Alliés nous ont lâchés. Comment le pourraient-ils puisque nous sommes les défenseurs de la Liberté? J'en ai parlé avec certains généraux blancs, avec Koltchak lui-même. Tous réfutent cette hypothèse! Pourquoi enverraient-ils alors des armes et des renforts? Nous les attendons, ils arriveront! J'attends aussi Toukhatchevsky! Chaque soir, je me demande quelle tactique s'élabore dans son cerveau et comment il va mener l'attaque. Surtout qu'il voit celle-ci comme un tournant décisif de la guerre civile. Juges-en par le texte de la dernière proclamation qu'il a adressée à ses hommes : « Camarades! Quel est notre but? Couper aux contre-révolutionnaires la route des plaines fertiles de Sibérie. Pour cela, il faut marcher de l'avant sans tarder. Il faut prendre l'offensive. Le moindre retard est un pas vers la mort! »

Voilà qui prête à rire! Il ignore qu'il a en face de lui un grand stratège et des Tchèques au courage inégalé. Ne compte pas sur nous pour venir vous rejoindre. La promenade n'est pas notre genre. A toi. Rasti. »

Pawlu approuva en écrivant les derniers mots.
« C'est bien vrai, mon général! On n'aime pas trop se balader! »

Un peu plus tard, on avertit Ratislav que les popes l'invitaient à l'office. Pour que Dieu donnât la victoire aux troupes blanches! Il accepta.

« Voilà un spectacle qui me changera de celui du front! »

Assis au premier rang avec d'autres militaires, il se laissait bercer par les longues mélopées des officiants et enivrer par l'odeur sucrée de l'encens. Il se trouvait bien, en paix avec lui-même, au milieu de cette assemblée fervente. Dieu était de leur côté. Il leur accorderait la force et l'habileté pour gagner!

Ses voisins l'émouvaient. Sakharov qui chantait à pleine gorge en regardant en l'air. Kotomkin qui priait, les mains jointes. Des rayons de soleil, de la couleur des vitraux, illuminaient l'assistance. Ratislav y vit la marque d'une grâce divine. Il regretta de ne s'être jamais préoccupé du salut de son âme et se mit à ânonner quelques bribes de prières. Lorsqu'il quitta l'église, il se sentait heureux.

Les premières lueurs du jour apparaissaient à l'est, quand l'explosion retentit. Elle fut suivie d'une violente secousse.

Ratislav, endormi sur le plancher, s'éveilla en sursaut.

« Bon dieu! jura Pawlu. Les Rouges attaquent! »

Ce fut l'effervescence dans le clocher. Des soldats à moitié vêtus se bousculaient dans les escaliers. Des estafettes se frayaient un chemin pour apporter les dépêches des régiments les plus exposés.

Ratislav scrutait les rives du fleuve qui s'embrasaient. Les gueules des canons crachaient le feu. Les fusées éclairantes se reflétaient dans l'eau dansante.

Plus loin des obus tombaient sur la ville où les immeubles s'effondraient dans un fracas assourdissant.

« Ha! Ha! s'écria-t-il. Cette fois, ils peuvent s'amener! Ils vont en baver! »

Suivi de Pawlu et de quelques officiers, il se précipita au-dehors. Indifférent aux déflagrations, il entraînait sa suite le long des tranchées, dans les casemates ou auprès des artilleurs. A chaque fois, il prodiguait des encouragements aux hommes.

« Allez-y! répétait-il. Les Rouges ne sont pas invincibles! On les aura! »

On l'acclamait. Lui au moins n'avait pas froid aux yeux, et il mettait la main à l'ouvrage! Ratislav se sentait invulnérable. On devait même lui conseiller de ne pas s'exposer lorsqu'il jetait un œil sur l'autre berge.

Le duel d'artillerie dura deux jours et se calma subitement. De part et d'autre, on avait compris qu'on gaspillait inutilement les munitions. Au tumulte succéda un silence pesant.

La guerre des nerfs s'installa. Les militaires le savaient. Le camp qui viendrait à perdre patience récolterait la défaite. Conscient de ce danger, Ratislav passait le plus clair de ses activités en tournées d'inspection.

Le temps s'écoulait et rien ne se produisait. L'armée bolchevik semblait enfouie sous la terre. On ne voyait apparaître que les bouches des canons.

Souvent, Ratislav s'attardait pour surveiller la plaine. Il tentait de comprendre Toukhatchevsky. Pourquoi n'attaquait-il pas? Il supposait une raison ou une intention précise derrière cet immobilisme, sans pour autant les deviner.

Peut-être les Rouges étaient-ils à bout? Ils ne disposaient plus de suffisamment d'armes? Mais alors pourquoi Koltchak ne donnait-il pas l'ordre de foncer? Ces milliers de combattants n'allaient pas demeurer face à face jusqu'à la fin du monde!

Il se mit à pleuvoir quotidiennement. L'automne se faisait précoce cette année-là. Non seulement il allait falloir attendre, mais aussi endurer le froid, la boue et peut-être la faim. Avant peu, le terrible hiver sibérien serait là.

Ratislav, qui voulait éviter ce nouvel écueil, écrivait sans arrêt à Koltchak pour le convaincre de reprendre l'offensive. Inévitablement, celui-ci répondait par la négative. Il rappelait qu'ils ne possédaient pas un armement suffisant pour se lancer dans l'aventure. D'ailleurs, ajoutait-il, si ses amis tchèques ne bloquaient pas la voie du Transsibérien, les munitions leur seraient déjà parvenues! Ratislav répliquait vertement. Viktor et les siens ne pouvaient être accusés d'une telle attitude! Et il garantissait leur volonté de respecter la neutralité envers les uns et les autres.

Il fallut qu'il reçût une nouvelle lettre de Viktor pour enfin admettre que le Régent disait vrai. Masaryk condamnait son ralliement aux Blancs et le menaçait d'une radiation des cadres de l'armée tchèque s'il persistait. Par ailleurs, il redisait que le non-engagement ne signifiait pas l'inaction. Si cela s'avérait nécessaire, il fallait coucher sur le bas-côté de la voie les trains qui gêneraient le passage de la Légion, y compris ceux des Blancs. Viktor terminait en disant qu'il avait prévenu Koltchak. Evidemment, ce dernier n'avait pas apprécié cette mise en demeure et lui avait proposé une entrevue. Elle aurait vraisemblablement lieu à Nichne-Udinsk, qu'ils n'allaient pas tarder à atteindre.

Ratislav déchira le message. Il fallait se rendre à l'évidence. Tout le monde les lâchait. Les Alliés, Masaryk, et maintenant Viktor! Eh bien, si besoin était, ils se battraient les mains nues!

Les premières déflagrations se confondirent avec le tintement du bourdon. Ratislav se précipita à la lucarne. Sur chaque berge, l'artillerie donnait à plein. Les fumées lourdes et noires des incendies s'élevaient dans le ciel. Des obus mal ajustés s'abîmaient dans le fleuve et y explosaient, soulevant des gerbes d'eau bouillonnante. Des dépêches arrivaient sans arrêt. Les Rouges venaient de lancer une offensive générale le long du cours d'eau de Tobolsk à Kurgan.

« Il s'est décidé, ce Toukhatchevsky! marmonna Ratislav. On va enfin savoir qui est le plus fort! »

Il entreprit la visite des régiments pour les encourager et leur expliquer la stratégie arrêtée : on devait laisser venir les Bolcheviks aussi près que possible et les écraser sur place. Bien sûr, aucun ne devait parvenir sur la rive est! Mais Ratislav était rassuré. Comment le pourraient-ils? Les ponts avaient été détruits! Les tirs des Rouges durèrent toute la journée et se calmèrent à la tombée de la nuit. Ratislav ne comprit pas et s'interrogea devant Dieterichs et l'état-major.

« Mais qu'espèrent-ils? Ils n'imaginaient quand même pas nous mettre à genoux avec quelques coups de canon! »

Les officiers, perplexes, proposèrent d'attendre. Le loup finirait bien par sortir de la bergerie. On ordonna aux patrouilles de demeurer vigilantes et les feux furent éteints pour ne pas servir de cibles.

La pluie commença de tomber vers onze heures. Ratislav s'en réjouit. On lançait rarement une attaque dans ces conditions. Il jeta un dernier coup d'œil par la faîtière. On ne distinguait rien dans l'obscurité. Vraiment, il ne pouvait rien survenir! Il se coucha, satisfait de la tournure des événements.

D'abord, il crut qu'il rêvait. Mais non! Cette grande clameur, ces détonations, cette agitation venaient bien du dehors! On se battait dans la ville!

Pawlu et Kotomkin firent irruption dans le clocher, une lampe à pétrole à la main.

« Général! Ils ont traversé avec des barques sans qu'on s'en aperçoive! On les a sur le dos, et on se bagarre à l'arme blanche! »

Ratislav s'habilla en hâte.

« Faites donner l'artillerie!

– Mais la plupart des postes ont déjà été neutralisés! » répondirent les deux militaires.

Soudain, ils perçurent le sifflement caractéristique des bombes puis le fracas des explosions. Ils s'engouffrèrent dans l'escalier.

Ratislav et ses compagnons couraient dans l'enchevêtrement des rues pour rejoindre la deuxième ligne de feu, dans les faubourgs. Si les tirs étaient ajustés sur le fleuve, ils en interdiraient le franchissement aux embarcations ennemies.

Mais là aussi, c'était la débandade. Les canons avaient été abandonnés par les artilleurs. Comme l'expliqua l'un des rares serveurs restés sur les lieux : « Je ne sais trop si c'est la trouille des Bolcheviks ou le dégoût de la guerre! »

Le jour se levait. Des files entières de soldats, le regard vide, les traits tirés, fuyaient vers l'est d'un pas tranquille. Ratislav voulait les empêcher de déserter. Les renforts allaient venir! Il fallait tenir à tout prix! Pawlu et Kotomkin l'en dissuadèrent. Il valait mieux faire comme eux.

Il regarda autour de lui, l'air égaré. Le pilonnage des Rouges reprenait. Soudain, le clocher de l'église Saint-Nicolas fut littéralement soufflé par un obus.

« Mon QG! murmura-t-il. Ils ont détruit mon QG! »

Aux impacts de plus en plus proches du bombardement, on devinait qu'ils arrivaient. Pawlu et Kotomkin entraînèrent Ratislav vers l'arrière. Ils stoppèrent un camion et y montèrent. Il filait vers

Narym. Là-bas, disait-on, une jonction devait avoir lieu avec d'autres fugitifs.

« Quel jour sommes-nous? demanda Ratislav.

– Le 22 septembre! répondit le chauffeur d'un ton enjoué. Si nous ne les arrêtons pas, l'hiver s'en chargera! »

Une dernière fois, Ratislav considéra la ville qui s'embrasait.

CHAPITRE XX

EMMITOUFLÉ dans sa pelisse, Viktor demeurait assis dans le coin le plus chaud du wagon, à côté du brasero. Les ordonnances l'alimentaient avec des bûches de bouleau découpées sur place.

Comme toute la troupe, Viktor attendait que la voie fût enfin dégagée. Un rêve qu'il refaisait chaque matin, quand les premières lueurs du jour éclairaient la voiture. Espérer l'aidait à tenir. Cela lui permettait de donner un vague sens à sa vie, aussi terne que l'immensité blanche qui les entourait. D'ailleurs, il en avait eu assez de regarder le paysage. Il s'était réfugié loin de la fenêtre pour ne plus sentir l'angoisse de la solitude. Sa seule préoccupation consistait maintenant à lutter contre le froid, violent en cette fin de janvier.

Il ne commandait plus. D'ailleurs à qui aurait-il commandé? A des moribonds à moitié gelés? A des bandes de soldats qui écumaient la région? Et pourquoi conduire une armée immobilisée au milieu d'une contrée glacée et désertique? Non! On ne dirige les autres que lorsqu'on se dirige soi-même! Cela faisait belle lurette qu'il subissait les événements, petits ou grands. Quotidiennement, les Rouges remportaient une nouvelle victoire et se rapprochaient. Koltchak lui ordonnait, ou le suppliait selon ses humeurs, de dégager le passage pour ses renforts.

A chaque fois, il lisait les messages, les chiffonnait et les jetait dans le feu avec cette excitation enivrante de se ficher de tout. Indifférent à ses compatriotes aux nouvelles, à lui-même! Quand on ne bouge plus, on s'endort, on meurt! Il était disposé à rester là pendant quelques dizaines d'autres années, à voir se succéder les saisons! A se convaincre que la nature n'avait pas plus d'imagination que les hommes.

Plusieurs semaines auparavant, alors qu'il subsistait encore un espoir d'atteindre rapidement Irkoutsk, il cherchait au fond de lui-même de bonnes raisons de vivre. Et il en trouvait! Svikov, ses sœurs, la Tchécoslovaquie, Alexandra, Jaroslav... Et puis, au fil du temps, l'enthousiasme s'était éteint et tous ces visages, ces paysages, ces convictions s'étaient dissipés. Aujourd'hui, devant ce néant, il éprouvait une jouissance de converti.

Au début, Tchetchek s'était ému de sa dépression. Avec calme, il avait tenté de l'intéresser à l'avenir. « Demain nous serons à Irkoutsk! disait-il. Koltchak finira par nous laisser le passage! » Et puis lui aussi s'était épuisé. On ne lutte pas contre la monotonie de la neige qui vous ensevelit doucement jour après jour. Aujourd'hui, il triait les dépêches et y répondait, toujours silencieux.

Il ne leur restait guère qu'un seul sujet de conversation : Ratislav! Qu'était-il devenu? Où courait-il encore, maintenant que Tobolsk et d'autres villes plus à l'est étaient tombées? Etait-il seulement vivant?

Viktor souhaitait tellement ne pas pénétrer seul à Prague à la tête de la Légion. Cela suffirait que Jaroslav et Ian n'y fussent pas!

On lui apporta un télégramme de Janin, « le fou l'allié », comme il l'appelait. Celui-ci annonçait son arrivée à Vladivostok, où il les attendait. Il y réunirait les bateaux nécessaires au rapatriement des trois divisions.

Viktor était content qu'il fût si loin. Il lui paraissait si étrange, à ressasser continuellement sa conviction d'un monde à venir sans guerre...

Il se demanda comment Masaryk avait pu accepter qu'un officier aussi insignifiant fût désigné pour les accompagner. Masaryk? Ces derniers temps, c'était toujours le même refrain de sa part : « Avancez! Et surtout n'aidez pas Koltchak! » Avancer? S'il savait, monsieur le Président! Pour cela, il fallait pousser des centaines de wagons! Et lui, le commandant en chef, il n'en avait plus ni le désir ni la force. Il pouvait survenir n'importe quoi! Il s'en foutait... De toute manière, quoi qu'il décidât, il aurait tort. La buse n'était plus jamais revenue. Il se leva et regarda par la vitre si par hasard elle n'apparaissait pas.

Comme d'habitude, Tchetchek entra sans un bruit.

« Une dépêche de Koltchak! Il désire te voir à Nichne-Udinsk! Il s'amènera par une voie secondaire!

– Pourquoi se rencontrer?

– Probablement en a-t-il assez que nous bloquions la voie? Il veut échafauder une solution avec toi!

– Cela ne changera rien! » marmonna Viktor.

Il souffla sur ses doigts pour les réchauffer. C'était beaucoup plus important! Il fallait surtout ne pas les laisser s'engourdir. Sinon ils gelaient et c'était foutu! Plus d'un se faisait surprendre!

« Alors? Que comptes-tu faire? questionna Tchetchek.

– Je vais m'y rendre! confirma Viktor avec agacement. Je suis curieux de voir ce que donne l'entrevue de deux hommes qui ont échoué! »

Tchetchek demeura de marbre.

« Veux-tu que je t'accompagne? proposa-t-il sans conviction.

– Ce n'est pas la peine! J'irai avec des soldats de

ma garde! Assure le commandement pendant mon absence. Je ne serai pas long! »

Il quitta sa voiture le lendemain, à l'aube. Un camion l'attendait sur le chemin parallèle à la voie ferrée.

« Prends bien soin de ces trains, dit-il à Tchetchek en désignant le convoi ininterrompu qui se perdait au loin. Et fais-les progresser! Je n'en peux plus, c'est trop lourd pour moi! »

Ils s'embrassèrent.

Longtemps, il répondit aux signes d'adieu de Tchetchek. Puis il disparut à sa vue.

Ballotté sur son siège, il observait la longue chaîne de wagons immobilisés. Il en existait de toutes les formes, plus ou moins longs, plus ou moins beaux. Ils transportaient des militaires, des animaux, du matériel... Certains se trouvaient couchés sur le ballast sans qu'on sût trop pourquoi. Ils ressemblaient à des carcasses abandonnées. Tout paraissait figé, définitivement gelé. Même les visages qu'on apercevait parfois derrière les vitres! La vie semblait arrêtée, l'Histoire aussi. Personne ne pouvait plus avancer ni reculer. Il fallait attendre... le printemps pour avoir moins froid! La fin de la guerre civile pour rouler! Et le Pacifique pour être sûr enfin de rentrer chez soi! Attendre! Toujours attendre! Viktor tourna la tête pour ne plus voir ce spectacle désolé. Mais de l'autre côté, c'était encore pire! La plaine blanche et déserte se perdait à l'horizon.

« Commandant! Voici le train! » prévint le chauffeur en stoppant devant une petite gare.

Un convoi de quelques voitures y stationnait, entouré de gardes contre-révolutionnaires. Viktor le jugea très luxueux, comparé au sien.

« Pour un peu, on croirait que je vais faire du tourisme! » plaisanta-t-il.

Les soldats éclatèrent de rire.

« Attention de ne pas vous retrouver à Vladivostok avant nous! répliqua l'un d'eux. Koltchak recule si vite! »

Viktor hésitait à sortir. La neige dense tombait en tourbillonnant. Le vent soulevait des nuages de flocons qui venaient fouetter le pare-brise du camion. Il se pelotonna dans son lourd manteau de fourrure et courut jusqu'au wagon de l'amiral. On lui ouvrit aussitôt. Une bouffée d'air chaud, presque brûlant, lui caressa la figure. Dans la pièce régnait une odeur de tabac et de thé mêlés. Viktor réprima un haut-le-cœur.

« Bonjour, commandant! » lui lança Koltchak, assis au milieu d'un groupe d'officiers.

Il les renvoya. Il désirait parler à son hôte en tête à tête.

Viktor le dévisagea. Il avait changé depuis leur dernière rencontre. Les traits plus accusés de son visage lui donnaient un air doux, presque sympathique. Le regard aussi s'était transformé. Il n'y brillait plus de lueur de mépris. Les yeux étaient devenus ternes, dénués de joie. L'homme paraissait traqué! Viktor éprouva à son égard une soudaine compassion, un vague remords. Peut-être aurait-il dû l'aider quand il en était encore temps.

« Asseyez-vous! dit Koltchak quand ils furent seuls. Je crois que nous avons beaucoup de choses à nous raconter! Mais avant tout, voyez-vous un inconvénient à ce que nous roulions doucement vers Sima? Cela me fera gagner quelques heures! »

Viktor accepta. « Faites simplement prévenir ma garde que je m'éloigne et qu'elle demeure dans cette gare tant que je ne la rappelle pas! »

Une ordonnance fut chargée du message.

« Je me rends à Irkoutsk, reprit l'amiral, pour y rencontrer l'Hetman Sejmonov qui lève une formidable armée. Plusieurs dizaines de milliers d'hommes bien entraînés et prêts à en découdre avec les Bolcheviks! Cette fois-ci, c'est sûr, nous allons remporter la victoire! »

Viktor acquiesçait silencieusement. Il savait bien qu'il n'existait pas une telle troupe à Irkoutsk. Il s'agissait de l'une de ces informations plus ou moins fantaisistes qui couraient le long de la voie. « La gazette transsibérienne », comme l'appelaient les soldats. Il fallait vraiment que Koltchak fût en difficulté pour admettre une histoire pareille! D'ailleurs y croyait-il vraiment? Viktor n'en était pas certain. Sa voix avait légèrement trébuché à la fin de sa phrase. Comme un accent de défaitisme qu'il n'avait pu contrôler.

« Pourquoi ne mettez-vous pas vos divisions à notre service? s'enquit l'amiral à brûle-pourpoint. Au lieu de nous gêner considérablement en bloquant la voie! »

Viktor dégustait son thé par petites gorgées.

« Les ordres! lâcha-t-il enfin.

Oh, je vous en prie, commandant! Cessez de vouloir me faire avaler cela! Vous auriez pu faire ce que bon vous semblait! Les consignes venaient de vous...

– D'abord de Masaryk!

– Masaryk? Il se serait laissé convaincre! Et puis l'exemple de Ratislav aurait dû vous inspirer!

– Vous avez des nouvelles de lui? demanda Viktor.

– Aucune, commandant! Aucune! Mais revenons à notre conversation! Nous sommes seuls actuellement. Alors expliquez-moi pourquoi vous m'avez toujours refusé votre appui! »

Le train se mit en marche. Koltchak, bousculé, renversa le contenu de sa tasse sur son pantalon. Il laissa éclater sa mauvaise humeur. Nom d'un chien! Depuis toujours, il recommandait à cet imbécile de mécanicien de démarrer en douceur! Le paysage immaculé défila de plus en plus vite. Sous l'effet de la vitesse les flocons de neige paraissaient immobiles, comme sur un décor.

Viktor se laissait bercer par le tangage de la voiture. Pour un peu, il aurait fermé les yeux et se serait endormi. En face de lui, Koltchak regardait par la vitre. Mais on devinait son agacement aux tapotements répétés de ses doigts sur la table. Pourquoi ne l'avait-il jamais soutenu? s'interrogea Viktor. Comme s'il pouvait répondre sans hésiter à une question aussi difficile! Pour cela, il aurait fallu reprendre tout depuis le début et démêler les décisions, les impressions, les sensations qui lui appartenaient en propre de celles de sa doublure. L'autre Viktor qu'il trimbalait avec lui depuis des mois, des années peut-être? Il n'en avait pas le courage.

« Vous n'allez pas me faire croire que vous n'avez pas eu de motifs pour agir ainsi! » s'étonna Koltchak.

Viktor sursauta.

« Vous voulez vraiment connaître la vérité, amiral? Ou au moins une parcelle de celle-ci? Vous ne m'avez jamais donné envie de vous aider! Comme Ratislav, c'est vrai, j'aurais pu entraîner nos troupes sur le front de l'Oural et peut-être renverser le cours de l'Histoire comme vous me l'aviez suggéré lors de notre dernière entrevue. Voici une partie de la justification que vous attendiez! Pour le reste, c'est beaucoup plus complexe. Il faudrait des jours et des jours pour y voir clair! »

Koltchak secoua la tête, l'air profondément abattu.

« C'est étrange, dit-il d'une voix lugubre, comme tout tient à peu de chose... La victoire ou la défaite, l'amour ou la haine, la vie ou la mort! Alors la révolution bolchevik pourrait triompher parce qu'un homme n'en aime pas un autre!

– N'exagérons rien, reprit Viktor, ce serait nous donner beaucoup trop d'importance. Il existe de nombreuses autres raisons pour expliquer notre situation actuelle. Vos erreurs de commandement, l'infériorité numérique de vos troupes, le choix politique des Alliés... Et puis peut-être ce fameux sens de l'Histoire qui nous échappe...

– Le destin? suggéra Koltchak d'un ton railleur.

– En quelque sorte! Et actuellement il nous est contraire, à l'un comme à l'autre, amiral! Au point que nous nous gênons! Ni vos trains ni les miens n'avancent à la vitesse que nous souhaiterions!

– Mais il n'est pas trop tard pour que cela évolue! Vous pouvez encore changer d'avis! A Irkoutsk tout est en place pour...

– Non, amiral! Non! Je... »

Viktor fut interrompu par le freinage brutal du train. Il se cramponna à son siège pour ne pas tomber. Lorsque le convoi fut immobilisé, des coups de feu claquèrent au-dehors.

Un membre de la garde entra dans le compartiment, hors d'haleine.

« Il faut fuir, Excellence! Il faut fuir! Les Rouges nous ont tendu une embuscade!

– Mais je pensais que... », balbutia Koltchak.

Une vitre fut brisée par une balle. Il s'aplatit sur le sol avec Viktor qui rampa jusqu'à la porte d'accès de la voiture. Le long de la voie, des Bolcheviks couraient en criant et tiraient des salves sporadiques.

« Que faut-il faire? s'enquit Koltchak.

– Se rendre! affirma Viktor. Sinon ce sera le massacre. Il y en a partout! »

L'amiral demanda au soldat allongé à ses côtés de transmettre son ordre de cessez-le-feu, puis il agita une serviette blanche par la fenêtre. Les détonations cessèrent. Il régna un silence profond, troublé de temps en temps par les chuintements de la locomotive à vapeur. De crainte que ce fût un leurre, les Bolcheviks attendaient, tapis derrière le ballast. Soudain l'un d'eux cria aux occupants des wagons de sortir les mains en l'air.

« Ce n'est pas possible! répétait Koltchak, atterré. Je croyais qu'il n'existait aucun Rouge sur ce tronçon de voie!

– Eh bien là encore, vous vous trompiez! » répliqua Viktor.

Ils descendirent, les bras en l'air. Le responsable du commando révolutionnaire n'en revenait pas. Comment? Ils tenaient Koltchak! Le Régent de toutes les Russies!

« Vous vous rendez compte, disait-il à ses compagnons, on a capturé l'amiral! »

Les autres se moquaient de ce dernier. Le bonhomme n'en imposait pas! Ils l'imaginaient plus grand, plus fort, plus impérial, quoi!

« En routes, camarades! ordonna le chef communiste. On prend le convoi et on emmène ce beau monde à Irkoutsk! »

Viktor se fit connaître. Il n'était pas contre-révolutionnaire, mais tchèque, et en conséquence exigeait d'être relâché.

« C'est cela! se railla son interlocuteur. Et moi, je m'appelle Lénine! »

D'un geste de la main, il lui signifia de retourner dans la voiture où se trouvait enfermée la quinzaine de prisonniers. Viktor obtempéra, convaincu qu'il ne pourrait rien obtenir pour l'instant.

Au retour, il interrogea Koltchak :

« Où se situe votre wagon des transmissions?

– C'est le suivant! »

Viktor s'y rendit. Il était désert. Probablement leurs geôliers en ignoraient-ils l'existence.

« Dans ce cas, reprit-il, faites passer un message à l'intention du général Janin à Vladivostok, le représentant des Alliés. Dites-lui que vous êtes détenu par les Bolcheviks et que vous demandez sa protection!

Il ne vous la refusera pas et vous ne risquerez plus rien ! »

Koltchak, le regard halluciné par la fatigue et la peur, lui serra fortement le bras.

« C'est une riche idée, cela ! Une riche idée ! »

Il donna un ordre à l'un de ses officiers. Quand ce fut fait, Viktor décida d'envoyer un SOS à Tchetchek. A cet instant, plusieurs Bolcheviks firent irruption dans la pièce et l'emmenèrent avec Koltchak à l'avant de la rame.

Le chef du commando les fit pénétrer dans un compartiment.

« Je n'ai pas envie que l'oiseau s'envole ! Et vous, le soi-disant Tchèque, à vouloir vous débiner, je me dis que vous avez quelque chose à vous reprocher ! Je vous ai à l'œil ! »

Il referma violemment. Deux gardes demeurèrent devant la porte. Koltchak examinait l'endroit comme s'il cherchait une issue pour fuir.

« C'est inimaginable ! marmonnait-il. Nos agents de renseignement m'avaient pourtant garanti que la ligne était...

– Je vous en prie, amiral ! l'interrompit Viktor. A l'heure qu'il est, votre télégramme a dû parvenir à Janin. Il sait que vous êtes là. Il va immédiatement informer le Soviet d'Irkoutsk et vous serez sauvé...

– Vous avez peut-être raison. Peut-être... Et vous ? Vous semblez si tranquille !

– Je suis tchèque. Il sera facile de le vérifier...

– Que Dieu vous entende ! Ils sont si bêtes qu'ils pourraient bien ne jamais vous croire ! »

Chacun s'absorba dans ses pensées. Viktor regarda au-dehors. La nuit allait tomber rapidement. Il frotta la vitre pour en ôter la buée et tenta de deviner ce qu'étaient ces aspérités aux contours de plus en plus incertains. Des arbres ? Des maisons ? Des animaux peut-être ? Bientôt plus rien ne fut visible. Son visage se refléta dans le carreau, faiblement éclairé par une lampe à gaz.

Il se cala sur la banquette et ferma les yeux. Il ne supportait plus la mine défaite et affolée de Koltchak.

Ils entrèrent en gare d'Irkoutsk aux alentours de minuit. De rares lampadaires dispensaient une pâle lumière sur les quais. Apparemment, ils se dirigeaient vers une voie de garage. A quelque distance de là stationnait un convoi. Toutes ses voitures étaient illuminées. On y distinguait les allées et venues de nombreux passagers.

Les freins crissèrent. Le wagon fut secoué en passant sur un aiguillage et le train s'arrêta brutalement. Il y eut une cavalcade, des éclats de voix étouffés par la neige, et enfin le silence. Les deux gardes jetèrent un coup d'œil dans le compartiment. Ils allumèrent une cigarette et se mirent à discuter, accoudés à la main courante.

Koltchak éprouvait de la difficulté à dissimuler sa peur. Il essuya la vitre avec frénésie afin de mieux voir l'extérieur. Ce fut inutile. Il ne distinguait que sa propre image.

« C'est incroyable! dit-il, excédé. Ils ne vont pas nous laisser croupir ici toute la nuit! »

Il sortit et s'adressa aux factionnaires :

« Allez prévenir votre chef que je veux lui parler! »

Ceux-ci le repoussèrent avec fermeté.

« Vous avez vu la manière dont ils nous traitent! » s'exclama-t-il.

Viktor le fit rasseoir.

« Cela va s'arranger, amiral! Le général Janin va répondre à votre message. Vous irez rejoindre les Français ou les Japonais et tout sera réglé. Attendons! »

Koltchak s'avachit sur la banquette.

« Vous avez peut-être raison! »

*

Viktor s'éveilla en sursaut. Il lui sembla qu'un long moment s'était écoulé. Il consulta son oignon : deux heures du matin seulement! Koltchak, recroquevillé sur l'autre siège, dormait profondément. Il ouvrit la porte. Une bouffée d'air glacé lui fouetta le visage. Il risqua un œil dans le couloir. Personne! Les deux gardes, transis de froid, sommeillaient peut-être? Il avança de quelques pas. Tout à coup, un soldat surgit d'un autre compartiment et le repoussa avec vigueur jusqu'au sien. Il se colla à nouveau dans son coin et se replia sur lui-même pour avoir plus chaud. Ils allaient certainement passer la nuit là et ne pourraient rencontrer les responsables du Soviet que le lendemain matin. Il éprouva une inquiétude furtive. Il se ressaisit. Il était tchèque! Il n'avait rien à craindre! Il existait des accords précis avec les Rouges pour qu'ils fussent protégés le long de la voie ferrée! Demain il en parlerait avec l'officier qui le recevrait et ce serait fini. Il préviendrait Tchetchek et retournerait à son wagon dans deux jours au plus tard! Il s'assoupit.

Le froid le réveilla. Il tenta de se souvenir du rêve qu'il quittait, sans y parvenir. Il se sentait paralysé. Il s'étira doucement, une grimace de douleur aux lèvres. Koltchak sourit d'un air entendu.

« Le gel fait mal aux articulations, n'est-ce pas?

– Mais qu'est-ce qu'ils foutent? » s'inquiéta Viktor.

La colère le gagnait. Ce comportement à leur égard devenait grotesque, désobligeant même! Et puis il fallait empêcher cette vague angoisse de la veille de se muer en peur. Il ne voulait pas s'y abandonner comme Koltchak. Il exigea des nouvelles sentinelles de contacter leur supérieur. Indifférentes, elles l'obligèrent à se rasseoir.

Vers huit heures, un chef bolchevik flanqué d'une cohorte de militaires fit irruption dans le compartiment.

« Suis-nous! » ordonna-t-il à Koltchak.

Viktor se leva à son tour.

« Je suis le commandant de la Légion tchèque! Je voudrais être libéré immédiatement! »

Koltchak traduisit son propos en confirmant que c'était la vérité.

« C'est cela, le Tsar de pacotille! ironisa l'officier. Tu n'imagines pas que cela va marcher, non? En route! Et refoutez-moi celui-là avec les autres! ajouta-t-il en désignant Viktor.

– Où m'emmenez-vous? s'inquiéta l'amiral.

– Tu le verras bien quand tu y seras! répliqua un soldat. Allez, avance! »

*

Dès que Viktor pénétra dans le wagon, les prisonniers se précipitèrent vers lui. Avait-il des informations? Janin les avait-il placés sous la protection des Alliés? Et lui, allait-il être relâché? A chaque fois il répondait par la négative. Déçus, les hommes retournèrent s'asseoir.

Trubtcharinov, l'aide de camp de Koltchak, plus attristé que les autres supplia Viktor de trouver une solution.

« Le général Janin aurait déjà dû se manifester! Envoyez-lui un autre télégramme!

– Je voudrais bien, avoua Viktor, mais les Rouges ne tiennent pas tellement à attirer l'attention des Alliés sur le sort de l'amiral. Quant à moi, ils ne croient pas, ou font mine de ne pas croire, que je suis tchèque! Ce qui revient au même. Mon destin est lié au vôtre!

– Mais vos hommes vont s'inquiéter, vous rechercher!

– Malheureusement non! Je leur ai ordonné de ne pas bouger! Je devais les avertir par le télégraphe en cas de besoin. »

En discutant, Viktor regardait dehors. On ne voyait plus les rails tellement il neigeait. Aucun souffle de vent ne dérangeait la chute régulière des flocons. En face, le convoi illuminé paraissait s'enfouir doucement sous la couche blanche.

« Bon dieu! s'exclama-t-il. Mais ce sont des Japonais dans ce train!

– Et alors? » demanda Trubtcharinov.

– Ils font cause commune avec les Alliés, non? Il suffit de les prévenir de ce qui se passe ici et aussitôt le monde entier sera au courant. Cela peut vous sauver! »

L'aide de camp retrouva le sourire.

« Vous avez raison, je vais leur parler!

– Allez-y! Et faites attention aux Rouges, ils pourraient s'énerver et...

– Ne vous inquiétez pas! »

Trubtcharinov descendit avec précaution. Il posait le pied sur le quai quand plusieurs sentinelles bolcheviks arrivèrent en courant et lui crièrent de ne plus avancer.

« Pauvres cons! lança-t-il. Ce n'est pas vous qui allez m'arrêter! »

Il marcha vers la rame japonaise d'un pas déterminé.

« Revenez! lui conseilla Viktor. Ne faites pas l'imbécile! Vous... »

Les détonations venaient de retentir. L'aide de camp s'écroula dans la neige. Les Bolcheviks l'entourèrent. Ils se moquèrent de lui. Il était mort.

Viktor et ses compagnons, saisis par l'horreur, observaient la scène, le nez collé aux vitres du wagon. L'un des gardes braqua son arme vers eux en hurlant quelque chose d'incompréhensible. Instinctivement ils reculèrent.

« Salauds! cria l'un des Blancs. Salauds! »

Il voulut sortir à son tour. Ses camarades le ceinturèrent et l'allongèrent sur une banquette. Viktor fixait le train japonais avec l'espoir que ses occupants réagiraient. Mais non! Ils restaient indifférents à ce qui se passait.

Comme les autres, Viktor se taisait. A quoi bon s'exprimer? Tout basculait, les événements n'obéissaient plus à aucune logique. Tout lui échappait! Soudain, la peur lui déchira le ventre. Les odeurs mêlées de tabac froid et de transpiration lui soulevèrent le cœur. Il ouvrit la porte de communication et respira profondément pour réprimer une violente envie de vomir. Il reconnaissait sa trouille! La même que sur les champs de bataille.

Il s'accouda sur la main courante de l'autre côté de la voiture et colla son front contre le carreau glacé. Il considéra les deux ou trois quais en enfilade. Déserts! De la journée ils n'avaient été foulés. La neige immaculée l'attestait. Les flocons s'enroulaient autour des poutres de ferraille avant de s'y accrocher. Il devinait les rails enfouis grâce à un léger affaissement de la couche neigeuse. Au loin, des sentinelles armées patrouillaient à petits pas, la tête rentrée dans les épaules. Et le silence... Insistant! Comme s'il invitait à s'écouter soi-même.

Viktor se sentit mieux. Il était ridicule. On finirait bien par l'interroger!

L'après-midi fut long à s'écouler. Ils crevaient tous de faim et ne cessaient de faire les cent pas. Ils se croisaient, se recroisaient, toujours silencieux. Plus aucun d'eux ne possédait de cigarettes.

Vers cinq heures, la nuit commença de tomber. Ils allaient encore devoir dormir dans cet endroit glacé, le ventre vide! Certains s'en plaignaient. Les autres préféraient se recroqueviller sur eux-mêmes et se taire. Parfois, ils se tenaient à plusieurs devant la vitre, à fixer le corps de Trubtcharinov que les Rouges avaient abandonné en guise d'avertissement. On ne distinguait plus que ses pieds, bizarrement emmêlés, et un bout de bras et de visage. Bientôt, on ne le verrait plus et ce serait comme si rien n'était arrivé.

*

Dehors, l'obscurité était totale quand Koltchak fut ramené. Ses traits, profondément accusés par la fatigue, lui donnaient l'air d'un vieillard. Les Bolcheviks jetèrent des cigarettes sur le sol avant de refermer.

« Mes enfants, dit-il, je vais vous demander d'être courageux. Nous sommes tous condamnés à mort. Nous serons fusillés demain matin à huit heures.

Il croisa le regard atterré de Viktor.

« J'ai tout essayé pour les convaincre, ajouta-t-il. Ils ne m'ont pas cru.

– Et de Janin? Rien? s'étonna Viktor.

– Pensez-vous! Dès que j'ai soulevé la question, ils se sont mis à rire! Janin? Les Alliés? répétaient-ils. Mais on s'en fout! Le chef a même affirmé que s'il recevait l'ordre de nous épargner, il ne le respecterait pas! Pour eux, nous méritons notre sort! »

Les têtes se tournèrent vers Viktor.

« Je suis désolé... », murmura Koltchak.

Viktor accepta la cigarette que lui tendait un soldat, puis se retira dans un coin, comme plusieurs l'avaient déjà fait. Certains priaient, d'autres pleuraient. Deux officiers tournaient en rond, l'air absent. La lueur des lampes à gaz donnait une teinte blême à leurs visages. Viktor ferma les yeux. Il espérait retrouver quelques souvenirs. Au lieu de cela, c'était le vide absolu. Comme si son cerveau avait déjà cessé de fonctionner. Il ne sentait plus que son ventre et sa peur grandissante. Il regarda à nouveau autour de lui. Voir le calmait. Le mouvement de l'un ou de l'autre, le déplacement des ombres, les gémissements de son voisin lui redonnèrent du courage. Il tenta de reconstituer ce qui s'était passé. Janin avait réceptionné le message et lâché l'amiral! L'hypothèse la plus plausible. Peut-être aussi n'avait-il rien reçu? Soudain, il cessa de s'interroger. Cela lui paraissait bien secondaire... Il allait mourir. Alors qu'en avait-il à foutre, de la politique des Alliés, de la peau de Koltchak! C'était la sienne qui serait déchirée par les balles!

« Qu'en ai-je à foutre, hein? hurla-t-il en se levant. Je n'ai rien demandé, moi! Je vous haïssais tous autant que vous êtes! Jamais je n'ai voulu me battre à vos côtés! Cela ne vous a pas surpris, non? Je voulais rentrer chez moi! Vous comprenez? Chez moi! Rejoindre mes sœurs, la scierie où je travaillais, mes amis! Au lieu de cela, je vais crever pour une cause dont je me fiche! »

L'un des soldats s'approcha et le prit par les épaules.

« Allons! dit-il doucement. Allons! »

Viktor se libéra avec vigueur et s'assit un peu plus loin. Il jeta un œil dehors. Comme la veille, le train japonais, éclairé, se détachait dans la nuit noire. Il neigeait toujours...

Sa gorge se serra. Il eut soif. Il n'y avait rien à boire. Il ouvrit la porte avec précaution et attrapa une poignée de neige qu'il porta à sa bouche. Que c'était agréable! Comme un surplus de vie! La vie? Une belle connerie, oui! Tout ce qu'il avait pensé, dit, fait, allait se conclure par une douzaine de balles!

Koltchak prit la parole.

« Pardonnez-moi, mes amis, de vous avoir entraînés dans une telle situation. Moi seul méritais la mort. Je leur ai proposé qu'il en soit ainsi. Ils ont refusé. Je voulais vous exprimer la joie que votre confiance m'a procurée. Le plaisir que j'ai éprouvé à vivre avec vous ces heures glorieuses. Notre action ne sera pas inutile! Vous verrez, les générations futures nous prendront comme exemple parce que nous nous sommes opposés à la tyrannie! Bien sûr, c'est là une piètre consolation! Mais enfin elle nous permettra de mourir la tête haute. Maintenant prions jusqu'au lever du jour. »

Il débita quelques prières, reprises par la plupart des condamnés. Les plus courageux ou les plus inconscients soutenaient ceux qui sanglotaient.

Viktor eut l'impression d'une injustice. Il se retrouvait seul. Ni russe ni blanc! Pas même tchécoslovaque! Seulement un petit ouvrier menuisier homosexuel et naïf, qui s'était trompé de destin.

Il devait être tard maintenant. Peut-être deux heures du matin? Ses compagnons continuaient de marmonner. Excepté trois d'entre eux qui avaient fini par s'allonger et s'assoupir. Viktor les enviait. S'endormir et ne plus jamais se réveiller! Il reprit espoir. Tchetchek allait évidemment s'inquiéter de ne pas recevoir de ses nouvelles. Il allait le faire rechercher. Ses hommes allaient arriver. Il serait sauvé... Son euphorie ne dura pas. En même temps, il pensait aux raisons qui pousseraient son ami à ne rien arrêter. Ne serait-ce que pour ne pas commettre une erreur!

Il décida de se remémorer méthodiquement son existence. En revivre chaque étape intensément. Sa jeunesse à Svikov... Il abandonna aussitôt. Cela ne rimait à rien. Il avait le cerveau vide. Le cœur aussi. Aucune émotion ne l'animait plus. Aucun visage ne lui procurait de joie. Il allait mourir.

Il y eut un remue-ménage. Il était six heures. Bientôt les premières lueurs de l'aube. Il faudrait être prêt. Les hommes rajustaient leurs uniformes pour leur redonner une dernière fraîcheur. L'un d'eux poussa un cri. Son voisin, recroquevillé, était mort. Il s'était tailladé le poignet sans un murmure. Peut-être auraient-ils dû tous agir de la même manière! songea

Viktor. Les Rouges en auraient été pour leurs frais!

Le moment approchait. Peut-être était-ce temps de mettre ses affaires en règles avec Dieu, comme disait sa mère! Il s'obligea à n'y pas penser. Il avait eu la nuit pour le faire...

Le grincement de la porte rouillée qu'on ouvrait le fit sursauter malgré lui. Il faisait jour.

« Allez! Dehors! ordonna un soldat. C'est l'heure. »

Les prisonniers s'alignèrent.

« Ne vous bilez pas! dit un autre Bolchevik. Ce n'est pas loin et ce ne sera pas long! »

Le peloton les poussa vers l'extrémité du quai. Ils descendirent sur le ballast et avancèrent sur les traverses enfouies sous la neige. Ils enfonçaient jusqu'à la moitié du mollet.

Viktor clignait des yeux pour se protéger des flocons. Pourtant, il voulait regarder jusqu'au bout. Tout voir! Les fils électriques, touchant presque le sol sous le poids de la neige... Les corbeaux qui s'envolaient... Cette borne de signalisation et ces rails qui s'entrecroisaient un peu plus loin... Par quel miracle ceux-là étaient-ils apparents?

Soudain un cri, puis plusieurs! L'un des condamnés s'était mis à courir vers le train japonais. Il agitait les bras en criant à l'aide! Des coups de feu. Il ne tomba pas immédiatement. Il se mit à genoux et disparut à la vue de ses camarades. Certains se signèrent. La marche reprit.

Le mur, à quelques pas de là... Viktor comprit. C'était l'endroit de l'exécution! D'ailleurs, n'y avait-il pas déjà des impacts de balles sur les pierres?

On les aligna les uns à côté des autres. En face, les gueules noires des fusils. Et la buse qui n'était toujours pas là! Et ses voisins qui braillaient des cantiques. Et les détonations.

CHAPITRE XXI

Le vent plaquait la neige sur le pare-brise du camion. L'essuie-glace manuel ne parvenait plus à la repousser. Il fallut s'arrêter.

« A combien de kilomètres sommes-nous d'Inokentjersk ? demanda Ratislav.

– Deux, tout au plus ! répondit Pawlu.

– Dans ce cas, on finira à traîneau !

– Mais c'est de la folie, général ! Les hommes sont à bout ! Pour certains, cela risque d'être fatal !

– Je m'en fous ! Skipetov nous y attend avec ses régiments pour foncer sur Irkoutsk. Je tiens à y être ! Nous devons sauver Koltchak ! »

Il sortit de la cabine et sauta dans une troïka.

« En avant ! » cria-t-il.

L'ordre courut le long de la colonne qui s'ébranla.

Recroquevillé dans son manteau aux côtés du conducteur, Ratislav ressassait sa colère. Quatre mois qu'ils erraient dans cette Sibérie glacée avec les Rouges au cul ! Quatre mois qu'ils tentaient de recoller au gros de la troupe de l'amiral ! L'enfer ! Le froid qui faisait geler leur pisse ou leur salive s'ils gardaient la gueule ouverte ! La neige agrégée sur leurs vêtements qui les alourdissait au point de les empêcher de progresser. La morsure du vent... L'horizon blanc, toujours immaculé... Le silence, la solitude et pour finir cette mort propre et discrète. Combien étaient-ils encore à avancer? 200, 300, peut-être? Russes et Tchèques mélangés. Les plus coriaces. Prêts, pour certains, à bouffer encore du Bolchevik si les armes n'avaient pas éclaté sous l'effet du gel!

Non, il ne rêvait pas! Des fumées épaisses montaient vers le ciel, à quelques centaines de mètres! Les feux d'un bivouac. Enfin, ils avaient rejoint les troupes de Skipetov. Ils pourraient donc investir Irkoutsk dès le lendemain. Et après ce serait fini!

*

La sentinelle proposa à Ratislav de les introduire dans l'isba où se trouvaient rassemblés les restes de l'état-major de Skipetov. Il refusa. D'abord il voulait se réchauffer auprès d'un feu pour s'habituer de nouveau à la chaleur. Pour ne pas mourir bêtement, comme d'autres d'un trop brusque changement de température! Des soldats, emmitouflés dans plusieurs épaisseurs de loques récupérées sur des cadavres, se tenaient si près de la flamme qu'ils semblaient vouloir y entrer. Ratislav fut heureux de voir fondre la glace qui durcissait son manteau.

« Je suis encore vivant! » répéta-t-il avec plaisir.

Il suffoqua en pénétrant dans la maison. L'air chaud lui brûla le visage. Un épais nuage de fumée de cigarettes stagnait à la hauteur des têtes. Des militaires, avachis sur leur chaise ou affalés sur le sol, toussaient à s'en arracher la gorge.

Skipetov, rescapé lui aussi de toute l'offensive, étreignit Ratislav. Demain on attaquerait la gare d'Irkoutsk. Koltchak y était retenu prisonnier avec sa garde. Son train stationnait sur une voie de garage. Ils avaient sauvé des armes à poing et des canons pour cette opération. Il faudrait aller vite. Les hommes n'étaient plus très vaillants.

Skipetov lui tendit une bouteille de vodka.

« Tiens! Profites-en! C'est l'une des dernières! »

Ratislav but au goulot. Il avalait de longues gorgées. Cela aurait pu être de l'eau tellement c'était insipide.

« Cela fait toujours cette impression quand on est gelé! remarqua Skipetov. Mais bientôt tu vas brûler de l'intérieur, tu vas voir! »

Ratislav s'assit et raconta leur fuite. Plus de montre! Plus de boussole! Ils avaient tourné en rond pendant des semaines. Ils retrouvaient les morts qu'ils avaient abandonnés plusieurs jours auparavant. Il avait fallu tomber sur le fleuve Ienisseï pour enfin se repérer.

On lui proposa une galette de pain noir. Il la mangea en silence, presque sans mastiquer. Aussitôt, il éprouva la sensation douloureuse d'avoir l'estomac surchargé.

Le plan de l'assaut fut arrêté à la tombée de la nuit. Le lendemain à l'aube, ils investiraient Irkoutsk par le Nord. Il leur suffirait de suivre l'artère principale pour parvenir à la gare. Ils délivreraient leurs compagnons et s'échapperaient vers l'est, par la plaine glacée.

Pour l'heure, ils attendaient le retour de leurs agents de renseignement, partis reconnaître les lieux. Ils évoquaient ce qu'ils feraient après la guerre. La plupart envisageaient de s'en aller à l'étranger. Mais pas trop loin! Plutôt dans des pays limitrophes de la Russie pour pouvoir y revenir un jour. Ratislav leur proposa de s'installer en Tchécoslovaquie! Là-bas on les accueillerait les bras ouverts. L'un d'eux se demanda ce que ferait Koltchak. Probablement retournerait-il aux USA où il avait déjà séjourné?

Les espions rentrèrent au milieu de la nuit. Ils tirèrent les officiers de leur sommeil.

« Il est mort! annoncèrent-ils. Il a été fusillé avant-hier matin avec les membres de sa garde personnelle! Nous l'avons vérifié! On n'a évidemment pas pu en savoir plus! »

Après un long silence, Skipetov prit la parole.

« Je crois qu'il est inutile que nous continuions le combat. Notre chef est mort et avec lui l'espoir de vaincre. Le moment est venu de partir pour l'exil. Rassemblez les hommes. Communiquez-leur la nouvelle et offrez-leur la liberté. Pour ma part, je fuirai vers l'est. A cette saison nous pouvons traverser le lac Baïkal et rejoindre le Pacifique ou la Chine. Adieu mes amis! La victoire que nous n'avons pas su arracher, l'Histoire s'en chargera à notre place tôt ou tard! » Ils s'embrassèrent. Certains pleuraient. D'autres au contraire semblaient retrouver une nouvelle énergie, comme si enfin ils allaient pouvoir réaliser des rêves anciens.

Ratislav hésitait sur la conduite à tenir. Pourquoi disparaîtraient-ils, lui et ses compagnons? Ils étaient tchèques! Ils pouvaient regagner la voie du Transsibérien, rattraper la Légion et s'y intégrer à nouveau. Il fit cette suggestion à ses compatriotes qui acceptèrent avec enthousiasme.

Très tôt le matin, les traîneaux des fugitifs contre-révolutionnaires prirent la direction du Baïkal. Les Tchèques les regardèrent s'éloigner. Bientôt la multitude d'attelages ressembla à une colonie de fourmis en mouvement. Puis, progressivement, ils se noyèrent dans la grisaille du ciel et de la neige qui se confondaient à l'horizon.

Ratislav se hissa sur le siège de sa troïka.

« On va rentrer au pays, les gars! » lança-t-il d'une voix forte. La centaine de militaires qui l'entouraient répétèrent sa déclaration en chœur. Les fouets claquèrent et la troupe se mit en marche vers la ligne transsibérienne.

Ils rencontrèrent les derniers wagons tchèques un peu avant Irkoutsk. Toujours immobiles! De loin, ils paraissaient enfoncés dans la neige. Les soldats du convoi, incrédules, parlementèrent longtemps avant d'admettre que ces hommes hirsutes étaient des leurs! Bien sûr, on se souvenait de cette poignée d'aventuriers partis combattre aux côtés des Blancs! Ratislav? Etait-ce lui, cet escogriffe au visage ravagé par le froid, aux yeux si tristes? Il fallut qu'un officier le reconnût pour qu'enfin on les fêtât et les installât dans les voitures.

Ils mangèrent en silence. Les autres les dévisageaient comme s'il s'agissait de fantômes jaillis de la toundra. Aussitôt après, la plupart s'assoupirent, serrés les uns contre les autres dans la chaleur moite du dortoir improvisé.

Ratislav ne voulut pas dormir. Il souhaitait d'abord prévenir Viktor et Tchetchek de son retour.

« Mais je crois que le commandant a été fusillé avec Koltchak, remarqua un lieutenant. Enfin, ce n'est pas encore sûr. Aucun message du QG ne nous l'a confirmé. C'est le bruit qui court le long du train. »

Ratislav éprouva le besoin de s'asseoir. Il avait dû lutter contre les Rouges, la nature, sa folie, Jilha! Mais accepter la mort d'une partie de lui-même, de sa volonté, de la raison pour laquelle il avait fait tout ce qu'il avait fait! Non, c'était au-dessus de ses forces! Cette mort supposée n'était qu'une mauvaise rumeur, un bruit propagé par les Bolcheviks pour miner le moral des légionnaires.

« Mais enfin! s'étonna-t-il. Vous ne l'avez pas vérifié? »

L'officier secoua la tête.

« A quoi bon? Le QG se situe à Myssovaïa. C'est très loin. Le télégraphe ne marche qu'un jour sur deux. Les Rouges interceptent nos transmissions et les déforment. Et puis pourquoi aurait-il été exécuté avec Koltchak? »

Oui! Pourquoi? songea Ratislav. Aucune explication plausible ne lui venait à l'esprit. Un instant, il soupçonna le hasard d'avoir mal fait les choses. Il demeura sur cette idée, trop fatigué pour la dépasser. Dormir d'abord! Se couler dans cette atmosphère presque suffocante comme dans un bain chaud et s'y abandonner.

« Non! » dit-il à voix haute.

Il se reposerait après en connaissant la vérité.

« Quel est le plus court chemin pour gagner Myssovaïa? demanda-t-il.

– Avec la neige, c'est impossible! s'exclamèrent des soldats. Il faudrait une semaine en suivant la voie! Sans compter que vous pourriez être interceptés par des Bolcheviks et...

– La question n'est pas là! les interrompit Ratislav. Je veux connaître l'itinéraire le plus rapide!

– Dans ce cas, suggéra un capitaine, coupez par le Baïkal! Vous gagnerez une journée, peut-être deux! On vous donnera des chevaux à traîneaux. Mais vous pourriez bien y rester...

– Je sais! Je sais! » répéta Ratislav.

Ce planqué n'avait pas besoin de le mettre en garde. Il savait mieux que quiconque les dangers de la Sibérie, de l'immensité sans fin, du silence.

Pawlu et Krejci acceptèrent de l'accompagner. Deux heures après, chargés de victuailles et de couvertures, ils prenaient la direction de Goloustnoye. A partir de ce village érigé sur les bords du lac, ils obliqueraient vers le sud pour gagner Myssovaïa.

De jour comme de nuit la neige succédait à la neige. Nulle âme qui vécût! Une surface poudreuse et blanche à perte de vue. Comme seuls bruits, le glissement du traîneau sur la glace et le pas régulier et étouffé des chevaux.

Ratislav somnolait les yeux ouverts. Il ressassait les mêmes pensées. Viktor fusillé? Avec Koltchak par-dessus le marché? Il y avait de quoi rire! Cela ne collait pas! Il y manquait l'essentiel! Comment les Bolcheviks auraient-ils pu fusiller le chef de la Légion tchèque, jouissant de la protection des Alliés? Pawlu et Krejci étaient de son avis! Le destin, disaient-ils, était moins imprévisible que cela.

*

Ils parvinrent à Myssovaïa le 12 février au soir. On leur indiqua le train de l'état-major tchèque, retenu par les Rouges dans la petite gare de la ville.

Sitôt dans le wagon du QG, Ratislav chercha Viktor parmi la quinzaine d'officiers qui le dévisageaient comme un revenant. Ratislav ici! C'était incroyable! Tchetchek se précipita dans ses bras.

« Où est Viktor? » demanda Ratislav.

Tchetchek se détacha de lui.

« Mort! Fusillé stupidement avec Koltchak... Une erreur! »

Ainsi c'était vrai! Ratislav s'assit et se mit à sangloter. Sa première rencontre avec Viktor s'imposa à sa mémoire. Là-bas, au camp de Kiev, dans cette infirmerie sinistre. L'admiration à son égard. Il se rendait à sa force, à sa droiture...

Les officiers l'entouraient silencieusement. Tchetchek lui racontait. On formulait diverses hypothèses sur les raisons de son exécution. Probablement avait-il tenté de joindre l'état-major tchèque puisque Koltchak avait envoyé un message à Janin? Ils n'avaient rien reçu. Et lui, Tchetchek, n'en avait pas été surpris. Quant à savoir pourquoi il avait été fusillé, c'était impossible! Les Bolcheviks ne fournissaient aucune explication. Ils promettaient une enquête. Ils en communiqueraient les résultats.

« Et Janin? s'étonna Ratislav en s'essuyant les yeux. Il n'a rien tenté?

– Mais il ignorait totalement que Viktor se trouvait en compagnie de Koltchak! Il n'a pas sauvé l'amiral parce que les Alliés avaient décidé de le laisser tomber! Je pense que Viktor a fait état de son identité mais que les Rouges ne l'ont pas cru.

– Voilà ceux contre qui il ne voulait pas lutter! s'écria Ratislav. Des assassins! Des imbéciles! Mort bêtement! Comme Ian! Comme des milliers d'autres probablement! Ce n'est pas la guerre qui les a tués! C'est la bêtise, vous m'entendez! La bêtise! »

Les militaires, muets, le regardaient marcher de long en large. Tchetchek redécouvrait l'homme impétueux qui les avait quittés quelques mois auparavant. Toujours la même passion à fleur de peau et le regard halluciné, où se lisait la folie. Il avait vieilli. La figure s'était muée en une gueule, sculptée par la maigreur et brûlée par la neige. Toujours fragile aussi! Prêt à passer de la réalité au rêve sans même s'en apercevoir.

« Où en sommes-nous maintenant? s'inquiéta Ratislav.

– On négocie! répliqua Tchetchek.

– Encore!

– C'est-à-dire que les Rouges vainqueurs sont devenus beaucoup plus gourmands! Non seulement ils veulent le trésor qu'on a piqué à Kazan, mais en plus ils exigent qu'on se plie à plusieurs conditions!

– Qui mène la négociation?

– Moi! répondit Tchetchek. Mais puisque tu es de retour et que tu as le grade le plus élevé, je propose que ce soit toi! »

Personne ne protesta. Ils l'acceptaient. D'ailleurs, dès son arrivée, ils l'avaient reconnu comme leur chef naturel, sans trop savoir pourquoi. Tchetchek le premier! Seule sa détermination, avait-il pensé, pourrait faire avancer ce putain de train! Cela ne se discutait pas! C'était ainsi.

Ratislav échangea un regard avec lui, puis avec chacun des officiers...

« Merci! » conclut-il.

Aussitôt il se fit expliquer les tenants et aboutissants du marchandage imposé par les révolutionnaires.

*

Durant plusieurs jours, lui et Tchetchek luttèrent pied à pied face à la délégation bolchevik. Ils voulaient tout le trésor du Tsar? Ils n'en obtiendraient que les trois quarts! En effet, dès le lendemain de son retour, Ratislav avait fait dissimuler la différence dans plusieurs wagons. Ils exigeaient la signature d'un traité? Ce fut accordé. Selon les consignes de Masaryk, les Tchèques s'engagèrent sur quatre points :

1. Ils désarmeraient les formations blanches qu'ils rencontreraient sur leur route.
2. Leur train respecterait une distance minimum avec ceux des Bolcheviks.
3. Ils laisseraient le matériel ferroviaire en bon état.
4. Ils collaboreraient avec les Rouges pour ce qui concernait le transport de courrier, d'armes et de certains agents politiques.

Le 25 février au soir, le convoi tchèque s'ébranla. Ratislav, Tchetchek et l'état-major sablèrent le champagne. Bien sûr l'arrangement avec les Bolcheviks n'était pas glorieux. Mais, comme le rappela Ratislav dans son toast, ils n'avaient rien cédé sur l'essentiel et pouvaient partir la tête haute.

Ils dépassaient les faubourgs de Myssovaïa quand Tchetchek demanda la parole.

« Chers amis, annonça-t-il, non seulement nous partons la tête haute, mais également les poches pleines! D'une part nous disposons toujours d'une partie du trésor impérial, mais les nôtres ont fait main basse sur l'or de la Caisse Municipale d'Irkoutsk sans se faire prendre! »

Les militaires saluèrent cette nouvelle avec enthousiasme.

« Et combien cela fait-il pour la Banque des Légionnaires? questionna Ratislav.

– Pas loin de 70 millions de couronnes! Si l'on compte les subventions dont les alliés nous ont dotés et qui nous attendent à Vladivostok. Et puisque nous en sommes tous des actionnaires, on peut fêter notre richesse! »

Une fois encore, ils levèrent leurs coupes, puis, sur l'exemple de l'un d'eux, ils entonnèrent une ballade de Bohême. Avant de se séparer, Ratislav proposa de se recueillir à la mémoire de Viktor. Pendant quelques minutes on n'entendit plus que le choc répété des roues sur les jointures de rails et les grincements des lames de suspension rouillées de la voiture.

Bien que la voie fût dégagée, il fallait compter une dizaine de jours de voyage jusqu'au Pacifique. Ratislav mit ce temps à profit pour réorganiser l'état-major. Il plaça Pawlu et Krejci à des postes de confiance et nomma Tchetchek officier général. Il visita la plupart des trains de la longue colonne. Partout il rétablissait la discipline. On lui obéissait. Les soldats le considéraient avec admiration. N'était-il pas celui qui résumait leurs batailles, leurs espoirs? Il était un chef à leur image et ils l'appréciaient. Lui-même répétait volontiers qu'il portait Ian et Viktor dans son cœur. Toujours il se battrait en pensant à eux, à leur exemple.

Par calcul, mais aussi pour être tranquille lorsqu'il mettrait les pieds à Prague, il envoya un message à Masaryk. Il lui affirmait sa volonté de mener la

Légion à bon port et désirait qu'on oubliât son escapade.

Désormais, il souhaitait ardemment la paix. Elle lui permettrait d'offrir à Jilha une vie décente. Peut-être resteraient-ils à la capitale, si on lui assurait une carrière militaire ou ministérielle. Peut-être aussi iraient-ils s'installer à l'étranger si on l'élevait au rang d'ambassadeur? Mais d'abord, il se rendrait à Svikov et parlerait de Viktor à ses sœurs. Il ferait apposer une plaque au cimetière et demanderait qu'une rue de Prague ou un monument fût baptisé de son nom. Enfin, il écrirait à Alexandra pour tout lui expliquer.

Plus le Pacifique approchait, plus le contingent devenait nerveux. Cela signifiait le retour dans un pays qu'aucun soldat ne connaissait. Chacun supposait un tracé de frontière afin que son village fût bien en Tchécoslovaquie.

Tchetchek parlait parfois de ses projets. Il conquérait le siège de député de son père et exerçait une action politique dans sa province. Aucune femme ne l'attendait, mais il en trouverait bien une à son goût à Klatovy! Enfin, il comptait se mettre au service de Masaryk.

A Kharbine, des représentants officiels du gouvernement tchécoslovaque montèrent dans le train. Ils venaient féliciter les valeureux combattants, mais aussi établir leur identité. Ils leur donnèrent les passeports et les feuilles de route nécessaires pour le long périple maritime qui restait à parcourir.

Ils arrivèrent à Vladivostok à la mi-mars. Durant près d'un mois, les 56 000 hommes de la Légion s'embarquèrent avec les femmes et les enfants du voyage sur plus d'une cinquantaine de navires alliés. Les uns devaient traverser l'océan Pacifique et rentrer par Honolulu, Vancouver et San Francisco. Les autres emprunteraient l'océan Indien, le canal de Suez et toucheraient terre en Italie, à Trieste.

Ratislav se réjouissait d'aborder à ce port, où il avait découvert la mer pour la première fois. Avec Tchetchek et une grande partie de l'état-major, il s'en alla en dernier sur le *Legia*. Le seul bateau tchécoslovaque, acheté avec une partie des fonds de la Banque des Légionnaires.

*

La limousine décapotable s'engagea dans l'artère qui menait au palais présidentiel. Ratislav et Tchetchek, debout à l'arrière, répondaient aux acclamations de la foule massée sur les trottoirs. Ils venaient de débarquer d'une péniche qui les avait amenés de Ceske Budejovice par la Vlatva. Le long du fleuve, ils avaient également été ovationnés par leurs compatriotes agglutinés sur les rives.

Ratislav, le port altier et l'uniforme couvert de médailles, agitait la main avec retenue.

« Tu n'es pas encore président, plaisanta Tchetchek. Laisse-toi aller!

– Je suis mieux qu'un président, répliqua Ratislav, je suis un héros! »

Son délire effrayait Tchetchek. Au cours des quatre mois de traversée, sa folie des grandeurs n'avait cessé de s'amplifier. Plus ils approchaient du pays et plus il voulait conquérir d'honneurs pour les offrir à Jilha. Il s'imaginait tour à tour chef d'état-major des armées, ministre de la Guerre, conseiller de Masaryk, ambassadeur... et même tout à la fois!

La voiture amorça le dernier virage avant de rouler droit vers la grille noir et or qui clôturait les jardins de la présidence. Ratislav donna un coup de coude discret à Tchetchek.

« On avale les discours et on file. Tu sais où on va?

– Non!

– Chez Jilha! Je tiens absolument à te la présenter!

– Si tu veux! »

Le cortège stoppa devant les marches de la bâtisse officielle. Négligeant le protocole, Masaryk descendit accueillir les deux amis et les étreignit longuement.

« Mes enfants, dit-il, la voix brisée, c'est un grand moment pour notre pays... »

Après avoir salué les principaux membres des corps constitués, ils se recueillirent le temps de l'hymne national. Enfin, ils prirent place dans la Salle des Fêtes où Mazaryk devait prononcer son allocution.

« Valeureux soldats! commença-t-il. Vous vous dressez immenses devant le Monde qui vous admire parce que vos actes sont devenus une légende et qu'ils dépassent toutes les prouesses accomplies par les hommes depuis Hérodote jusqu'à nos jours. Que pèsent auprès des vôtres les noms qui remplissent les manuels d'Histoire! Nous ne sommes pas seulement fiers de vous, nous vous aimons! Vous serez les éducateurs et les guides de la Nation!... »

Ratislav n'écoutait plus. Il réprimait une forte envie de les planter là et de se précipiter chez la Bonenza. Comme tout le monde, Jilha serait descendue dans la rue. Mais maintenant, elle l'attendait! Que feraient-ils lorsqu'ils se retrouveraient face à face? L'image précise de son corps nu entr'aperçu dans la lueur du petit matin à l'hôpital Saint-Joseph lui revint en mémoire. Il sentait à nouveau le grain de sa peau sous sa main...

Masaryk avait terminé! Il fallait applaudir. C'était entendu. Ils se rencontreraient à nouveau ici, le soir même, pour le dîner d'apparat.

Ratislav attrapa Tchetchek par le bras.

« Allez! On y va! »

Le chauffeur de la voiture officielle mise à leur

disposition eut vite fait de les mener en bas de l'immeuble. Ratislav, ému, dut s'y reprendre à deux fois pour s'extraire du siège moelleux. Il jeta un coup d'œil à la fenêtre du troisième étage, lâcha Tchetchek et s'engouffra sous le porche.

Il monta l'escalier quatre à quatre. Il reconnaissait les défauts des marches, les ébréchures des murs, le poli de la main courante.

Il frappa. Bonenza, cassée en deux par la vieillesse, le dévisagea sans le reconnaître.

« C'est pour quoi? demanda-t-elle.

– Vous ne me remettez pas? Je suis Ratislav! »

Elle le regarda avec insistance. Son œil s'alluma comme si elle recouvrait la mémoire petit à petit. Tchetchek arriva à son tour, essoufflé.

« Ratislav? répéta la vieille femme. Eh bien! Il serait temps de vous ramener! La petite s'est suicidée deux jours après votre départ! » Elle lui claqua la porte au nez.

Il dévala l'escalier en criant « Jilha! Jilha! »

Tchetchek et le chauffeur parvinrent à le rattraper.

Dès le lendemain, nommé général de corps d'armée par décret présidentiel, il était admis au pavillon des aliénés de l'hôpital Saint-Joseph.

Dans Le Livre de Poche

Jacques Mazeau

La Ferme d'en bas 6313

Au début de ce siècle, dans la Nièvre, une famille de petits paysans. Auguste, le père, et Marcelline, sa femme, ont deux enfants, Pierre et Anna. Taciturne, mais capable des pires violences, Auguste n'a qu'une seule idée : que chacun travaille toujours plus pour agrandir le domaine. C'est dans l'indifférence générale que naît, en 1910, Julia, qui va grandir au milieu de relations familiales frustes, souvent brutales, ponctuées par les colères d'Auguste et la hargne de Marcelline. Elle devient pourtant une adolescente gaie, vive, désirable et son père en tombe amoureux. Très vite, ils affichent sans vergogne leurs relations incestueuses face à une tribu familiale qui se charge de haine.

Mais Julia a soif de vie, de vraie vie...

La Ferme d'en bas, un roman âpre et cruel, au style vif, puissamment évocateur.

IMPRIMÉ EN FRANCE PAR BRODARD ET TAUPIN
Usine de La Flèche (Sarthe).
LIBRAIRIE GÉNÉRALE FRANÇAISE - 6, rue Pierre-Sarrazin - 75006 Paris.
ISBN : 2 - 253 - 04853 - 4 30/6579/4